ACHIM VON ARNIM

Die Kr

NACHWORT VON
PAUL MICHAEL LÜTZELER

PHILIPP RECLAM JUN. STUTTGART

Der Text folgt: Achim von Arnim: Sämtliche Romane und Erzählungen. Auf Grund der Erstdrucke herausgegeben von Walther Migge. Band 1. München: Carl Hanser, 1962. – Zur vorliegenden Ausgabe vgl. S. 356.

Universal-Bibliothek Nr. 1504 [4]

Satz: Rost + Bollschweiler, Stuttgart
Druck und Bindung: Reclam, Ditzingen. Printed in Germany 1983
ISBN 3-15-001504-9

Die Kronenwächter.

Von
L. Achim von Arnim.

Erster Band.

Berlin, 1817.
In der Maurerschen Buchhandlung.

Berthold's
erstes und zweites Leben.

Ein Roman

von

Ludwig Achim von Arnim.

Berlin, 1817.

Maurersche Buchhandlung.
Poststraße Nr. 29.

Einleitung

Dichtung und Geschichte

Wieder ein Tag vorüber in der Einsamkeit der Dichtung! Die Glocke läutet Feierabend, und die Pflüger ziehen heim mit dem Gespann, führen und tragen behaglich die Kinder, die ihnen entgegen gegangen, und freuen sich ihrer Mühe in der Ruhe. Der Pflug ruht nicht verlassen auf der letzten Erdscholle, die er überstürzte, denn notwendig wie die Sonnenbahn scheint der Bedürftigkeit sein Furchenzug und ein heilig strenges Gesetz bewacht ihn in der Nacht gegen Frevel. Am Morgen setzt der Pflüger seinen Weg ohne Störung fort, mißt nach der Länge seiner Furchen den trüben Morgen, wie er die helle Mitte des Tages an seinem eignen Schatten zu ermessen versteht, und teilt nach seinen Morgenwerken die Erdfläche in festbegrenzte Morgen, wie er nach dem Tagewerke der Sonne die unendliche Zeit in Stunden teilt. Die Sonne und der Pflüger kennen einander und tun beide vereint das Ihre zum Gedeihen der Erde. Fest fortschreitend, von allen geschätzt und geschützt, sehen wir die Tätigkeit, die sich zur Erde wendet; sie ist auch dauernd bezeichnet und gründet, so lange sie sich selbst treu bleibt, mit unbewußter Weisheit das Rechte, das Angemessene, im Bau des Ackers, wie des Hauses, in der Beugung des Weges, wie in der Benutzung des Flusses. Die Zerstörung kommt von der Tätigkeit, die sich von der Erde ablenkt und sie noch zu verstehen meint. Aber nach Jahrhunderten der Zerstörung erkennen die einwandernden Anbauer des Walds mit Teilnahme die Unvergänglichkeit der Ackerfurchen und Grundmauern untergegangener Dörfer und achten sie als ein wiedergefundenes Eigentum ihres Geschlechts, das der Gaben dieser Erde nie genug zu haben meint. Gleichgültig werden daneben die aufgefundenen Werke des Geistes früherer Jahrhunderte als unverständlich und unbrauchbar aufgegeben, oder mit sinnloser Verehrung angestaunt. Das Rechte will da errungen sein, und wie die eine Zeit ihre geistigen Gaben über alles schätzt und zusammenhält, so meint eine andere, alles schon selbst im Überflusse zu besitzen und läßt es zu, daß die Sibylle ihre heiligen Bücher verbrennt, um ihr nicht Dank und Lohn geben zu müssen. Wer mißt die Arbeit des Geistes auf seinem unsichtbaren Felde? Wer bewacht die Ruhe seiner Arbeit? Wer ehrt die Grenzen, die er gezogen? Wer erkennt das Ursprüngliche seiner Anschauung? Wer kann den Tau des Paradieses von dem ausgespritzten Gifte der Schlange unterscheiden? Kein Gesetz bewacht Geisteswerke gegen Frevel, sie tragen kein dauerndes, äußeres Zeichen, müssen in sich den Zweifel dulden, ob böse oder gute Geister den Samen ins offene Herz streueten; ja die anmaßende Frömmigkeit nennt oft böse, was aus der Fülle der Liebe und Einsicht hervorgegangen ist. Der Arbeiter auf geistigem Felde fühlt am Ende seiner Tagewerke nur die eigene Vergänglichkeit in der Mühe und eine Sorge, der Gedanke, der ihn so innig beschäftigte, den sein Mund nur halb auszusprechen vermochte, sei wohl auch in der geistigen Welt, wie für die Zeitgenossen untergegangen. Diese härteste aller Prüfungen öffnet ihm das Tor einer neuen Welt. Indem er diese geistige Welt gleich der umgebenden als nichtig und vergänglich aufgibt, da fühlt er erst, daß er nicht hinaus zu treten vermag, daß sein ganzes Wesen nicht nur von ihr umgeschlossen, sondern, daß sogar außer ihr nichts vorhanden sei, daß kein Wille vernichten könne, was der Geist geschaffen. Darum sei uns lieb diese träumende Freude und Sorge aller schaffenden Kräfte als ein Zeichen der höheren Ewigkeit, in die sich der Geist arbeitend versenkt und der Zeit vergißt, die immer nur weniges zu lieben versteht, alles aber fürchten lernt und mit Ängstlichkeit dingt, was mitteilbar sei, oder was verschwiegen bleiben müsse. Das Verschwiegene ist darum nicht untergegangen, töricht ist die Sorge um das Unvergängliche. Aber der Geist liebt seine vergänglichen Werke als ein Zeichen der Ewigkeit, nach der wir vergebens in irdischer Tätigkeit, vergebens in Schlüssen des Verstandes trachten, auf die uns der Glaube vergebens eine Anwartschaft gäbe, wenn sie nicht die irdische Tätigkeit lenkte, das Spiel des Verstandes übte, und dem Glauben aus der tätigen Erhöhung in Anschauung und Einsicht beglaubigt entgegen träte. Nur das Geistige können wir ganz verstehen und wo es sich verkörpert, da verdunkelt es sich auch. Wäre dem Geist die Schule der Erde überflüssig, warum wäre er ihr verkörpert, wäre aber das Geistige je ganz irdisch geworden, wer könnte ohne Verzweiflung von der Erde scheiden. Dies sei unserer Zeit ernstlich gesagt, die ihr Zeitliches überheiligen möchte mit vollendeter, ewiger Bestimmung, mit heiligen Kriegen, ewigen Frieden und Weltuntergang. Die Geschicke der Erde, Gott wird sie lenken zu einem ewigen Ziele, wir verstehen nur unsere Treue und Liebe in ihnen und nie können sie mit ihrer Äußerlichkeit den Geist ganz erfüllen. Die Erfahrung müßte es wohl endlich jedem gezeigt haben, daß bei dem traurigsten, wie beim freudigsten Weltgeschicke ein mächtigeres Gegengewicht von Trauer und Freude uns selbst verliehen ist, daß sich alles in der Kraft des Geistes überleben läßt und in seiner Schwäche uns nichts zu halten vermag. Es gab zu allen Zeiten eine Heimlichkeit der Welt, die mehr wert in Höhe und Tiefe der Weisheit und Lust, als alles, was in der Geschichte laut geworden. Sie liegt der Eigenheit des Menschen zu nahe, als sie den Zeitgenossen deutlich würde, aber die Geschichte in ihrer höchsten Wahrheit gibt den Nachkommen ahndungsreiche Bilder und wie die Eindrücke der Finger an harten Felsen im Volke die Ahndung einer seltsamen Urzeit erwecken, so tritt uns aus jenen Zeichen in der Geschichte das vergessene Wirken der Geister, die der Erde einst menschlich angehörten, in einzelnen, erleuchteten Betrachtungen, nie in der vollständigen Übersicht eines ganzen Horizonts vor unsre innere Anschauung. Wir nennen diese Einsicht, wenn sie sich mitteilen läßt, Dichtung, sie ist aus Vergangenheit in Gegenwart, aus Geist und Wahrheit geboren. Ob mehr Stoff empfangen, als Geist ihn belebt hat, läßt sich nicht unterscheiden, der Dichter erscheint ärmer oder reicher, als er ist, wenn er nur von einer dieser Seiten betrachtet wird; ein irrender Verstand mag ihn der Lüge zeihen in seiner höchsten Wahrheit, wir wissen, was wir an ihm haben und daß die Lüge eine schöne Pflicht des Dichters ist. Auch das Wesen der heiligen Dichtungen ist wie die Liederwonne des Frühlings nie eine Geschichte der Erde gewesen, sondern eine Erinnerung derer, die im Geist erwachten von den Träumen, die sie hinüber geleiteten, ein Leitfaden für die unruhig schlafenden Erdbewohner, von heilig treuer Liebe dargereicht. Dichtungen sind nicht Wahrheit, wie wir sie von der Geschichte und dem Verkehr mit Zeitgenossen fordern, sie wären nicht das, was wir suchen, was uns sucht, wenn sie der Erde in Wirklichkeit ganz gehören könnten, denn sie alle führen die irdisch entfremdete Welt zu ewiger Gemeinschaft zurück. Nennen wir die heiligen Dichter auch Seher und ist das Dichten ein Sehen höherer Art zu nennen, so läßt sich die Geschichte mit der Kristallkugel im Auge zusammenstellen, die nicht selbst sieht, aber dem Auge notwendig ist, um die Lichtwirkung zu sammeln und zu vereinen; ihr Wesen ist Klarheit, Reinheit und Farbenlosigkeit. Wer diese in der Geschichte verletzt, der verdirbt auch Dichtung, die aus ihr hervorgehen soll, wer die Geschichte zur Wahrheit läutert, schafft auch der Dichtung einen sichern Verkehr mit der Welt. Nur darum werden die eignen unbedeutenden Lebensereignisse gern ein Anlaß der Dichtung, weil wir sie mit mehr Wahrheit angeschaut haben, als uns an den größern Weltbegebenheiten gemeinhin vergönnt ist. Das Mittätige und Selbstergriffene daran ist gewiß mehr hemmend als aufmunternd, denn Heftigkeit des Gefühls unterdrückt sogar die Stimme, weil diese sie zum Maß der Zeit zwingt, wie viel weniger mag sie mit der trägen Pflugschar des Dichters, mit der Schreibfeder zurecht kommen. Die Leidenschaft gewährt nur, das ursprünglich wahre, menschliche Herz, gleichsam den wilden Gesang des Menschen, zu vernehmen und darum mag es wohl keinen Dichter ohne Leidenschaft gegeben haben, aber die Leidenschaft macht nicht den Dichter, vielmehr hat wohl noch keiner während ihrer lebendigsten Einwirkung etwas Dauerndes geschaffen und erst nach ihrer Vollendung mag gern jeder in eignem oder fremden Namen und Begebenheit sein Gefühl spiegeln.

Waiblingen

Die Geschichten, welche hier neben der Karte von Schwaben vor uns liegen, berühren weder unser Leben, noch unsere Zeit, wohl aber eine frühere, in der sich mit unvorhergesehener Gewalt der spätere und jetzige Zustand geistiger Bildung in Deutschland entwickelte. Das Bemühen, diese Zeit in aller Wahrheit der Geschichte aus Quellen kennen zu lernen, entwickelte diese Dichtung, die sich keineswegs für eine geschichtliche Wahrheit gibt, sondern für eine geahndete Füllung der Lücken in der Geschichte, für ein Bild im Rahmen der Geschichte. Die Karte von Schwaben, wie sie Homanns Erben im Jahre 1734 herausgaben, muß noch jetzt nach so vielen Veränderungen, wohlgefallen. Diese sinnreichen Nürnberger haben alle Farben ihres weltberühmten Muschelkastens benutzt, die Grenzen der vielen Staaten augenscheinlich zu machen, auf daß ein jeder in dieser Farbenpracht den Bogen der Gnade erkennen möge, den Gott über dieses herrliche Land gestellt hatte, als er es nach freier Entwickelung durch Krieg und Friede mit der Kraft seines heiligen, deutschen Reichs für Jahrhunderte schützte. Ein mächtiger Strom, die Donau, entspringt in Schwaben, begrenzt den Erbfeind der Christenheit, den Türken. Ein anderer, der Rhein, findet erst im Bodensee seinen rechten Boden, der ihn zur Größe erzieht, wofür er die Grenze, von der er ungern scheidet, zu einer Inselwelt durchflicht. Der Bodensee selbst ein sanftes Abbild des Meeres, bezeichnet neben den Höhen eine reiche Tiefe des Landes. Wer nennt alle lieblichen Ströme, welche das Land durchrauschen! Wer nennt alle Berge von Schlössern gekrönt, von denen die Ströme entspringen, von denen die Heldengeschlechter herrschend zu den fernen Ebenen niedergezogen sind! Ganz Schwaben ist dem Reisenden ein aufgeschlagenes Geschichtbuch, hier war der früheste Mittelpunkt deutscher Geschichten und so seltsam alles umfassend die Deutschen sich später schaffend und zerstörend geregt haben, diese Vollendung in einem gewissen Sinne erreichten sie nicht wieder und so reiht sich das Bild des Unterganges unmittelbar an den Glanz der Hohenstaufen. Schöner ist das dauernde Steigen eines Landes, das in jeder Einrichtung das ungestörte Erbe der Jahrhunderte aufweisen kann, aber menschlich näher tritt uns als ein Bild des eignen Geschicks diese Berührung mit großen Hoffnungen aus früheren Tagen in einem Volke, das bewahrsam und achtend gegen seine Vorzeit in Urkunden, Erinnerungen und Gebräuchen jedem Dorfe seine Denkwürdigkeiten erhalten hat. Suchen wir auf unsrer Karte den Neckarfluß und gehen wir mit Behagen an seinem Ufer von Reben umgrünt zum Einflusse der Rems und da hinauf durchs reiche Wiesental nach Waiblingen, so befinden wir uns auf dem Schauplatze unsrer Geschichte. Waiblingen versteckt sich jetzt, wie wir von

Reisenden hörten, ungeachtet es an einem Hügel hinangebaut ist, hinter umgebenden Weinbergen. Ehemals ragte am Tore ein hoher Wachtturm hinaus, der mit vier kleinen Türmchen und einem höhern in der Mitte, alle fünf mit Schiefer wohlgedeckt, der Stadt schon aus der Ferne ein wehrhaftes Ansehen gab. Dieser Turm ist die Bühne, welche den Anfang unsrer Geschichten aus den engen Verhältnissen eines kleineren Städtleins zum Seltsamen erhebt; so verdient er eine nähere Beschreibung. Die vier Türmchen traten an den vier Ecken des Mauerwerks von Werkstücken heraus, auch ein gezähnter Gang zwischen ihnen war zur bessern Verteidigung hinaus gebaut. Unter dem mittleren Turme befand sich das Wachtzimmer, in dessen Mitte eine große Wurfschleuder gegen andringende Feinde aufgerichtet war, während die Wände hinlänglich mit Armbrüsten und Harnischen behangen waren, um bei raschem Angriff gleich eine bedeutende Zahl Bürger zu rüsten. Als Wächter wurde immer ein alter Kriegsmann gelöhnt, der des Schlafes entwöhnt, mit den Seinen abwechselnd eine ununterbrochene Wacht unterhalten mußte. Auf seinem Büffelhorne zeigte er mit allgemein bekannten Zeichen an, wenn sich Not und Sorge, sei es durch Kriegsscharen und Räuber, oder durch Feuer und Wasser dem Stadtgebiete näherten. In solchem Fall kamen viel neugierige Gesellen zum Besuch, sonst mied jeder die enge Windeltreppe des Turms, der nicht besondere Freundschaft zu dem Wächter trug. Eine Winde im Wächterzimmer war zu doppeltem Gebrauche eingerichtet, sie hob in einem großen Eimer von der Stadtseite zu bestimmten Stunden seine Lebensmittel empor, und nahm in demselben Eimer von der Landseite nach dem unerbittlichen Torschluß alle verspätete Sendungen an Rat und Bürger der Stadt gegen mäßigen Lohn auf. Bei dem lebhaften Verkehr, dessen sich die Stadt jetzt als Vorratskammer der Neckarweine für Augsburg, durch Gerbereien und

Ankauf von Schlachtvieh erfreute, war diese Art Nebengewinn ein Hauptunterhalt des Wächters geworden, der nach dem frühen Torschlusse mit Sehnsucht nach verspäteten Boten auf die Straße von Augsburg herunter blickte. Von Augsburg war das Tor genannt, so weit Augsburg davon entlegen sein mochte. Augsburg war damals gleichsam ein heiliger Name, weil die sichtbaren Quellen des Wohlstandes, das Geld und die Reisenden, die es brachten, von Augsburg entsprangen und nicht immer wieder dahin zurückkehrten; im zweiten Buche führt uns die Geschichte nach diesem Mittelpunkte des Handels, zu den reichen Geschlechtern, die, das neu entdeckte Amerika mitzuerobern, Schiffe ausrüsteten und die Kaiser durch Glanz und Erfindung froher Feste sich zu geselliger Freude verbanden.

Erstes Buch

Erste Geschichte

Die Hochzeit auf dem Turme

Der Bürgermeister von Waiblingen, Herr Steller, und der Vogt des Grafen von Wirtemberg, Herr Brix, führten einander in der Neujahrsnacht mit ungewissen Schritten durch die glatten Gassen, nachdem sie einander beim Schlage der zwölften Stunde vor dem Ratskeller den flockig fallenden Schnee vom Barte geküßt und alles gute Glück angewünscht hatten. Der Wein erweicht des Menschen Herz, dachte der Bürgermeister, ich hätte nimmermehr geglaubt, daß ich den Vogt so lieb hätte; dann fuhr er fort: »Schade, daß es so dunkel am Himmel und so weiß an der Erde ist, kein Sternlein ist zu sehen, das uns ein Zeichen gäbe vom neuen Jahre.« – »Kein Stern«, fragte der Vogt mit schwerer Zunge, »was sind denn das für ein Paar rote Sterne am Himmelsrande?« – »Das sind die Fenster des Wachtturmes«, antwortete Herr Steller lachend, »kennt Ihr die nicht, aber sie leuchten heute wohl heller als sonst, denn da ist Bettelmanns Hochzeit, der neue Turmwächter, der Martin, hat heute die Witwe des vorigen geheuratet, weil sie oben zu stark geworden, um die enge Windeltreppe herunter zu steigen. Wir konnten doch wahrhaftig der Frau wegen nicht den Turm abbrechen lassen und so mußte sie sich dazu bequemen, sonst hätte sie lieber unsern Schreiber, den Berthold, geheuratet. Der Pfarrer hat sie oben müssen zusammengeben.« – »Aber um Gottes willen«, fragte der Vogt, »wie soll die Frau hinunterkommen, wenn sie erst tot ist, da wird ein Mensch doch noch ungeschickter, als er bei lebendigem Leibe war.« – »Das würde sich finden, wie's Sterben, meinte sie«, sprach Steller, »solch armes Volk lebt in die Zeit hinein, wie's liebe Vieh, wenn es nur

Futter hat. Gute Nacht Gevatter, viel Glück zum neuen Jahre; Ihr werdet doch allein fortkommen?« So taumelten sie aus einander, der Vogt ging den beiden roten Sternen nach und der Bürgermeister gab Achtung, daß sie ihm im Rücken blieben und so führte das Glück der Armen die beiden Reichen wie eine Vorbedeutung in ihre Häuser heim.

Auf dem Turme saß der alte, trockene Martin, der neue Turmwächter im verschossenen, roten Wams, den er noch aus dem italienischen Kriege mitgebracht hatte, zwischen Frau Hildegard, mit der er heute vermählt war, und Berthold, dem Ratsschreiber, wie auf dem Felde des Schachbretts zwischen Schwarz und Weiß, denn jene war reinlich in weißem, selbstgewebten Leinen, dieser sehr anständig in schwarzem Tuch gekleidet. Martin sprach davon, wie er sonst auf Schlachtfeldern zwischen Tod und Teufel und jetzt wie im Schachspiel fröhlich zwischen Freund und Frau sitze und habe sich das nicht träumen lassen voraus, dabei umfaßte er beide und drückte beiden die Köpfe an einander, daß sie sich küssen mußten und trank dann seinen Wein auf die Erinnerung einer Neujahrsnacht, wo er und Berthold auf den Turm stiegen und Frau Hildegard belauschten, wie sie mit ihrer Base Zinn gegossen. – BERTHOLD: »Das war eine schöne Nacht, klar und warm, die Witterung wird immer rauher in Waiblingen und die Welt geht endlich gewiß in Eis unter.« – MARTIN: »Kalt oder warm, untergehn muß sie doch bald, wenn nur Hildegard so lange lebt, um den Lärm mit uns zu beschauen. Ja in der Nacht ging mir das Herz auf gegen dich und es zuckte mir in dem Arme, was hilft's verhehlen, Gott weiß es doch und schreibt sich alles auf.« BERTHOLD: »Du wolltest der guten Frau um den Hals fallen, die Sünde vergibt der Küster.« – MARTIN: »Nein Berthold, ihren Mann wollte ich zum Turm hinunterwerfen, er stand auf der Mauer und blies das neue Jahr an, er wollte sich recht hören lassen, da tratest du zwischen uns und so wurdest du mein guter Engel und bist es immer geblieben und hast bei Hildegard für mich geworben. Das kam alles vom Zinngießen.« – HILDEGARD: »Hab dich damals am Fenster nicht beachtet, aber den Zinnguß habe ich aufgehoben, wie ich alles aufhebe; seht da drei Kirchtürme im Zinn, was deutet mir das?« – MARTIN: »Der eine bedeutet deinen ersten Mann, der zweite deutet auf mich und der dritte, das ist dein dritter Mann Berthold.« – HILDEGARD: »Der Tod ist der dritte Mann.« – BERTHOLD: »Hör Martin, ich mag auf deinen Tod zu meiner Seligkeit nicht warten; dir schadet's doch nicht, wenn du ein paar Stunden mit offner Brust im Schneegestöber auf ein Wild lauerst, ich muß mir schon Kopf und Füße warm halten, am Schreibtische altert ein Mensch früher, als auf dem Rosse.« – MARTIN: »Mit dem Reiten und Fechten ist es jetzt aus, bin ärgerlichen Gemüts und das gedeiht nicht im Alter; kann ich die Armbrust nicht mehr spannen und keinen Vogel im Fluge sehen und treffen, dann stößt mir der Gram das Herz ab. Sieh Berthold, so gräm ich mich auch, daß wir von einander ziehen sollen und haben so lange mit einander Haus gehalten, ich sorgte fürs Wildbret und du für die Fische aus dem Ratsweiher. Es liegt wenig daran, ob einer in Seide oder nackt, wie auf dem Schlachtfelde begraben wird, aber daß wir nicht in alten Tagen einsam leben müssen, davor behüte der Himmel jeden. Hör Berthold, wir sind heute bei deinem Wein lustig, sei künftig auch vergnügt bei unserer alltäglichen Hausmannskost, zieh herauf zu uns, Hildegard wird dir mit keiner doppelten Kreide anschreiben.« – BERTHOLD: »Du kannst meine Gedanken lesen, dachte schon lange daran, ob ich mir nicht dort auf der wüsten Brandstelle ein Haus in eurer Nähe errichten könnte, wo wir zusammen aus einer Kasse lebten und mit einander teilten, was wir verdienen.« – MARTIN: »Damit alles gleich wird, teilen wir auch die Frau.« – HILDEGARD: »Sonst bin ich mit allem zufrieden, aber das ist gegen die zehn Gebote.« – MARTIN: »Und er soll dein Herr sein, hat der Pfarrer gesagt und dabei bleibt's, Berthold schläft hier, du nennst ihn Du wie mich, du sorgst für ihn wie für mich und schlägst ihm nichts ab, er wird nichts Ungebührliches von dir fordern. Und hier ist deine Schlafstelle auf der alten Wurfschleuder, die doch nimmermehr gebraucht wird, hier ziehen wir eine Wand von Latten und du überziehst sie mit Papier, so hast du dein Haus da drin und dein Fenster und deine Schreibereien liegen da ungestört und wenn wir Nachts nicht schlafen können, so können wir wie bisher mit einander reden; du sagst, was du Neues gelesen und ich, was ich in jungen Tagen bei dem Franzosen und Italiener erlebt habe.« – BERTHOLD: »Du sprichst wie aus himmlischer Eingebung, wie kann ich mich widersetzen. Seht, da kehre ich meine Tasche um in den Topf, das ist meine ganze Habe, so tut desgleichen und so lange der Topf nicht leer ist, greife ich dreist in eure Schüsseln.« – MARTIN: »Halt Bruder, du hast schon zuviel voraus, gleiche Brüder, gleiche Kappen, fort mit den Batzen, bis ich auch welche verdient habe und gleich einlegen kann.« – BERTHOLD: »Hör nur, da ruft's vor dem Tore, da kommt ein reiches Trinkgeld, das setzest du gegen meinen Sparpfennig, was der bringt, gehört uns auch zusammen.« – MARTIN: »Das wird nicht viel sein, aber du sollst deinen Willen haben; rückt nun den Tisch, hebt den Eimer über, nun laßt die Winde langsam ablaufen: das mußt du alles lernen, Bruder Berthold, wenn du mit uns im Adlerneste hausen willst, die Krähen werden dir oft genug den Käse vom Brot stehlen.«

Berthold hatte das alles schon gelernt und während Martin die Winde in Ordnung brachte, hatte er schon den wohlbeschlagnen Eimer auf die andere Rolle übergelegt. Frau Hildegard erinnerte Martin, seinen Schafpelz anzuziehen, er aber lachte und sprach: »Hab eher im Schnee geschlafen, als wären's Daunen, als ich noch bei den Kronenwächtern diente, doch halt, davon darf ich nicht schwatzen, ich hab's geschworen.« – Der Reiter unter dem Tore fluchte, daß es so lange daure, und Martin wollte ihm eben in alter Kriegsmanier antworten, da bat jener sorglich, er möchte den Eimer nicht anstoßen lassen, es sei zerbrechliche Ware darin und Martin verschluckte seine Antwort und sprach: »Zu meiner Hochzeit hättet Ihr wohl das Fluchen vergessen können.« – Der Reiter schrie herauf: »Nimm das, was im Eimer liegt, zum Hochzeitgeschenk, sei eingedenk deines Schwures, kein Turm ist zu hoch, kein Grab zu tief für Gottes Richterschwert und für unsern Pfeil.« – Martin trat ernst mit dem Kasten ins Zimmer, den er aus dem Eimer genommen, setzte ihn in der Zerstreuung auf den Apfelkuchen und brummte vor sich hin: »Wäre ich nur nie bei den alten Mördern gewesen!« Als Frau Hildegard wegen des Apfelkuchens schalt, sagte er: »Es ist auch ein Hochzeitgeschenk, mit dir Berthold wird es geteilt, vielleicht ist's ein feinerer Kuchen, macht es sorglich auf, es soll sehr zerbrechlich sein.« Frau Hildegard schob den durchlöcherten Deckel auf, hob eine Pelzdecke auf und sah mit großem Erstaunen einen kleinen Knaben, der auf einem Totenschädel, halb mit einem weichen Kissen bedeckt, ruhte und schlief. »Ha«, fuhr Martin bei dem Anblick auf, »es hat das Zeichen!« Bei dem Worte sprang er hinaus, sah aber nur noch in bedeutender Entfernung den Reiter auf seinem Schimmel, wie sein weißer Mantel im Winde gleich einem Segel aufbauchte und wie er sich bald gleich einer Schneewolke unter den stumpfen Weiden der Straße verlor. Er kam zurück, als Berthold mit überwundener Sorge sprach: »Es ist nicht tot, es schläft nur, tragt's ins Bette, Frau Hildegard, aber denkt nicht, daß dies liebe Kind euch allein gehört, mein ist die Hälfte, Martin hat's versprochen.« – MARTIN: »Du sprichst ja wie ein Versucher, dem ich des Kindes Seele verschrieben habe.« – BERTHOLD: »Ich brauche nicht seine Seele, ich brauche nur seine Hand, ich will's zum Schreiber aufziehen.« – MARTIN: »Versuch's nur; wenn der Knabe älter wird, da merkt er schon in sich, daß er nicht zum Schreibtisch, sondern unter den Helm gehört; aber Hildegard, ist es dir denn lieb, ein Kind zu haben, bist ja so still emsig, es einzupacken, als ob du es im Federbett ersäufen wolltest.« – HILDEGARD: »Still, hab nie ein schöneres Kind gesehen, alle andern sind Holzklötze dagegen, ein feincs Bild aus Elfenbein ist dies, das muß aus hohem Geschlechte stammen; wenn wir nur reich wären, um es fein ordentlich aufzuziehen!« – MARTIN: »Gott sorgt für die Gemslein auf den Felsenspitzen, sieh her Hildegard, sieh den Schatz, der bei dem Kinde im Kästchen liegt.« – BERTHOLD: »Fünf Goldgülden, alle mit dem Stempel unsres letzten Schwabenherzogs Konradin, die sollen wunderselten sein, die mögen in einer recht alten Sparbüchse gerostet haben, bis die grimme Not, die das liebe Kind verstoßen, sie in die Welt trieb. Der Schatz soll dem Kinde bleiben, ich sorge mit Abschreiben in den Abendstunden für das Kind.« – MARTIN: »Ich sorge für meine Hälfte, sonst hau ich sie mir von dem Kinde ab, hab wohl keine Kinder mehr zu erwarten, will mich auch von einem Kinde streicheln lassen: ob ich mir hier ein Kind, oder einen Hund futtre, das kostet gleich viel!« Das Kind war von dem Streite aufgewacht und forderte schreiend seine Nahrung, die Frau war in großer Sorge, was sie ihm geben sollte, sie hoffte, daß ein gläubiges Gebet zur heiligen Mutter, ihre Brust mit Milch füllen könnte, aber Martin schüttelte mit dem Kopfe und sprach: »In unsrer Zeit geschehen keine Wunder.« Frau Hildegard ließ sich aber nicht stören in ihrem Glauben, sondern betete an ihrem kleinen Altare und wie sie noch so betete, da hörte sie das Kind schlucken, das ganz allein lag, weil die beiden Männer an den Herd gegangen waren, um Feuer zu einem Brei anzuschüren. Sie sah sich um, und erblickte ihre große, schwarze Ziege, die sich aus dem Stall losgerissen und auf das Bette gesprungen war, und das Kindlein sog mit freudiger Begierde an der Ziege. Hildegard richtete sich mit gefalteten Händen auf und rief die Männer: »Seht, seht, dem Frommen geschehen alle Tage Wunder!« Berthold faltete gleichfalls verwundert die Hände, aber Martin sprach gleichgültig: »Es ist doch gut, daß wir heut das Zicklein zum Hochzeitbraten opferten, die Ziege wäre sonst mit keiner Gewalt zum Stillen des Kinds zu zwingen gewesen, jetzt drängt es sie dazu: es ist nicht alles Liebe, was die Menschen so nennen!« Dann nahm er Berthold bei der Hand und führte ihn an die andere Ecke des Zimmers, wo der Kasten stand und sprach wehmütig und leise: »Sieh da das weiße Kind unter dem gehörnten, schwarzen Tiere, das dem Teufel ähnlich sieht, so kommt die Unschuld zur Schuld und nährt sich von ihr, so soll auch ich das Kind ernähren und bin nicht wert solcher himmlischen Gnade. Ich halt's nicht aus! Habe so viele blühende Jünglinge in Feldschlacht und Fehden erschlagen und werde nun zum Narrn vor Freude, daß ich der Welt ein Kind zum Ersatz aufziehe, o ich wollte, daß ich bei meinem Vater am Webstuhl ausgeharrt, oder daß ich gar nicht gelebt hätte. Wer weiß, wem der Schädel gehört, der bei dem Kinde liegt, er trägt eine schwere Narbe, wie ein Fenster, durch welches der Geist zum Himmel geflogen, vielleicht habe ich ihm die geschlagen. Ich mußte meinen Herren folgen auf den Fehden und sie fragten mich nicht, ob sie ein Recht hätten zum Blutvergießen, es hieß nur: hier gilt's, hier mußt du vor, Martin. Es sind jetzt noch keine sechs Monat, da focht ich mit einem jungen Ritter, er wehrte sich entsetzlich, da fiel ihm der Helm ab, ich hatte ihm die Schienen durchhauen, und mein Schwert drang tief in sein Haupt, er war schön wie eine Jungfrau, meinen Hals hätte ich abschlagen lassen, um ihn zu heilen, aber der Tod läßt sich nicht wieder gut machen. Ich sagte den Kronenwächtern mit Abscheu meinen Dienst auf, sie ließen mich ziehen. Das Kind gleicht dem Ritter, sie haben's mir geschickt. Berthold, zieh es zum Frieden auf, es soll für mich beten.« Berthold sah verlegen nieder, es war ihm, als ob ein anderer, als Martin, mit ihm rede, so weich hatte er ihn nie gekannt, er sah nach dem Schädel und wies auf etwas Blinkendes, das darin steckte. – MARTIN: »Wird wohl ein Splitter von meinem schartigen Doppelschwerte sein, oder ein Helmring, laß es stecken, so etwas, das einem Menschen den Tod brachte, muß vergraben sein, ich werd's auch bald sein: Wenn einst andere Leute so in meinen Schädel hinein sehen, was werden sie darin lesen?«

Zweite Geschichte

Die Chronik der Stadt

Die Nacht verging unbemerkt in mancher Besorgung für das Kind, am Morgen bemerkte erst Frau Hildegard eine feine Schrift auf dem Kasten, der das Kind geborgen, und Berthold las da den biblischen Spruch auf das Kind angewendet: »Gehet hin und taufet ihn im Namen des Vaters.« Frau Hildegard erschrak, daß dies wohl sechs Monat alte Kind noch nicht getauft sei, und Berthold nahm es eilig mit dem Bette in seinen Mantel, da Martin von seinem Wachtposten nicht abkommen konnte. Erst lief er zum Bürgermeister und berichtete ihm den seltsamen Vorgang, indem er zugleich den zierlich mit blauer und roter Tinte geschriebenen Neujahrwunsch abgab. Der Bürgermeister war in sehr gnädiger Stimmung, dankte freundlich und sagte, daß er dieses Kind wohl zu sich nehmen würde, wenn er verheiratet wäre, jetzt könne es aber seinem Rufe bei den Eltern seiner Braut schaden, übrigens werde wohl zuweilen aus der Armenkasse etwas für das Kind zu erübrigen sein und man müsse inzwischen nachforschen, wer des Kindes Eltern wären. Das alles hatte der Schreiber sich längst selbst bedacht, nahm es aber doch wie hohe Weisheit an und entfernte sich demütig. Aber die Frühmesse war inzwischen schon längst zu Ende gegangen, als er nach der Pfarrkirche kam. Der Geistliche trat eben hinaus, ihn fror sehr und er war nur mit Mühe zu überreden, die Taufe sogleich zu erteilen. In der Eile vergaß er, sich nach Vor- und Zunamen des Kindes zu erkundigen und fragte während der Handlung, wie es heißen sollte! Berthold, der es auch nicht bedacht, antwortete Berthold, und weil der Pfarrer es für Bertholds Kind hielt, so taufte er es Berthold mit Vornamen und Berthold mit Zunamen, so daß es nun Berthold Berthold hieß, oder Berchtold Berchtold, wie andere den guten, alten Namen schreiben. Der Tag durchbrach siegend die Schneewolken, als Berthold im Turme das Kind aus dem warmen Mantel hob und sich in dessen hellen Augen sonnte. Die lahme Elster, die in der vorigen Nacht alles unter dem Bette verschlafen hatte, sprang zum Kinde mit Hildegard und Martin und rief zu ihm: »Berthold, Berthold.« – »Sie weiß es schon«, rief Berthold verwundert, »das haben ihr gewiß die Sperlinge gesagt, die in der Kirche herumflogen.« Martin aber ging ruhig zu seiner Arbeit an der neuen Lattenwand zurück und brummte vor sich: »Nenne ihn, wie du willst, er wird seinen rechten Namen doch erhalten, wenn seine Stunde schlägt, aber sieh hier, wie fleißig ich gewesen bin; die Wand ist gleich fertig und nun schaffe Papier zum Überziehen.« – »Auch dafür habe ich in der Schreibstube gesorgt«, antwortete Berthold, »sieh die schönen, großen Bogen, habe darauf in jungen Jahren, als ich noch mehr Freude am Schreiben hatte, die Chronik von unserm Städtlein geschrieben, der Knabe mag daran buchstabieren lernen.« – »Schade, daß wir's so zerreißen müssen«, sagte Martin, »habe oft darüber nachgedacht, wie die Leute auf den närrischen Einfall gekommen sind, sich hier niederzulassen, obgleich jedermann lieber in Augsburg wohnen möchte.« – »Ei«, sagte Berthold, »du denkst, das Glück hat immer auf dem Fleck wie jetzt gestanden, vielmehr rückt es immer von einem Platze zum andern, weil es nie sich festsetzen darf und des Stehens müde wird. Es gab eine Zeit, wo Augsburg kaum genannt wurde, und da stand hier eine Stadt, die auch niemand mehr zu nennen weiß, die war das Haupt von ganz Schwaben, zwei Meilen von hier nach Schorndorf soll noch ein Stück von unsrer alten Stadtmauer zu sehen sein, bei meinen Geschäften ist mir aber die Reise zu weit, um es zu besehen.« – »Und ich darf vom Turme gar nicht fort«, klagte Martin. »Tröste dich mit mir«, meinte Hildegard, »ich dürfte wohl herunter, aber bei meinem Schwindel darf ich die Windeltreppe nicht ansehen, sonst gehet alles mit mir um, da sagen denn die bösen Leute in der Stadt, daß ich zu stark geworden sei, um die Treppe zu steigen; wer weiß, ob solche Lügenreden nicht auch in die alten Geschichten gekommen sind, so daß kein Mensch jetzt mehr sagen kann, wo die Lüge aufhört und wo die Wahrheit anfängt.« – »Aber ich habe es geschrieben funden auf altem Pergament«, rief Berthold, »wer würde sich die Mühe geben, Lügen aufzuschreiben. In diesem Pergament fand ich auch, was hier steht, daß der Attila, Gottes Geißel getauft, diese Hauptstadt der alten schwäbischen Herzoge bis auf den Grund ausbrannte und daß wir entweder gar nicht lebten, oder doch keine Waiblinger wären, wenn nicht die Frau des Frankenkönigs Klodwig hier drei Hirsche mit ihrer Armbrust erlegt hätte. Seinem Weibe zu Ehren baute der Frankenkönig die Stadt, nannte sie von ihr Waiblingen, versteht ihr wohl, weil dort einem Weibe gelingt, was sonst kaum ein Mann leisten kann auf der Jagd.« – »Und davon kommen wohl die drei Hirschhörner in unserm Stadtwappen?« fragte Martin. »Ein schlimmes Zeichen für uns Ehemänner«, fuhr er fort, »muß nur die Wand hier recht dicht und fest zukleben.« Berthold blätterte weiter und sagte: »Du hast mir ein gut Stück Geschichte zugeklebt, da stehe ich schon beim Kaiser Konrad, der so viel auf die Treue seiner Waiblinger hielt, daß er es zum Feldgeschrei der Seinen gegen die verräterischen Welfen machte. ›Hier Waiblinger‹, hieß es, wo es hart herging, und mit dem Feldgeschrei siegte er über alle Feinde. Der hörnerne Siegfried war ihr Anführer, der seinem Herrn die starke Braut bezwungen hatte und dafür durch den tückischen Hagen sein Leben einbüßte; nun von dem Märchen singen ja noch die Fiedler auf den Straßen, und es wäre wohl gut, daß sie etwas Neues lernten, denn es will ihnen niemand mehr zuhören.« – »Was haben mir die Italiener von Ghibellinen oder Wibellinen erzählt«, unterbrach ihn Martin, »sie schimpften sich noch so, obgleich keiner mehr wußte, was es bedeute, und da kommt all der Lärmen aus unserm Städtlein.« – »Ehre unsere Stadt alter Martin«, sagte Berthold, »denn sie hat viel mehr Auszeichnung genossen zur Zeit der schwäbischen Kaiser. Vor allem liebte sie der hochberühmte Friedrich Barbarossa, erbaute auch hier einen Palast, gleich dem von Gelnhausen. Ich habe ihn oft gesucht dort unter den Trümmern, aber ich konnte nicht ohne Aufsehen über das alte Mauerwerk klettern und die Leute hätten gemeint, ich sei auch so ein Schatzgräber, die immer noch bei den alten Häusern, welche die große Feuersbrunst einstürzte, nach Gold suchen und Kohlen finden. Die Beschreibung von dem Schlosse ist gar sehr prächtig, es bestand aus einem Hauptgebäude und einem Seitenflügel zum Anschauen der Ritterspiele. Hinter demselben war ein seltsamer Garten von fremden Pflanzen. Alle Zimmer waren kostbar mit Teppichen und Waffen des Morgenlandes verziert, aber am reichsten die Kapelle zu

Ehren der heiligen drei Könige, deren Leichen dort eine Nacht geruhet, als sie der Kaiser von Mailand nach Köln sendete, wo sie noch ruhen und große Wunder verrichten. In dem Hause hier sollen die Anhänger des schwäbischen Hauses noch lange Zeit ihre Zusammenkünfte gehalten haben, bis die große Feuersbrunst es mit aller Herrlichkeit gleich der ärmsten Hütte verzehrt hat.« – »So geht's auch Eurer saubern, schön gemalten Handschrift, habt sicher nicht gedacht, sie so zu verbrauchen, als Ihr Euch dem Schreiben unterzogen«, bemerkte hier Martin. »Ich erheiterte mich als Knabe«, erwiderte Berthold, »mit der gewissen Zuversicht, sie werde sich zum ewigen Andenken wie die alten Schenkbriefe der Stadt von einem Ratsschreiber zum andern vererben, aber der Bürgermeister warf sie neulich zornig dreinreißend vor die Türe, weil er etwas von den Seinen, die ich unter dem Namen nicht erkannt, darin gefunden, das ihm gar nicht lieb war, daß nämlich eine Jungfrau seines Geschlechts einen Löwen in unsrer Stadt geboren habe. Es hat sich damals ein Löwe hieher verlaufen gehabt, der viele Menschen würgte, bis diese Jungfrau ihm entgegentrat, der er geduldig den Kopf in den Schoß legte und sich von ihr mit gemeiner Kost abspeisen ließ. Da glaubten schon die Leute, sie sei eine Heilige, bald aber kam es heraus, daß sie sich ihm vermählt habe, als sie einen Löwen gebar, denn da zog der Alte mit seinem jungen Löwen fort, sie aber stürzte sich aus Gram in die Rems.« – »Sollte die Geschichte also doch wahr sein«, brummte Martin, »hab sie den Kronenwächtern nie glauben wollen, von dem Löwen stammten nachher viele Menschen, versteht Ihr mich, von ihren gelben, lockigen Haaren wurden sie Löwen genannt, auch von ihrer Stärke und königlichen Abkunft. Doch das stirbt hier unter uns, ich darf davon nicht reden, aber Ihr wißt doch von dem Feinde unsres Barbarossa, daß der Heinrich der Löwe hieß; kein Stamm geht unter, aber erst, wenn feindliche Stämme sich innerlich versöhnen und verbinden, wird der Friede kommen auf Erden.« – »Aber wie ist mir«, rief Hildegard, verließ das schlummernde Kind und trat ans Fenster, »es ist, als ob es schon wieder Nacht werden wollte.« – »Es wird eine Schneewolke sein«, meinte Berthold. »Nein, nein«, seufzte Martin, »ich sagte wieder ein Wort zu viel, das geht mir nicht ungestraft hin, seht nur, die Sonne verliert ihren Glanz, daß jeder sie anschauen kann, wie ein verweintes Auge. Der schwarze Star deckt sie immer mehr, die wird nicht wieder scheinen, seht wie die Vögel in den Tannen sich verstecken, auch unsre Elster geht schon unters Bette zum Schlafen, die Schatten der Bäume verschwinden vom Schneegrund, denn ein Schatten deckt alles, ich stehe vor der Sonne, daß sie nicht scheinen mag. Die Bürger laufen umher und wissen nicht, woher ihnen die Strafe kommt. Hört ihr's da unten, das brachte ich euch!« – »Schweig Martin«, unterbrach ihn Berthold, »ich muß dir sonst den Mund zuhalten, mir ist nicht wohl in der Dunkelheit und die Bürger läuten der Sonne die Sterbeglocke, jetzt ist sie kaum noch einer Mondensichel zu vergleichen, die am Tage da oben stehen geblieben, aber wartet geduldig, um einen Menschen geht die Welt nicht unter. Aus meiner Chronik erinnere ich mich einer Sonnenfinsternis, die so dunkel gewesen, daß die Arbeiter der großen Wollenwebereien in Augsburg aus Angst zu den Ihren zu kommen, einander tot drängten und nachher war alle Not verschwunden, nur die nicht, die sie selbst in der Angst geschaffen hatten.« – »Ihr habt recht«, sagte Hildegard, »mir ist, als ginge die Sonne mitten am Himmel wieder auf, als wäre ihr Licht tausendfach schöner als je; wie sich unsre Tauben erschwingen und Kreise um den Turm ziehen.« – »Die Bürger lachen ihrer Furcht«, fuhr Berthold fort, »schämst du dich nicht Martin?« – »Wär's mit der Scham abgetan und mit der Furcht«, sprach Martin in sich, »ich wollte mich fürchten und meiner

Furcht mich schämen und den Spott der Kinder tragen; mir aber ist es mehr als eine Sonnenfinsternis, was ich gesehen; vergebens ziehen die Tauben ihre Kreise um mich her, sie können mich nicht schützen!«

Dritte Geschichte

Der Palast des Barbarossa

Die Ehe des Turmwächters Martin blieb ohne Segen eigner Kinder, um so höher ehrten die beiden Eheleute den kleinen Berthold, und Frau Hildegard hatte eigentlich keinen Augenblick, wo sie ihn vergaß. Selbst im Schlafe reichte sie ihm noch die Hand, daß er damit spielen und sie erwecken könnte, wenn er einmal früher aufwachen sollte. Die Elster war aber des Kleinen Gespielin, die ihm nie etwas zu leide tat, aber durch ihr Geschrei warnte, wo das Kind sich einer Gefahr aussetzte. Martin fand sich in seiner schwarzen Seelentiefe durch den Anblick des Knaben erhellt, schnitzte ihm Stöcke und Degen, so bunt der Kleine sie verlangte, und Berthold war eifrig beschäftigt, daß der Kleine früher als andere Kinder Buchstaben kennen lernte und bald auch buchstabierte. »Das wird ein Gelehrter«, sagte er mit Zuversicht und Martin lächelte, aber Berthold ließ sich dadurch nicht abbringen von seinem Unterrichte. Schon im siebenten Jahre schrieb der Kleine eine feste Hand, rechnete schon notdürftig und wäre in der Schule als ein Wunderkind aufgetreten, wenn er sie hätte besuchen dürfen. Aber Berthold setzte seinen Schreiberstolz darin, ihn allein weiter zu bringen, als die bequemen Geistlichen in der Stadtschule es mit allen Züchtigungen bei den Stadtkindern vermochten, und Frau Hildegard war es sehr zufrieden, weil er sonst Unarten und Ungeziefer mit annehmen könnte. Nur Martin schüttelte mit dem

Kopfe und sagte, es werde der Junge zu nichts in der Welt taugen und die beste Zeit seines Lebens in dieser Einsamkeit verlieren, doch sah er ihn zu gern um sich, als daß er ihn mit Ernst entfernt hätte. Schon im zehnten Jahre wußte ihn Berthold mit schriftlichen Aufsätzen aller Art zu beschäftigen, indem er ihm einbildete, die Stadt habe ihn als Unterschreiber angenommen. Der Kleine arbeitete sich in alles mit einem Amtseifer hinein, daß Berthold schon im zwölften Jahre des Knaben ihn dem Bürgermeister zuführen konnte. Dem Bürgermeister gefiel seine gute Bildung, sein freundliches Auge, noch mehr seine Handschrift, in der er selbst dem alten Berthold überlegen war, so künstlich dieser die Anfänge der Kaufbriefe verzieren mochte. Der Bürgermeister strich ihm die langen gescheitelten, blonden Haare und versprach, ihn mit einem kleinen Gehalt zur Hülfe des alten Berthold anzustellen. Der junge Berthold dankte, daß er ihn in seiner Stelle wolle fortbestehen lassen, und Berthold klärte mit Selbstzufriedenheit seine List auf, wie er dem Knaben durch eine eingebildete Anstellung Lust zur Arbeit gemacht habe. Dem Bürgermeister machte der Einfall viel Spaß, er erzählte ihn seiner Tochter Apollonia, die eben eintrat, ungefähr ein Jahr jünger als der junge Berthold, und seit dem Tode der Mutter des Vaters Augapfel, während der junge Berthold von tiefer Scham über seine Täuschung immer heißer erglühte und sich zuletzt des lauten Schluchzens und der Tränen nicht erwehren konnte. Der alte Berthold entschuldigte ihn mit einer ihm angebornen Blödigkeit und der Bürgermeister versprach ihm ein Kleid, wenn er etwas Altes ablegte, wo dann Jungfrau Apollonia an das grüne Tuch, welches vom Ratstische abgenommen war, erinnerte, das sich auf der linken Seite noch untadelig gefunden hätte. Der Bürgermeister schenkte es auf ihre Bitte dem Knaben, dem es zwischen den Arm von Apollonien geschoben wurde, die er dabei seitwärts durch die Tränen ganz freundlich ansah und sich dann mit dem Vater fortbewegte.

Als der Vater den Knaben in die Ratsstube führte, ihm seinen Platz anwies und wie er die Schriften ordnen sollte, da mußte der Knabe wieder weinen. Als der Vater nach der Ursache fragte, antwortete der Knabe: »Ich habe nun schon seit Jahren etwas zu tun vermeint, es war aber lauter Nichts und nur zu meiner Übung; wenn nun das alles, was ich hier treiben soll, auch nur zu meiner Prüfung und an sich zu nichts dient?« – »Vielleicht, lieber Sohn«, antwortete der Alte leise, »zuweilen überkommt mich so eine tiefere Einsicht und sie erschreckt mich nicht mehr wie sonst, du aber bist ein Kind, darum weine dich aus wie ein Kind, wirst immer noch früher wieder lachen als ich, wenn ich dich zum Schneidermeister Fingerling führe und dir das grüne Kleid anmessen lasse, was du mit deinem Schreiben dir verdienet hast. An dem Kleid magst du erkennen, daß dennoch nichts vergebens ist, was der Mensch in gutem Willen tut.« Sie gingen zu Meister Fingerling und der kleine Berthold ward in der Werkstätte vom Meister nach allen Richtungen gemessen. Seltsam war es ihm, als er den Arm mußte heben und krümmen, wie er es sonst nie getan, er meinte in dem neuen Rocke künftig immer so stehen zu müssen. Während der Meister die Umrisse des Kleids auf das Tuch nach dem Maße kreidete und zuschnitt, sah der junge Berthold mit großer Aufmerksamkeit der Schere nach. »Ich sehe es wohl an deiner Neugierde«, sprach Fingerling, »daß du Lust zum Handwerk hast und daß du die spöttischen Reden der andern Gewerke über uns Schneider nicht achtest.« Der junge Berthold antwortete darauf: »Ich verstehe nichts von Eurem Gewerke, lieber Meister, aber unbarmherzig scheint es mir, wie Ihr mit der großen Schere das schön farbige Tuch zerfetzt, mir ist's, als zerschnittet Ihr mir die Haut, so lieb habe ich diese grüne Wiesenfläche; ich hätte mir das Tuch bewahren sollen, statt es zerschneiden zu lassen, um das Geschenk der edlen Jungfrau mir auf immer zu bewahren.« – »Du mußt ein Tuchhändler werden«, sagte der fixfingrige Mann, ohne von der geheimnisvollen Bewegung seiner Schere aufzublicken, »wenn so ein Händler mit rechtem, eignen Wohlgefallen das Tuch aufrollt und mit der Hand sanft überfährt, als ob er des Käufers ganz vergessen, da gibt jeder einige Kreuzer mehr. Ich für mein Teil denke, das Tuch wird erst durch meinen Zuschnitt zu etwas, wie der Mensch durch die Erziehung, ja ich sehe dann schon im Geiste die goldne Ehrenkette in dem Wams verdienen und darauf prangen.« – »Ich würde lieber ein Tuchhändler«, sagte der junge Berthold und empfahl sich dem Meister mit besonderer Zuneigung.

Frau Hildegard ehrte den Knaben mit tausend Zärtlichkeiten und noch mehr Ermahnungen, als sie seine neue Würde vernahm, nur Martin schüttelte mit dem Kopfe und brummte vor sich: »Sie haben ihn ganz aufgegeben und vergessen.« Der junge Berthold wußte schon, daß er um solche Redensarten den alten Martin nicht befragen durfte, daher war auch alle Neugierde über dergleichen Äußerungen bei ihm verschwunden, er meinte, das gehöre so zu einem alten Kriegsmann, wie das Fluchen. Keiner verlor aber mehr bei dieser Änderung, als der Martin. Die Frau war jünger und konnte sich so nicht in seine Launen fügen, wenn sie ihn auch lieb hatte, und ihre Liebe selbst war doch nur seiner Anwartschaft zur Türmerstelle gewesen, was konnte da mit den Jahren viel übrig bleiben, außer der guten alltäglichen Gewohnheit, alles als gemeinschaftlich zu betrachten, ausgenommen das Herz und die Gedanken.

Alle Morgen, wenn der junge Berthold vom Rathause kam, ging ihm Martin ungeduldig entgegen, sah ihn an und ließ sich berichten, was vorgefallen sei. Auf nichts mochte er sonst hören, jetzt hatte er mit dem Liebling

wieder Auge und Ohr in die Welt gestreckt, und ärgerte sich an dem vielen Unrecht, was auf dem Rathause zur Sprache kam, und fluchte vom Jüngsten Tage. Der alte Berthold aber meinte: »Das Gute bringen sie nicht zum Rathaus, so wenig sie ihr Brot auf die Straße werfen; so wissen wir im Rathause nur von den Sünden, und auf der Straße nur von der Unreinlichkeit der Menschen.«
Aber Martin wurde immer finsterer, seine Augen verdunkelten sich und es mochte wohl ein Jahr seit der Anstellung des jungen Berthold verflossen sein, als er einmal ungeduldig auf ihn wartete und endlich Frau Hildegard die Wacht anvertraute, um ihm entgegen zu gehen. Endlich kam der junge Berthold, aber nicht von der Seite des Rathauses, sondern von der Seite der wüsten Brandstätte. »Erst erkannte ich dich nicht«, rief ihm Martin entgegen, »ist mir doch jetzt beständig wie damals bei der Sonnenfinsternis, die Sonne hat einen Flecken und alles umher hat auch Flecken, nachdem ich hinein gesehen; wie kannst du mich so lange warten lassen, ich bin so neugierig, wie sich der Streit wegen des alten Fundaments geendet hat, worauf der Nachbar übergebauet hatte.« Aber der junge Berthold hörte nicht auf ihn, sondern umarmte ihn voller Seligkeit und rief wiederholend: »Das Haus des Barbarossa!« – »Was weißt du denn von dem?« fragte Martin. »Hab ich nicht täglich davon an der Papierwand von Vater Bertholds Schlafkammer gelesen, habe ich nicht lesen gelernt an der Stelle, wo der Palast in der Chronik steht, und habe immer heimlich daran gedacht, daß ich ihn finden müßte, und heute habe ich ihn gefunden, als mir die alte lahme Elster beim Heimgehen entlief. O sie weiß nun alles, was ich denke, und so zeigte sie mir den Weg und ließ mich nahe kommen und hüpfte weiter, wenn ich ihr den Finger hinhielt, daß sie darauf springen sollte, und so kletterte ich ihr ärgerlich über drei Mauern nach – ohne mich umzusehen – da erst sah ich mich um, denn sie rief

weit von mir, ›Berthold, Berthold‹, – und mit freudigem Erschrecken sahe ich mich von den mächtigen Überbleibseln eines wunderbaren Gebäudes umgeben, eine Reihe ritterlicher Steinbilder steht noch fest und würdig zwischen ausgebrannten Fenstern am Hauptgebäude, ich sahe auch das Seitengebäude, ich sahe im Hintergrunde einen seltsamen, dicht verwachsenen Garten und allerlei künstliche Malerei an der Mauer, die ihn umgibt, – das ist Barbarossas Palast.« – »So seltsam rufen sie die Ihren«, sagte Martin in sich, »so viel Tausende haben als Kinder unter diesen Mauern gespielt und keinem fiel dies Gebäude auf, keiner dachte des Barbarossa.« – »Es ist mein«, rief der Knabe, »ich will es ausbauen, und will den Garten reinigen, ich weiß schon, wo die Mutter wohnen soll. Komm mit Vater, sieh es an! Du wirst sie alle wieder kennen in den Steinbildern, unsre alten Herzoge und Kaiser, von denen du mir so viel erzählt hast.«

Bei diesen Worten zog er den alten Martin über die Trümmer der wüsten Stadtseite fort und Martin folgte ihm willig, aber mit Mühe, denn in dem einsamen Wächtergange des Turms hatte er seine Sehnen zum Klettern allzu sehr erhärtet.

Da stand er endlich atemlos in der grünen Wildnis vor den Steinbildern und rief: »Wie sie mit Epheu bewachsen sind und ich erkenne sie doch, sieh, das ist Barbarossa, es ist mir doch nie so wohl geworden wie an diesem Flecke, fänden wir nur die Kapelle der heiligen drei Könige!« – »Ich war schon drin«, sagte der Knabe, »aber ich kann die Türe nicht wieder finden, auch der Alte ist fort, der mich hinführte, und je mehr ich sein gedenke, desto sonderbarer fällt es mir auf, daß er dem Steinbilde des Barbarossa ähnlich war. Seht, hier saß ich und staunte alles an, da klopfte er mir auf die Schulter, der Alte in dem seltsam prächtigen Mantel, vorn mit einem roten Steine zugeheftelt, und fragte mich, ob es mir wohlgefalle, dieses Haus in den Trümmern, er habe ein steinern Bild, wie es gewesen, im kleinen ausgeführt, das wolle er mir zeigen, so solle ich es aufbauen und ich würde viel Glück in dem Hause erleben und wenig würde mir von meinen Wünschen unerfüllt bleiben.« – »Und du hast es gesehn?« fragte Martin, indem er den Knaben auf andre Art als je ansah. »Freilich«, antwortete der junge Berthold; »und nimmer werde ich das kleine Steinbild vergessen, ich könnte es Euch hier auf dem Boden herzeichnen. Könnte ich nur die Türe wieder finden, wo er mich einführte, es ist als ob der Alte sie mit Schutt bedeckt hat. Hier war es, meine ich, da führte er mich in einen gewölbten Gang, an dessen Ende er eine metallne Türe öffnete. Wie erschrak ich, als wir da eintraten. Das ganze hochgewölbte Zimmer, von zwei hängenden Lampen erleuchtet, schien mit Gold und Edelsteinen, wie andre Häuser mit Kalk überzogen, in der Mitte stand ein Sarg und darin lagen drei hochehrwürdige Männer mit Kronen und als ich den Sarg näher betrachtete, war es dies Haus, schön neu und vollendet und schien mir gewaltig groß, ob ich gleich drüber weg und hinein sehen konnte, und als ich die alten Männer näher betrachtete, so sah ich, daß der mittlere dem Alten glich, der mich hinein führte. Ich sah mich um nach dem Alten, es war mir, als wäre er es selbst, der da lag mit Königen, aber er war fort, eine Angst füllte mein Herz, ich weiß nicht warum, ich floh aus der Kapelle, aus dem Garten über die Mauer und so fand ich Euch Vater Martin.« – »Warum flohst du dein bestes Glück, unglücklicher Knabe?« rief Martin. »Aber so ist's mit dem Menschen, der bildet sich viel auf seine Natur ein und meint, seine Liebe und sein Haß, seine Furcht und Hoffnung müssen einen wahren Grund und Boden in der Welt haben.« Der Knabe sah den Alten an und verstand ihn nicht, sondern fuhr in seiner Rede fort: »Mir ist noch immer so bange, ich fürchte, der Alte ist ein Geist gewesen.« Martin fuhr eben so in seinen

Gedanken fort: »Wir schaudern vor den Geistern und gehen doch lange schon als abgeschiedne Geister umher, wenn uns die Lebenden noch für mitlebend halten. Höre nicht auf mich, mein Sohn, ich bin hier so vergnügt, wie ich lange nicht gewesen und da schwatze ich mit mir selbst. Wie die Linden schön herduften, die den Garten schließen, mir ist nie so wohlgemut gewesen. Gott führt auf immer neuen Wegen zum Heil, unser Leben ist wie ein Märchen, das eine liebe Mutter ihrem unruhigen Kinde erfindet.« – »Aber wird nicht Mutter Hildegard mit dem Essen auf uns warten?« unterbrach ihn der Knabe. »Sie wird noch öfter auf mich warten«, antwortete der Alte, »und ich werde nicht kommen, die Treppen des Turms steige ich nicht mehr hinauf und lasse auch das Seil nicht mehr zur Erde laufen nach täglicher Notdurft, sehe mir auch nicht mehr die Augen aus, ob irgend ein Strauchdieb unsern Fuhrleuten auflauert, das ist nun alles aus und ich bin hier eingesetzt, dich Berthold, den Abkömmling der Hohenstaufen zu erziehen, dir den Gebrauch ritterlicher Waffen zu zeigen und dein Schwert zu wetzen, daß es schneidet, wenn du es brauchen sollst.« Der Knabe wußte ihm nicht mehr zu antworten, sondern schmiegte sich an ihn, als er ihn aber über sich singen hörte, da erschrak er, denn so lange er um ihn gewesen, hatte Martin nie gesungen, obgleich ihm ein Wächterlied anbefohlen war, sondern sich immer am Gesange geärgert und oft mit Steinen nach Knaben und Handwerksgesellen geschleudert, die singend aus der Stadt zogen. Als aber der erste Schreck vorüber war, da hörte er dem Martin gern zu, nie hatte er eine so tiefe, ernste Stimme gehört, es war ihm, als ob er eine ganze Kirche aus der Ferne singen höre und jedes Wort blieb seinem Gedächtnisse eingeprägt.

MARTIN: Im See auf Felsenspitzen
Wird bald dein Schloß, die Pfalz,

So eckig weiß dir blitzen,
Als wär's ein Körnlein Salz,
Und rings in dem Kessel von Felsen,
Da siedet das Wasser am Grund,
Ich rat es euch Wagehälsen,
Verbrennet euch nicht den Mund.

Es glänzen da sieben Türme,
Von sieben Strudeln bewacht,
Und wie der Feind sie stürme,
Der alte Türmer lacht;
Die alten Salme lauern
Auf frische Helden voll Mut,
Wenn Heldenbräute trauern,
Da füttern sie ihre Brut.

Denn sieh, die Schiffe kommen
Gerüstet bis zum Schloß,
Gar prächtig angeschwommen,
Da trifft sie Wirbelstoß,
Und wie ein Rad der Mühle,
So drehn sie sich geschwind,
Als wär es nur zum Spiele,
Bis sie verschwunden sind.

Doch willst du einen retten,
Dem wirft der Türmer dreist
Um den Leib den Haken an Ketten
Und ihn hinüber reißt;
Und zeigt ihm des Schlosses Türe,
Doch wer nicht fliegen kann,
Der braucht der Leitern viere,
Eh' er zur Türe hinan.

Und ist er eingetreten,
Da stehn vier eiserne Mann,
Die stechen, eh' er kann beten,

Hält sie der Türmer nicht an;
Sie scheuen keinen Degen
Und haben doch kein Herz,
Stahlfedern sie bewegen,
Sie sind gegossen aus Erz.

Und ist er da vorüber,
Im grünen ummauerten Platz,
Da wird ihm wohler und trüber,
Als wär er bei seinem Schatz,
Da stehen die Kirschen in Blüten
Und Kaiserkronen in Glanz,
Die Nachtigall singet im Brüten,
Kein Mädchen führt ihn zum Tanz.

Der Türmer nimmer leidet
Ein Mädchen in der Pfalz,
Und ist sie als Ritter verkleidet,
So kostet's ihr den Hals.
Doch hat er den Bart gefühlet,
Dann läßt er ihn zu dir ein,
Zum Schloßhof, wo Wasser spielet,
Mit buntem Strahlenschein.

Da fließt ein Brünnlein helle,
Das wie der Himmel rein,
Wie auch der See anschwelle
Von irdisch gelbem Schein;
Der Blumen stehen da viele
Am schwarzen Gemäuer entlang
Und eine kleine Mühle
Steht mitten in dem Gang.

Die Mühle drehet und netzet
Den Schleifstein grau und fein,
Ein Alter schleifet und wetzet
Beständig auf dem Stein:

Da schleifet er alle Stunden
Ein Heldenschwert am Stein,
Und hat nicht Zeit gefunden,
Daß alle würden rein.

Nun Fremdling geh nur vorüber,
Dir springen die Funken ins Aug,
Bald wäre es dir viel lieber
Du lägst bei den andern auch,
Denn keiner kömmt zurücke,
Der einmal hier oben war,
Es sei denn, daß er sich bücke,
Und daß ihm gebleicht sein Haar.

Die Zimmer des Schlosses sind enge,
Gewölbt von Doppel-Kristall,
Und blankes Silbergepränge,
Das spielt mit den Strahlen Ball;
Da sitzet auf einem Löwen
Des letzten Grafen Sohn,
An solchen gefährlichen Höfen
Ist das der sicherste Thron.

Er denkt an Vater und Mutter
Und an des Unsterns Nacht,
Das ist ein Heldenfutter,
Das nährt des Herzens Macht.
Da sieht er in die Schrecken
Wie in Alltäglichkeit,
Und läßt sich nimmer necken
Von falscher Sorglichkeit.

Er ist so sicher in Kräften,
So herrlich von Angesicht,
So glücklich in allen Geschäften,
Des Unsterns achtet er nicht;
Ihm scheint der Tag der Sage

Schon freudig durch die Nacht,
Die Nacht vorm Jüngsten Tage
Wird schweigend zugebracht.

Vierte Geschichte

Schatz und Messer

»Du kannst nicht schweigen«, rief eine Stimme aus dem Gebüsche; »zum drittenmal hast du den Schwur gebrochen!« – »Fluch über euch«, antwortete der Alte ergrimmt, »die ihr mein freies Herz an unbesonnene Schwüre gekettet, ich breche die Kette, ich fürchte euch nicht mehr.« In dem Augenblicke zischte ein Pfeil neben dem Knaben vorüber in Martins Herz, er sah Martins Blut aufspritzen, hörte seine dumpfen Flüche und stürzte besinnungslos über ihn her, als wollte er ihn mit seinem Leibe gegen jedes Wurfgeschütz seiner Feinde sichern: aber kein zweiter Pfeil war nötig. Die lahme Elster erweckte den jungen Berthold gar bald aus seiner Bewußtlosigkeit, um ihn von der ernsten Wahrheit seines ersten, großen Verlusts zu überzeugen. Sein Gram verwandelte sich in Zorn, er forderte den Mörder auf, sich ihm zu stellen, allen Schimpf häufte er laut auf ihn, aber gleichgültig hallte die Mauer von seiner Rede und Martins Richter und Feind schien entweder gleich verschwunden, oder gegen die Reden des Knaben gleichgültig. Die Besinnung erwachte weiter in ihm, wie er Martin, wenn ihm noch zu helfen wäre, über die Mauern, die er allein mühsam überstiegen, nach der bewohnten Stadt schaffen könnte. Er beschloß eben Menschen herbei zu holen, als der alte Berthold über die Mauern suchend gestiegen kam, beim Anblicke Bertholds frohlockte, aber beim Anblicke Martins sich kaum fassen konnte. Er hatte beide vor dem Tore gesucht, wo ein Vetter Martins seinen Weinberg liegen hatte. Ein fremder geharnischter Mann, den er ansprach, hatte ihm den Garten unter der Brandstätte bezeichnet, wo er sie gewiß finden würde, da habe er vom Berge einen Mann im roten Wams mit einem Knaben im grünen Wams stehen sehen. So war er auf den rechten Weg geführt worden, seinem lieben Martin die letzte Pflicht zu erweisen. Seiner Verzweiflung ließ er keine Zeit, sondern mit rascher Eile suchte er einen bequemen Eingang und fand auch schnell das Tor, wo nur wenige Steine weggewälzt zu werden brauchten, um den Leichnam Martins hindurch zu schleppen. Er und der Knabe trugen ihn nach der Badestube. Da ward ein Aufsehen, denn es war ein Sonnabend, und alle Handwerker wollten zum Sonntag reinlich erscheinen, die rot angelaufenen Gestalten drangen neugierig aus der dampfenden Badestube heraus, mancher mit Schröpfköpfen besetzt, ein andrer mit halb beschnittenen Haaren und allen tat der alte Martin leid, weil er ein stattliches Ansehen im Tode bewahrte. Aber der Bader untersuchte die Wunde und sagte traurig, da vermöge seine Kunst nicht mehr, der Schütze, der ihn getroffen, müsse das menschliche Herz wohl gekannt haben. Nun jammerte erst Berthold und sein Sohn, kaum konnten sie dem eintretenden Bürgermeister Antwort geben, der sie über den Vorfall befragte, denn schon hatte das Gerücht sich verbreitet, Berthold habe Martin aus Liebe zu dessen Frau umgebracht. Es drohte der Bürgermeister mit der Folter, als ein Bote von den Freigerichten einging, welche durch ein Schreiben an den Bürgermeister erklärten, Martin sei schon lange wegen einer Mordtat verurteilt gewesen, aber erst jetzt von ihnen erreicht worden. So kam nun Berthold mit seinem Sohne und seinem Jammer frei und eilte zur Frau Hildegard, die sie gefaßt und von allem durch die beredte Hökerfrau am Tore unterrichtet fanden; sie suchte Berthold damit zu trösten, daß sie versicherte, Martin hätte bei seinem Husten

doch wohl nicht lange mehr leben können. Martin wurde mit Ehren begraben und der am innigsten und längsten ihn betrauerte, war der junge Berthold.
Der junge Berthold hatte sich so treu fleißig in dem Jahre seinem Geschäfte ergeben, daß der Bürgermeister ihn jetzt schon brauchbarer, als den Alten fand, der sich nur mit Mühe in eine neue Einrichtung versetzen konnte. Er gestattete daher gern, daß der Alte vorläufig die Geschäfte des Martin als Türmer besorgte und daß die Schreibegeschäfte sämtlich dem jungen Berthold übertragen wurden. So hatte nun der junge Berthold viel mehr Freiheit in der Anwendung seines Tages, denn der Alte saß ihm nicht mehr zur Seite und diese Freiheit benutzte er reichlich, den entdeckten Garten sich einzurichten. Der Eingang war beim Heraustragen Martins eröffnet, so daß er jetzt vom Rathause zu der wüsten Marktseite in seine Trümmerburg schnell hinüber gehen konnte, wenn er mit angestrengter Eile seine Schreibereien beendet hatte. Er zimmerte sich eine Gittertüre, die den Eingang schloß, damit nicht mutwillige Knaben ihm seine Arbeit verderben könnten, doch besser als diese Tür schützte ihn die Furcht vor geheimen Mächten, die jeder nach seiner Art sich dachte, die aber seit dem gewaltsamen Tode Martins sich mit den alten Gerüchten und Sagen gepfropft hatte. Es tat ihm leid, daß der Alte ihn nicht wieder besuchte und daß er die Kapelle der heiligen drei Könige nicht wieder finden konnte, allmählich schien es ihm sogar, als sei er etwas eingeschlafen gewesen und ein Traum habe ihn getäuscht, denn die schmerzliche Wirklichkeit von Martins Tode hatte jene Anschauungen in Schatten gestellt. Als er den alten Berthold darüber befragte, antwortete ihm dieser: »Wir glauben, was etwas ist, und wissen, was etwas nicht ist; wir wissen nichts, wir müssen alles glauben, aber der Glaube ist ohne Wissen nichts.« Er verstand das nicht, aber er merkte sich es doch auf spätere Tage, weil er wohl ahndete, daß

etwas darin liegen müsse. Übrigens waren des jungen Bertholds Gartenanlagen verständig. Wie er gern auch das Halbverstandene sich lernend bewahrte, so verfuhr er mit dem verwilderten Gartenplane; ehe er gewaltsam Bäume umhieb, suchte er sich deutlich zu machen, was gepflanzt sei und was wild aus Samen und Wurzel aufgewachsen. Zwar schien manches von dem Gepflanzten untergegangen und abgestorben, aber auch mit diesen Stämmen bezeichnete sich die Anlage des Gartens. – Allmählich trat alles an seine rechte Stelle, indem das Überflüssige hinweg genommen war. Brunnen und Gänge waren gereinigt, die ausgeschnittenen, alten Obstbäume trugen wieder und edler Wein bezog die sonnigen Mauern. Ein wohl erhaltenes gewölbtes Zimmer bewahrte während des Winters Blumenpflanzen und Sämereien und so war dem jungen Berthold das erste Jahr mit sichtbaren Zeichen seines Daseins und Wirkens vergangen.

Da kam er eines Tages zum Abendessen und fand Frau Hildegard in stiller Betrübnis, aber sie wischte ihm dennoch nach ihrer Gewohnheit den Schweiß von der Stirn, zog ihm die Schuhe aus und die Pantoffeln an und sagte ihm dann erst, daß sie sehr betrübt sei, weil sie schon wieder heiraten müsse, der Bürgermeister wolle dem Berthold nicht anders das Türmeramt und ihm den Ratsschreiberdienst geben. »Tut es doch mir zu liebe«, sagte Berthold, »heiratet den Vater, da brechen wir hier die Wand weg und haben mehr Raum.« – »Ja wie du's verstehst«, sagte Hildegard, »der Martin hat's mir wohl prophezeit an unserm Hochzeittage aus dem Zinnguß, aber wenn mein Schwindel nicht wäre, daß ich die Treppe hinunter gehen könnte, ich ginge lieber ins Kloster, als daß ich wieder ins Ehebette stiege.« – »Mutter du mußt heiraten«, sagte der Sohn, »denn ins Kloster dürfte ich nicht mitgehen und ich kann dich nimmermehr verlassen.« Hildegard drückte den Knaben an ihr Herz, der alte Berthold trat vom Wächtergange herein, sie verlobten sich unter vielen Tränen. Wirklich setzte es der Bürgermeister aus Wohlgefallen gegen den alten Berthold bei der Bürgerschaft durch, daß diesmal der Mann von der Feder, statt eines Kriegsmanns, die Türmerstelle erhielt, als Grund führte er an, daß der alte Berthold in früheren Zeiten doch auch der Stadt mit dem Schwerte bei mehreren Fehden gedient habe. Der junge Berthold wurde nur vorläufig in Eid und Pflicht genommen, weil er noch zu jung war, und der Alte behielt immer noch Gehalt und Würde eines Ratschreibers. Die dritte Hochzeit, welche Frau Hildegard feierte, war die stillste von allen, der alte Berthold gestand mit inniger Rührung, daß die Wege des Himmels unerforschlich wären, der ihm nach ruhigem Ausharren im Alter ein Glück aufdränge, wonach er in früheren Jahren vergeblich sich bemüht; wenn er es auch nicht lange mehr genieße, so müsse er doch die Fügung des Himmels preisen. – »So ist es doch wahr«, seufzte der junge Berthold, »daß du älter wirst und gebeugter gehst, seltener froh bist und öfter stille in dich versinkst, stirb nur nicht so bald wie Martin, dann wären wir ganz verlassen.« – »Jetzt haben wir uns noch!« sagte der Alte, und ging das Wächterlied vom Turm zu blasen.

Die mühsame Arbeit des jungen Berthold hatte die Neugierde des herrschaftlichen Stadtvogts, des Herrn Brix, auf die Reste des alten Palasts gewendet, und er hielt es jetzt für seine Pflicht, da er in demselben ein Besitztum seines Herrn, des Grafen von Wirtemberg erkannte, bei demselben anzufragen, was damit anzufangen sei. Da nun niemand für diese alten, ehrenwerten Trümmer sprach, so wurden sie zum öffentlichen Verkauf bestimmt. Der junge Berthold war untröstlich, als sein liebes Eigentum, wofür er es so lange gehalten, zum öffentlichen Verkauf an den Meistbietenden ausgerufen wurde, er hätte dem Ausrufer den Mund zuhalten mögen, er hoffte, die Leute würden nicht darauf achten. Aber bald kamen Bürger der Stadt, besahen sich die Gelegenheit, maßen das Gärtchen und brummten nur immer, daß so viel aufzuräumen, sonst gäbe es schon einen artigen Bleichplatz. Also nichts, was da gewesen, nichts was er gepflanzt, sollte bleiben, alles sollte für den gemeinsten Gebrauch vernichtet werden. Da fielen ihm die fünf Goldgülden ein, die ihm Martin als sein Erbe (mit der Kiste, worin der Schädel) oftmals gezeigt und ihm wohl eingeprägt hatte, das Geld nur dann zu brauchen, wenn er sein ganzes Glück und Geschick damit lenken könne. Aber dies schien ihm zu wenig für die Herrlichkeit seines Lieblingsortes, er kannte niemand im Städtlein so vertraulich, daß er ihn hätte um Rat fragen mögen. Von Berthold und von Frau Hildegard fürchtete er Widerspruch, er mußte ihnen seinen häufigen Besuch der wüsten Stelle verschweigen, denn der Ort gefiel ihnen nicht. Ganz heimlich nahm er an dem Freitage, der zur öffentlichen Versteigerung bestimmt, sein Erbteil mit, betete in drei Kapellen und war der erste auf dem Rathaussaale, wo die Versteigerungen abgehalten wurden. Es versammelten sich viele, er glaubte in ihnen seine ärgsten Feinde zu sehen. Es geschah der erste Ruf und alles schwieg. Es geschah der zweite Ruf, und er bot mit trockener, fast erdrückter Stimme seine fünf Goldgülden, und keiner überbot ihn. Es wurde wieder zum ersten- und zweitenmal ausgeboten, und keiner überbot ihn. Da geschah das dritte Ausgebot und er glaubte schon, den Hammer für sich niedergeschlagen zu sehen, als eine ihm wohlbekannte Stimme einen Gulden mehr bot. Er sah sich erschrocken um, erstaunte aber noch mehr, als er das Antlitz des Alten, der ihn damals in die Kapelle geführt, hinter sich erblickte. Und hätte er auch einen unerschöpflichen Geldbeutel gehabt, gegen den hätte er nicht gewagt zu bieten, der Alte zog alle seine Gedanken auf sich und er war verwundert, ihn hier in gewöhnlicher ritterlicher Kleidung wieder zu sehen, den er damals in so seltsamer, prächtig alter Tracht erblickt. Der Alte trat zu ihm und fragte ihn leise, ob er denn nicht überbieten wolle? Der kleine Schreiber antwortete ihm traurig, er habe nicht mehr Geld, auch wage er sich nicht, gegen ihn zu bieten. – Der alte Herr erwiderte aber, daß er sich irre, wenn er glaube, daß er geboten, der Schneider dort wolle sich eine Werkstatt in dem alten Gemäuer anlegen, er möge nur zubieten, und auf Gott vertrauen, mit dem Bezahlen werde es sich schon finden. – Kaum hatte der junge Berthold das Wort gehört, so kam ihm ein Vertrauen ins Herz, er bot noch einen Gulden. Der Schneider Fingerling, denn der war sein Mitbieter, rieb sich die Hände und drückte noch einen halben Gulden heraus, doch Berthold sprach wieder sein Voll aus. Aber gleich faßte ihn hier der Schrecken, der andere möchte nicht wieder bieten, das Vertrauen war fort, es überzog ihn kalt und die Sinne gingen ihm fast unter, als ihm die Trümmer des Palasts von Barbarossa für sieben Gulden zugeschlagen wurden. Er wollte sich an dem Alten halten und trösten, aber der war schon fortgegangen, er fragte nach ihm, aber keiner der Nachbarn hatte ihn gekannt. Meister Fingerling ging spöttisch auf den armen Berthold los und sagte ihm: »Ihr müsset viel geerbt haben, daß Ihr das große Werk unternehmt, den Platz aufzuräumen und Euch da anzubauen, wünsche Euch Glück.« Mit den Worten entfernte er sich und der Stadtdiener, welcher den Zuschlag gemacht hatte, kündigte Berthold an, daß er sogleich die Hälfte der Kaufsumme und den Rest am andern Morgen zahlen müsse, widrigenfalls die Hälfte verloren sei. Berthold reichte seine fünf Gulden hin, mit einem Gefühle, als wären sie verloren. »Das ist mehr als die Hälfte«, sagte der Mann. »Das schadet doch nichts?« fragte Berthold. »Es schadet nichts, wenn Ihr morgen den Rest bezahlt, sonst sind fünfe verloren.«

Sie sind verloren, dachte er, und mein lieber Garten dazu, und mit diesen betrübten Gedanken beladen, sollte er bei der Mutter Heiterkeit erzwingen. Sie merkte ihm bald etwas Trübes an und er schob es auf ein Kopfweh und ließ sich alle ihre Hausmittel gefallen. Zum Glück hatte der alte Berthold die Versteigerung ganz vergessen, sonst hätte er sich doch wohl verraten. Endlich kam die ersehnte Zeit des Schlafes, er schlief nicht, aber er konnte doch unbemerkt seinem Unglücke nachdenken. Früh stand er auf, sprach von notwendigen Schreibereien und eilte statt dessen in seinen Garten. Er glaubte ihn zum letztenmal von dem frischen Morgenlichte durchstrahlt zu sehen, seine Wehmut betaute alle geliebten Pflanzen, bis endlich die Müdigkeit, als er sich noch einmal in seiner Bohnenlaube ausgestreckt, ihn überwältigte. Ganz unbemerkt versank er in eine andre Welt, die sich nur ungern mit jener befassen mag, in der wir zu wachen meinen. Es träumte ihm manches Vorüberflatternde, bis ihm das rechte Bewußtsein des Traumes aufging. Da trat zu ihm dieselbe ehrwürdige Gestalt, die ihn beim Ausgebote zum Mehrbieten aufforderte, aber er trug wieder das alte Kleid mit dem roten Steine zugeheftet. Und Berthold klagte ihm seine Not mit den beiden Gulden, die ihm fehlten. »Wenn es weiter nichts ist, was dich betrübt«, antwortete der Alte lächelnd, nahm ihn bei der Hand und führte ihn in den Gang der alten Linden, welche das Gärtchen begrenzten. Dort bei einer Linde scharrte er mit dem Fuße die Erde auf und ein eiserner Kasten voll goldner und silberner Münzen stand geöffnet vor den freudigen Augen. »Nimm so viel du brauchen kannst von meinem kleinen Hausschatze«, sagte der Alte, »aber vergiß nicht, daß es nur geliehenes Gut ist und daß alles mein ist, was du damit kaufst und verdienst, und daß ich alles zurückfordern kann, wenn es mit gut dünkt und ich es einem andern verleihen will. Der Zins ist nicht hart«, fuhr er fort, als ihn Berthold bedenklich ansah, »ist doch dem Menschen unter gleicher Bedingnis die Erde geschenkt, er nimmt nichts von ihr in jene Welt, als die Einsicht und den Glauben, den er auf ihr gewonnen.« Bei diesen Worten schien es Berthold, als ob er sich in diese Worte verwandelt habe, er wollte ihm antworten, aber es war, als ob eine Gewalt seine Stimme zurückdrückte, endlich brachte er einen Ton heraus, erweckte sich selbst dadurch und fand sich wie ein erwachender Nachtwandler verwirrt, erschöpft und gleichsam außer sich im Lindengange stehend wieder. Er brach halb bewußtlos einen Zweig vom Baume, zählte in Gedanken die Blätter und fand vierundzwanzig daran, warf den Zweig zur Bezeichnung der Stelle auf den Boden und wankte dann schlaftrunken zurück in sein Frühlingshaus, wo ihn der tiefste Schlaf mehrere Stunden fesselte. Als er aufwachte, stand die Sonne schon hoch, er sprang auf und sah zu seinem Ärger, daß die Gartentüre offen stand. Es kränkte ihn jede mögliche Verletzung seines Gartens, sei es durch eingedrungene Tiere oder Menschen, obgleich er des Traumes längst vergessen und seiner Armut eingedenk, den Besitz desselben bald aufzugeben dachte. Er übersah seine Blumenbeete und fand seine Maiblumen ausgeplündert, die saftigen Stengel der Hyazinthen weinten noch, als ob der Frevel erst begangen. Er eilte umher, den Missetäter zu entdecken, und sah im Lindengange den Rücken eines Mädchens, das beschäftigt war, einen Kranz auf ihrem Schoß zu winden. Ohne sich darum zu kümmern, wer es sein könnte, rief er mit innigem Verdrusse: »Besser tausend Augen, als eine Hand!« Da blickte das schöne Kind sich scheu um und er sah in ein Paar Augen, die der Hand wohl einen tausendfach höheren Wert gegeben hätten, als alle denkbare Blumen, die sie abpflücken konnte, Augen, die ihm schon seit dem Tage, wo sie ihm den grünen Wams schenkte, wie ein unerreichlich seliger Sternhimmel erschienen waren. Es war Apollonia Steller, die er so zornig angeredet hatte, sie stand auf, warf ihm den halbvollendeten Kranz auf den Kopf und erwiderte mit einer innern Kränkung: »Behalte Er seine dumme Blumen, wenn Er sie mir nicht gönnt.« Der Kranz gleitete aber von seinem Kopf in seine Hände, bleich von Schrecken, in unbeschreiblicher Verlegenheit, wie er seine Übereilung gut machen sollte, erfror ihm jedes entschuldigende Wort. Er drehte den Kranz, als ob er einen Rosenkranz abbetete, oder seinen Schaden zählen wollte, während Apollonia den Garten eilig verließ. Und immer noch arbeitete er und zählte in bittern Gedanken an dem Kranze, während dieser auseinander fiel und ihm nur der Zweig blieb, über welchen er gebunden war. Und wieder zählte er die Blätter dieses Zweigs und fand vierundzwanzig daran und bei dieser Zahl ging ihm ein Blitz durch den Kopf, als wär's die Entdeckung einer neuen Welt. Sein Traum, der Schatz, das Haus, der Garten, alles war wieder sein, auch Apollonia glaubte er durch diesen Reichtum noch erlangen zu können, da fiel ihm erst sorgenvoll ein, daß es doch wohl nur ein zufälliges Zusammentreffen mit dem Traum sein könne. Seine Tätigkeit überwog Gram und Sorge, die Schaufel war in seiner Hand, er grub in die Erde, daß der Schweiß ihm über Wangen und Rücken lief. Jeder Einschnitt in den schwarzen Boden war ihm ein lohnendes Gefühl, daß er näher seiner Hoffnung, – endlich klang der Spaten gegen Metall, – noch ein Abheben der Erde und er sah die rostige Fläche eines eisernen Deckels. Nun ruhte er sich einen Augenblick, sein Schweiß tropfte auf die Fläche des Deckels und er sah schon das Gold eingelegter Blumen auf demselben. Nun hob er den Kasten mit Gebet, daß er ihm nicht entschwinden möge. Da stand er, aber das Schloß wollte nicht weichen, bis er mit einem derben Steine so kräftige Schläge gegen den vorstehenden Deckel führte, daß das Schloß zersprang und der Deckel aufsprang. Das Geld lag nicht unmittelbar im Kasten,

sondern erst mußte er einen alten ausgenähten, ledernen Beutel aufziehen, da stand die Erscheinung des Traumes, die Fülle silberner und goldner Münzen vor ihm. Und als er sie in beschaulicher Eile in den Kasten stürzte, so fand er noch im Beutel ein wenig verrostetes Gürtelmesser, dessen Griff in türkischer Art einen Drachenkopf bildete. Eilig nahm er zwei Gulden aus der Menge und steckte sie zu sich, wollte eilig zum Rathause, den Rest der Kaufsumme zu zahlen, aber nun plagte ihn schon der Reichtum: wo sollte er seinen Schatz verbergen? Endlich glaubte er ihn unter Steinen in seinem aufgeräumten Zimmer ziemlich gesichert zu haben, nahm aber doch eine Tasche voll Geld mit, um im Falle unseliger Beraubung nicht alles zu verlieren.
Sein Kaufbrief war bald ausgefertigt, der Vogt sah ihn an wie einen seltsamen Toren, der sein Geld verschwendet und obenein als verdächtig, woher er das Geld bekommen. Beim Bürgermeister erhielt er einige Verweise, daß er so spät gekommen, weil dieser zur Feier des Namenstags seiner Tochter noch ein Gedicht, das er anfertigen lassen, abgeschrieben wollte haben. Da strengte er sich an, jeder Schnörkel mehr an den Buchstaben sollte ihr dartun, wie er ihr mit allen Kräften zu dienen strebte. Als er diese Arbeit zur Zufriedenheit des Herrn Bürgermeisters beendet, eilte er, von seinem Garten mit einem Kuß, den er der Erde gab, Besitz zu nehmen und dann mit furchtbarer Reue alles Blühende zu Ehren Apolloniens abzumähen. Es war ein hoher Tragekorb voll Blumen, womit er in das Haus des Bürgermeisters einrückte, die er an Apollonien abzugeben bat. Der Bürgermeister, der gerade noch im Zimmer, nahm das Geschenk als ein Zeichen schuldiger Anhänglichkeit an sein hohes Haus, im Namen der Tochter, wohl auf, er befahl, ihn zum Vesperbrot herein zu rufen. Da ward ihm gar fröhlich, als Apollonia mit ganz versöhntem, freundlichem Blicke ihm ein Glas Wein darbot, auf welchem ein breiter

Schnitt Mandelkuchen mit krispelkrauser Oberfläche lag. Wie aber zu dem Dargebotenen zu gelangen, da er in der einen Hand sein Barett, in der andern einige Schriften hielt, unter welche der Bürgermeister seinen Namen setzen sollte. Nach kurzer Überlegung ließ er beides fallen, denn das dargebotene Glück war zu groß. Nun hörte er hinter sich ein feines Lachen, während Apollonia, in seiner Seele verlegen, die Augen niederschlug. Das war doch schön von ihr, wie sie so mit ihm fühlte, auch war es gutmütig vom Bürgermeister, daß er einen ernsten Blick gegen die Lachenden aussandte und dem Berthold vormachte, wie er erst die Pergamente hätte in die Tasche stecken, das Barett unter dem Arm einklammern sollen, um ruhig zu dem Glase Wein zu gelangen. Berthold tat, wie ihm geheißen, klemmte aber so hefig an seinem Barett, daß das kleine Eichhörnchen, welches er gewöhnlich mit sich herumtrug, ihn biß und mit dem ihm eignen Knurren in der Bosheit hinaus und wie ein Teufelchen im Zimmer herumsprang, während Berthold sein Weinglas zum Teil überschwabbern ließ und nachher ängstlich mit seinem Fuße den Weinfleck am Boden zu decken suchte. Nun war das Gelächter allgemein und der Bürgermeister verließ das Zimmer, um sich nichts von seinem Ansehen gegen den Schreiber zu vergeben. Apollonia suchte ihn jetzt dreister zu machen, schenkte ihm das Glas voll, er mußte trinken und der seltene Genuß des edlen Weins und Apolloniens freundliche, braune Augen erheiterten ihn ungemein, er kam zu einiger Fassung und sah sich um, wer denn eigentlich so feinstimmig gelacht hatte. Da erschrak er aber recht, es standen da zwei Mädchen, die ihm ein Paar ausgestopfte Hosen auf dem Kopf zu tragen schienen. Seine Unbekanntschaft mit den neuen Stuttgarter Trachten hatte an dieser Verwunderung schuld, es war eine niederländische Tracht, die dort nachgebildet war, und die beiden Mädchen, es waren des Vogts Brix heiratslustige Töchter, taten sich nicht wenig darauf zu gute (sie waren kürzlich in Stuttgart gewesen) und hofften, daß Apollonia sie darum beneiden würde. – »Was sieht Er mich so groß an?« fragte die eine, Babeli mit Namen, die gleich jeden in sich verliebt glaubte. – »Je Jungfer«, sagte Berthold, »Sie hat ja ein Paar Hosen auf dem Kopf.« – Babeli fand sich sehr gekränkt, aber sie rümpfte kaum den Mund und fragte weiter: »Weiß Er denn sonst nichts Neues?« – »Erzähl Er uns etwas Neues«, fiel gleich die andere, Josephine, ein. Berthold dachte, was er erzählen sollte, er wußte nur wenig aus dem Umgange mit Menschen, aber alles, was ihm einfiel, schien ihm zu schlecht, er wollte durchaus nicht wieder lächerlich werden. Endlich betete er heimlich zu Gott, daß ihm etwas Neues einfallen möge und da stand's vor seiner Seele, was er kürzlich erst gelesen und er sprach: »Der heilige Papst hatte erlaubt, daß in unserm Lande, wegen Mangel an Fischen und Baumöl, die Milch auch in den Fasten zu genießen sei, aber ein Doktor Spenlin hat sich widersetzt und appelliert vom Papste an das Konzilium, er sagt, es seien genug Fische im Lande und statt des Baumöls reines Nußöl, Leinöl, Rüböl, Mohnöl...« Hier lachten schon die Vogtsjungfern helllaut, wie es sich wahrlich nicht schickte, und Apollonia sagte ärgerlich, daß er sich nicht besser empfohlen: »Laß Er uns, Er hat uns schon genug beölt, weiß Er denn nichts anderes zu sprechen?« – Josephine, eine rechte Schnatterbüchse, sagte ihm vor, er müsse von Turnieren und Fehden sprechen, von hochberühmten Frauen und Sängern, von zarter Minne und teuren Gottesdegenen, von Blaubärten und Milchbärten, von Fidelern und Fanten. – »Von Elefanten«, sagte er, »steht auch was in meinem Buche.« – »Ihr müßt Bären anbinden«, fuhr Josephine lachend fort, »Euren Falben von einer Felsenspitze zur andern einreiten und Euch endlich vom uralten Schneemanne in Gegenwart von Rundienen und Galgenschwenglein zum Ritter schlagen lassen und dabei

Gottes Wort in einem Hausbackenbrote verehrt erhalten.« – »Meister Fingerling ist garstig dabei zerkratzt worden«, sagte Berthold, ohne von dem Vortrage verwundert zu sein. – »Der Schneider?« fragte Babeli. – »Er ist wirklicher Katzenritter«, fuhr Berthold fort, »er hat vor zehn Jahren in der Zunftstube die angebundene Katze gänzlich verbissen, er hat davon viel Ehre gehabt, aber wenn er davon spricht, ist ihm noch immer eklig zu Mute.« – Die Geschichte machte den Vogtsjungfern viel Freude, sie behaupteten, er habe mehr Verstand, als man erst glaube, sie ließen sich ausführlich von den Katzenrittern, einem damals üblichen Spaß der Handwerksgenossen gegen die Ritterschaft, erzählen. Josephine sprach, daß Berthold einem Ritter vom Stuttgarter Hofe ähnlich sehe, mit dem sie oft getanzt habe, und da versuchte sie, wie Berthold sich im Tanze zeige. Berthold sprang höflich mit, wie ein Mensch es macht, dem Boden und Wände sich drehen, dem es aber doch nicht übel in den Gliedern tut, von weiblichen Händen so geschwenkt zu werden, hätte er nur feinere Schuhe angehabt; diese waren abgelegte von Martin, mit Nägeln, wie Eulenspiegels Grabeiche, beschlagen. Der große, rotwangige Bursche gefiel den Vogtstöchtern nicht übel und je lauter er stampfte, je mehr Spaß machte es ihnen, er schien ihnen, wie den Kindern der Haushund, ein Geschöpf, vom Himmel zu jeder Quälerei geschaffen. Apollonia wollte sie nicht stören, aber das Wesen gefiel ihr gar nicht. Babeli fiel nun darauf, dem Berthold Unterricht im Tanzen geben zu wollen, sie stieß gegen seine Beine, kniff ihn und stopfte ihm den Mund mit Kuchen, wenn er verdrießlich zu werden schien. Berthold kam in dem fremden Wesen ganz aus seinem Häuschen, er meinte mit den Wölfen heulen zu müssen, und als Apollonia mit in das Spiel hineingezogen wurde, so wuchs ihm gar der Kamm, er erwiderte, was ihm angetan wurde, und glaubte Beifall zu ernten und sich recht geschickt aufzuführen. So kam es, daß, als ihn Babeli kniff, er wieder kniff, aber nicht Babeli, sondern aus angestammter Neigung Apollonien in die Backen, indem er freundlich um Vergebung bat, daß er am Morgen ihr die Blumen abgejagt. Dieses sein Verbrechen wurde von den Vogtsjungfern vor Gericht gezogen und er von den ausgelassenen Mädchen zu drei Streichen mit seinen eigenen Pergamenten verdammt, weil er die ritterlichen Minnegesetze verletzt habe, nach welchen die Blumen dem weiblichen Geschlechte gehören. Er drohte, so oft zu küssen, als er gestrichen würde, da machte Josephine gleich Ernst und strich ihn dreimal mit einer Gerte über, die zufällig in der Stube stand. Die Streiche brannten dem Berthold nicht halb so heiß, wie seine Neigung, er umfaßte Apollonien im Vergeltungsrecht und küßte sie dreimal recht derb ab. Josephine wollte ihn mit Schlägen fortbringen; das erbitterte ihn noch mehr, er küßte Apollonien immer mehr. Als ob er blind und taub wäre, merkte er nicht, daß der Bürgermeister eingetreten war, bis dieser ihn mit starker Hand fortriß, ihn zur Stubentüre, und weiter bis zur Treppe hinzog und dort mit einem derben Fußtritt und den Worten herunterförderte: »Denk Esel, daß dein Huf nicht zum Liebkosen geschaffen, nie laß dich wieder vor meinen Augen sehen, Undankbarer, mit deinem Dienste ist es aus.«

Berthold lief bewußtlos aus Angewohnheit seinem Garten zu, er hätte ebenso unempfindlich ins Wasser laufen können. Was ist menschliches Wünschen, der Himmel straft uns in der Erfüllung unsrer Bitten, wenn sie nach dem Irdischen zu heftig streben; was war Berthold jetzt der Garten und der Schatz, er glaubte sich nicht mehr im Paradiese zu finden, aber die Äpfel schmeckten ihm noch süß in der Erinnerung. Ihm war so schwer ums Herz, selbst nach dem Turme wagte er nicht aufzublicken, der schon in der Dunkelheit leuchtete, er hielt das alte Messer des Schatzes voll Gram in seinen Händen, es war ihm in dem Augenblicke lieber, als der Schatz. Als er sich aber zufällig damit in die Hand ritzte, fand er, es täte weh, legte das Messer wieder in den Kasten des Schatzes und begab sich mit dem Kasten nach dem Turme, um sein ganzes Herz, Glück und Unglück, vor den treuen Seelen auszuschütten, die heut ängstlicher, als je, seiner harrten, weil allerlei Seltsames vom Hauskauf durch die kreischende Stimme des alten Hökerweibs zu ihnen hinauf erschollen war.

Fünfte Geschichte

Der Bau

Des jungen Bertholds Erzählung wurde von dem Alten und Frau Hildegard ganz anders aufgenommen, als er gefürchtet hatte. Sei es der Anblick des Schatzes, das Außerordentliche im Geschick, kein einziger Vorwurf traf ihn, daß er den Kauf so heimlich ausgeführt. Frau Hildegard wischte ihm sorgfältig jede Träne ab, steckte seine Füße in weiche Pantoffeln und der Alte ergoß zum erstenmal seinen Zorn gegen den Bürgermeister, indem er alle einzelnen Verweise aufzählte, die er um Kleinigkeiten erhalten. Endlich fuhr er auf und sagte: »Keinen Schritt sollst du ihm nachgehen, du hast mehr Geld, als er, und was er hat, ist nicht ehrlich gewonnen, mit Gottes Hülfe wollen wir irgend ein ansehnliches Gewerbe anfangen, das uns gut nährt. Stände nur erst das Haus auf den alten Trümmern, so gäbe ich die Türmerstelle gleich auf und zöge hinein.« – »Und ich sollte gar allein bleiben«, sagte Hildegard mit Vorwurf. »Ich ließe eine Brücke bauen«, antwortete der Alte, »daß du recht bequem heruntergehen könntest, oder wir hingen eine bequeme Sänfte an das Seil und ließen dich herab, ich habe schon in Gedanken für alles gesorgt.« – »Und ich weiß schon den ganzen Bauplan«, seufzte der junge Berthold, »aber wozu soll ich alle die Zimmer erbauen, ehe wir wissen, wozu wir sie brauchen sollen und was ich darin unternehme. Zum Abschreiben brauche ich nur ein Kämmerlein und zum täglichen Leben brauchen wir auch nur ein Zimmer, denn wir bleiben gern beisammen.« – »Was klingelt denn so spät von der Stadt her und will noch zu uns herauf?« fragte der Alte und zog am Draht die untere Türe auf, während der junge Berthold den Schatz unter dem Bette verbarg. Es trat aber zu aller Verwunderung Meister Fingerling herein, entschuldigte seinen Besuch, indem er sagte, daß Berthold mit seinem Kauf einen Lieblingsplan gestört habe, an welchem er seit vielen Jahren arbeite; nun habe er eben im Ratskeller bei einem Glase Wein vom Gerichtsdiener vernommen, daß Berthold seines Schreiberdienstes entsetzt und ein fahrender Schüler aus der Schweiz, ein Bacchante, der seit Jahren schon in den Straßen herumsinge, vorläufig an seine Stelle trete; da komme er nun, um zu hören, ob sich nicht durch verständige Besprechung alles zwischen ihnen ausrichten lasse. Der alte Berthold fragte neugierig, was er denn eigentlich beabsichtige? »Ich habe Euren Pflegesohn vom ersten Anblicke lieb gewonnen«, fuhr Fingerling fort, »und seine Freude am schönen Tuche gefiel mir sehr wohl, als er damals den grünen Wams sich machen ließ. Nun habe ich mir etwas mit langem Fleiß erspart, habe auf meinen Wanderungen alles kennen gelernt, was zur Tuchmacherei gehört, und will nicht länger dulden, daß wir unsre Wolle nach Augsburg fahren und unser Tuch aus Augsburg holen, ich kenne Weber und Tuchscherer, auch einen Walkmüller, die sich wohl alle hier niederließen, wegen der Wohlfeilheit vieler Lebensmittel, wenn ihnen nur ein Handelshaus Nahrung gäbe, und das Handelshaus will ich stiften, und wenn Euer Sohn mir den Bauplatz gibt, so soll er einen Anteil am Gewinn haben und ich nehme ihn an Kindesstatt an,

da ich bei solchem Unternehmen doch keine Zeit mehr zum Heiraten behalte. Diese meine Absicht ist auch der Grund gewesen, warum ich Euren Sohn nicht weiter überboten habe, ich dachte gleich: Nun der denkt dasselbe wie du, und will auch eine Tuchhandlung anlegen und es ist so gut, als ob du es selbst hättest.« –Der alte Berthold und Frau Hildegard falteten bei dem Vortrage die Hände, sie glaubten die höhere Hand noch nie so sichtbar in ihren Geschicken wahr genommen zu haben und der junge Berthold war so demütig durch sein Mißgeschick geworden, daß er es für eine Ehre schätzte, von dem Schneider als Kind angenommen zu werden. Der Alte vertraute nun dem ehrlichen Fingerling die eine Hälfte des Geheimnisses, daß nämlich sein Pflegesohn einen schönen Schatz an barem Gelde habe, der aber nach seinem Vorgeben in der Kiste gelegen, mit der er ihn empfangen habe. Da sprang Fingerling vor Vergnügen in die Höhe, kein Tag sollte versäumt werden, er wolle gleich morgen ausreisen, die Weber aus Augsburg zu holen, während Berthold den Bau eilig fördern müßte. Sie kamen die Nacht gar nicht von einander, denn Fingerling war ein unermüdlicher Erzähler und beschrieb von der Dachrinne bis zur Plinte das neue Haus der Fugger in Augsburg, die ebenfalls durch Webereien ihren Reichtum verdient hätten. Was aber mehr als alles den jungen Berthold tröstete, das war die Hoffnung, die er ihm erweckte, wenn erst die Handlung in Flor stände, so würde ihn der Bürgermeister mit allen zehn Fingern für Apollonia als Eidam zu sich hinziehen. Der Vertrag war vom Alten noch vor Sonnenaufgang geschrieben, unterzeichnet und bei einem Kruzifix Hildegards, in welchem ein heiliger Knochensplitter eingelegt, von allen beschworen.
Schon am andern Tage hatte Fingerling seine Wanderung angetreten, während der junge Berthold seine Schreibereien dem neuen Schreiber übergab und bei dieser Gele-

genheit zu seinem Leidwesen erfuhr, daß sowohl Apollonia, als die beiden Vogtstöchter, in das Nonnenkloster der Stadt zur Erziehung gegeben worden. Er hatte aber keine Zeit zur Trauer, denn mit rascher Eile ging's an den Bau. Ein alter Mauermeister, mit Namen Bauer, und der Zimmermeister Mathis, beide des alten Bertholds Ratskellerbrüder, waren sehr erfreut, als sie bar Geld sahen, um ihre Gesellen, die eben feierten, beschäftigen zu können. Sie waren gar verwundert über den jungen Berthold, daß der ihnen so geschickt mit Feder und Lineal auf Papier vorreißen konnte, wie der Seitenflügel, der als die kleinere Arbeit zuerst ausgebaut werden sollte, eigentlich beschaffen gewesen, aber Berthold hatte sich das alles in der Kapelle genau gemerkt, es stand wie eingegraben vor seinen innern Augen. Nichts durfte an Baustoffen, an Holz, Steinen und Kalk herbeigeschafft werden, das er nicht vorher als trefflich erkannt hatte, und keine Arbeit wurde unternommen, von deren Zweck er sich nicht unterrichtet hätte, so daß er bald mit Einsicht über die Vollendung Aufsicht führen konnte. Er sparte kein gutes Wort bei den Gesellen, wenn sie zu lange Zeit mit Messen und mit Essen zubrachten, mancher Trunk Wein zur rechten Zeit sparte ihm viel Geld und der fröhliche Tag des Richtens war schon vor dem Herbste erreicht und ehe der Winter die Arbeit hemmte, alles mit Dach und Fenstern geschlossen. Aber der rachsüchtige Bürgermeister sah die Arbeit mit Neid an. Er mochte wohl vernommen haben, daß der alte Berthold laut und öffentlich gegen ihn zur Verteidigung seines Sohnes rede, und wollte sein Ansehen nicht sinken lassen, so brachte er einen Verdacht gegen beide in Umlauf, als ob sie die öffentlichen Truhen möchten heimlich geöffnet haben und jetzt davon gut bauen hätten; aber die beiden Bertholds hörten nichts davon, oder ließen sich dadurch nicht stören. Während des Winters kam Fingerling mit seinen Webern angezogen, brachte sie in kleinen Häusern unter, die er wohlfeil erstanden, und brachte die Wollenniederlage in das neue Haus. Eine verfallene Mühle an der Rems wurde zum Walken eingerichtet, ein Nebengebäude zur Färberei, zu der die Gegend manche Farbestoffe seit lange baute, aber sonst weit verschicken mußte. Der junge Berthold wollte nicht nachstehen in seinem Fleiß, und benutzte jede Stunde, die der Frost ihm frei gab, zur innern Einrichtung des Hauses, zum Ankauf und zur Anfuhre der Baumaterialien für das Hauptgebäude. Bald war der Seitenflügel belebt und die Schornsteine rauchten, die Wolle wurde da nach ihrer Güte abgesondert, die Wolle zum Spinnen verteilt und wieder eingenommen und zur Weberei ausgegeben, die Gewebe sorgfältig durchsehen, gereinigt, späterhin hier auch geschoren. Die Bürger sagten von den Bertholds: »Mögen sie das Geld, auf welche Art es sei, gewonnen haben, es bringt der Stadt mehr Nutzen, als der Bürgermeister mit allem Gelde geschaffen, das er zu seinen eingestürzten Bauwerken beigetrieben hat.« Der alte Berthold bekam ein neues Leben, seine Feder war unermüdlich, er knüpfte überall Verbindungen an, die Städte standen einander gern bei und Fingerling hatte die Freude, im Frühling den ersten Einspännerwagen nach Augsburg mit Tüchern abzusenden, ehe noch die Leute in der Stadt selbst zu dem Tuche ein Zutrauen faßten, daß es wie Augsburger Tuch halten könne. Wohl mochte auch der Bürgermeister Schuld haben, denn er setzte in Umlauf, die Tücher wären in der Farbe verbrannt, aber die Wahrheit mußte bald auch bei den Landleuten sich bewähren und wie der Mut unsrer Bertholds nicht sank, so stieg ihr Glück. Gegen den Sommer legte Berthold sein Türmeramt nieder, nachdem die Arbeiter in der Walkmühle eine starke Winde eingerichtet hatten, um Frau Hildegard sicher vom Turme herabzulassen, denn er wußte voraus, daß der Bürgermeister ihn mit dem Abzuge gewaltig drängen würde, wenn er seine Dienste aufgekündigt hätte.

So traf es auch ein, denn schon am nächsten Morgen trat in den Turm mit großem Gepolter ein alter Reisiger, Bastian mit Namen, der grimmig fluchte, daß die Sachen des alten Berthold noch nicht fortgeschafft wären, und ihn fragte, was er und die Seinen noch da oben zu suchen hätten. Frau Hildegard weinte heftig, daß sie auf solche Art von dem geliebten Turme scheiden sollte, auf welchem sie so ruhig bei geringem Glücke ihre Jugend und zwei Männer überlebt hatte. Der alte Berthold fraß seinen Zorn in sich und suchte mit Vernunft dem alten Würgesel zu begegnen, der durchaus auf Streit und Quälerei vom Bürgermeister angewiesen war. Dem jungen Berthold ballte sich die Faust und als der Kriegsknecht Anstalt machte, Betten und Sachen zum Fenster herunter zu werfen, da lief er dem ungeheuren Knochengerüste geschickt zwischen die Beine, daß er zu Boden fiel, und sich dabei die Nase zerstieß, daß er blutete. Nun fielen alle drei über ihn her, banden ihn mit Stricken und hingen ihn mit diesen an den Haken der Winde, nach der Außenseite der Stadt, und ließen ihn auf der Hälfte des Turms, wie einen geschossenen Raubvogel, als Warnungstafel hängen. Bastian fluchte und wetterte, daß er es ihnen gedenken wolle. Der alte Berthold und Frau Hildegard gedachten aber der hohen Abkunft des Sohnes, die er so männlich beurkundet hatte, und wie ihnen der Knabe zum Schutz ihrer alten Tage gedient habe, aber sie sprachen nur heimlich davon, daß der Junge nicht stolz würde. Nun kamen schon die Arbeiter mit dem sargartigen Kasten für Frau Hildegard, um sie herab zu lassen, er wurde an der Winde nach der Stadtseite befestigt und als sie sich darein gelegt und sich immer noch fürchtete, legte sich der alte Berthold zu ihr, als wär's ihr Ehebette, der junge Berthold aber sprang die Treppe hinunter, daß der Kasten nicht hart auf das Pflaster stoßen möchte. So sank nun die seltsame Fracht zur Stadt nieder, während der hängende Kriegsknecht durch die natürliche Aufwickelung des Stricks zum Turm erhoben und von den lachenden Arbeitern frei gemacht wurde. Während die beiden unten glücklich ausstiegen, schimpfte der Bastian schon zum Turme herunter, weil er das Horn mit Sägespönen von den Arbeitern gefüllt erhalten und sich den Mund damit gar unbequem zugepappt hatte. So wollte der Himmel gar keine Rührung im Hause der Bertholds bei diesem wichtigen Ereignis dulden, vielleicht um sie aufmerksam zu machen, daß sie wichtigern Begebenheiten, größerem Leben entgegen gingen; auf der Höhe des Turms hatte sich ein großes Handelshaus begründet, das sich bald zum Palast ausbaute. So ging's damals sehr häufig, die Welt war noch nicht so durchwandert und umschifft, wie in unsern Tagen, es war damals dem Himmel noch leicht, durch einen guten Gedanken einem ehrlichen Kerl unter die Arme zu greifen und ihn zu erheben. Frau Hildegard ward unter dem Zujauchzen einer Menge Volks, die allerlei gutmütigen Scherz, aus Neugierde sie zu sehen, ausgehen ließ, weil sie so gewaltig dick beschrieben war und sich ganz verhältnismäßig vorfand, so ward sie durch den Bauwust des Hauptgebäudes nach dem Seitenflügel geführt, wo ihr Sohn ein paar schmucke Zimmer eingerichtet hatte. »Gott segne meinen Eingang und Ausgang«, das waren ihre einzigen Worte, dann weinte sie und flehte zu Gott, daß der junge Berthold immer artig und anständig bleiben möchte und machte sich geschäftig an die Einrichtung der Wirtschaft.

Der alte Berthold war mit einigen Briefen beschäftigt, die ihm ein fremder, langer, etwas gebeugter, schwarz gekleideter Mann überbracht hatte. »Herr«, sagte er, »Ihr seid wohl gar selbst der Baumeister des hochberühmten Münsters zu Straßburg?« Er sah ihn bei diesen Worten genauer an, der Mann hatte schattige, schwarze Augenbrauen, sein Mund schien ein Geheimnis einzukneifen und so seltsam äußerte er sich auch, er sei zwar der Baumeister des Münsters, aber er habe ihn nicht erbaut; er sei zwar auf andre Veranlassung gekommen, aber es sei eine Hauptabsicht seiner Reise, den Palast des Barbarossa zu sehen, nicht eben, was neu auf der Stelle jetzt erbaut worden, sondern wie er eigentlich in älterer Zeit beschaffen gewesen. Der alte Berthold erzählte ihm, was er wußte, aber der Baumeister wußte schon mehr von dem ganzen Bauplane aus der bloßen Anschauung, als der Alte, so daß dieser froh war, als der junge Berthold herbei kam. Er ließ ihm diesen zur Gesellschaft, als ihn Geschäfte fortriefen, und der junge Berthold führte ihn in den Hof.

Der junge Herr, wie jetzt der junge Berthold gewöhnlich von den Arbeitern genannt wurde, glaubte sich nie so gut unterhalten zu haben, wie mit dem Manne, der jede seiner Bemühungen zu schätzen wußte, überall ihm mit Einsicht und gutem Rat entgegen kam, zugleich eine Fülle von Hoffnungen über das allmähliche Steigen und Befreien der Städte von Fürsten und herrschenden Geschlechtern vor dem mutigen Herzen des Jünglings ausbreitete. Dürfe er sich einst den Geschlechtern gleich schätzen, dachte er, so möchte auch wohl Apollonia jeden Unterschied der Geburt zwischen ihnen vergessen. »Herr Baumeister«, fragte er, »wie kommt's, daß die Baumeister gern mit weit aussehenden Dingen sich beschäftigen, unser alter Mauermeister hat auch die Art, während sich der Zimmermann nur mit dem abgibt, was eben zu tun not ist.« – »Brave, starke, entschlossene Leute sind die Zimmerleute«, erwiderte der Baumeister, »haben richtiges Augenmaß, wissen Schnur, Winkelmaß und Senkblei zu brauchen, lassen die scharfe Axt an ihren Beinen mit Sicherheit herum fliegen, und fürchten nie, daß sie sich selbst treffen; sie sind zu allen Zeiten gerecht, doch zornig gefunden worden. Ihr Werk ist aber nicht von langer Arbeit und gewöhnlich mit dem Jahre angefangen und gerichtet, geht rasch empor und sinkt noch schneller in Asche, denn das Feuer ist ihrer Werke unversöhnlicher Feind. Wir Maurer arbeiten daran, sie wegen dieser Vergänglichkeit ganz zu vertilgen; könnten wir es leisten, so müßte kein Spon Holz an den Gebäuden sein, doch hat dies große Hindernisse und wir müssen uns den Babylonischen Turm noch immer vorwerfen lassen. Was von uns aber ordentlich steht, das läßt die Feuerzerstörung wie der Himmel des Menschen Lästerung über sich hinziehen und wartet, daß es wieder erkannt werde. Wir arbeiten mit Erzeugnis der ersten reinen Schöpfung, mit Steinen und gebrannten Erden; unsre Arbeit fordert Jahrhunderte, wenn sie groß werden soll, sie dauert Jahrtausende. Die Axt des Zimmermanns fürchtet den alten Eichbaum, mit mühsamerem Fleiße meißeln wir Eichen zum Tragen der Gewölbe aus Steinen, die wir mit weichem Kalk, Eisen und Blei zur festesten Einheit verbinden. Wir lassen uns nicht durch die Erscheinungen des Tages irre machen, manchmal begreift uns das mitlebende Geschlecht gar nicht, darum halten wir unter uns zusammen in den Hütten, die zu Jerusalem gestiftet, in der Sophienkirche zu Konstantinopel lange versammelt, jetzt im Münster zu Straßburg ihren Mittelpunkt finden. Einzeln sind wir nichts, wir müssen verbunden leben, müssen für verschiedne Menschenalter die Lehre des Meisters an Gesellen und Lehrlingen verbreiten.« – »Aber die andern Gewerke haben gleiche Stufen anzusteigen«, sagte der junge Herr. – »Sie haben die Form«, fuhr der Baumeister fort, »wir haben das Wesen! Wir erkennen einander, ehe wir uns den Wert zuschreiben, die Erscheinungen mit sicherer Einsicht bewahren zu können, an welchen die irrende Liebe und der törichte Haß der Lehrlinge meistert. Die Länge und Breite des Baus ist in allem menschlichen Verein durch das Eigentum der Nachbaren voraus bestimmt, die Höhe, welche zum Himmel aufsteigt, ist darum nicht willkürlich, weil sie frei ist. Davon ahndet der Zimmermann nichts, nur die Holzstärke bindet ihn, sonst baute er gern in den Himmel. Ihr habt hier das Rechte aus seltner innern Einsicht getroffen, es läßt sich aber auch berechnen; der letztere Weg ist lang, aber sicher, jener ist kurz, aber unsicher und fordert einen Sinn der Erfindung, der nicht allen erteilt ist. Unsre Kunst ist ein allgemeines Eigentum, wie würde sie sonst von jedem verstanden werden, aber ihre Aufgaben sind durch das Neue im Bedürfnis und in der Bedingung jedesmal neu zu lösen und da langt keine Berechnung aus. Die Regel nutzt nur dem, der sie entbehren kann, den aber verdirbt sie, der sich in ihr weise glaubt; jede Regel ist ein Rätsel, das durch andre Rätsel forthilft. Darum müssen wir nicht bloß das Wissen prüfen, wenn wir einen frei sprechen, wir müssen die Kraft der Erfindung in ihm erforscht haben. Ich sage Euch, lieber Berthold, Ihr solltet Maurer werden.« – Berthold sah ihn verwundert an und sprach: »Hätte ich nur früher daran gedacht, aber jetzt ist's zu spät, ich bin schon zu weit in der Handlung, doch erzählt mir etwas noch von Euren Bauten.« Der Baumeister blickte etwas finster um sich und sprach: »Das eigne Werk und die eigne Kunst gibt Überdruß, jenes, wenn es fertig und zu steigender Erfindung verpflichtet, diese, wenn wir über sie sprechen sollen. Führt mich zum Prior, der hier den Bau der Klosterkirche besorgt, er hat mich rufen lassen und harret meiner, vielleicht gibt uns eine andre Stunde mehr Vertraulichkeit, daß ich Wortzeichen, Gruß und Handschenke, wie sie in unsrer Hütte gebraucht werden, Euch mitteilen kann.« – Der junge Herr führte ihn nicht ohne Scheu zu der Wohnung des Priors, weil er seit dem unglücklichen Geschicke in der Gesellschaft des Bürgermeisters keine Gesellschaft besucht hatte. Es war ein Seitengebäude des Augustinerklosters, wo sie anklopften, und gleich trat ihnen der Prior selbst entgegen, ein kleiner, heftiger Mann mit vorstehenden Lippen und Augen, welche letztere sich in einem roten Kreise von

Augenlidern, wie in einer Abendröte bewegten, auch trug der Prior ein grünes Schirmchen zum Schutze derselben. Er hatte kaum ein Wort von dem Baumeister des Münsters aus Bertholds Munde vernommen, so warf er sich diesem mit tausend Versicherungen der Freundschaft um den Hals. Berthold wagte nicht zu widersprechen und der Baumeister lächelte fein, hier war auch kein Widerspruch angebracht, denn der Prior redete ohne sich unterbrechen zu lassen. Er berichtete, daß er sich eben wieder heftig mit der Äbtissin des Nonnenklosters gezankt habe und der Baumeister käme ihm recht gelegen, um sie mit seinem Ansehen zur Ruhe zu bringen. »Sie läßt sich nicht überzeugen«, sagte er, »daß die Stimmen ihrer Nonnen in dem steinernen Gewölbe noch eben so gut und besser als sonst unter der Bretterdecke klingen werden, sie meint, daß der ganze Sängerruhm ihres Chors dadurch vernichtet werde, daß ich den Chor überwölbt habe. Ich sagte ihr umsonst, daß sie sich auf mich, den baulustigen Augustinerprior verlassen könnte, sie meinte, daß ich darauf nicht die Weihe empfangen hätte und daß der Straßburger Baumeister wohl anders darüber sprechen würde. Nun was meint Ihr?« – Der Baumeister wollte antworten, aber der Prior fragte Berthold: »Was will denn der lange Kerl? Wer ist das?« – Der Irrtum erklärte sich, der Prior fluchte und betete, daß ihm der Himmel den Fluch verzeihe, hob sich auf den Zehen in Ungeduld, strich den Bauch im Bunde, der ihn umgürtete, und fragte Berthold, wer er sei. – Als Berthold seinen Namen nannte, da setzte der Prior seine Brille auf, sah ihn an und sprach: »Ich finde Euch gar nicht sonderlich schön, die Apollonia erzählt mir immer von Euch. Das ist ein seltsam Kind, die kann nie fertig werden mit der Beichte, immer ist sie durch Euer Andenken gestört worden; ›lauf, lauf‹, muß ich ihr sagen, ›lauf lieber zum Teufel, als daß ich ewig Beichte sitzen muß‹. Ihr seid mir alle beide lieb, wir wollen mit einander ein gutes Weinchen trinken und von unsern Bauten reden. Der Berthold ist gar kein übler Anfänger, ich hab oft schon seine Arbeit belauert, nur schade, daß all die schönen Säle zu weltlichem Gerümpel dienen sollen, denn was ist das Kleid des Menschen wert, wenn er selbst nur ein Madensack ist, Euer feinstes Tuch ist nur ein Übersack des Madensacks; ist der Wein alt genug, so schenken wir ihn ein und in drei Schluck ist das Glas herunter, der Wein mag jämmerlich rufen: ›Setzt ab!‹ Da hilft nichts, er muß nieder, so auch der Mensch, er mag zappeln, so viel er will, er muß in die Erde, daß ihn die Maden fressen.« – Bei solchen Worten trank er mächtig und gab dem Baumeister durch Klopfen, Händedrücken, Bartstreichen allerlei närrische Zeichen, denen Berthold in Demut zusah und bescheidentlich aus seinem Glase nippte, voll des frohen Gefühls, daß es doch nicht in allen Gesellschaften Hiebe und Fußtritte regnete.

Unterdessen war im Nonnenkloster seltsame Bewegung. Die Äbtissin war eine alte, sehr lebendige, dürre Jungfrau, von gar unermüdlicher Tätigkeit. Sie freute sich herzlich, wenn die Novizen sich schwesterlich an sie anschlossen und verzieh ihnen jede Unart, wenn sie nur fleißig den reichen, in Absätzen gebauten Garten des Klosters mit ihr bearbeiteten, mit ihr die gewonnenen Früchte sorgsam dürrten und in selbst ausgewirktem Honig einmachten, auch die Kräuter zur Armenapotheke, die sie für die Stadt bereit hielt, vorsichtig trockneten und klein rieben. Mit den frommen Nonnen vertrug sie sich um so schlechter, nannte sie Brigitten und Betschwestern und wurde deswegen, ungeachtet ihrer übrigen Tadellosigkeit, sehr verlästert. Die Äbtissin lachte über sie, durch ihre Wirtschaftlichkeit hatte sie Geld zusammengebracht, um die verfallene Klosterkirche neu zu erbauen, dies war ihr Stolz. Apollonia ward ihr Liebling, weil sie in der Wirtschaft schon sehr geübt war, diese rief sie zu alllem Kummer und zu allen kleinen

Freuden des Klosterlebens. Auch heute hatte sie ihr den neuen, heftigen Streit mit dem Prior erzählt und daß ihr nichts so kränkend sein würde, als wenn ihr Kloster den Ruhm der feinsten und stärksten Nonnenstimmen unter dem Backofen, so nannte sie das Kirchengewölbe, verlieren sollte. Apollonia meinte, es müsse doch erst untersucht werden, ob die Stimmen so unterdrückt würden, ehe sie ihre Klage beim Bischof einreichte. »Wie sollen wir's versuchen«, klagte die Äbtissin, »der Gang zur Kirche ist noch nicht wieder hergestellt, es möchte eine böse Nachrede geben, wenn wir in die ungeweihte, neue Kirche gingen, um den Gesang zu versuchen.« – »Und doch muß es bald geschehen«, sprach Babeli Brix, »denn der Vater sagte mir, daß der berühmte Baumeister aus Straßburg, vom Prior hieher gerufen, heute oder morgen ankommen werde, um für ihn ein Zeugnis abzulegen.« – »Da will er uns mit dem Namen des Baumeisters ganz unterdrücken«, rief die heftige Äbtissin, »ehe wir noch wissen, wie sehr unsre Stimmen von dem Gewölbe erdrückt sind; wär's nur nicht zu spät, wir gingen noch heute zur Kirche; aber ich fürchte die Nachrede der Schwester Veronika.« – »Da weiß ich Rat«, sagte Babeli listig, »die ganze Stadt hat ein Gerede von einer Nonnenprozession, lauter verfluchte Nonnen, die Nachts um zwölf nach der Kirche ziehen und mit einem Kreuzritter sich begrüßen, der da begraben ist, aber keiner hat sie gesehen. Wir haben auch keine Geister gesehen, wir besprengen uns mit geweihtem Wasser, wir sind unsrer viele, da fürchten sich die Geister; wir ziehen ganz heimlich mit Laternen, die wir unter den Kutten verbergen, um zwölf Uhr nach der Kirche, singen eine Mette, dann können wir den Prior zu einer öffentlichen Probe ausfordern, er muß zu seinem Schimpf das Gewölbe abreißen lassen.« Die Äbtissin küßte Babeli in heller Freude, und hörte nicht auf Apollonia, die ihr das Wagestück ausreden wollte. Josephine Brix brachte eine

Nachricht aus dem alten Klosterkalender, daß an diesem Tage von je her um ein Lamm gespielt worden wäre. Das Kloster versammelte sich zu diesem Spiele, so ward dieser Abend mit einem Eifer, einer Lust gewürzt, es gab ein Zischeln, ein Vorbereiten, ein Beobachten der alten Nonnen, denen man nicht traute, wie es nur unter eingesperrten, lebenslustigen Jungfern möglich ist. Endlich war das lebende Gespenst, die Mutter Veronika, fort gegangen, sie hatte Apollonien das Lamm geschenkt, weil sie am schnellsten die geistlichen Sprüche hersagen konnte, nun ging's ans Gespensterspiel.

Jedes Mädchen nahm etwas zu ihrer Bewaffnung auf die gefährliche Fahrt, nur Apollonia ließ sich an dem Lamm genügen, das sie eben gewonnen hatte und mit halb heiliger Andacht ehrte. Wegen ihres frommen Ansehens mit dem Lamm mußte sie den Zug eröffnen, die Laternen wurden versteckt, sie verließen leise die schützenden Mauern. Ein schwarzes Ringgewölbe schien über die Hälfte des Himmels gezogen, hinter welchem der Mond sich bedenklich bergen mochte, die Gassen waren leer, als ob kein Liebhaber sich in diese Gegend mit weltlichem Gesange wagte; nur ein Kind schrie aus der Ferne, das vom Alp oder von seiner Amme gedrückt wurde, und Lampenschimmer strahlte aus einem Krankenzimmer streifig nach dem Zuge hin, die Fledermäuse schwirrten in Lüften, gar lieblich dufteten die Nachtviolen des Klostergartens im sanften Winde. Die Äbtissin sah das alles, aber sie zitterte so innerlich, daß es ihr wenig Freude machte, nur spottete sie leise zu Apollonien über den Turm, der freilich erst im Aufsteigen war. Aber als sie der Türe nahe war, erschütterte sie die Höhe derselben und die Reihen betender Gestalten, die sie im reifigen Bogen umschwebten. Sie konnte die Schlüssel nicht umdrehen und das schwarze Gewölbe legte sich immer dunkler über die freie Seite des Himmels. Die Jungfrauen drängten sie ängstlich und ungeduldig zur

Türe hin, bis sie endlich ein Herz faßte und das Schloß eröffnete. Nun erhoben sich alle Laternen neugierig im ernsten Hause der Gnade, aber das Licht scheute sich noch vor dem widerspenstigen Dunkel. Endlich sammelten sich die Lichter am Altare, an dessen Seiten die Chöre sich erhoben, und alle staunten gerührt über die Herrlichkeit. Wo sie die drückende Fläche der Balken sonst mit Ärger im augenerhebenden, herzenbefeurenden Gesange angestarrt hatten, da schien jetzt des Himmels Gewölbe mit Sternenglanz und Ätherschein sich erst zu erheben, fast schien es ihnen, als ob die Kirche oben noch nicht geschlossen sei. Die Äbtissin und alle Jungfrauen blieben lange stumm in Beschämung und Bewunderung über die Herrlichkeit einer Kunst, die sie nie geahndet hatten. Dann stimmte die Äbtissin ein Gloria an, und der Schall des Chors verklärte sich so wunderbar in dem Gewölbe, daß sie erschrak, als ob noch ein andrer Chor von obenher einstimmte. Als sie aber die Herrlichkeit des eignen Ausdrucks in diesem heiligen Raume erkannt hatten, da riß Begeisterung die ungläubigen Scharen an den Haaren empor, daß sie zwischen Himmel und Erde schwebend, ein unerschöpfliches Gloria der heiligen Baukunst erschallen ließen.

Sechste Geschichte

Die hohe Fremde und ihr Ritter

Der Baumeister und der Prior saßen, der Zeit vergessen, bis Mitternacht beim Weine, nur Berthold zählte die Augenblicke, weil er die Angst der Mutter bei seinem späteren Ausbleiben kannte, aber er wagte nicht, die beiden Herren zu stören, deren Gespräch ihn bezauberte, weil er nie zwei Menschen über so hohe Dinge ausführlich hatte reden hören. – »Kein Glas mehr«, sagte der Baumeister, »sonst finde ich den Weg nach Hause nicht mehr!« – »Der junge Freund da wird Euch schon führen«, sagte der Prior, »er trinkt mäßig und hört lieber zu, das ist eine seltene Tugend bei den jungen Leuten unsrer Zeit. Noch ein Glas vom Besten und dazu singen wir noch einmal das Lied vom Babylonischen Turme:

Als der Turm zu Babylon
Mit dem Haupte wankte,
Läuft der Meister gleich davon,
Der vorher sich zankte,
Steckt den Plan in seine Tasche,
Saugt sich Mut aus voller Flasche,
Läßt sie nicht von seinem Mund,
Bis er sieht auf ihren Grund.

Lächelnd tritt er in sein Haus,
Spricht als rechter Kenner:
›Diese Rechnung war zu kraus,
Zähler ohne Nenner,
Mauern ohne Fundamente,
Sprache, die uns Menschen trennte,
Seht der Mond stieß an die Spitz,
Da verbrannte sie der Blitz.‹

Gib dem Himmel alle Schuld,
Wenn du schlecht bestanden,
Und du gehst in eigner Huld
Nimmermehr zu schanden,
Ist der Turm dir eingefallen,
Diese Dummheit kommt von allen,
Wer das Geld hat nach dem Streit,
Gilt doch einzeln für gescheit.

»Es ist doch seltsam«, sagte der Prior am Schlusse des Liedes, »daß bei allen großen Bauten immer große Streitigkeiten ausgebrochen sind, von denen in Straßburg seid Ihr noch besser, als ich, unterrichtet und nun bei meinem kleineren Bau an der Nonnenkirche will es wieder nicht friedlich enden. Der Mond scheint eben hell durch die Wolken, ich meine, wir besuchen einmal mein Werk, der Mond gibt allen Bauwerken das schönste Licht, denn der farbige Flitterstaat der vergänglichen Welt setzt dann unsre Arbeit am wenigsten zurück.« – »Das kann ein Grund sein«, sagte der Baumeister, »aber die Verhältnisse erscheinen größer, je weniger die bekannten Gegenstände uns deutlich sichtbar werden; ich freue mich auf ein Werk, das mir im Plane wohl gefällt.« – So rüsteten sie sich zum Fortgehen und Berthold begleitete sie in Ergebenheit, indem er vergeblich nach einem Vorwande suchte heimkehren zu können. So kamen sie in die Nähe der Kirche, und der Baumeister lobte schon die schönen Verhältnisse. Vielleicht wären sie vorüber gegangen, wenn nicht eine alte Hebamme mit großer Angst an ihnen vorüber laufend erzählt hätte, es sei der Umgang der Geisternonnen nach der Kirche gegangen und singe jetzt darin. Der Prior wollte sie ausfragen, aber sie ließ sich nicht halten und schrie, als ob sie selbst gebären wollte. Der Prior stutzte, aber der Baumeister sagte ruhig: »So müssen wir uns in die Kirche begeben, wer weiß, was da für Unfug getrieben wird, den Gesang höre ich deutlich.« – Sie gingen beide der Kirche zu, während Berthold halb entseelt ihnen nachschlich, und sie doch in seiner Treulichkeit nicht verlassen wollte. Die Türe öffnete sich leise, sie standen bald in der Mitte der Kirche und staunten der lieblichen Erscheinung der schönen Mädchen, die entschleiert dem Altar nahe standen, an dessen höchster Stufe Apollonia mit ihrem Lamm, von der Last desselben gedrückt, sich niedergelassen hatte. Doch dieser Anblick und der Gesang dauerte nur wenig Augenblicke in seiner Schönheit und Würde: nicht Bertholds feurig erglühende Wangen, aber der weiße Mantel des Baumeisters störte die Versammlung. Die mutige Babeli schrie zuerst auf: »Der Kreuzritter!« und lief davon, ihr folgten die andern mit der Äbtissin, nur Apollonia, deren Kleid sich an einen Haken, woran der Teppich befestigt werden sollte, gehängt hatte, konnte nicht aufkommen. Ihr war, als halte sie eine Hand, aus der Erde erwachsen, endlich riß sie sich los und sprang den andern, aller Beruhigungsworte des Priors ungeachtet, wie ein verschüchtert Füllen blind nach, aber er sowohl, wie der Baumeister und Berthold, folgten ihr. Das war auch nützlich, denn an der Tür des nahen Klosters, die von den geschreckten Jungfrauen zu übereilt geschlossen war, fanden sie Apollonien in einer Art Betäubung niedergesunken. »Was ratet Ihr jetzt?« fragte der Prior. »Machen wir Lärmen an der Türe, so öffnen sie diese darum doch nicht in ihrer Furcht und der Lärmen könnte noch mir und dem Kloster in dieser argwöhnischen, geschwätzigen Zeit eine üble Nachrede machen.« – Der Baumeister schwieg, indem er Apollonien unterstützte, deren Lamm unser guter Berthold sorgfältig auf den Arm genommen hatte. Endlich ermunterte sie sich mit heftigem Weinen, indem sie ihren Ruf und die Liebe ihres Vaters schon als gänzlich verloren betrachtete. Umsonst suchte sie der Baumeister aufzurichten, sie sprach immer von der Strenge ihres Vaters und wie sie im Kloster so glücklich gewesen, das ihr nun auf immer verschlossen. Der Prior sah in der Ferne einige Leute, er drängte zu einem Entschluß, schlug Bertholds Haus vor, aber das lehnte Apollonia mit einem Seufzer ab, weil sie sich mit ihrem Vater auf ewig verfeinden würde. Die Tritte der Leute auf den Pflastersteinen wurden immer hörbarer, da führte der Baumeister die Betrübte fort, indem er zum Prior sagte, er wolle sie zu einer fremden Frau von gesetztem Alter bringen, die einen Sohn suche und gewiß an dieser Tochter ihre Freude finden würde, es sei dies dieselbe

Bürgerin aus Straßburg, in deren Angelegenheit er ebenfalls einen Grund seiner Reise gefunden. »Das hätte Euch gleich einfallen sollen«, sagte der Prior ungeduldig, »mir ist nie so seltsam bange gewesen, wie in dieser Verwirrung.«
Sie gingen schnell und schweigend, endlich klopfte der Baumeister bei einem kleinen Wirtshause an, schnell wurde aufgetan und der Prior äußerte sich sehr überrascht, so viele Leute bei großer Erleuchtung in dienender Tätigkeit zu finden. »Sie ist reich, diese unsre Mitbürgerin«, sagte der Baumeister, »auch fordern die Sitten unsrer Stadt mehr Glanz und Aufsehen, als wirkliche Verschwendung, wir tragen schon etwas vom Stempel unsrer Nachbarn, der Franzosen.« – Der Baumeister ging voran, und die andern blieben in einem hell erleuchteten Vorzimmer, Apollonia und Berthold sahen einander angenehm verlegen an, der Prior kneipte ihnen die Backen und fragte: »Kinder, habt ihr euch denn nichts zu sagen?« – Da trat in sehr bescheidner Tracht, aber mit edlem, festen Anstande eine Frau in dem Alter ein, wo eine gewisse Fülle leicht noch den verlornen Reiz erster Jugend ersetzt, es war ein so wohlwollendes Gesicht, das jeden aus der Verlegenheit riß. Sie hob das Kinn Apolloniens mit ihrer flachen Hand in die Höhe und sagte weiter: »Schweig nur, ich weiß alles schon, Geheimnisse sind meine einzige Freude auf Erden und ich weiß lange keine Nacht, die sich mir so schön angefangen. Wundert Euch nicht, Herr Prior, wenn ich von der Nacht, wie andre vom Tage, rede, ein seltsames Gelübde verpflichtet mich, den Tag zu meiden, das Antlitz der Sonne nie aus Absicht wieder zu sehen! Es war ein sehr unglücklicher Tag, der mir diesen Schwur abzwang, ich verlor Mann und Sohn in einer Stunde durch die verruchten Kronenwächter.« – »Schweigen wir davon«, sagte der Baumeister ernst, »wir sind in der Fremde, wir sind nicht mehr im Verbande treuer Städte und Ihr kennet am besten ihre

Kundschafter, wo sie herrschen.« – »Freilich«, sagte die Frau, »aber wer kann sich immer bezwingen, es fällt mir so manches ein, indem ich die beiden jungen Leute betrachte! Du bist recht hübsch, Apollonia, bilde dir nichts darauf ein, man achtet's nur, so lange man andern gefallen will; deine Augen sind groß und weit auseinander, wie ich es gern habe, der Mund ist fein geschnitten, die Nase recht gut gebogen, – die ganz krummen Nasen kann ich nicht leiden, sie sitzen im Gesicht, als ob sie die Veilchen der Augen absicheln wollten, – dein Wuchs ist kräftig, du wirst noch wachsen; ohne gemein auszusehen, könntest du dich aller schweren Arbeit unterziehen. Aber Kind, so gut deine Hände gebaut sind, waschen mußt du dich!« – »Es kommt von den Blumen«, antwortete Apollonia, »mit denen das Lamm bekränzt war und auf die ich vor dem Kloster mich stützte.« – »Einerlei«, sagte die Frau, »du mußt dich waschen – ein Waschbekken ihr Leute!« – Die lebhafte Frau ließ sich nicht einreden und im Augenblicke trugen ein paar Mädchen ein silbernes Waschbecken mit wohlriechendem Wasser und ein Handtuch herbei, das mit Spitzen besetzt war. Der Baumeister war sichtbar wegen dieser Waschung in Verlegenheit, aber er begnügte sich ans Fenster zu treten, als ob er die Adspekten der Sterne belauern wollte. Der Prior trat einen Augenblick zu ihm und sagte: »Was ist das für eine seltsame Frau, unter dem groben Kleide sieht ein Hemde von höchster Feinheit hervor und ist mit einem Diamanten zugesteckt, den jeder König in seiner Krone tragen könnte.« – »Es ist so der Brauch bei unsern reichen Bürgerfrauen«, antwortete der Baumeister, »Ihr müßt der guten Frau in gewissen Dingen nachsehen, ihr Verstand mag wohl von manchem Unglück angegriffen sein, aber sie ist sehr gut und muß mit aller Achtung behandelt werden.« – »Nun seht«, sprach die Gräfin, »Apolloniens schöne, länglichte Finger, welche weiße, weiche Haut, nur darum war es mir zu tun, daß jeder die anerkennen sollte; wie schön wird sich auf diesem Finger der Trauring ausnehmen – daß er dir nur nichts Trauriges bedeute!« – Bei diesen Worten steckte sie gerührt einen goldnen Ring an Apolloniens Finger und sprach: »Den behalt so lange, bis dir einer lieber ist, als du dir selbst.« – Sie ging jetzt zu Berthold über und sagte: »Und dieser Johannes mit dem Lamme, will es scheren, um daraus feine Tücher für die ganze Welt zu verfertigen, ach Gott, den kann ich gar nicht ansehen, Ihr wißt Baumeister den Zug an den Augen, diese Hügel zur Stirne herauf, das kann ich gar nicht sehen, ohne zu weinen! Ihr Leute bringt mein Mitternachtessen; wer zu essen verlangt, lasse sich einen Teller geben, aber der Prior darf sich nicht so nahe setzen, der arme Mann hat so rote Augen, wüßte ich ihn nur zu heilen!« – »Die Augen sehen ins Himmelreich, davon sind sie rot«, sagte der Prior, »ins Himmelreich und ins Glas, kann sie nicht mehr rein polieren, sie sind dauerhaft rot angelaufen, es ist die Frage, ob's einer für Geld machen könnte, wenn's verlangt würde.« – »Ihr solltet beständig Brillen mit breiten Rändern tragen lieber Prior«, sagte die Frau, »so sähe niemand Eure Augen genauer und Ihr könntet für einen erträglichen Mann gelten. Ihr Leute schafft eine Brille!« Das Essen wurde in prachtvollen, silbernen Gefäßen gebracht, auch silberne Teller umgereicht und in dem Gedecke ließ sich deutlich ein fürstliches Wappen noch an der Krone erkennen, ungeachtet das Schild ausgeschnitten und ein schön gewebter Blumenstern eingenäht war. Auch eine Brille kam bald, die ein Mädchen dem Prior, der sich erst weigerte, auf die Nase steckte, mit dem Bedeuten, die gnädige Frau könne sonst aus Widerwillen nicht essen. Es wurden seltene, kostbare Speisen aufgetragen, aber die Frau nahm nur wenig davon, Apollonia und ihr Lamm waren zu ängstlich, um etwas zu verlangen, die andern hatten das Ihre reichlich genossen, desto lebhafter wurde von allen Seiten über Apolloniens

Schicksal beraten. Der Prior sollte am Morgen der Äbtissin, die er durch Apolloniens wahren Bericht ganz in seine Gewalt bekommen, von dem Vorgange unterrichten und Apollonia in der Dunkelheit am folgenden Abend zu der frommen Herde zurückführen. Dem Bürgermeister hingegen sollte alles verschwiegen bleiben, da von seiner störrigen Gemütsart, die selbst vom eignen Vorteile nicht zu beschwichtigen war, einiger Skandal für das Kloster und für Apollonien zu besorgen wäre.

Der Tisch war aufgehoben, alles war besprochen, der Prior und Berthold wollten fortgehen, indem der letztere Mut gefaßt hatte, seiner Eltern zu erwähnen, da hielt der Baumeister beide auf, sagte dem Prior, daß er ihm mit Elsässer Weinen eine Antwort auf die Neckarweine schuldig wäre, und Berthold versicherte, daß er schon durch einen Boten des Priors seine Eltern seinetwegen beruhigt habe, sie alle wären der Frau, die sie aufgenommem und die nur bei Nacht Gesellschaft sehen dürfe, zu einiger Unterhaltung verpflichtet. – »Nun freilich«, sagte die Frau, »auch ich bin euch dergleichen schuldig; die beide Herren haben ihre Flasche, was fang ich aber mit euch beiden jungen Leuten an. Stellt euch einmal an, als wäret ihr verliebt, es gilt nur für diese Nacht und morgen ist Apollonia ein kleines, angehendes Nönnchen.« – Apollonia ließ es sich gefallen, ihre Hand Berthold zu geben, mehr wurde aber nicht aus der Sache. »Willst du denn wirklich eine Nonne werden?« fragte die Fürstin Apollonien. Diese antwortete ihr, daß sie erst recht zufrieden im Kloster geworden, sie müsse dahin zurückkehren. – Die Fürstin seufzte und sprach: »Es ist schwer, dem zu entsagen, was wir nicht kennen, wer aber die Welt mit aller ihrer Freude kannte und alles verlor, der mag da gern absterben; suchte ich nicht den verlornen Sohn, ich hätte mich längst in die Stille der Klostermauern zurückgezogen.

Ich war einst ein recht wildes Mädchen«, fuhr sie nach

einer Pause fort, »vielleicht merkt ihr davon nichts, als eine gewisse Lebhaftigkeit, die zuweilen in schnellen Sprüngen meiner Gedanken sich äußert und die Leute bange macht, weil ich des Übergangs nicht erwähne, ich könnte wohl von Sinnen sein: unser guter Baumeister war schon oft in dieser Meinung. Mein Vater, der keine Söhne hatte, förderte meine Neigung zu männlichen Beschäftigungen, weil er mich auf diese Art beständig um sich sehen und in müßigen Stunden der Jagd sich mit mir unterhalten konnte. Da fabelten wir oft, wie der Ritter durch Heldentaten aller Art ausgezeichnet sein müßte, der mein Herz rühren sollte; wir musterten alle junge Fürsten- und Grafensöhne Schwabens, fanden aber keinen meiner würdig.« – Sie ist also doch eine Fürstentochter, dachte der Prior, wie hätte sie sonst an solche Freier denken können. – »Statt aller der kühnen Abenteurer ward mir ein stiller Spinner und Weber zu Teil.« – »Ein Mann an der Spindel?« fragte der Prior. – »Ich kann Euch nicht erklären, was mich zu ihm führte«, antwortete die Frau, »mich bestimmte ewige Zuneigung, die nie erlöschen wird, meinen Vater andre Gründe, kurz dieselben Kronenwächter, die ihn mir gaben, entrissen ihn mir, als er sich von ihrer Tyrannei loszureißen und an den Kaiser anzuschließen trachtete. Nicht Blödsinn oder Schwäche hatte ihn zu weiblichen Arbeiten herabgewürdigt, er war ritterlich geübt in allen Waffen, sondern eingeborne Lust und die vieljährige Einsamkeit im seltsamsten Winkel der Erde hatte ihn veranlaßt, bei solchen Beschäftigungen Geduld zu lernen. In kunstreich gewirkten Teppichen hatte er eine besondere Meisterschaft erreicht, in einem derselben, den mir der Vater brachte, entdeckte er mir seine Neigung. Seht, hier in diesem Kasten bewahre ich seine besten Arbeiten als treue Begleiter, seht dieses Geflecht seltsamer Pflanzen, das bis zu den Sternen reicht, Kinder sitzen in den Blumenkelchen und blicken sehnlich empor. Unter dem

Dach dieser Pflanzenwelt sitzt er selbst einsam am Webstuhle, wo mit seltsamer Künstlichkeit sich alle Wurzeln zu einem Aufzug seiner Arbeit hin vereinen, sein Schiff aber, welches den Einschlag trägt, ist wie ein Herz gebildet. Der Sinn dieses Bildes umfaßte sein reines Dasein. Wie konnte er mit diesem Herzen, mit dieser freudigen Anschauung der Welt die finsteren, drückenden Erwartungen seines Hauses ertragen und durchführen! Gern hätte er im offenen Kampfe mit dessen Unterdrückern gestritten, aber dieses katzenartige Lauern war ihm unmöglich.« – Apollonia bewunderte die Herrlichkeit dieses Gewebes, der Prior wollte es durchaus nicht glauben, daß so etwas gewebt werden könne, er meinte, es sei gemalt. – »Könntet Ihr so etwas weben«, sagte er zu Berthold, »da wollte ich Euer Tuch auch kaufen und Meßgewänder daraus schneiden lassen.« – »Ich schäme mich unsres Ungeschicks bei dem Anblick dieser Weberei!« sagte Berthold. – »Laßt Euch nicht irre machen, junger Herr«, unterbrach ihn die edle Frau, »wenn Ihr mit Lust und Liebe etwas unternommen habt; oft erzählte mir mein Mann, daß er wegen einiger Spottreden der Kronenwächter einmal die Weberei aufgeben wollte und seine Not einem alten, geistlichen Einsiedler klagte. Der schüttelte mit dem Kopfe und riet ihm beim Werke zu bleiben, ›denn‹, sagte er, ›wir Menschen sind Nachtwandler mitten am Tage, nur ein kleiner Kreis unsers Lebens ist zu unsrer Prüfung der freien Wahl überlassen, öfter ist es unsre höchste Tugend, dem Gesetze und dem Triebe unsres Herzens uns mutig zu überlassen, wo der Geist nicht widerspricht. – Kein Werk ist zu niedrig, das mit Liebe getan wird, und die Magd, welche in emsiger Häuslichkeit den Stall reinigte, wo unser Herr geboren ward, tat ihm mehr zu Liebe, als Fürsten und Völker jetzt vermögen, die ihm Kirchen zum Himmel erheben.‹ – Diese Bemerkung kränkt unsern guten Baumeister, darum wende ich mich zu meiner Geschichte. Diese Weberei gewann mein Herz, ich mußte den sehen, von dem lernen, der so etwas schaffen konnte, und mein Ritter behauptete immer, daß seine Arbeit ihren Preis und ihren unbewußten Zweck erreicht habe, indem sie ihm meine Neigung gewonnen. Meinem Vater war es gleichgültig, was uns verband, seine geheime Absichten wollten uns verbinden, so sah er es doch gerne, daß der Ritter mir Tage lang auf unserm Jagdschlosse in dieser künstlichen Arbeit Unterricht gab, und lachte, wenn ihm die Zofen hinterbrachten, daß dies Geschäft zwischen uns nicht ohne Liebelei ausgehen würde. In geselligem Spiele versteckter und doch nicht geheimer Wünsche webten wir zusammen diesen zweiten Teppich, den wir zusammen erfanden, als wär's eine fremde Geschichte, indem wir unsre Bilder nur in Ermangelung andrer anwebten. Seht mich als Jägerin auf einem getigerten Rosse, der Falke auf meiner Hand, das Jagdhorn über den Rücken, eingefangen aber selbst von einem goldnen Netze, in dessen Maschen listige Liebesgötter gaukeln, dort aber den Ritter, der nicht darauf Achtung zu geben scheint, weil er das Netz an eine Krone anzustricken und damit zu schließen trachtet.« – »Wunderschön«, rief der Prior, »hier ist weibliche Geschicklichkeit zu bewundern.« – »Nein Herr Prior«, sagte die Frau, »jenes ist als Arbeit tadelfreier, als dies Gewebe, hier ist mancher Fehler von mir nur künstlich durch meinen Meister versteckt worden, jenes hättet Ihr mehr bewundern müssen, wenn Ihr mir schmeicheln wolltet, das ist fehlerfrei, denn es ist von ihm. Das Gewebe machte mir viel unnützen Kummer, denn wie ich meinte, daß er mich bei dessen Endigung verstanden habe, so war mein Ritter statt dessen mit kurzem Abschiede von mir fortgeritten, ohne sich näher über seine Absicht zu erklären. Zorn trat der verschmähten Liebe nach, es war mir unleidlich, dem Ritter zu Ehren so viele liebe Gewohnheit aufgegeben, so viele Arbeit unternommen zu haben, ohne von ihm des rechten Danks gewürdigt zu sein. Mein Roß und mein Falke wurden wieder zu Gnaden angenommen, ich durchstrich den Wald allein, da mein Vater, wie ich zu erzählen vergaß, wegen eines Zuges zum Heiligen Grabe noch immer abwesend war, doch nahm ich gern einen Diener des Ritters mit mir, der bei seiner Abreise entlaufen und zu mir gekommen war. Einstmals machte mich dieser auf ein vielstimmiges Vogelgeschrei aufmerksam. Ich ritt voll Neugierde nach dem seltsamen Zauberklange und fand mich von einem goldnen Netze gefangen, der Ritter hatte es über mich geschlagen, indem dessen Enden an eine goldne Krone befestigt waren. So hatte sich alles erfüllt, mit vielen Küssen erzählte er mir, daß er den Auftrag meines Vaters, die lang bewahrte Krone der Hohenstaufen zu rauben und durch deren Überlieferung seine Versöhnung mit dem Kaiser zu machen, erst erfüllt habe. Die Krone sei in seiner Gewalt, er habe sein Gelübde erfüllt und nichts hindre unsre Verbindung. Da wendete sich mein Herz ganz zur Freude, der Diener pfiff fröhlich, er war immer mit seinem Herrn im Einverständnisse gewesen. Nach dem ersten Freudenergusse berichtete er mir, wie ihn das Geschick begünstigt habe, die Krone in seine Gewalt zu bekommen. Seht hier das dritte Gewebe, den Glasturm in der Mitte des Wassers und hier den kühnen Schwimmer auf dem abgerissenen, treibenden Holzstamme, die Krone auf dem Haupte.« – Hier hielt sie inne, aber der Prior bat dringend, um die Erzählung, er habe so oft von der Burg der Kronenwächter gehört und nimmer den Ort sich deutlich machen können, wo sie zu finden. – Die edle Frau fuhr dann fort: »Ich laß mich heute einmal gehen, ich weiß nicht warum, doch ihr seid gute Seelen und werdet mich nicht den Unerbittlichen verraten, die mir den Gemahl raubten. Der Ritter hatte durch seinen früheren Aufenthalt einige Kunde, in welcher Richtung das Schloß zu suchen sei. Vierzehn

Tage war er einsam mit seiner Liebe zu mir durch Wälder und Auen hingestrichen, ein schmerzlich süßes Leben, doch ungewiß seines Entschlusses, es kostete ihm viel, den Willen meines Vaters zu erfüllen. Rätselhaftes, trostloses Geschick, seine Heiligen hat uns der Himmel entzogen, sie wandeln nicht mehr unter uns, die Engel verstecken sich den ernsteren Tagen, und die Gewalt der Jahrhunderte fällt wie ein Fels unerwartet, oft unerkannt auf die Brust des Erwachsenen, der gegen sie immer nur ein Neugeborner ist, und wer ist der Engel bedürftiger, als wir Abkömmlinge großer Begebenheiten.« – »Wir«, sagte der Prior mit Bedeutung. »Aber in so trauriger Welt wiegten sich dennoch«, fuhr die edle Frau fort, »alle Liebesgedanken an mich mit den klingenden Federspielen auf wilden Rosen des Weges, die Quelle des Weges glänzte von dem Heiligenschein, den sie der Welt zurückstrahlte, nichts entreißt dem jugendlichen Herzen Hoffnung und Reiselust. Endlich wurde ihm der Weg ungewisser, die Hirten seltener, die Wälder hörten auf, Wolken versteckten ihm die Gegend, sie lagerten sich feucht um ihn her und die Sonne ging über ihm, wie ein trübes Mondlicht in schwankender Bewegung. So kam der Abend still und anteillos, als ob er in eine andre Welt übergestiegen, es wurde immer kälter, ein Steinbock, der über eine nahe Klippe sprang, entdeckte ihm, daß er an einem Abgrunde stehe, in welchem zwei Geier mit gewaltigem Flügelrauschen sich um ein zerschmettertes Ziegenlamm mit den Schnäbeln zerzausten, daß ihm die Federn ins Gesicht flogen. Hier mußte er sich wenden, er hoffte auf nahe, menschliche Wohnung, weil er diese so lange nicht wahrgenommen, mußte aber immer weiter von den Menschen fort, immer höher hinauf eine Eisebene ansteigen, die jetzt noch leichter, als im Spätsommer zu überschreiten war, weil das Tauwasser noch keine bedeutende Risse darin gesprengt hatte. Es war ihm schmerzlich so weglos zu irren, aber die hohe Luft füllte ihn mit einem seligen Mute: er müsse seiner Liebe folgen und die alten Schmerzen seines Hauses enden. Da traten über ihm die Sterne aus blauer Himmelswoge hervor und er war gewiß, auch ich müßte in dem Augenblicke zu ihnen aufblicken und für ihn beten, wie er für mich. Und als er so still an einem Eisaltare betete und seine Tränen, die er nicht halten konnte, zum Opfer brachte, da hörte er jenseits einen Zug geharnischter Männer rasseln, die heftig gegen einen unter ihnen tobten, und ihm den Tod schworen, weil er auf der Wacht eingeschlafen sei, nun müßten sie darum in der kalten Nacht wie Gemsen auf den Gletschern herumsuchen, wo der Fremdling tot oder lebendig zu finden und zu fangen sei, den ihnen der Hirte beschrieben. Ein paar ließen sich den Fremden beschreiben und der Ritter erkannte sich deutlich an dem Panzerhemde, das rot besetzt sei, an dem grünen Barett. So furchtbar diese Drohung war, so ging ihm doch ein Licht auf, er sei nahe der Kronenburg. Er versteckte sich so gut, daß sie ihn nicht erblickten, obgleich ihr Atem von der wehenden Luft sichtbar über ihn hingetrieben wurde; dann sprang er freudig auf, als sie vorüber, schritt über Eisspalten und kletterte über Felsenstücke, die auf der höchsten Bergebene wie Riesensitze zur Beratung zusammengetragen schienen. Und als er auch diese überschritten hatte, da senkte sich das Eisfeld nach der andern Seite. Er schritt um so schneller, je leichter es ihm jetzt wurde, auch war hier kein Gletscher, mildere Luft wehte ihn an und in der fernen Tiefe glaubte er ein Städtlein mit brennenden Lichtern zu erblicken, das von einem Freudenfeste wach erhalten worden. Er sehnte sich nach Ruhe, bald bemerkte er aber, daß es der Widerschein der Sterne gewesen, in einem großen Gewässer, das unbegrenzt vor ihm ausgebreitet lag, was er für Lichterglanz gehalten, bald deckte ein allgemeiner Nebel die ganze Aussicht, er konnte nicht weiter gehen ohne Gefahr, auch übermannte ihn der lange zurückgewiesene Schlaf.

Ich lag damals schlaflos auf weichen Betten, sein Lager war hart, auch weckte ihn zuweilen Hunger, ohne daß er ihn vor Müdigkeit aus seiner Reisetasche befriedigte, sondern er schlief immer wieder zu schnell ein, die Kälte mochte dazu mitwirken. Endlich wachte er ganz vom Einstrahlen der Sonne, aber er öffnete nur mit Mühe die Augen, denn die Sonne, die aus dem Wasser emporgestiegen, blendete seine Blicke, die über tausend Wunder, wie über Traumbilder ungläubig hinirrten! Die beschneiten Wipfel hinter ihm wie Paradiesesmauern; Alpenrosen und Bergthymian blühten neben ihm, ein freudiger, wundervoller Teppich, wie er ihn oft in seiner Weberei ersonnen und doch nicht ganz erreicht hatte; vor ihm ein endloses Gewässer, der Bodensee, der über seine Ufer ausgetreten war und in den noch immer die Wasserfälle mit ausgerissenen Tannen und Felsenstücken niederdonnerten, die Sonne aber schwamm ruhig auf ihm, wie ein Glutschiff. Er ging entzückt taumelnd einige Schritte, sah nieder und warf sich erschreckt auf den Boden, schloß die Augen und drückte die Steine an sich, wie seinen letzten Halt. Über dem Wasser schien er sich zu schweben und ohne Hoffnung an dem glatten Felsen niederzugleiten, der gerundet ihm die Gefahr versteckt hatte, bis er in träumenden Gedanken die Höhe der Wölbung erreicht hatte und schon zwischen Himmel und Wasser schwebte. Sich selbst aufgebend, meiner noch denkend, ließ er sich einige Ellen niedergleiten, da stand sein Fuß an einem Vorstoß fest. Er blickte hin und sah, daß er einen gehauenen, schmalen Felsensteig erreicht hatte, der ihm von der Felsenwölbung versteckt gewesen war, er sah jetzt eine Felsenbucht zu seiner Linken, die nur durch diesen Fußgang eingänglich schien, das Wasser brauste gewaltig in Strudeln, und in der Mitte dieses Wellenschaums stand fast wie der Schatten eines Schlosses ein siebentürmiges, eckiges Schloß, das in seinen Türmen völlig durchsichtig und von Glasstücken erbaut schien, da jeder der Türme einen bunten Regenbogen auf die entfernte, schwarze Wasserfläche der Bucht und auf die schwarzen Felsen warf. Er hatte nie einen so gewaltsamen Anblick erlebt, die Sonne schien dienstbar dem Menschenwerke und gleich stand seine Überzeugung fest, dies sei die Kronenburg, die Pfalz der Hohenstaufen. Alle Furcht war verschwunden und Glut durchkochte seine Wangen, die Krone zu gewinnen, die ihm durch seine Geburt gehörte. Er eilte den Felsenweg nieder; sah, daß die kunstreiche, eiserne Laufbrücke über das Wasser gespannt war. Schon glaubte er alles gewonnen, da sah er vor der Brücke zwölf alte, starke, geharnischte Männer, ihre Füße blutig, als ob sie beim schweren Steigen über Gletscher sich selbst verwundet hätten, um einen Anhalt an der glatten Fläche zu gewinnen. Es waren dieselben, die ihn so zornig auf dem Gebirge suchten, aber sie schliefen jetzt wie todmüde Menschen unerwecklich, schienen aber nicht willig eingeschlafen, denn sie hielten noch ihre Schwerter, als wachten sie bei der Brücke. Da war's, als ob der Tod schon hinter ihm mit der Sense gehe, als ob die Engel ihm die Füße vorwärts höben und stellten, daß er die Brücke überschreite, so schneidend sauste die Luft hinter ihm, als er über die hochschwebende, eiserne Stufenbrücke schritt, so sorglich umflogen ihn die Tauben, daß er sich nicht einsam fühle und schwindle. Ich kenne euch Regenbogenhälse, dachte er, seid ihr heimlich mir nachgeflogen, ihr waret meine einzige Gespielen auf Hohenstock, leitet mich, ihr treulich Liebenden! So gelangte er an den hohen Eingang und erblickte an jeder Seite zwei eiserne Männer mit großen Doppelschwertern. Er zog sein Schwert, daß er nicht ungerächt fiele, aber sie standen still und er sah, daß ihr Antlitz von Glockengut bei der Berührung hohl erklang; diese herzlos Gewaltigen waren angekettet, weil die Wächter draußen auf Kundschaft harrten. Glorreich in sich betrat er den ersten Platz, da sangen die Vögel in ewigem, sichern Frieden und die Blumen schienen keinen Winter zu kennen, die Erde schuf sie in einer Fülle der Kraft, wie nirgend sonst; Fruchtbäume an Glasstäben der Glasmauer aufgebunden, standen in voller Blüte, große, bunte Schmetterlinge flatterten hier wie eine Herde. Und er trat weiter in den zweiten Hof, der von Wohnungen umgeben war, da stand ein hoher Schleifstein, der von einem rieselnden Wasser wie eine Mühle getrieben wurde und Schwerter lagen umher, die frisch geschliffen waren. Nie hatte er solchen Klingenglanz erblickt, er warf sein Schwert fort und wählte sich das schönste, der feine Sand des Mühlsteins war davon noch nicht abgewischt. Aber kaum war er so bewehrt, da brüllte ihm ein Löwe entgegen, der ein ganz junges Kind, als wär es von ihm geraubt, an den Windeln, worin es eingeschlagen, trug. Mitleid mit dem Kinde unterdrückte jede Rücksicht, er trat auf den Löwen zu, der das Kind nun fallen ließ. Der Löwe erhob sich auf seine Hintertatzen, er durchstach das gewaltige Ungeheuer. Das Kind schrie, er hob es auf, es schien unversehrt, das Kind war ihm lieb wie die Krone, er hatte es erstritten, er konnte es nicht lassen. Nun eilte er von einem Turme zum andern, die Krone zu finden, durch das Gepränge der Silbergefäße in den engen, gewölbten Gängen. Nicht schreckten ihn in doppelten Farbenspiegelungen die gemalten Wächter, nicht die Schneckentreppen in freier Luft, nicht die einzelnen Steine, auf denen er zur Spitze außerhalb dem Turme schreiten mußte, er sah auf das Kind in seinem Arm, wenn ihm graute. Endlich auf dem mittelsten, höchsten Turme sah er in einer kristallenen, matt geschliffenen Schale die Krone blinken, aber noch zwei Stufen waren zu überwinden, die sich um die enge Spitze des Turmes wendeten. Auch diese waren überwunden und schon hielt er die Krone in seinen Händen, einen schlechten, goldnen Reifen über einen eisernen Ring geschmiedet, da merkte er erst, daß er keinen Augenblick in der Höhe verweilen dürfe, sondern unmittelbar sich zurückwenden müsse, weil die obere Stufe zu schmal war, um ihn mit beiden Füßen zu tragen. Es gibt Augenblicke, die so furchtbar schnell zu einem Entschlusse drängen, daß der höhere Wille keine Zeit hat, den rohen Trieb zu bemeistern. Dem Ritter blieb in dem Umwenden scheinbar die Wahl, entweder die Krone, oder das Kind in die Wasserflut zu stürzen, wenn er nicht mit beiden niederfallen wollte. Daß er aber das Kind herabschleuderte, war nicht seine Wahl, wie er mir oft geschworen, sondern es geschah, ehe er wählte. Mit seinem Leben hätte er das Kind errettet, denn was war ihm die Krone? Nur als Brautgeschenk, um mich zu erhalten, hatte sie ihm einen Wert; er hätte mir gern entsagt, wenn er das Kind hätte retten können. Nie hat er das Schmerzliche dieses Augenblicks vergessen und sich oft gewünscht, er wäre nachgesprungen in die Flut, auch meinte er immer, daß er dafür einen gewaltsamen Tod wohl verdient habe. Das Unglück war geschehen, das Kind seiner Hand entschlüpft, er wünschte ihm nachzustürzen, aber er kam glücklich mit der Krone zum Schloßplatze nieder. Da hörte er die schweren Wächter über die Brücke kommen, ihm blieb kein Ausweg, als das Wasser, und darum folgte er dem Wasser der kleine Mühle, setzte die Krone auf sein Haupt, warf Waffen und Kleider fort und senkte sich mit dem Flüßchen am glatten Bauwerke in den See nieder, in welchem eine große Zahl von Stämmen, mit ihren unzähligen Ästen vom Berge niedergestürzt, umhertrieben und die Drehung des Wassers hemmten. Auf Hohenstock zur Schwimmerei erzogen, half er sich leicht zu einer Tanne hinüber, aber sie war zu klein und sank unter seiner Last, doch nutzte er ihre Hülfe, um zu einer größern sich hintreiben zu lassen, die ihn wie ein sicheres Floß aufnahm. Da blickte er um sich, sie deckte ihn mit ihren Zweigen, er sah, daß die Kronenwächter, die des Löwen Tod und den Verlust des Kindes wahrgenommen, umsonst riefen und suchten und schauten, sie bemerkten nicht, wo er entkommen; er trieb unaufgehalten der breiten Seefläche zu, von brütenden Tauben, die ihre Jungen in den Nestern nicht aufgeben wollten, in den Ästen umflattert, von namenloser Qual durchbebt, sein reines Leben mit dem Morde des Kindes befleckt zu haben.« – Hier schwieg die edle Frau, indem sie einen Teppich hervorsuchte, der Prior aber flüsterte zum Baumeister: »Hält sie mich wirklich für so einfältig, daß ich das Märchen glauben soll, ich war so oft am Bodensee und habe nie von solcher Felsbucht gehört.« Der Baumeister lächelte, winkte und strich sich über das Kinn, verzog auch den Mund, als ob er selbst nicht alles glaube, doch sagte er: »Wer kann vor den ärgerlichen Seeräubern da in alle Felsenschluchten fahren, sie unterbrechen allen Handelsverkehr der Städte.«

Nach einer Pause fuhr die edle Frau in ihrer Erzählung fort, als ob sie das leise Geflüster gehört hätte: »Vielleicht dünkt Euch diese Erzählung des Ritters ein Traum, den er sich ernstlich eingebildet hatte, ich fürchtete für seinen Verstand, als ich sie vernahm und suchte ihn um so liebreicher zu trösten, je lieber ich die Geschichte vergessen hätte. Ein Blumenkranz, den er mir mitbrachte, war mir lieber, als die berühmte Krone, ich nahm den Schlüssel des Kastens, wo er die Krone eingepackt, daß er der verhaßten Gedanken sich entschlüge, und zog mit ihm aus dem einsamen Jagdhause zum Schlosse meines Vaters, der bald darauf von der Pilgerreise, die er wegen der Türken nicht vollenden konnte, mit seinen früheren Planen beschäftigt, zurückkehrte. Mit heftiger Freude hörte er die Erzählung des Ritters, er schien alles zu glauben, ich mußte die Krone bringen, er küßte sie wie ein Heiligtum, sagte aber, sie sei bei mir sicherer, als bei ihm, er könne nicht jedem in seiner Umgebung trauen, seine Zeit sei noch nicht reif. Unsre Vermählung wurde als Dank für dieses Brautgeschenk ungesäumt, aber heimlich, vollzogen und der Ritter schien seinen Gram vergessen zu haben. Doch als ich ihn mit der Hoffnung erfreute, Vater zu werden, da trat es ihm schwarz in die Gedanken, die Kronenwächter möchten sich an seinem Kinde rächen, wegen des Verlusts des begünstigten Sprößlings. Er beredete mich, scheinbar mit ihm zu einem verwandten Hause nach Flandern zu reisen, uns aber im tiefsten Walde meines Vaters, als Bauern verkleidet, niederzulassen. Mein Vater willigte ungern in den Plan, er fühlte sich nahe dem Tode und hätte sich gern noch die letzte Zeit den Lebenden angeschlossen, aber er fürchtete selbst Gefahr, da er zwar noch nicht seine Aussöhnung mit dem Kaiser durch Überlieferung der Krone abgeschlossen, aber in der Unterhandlung begriffen war. Wir lebten ein glückliches halbes Jahr in der Einsamkeit, ein Diener sorgte für unser Bedürfnis, wir trieben es in kunstreichen Webereien zur größten Vollendung und erfreuten den Vater mit unsern Arbeiten, indem wir ihn durch diese Abbilder künstlich in unsre Nähe zauberten. Ich wurde von einem Sohne entbunden, genas bald wieder und nichts schien unserm Glücke zu fehlen.«

Die Fremde hielt inne, drückte ihre Stirn mit der Hand und fuhr fort: »Als wir eines Nachmittags den Hut eines Rosses durch den Wald schallen hörten, da fuhr ich auf, wie aus einem Traume, und der Ritter erschrak bei dieser Seltsamkeit, denn der Wald war so dicht, daß niemand seinen Weg durch denselben nahm, am wenigsten zu Rosse. Er griff nach seiner Armbrust, aber ich hielt ihn, denn im Augenblicke entdeckte ich, es sei ein sehr alter Mann, der sich mit seinem Roß durch die Büsche quälte, und mein unseliges Mitleiden raubte mir alles. Der Ritter unterhielt sich mit dem Alten, er nannte sich Martin.« – »Martin?« fragte Berthold halblaut. – »Martin nannte sich der Alte und seinen Herrn nannte er den Ritter von

Golm, der unfern mit seinem Pferde harre, sie hätten sich durch Irrlichter anführen lassen, so wären sie schon in der Nacht von der Straße nach Augsburg abgekommen. Der Ritter entschloß sich, sie auf die rechte Straße zu begleiten, aber meine Neugierde erwachte, etwas Neues von der Welt zu hören, da mein Vater nicht schreiben mochte und der alte Diener zu einfältig war, etwas Neues zu begreifen. Der Ritter gab meinem unseligen Verlangen nach, zur Strafe dieser Neugier habe ich ihn verloren und dem Tageslichte entsagt, bis ich meinen Sohn wieder finde. – Er brachte den fremden Ritter und seinen Reisigen Martin in unser Haus, ich wandte mich mit allerlei Fragen an den Ritter, der alt und grämlich sie nur kurz beantwortete und sich verwunderte, was wir Wald-Bauerleute uns um die hohen Häuser Schwabens kümmerten. Mein Ritter gab vor, wir hätten sonst beide in einem der Häuser gedient und hätten uns in die Wildnis geflüchtet, weil der Herr unsre Heirat nicht zugeben wollen. Der alte Ritter stellte sich etwas ungläubig und wollte seine Waffen nicht ablegen, auch nichts genießen, was wir ihm vorsetzten, vielmehr mußte sein alter Martin ihm selbst etwas, das er bei sich führte, in der Küche wärmen. Der unbequeme Gast verdarb uns schon alle Laune, oder war's die Ahndung des nahen Unglücks, daß der Ritter und ich mehrmals mit heimlicher Trauer einander die Hände drückten. So stumm saßen wir drei bei einander, als ein seltsames Knistern und Sausen über uns meinen Ritter aus dem Traume weckte; er riet nicht lange, was es sein könne, denn Martin stürzte herein und sagte, der Schornstein müsse nicht fest gewesen sein, das Sparrwerk des Daches brenne. Ich eilte halb sinnlos nach der Wiege des Kindes und riß es heraus, der Ritter sprang nach dem verdeckten Behältnisse unter dem Bette, wo die Krone bewahrt wurde, und nahm die Krone offen in seine Hand. Wir eilten mit dem Ritter und Martin ins Freie und bemerkten dort, daß der Brand nur den oberen

Teil des Daches ergriffen und daß wir noch in Sicherheit so manches unsrer Arbeiten und unseres Gerätes erretten könnten. Ich gab mein Kind dem alten Ritter und sprang ins Haus zurück, mein Gemahl folgte dem Beispiele und warf die Krone beiseite, indem er mir folgte. Wir brachten manchen seltnen Schrank und unsre Teppiche hinausgetragen und als wir fertig mit der Rettung unsrer besten Sachen waren, riefen wir nach dem Ritter, weil wir ihn nicht gleich sahen. Da hörten wir in einiger Entfernung sein Lachen und seiner Rosse Wiehern, Kind und Krone fehlten, wir fühlten und es erstickte unsre Worte, daß wir schrecklich betrogen waren, daß dieses Feuer nur angelegt worden, um zu entdecken, wo die Krone verborgen sei. Ich blieb sinnlos stehen und lehnte mich an einen Baum, mein Ritter zog sein Schwert und eilte den Räubern wie ein Rasender nach. Ich hörte Waffengeklirr, ich sah Martin, den Reisigen, im Gefecht mit meinem Herrn, da sank ich nieder. Ich meinte meinen Herrn gesehen zu haben, wie er mit blutigem, gespaltenen Haupte zu mir trat, vor mir niedersank, mich um ein letztes Andenken bat, und wie ich in Erstarrung den goldnen, schön geschuppten Trauring in die Wunde drückte. Ist's ein Traum gewesen, so war er schrecklich deutlich, aber kein andres Bild aus meinem wahnsinnigen Zustande ist mir so deutlich geblieben. Der alte Diener, der mich fand, konnte von meinem Ritter, von dem Kinde, von der Krone nichts entdecken, die Gesträuche waren mit Blut bespritzt, mein Herz wußte, es sei das Blut des Geliebten, mein Verstand unterlag, ich fühlte bald nichts von der Welt, deren Ungewißheit mich von ihr losgerissen hatte. Der alte Diener fand mich sinnlos, allmählich besann ich mich, der Tod des Vaters ging gleichgültig meinem Ohr vorüber. Erst im Hause dieses edlen Baumeisters lernte ich wieder denken, erkannte meine Schuld, und brachte zur Sühne meiner Neugierde das schmerzliche Gelübde, das Tageslicht zu meiden, bis ich den Sohn oder den Geliebten wieder finde.« – »Ich habe dies Gelübde nicht angeraten«, sagte der Baumeister, »wer etwas sucht, muß Tag und Nacht danach sich umsehen.« – »Vergebens sind meine Reisen gewesen«, fuhr die Fremde fort, »doch was ist vergebens? Seht hier auf diesem Teppich, den ich nicht vollenden konnte, und den ein junger Maler Sixt, der mich begleitet, mit geschicktem Pinsel füllte, das brennende Haus, unter welchem wir ein seliges Jahr wohnten, dort den tückischen Ritter mit Kind und Krone, den grimmigen Martin, den ich aus tiefster Seele verfluchte, und hier den blutigen Ritter, der ein Andenken von mir begehrt. – Aber was ist Euch, junger Herr?« fragte sie ängstlich, daß sie alle zusammenfuhren, den jungen Berthold, »Eure Tränen übermannen Euch, Ihr wechselt die Farbe wie ein Kranker.« – Mit gebrochener Stimme antwortete Berthold: »Mir wird gewiß wohl, wenn ich ins Freie komme, erlaubt mir nur wenige Zeit, ich werde mich erholen und Euch etwas überbringen, woran jetzt meine ganze Seligkeit gekettet ist.«

Er eilte nach seinem Hause, fand Frau Hildegard bei ihrer Lampe sitzen und beten, es tat ihm wehe, ihr zu sagen, daß er sie wohl nicht mehr lange als einzige, liebe Mutter verehren würde, er antwortete ihr daher nur unbestimmt auf die Frage, was er suche, und sie berichtete ihm während des Suchens, daß der alte Berthold wegen des ausgehängten Turmwächters zum Bürgermeister spät abends gerufen und noch nicht wieder gekommen sei, weswegen die Leute meinten, der Bürgermeister habe ihn einsetzen lassen. Diese unangenehme Nachricht ging ohne tiefen Eindruck an ihm über, sie merkte aber den Ärger und die Angst, in die er sich versetzt fühlte, als er den Kasten mit dem geliebten Haupte durchaus nicht an der Stelle finden konnte, wo er ihn hingestellt hatte. Frau Hildegard konnte keine Auskunft von ihm erpressen, was er suche; die Angst, das Kennzeichen seiner

Geburt verloren zu haben, verwirrte ihn schon, er hörte auf nichts und hätte im unruhigen Durcheinanderwerfen die Kiste gewiß übersehen, wenn sie gleich vor ihm gestanden hätte. Endlich sprach Frau Hildegard mitleidig: »So ist nun der Mensch, er meint, der Teufel habe sein Spiel, wenn er irgend eine Kleinigkeit, die er braucht, nicht finden kann, und einen guten Gedanken, den ihm wohl ein Engel zum Trost der Seinen eingeben könnte, verschluckt er darüber, als ginge er nicht verloren, wenn er zu spät kommt. Laß dein Suchen und rate mir, wie wir uns mit dem Bürgermeister benehmen!« – Das Wort drang in sein Herz, er fiel der Mutter Hildegard um den Hals, er suchte sie zu trösten wegen des Vaters; dann vertraute er ihr die Hoffnungen seines kindlichen Herzens, und wie er nur geschwiegen, um ihr die Sorge zu sparen, als ob seine Liebe schwächer werden könnte, wenn sie sich teilte. Frau Hildegard weinte und segnete die höhern Wege der Vorsehung, wünschte sich aber zurück in die stille Ruhe des Turmes, wie sie der Welt näher gekommen, werde sie auch von ihr bewegt; dann zeigte sie auf einen Wandschrank, wo unser Berthold das Heiligtum fand. Er drückte den Schädel so heftig an Mund und Herz, daß jenes Blinkende, was Martin für einen Helmring angesehen, aus der Öffnung des Schädels sprang und über den Boden rollte. »Es ist ein Trauring«, sagte Hildegard, die ihn aufhob, »hier steht der Tag eingegraben im innern Kreise.« Besinnungslos freudig sprang schon Berthold mit Schädel und Ring die Treppe hinunter zur Wohnung der edlen Fremden.

Siebente Geschichte

Der Sturm

Er fand nur Apollonien im Zimmer der edlen Frau, sie hatte sich zur Besorgung einiger Briefe fortbegeben. Ohne sich Apollonien erklären zu können, drückte er ihr die Hand und küßte den Schädel; Apollonien durchdrang ein Entsetzen, sie weinte, denn er schien ihr sinnlos. – »Beweine nicht mein Glück«, antwortete Berthold, »wer keinen Vater, keine Mutter kannte und von Fremden so mild und zärtlich, wie ich auferzogen wurde, der ahndet erst alle Liebe, die eine rechte Mutter zu ihm trägt, und auch dich, Apollonia darf ich ohne Scheu anblicken, aus gutem, edlen Stamm bin ich entsprossen, bin kein Findelkind, dessen sich die Eltern schämten, wie mir die bösartigen Knaben der Stadt sonst nachschrien, als ich noch ein armer Schreiber war.« – »Bist du also vornehm geworden«, fragte Apollonia, »dir gönne ich's recht von Herzen und will für dich im Kloster beten, daß kein Glück dich verdirbt.« – »Du willst wieder ins Kloster?« fragte Berthold traurig. – »Ich war recht glücklich und zufrieden im Kloster«, antwortete Apollonia.

Jetzt trat die edle Fremde ein und ihr erster Blick fiel auf den Ring, der aus der Wunde des Schädels entfallen, in Bertholds Hand glänzte, sie sah auch den Schädel und die tiefe Wunde, in der er so lange verborgen gelegen, sie glaubte, die geliebte Gestalt wieder zu erblicken, und es hatte nach so langen Leiden ihr nichts Schauerliches mehr. Mit hastiger Ungeduld, der Worte oft nicht mächtig, stammelte Berthold seine Geschichte, wie er auf dem Schädel geruht, was Martin oft so bedeutend von ihm gesprochen. Nun wußte sie, was sie bei seinem Anblicke gefühlt hatte, ihr war alles gewiß, sie umhalste ihn mit Tränen, drückte ihn an sich und sprach: »So habe ich dich wieder, du geliebter Sohn, und keine Macht soll dich mir rauben, du bleibst nun an meiner Seite; wie eine Löwin, die ihre Jungen schützt, so will ich dich mit meinem Blute bewahren! – Wie viele Jahre meiner Liebe sind dir verloren, denn gut kann der Mensch gegen jeden sein, aber nur das Blut bindet die Liebe unauflöslich; so kann dich keine Mutter lieben, wie ich und die heilige Mutter, der ich dich so oft in meinem Gebete empfahl! Ach deinetwegen lerne ich die Schrecklichen wieder fürchten, in deren Gewalt dein Geschlecht seit Jahrhunderten zwischen der Hoffnung unerreichbarer Herrlichkeit und der Furcht eines gewaltsamen Sturzes ohne Boden, ohne Himmel schmachtet. Ich darf dich nicht von mir lassen, du mußt dich blödsinnig anstellen, um vor ihnen sicher zu sein, ihre Gaben sind wie des Teufels Schätze, in der Nacht glänzt es wie Gold, am Tage sind es Kohlen. Was soll ich dir schenken zu der seligen Stunde, bewahre den Ring, bis du eine Jungfrau findest, die dir noch über dies teure, väterliche Andenken geht, verschenke ihn nicht leichtsinnig.« – Berthold betrachtete den Ring und blickte zu Apollonien. Die Mutter verstand beide und wollte schon die Ringe wechseln, da blickte die aufgehende Sonne feurig durchs Fenster, da fiel die gute Frau auf ihre Knie nieder und rief inbrünstig: »Ich darf dich wieder sehen, du scheinst in zwei Augen, die ich zu deinem Licht geboren; ruhig wird jetzt die Trauer meiner Liebe und eine innige Gegenwart mit dem Geliebten; die Lerchen steigen wieder freudig und die Glocken klingen wieder hell und der Verstand sieht mich nicht mehr ungütig an.« Bei den letzten Worten winkte sie dem Baumeister, der ernst über ihr stand und er sprach milde: »Der höchste Verstand ist die Güte; wo mir die noch fehlt, da bin ich ein unverständiger Geselle, diesmal aber meine ich doch etwas zusammengeführt zu haben mit Verstand, dessen sich die höchste Güte nicht zu schämen brauchte.«

Während er noch so wohlgefällig sprach, trat der Prior

ein und warnte ihn ängstlich, der Bürgermeister lasse das Haus von allen Seiten durch bewaffnete Bürger umringen. Die Fremde meinte, es wäre wegen der Tochter, aber der Baumeister schüttelte mit dem Kopfe und der Prior sagte, er habe ihn sehr heftig von einer Frau sprechen hören, welche sich für die Erbtochter eines regierenden Hauses ausgäbe, aber von den Verwandten dieses Hauses als eine Betrügerin verfolgt würde. »Ich weiß, was sie wollen«, seufzte die Fremde, »die edlen Steine aus dem Erbe des Vaters, gebt es ihnen, ich besitze Diamanten von reinerem Wasser in den Freudentränen, die ich weine. Laßt sie ein, die neidischen Seelen, sie sollen fühlen, daß sie mir nichts nehmen können, so lange ich den geliebten Sohn in meinen Armen halte, er ist mein und keine Gewalt trennt mich von ihm.« Der Baumeister trat zwischen und suchte sie zu überzeugen, der Besitz jener Kostbarkeiten könne nur ein Vorwand sein, ihr werde der Sohn von den Unerbittlichen nicht gegönnt, um noch in ihr das Vergehen des unglücklichen Gemahls zu rächen. »Ihr wißt ihn jetzt wohlbewahrt, reichlich versorgt«, sagte er, »Ihr scheidet nicht auf ewig von ihm, Euer Gelübde ist gelöst, erfüllt die Wünsche meiner Treue, lohnt meinen vieljährigen Dienst! Was ist Euch der fürstliche Name, dessen viele Euch wegen der ungleichen Geburt Eurer Mutter und wegen der Vermählung mit dem unbekannten Ritter für verlustig achten. Als meine Frau kann Euch die freie Stadt Straßburg schützen.« – Aber die Fremde hob den Schädel des geliebten Gatten auf und sprach: »Alles könnte ich Euch schenken, und lohnte Eure Dienste nur gering und das einzige, was Ihr verlangt, mein Herz, meine Hand, sie beide sind nicht mein; von meinem Gatten, von meinem Sohne trennt mich kein Entschluß, nur die Gewalt, die mich dem Leben entreißt, kann mich von ihnen scheiden. Überlaßt mich dem Geschicke meines Himmels.« In diesem Augenblicke stieß der zornige Bürgermeister die Leute der Fremden, die ihn aufhalten wollten, ungeduldig von sich und trat ein, mit dem Ausrufe: »Im Namen meines Grafen!« Aber der Baumeister führte ihm in dem Augenblicke, wo er die Fremde für eine Gefangne erklären wollte, die zitternde Apollonia entgegen. Diese unerklärliche Erscheinung brachte den heftigen Mann außer Fassung; hätte er Berthold erblickt, so hätte sein Zorn eine Erklärung gefunden, aber die Fremde hielt ihn noch in ihren Armen. »Du hier?« fragte der Bürgermeister stammelnd und Apollonia konnte schluchzend nicht antworten. Nach kurzer Besinnung nahm er sie beim Arm, Berthold wollte sie zurückhalten, aber sie selbst entzog ihm in der Angst die Hand, die er von der Abgewendeten ergriffen hatte. Eine Unbestimmtheit hatte alle ergriffen, die jeden lähmte, und wie Krankheiten im Menschen solche Vorgefühle von Erschöpfung voranschicken, so schien diesmal ein gewaltsames Ereignis in den Lüften wie eine allgemeine Krankheit des Gestirns auf alle Bewohner zu wirken. Ein Sturm erbebte durch die Gassen der Stadt, den die innerlich Erschütterten bis jetzt überhört hatten. Mit steigender Heftigkeit pochten die Luftadern, die fallenden Reihen der Dachsteine, die klirrenden Fenster, das Geschrei der Menschen, die sich in ihren wankenden Holzgebäuden nicht mehr sicher glaubten, wurden jetzt erst hörbar, wo der Sturmwind ein schlecht verschlossenes Fenster des Zimmers, wo sich alle noch befanden, aufschlug, Stroh und Baumäste hineinführte und mit allem Beweglichen im Zimmer sein tolles Spiel forttrieb. Von allen Seiten riefen Stimmen nach dem Bürgermeister, es wurde der Befehl von ihm verlangt, daß alle Feuer auf den Herden gelöscht würden, damit nicht eine allgemeine Feuersbrunst den Schrecken erfüllte. Der Mann war an so schnelle Entschlüsse wenig gewöhnt, er verlangte in der Verlegenheit nach dem Rathause, aber die Tochter ließ er nicht aus der Hand, gleich wie die Fremde den Schädel und den Sohn bei allem Sturm immer fester an sich drückte. So zog nun der Bürgermeister mit der Tochter, der grimmige Schlächter mit dem zerschmetterten Lamm ab, über das der sichre Stall zusammengebrochen war.

Nun trat, als er geschieden, der Prior aus seinem Versteck heraus; er hatte für seinen Namen, für sein Amt gebetet, daß er nicht als Entführer der Tochter in Anspruch genommem werden möchte. Er benutzte zur Flucht die ersten Augenblicke, wer hätte geglaubt, daß ein feurig rotes Antlitz so bleich werden könnte!

Die Fremde allein schien wieder ganz ruhig und gefaßt, sie sprach zu Berthold: »Das Unglück ging vorüber, auch der Sturm hat seine Zeit, um so schöner wird die Stille sein, in der jeder erkennt, wie viel ihm blieb.« – »Wir müssen den Sturm benutzen, um fort zu ziehen«, sprach der Baumeister nach einigem Umschauen in den Vorderzimmern, »ich habe die Pferde bestellt, unsre Wache ist fortgelaufen, jeder zu den Seinen, mögen sie mich für einen Zauberer halten, weil ich die Gewalt der Natur als ein gutes Zeichen benutze.« – Aber die Fremde erklärte fest, daß sie bleiben wolle; wenn sie ihren Ansprüchen entsage, werde sie Schutz und ruhigen Aufenthalt bei dem geliebten Sohne finden, sie wolle nicht länger wie das Laub im Sturme von entgegengesetzten Gewalten sich emportreiben lassen, sie wolle ruhen an der Erde und bald auch in der Erde. – Der Baumeister machte ihr leise Vorstellungen, aber sie lehnte alles ab, dann nahm er mit tiefem Ernst eine Kette vom Halse, die er von ihr trug, zerriß sie und gab sie der Fremden zurück. Sie reichte ihm die Hand zum Kusse, er kniete längere Zeit still vor ihr. Der Wagen rollte vors Haus, er verließ Mutter und Sohn mit Schweigen.

Ihm folgten die meisten der Leute, welche die Fremde bis dahin als die Ihren behandelt hatte, auch der Maler Sixt, dessen Kunst sich ihr oft in Beihülfe verbunden hatte. Sie weinte auf, die liebe Fremde, als der Wagen im Sturme rollte: »Ich habe einen Freund verloren«, sagte sie, »dich aber kann ich nicht verlieren, mein Sohn, führe mich in dein Haus zu den treuen Seelen, die deine Jugend bewachten, der Sturm senkt die Flügel, er hat erfüllt, was er sollte, und die zerstreuten Wolkenschäflein sammeln sich wieder ruhig aneinander; es bedarf der ganzen Gewalt und Erschütterung des Erdelements, um dem Geiste seine Freiheit zu geben. Ich war befangen von innen und äußerlich von meinen Feinden bewacht, der Sturm hat alle Ketten abgeschüttelt und ich danke dem Himmel, daß die Zerstörung, in der auch dieses Haus schwankte, mir ein neues Vertrauen geschaffen hat.« – Berthold bat die heftig bewegte Mutter, sich zu beruhigen, das morsche Häuschen zu verlassen und in dem sicheren Hause einzukehren, das er zu irdisch ewiger Dauer begründet und auferbaut habe. Sie sprach noch mit ihren Dienern, dann führte er sie hinunter auf die Straße. Da flatterte ihm ein Schleier in die Augen, der an einem eisernen Schildhaken hängen geblieben. War es Apolloniens Schleier? Vielleicht ihr letzter Gruß, der ihm werden sollte. Er wagte es nicht, ihn mitzunehmen, so sehr es ihn gelüstete, denn er war strenge von Berthold gegen jeden Diebstahl gewarnt worden; aber er blickte so lange es ihm möglich nach dem Schleier um, als wäre es die Geliebte, und als er dem Auge ganz verschwunden, da stand er schon in der Nähe seines Hauses. Und nun beengte ihn die Sorge, wie Frau Hildegard seine Mutter empfangen würde, sie vertrug sich nicht mit andern Frauen und hatte daher keinen Umgang. »Sie liebt mich«, dachte er endlich, »sie wird auch die Mutter lieben.«

»Gottes Segen über dich, lieber Sohn«, rief Frau Hildegard ihm entgegen, »eben bringt Meister Fingerling die Nachricht, daß unser guter, alter Turm bei dem Sturm zusammengestürzt ist, eben als ein Wagen mit einem Fremden hinausgefahren war; da wäre ich wie der neue

Türmer in meinen Sünden hingestorben und verdorben, wenn du mich nicht in das neue Haus geführt hättest.« – »Es gibt Zeichen und Wunder«, rief die Fremde. – «Wen führst du mir ins Haus?« fragte Frau Hildegard. – »Die Mutter, die mich geboren hat«, sagte Berthold, »führe ich zur Mutter, die mein Leben erhielt; umarmt euch, ihr lieben Mütter, liebt euch um meinetwillen, daß ich euch beide zusammen wie eine Mutter umfassen, lieben, ehren kann.« – Frau Hildegard segnete die Stunde, in welcher jene Berthold geboren, die Fremde segnete die Stufen, auf denen sie in das Haus angestiegen, das alles, was sie auf Erden noch liebe, den Sohn und seine treuen Pfleger umfasse. Da sanken beide Frauen einander zärtlich in die Arme, und Berthold drückte beide innig aneinander und freute sich still dieser Einigung. Das Haus und die Treppe waren noch von der Feier des Einzugs mit Blumen bestreut, Apolloniens Lamm war dem Berthold unbemerkt nachgelaufen, weil er es getragen hatte, und schloß sich an ihn, als wüßte es etwas von seinem Glücke. Die neugierigen Arbeiter, die zur Türe hineinsahen, nahmen unwillkürlich die Mützen ab und falteten die Hände, sie fanden sich durch diese Zusammenstellung an ein Gemälde der Waiblinger Kirche erinnert.

Zweites Buch

Erste Geschichte

Die wunderbare Heilung

Die Gewohnheiten und der Schmuck des täglichen Lebens verwandeln sich früher in der zerstörenden und schaffenden Hand der Zeit und des Menschen, als das sonntägliche, kirchliche Wesen; die Kunst insbesondere versucht sich erst im Weltleben und überlebt ihre meisten Irrtümer in demselben, ehe das Geheiligte die Verwandlung erfährt, ja es scheint, daß sie sich zuweilen, nach dem Erreichen einer gewissen Höhe, unter dem Einflusse ewiger Ahndungen ganz von dem heiligen Kreise wendet, um mit frischer, neu begründeter Kraft sich demselben von andrer Seite zu nahen. Es ist leicht, durch den Anblick von älteren Kirchen uns in die Zeiten Luthers, Dürers, Raphaels zu versetzen, schwerer ist's, das häusliche Leben jener Zeit noch irgendwo ungestört erhalten zu finden. Der Bau unsrer Häuser hat sich so gänzlich verändert, wie unser Verkehr, wir glauben bequemer zu wohnen; im Bau und Schmuck der Kirchen dagegen ist bei allen verschiedenartigen Glaubensbekennern noch kein wesentlicher Fortschritt gemacht. Hat ein Teil der Christen sich der Kunst in Kirchen geschämt (Reformierte), so hat ein andrer durch bedeutungslose Anwendung derselben (man vergleiche alle prachtvolle Jesuiterkirchen), sie weder gefördert, noch den Dienst verherrlicht und beides wird vor einer neuen Kunst verschwinden, deren Strahlen uns aus der Dämmerung erwärmen; vielleicht wird ungestört fortgearbeitet werden, wo Cranach, Dürer und Raphael ihre Pinsel niederlegten, wo die edlen Bilder vor den toten Augen unter Staub oder Kerzendampf verblichen, oder wo die blinde Wut sie herabriß. Ehe aber diese Zeit eintreten kann, muß Alltägliches und Sonntägliches, muß Haus und Kirche aus einem Stück gebildet sein, wie damals, als unser Dürer den heiligen Hieronymus mit seinem Löwen in sein eignes Wohnzimmer setzte, als Cranach den Melanchthon zur Taufe, den Luther zur Kreuzigung Christi führte. Das Himmlische war damals noch nicht so weit der Erde entrückt, sondern wohnte vertraulich unter den Wahrhaften, der Künstler brauchte sich nicht in eine andre Welt hinauf zu schrauben, er sah die Seinen im erhöhten Sinn an. Wer zu Wittenberg in Luthers Wohnzimmer geblickt hat, muß die innige, eigene Entwickelung jener Zeit erkennen, wie Blatt und Blüte, Krone und Wurzel einer Pflanze auf einander deuten, so natürlich fühlt sich jene Zeit von ihrem innern Reichtum auch äußerlich durchdrungen, ohne es selbst zu wissen; denn lebte gleich Luther nach allen Nachrichten prachtlos und einfach, so ist doch das Getäfel, der kunstreiche Ofen, mit edlen Bildern der Wissenschaften und Künste geschmückt, unendlich besser, einiger mit dem Stil des ganzen Gebäudes, als wir jetzt die Zimmer eines Geistlichen finden würden. Derselbe Geschmack herrschte im nördlichen wie im südlichen Teil Deutschlands, nur war letzteres damals durch die Nähe und den Verkehr vieler reichen, freien Handelsstädte noch reichlicher von jeder Art Künstlern befruchtet, besucht und geschmückt, und da sich die Kunst erst damals anfing, nach Völkern zu trennen, auch noch weniger bloß mechanische Scheinblüten trieb, so störte es noch nicht so unangenehm, wie späterhin, Niederländer und Italiener neben deutschen Künstlern an der Ausmalung oder Verzierung desselben Hauses arbeiten zu sehen. Manchen dieser Fremden trieben Staatsverhältnisse nach Deutschland, andre der Erwerb, noch andre in der ungebändigten Leidenschaftlichkeit jener Zeit unselig vergossenes Blut und Familienrache, aus gleichem Grunde besuchten auch deutsche Künstler die Fremde, ohne eben mit diesen Reisen nach

Bildung und Unterricht zu streben, ohne sich die heutige Narrheit auszusinnen, als ob die Kunst nur in Rom ausgeheckt würde, Die deutschen Künstler wußten und konnten alles, was von ihnen verlangt wurde, und mehr forderte keiner, als sie zu leisten vermochten, auch hatte jede Stadt ihre Künstler lieb, weil sie ihr von Gott nicht anders beschert waren, und suchte sie zur Ehre der Stadt zu beschäftigen, und hungerten zuweilen auch damals die Künstler, so hungerten sie nicht als Künstler, sondern mit der ganzen Stadt.

Auch Berthold hatte sein vollendetes, großes Haus von den Steinmetzen, Tischlern und Glasmalern der Stadt einrichten lassen, so schön als die guten Leute vermochten, die mit rechter Anstrengung alles zur Dauer durch Wahl der Stoffe und zur Lust durch künstliche Ausführung eingerichtet hatten, er kümmerte sich nicht darum, als Fingerling ihm versicherte, es gäbe in Augsburg noch kunstreichere Männer, er suchte seine Waiblinger Künstler und Arbeiter zu bilden, das segnete Gott durch manche kunstreiche Hand, die sich unerwartet hervor tat. Selbst den alten Maler Fischer verschmähte er nicht, der mit sterbender Hand die Mutter Gottes mit dem Kinde auf die Wand über der Haustüre gemalt und aus Schreck, daß er sie so bleich und hinfällig dargestellt, gestorben war. Obgleich sich nun mancher durchreisende Maler zur Besserung dieses verblichenen Bildes gemeldet hatte, so wies doch Berthold alle ab, denn er fühlte sich allmählich absterbend dem Fleische und auflebend im Geiste. Wie hat sich der fröhliche Knabe verändert, seit Reichtum und Ehre ihn mächtiger rüsteten, wie war er so ohnmächtig und siech geworden und nur in dem engen Raume seines Zimmers, wo die zierlichen Gitterschränke mit seinen Handschriften vom bunten Glase der beiden Fenster mit wechselnden Strahlen beschienen wurden, da fühlte er sich selig erweitert zur frohen Stimmung seiner Jugendtage. Der Neujahrstag war ihm besonders schmerzlich, weil er ihm zugleich den Verlauf eines neuen Lebensjahres seit dem unbewußten Eintritt auf dem Turme bezeichnete und weil Frau Hildegard es sich nicht nehmen ließ, am Morgen, ehe es tagte, ihm mit einem Kuchen die Augen zu blenden, um welchen schon mühsam der Wald vergangener Jahre durch eben so viele kleine, brennende, bunte Lichter ausgedrückt war. Ach die Jahre brannten tief in sein trauerndes Herz, als wären's unbewußte Sünden, und er dachte der vielen verlornen Zeit, der vielen geleerten Medizinflaschen und wie er weder in Ehre noch Minne gleich seinen Lieblingen in den Büchern irgend etwas getan, obgleich er in seiner Stadt die höchste Ehre, die Stelle als Bürgermeister erreicht hatte. Dann sah er alle die gemalten Briefe durch, die er am Jahreswechsel erhalten, und wünschte sich die Zeit zurück, als er noch selbst dergleichen für den Bürgermeister Steller mit demütiger Ehrfurcht geschrieben; da flossen seine Tränen häufiger, denn er fühlte die Sehnsucht nach der verschollenen Apollonia wieder erwachen, die er nach einigen Nachrichten nur jenseits der Grenzen dieses Lebens wieder zu sehen hoffen durfte. Unwillig setzte er den Trank, den er einnehmen sollte, in den Schrank zurück, nahm das Buch von Tristan und Isalde in die Hand und sah nachdenkend die schönen, feinen Bilder an, mit denen es durchweg geschmückt war. »Er ist unglücklich wie ich«, dachte er, »aber er hat doch etwas erfahren und er starb früher als seine Isalde.«

Der Diener trat ein und meldete einen niederländischen Maler Sixt an. Berthold fuhr bei dem Namen aus seiner Träumerei mit offenem Visier dem Ankommenden entgegen, der demütig, klein und krummbeinig vor ihm reverenzte. »Seid Ihr's, lieber Sixt«, sagte Berthold, »ja Ihr seid's, der meiner Mutter Begleiter gewesen, ihr hülfreich in ihren Arbeiten beistand und sie damals vor etwa dreißig Jahren hier verließ.« – »Verzeihet es mir,

Herr Bürgermeister«, antwortete der gekrümmte Maler, »ich glaubte mich nicht recht sicher bei der edlen Gräfin, denn die Leute sprachen so verschieden von ihrer Herkunft und der Baumeister wußte mir immer Arbeit nachzuweisen, da hielt ich es für meinen Unterhalt sicherer, mit ihm nach Straßburg zu ziehen. Es ist mir aber allda sehr konträr ergangen, weil ich da lange vom leidigen Satanas geplagt wurde, die Leute in kontrafetischen Bildnissen durch ihre seltsamen Züge getreulich darzustellen, die sie nicht gern an sich erblickten, also daß sie sich durch ihre eigne Leiblichkeit denigriert fanden gegen die gute Meinung, die sie so lange von ihren schadhaften Angesichtern bewahrt hatten. Jetzt aber bin ich meine Aberration inne geworden und male die Leute, wie sie gern sein möchten und empfehle mich bestens mit dieser meiner neuen Manier.« – »Nein alter Freund«, rief der Bürgermeister, »nicht in dieser neuen Manier, in der alten malt mich, daß ich um so williger sterbe, wenn meine Leiche mir schon im Abbild des Lebenden entgegenfriert.« – »Hoffe zu kontentieren, Eure Exzellenz«, rief der Maler, und packte sogleich aus allen Taschen sein Malerbrett, seine Staffelei zum Zusammenlegen, seine Farbenscheibe, wohl belegt mit allem Farbenreichtum, seine blecherne Büchse mit Pinseln aus und stand jetzt, nachdem er sich der Last entledigt hatte, als ein feiner, wohl gebildeter, nur etwas buckliger Mann vor dem Bürgermeister. »So schnell dachte ich nicht, diese Arbeit zu unternehmen«, rief dieser, »inzwischen bin ich heute frei von Geschäften, und wer weiß, ob ich morgen noch lebe.« – »Bemerke nur wenig von dem hippokratischen Gesichte an Ihro Hochunvermögen!« sagte der Maler. Während der Arbeit erzählten einander beide, was sie während der langen Zwischenzeit betroffen, denn Meister Sixt war sehr neugierig und suchte Neuigkeiten durch Gegenerzählungen zu bezahlen. Berthold brachte ein Gemälde mit dem Gewebe, das nach diesem, beides aber von der Hand seiner rechten Mutter gemacht, mit einem Seufzer aus dem dunkelsten Schranke hervor. »Damals trug ich noch Farben auf den Wangen, Hoffnung im Herzen«, sagte er, »seht, so kunstreich ist mein Mantel aus Blüten aller Art von der Mutter erfunden und ausgeführt und ein Kranz von singenden Vögeln schwebt über dem Haupte, das begeistert den Himmel offen und tausend Engelköpfe in der schimmernden Bläue erblickt, die Mutter ist tot, die Blüten sind verwelkt wie meine Wangen und wie mein Herz mit allen Hoffnungen.« – »Wann starb Eure verehrte Mutter?« fragte der Maler, indem er schon mit schneller Hand die Grundfarben in den Umriß peitschte. »Es war am Fronleichnamsfeste vor zwanzig Jahren«, antwortete der Bürgermeister, »als sie einen großen Schreck, den die Ihren ihr bereitet, nicht überleben konnte.« – »An dem Tage beliebte auch der Baumeister zu sterben«, sagte der Maler, »und mich unredlich in meinem Geschäfte zu verlassen. Es ließe sich viel darüber sagen, wenn ich nur Zeit hätte.« Aber Berthold bat ihn, sich Zeit zu nehmen, er wolle sie ihm bezahlen, als ob er während derselben gemalt habe.– Sixt berichtete nun, daß der Baumeister viel von dem Tode der Gräfin an jenem Tage mit ihm gesprochen habe, dann sei er auf die Spitze des Münsters, auf den Turm zur rechten Hand des Ausgangs, der allein seine Spitze vollendet trägt, hinauf gestiegen, kletterte zu allem Erstaunen an den Knopf hinan und warf die Fahne hinunter, welche das von ihm auf den Knopf gesetzte Marienbild festgeschnürt, bedeckt hatte. Mit der Fahne flatterten unzählige gedruckte Blätter zur Erde; seht Herr, eins habe ich immer als ein teures Andenken bewahrt und trage es bei mir: Leset es ruhig, die Augen nach dem Schranke gerichtet, weicht nicht aus der Lage.« – Berthold las aber laut vor:

Laß, o Herr, das Werk der Zeiten,
Das dein Hauch hat angereget,
Heut durch meinen Mund ausdeuten,
Großes Wort sich schwer beweget,
Schwer und langsam wie die Steine,
Die aus rauhem Fels gespalten,
Sich erhoben zum Vereine
Und den hohen Turm gestalten.

Gott erschuf am zweiten Tage,
Der vom Wasser schied die Erde,
Zeugen dieser heiligen Sage,
Felsen sich zum Opferherde.
Erwin sah die heil'gen Zeugen
Drüben harrend an dem Rheine,
Und im Geiste ward ihm eigen,
Was ein jeder sag und meine.

Wie sie alle ihm gebieten,
Daß er sie hinüber führe,
Daß sie heil'gen Dienst behüten,
Daß die heil'ge Kunst sie ziere;
Daß aus felsenfestem Kerne
Sich erbaue Gottes Kirche,
Darum treiben Gottes Sterne
Goldne Adern durchs Gebirge.

Seht, mit diesem Goldgewinne,
Den sie zu dem Rheine senden,
Regen sie der Menschen Sinne,
Wirken sie in fleiß'gen Händen,
Daß sie große Gaben schenken,
Zu der großen Münsterkirche,
Die der Erwin will erdenken
Aus den Felsen im Gebirge.

Erwin reißt mit schnellem Bleie
Viele Pläne zu dem Baue,
Doch es fehlt die rechte Weihe,
Daß er auch das Rechte schaue;
Zu der Wildnis jener Berge
Dringt er in Verzweiflung weiter,
Klagt, daß Wahrheit sich verberge
Auf des Schönen Himmelsleiter.

Betend kommt er so zur Kirche,
Die der erste Christ erbaute,
In dem wildesten Gebirge,
Daß er seinen Herren schaute;
Sieht ein zierlich Bild des Stalles,
Wo der Herr einst ward geboren,
Und das geht ihm über alles,
Und er hat es gleich erkoren.

Die Kapell aus Stabgeflechten
Ist mit Blumen reich verzieret,
Und was andre bilden möchten,
Diesem Plan der Preis gebühret;
Nein, kein Tempel alter Zeiten,
Kann entzücken wie die Hütte,
Soll sich Dauerndes bereiten,
Steigt es nur aus frommer Sitte.

Wo die Krippe einst gestanden,
Ist der Altar aufgerichtet,
Wo das Kind, die Hirten standen,
Hat der Morgen ihn umlichtet,
Und zwei Türme, wo der Tauben
Keusch getrennte Liebe wohnet,
Sich erheben, wie der Glauben,
Der im Geist hoch oben thronet.

Unser guter Meister sinnet,
Daß der Bau in Stein sich gründet,
Bischof Konrads Herz gewinnet,
Und der Bau wird weit verkündet,
Und Vergebung aller Sünden
Wird zu diesem Bau verliehen,
Jedem, der sich da wird finden,
Treu und mutig im Bemühen.

Bischof Konrad, wohl beraten,
Kommt mit heil'gem Öl und Weine,
Mit dem Stabe, mit dem Spaten,
Legt geschickt die Gründungssteine.
Ringsum stehn die Arbeitsleute,
Alle Geistliche des Landes,
Alle Zünfte graben heute,
Selbst die Herren edlen Standes.

Als die Weihung ist vollendet,
Tritt der Bischof still zurücke,
Doch ein Streit hat bald geschändet
Dieser Sonne Gnadenblicke,
Wohl mit Recht ist lang verkündet,
Daß der Teufel sich bestelle,
Wo die Kirche wird begründet,
Seinem Dienste die Kapelle.

Eh' der Bischof sie kann trennen,
Ist ein Kampf da ausgebrochen,
Brüder wild im Kampf entbrennen,
Und der eine ist erstochen.
»Wer hat diesen Streit entzündet?«
Ruft der Bischof mit Entsetzen,
»Neu sei dieser Bau begründet,
Nicht mit Blut dürft ihr ihn netzen.«

Und es sprach der Mordgeselle:
»Wo dein heil'ger Arm gegraben,
Von der lieben Gnadenstelle,
Stieß er mich wie einen Knaben;
Weiß, ich hab den Tod verdienet,
Daß ich Bruderblut vergossen,
Doch es sei die Welt versühnet,
Ihr zum Heil sei es geflossen.

Wißt, es fließen hier im Grunde
Zwei versteckte böse Quellen,
Stopft ihr nicht die Doppelwunde,
Werdet ihr den Turm nicht stellen.
Ganz umsonst sind hier die Pfähle,
Steine, Mörtel ganz vergebens,
Wenn ich's nicht zum Grab erwähle
In der Fülle meines Lebens.

Eine Quelle will ich laben
Mit des armen Bruders Leiche,
Und ein Grab mir selber graben,
Daß das Wasser schaudernd weiche.
Dann erst ist der Turm begründet,
Und das Wasser ist bezwungen,
Und die Säulen hoch verbündet
Sind vom Sumpfe nicht verschlungen.

Eilet euch ihr starken Hände,
Daß ihr euer Grab vollendet,
Weh ihr glüht wie Feuerbrände,
Erde reinigt, was sie schändet.
Seid begrüßt, ihr Rein'gungsquellen,
Schaudert nicht vor mir zurücke,
Ich umspanne eure Wellen,
Bin des Heiles feste Brücke.«

Und der Bischof sieht zum Heile
Hier das Unheil ausgedeutet,
Viele Schuh tief grub in Eile
Dieser Mörder und erstreitet
Sich ein Grab in tiefen Quellen,
Die dem Meister sich verbargen,
Sicher kann er Mauren stellen
Auf den Leichnam dieses Argen.

Wo die Brüder eingegraben,
Weiht der Bischof neu die Stelle,
Friedlich werden böse Knaben
Nun des heil'gen Baues Schwelle,
Und der Turm ersteigt in Eile
Ohne Streit die höchste Höhe,
Wo ich jetzt zu meinem Heile
Zu der Gnadenmutter flehe.

Flehe, daß sie mich von hinnen
Zu dem Bau des Himmels nehme,
Neue Lehre zu gewinnen,
Denn als Meister ich mich schäme,
Daß ich diesen Turm verdorben,
Weil der Plan schon hier erfüllet;
Was vollendet, ist gestorben
Und die Sehnsucht nicht mehr stillet.

Ja ich fleh um Ungewitter,
Flehe um der Blitze Strahlen,
Daß sie durch das graue Gitter
Dieser Steine Flammen malen,
Daß sie brechen und zerschmettern
Diesen Turm, den ich geschlossen,
Und schon blick ich zu den Wettern,
Fest entschlossen, unverdrossen.

»Nein«, rief Berthold und sprang auf, »nein Herr, keine Blitzstrahlen sende in mein Haus, obgleich ich des Hauses auch zuweilen überdrüssig bin, nun ich es überall vollendet habe; wegen meiner alten Mutter Hildegard schone des Hauses.« – »Domine«, sagte der Maler betroffen und wischte zitternd ein halbes Dutzend Farben auf der Scheibe zusammen, die nicht zusammen gehörten, »was fehlt Euch? Das Poema ist nicht auf Euer Haus, sondern auf den Straßburger Münster gemacht; soll ich einen Doktor rufen?« – »Ich danke Euch«, sagte Berthold und setzte sich wieder in die rechte Lage, »der Baumeister hat manche Beziehung auf mich gehabt, ohne ihn hätte ich nie die hohe Liebe einer wahren Mutter kennen gelernt und hätte nie eine tiefe Einsicht von der Nichtigkeit gewonnen, welche die Welt in ihren Herrschern verehrt, wäre in eitlem Sinn in die Absichten der Überklugen eingegangen, welche der Zeit Gewalt antun möchten. Lassen wir das, erzählt mir weiter von dem Baumeister.« – »Es alteriert Euch«, sagte der Maler, »darum will ich mich der Kürze befleißigen, mit einem Worte, der Baumeister kniete oben auf dem Knopfe vor dem Marienbilde, wie ein kleines Figürchen, dergleichen am Eingange stehen in Stein; kein Mensch wußte, was daraus werden sollte, und das Volk wurde gar sehr ungeduldig. Es wurden Schieferdecker und Zimmerleute aufgefordert von dem Rate, den Baumeister herunter zu schaffen, aber sie versicherten alle, es sei zu viel gewagt, weil er mit der Fahne auch die kleine Leiter fortgestoßen habe, welche ganz notwendig sei, um auf den Knopf hinauf zu steigen, es scheine, daß er nicht zurück verlange. Aber der Rat wollte nun einmal nicht, daß er da oben bleibe, da erbot sich ein verruchter Mensch, für einen großen Beutel mit Geld hinauf zu steigen und den Baumeister herunter zu werfen, wenn er nicht die Zitation des Rats annehme, die ihm sogleich schriftlich ausgefertigt, auch mit dem großen Wachssiegel bedruckt wurde. Der Signor Birbante machte sich auf den Weg, aber viel Zeit war über die Ausfertigung der Zitation vergangen, und so hell es vorher war, daß wir sehen konnten, wie der Baumeister die Hände rang und beten wollte, so wurde es jetzt allmählich trübe am Himmel, die Wolken zogen gegen den Wind, es blitzte in der Ferne. Der verruchte Bote ließ sich nicht abhalten, der Teufel hatte ihn mit dem Gelde verblendet. Wir sahen ihn noch die Treppen der Schnecken, wie ein Wiesel lustig hinauf rennen, eben wollte er hinaus, paff, – ›da haben wir's‹, schrien alle, die nicht davon liefen.« – »Was, was?«, rief Berthold, »so laßt doch den Pinsel aus dem Munde, oder tut's nachher.« – »Es sind nur ein paar Härchen, die ich abbeißen muß«, antwortete der Maler, »nun ist es wieder ganz gut, das kann mancher Mensch nicht mit seinen Zähnen leisten.« – »Nun erzählt nur weiter, was geschah«, rief Berthold und hielt sich am Stuhle fest, »ich habe mir in der Zeit schon dreimal das Genick gebrochen, es ist ein schwindelndes Unternehmen, aus der Schnecke heraus zu treten, ich kenne sie dort aus dem Risse und kann ihn nur selten ansehen.« – »Besonders, wenn die Mauer so vom Winde bebt«, antwortete der Maler, »da ist das Heraustreten nicht recht praktikabel, die Stufen waren auch glatt vom Regen und ein Mensch, der keine Praktik in solchen Klettereien hat, meint schon in den Schnecken, er könne wohl ausgleiten und durch die mannshohen Nasenlöcher der Steinhaube, die wie eine Brüsseler Spitze gelöchert ist, hindurch fallen.« – »Racker«, schrie Berthold auf und faßte den Maler am Kragen, »sprichst du noch ein Wort von der Schwindelei, so bin ich des Todes: was wurde aus dem Wagehals, was wurde aus dem Baumeister, sag's mit einem Worte!« – »Impossibile«, sagte der Maler kalt, »mit einem Worte kann man nicht exprimieren; Ihr müßt einen Arzt gebrauchen, ich erzähle Euch kein Wort mehr von selbigem Vorgange.« – »Ihr sollt aber«, rief Berthold, »sonst friert mir alles Blut in den Adern.« – »Nun«, antwortete der Maler, »auf Eure Gefahr; als der Galgenvogel den einen Fuß hinaussetzte, zischte ein Blitzstrahl an ihm vorbei auf die große Glocke nieder, daß diese ganz fein aufschrie, da kriegte sein Cranium auch eine Erderschütterung, er ging sacht zurück, als ob er's nicht gewesen wäre, und wieder schmetterte ein Blitz hinter ihm auf das Bleidach zwischen beiden Türmen. Da ging mir schon der Regen durchs Hemde, ich zog mich zurück wegen meines Zipperleins und habe erst am andern Tage gehört, der bewußte hochhalsige Galgenvogel sei von Blitzen beständig turbieret worden, bis er sich unter dem Münster in dem Wassergewölbe, das über den beiden Brüdern steht, geflüchtet, sich auf einen Kahn gesetzt und vom Lande gegen des Kirchners Rat abgestoßen habe. Der Bandit ist auch nimmermehr wieder gesehen worden, am andern Morgen schwamm sein Kahn umgekehrt und zerrissen auf dem Rheine, so daß wir erkannten, ein Arm des Rheins fließe unterm Münster, und die Kirche mußte sich einen neuen Kahn bauen lassen, um jährlich die Gewölbe zu untersuchen.« – »Und der Baumeister?« fragte Berthold ruhiger. »Ja der«, antwortete der Maler, »der sah am Morgen so grau aus vor dem Marienbilde, als wäre er auch von Stein, doch kniete er noch lange davor und die Leute erzählten, er sei wohl zu Asche verbrannt. Allmählich hat ihn der Regen herunter gewaschen, es ist nichts mehr von ihm zu sehen.« Berthold wurde jetzt so blaß, daß der Maler einmal über das andre rief: »Cospetto di bacco, ich habe nicht so viel Bleiweiß bei mir, ich muß immer mehr darauf streichen, und es will immer noch nicht käseweiß werden, wie Ihr ausseht.« – Allmählich erholte sich nun wieder Berthold und erzählte dem Maler, daß er diese Kränklichkeit seit jener Zeit schon in sich trage, da er ihn als einen frischen Gesellen bei seiner Mutter gesehen. – »Ihr waret rot wie ein Apfel«, sagte der Maler, »habet

Euch vielleicht den Pfeilen des Gottes Amors zu viel Preis gegeben.« – »Wär es nur das«, antwortete Berthold, »so wäre doch etwas mir geblieben, aber nein, mein Leben ist mir verkümmert worden, ohne daß ich einen Genuß, oder eine höhere Absicht des Himmels darin erraten kann, das Schicksal hat mich zertreten, wie der Mensch einen Wurm, der ihm zu gering ist, als daß er seinetwegen den Fuß eine Linie weiter setzen sollte. Ihr wißt, daß ich damals meine Mutter gefunden hatte, ich führte sie in den Seitenflügel, der damals allein noch stand, zu meiner Pflegemutter, um ihr die Rechte unsrer Bürgerschaft gegen ihre Verfolger zu sichern. Es schien auch für den Augenblick, als ob diese sich beruhigten, seitdem sie sich von dem Baumeister losgesagt hatte. Nun müßt Ihr wissen, daß mein Pflegevater Berthold damals gefangen saß wegen einer Kränkung, die wir dem neuen Türmer angetan hatten. Der Türmer war aber mit einer Seite des Turmes herabgestürzt, es fehlte also der Ankläger. Ich schlich mich heimlich zum Gitter vor dem Gefängnisse des Vaters, fragte ihn, was ich tun könne, er reichte mir einen Schlüssel zu seinem Schreibtisch, wo eine Anklage gegen den Bürgermeister schon aufgesetzt liege, die ich einem Zunftmeister übergeben sollte. Ich eilte nach Hause, ich las diese Anklage, es war darin unwiderleglich erwiesen, daß der hochmütige Bürgermeister die Bürger bei öffentlichen Bauten betrogen habe. Da stand ich in gräßlichem Zweifel, ob ich dem lieben Pflegevater folgen und die einzige Hoffnung meines Herzens in ihrem Vater von mir stoßen und vernichten sollte. Halb tot übergab ich endlich nach langem Kampfe diese Anklage in die rechten Hände. Es wurde eine Versammlung der Bürger gehalten in den größten Trinkstuben, ich fühlte mich so unglücklich, wie ein Verbrecher und mochte niemand um den Ausgang befragen. Am Morgen erzählte mir Fingerling mit großem Triumph, der Bürgermeister sei mit seiner Tochter und seinen kostbarsten Sachen entwichen, weil er durch Zuträger vernommen, daß sein Betrug verraten sei und er von der Bürgerschaft in Untersuchung genommen werde. Bleich und zitternd fiel ich dem erschrocknen Fingerling in die Arme, ein Blutsturz machte mir Luft, ich lag schwer darnieder und konnte mich nicht freuen, als der Vater in Ehren heimkehrte, ich war krank zum Sterben, ich war so vernichtet in meinem Herzen, daß ich gern sterben wollte.« – »Signor«, sagte der Maler, »den Kopf etwas höher, alles übrige schadet mir nichts, erzählt, das belebt die Züge.« – »Eine kränkliche Schwäche blieb mir nach der Gefahr«, fuhr Berthold fort, »die beiden Mütter waren beständig in liebevoller Sorgfalt bei meinem Bette versammelt, ich fühlte mich zärtlich geliebt, aber von der, die ich über alles liebte, konnte mir niemand berichten, ob sie meiner Hülfe nicht dringend in der Fremde bedürfe. – Der Bürgermeister hatte um so mehr Grund sich zu verbergen, weil der Vogt aus seinen Papieren erfahren hatte, daß er abwechselnd mit den Kronenwächtern und mit den Städten heimliche Verbindungen angeknüpft habe, um die Stadt reichsfrei zu machen. Auch über Apollonia hatte die Bosheit der Menschen ihr Gift verbreitet. Die Nonnen gaben ihr schuld, daß sie wegen heimlicher Liebeshändel dem Kloster entwichen sei. Auf mich häufte sich alle Qual der Stadt im Gespräche der Mütter, endlich auch noch das drückende Geschäft des Bürgermeisters, als der Vater Berthold mehr in der Verlegenheit, als aus Überlegung von den Bürgern dazu erwählt war. Auf mich fiel die Arbeit ganz, als der Vater durch meine fürstliche Mutter in eine zeitraubende Frömmigkeit eingeweiht wurde, beide beteten Tage lang mit einander und in der Kirche. Auf mir, dem jedes Schreiben eine Anstrengung kostete, ruhte das mühsame Geschäft während des Städtekrieges. Als der gute Vater kurz vor dem Tode meiner Mutter an seinem kleinen Hausaltare tot gefunden worden und mich der Schmerz noch mehr geschwächt hatte, erwählte mich die Bürgerschaft einmütig in seine Stelle und wählte mir zugleich einen Stellvertreter für alle die Geschäfte, denen ich in meiner Kränklichkeit nicht vorstehen konnte.« – »Darüber freute sich noch gestern im Ratskeller ein alter Bürger, der es vorgeschlagen«, unterbrach ihn der Maler, »mit der Stadt sei es so schön vorwärts gegangen, wie mit Eurem Hause und Eurer Weberei und jedermann wisse jetzt vom Städtlein Waiblingen in der Fremde zu rühmen, wie von Eurem Tuche, daß es nicht besser als in Waiblingen zu finden. Aber sagt mir, habt Ihr die Mutter sterben sehen?« – »Nein«, antwortete Berthold, »ich war damals so krank, daß mir das Unglück lange verschwiegen blieb.« – »Die Leute«, meinte der Maler, »wollen sie vor einiger Zeit im Kloster gesehen haben.« – »Torheit des wundersüchtigen Völkchens, sie konnte keine Stunde ohne mich leben«, erwiderte Berthold, »wie hätte sie mir in so vielen Jahren kein Zeichen ihres Daseins geben wollen. Übrigens könnt Ihr denken, lag manches Schmerzliche für sie in dem Verhältnisse zu meiner guten lieben Mutter Hildegard, sie mußte ihr die Hälfte ihres teuersten Rechts auf mich abtreten, und Hildegard fühlte oft nicht, wo sie auch jene andre Hälfte tief kränkte, oder an sich riß. Dieser Zwiespalt zeigte sich besonders bei neuen Heilmitteln, welche mir die eine, oder die andre zubrachte, da wollte keine zurücktreten und ich mußte verschlucken und einreiben, was der Wahn von Jahrhunderten in den Köpfen der Leute an Geduldsmitteln für Kranke zusammengebracht hat. Seht da alle Flaschen, Kruken und Schachteln Arzneimittel in diesem Schranke, die ich während der Jahre ausgeleert habe, ein gräßliches Kriegesheer des blassen Todes. Auch verheiraten wollten sie mich mehrmals und stritten sich darüber, mich den Schwachen, der mit seinem Polsterstuhle vermählt ist.« – »Domine«, sagte der Maler, »in den Flaschen, Kruken und Schachteln steckt Eure ganze Krankheit, mein Paracelsus und mein Doktor Faust aus Kindlingen, der jetzt hier ist, haben die ganze Heilkunde transfiguriert, sie ätzen, schneiden, brennen, wo die andern leise überstrichen, sie schmeißen den Pinsel gegen das Bild, wo keiner fertig malen konnte, und siehe, immer treffen sie damit den rechten Fleck, ich hole den Doktor Faust, Ihr seid gesund, Signor.« – Berthold lächelte über den eifrigen kleinen Mann und sprach: »Mir hilft keiner, ich habe schon so viele von diesen Gelddieben befragt, so viel von vergeblichen Mitteln leiden müssen, daß ich seit Jahren aller vergeblichen Quacksalberei entsagte; mag sein, weil ich so seltsam entsprossen bin, daß mir die Heilkunde andrer Menschen nicht anschlägt. Seht Meister Sixt, ich tat in der Begierde nach Gesundheit noch mehr, studierte selbst die alten Bücher der Ärzte, lernte von einem flüchtigen Griechen, mit Namen Laskaris, das Altgriechische, um den Hippokrates lesen zu können. Die Sprache ist mir ein Trost, aber die Heilmittel des alten Arztes haben mir nicht geholfen. Ich meine, daß ich für meine inwohnende Kraft seit den heftigen Blutstürzen zu lang gewachsen bin, nur wer mich zusammendrängen könnte, der könnte mich heilen und verjüngen.« – »Das kann Faust gewißlich«, rief Sixt, »er hat mir schon so eine Geschichte erzählt, wie er die Konfiguration eines Menschen kondensiert und konzentriert habe, um ihn von dem horrorem vacui zu heilen; ich ruf ihn, bester Herr Bürgermeister.«

Und ehe noch Berthold seinen Willen drein gegeben hatte, war schon Meister Sixt die Treppe hinunter und Berthold betrachtete sein eignes Bild, das schon in den wenigen Stunden unter der Hand des fixen, vielgeübten Mannes so weit vorgeschritten war, daß jedermann die Ähnlichkeit erkennen konnte. Nun hatte sich Berthold wohl schon im Spiegel mit ganzem Gesichte, auch in einem Gemälde schon so gesehen, aber ganz von der

Seite, wie ihn Sixt nach seiner unwiderstehlichen Tücke genommen, hatte er sich nie erblickt. So fehlte ihm hier, was sein Bild sonst erträglich machte, der lebendige Blick, das Friedliche und Milde des Ausdrucks im Munde und es graute ihm vor sich selbst, er meinte auf Erden nichts Gräßlicheres, keinen ärgeren Spuk in mitternächtlicher Einbildungskraft gesehen zu haben, er hätte das Gemälde zerstören mögen, aber noch lieber sich selbst; was auch der Tod ihm bringen möchte, so meinte er doch selbst bei der Verwesung nicht übler weg zu kommen. Dieser heftigen Bewegung folgte die Schwäche, Frau Hildegard fand ihn bleich und kraftlos auf seinem Ruhelager, als sie eintrat, ihn zum Mittagessen zu rufen.

Sie hatte ihn am Morgen so wohl nach seiner Art verlassen, daß sie über die schnelle Änderung herzlich erschrak. Darum hörte sie mit Freuden von dem Diener, als wär's ein Engel, daß sich ein Arzt, Doktor Faust, ansagen lasse. Meister Sixt begleitete den Wundermann, trat aber bescheidentlich, wie ein dienendes Gestirn zurück, als das feuerrote, dicke Gesicht des Arztes, mit weiß blondem Haar und kahler Platte ausgestattet, gleich einem Vollmond in dem Zimmer des Bürgermeisters aufging. Was trug der Doktor für außerordentliche, rote Pluderhosen, noch nie hatte Waiblingen so etwas Faltenreiches gesehen, die Bänder hingen daran so reichlich herunter wie an einem Erntekranze; zehn Ehrenketten beschwerten den schwarzen Wams, der nicht minder seltsam nach Venezianer Art geschnitten war; seine Finger waren mit unzähligen Ringen voll Grabsteine bedeckt; auch einen prachtvollen, türkischen Dolch trug der feurige Drache, einen Kranz mit Amuletten um seine Hüften und sein Diener stellte einen kleinen Turm voll künstlicher Scheiben, Zifferblätter in die Mitte der Stube, in welchem unzählige Räder schnurrten. In solchem Aufzuge war noch kein Arzt erschienen, es war, als ob eine kleine Welt mit ihm zöge, auch war sein Wesen dermaßen heroisch, daß Frau Hildegard, die sonst wohl ihren Platz zu behaupten wußte, verlegen an ihren Armen auf- und niederstrich, als hätte der Beichtvater sie beim Fluchen über ihre Mägde angetroffen. Nun sprach Faust den Kranken lateinisch an, der ihm die Antwort in gleicher Sprache nicht schuldig blieb, und daran hatte Frau Hildegard ihre Freude, sie meinte immer, ihr Sohn wisse alles und noch etwas mehr. Doktor Faust berechnete nach dem Geburtstage die Konstellation an der Maschine und den Pulsschlag nach einem Perpendikel, den er schwingen ließ und erklärte dem Bürgermeister, er könne ohne Transfusion des Blutes nicht vierzehn Tage leben. »Aber ich habe schon dreißig Jahre so kränklich fortgelebt, warum sollen diese vierzehn Tage mehr über mich vermögen, als dreißig Jahre?« fragte Berthold. »Die Konstellation ist zu Ende«, schrie der Doktor, »es stürzt bald alles zusammen, wie an einem Gewölbe, dem der Schlußstein entnommen wird.« Die Mutter erkundigte sich, was es denn eigentlich mit dieser Transfusion auf sich habe, wie sie gekocht und abgedämpft werde. – »Ihr Narrn«, sagte Faust, »wißt ihr hier in dem Loche noch nichts von meiner neuen Heilart, mit der ich den König von Portugal und die Königin von Neapel verjüngt habe; durch eine große Saugepumpe ziehe ich das alte Blut aus den Adern des Kranken, indem ich junges, überkräftiges Blut gleichzeitig durch ein Druckwerk in dessen Adern ergieße; das Faß ist oft noch gut, wenn auch das Bier verdorben ist, so ist's auch mit dem Menschen; die Kunst des Arztes besteht darin, im alten Menschen einen neuen zu erbauen.« – »Da soll ich also wieder zum Kinde werden!« rief Berthold. – »Gewissermaßen«, fuhr Faust fort, »fanget Ihr ein neues Leben an, wie ein Mensch sich neu und frisch fühlt, der von einer Fußreise heimkehrt und weiße Wäsche angelegt hat; dreitausend habe ich erneut und jene Mühle, in der die Alten jung werden, von der das Volk erzählt, die Auferstehung selbst ist nur als Nachbedeutung meiner wunderbaren Kunst zu betrachten.« – »Ich habe sie oftmals mit großer Admiration verifiziert gefunden!« meckerte der Maler. »Mein abgelebtes Blut will ich gern opfern«, sprach Berthold, »doch niemals möcht ich einem andern sein gesundes, junges Blut für Geld abkaufen, noch weniger mag ich tierisches Blut in meinen Adern, das wäre Blutschuld, vor der mir graut.« – »O ha«, entgegnete Faust, »es leiden und sterben eben so viele an zu starkem Blute, als andre an zu schwachem, ich gleiche aus, ich helf mit einem Kunststück beiden und seltsam ist es, wo ich einen Schwachen finde, da treff ich immer einen Überstarken, als ob zwei Leben eigentlich gesellt, zusammen innerlich gehörten. Gleich hier, bei Meister Sixt, liegt krank in wilder Phantasei der starke Knabe Anton, der ist des Todes Eigentum so gut wie Ihr, wenn ihm kein schwächres Blut kann eingetrichtert werden; wenn Ihr für Euch das große Werk nicht wollt vollbringen, so tut es aus Erbarmen für den schönen Knaben, dem alle Welt in Freuden aufgeht. Ihr schüttelt mit dem Kopf, Frau Hildegard, verflucht, ich gehe augenblicklich von hier und laß den lieben Sohn krepieren; seht hier mein großes Zeugenbuch, da leset, wie ich in Spanien, Frankreich und in Rom geehrt, hier sind sie alle abgemalt, wie meine Kranken vor der Kur und nach der Heilung ausgesehn, seht diese Bleichheit, Magerkeit und hier die feisten Wangen, den dicken Wanst voll wohlgefüllter Bratwürste, wie der so ritterlich turniert, der dort vom großen Stuhl sich nicht erheben konnte.« – »Hier meine Hand«, rief Berthold mutig, »ich wag's, nichts hält mich ab und eine Kette reiche ich Euch zum Lohne, wenn ich ein Roß zum erstenmal besteige, schwerer als irgend ein König sie Euch verehrte.« – »Ich nehme den Lohn an«, sagte Faust, »aber der Ruhm, das Glück, welches ich verbreite, ist meine Hauptsache, mein deutsches Vaterland strahlt durch mich bis zu den Säulen Herkulis.« — Frau Hildegard staunte ihn gläubig an und küßte ihm die reich beringte Hand, für die Wohltat, die er ihrem Sohne erweisen wolle, und Faust hob das Kinn und zog die Falten der Stirn zur kahlen Platte hinauf, als ginge ein neuer Vorhang zur Freude der Menschen auf, dann befahl er Meister Sixt, den kranken Anton herzuführen. Während Meister Sixt fortwippte, trat ein Diener mit Flaschen und kalten Speisen zum Frühstück ein und der alte Fingerling, der bei seiner unermüdlichen Tätigkeit unersättlichen und doch nutzlosen Hunger hatte, zog dem Geruche nach. Der machte Augen über den Wundermann, glaubte ihn schon längst gesehen zu haben und wußte nicht wo, meinte aber, er habe einmal in Bopfingen einen bösen Gesellen hinrichten sehen durch den Strang, der habe ihm auf ein Haar geglichen, der sei wegen eines Bunds mit dem Teufel verrufen gewesen, habe auch den Leuten die Köpfe abgehauen und wieder anheilen können, doch einstmals zweie mit einander verwechselt, woraus großer Prozeß entstanden. Faust schnalzte verächtlich mit der Zunge und sprach: »Das sind Kleinigkeiten, ich habe schon mehr erlebt, ich habe alles versucht und das Hängen war nicht die schlechteste meiner Erfahrungen, es kommt nur darauf an, den Hals zu schützen und daß man zur rechten Zeit abgeschnitten wird, ich habe dabei sehr viel über den Zusammenhang zwischen Kopf und Herz gelernt und dies Mittel schon mehrmals mit Erfolg angewendet.« Fingerling saß da wie erstarrt, so ein Mensch war ihm nicht vorgekommen, er konnte kein Wort vorbringen und zog sich ohne den Rücken ihm zuzukehren, allmählich zur Türe zurück, wo er auf Sixt und dessen dicken Sohn Anton fiel, die leise eintraten. Berthold und Frau Hildegard schämten sich zu erklären, was das alles bedeute, aber sie fühlten sich immer mehr von Fausts Allmacht bezwungen, sie wagten nicht zu widersprechen. »Welch ein prächtiger

Knabe«, rief Berthold dem Anton entgegen, »aber seine Augen glühen und seine feurigen Wangen glänzen, seine Worte irren und seine Arme winden sich jammervoll, er faßt an sein Haupt, es schmerzt ihm, und wenn ich stürbe und hätte dem Knaben das Leben gerettet, es sollte mir nicht leid sein.« Doktor Faust legte aber schnell seine Ehrenketten und sein Wams, seine Ringe und seinen Spitzenkragen ab, setzte eine große Brille auf die Nase, streifte sein Hemde auf, daß seine Muskeln wie Mäuse unter der Haut spielten, als er die Pumpe nun aus dem Planetenkasten hervorhob und in Bewegung brachte, sie nach der einen Seite an Bertholds Arm, nach der andern auf des betrübten Antons rechten Arm anbrachte. Nun öffnete er mit einem Schnepper die Adern der beiden, wies Sixt und Fingerling an, wo sie das Tretrad der Pumpe bewegen sollten; Frau Hildegard wollte beten, er schlug ihr aber auf den Mund und arbeitete wie ein Rasender, indem er nach allem zugleich sah; Fingerling meinte, er habe doppelte Augäpfel in diesen Minuten gezeigt. Die Hitze des Zimmers mehrte sich so schnell, daß die befrornen Fensterscheiben einen Regen herabtropften und den Lichtstrahlen freien Durchzug, als ob sie auch neugierig würden, gestatteten. Frau Hildegard bemerkte zuerst, wie der Knabe aus der dumpfen Fieberhitze erwacht, fröhlich zum Fenster blicke und von den bunten Wappen in denselben spreche, wahr und richtig wie ein verständiger Sinn sich ausdrückt; dann sah sie mit noch größerer Freude, wie sich die Wangen Bertholds mit dem edlen Lichte des starken Blutes füllten, wie er kräftiger atme und seine Arme unwillkürlich versuche, wie ein erstarrter Vogel die angefrornen Flügel.

Endlich schlug eine Glocke unter der Pumpe, Faust löste die saugenden Schläuche von den Armen der Kranken, verband die geschlagenen Aderwunden, legte die Kranken bequem auf die wohlgepolsterten Bänke, die um das

Zimmer liefen, trocknete sich die Stirn, zog aus seiner Tasche eine gläserne Flöte und blies so sanft träumend hinein, daß beide Kranke in einen festen Schlummer fielen, auch Frau Hildegard, Fingerling und Sixt sich nur mit Mühe des süßen Schlafs erwehrten. Aber im Augenblicke drangen zwei Arbeiter mit Feuergeschrei ins Zimmer, der Schornstein strecke eine feurige Zunge gen Himmel. Faust, Sixt und Fingerling, auch Frau Hildegard liefen mit den Leuten fort, so blieben die beiden Kranken allein mit den seltsamen Maschinen und Gemälden.

Berthold wachte zuerst aus dem Schlafe auf und konnte sich nicht gleich erinnern, was mit ihm vorgegangen; er hatte ein Gefühl so frisch wie damals, als sich ihm der Schatz in der Nacht gezeigt hatte, den er auch jetzt wieder erwartete. Da fand er den Knaben Anton und blickte ihn wie einen Segen des Himmels, wie einen Schatz an, er fühlte ein lebendiges Wohlwollen gegen ihn, als gehörte er zu ihm, es ging ihm durchs Herz, er müsse ihn an Kindesstatt annehmen, dem er so viel danke, ja er meinte, einige Ähnlichkeit im Knaben mit seinem Bilde, das daneben stand, wahrzunehmen, obgleich jener viel stärker an Muskeln und Knochen, gewaltsamer im Ausdruck, kraushaarig und dreiahrig aus großem Überfluß der Natur entsprossen zu sein schien. Er weckte ihn mit sanftem Streicheln seiner Wangen, der junge Bullenbeißer wachte brummend auf, sprang heftig empor, sah sich um, rieb sich die Augen und setzte sich heißhungrig zu dem Frühstück, das Faust auf dem mit herrlichem Teppich bedeckten, runden, geschweiften Tische, den Adler trugen, hatte stehen lassen. »Im Himmel ist gut Leben«, sagte der Knabe mit tiefer Stimme, daß die Balken brummten, »und Ihr seid ein recht braver Herr Gott, wie haben mich die Teufel im Fegfeuer mit Hunger und Durst geplagt.« – Ehe der Bürgermeister noch antwortete, weil er in stillem Vergnügen den derben, lebenslustigen Bengel beschaute, traten Faust und die Mutter mit Sixt ein, und riefen: »Das Feuer ist gelöscht.« – »Recht so«, sagte der Knabe, »nun will ich auch meinen Durst löschen«, und leerte die irdene, mit Ritterbildern erhaben und bunt überglaste Ehrenkanne. – Meister Sixt trieb ihn aber unsanft von dem himmlischen Mahle und der Junge sagte: »Wenn Er mit in den Himmel gekommen ist, so wird es schmale Bissen geben und mein ganzer Spaß ist zu Ende.« – »Hört Meister«, sprach Berthold, »über den Knaben will ich Euch einen Vorschlag machen, jetzt muß ich zuerst unserm Retter, Erhalter, dem hochverehrten Faust danken, indem ich ihm die versprochne Kette umhänge.« – »Gebt her den Quark«, antwortete Faust, »ich will sie als ein Angedenken schätzen, sonst kann ich mir Gold genug machen und feineres, als der Bergmann scheidet, ich werde nur freilich etwas stark, die chemische Arbeit macht mir Mühe. Übrigens Herr, ich rate, Ihr wollt den Jungen haben, den lasse ich Euch nicht, ich brauch einen zum Kräutersammeln und zum Stehlen der Leichen, wenn ich meine anatomischen Untersuchungen fortsetze.« – »Ich hätte ihn an Kindesstatt angenommen«, sagte Berthold, »aber ich möchte nicht gern Eure unzähligen Menschen wohltätige Versuche stören.« – Meister Sixt aber trat zwischen und sagte: »Mit aller Devotion, die ich gegen beide Signorias habe, kann doch aus Dero wohlwollenden Desseins nichts werden, da gedachter Jovane mir von hoher Hand anvertraut ist, ich denselben auch zum Farbenreiben wegen seiner Force wohl applizieren kann, so ist es mir nicht möglich, Euch mit demselben ein Präsent zu machen.« – »Wenn Ihr mir den Jungen nicht überlaßt«, sagte Faust grimmig, »so schicke ich Euch zehn schwere Krankheiten über den Hals, Ihr sollt zugleich an Schwind- und Windsucht, an Heiß- und Wassersucht leiden.« – Da stellte sich der Knabe Anton mit drohender Faust vor den Doktor und rief: »Noch ein

Wort, du alter Zauberer, so schlage ich dir die Zähne ein.« – »Das ist ein böser Bube«, sagte Frau Hildegard, »den leide ich nicht im Hause, geht ihr Herren, mein Sohn muß sich noch ausruhen.« – »Ihr habt recht«, sprach Faust, packte seinen großen Kasten auf Antons Schultern, »den kleinen Bösewicht will ich mir schon zähmen!« So scheltend zogen die dreie fort und jetzt erst konnte die Mutter den Sohn recht herzlich küssen und ausfragen: »Wie ist dir jetzt? Wie war dir? Glaubst du dich gesund? Wird das lange dauern? Ach ich habe kein Zutrauen zu dem grimmigen Doktor; er hatte so etwas Entsetzliches, als er den Knaben forderte, als wäre er ein Teufel, der die Seele zum Lohn nimmt, wer weiß, was er noch von dir fordert?« Aber Berthold wurde wieder müde, verschlief noch den Tag und wachte erst am Abend auf, beruhigte aber die besorgte Mutter gleich mit dem Ausruf: »Ich fühle gründlichen Schlaf, wie einen kräftigen Wein in allen Adern, mir war's im Traume, als erhielte ich mit jedem Augenblicke erfreuliche Nachricht über etwas, was mich lange bekümmert, auch kam es mir vor, als gingen die Uhren rückwärts, so wendeten sich auch die Jahreszeiten in umgekehrter Ordnung um mich her; ich sah schöne Frauen mit Anteil und auch der Schmerz um Apollonien hatte sich gemindert; ich fühle, daß ich ganz gesund werde, daß meine späteren Jahre für alles Versäumte mich schadlos halten; geben wir Gott die Ehre, aber wir sind dem Faust großen Dank schuldig!« – Die Mutter war so innig erfreut über seine veränderte Gesinnung, daß sie ihm wieder alle Bräute mit allem, was an ihnen zu loben, im Gespräche vorführte, auch hörte er ihr diesmal geduldig zu und bekannte, daß eine Heirat ihn sehr glücklich machen könnte, wenn er eine zweite Apollonia auf Erden fände. »Sieh nur um dich«, sagte die Mutter, »wähle, welche du willst, es schlägt dir kein Vater seine Tochter ab, die reichsten Geschlechter haben es mir unter der Hand durch arme Witwen sagen lassen,

du brauchtest nur anzuklopfen und dir würde aufgetan; ich wüßte keinen schönern Lohn für mich, als wenn ich am Ende meiner Tage ein Kind von dir auf meinen Armen wiegen könnte.«
Der Bürgermeister versprach gerührt, das Heiraten in bessere Überlegung, als bisher, zu nehmen und Frau Hildegard ging froh von ihm und ließ eine für die Genesung des Sohnes seit lange angelobte, ewige Lampe vor dem Marienbilde am vordern Hausgiebel mit frommen Dankgebete anzünden. Die Stadt lief bei der seltsamen Erscheinung zusammen, erzählte sich von der Heilung des guten Bürgermeisters und brachte ihm unter Begleitung der kunstreichen Stadtpfeifer ein freudiges Lebehoch. Berthold war tief gerührt durch die Teilnahme der Menge, er hätte gern zu ihnen gesprochen, aber die Mutter Hildegard wollte es aus Sorge, er möchte sich erkälten, nicht dulden. Es war auch gut, denn sonst hätte er mitten durch den Jubel das Geschrei im Ratskeller gehört, was der trunkne Faust in demselben mit allerlei Katzen und Hunden anstellte, die er unter Gotteslästerungen marterte, wie er sich mit dem alten Sixt um Anton zankte und endlich von diesem zum Keller hinausgeworfen wurde und nun auf allen vieren, weil er sich sonst nicht halten konnte, zum Spott der Knaben über das Eis hinkroch, bis ihm einer in einer Seitengasse einen Schweinestall öffnete, wo er mit seinen grunzenden Glaubensgenossen eine selige Nacht verschlief.

Zweite Geschichte

Die Reise nach Augsburg

Der Morgen war ein seliges Erwachen für den guten Berthold, die Mutter hatte es ihm schon im Schlafe angesehen, daß er sich wohl befinde, und war gleich heiter und gesprächig. Beide dachten auf schöne Gaben, die sie dem Faust verehren wollten, als die Nachricht kam, er habe sich in großem Zorn aus der Stadt fortbegeben, nachdem er am Morgen sein Nachtlager kennen gelernt, zugleich beschuldigten ihn die Leute vieler schändlicher Laster. »Wie kann ein Wohltäter der Menschen, mit der höchsten Weisheit und Gnade begabt, solch ein Saumatz sein!« seufzte Frau Hildegard. Aber Berthold, der viel in Römern und Griechen gelesen hatte, suchte ihr deutlich zu machen, wie gerade die allgemeine, wissenschaftliche Ansicht, wenn sie allein herrschend würde, die sittlichen Grenzen des einzelnen Menschen auslösche; er sehe so Mannigfaltiges, Widersprechendes geglaubt und geehrt, daß er nur den Geist achte, in welchem alles getrieben würde. Frau Hildegard schüttelte mit dem Kopfe und warnte Berthold gegen die Bücher, daß er es nicht auch einmal so treibe wie Faust, wenn er ganz gesund würde.

Wirklich hatte schon Berthold am Dreikönigstage einen Lusten zum Dreikönigsschmaus beim Herrn Brix, als die beiden Töchter, die noch immer keinen Mann bekommen hatten, ihn besuchten und dazu einluden. Sie kamen ihm diesmal ganz anders vor, die frische Luft hatte ihre Gesichter angeregt und es war ihm, als ob der Glanz von Apolloniens Augen noch auf ihnen weilte. Hätten die beiden Jungfrauen durch seine Stirn sehen können, sie hätten diese Stimmung gewiß benutzt, denn sie waren nicht freiwillig so einsam in der Welt geblieben. Aber in ihrem ruschligen, schwatzhaften Wesen übersahen sie alle Neuigkeiten an dem reichen Berthold, wie er heimlich der einen an den Arm faßte und die andre zu seinem Schranke hinzerrte, wo Zeichnungen von Orden, zum Dreikönigsfeste brauchbar, durchsucht wurden. Ja er schalt nicht, als ihm Babeli einigen Festkuchen auf die saubern Pergamentbilder krümelte. Schon nahm er sein Barett, als die Mutter eintrat und nach seinem Beginnen fragte. Es wurde ihr erzählt, sie sollte auch Teil nehmen. – »Auf einen Schmaus«, rief die Alte, »bei allen Heiligen nein, der Schneesturm brächte dir die Krankheit in die Glieder zurück, und heute schon so zu schwärmen, hieße Hundshaare auf eine kaum geschlossene Wunde legen.« – »Mutter«, sagte Berthold, »ich bin ganz gesund und was ist Gesundheit anders als der freie Gebrauch des Lebens.« – »Nein, nein«, sagte die Mutter, »du wirst schon unartig und bist kaum ein wenig aus den Windeln, daran sind die beiden Mädchen schuld; es ist gar nicht schicklich, daß sie so den jungen Leuten auf die Stube laufen.« – »Ich bin über vierzig Jahre alt, liebe Mutter«, sagte Berthold bedeutend. – »Ach lieber Gott«, riefen die Mädchen, »wir sind noch älter«, und trippelten mit Gelächter davon; wenn sie es recht bedacht, hätten sie lieber weinen mögen, aber sie waren drüber hinaus und längst mehr auf Zerstreuung und Putz, als auf Liebesabenteuer gerichtet.

Nun fragte Berthold nach Anton, seinem Gesundheitsgenossen, aber die Mutter schimpfte heftig auf den Knaben, er habe sich nicht nur recht unbescheiden im Essen und Trinken aufgeführt, sondern auch die Nacht mit Faust im Keller vertrunken, sie habe deswegen schon dem alten Sixt den Kopf gewaschen und dieser habe ihn zur Strafe nach einem armen Dorfe zum Ausmalen der Kirche geschickt. Berthold wagte nicht, seinen Vorschlag laut werden zu lassen, ihn ins Haus an Kindesstatt zu nehmen.

Mit Fingerling hatte Berthold ein ganz andres Verhältnis, jener glaubte ihm nie genug Dank für den Reichtum abstatten zu können, der durch den Schatz, eigentlich durch seine Anwendung über sie beide gekommen, er suchte Berthold an den Augen abzusehen, was ihm Freude mache. Seine Lebhaftigkeit gab ihm bei seinen weißen Haaren etwas Jugendliches, er war wie ein alter Bedienter immer in einer Art Verschwörung mit Berthold gegen die Mutter. Nie hätte diese zugegeben, daß Berthold so viel Geld für seltne Handschriften, alte Waffenstücke und andre Altertümer ausgäbe, wenn sie die Preise gewußt hätte. Aber Fingerling brachte die Sachen ins Haus, als ob sie ihm von Handelsfreunden geschenkt wären, und Frau Hildegard bedauerte nur immer den Raum, den sie einnähmen, nachdem das Haus durch die Erbschaft der Gräfin mit Gerät so dicht vollgestopft wäre. Bertholds Wonne war der Waffensaal, den er mit Fingerling eingerichtet hatte und den nur dieser mit ihm betreten durfte. Da las er ihm vor aus den Heldenbüchern, jeder Hauptheld hatte da seine Rüstung, sein eigen benanntes Schwert und der Rosengarten war eigen künstlich mit gemachten Bäumen und Blumen, welche die natürlichen übertrafen und mit Bildern von Wachs ausgeführt, so daß er die Mitte des Saals einnahm, und daß die beiden alten Spielkameraden mit den Figuren zusammensetzten, was sich an Hauptbegebenheiten im Buche zutrug. Als Berthold nun mit jedem Tage an Kraft und Gesundheit zunahm, da wurde er an einem Februarsonntage gar unerwartet für Fingerling traurig. Er konnte sich der Tränen nicht erwehren, und Fingerling mußte lange in ihn dringen, ehe er ihm die Ursache sagte, endlich sprach er: »Du mußt mich recht verlachen, gutes altes Herz, aber unsre Chriemhilde scheint mir nicht mehr so lebendig wie sonst, und Siegfried wird so steif und unbehülflich in seinem Wesen, daß ich lieber einmal selbst ihn vorstellen möchte. Besonders verdrießlich erscheinen mir aber unsre hölzernen Pferde, kein gutes Haar ist mehr daran; – ich möchte gern einmal selbst reiten, aber die Mutter darf es nicht wissen.« – Fingerling wollte ihn zur Ruhe ermahnen, weil sich das nicht so geheim treiben lasse, sonst sei er selbst, obgleich kein schulgerechter, doch ein geübter Reiter auf seinen Reisen geworden. Aber Berthold war nicht von der Sache abzubringen: »Ich kann mich nicht mehr beruhigen, seit ich

Kraft in mir fühle«, sprach er, »ich möchte, daß mir etwas Ritterliches begegne, wie dem Siegfried, ich tue in Gedanken tausend Streiche in die Luft. Deine Liebe zu mir ist groß, aber du liebtest mich gewiß noch höher, wenn ich erst etwas recht Ritterliches getan hätte: Ich möchte in Verzweiflung aufschreien, daß mich die Mutter von allem Reiten, Fahren, Ringen, Armbrustschießen, Schlittschuhlaufen, wie es andre gute Gesellen der Stadt treiben, aus Furcht wegen meiner Gesundheit abgehalten hat und ich muß mich tot grämen, nun ich gesund bin, aber des Lebens und seiner Gaben nicht zu brauchen weiß.« – Da sah Fingerling, daß die Sache ihm ernstlich ans Herz griff, er versprach alles zu tun, um diese seine Sehnsucht zu befriedigen, schlug ihm auch vor, in einem großen Schafstalle vor der Stadt auf dem Hofe, den Berthold kürzlich gekauft hatte, eine Reitbahn für sie beide einzurichten, auch ein Paar gutmütige Pferde zu den ersten Versuchen aus den Ackergespannen auszusuchen. – Da fiel ihm Berthold um den Hals und konnte kaum ruhen, bis die Sache ausgeführt war, ja er schlug vor, gleich nach dem Rathause zu gehen, wo von einem Komödienspiele, worin die Waiblinger sehr ausgezeichnet waren, ein trojanisches, hölzernes Pferd stehen geblieben, um Sitz und Haltung vorläufig zu üben. So taten auch die beiden Freunde, schützten Geschäfte vor und verschlossen sich im Rathaussaale, wo das hölzerne Pferd stand. Fingerling zeigte, so gut er es wußte, wie die Zügel und der Steigbügel zum Aufsteigen gefaßt sein wolle – mit einem Schwunge saß Berthold oben und freute sich der Höhe. »Nun gebt die Spornen, dann geht's fort«, rief Fingerling, »aber haltet die Zügel, daß es nicht durchgeht, nicht zu fest und nicht zu wenig.« Auch das tat Berthold, bemerkte aber plötzlich solche Bewegung in dem Rosse, daß er die Zügel immer stärker anzuhalten für nötig fand, was aber alles nicht half, denn unaufhaltsam stürzte der stolze, von der Sonne ausgetrocknete Holzbau zusammen, Berthold an die Erde, und aus dem hohlen Bauche sprang Anton schlaftrunken, sich die Augen reibend, hervor. Fingerling half erschrocken seinem lieben Berthold auf, fragte ihn sorglich, ob er sich Schaden getan, dieser aber hörte nicht auf ihn, sah Anton verwundert an und sprach: »Ist mir's doch wie ein bedeutsamer Traum, daß du aus meiner verunglückten Ritterfahrt so froh hervorgehst; begegnest du mir vielleicht noch oft? Wie kommst du hieher? Du bist in der kurzen Zeit recht gewachsen?« – Anton antwortete mit der Bitte, seinem Vater nichts zu sagen, er habe sich vom Lande heimlich in die Stadt geschlichen, um sich einmal bei der Ratskellerwirtin, die ihm sehr gnädig, satt zu essen, und da sei er nach Tische im trojanischen Rosse zur Ruhe übergegangen, zugleich dankte er, daß sie ihn erweckt hätten, er müsse noch sechs Meilen bis zum Dorfe zurückgehen. Berthold schenkte ihm etwas auf den Weg und Anton eilte fort. »Wir geben das Reiten auf, nicht wahr?« fragte Fingerling. »Nein«, antwortete Berthold, »ich habe gefühlt, daß ich recht dazu geschickt bin, denn die Besonnenheit hat mich keinen Augenblick verlassen; aber dieses Vorfalls werde ich oft noch gedenken müssen.«

Schon am andern Morgen hatte Fingerling alles zum Reiten auf dem Vorwerke eingerichtet. Der ehrliche alte Meier war sehr verwundert und erfreut über die Seltsamkeit des Herrn, wußte aber in allem gut zu raten, da er in seiner Jugend ein wackerer Reitersknecht gewesen war, und auch die künstlichen Aufzäumungen und Zügelbewegungen, samt der richtigen Anwendung des Sporns, wie es die Rennpferde verlangen, wohl verstand und sich darüber mitteilen konnte. Als nun der Bürgermeister zuerst an der Leine im Kreise ritt, da meinte er sich unwiderstehlich nach einer Seite niedergezogen, aber er blieb dennoch mutig sitzen. Als er abgestiegen, fand er sich in allen Gliedern seltsam zerschlagen, aber er ließ sich nichts merken, weder vor dem Freunde, noch vor der Mutter. Besonders unbequem war es ihm in den nächsten Tagen, wo er heimlich anfing, zu zweifeln, ob er zu solchen Beschwerden sich gewöhnen werde. Aber der Meier machte ihm mit seinem Lobe immer frische Lust, er rühmte seinen guten Anstand, er werde sicher ein guter Reiter werden. Bald war er seinem Gefährten Fingerling überlegen, auch waren ihm bald die geduldigen Ackerpferde zu gering, die Rennbahn zu enge. Es wurden ein Paar schöne Rennpferde von einem verarmten Ritter gegen einige Stücke Tuch eingetauscht und nun beschlossen, durch ein feierliches Vorbeireiten das Schelten der Mutter zu besänftigen.

Demnach tat ihr Fingerling kund, daß an einem Sonntage ein fremder Ritter, der sehr viel kaufe, bei ihnen eintreffe, sie möchte ihm ein Mahl bereiten lassen. Das war alles geordnet und Frau Hildegard nur allein darum ärgerlich, daß ihr Sohn so lange ausbleibe, da sah sie einen stattlichen Rittermann, in voller Rüstung auf hohem Roß über den Markt traben und ging ihm feierlich an die Türe entgegen. Der Ritter ließ sein Pferd kunstreich traversieren, daß sie heimlich den Übermut des Menschengeschlechts bejammerte, auf glattem Pflaster so brotlose Künste zu machen, dann stieg er ab, – sie blickt ihm in den offnen Helm, sie stockt in ihrem Gruß, – es ist ihr lieber Sohn, der Bürgermeister, der ihr um den Hals fällt.

Nun erst erschrak sie über seine Kühnheit, fürchtete, er würde ihr in allen Dingen ausschrammen, nachdem er solche gefährliche Kunst heimlich erlernt habe, und suchte ihn mit Scheltworten und Tränen von dieser brotlosen Kunst abzubringen. Aber Berthold hatte das alles voraus gesehen und sprach zu ihr, als er sich an den hochgeschmückten Tisch gesetzt hatte: »Seht Mutter, so ein Mahl habt Ihr mir nie bereiten lassen, wenn ich auch den ganzen Tag zum Besten der Stadt gearbeitet hatte; so ehret Ihr selbst die brotlosen Künste des Ritters und wollet mich gegen etwas warnen, wozu mein Blut mich bestimmte, und woran mich nur Leibesschwäche so lange hinderte. Ich habe bisher vor Euch wie ein umgekehrtes Panzerhemde erscheinen müssen, tatenlos und gedankenvoll, den Stahl innerlich, die Polster äußerlich, meine Welt war die Vorzeit, denn was die Gegenwart brachte, konnte mich nur erschrecken, da ich sie in keiner Art zu bestreiten wußte.« – »Ach«, seufzte Frau Hildegard, »gewiß ist der verwünschte Ehrenhalt bei dir gewesen, den ich so oft mit Geld und Gaben von dir fortgekauft habe.« – »Der Ehrenhalt?« fragte Berthold, »weiß ich doch nichts von dem Manne, was bringt er, was will er mit mir, ist er abgesandt von den Kronenwächtern? Seid ruhig Mutter, ich diene ihnen nicht, die Tränen der Mutter, der Tod des Vaters, auch Martins Tod, haben mich von ihnen geschieden. Meine Wünsche sind beschränkter, ich will nur als ein guter Bürger gerüstet und wehrhaft gegen Gefahren sein, ich will mich selbst um mein Handelsgeschäft kümmern, denn unser guter Fingerling ist zwar munter, wie ein junger Geselle, aber gar alt, er soll mich in Augsburg mit unsern Handelsfreunden bekannt machen, und darum hindert mich nicht, daß ich mit ihm gen Augsburg reite, wo der ehrwürdige, ritterliche, in allen Künsten versuchte Kaiser Maximilian einen Reichstag ausgeschrieben hat, der alle Handelsleute aus Schwaben zusammenführen wird.« – Frau Hildegard schlug in Verzweiflung die Hände über den Kopf zusammen und rief zu Gott um Rat, wie sie sich benehmen solle, ob sie den jungen Menschen in solche gefährliche, verführerische Stadt hinziehen lassen dürfe. »Die Verführung ist so groß«, sagte sie, »so ein junger Mensch ist zutulich und neugierig und wenn die Leute hören, daß er nicht ohne Mittel, da drängen sich alle an ihn, er wird ausgezogen und noch wohl gar verlacht.« – Da trat Fingerling mit kluger Rede zwischen, versprach die Fahrt mitzumachen, den Herrn Bürgermeister wie seinen Augapfel zu bewachen, versicherte, die Reise sei notwendig, weil sonst alle Webstühle still ständen, und trank auf die glückliche Heimkehr. So war die Erlaubnis zur Reise der sorglichen Mutter über den Kopf weggenommen.

Als die Zeit nahete, verwunderte sie sich, daß sie es erlaubt habe, dennoch sorgte sie fleißig für das Reisegerät und packte außer der Wäsche eine ganze Apotheke und eine halbe Küche in die Mantelsäcke, und konnte immer noch nicht mit ihren Anstalten fertig werden, nachdem schon Maximilian mit seinem prachtvollen Einzuge fertig geworden war. Endlich war der Ritt angeordnet, der Bürgermeister hatte einem Ratmann die Geschäfte übertragen, der Buchhalter sorgte für das Haus, die Pferde standen bepackt vor dem Hause, dennoch ließ sich Frau Hildegard nicht abhalten, dem Sohne noch einmal alle Warnungen einzuprägen, die sie in der ganzen Zeit gesammelt hatte, und zum Schluß suchte sie ihn noch mit der Ahndung zu rühren, als ob sie ihn nicht wieder sähe. Obgleich er diese Ahndung schon oft gehört hatte, so beschwerte sie doch sein Herz und er ritt die erste Strecke gar nachdenkend in seinem Reisemantel. Endlich wurde es ihm leichter ums Herz, er genoß der ersten Freiheit seines Lebens, und der keusche Frühling blickte mit tausend Blüten, wie mit neugierigen Augen in die geheime Sehnsucht, die ihm seit der Genesung jedes artige Jüngferchen zu einer Apollonia erhob, daß er jede ehrfurchtsvoll, aber oft anblicken mußte. Die Gesundheit hatte das Samenkorn, das bis dahin in ihm wie im Sarge geruhet, schnell zum Keimen gebracht, es sprengte das Steingewölbe, das ihn bisher umgab; er war, er fühlte sich frei und zu etwas bestimmt. Und wie herrlich glänzte ihm das Schwabenland, überall Züge von Reisenden; hier Kaufleute, die neben ihren Frachtwagen einhergingen, dort Landsknechte, die einen Hauptmann such-

ten; Pilger, die zu dem wundertätigen Bilde der schönen Maria in Regensburg zogen und Frauen und Männer, wie sie gingen und standen, mit ihrem Gesange fortrissen, denn es war das erste Bild unter den Deutschen, in welchem die geheime Gewalt des Heiligen mit der offenkundigen der Schönheit verbunden war. Hätte Fingerling nicht Einspruch getan, der gute Berthold wäre mit zu dem Bilde gezogen, aber der lebendige Trieb nach lebendiger Schönheit wuchs in dieser Annäherung.
In reger Geistestätigkeit, von allem angesprochen, doch ohne sonderbare Reisevorfälle, kamen die beiden Reisenden in die Nähe Augsburgs, hatten schon mit einiger Beklemmung die weite Stadt mit ihren vielen Türmen von einer Anhöhe überschaut, als Kaiser Maximilian bei der Wertachbrücke, der Kurfürst Joachim von Brandenburg auf der einen Seite, auf der andern Markgraf Kasimir, der schöne Verlobte, dessen hoher Braut entgegen ritten und dem Bürgermeister den Weg verrannten. Aus dem Gerede der voreilenden Menschen, mehr noch aus der Ähnlichkeit mit vielen Holzschnitten erkannte Berthold den Kaiser schon in der Ferne und wurde gezwungen, ihn recht in der Nähe zu betrachten, weil er von der Menge, die nicht weichen wollte, an das Geländer der Wertachbrücke angedrängt wurde. Er freute sich, wie viel milder der Kaiser aus des höchsten Weltkünstlers Hand gekommen, als aus der Hand der Maler; der Kaiser hatte wohl recht, einmal zu sagen: »Jeder, der eine lange Nase zu pinseln weiß, meint, er habe mein Bild gemacht.« Der Kaiser trug über seinem, mit Gold eingelegten Panzer einen roten, mit großen Perlen und grünen Edelsteinen gestickten Waffenrock, auf seinem Helme den zweiköpfigen Adler, der in der Krone wie in einem Neste seine Jungen ausbrütete – ein Zeichen, daß er diesmal die Nachfolge im Reiche für seinen Sohn Karl vermitteln wollte. Er ritt ein ganz weißes Roß mit leibfarbenen Nüstern und Augenwinkeln in goldnem

Zaumzeuge, ein Pantherfell seine Satteldecke, das mit schweren, goldnen, betroddelten Gitterbändern um den Leib des Pferdes angezogen war. Der Kurfürst Joachim war dagegen einfach in einem Marderpelz gekleidet, sein Roß war schön, aber etwas scheu, so daß er sich manchmal von der Seite des Kaisers abwandte. Der Bräutigam, Herr Kasimir, ließ sich in einem leibfarbenen, seidenen, mit Hermelin aufgeschlagenen, mit Silber gesticktem kurzen Mantel sehen, einen grünen Kranz auf dem Haupte, aber seine Schönheit, seine Freudigkeit war sein bester Kranz, so daß ihm jeder die schöne Braut gönnte, der das unzählige Volk, wogegen alle Hartschierer zu schwach, mit Freudengeschrei entgegen jauchzte, sie recht in der Nähe zu sehen.

Sie war in ihrem Wagen so nahe an Berthold gedrängt, daß er wie einer der Fürsten zu ihrer Begrüßung entgegen geritten schien. Er sah die steigende Röte ihrer Wangen unter dem Kranze von Edelsteinen; das Klopfen ihres Herzens bebte in dem Blumenstrauße, der auf der reichen Silberwoge ihres Busens unterzusinken schien. Berthold hörte deutlich, daß sie nach Herrn Kasimir fragte, den sie bis dahin nur im Bilde gesehen, das auf ihrem Herzen an goldner Kette hing, und Berthold meinte, sie frage ihn und zeigte nach der andern Seite des Wagens, der nach beiden Seiten offen, nur oben mit goldnem Teppich gedeckt war. »Auf der andern Seite wartet seine Hoheit!« sprach er; er wußte es genau, denn ein Nachbar hatte es ihm kurz vorher erzählt. – »Dank, Dank, Ihre kurfürstliche Liebden«, sagte die Braut, Fräulein Susanna von Bayern, die ihn für den Kurfürsten Joachim hielt und sich jetzt an der Schönheit Kasimirs weidete, indem sie bescheiden die Augen mit einem Wadel von Pfauenfedern deckte. Der Bräutigam beugte vor ihr ein Knie, nachdem er vom Pferde gestiegen, die Braut reichte ihm den Mund, dann lockte sie der Kaiser auseinander, indem er in den Wagen stieg und ihnen

sagte, sie würden einander noch lange genug sehen, auch sprach er: »Nicht wahr, liebe Tochter, wir haben gut gewählt, wir gedenken heut bei euch beiden, daß wir auch einmal jung waren und freiten, und in der Welt wie in einem Baum voll reifer Kirschen gegen die Sonne gedeckt zu sitzen glaubten, aber die Kirschenzeit ist kurz, am Ende beißt man mit stumpfen Zähnen die Kerne auf, die man erst weggeworfen, und die Jahre vergehen wie die Tage, sonst war mir die Sonne zu warm und jetzt zu kalt.« Er winkte zum Fortfahren und die schöne Braut reichte Berthold die Hand, als einem Verwandten, dem sie sich freute verbunden zu sein. Der Kaiser blickte sie befremdet an und fragte: »Wäre dies wohl einer meiner lieben Vettern aus Bayern, den ich noch nicht kenne?« – »Ich meine, es sei Herr Joachim, kurfürstliche Gnaden von Brandenburg, unser künftiger lieber Herr Vetter!« – »Wir irren, liebe Tochter«, antwortete der Kaiser, »dort reiten Seine Liebden von Brandenburg. Wer seid Ihr, guter Herr?« fragte er Berthold. Und Berthold antwortete noch freundlicher, von dem Händedruck erwärmt: »Der glücklichste Bürgermeister aus Waiblingen.« – »Nun du ehrlicher Schwabe«, sprach Maximilian, »Gott segne dir den Händedruck meiner schönen Schwestertochter bei deiner Frau!«
In dem Augenblicke bewegte sich der Wagen fort und Berthold versank in ein stummes Nachsehen, nicht allein, weil er gewünscht hätte, der Augenblick möchte immer und ewig währen, sondern auch, weil es ihn recht kränkte, daß er noch keine Frau besitze. Aber kaum waren die sechs Prachtwagen, die dreihundert bayrischen Ritter mit ihren Reisigen und Trabanten vorüber, so riß der unglaubliche Volksstrom den Bürgermeister aus den Gedanken und mit sich fort nach dem Felde an der Stadt. Jedermann wollte der Trauung in der Ulrichskirche beiwohnen, nur Berthold wußte nichts von der Ursache dieser Eile und widersetzte sich dem Drange, um Finger-

ling zu erwarten, der unbemerkt schon früher von ihm fortgetrieben war. Den Fußgängern widerstand er auf seinem starken Rennpferde, aber die Reiter, die nachfolgten, zogen ihn unwiderstehlich dem Tore zu, umsonst lavierte er von einer Seite zur andern, wie ein Schiff, das mit halbem Winde fährt, die Volksmenge trieb ihn fort, wie ein höheres Geschick. Am Tore stieg der Drang aufs höchste, denn die kaiserlichen Trabanten hinderten den Eintritt, damit Julia Peutinger, das geehrte vierzehnjährige Kind des Stadtschreibers, ihre lateinische Rede an der Spitze vieler hundert weiß gekleideter Jungfrauen Augsburgs ungestört vor der Braut halten konnte. Kaum war die Rede geendet, das Kind im Wagen der Braut aufgenommen, die vornehmsten Jungfrauen in die nächsten Häuser zur Sicherheit gebracht, während der Brautzug hereinfuhr, so schloß sich das Tor mit vieler Gewalt und die neugierige Menge war wie ein Feind ausgeschlossen. Gleich verbreitete sich der gute Rat unter dieser Menge, ans nächste Tor zu eilen, um dort noch zur Kirche zu gelangen. Da war aber große Eile wegen des Umweges nötig und um so ärger wuchs das Gedränge, Reiter stürzten, Wagen warfen um, niemand kümmerte sich darum, am schlimmsten ward einer Schar der weiß bekleideten Jungfrauen mitgespielt, die nicht Zeit gehabt hatten, sich in die Stadt zu flüchten; auf ihren weißen Kleidern war der Schmutz der bespritzten Wagen und stampfenden Rosse deutlicher zu erkennen, als auf den dunkelfarbigen oder bunten Mänteln. Während der Donner des Geschützes von den Wällen die übrige Menge immer wilder nach der Mitte des Festes hintrieb, fand Berthold sich immer lebhafter von Mitleid gegen die Verunglückten hingezogen, die um ihre Hoffnungen betrogen, Schmerz statt Lust eingetauscht hatten; dort hob er einen Gestürzten aufs Pferd, hier half er einem Wagen aus dem Graben heraus, und sah sich dabei nach Fingerling, aber vergebens um. Bei dieser Geschäftigkeit hatten sich die Leute verlaufen, es wurde ihm tausend Segen gewünscht, aber die Trauung war inzwischen vorüber gegangen, das bezeichnete der neue Donner des Geschützes von den Wällen, wie ihm einer mit Bedauern sagte.

Verdrießlich, seinen Freund nicht finden zu können, der in seinem Mantelsack alle Empfehlungsbriefe an Handelsfreunde trug, noch verdrießlicher, daß an ein Unterkommen in Wirtshäusern, wie ihm jeder versicherte, jetzt gar nicht zu denken, ließ er sein Pferd langsam den Fußstapfen der Menschen nach dem andern Tore hin folgen. Schluchzend, weil sie sich einsam glaubte, ging da eine hohe Jungfrau von kräftigem Wuchse, und besah mit Trauern ihr Kleid, an welchem die eine Seite ganz zerrissen und beschmutzt wie eine Trauerfahne erschien. Berthold fühlte sich vom Mitleide hingezogen, er ließ sein Pferd etwas schneller gehen, daß er fast an ihr vorbeigeritten wäre, wenn ihn nicht die schönen blauen Augen festgehalten hätten, die gleich Vergißmeinnicht am Bache ihre äußersten Blätter eintauchten und mit Tropfen füllten, ehe sie ihm, beschämt gesehen zu sein, die langen, vierfachen Flechten des dichten, gelbbraunen, sanft gekrausten Haares zugewendet hatte. Jetzt konnte er so recht mit müßiger Lust beschauen die Wölbung des Nackens, die breiten Schultern, die schlanken Hüften, die weißen, runden Arme, vielleicht zum erstenmal der Sonne entblößt, während die Hände von ihren Strahlen gebräunt waren, die zierlichen Füße mit hohem Spann, den edlen Gang in der Bewegung aller Falten, die gleichsam von einem edlen Tanze widerhallten. Noch saß der Kranz von mancherlei Feldblumen freudenstolz auf dem Haupte der Betrübten, deren Angesicht sich in dem Rosenbusch versteckte, welcher die Mitte des keusch geteilten Busens bezeichnete. Da war kein Mangel, kein Überfluß, sondern in dem Ebenmaß ein rechtes Bild menschlicher Zufriedenheit, alles schien an der hohen Jungfrau fest und beweglich zugleich, nirgends Zwang, alles eine schöne Gewohnheit der verhältnisreichen Gestalt. Er hätte so gern ihr Antlitz gesehen und besann sich auf eine Frage, aber er fand keine, so ritt er stumm an ihrer Seite, wendete sich zu ihr und wieder von ihr ab, wie eine Wetterfahne bei streitendem Winde, denn Apollonia fiel ihm ein, aber so blaß wie der Mond am Tage gegen diese neue Sonne seines Lebens. Er hätte weinen mögen mit ihr und mußte sich freuen, denn alles lebte in ihm mit Freude an der Welt; in solchen Augenblicken der Bestimmung zeigt sich Gott in der Herrlichkeit seiner Welt, wie auf dem Throne, jedem nach seinem Maße. So kam wie eine höhere Gabe ein Zutrauen in Bertholds Seele, daß er mit ernster Stimme zu der Jungfrau sprach: »Ich kann Euch gewiß helfen!« Sie sah ihn an, schüttelte mit dem Kopfe und sprach mit Schluchzen, das gegen ihren Willen wieder ausbrach: »Kein Mensch kann mir helfen, die Leute haben mir im Gedränge das Kleid zerrissen, was fange ich an, wir haben es zum heutigen Tage geliehen!« – Bei diesen Worten sah sie von neuem den großen Riß und mußte wieder weinen und jammerte über die Schläge, die sie von der Mutter erhalten würde, obgleich sie keine Schuld bei dem Unfall hätte, es müsse einer im Gedränge mit der Degenschnalle eingehakt sein. – Berthold versprach die Mutter zu besänftigen, er werde ihr den Drang und die Not am Tore berichten. »Ihr kennt sie nicht«, sagte das Mädchen, »auch hatte sie mir alles voraus gesagt, aber meine Lust, die fürstliche Braut zu sehen, war allzu groß, und daß ich sie gesehen habe, ist mein einziger Trost bei dem Unglück!« – Und nun erzählte sie von dem Einzuge und schien ihr Unglück etwas zu vergessen, bis sie an Häuser kamen und sie dem Bürgermeister das niedrige Dach ihres Hauses zeigte, da wollte sie in Angst keinen Schritt weiter tun, sondern sich hinter dem steinernen Brunnenbecken verstecken.

Berthold faßte seinen Entschluß, ritt voran nach dem Hause und bat die Jungfrau langsam nachzukommen, indem er sich den Namen der Mutter, welche Frau Zähringer hieß, von ihr sagen ließ. Er klopfte an das Haus und hörte sie im Hause schelten, wer sie schon wieder stören wolle; gleich trat auch eine rüstige Frau heraus, etwas stark, doch ohne davon beschwert zu sein und vom Ansehn jugendlicher, als sich bei einer erwachsenen Tochter vermuten ließ. Sie hatte wahrscheinlich am Webstuhle gesessen, denn sie hielt noch ein Schiff in Händen und fragte mit Ungeduld, was Berthold wolle. Das Ansehen, die Stimme noch mehr erinnerten Berthold an etwas Bekanntes, inzwischen achtete er nicht darauf, sondern brachte seine Entschuldigung der langsam sich annähernden Tochter in der Art vor, er sei beim Einzuge auf die Tochter gedrängt worden, und habe ihr ohne bösen Willen mit seinem Sporn das Kleid zerrissen, er biete ihr einen Gulden zur Sühne und diesen Gulden reichte er ihr zugleich dar. Der Anblick des Geldstücks löschte alle Zornglut der Mutter, sie schalt die Tochter, daß sie sich nicht mehr in acht genommen, sie sagte Berthold, daß er nicht hätte reiten sollen, wenn er sein Pferd nicht zu führen verstehe, endlich versicherte sie aber doch, weil er sie so höflich angesprochen, wolle sie diesmal nicht schmälen, doch sei es zu viel, was er ihr biete, sie wolle das Stück verwechseln lassen und ihm das Zuviel herausgeben. – »Vielleicht brauchet Ihr mir nichts wieder zu geben«, sprach Berthold darauf, »wenn Ihr eine Bitte von mir erfüllen könntet, mich für heute in Eurem Hause zu beherbergen, die Wirtshäuser sind gefüllt und alle Empfehlungen an Handelsfreunde hat ein Freund von mir bei sich, den ich im Gedränge aus den Augen verloren habe.« Die Mutter sah ihn bedenklich an und maß ihn vom Kopf bis zum Fuße. »Ich glaube Euch wohl«, sprach sie, »daß Ihr in der Stadt kein Unterkommen finden würdet, waren doch schon gestern alle Herbergen besetzt, aber ich kann Euch nicht ins Herz sehen, was Ihr für einer seid, und in dieser Zeit ist jeder auf seiner Hut; es schwärmt viel loses Gesindel umher und wir wohnen hier einsam.« – »Liebe Mutter«, sagte die Jungfrau, »er meint es gewiß ehrlich, was hätte ihn sonst bewogen, meinen Schaden auf sich zu nehmen.« – »Ich habe kein Haus, das sich zum Herbergen für Mann und Roß eignet«, sagte die Mutter. – »Im Stall ist wohl noch Platz«, sagte die Tochter, »so auch in der Giebelstube.« – »Aber wer seid Ihr?« fragte die Mutter. – »Ich bin Berthold, der Bürgermeister aus Waiblingen.« – Bei diesen Worten sah die Mutter ihn genauer an, indem sie die Hand gegen die Sonnenblendung richtete, schwieg einige Augenblicke und sprach: »Tretet ein, es sollte nun einmal so sein, seid willkommen, Anna soll für Euer Roß sorgen, ich kann mich schon schützen gegen Euch, wenn Ihr etwas Übles wollt.« – Berthold dankte, aber er gab nicht zu, daß die Tochter sein Pferd führte, er selbst führte es, sattelte es ab, hatte noch etwas Futter bei sich und füllte ihm die Krippe. Dann ging er mit dem Felleisen ins Haus, wurde in das reinliche Wohnzimmer geführt, wo zwei Leinenwebstühle standen. Er beschaute in der Verlegenheit die kleinen Bilder an der Wand und fand ein Bild von Waiblingen in deren Mitte befestigt. Die Mutter antwortete nicht auf seine Frage, wie sie zu dem Bilde gekommen, sie schien beschäftigt. Bald rief sie ihn zum gedeckten Tische, wo ihm die Tochter mit ihren runden Armen, die gleichsam mit weißen Haaren bestäubt waren, einen guten Hirsenbrei aufsetzte und eine hölzerne Kanne mit Bier dabei hinstellte und ihn zum Essen nötigte, nachdem die Mutter den Segen darüber gesprochen hatte.

Dritte Geschichte

Der Becher

Das kleine Mahl war längst verzehrt und noch immer wurde von den Merkwürdigkeiten des Reichstags und von den Festlichkeiten, welche die Vermählung feiern sollten, gesprochen. Die Jungfrau Anna konnte ihre Vorliebe für die ritterlichen Spiele, für das Gesellenstechen, das am andern Tage gegeben werden sollte, nicht verbergen, obgleich sie nie etwas der Art gesehen und eben so wenig von dem Wesen dieser Spiele gehört hatte. Da fühlte sich Berthold recht im Mittelpunkte seiner Kenntnisse, Tage lang hatte er an einzelnen kunstreichen Stücken, die von den Stechen erzählt wurden, spekuliert, sie zu zeichnen sich bemüht, auch alle Gesetze und Gewohnheiten der Turniere mit seinem Freunde Rüxner gemeinschaftlich gesammelt, sein Gedächtnis bewahrte ihm jedes berühmte Turnier und die Namen derer, welche Preise gewonnen hatten. Er unterrichtete die Frauen von dem hohen Altertume der Kampfspiele unter den Deutschen, die nicht wie bei andern Völkern der alten Welt als ein müßiges Schauspiel für die größere Menschenzahl, sondern als eine allgemeine Belustigung aller ritterlichen Männer geachtet wurden, bei welcher nur Frauen als Zuschauer zu beachten waren. »Vor allem war das Rennen mit Spießen immerdar hochgeehrt«, sagte er, »und der große Kaiser Heinrich der Vogler hat zuerst einen großen Reichsverein darin gestiftet, den Adel gegen Verwilderung zu schützen und ihn dem übrigen Volke als Vorbild aufzustellen. Wer gegen den christlichen Glauben Untreue erwiesen, gegen des Reiches Beste gefrevelt, Frauen entehrt, die Ehe gebrochen hatte, wer meineidig und siegelbrüchig erkannt, wer feldflüchtig erfunden aus Feigheit oder Verrat, wer gemordet, wer Kirchen, Witwen oder Waisen beraubt hatte, wer Wein oder Getreide gegen die Kriegsordnung zerstört, wer ohne Grund und Kriegsordnung befehdet und Straßenräuberei getrieben hatte, sollte sein Pferd verlieren und auf die Schranken des Turnierplatzes gesetzt werden. Diesen Gesetzen fügte Meister Philipsen, des Kaisers Schreiber noch zweie hinzu, nämlich, daß auch die ausgeschlossen wären, die sich mit der Kaufmannschaft abgegeben und die ihren Adel nicht mit vier Ahnen beweisen könnten.« – »Bei uns hätten die Reichen dem Meister Philip die beiden letzten Gesetze nicht zugegeben«, meinte Frau Zähringer, »jetzt werden die reichen Fuggers höher geachtet, als tausend adlige Heckenreiter, die hier außen in den Vorstädten den Juden ihre Beute verkaufen.« – »Meine gute Frau«, sagte Berthold, »als jene Gesetze angenommen wurden, hatten sie gewiß ihren Grund, der Adel durfte sich nicht in fremdartigen Geschäften zerstreuen, der nahen Reichsfeinde gab's zu viele, auch mußte er sich für ein geschlossenes Ganze im gewissen Sinne halten, sollte er anders der Ehre sich als Opfer bringen. Demnach konnte der Kaiser wohl den Adel verleihen, aber erst die in mehreren Geschlechtern geprüften Abkömmlinge erhielten das volle Recht des Adels. Darauf haben die Zünfte der reichen Städte ähnliche Turniere bei sich eingerichtet und seit Jahren schon sind die großen Turniere der vier deutschen Lande ins Aufschieben gekommen. So wechselt alles gar seltsam, was nicht nach der Zeit sich richten, oder die Zeit überwältigen kann. Statt die andern deutschen Lande, wie sie aufblühten, in gleiche Rechte mit den früher Geordneten einzusetzen, statt eines freundlichen Verkehrs und Zusammenhaltens mit den Städten, trennte sich alles in herkömmlichem Stolze. Wir werden noch mehr erleben, bald meinen die Bauern Fürsten zu sein, geben keinem mehr eine freundliche Antwort, man braucht sie nur anzusehen, so gehen einem die groben Knollfinken zu Leibe. Der Bundschuh in der Fahne der Speyerschen Bauern im Aufruhr bezeichnete, daß sie ihn so hoch ehrten, wie eines Ritters Stiefel mit dem güldnen Sporn, dieser Aufruhr ist gewiß nicht der letzte gewesen, besonders in den geistlichen Landen, wo die Last doppelt drückt und weltlicher Prunk mit geistlichem zusammen bestritten werden soll.« – »Ja«, sagte Frau Zähringer, »wenn ich so einen Bettelmönch aus dem Bistum sehe, wie er mir mein sauer verdientes Brot abtrotzt, um es nachher für Wein in der Schenke zu verhandeln, da möchte ich ihm mit meinem Bundschuh gern auf die Platte schlagen und mit den Bauern rufen: Was ist das für ein Wesen? Vor Mönchen mag keiner genesen.« – »Sonst war alles anders«, fuhr Berthold fort, »das strenge, arbeitsame Leben dieser Mönche befriedigte zu Hause alle ihre Bedürfnisse und nur, wenn sie mit geistlichem Troste zu den Leidenden umher gingen, bedurften sie eines geringen Unterhalts, der kaum bemerkt wurde gegen die Fülle höherer Unterhaltung, die ihr Wort verbreitete.«

Während dieses Gesprächs war die Tochter, die in der vorigen Nacht arbeitsvoll und erwartungswach nicht zum Schlafe gekommen war, auf ihrer Hand eingeschlummert, dem guten Berthold gegenüber, der mit scheuem Vergnügen auf die von Schlaf und Traum lebhaft bewegte, heftig atmende Jungfrau hinblickte, denn alles war gut an ihr, wie in der Welt nach den Schöpfungstagen. »Daß dem lieben Kinde nur nicht die Hände einschlafen«, sagte er endlich in Verlegenheit, »sie liegt damit an der scharfen Kante des Tisches und klemmt ihr Herz ein, es scheint ihr sehr heiß.« Die Mutter nahm ein Näpfchen mit Weihwasser, sprengte damit über die Brust des Mädchens, daß diese aufschreckte und rief dann, daß ihr der Segen wohl bekommen möge nach dem Schlafe. – »Ich habe nicht geschlafen«, sagte Anna, »ich hörte noch von dem Stechen und wie der fremde Herr Bürgermeister den Preis und Dank gewonnen hat, wie er ihn mir darreichte und wie ich darüber so glücklich war.« – Die

Mutter verlachte ihre Einbildung, aber dem Bürgermeister war das Blut glühend heiß in die Stirn getreten; Anna hatte mit dem Traume die vieljährige Sehnsucht seines Herzens zu Worte kommen lassen, der er so lange nur heimlich nachgehängt, weil sie während seiner Schwäche als Wahnsinn erschienen wäre. Er konnte dem innern Drange, dem äußern Rufe zugleich nicht widerstehen, er mußte es wieder bestätigen, daß jeder Mensch, früher oder später, einmal ausrasen muß, er rief, daß er beim heil'gen Georg für die edle Jungfrau eine Lanze brechen müsse, der Himmel werde es fügen, daß er den Traum wahr mache, ihr sei der Preis verehrt. Nun bedauerte er, keine seiner Rüstungen mitgebracht zu haben, aber Anna erzählte ihm von einem Waffenschmidt in der Nähe, der immer dergleichen in Vorrat zum Verleihen habe, nur die Mutter warnte ihn, sich in acht zu nehmen, es seien geschickte Stecher in Augsburg. Die Warnung befeuerte seinen Mut, jetzt erst freute er sich, Fingerling aus den Augen verloren zu haben, der hätte ihm Hindernisse in den Weg gelegt; was die Mutter einst dazu sagen würde, brachte er aus dem Kopfe und freute sich nur, wie er für Anna sein Leben an das Ungewohnte setze.

Schnell beurlaubte er sich von Mutter und Tochter und dachte zum Waffenschmidt gehend: Für einen Reiter, der mehr auf dem Pferde, als auf der Erde, mehr in der Rüstung, als im Schlafrock gelebt hat, ist es ein kleiner Dienst, seiner Jungfrau zu Ehren ein Rennen einzugehen, etwa nicht mehr, als wenn ich mich anheischig machte, ihr ein Liederbüchlein schön abzuschreiben; wer aber wie ich, mehr auf der vierbeinigten Bank, oder im Krankenbett, als auf dem Roß und auf der Burg gelagert war, wer wie ich, kein junger Wagehals mehr ist, wer wie ich, vieles kennt, was ihm lieb und wichtig ist, und eine warnende Mutter stets vor sich sieht, der mag sich dieses Dienstes wegen ehren, er opfert ihm alles, was ihn so lange betätigte und beengte.

So kam er an zwei Läden, deren einer mit weiblichen, reichen Tanzkleidern in Gold und Silber, der andre mit schwarzen eisernen Harnischen angefüllt war, alles zur Wahl für diese Tage, wo Tanz und Stechen mit einander wechselten, in heller Beleuchtung zum Kauf und Leihen ausgestellt. Da sah er sich erst zweifelnd nach beiden um und beide Verkäufer nötigten ihn mit guten Worten einzutreten, indem er bei sich bedachte, welches von beiden, der Frauenschmuck oder die Männerwaffen, mehr Heil und Ehre, mehr Unheil und Schande bereiteten. Er fühlte sich stark genug, beides, Heil und Unheil zu ertragen, ging erst in den Laden mit kostbaren Tanzkleidern und wählte eins, das nach seinen Gedanken der schönen Anna besonders gut stehen müsse, ließ es in eine saubre Schachtel einpacken, zahlte und trat dann zu dem Waffenschmidt. Der Meister sah ihn seltsam an, daß er zum Stechen eine Rüstung begehre, denn Berthold war wohl von hohem Wuchse, aber in dem Stubensitzen und Kränkeln etwas dünnlich angewachsen, obgleich er jetzt in seiner Art wohl aussah. »Es gibt hier starke Renner, glaube kaum eine Rüstung Euch leihen zu können, die gut schließt«, sagte der Schmidt.

Somit rasselte er unter allem alten Vorrat herum, der an der Seite auf einem Haufen lag, und schrie endlich: »Gefunden, ein rechtes Prachtstück, in alter Art mit silbernem Blumenwerk ausgelegt, etwas eingerostet zwar, aber dafür seht Ihr eine Merkwürdigkeit an ihr, die soll einem Hohenstaufen gehört haben, ich tauschte sie von einem Hohenemser Grafen ein, der dafür eine nach neuem Zuschnitt annahm, die fest gegen Büchsenkugeln.« – Da griff Berthold mit Eifer zu, lieh sie nicht, sondern gab gleich den geforderten Preis, zog sie an, sie paßte und er gelobte heilig, seinen Ahnen keine Schande zu machen.

Rasselnd in der Rüstung, die Schachtel in der Hand, während ein Knabe des Schmidts ihm die Pferderüstung, samt dem Speer nachtrug, trat er an die kleine Türe des lieben Häuschens, wo er nicht zu klopfen brauchte, da Anna aufmerksam am geöffneten Fenster seiner geharrt hatte. Er nahm dem Knaben alles ab und trat mit freundlichem Gruße zur Frau Zähringer, die bei hellem Lampenschein an ihrem Webstuhl arbeitete. – »Sollte ich mich doch fast vor Euch fürchten«, sagte Frau Zähringer, »erst kamet Ihr friedlich, nun in Waffen, aber ich habe die Furcht überstanden, habe oft während des Kriegs mein kleines Haus mit den Waffen schirmen müssen und der selige Mann gab mir manchmal seine Wehr, wenn er zu müde war, hinaus zu treten und nach den Fremden zu fragen.« – «Ich komme wie ein Kriegsmann, der den Frieden erkaufen möchte«, sagte Berthold, »seht, dieses seltsame Kleid habe ich gekauft, versucht doch Anna, ob es Euch paßt; die, welcher ich es verehren werde, hat gleichen Wuchs mit Euch.« – »Gewiß Eure Frau?« fragte Frau Zähringer, nahm ihrer Tochter den gefalteten, hoch stehenden Kragen ab, zog ihr das Jäckchen aus, daß Berthold den schönen, vollen Hals und Nacken und die sanften Umrisse des Rückens mit selig staunendem Blicke, wie ein neu entdecktes Paradies in bekannter Gegend umspannte und die Antwort vergaß. »Eure Frau kann mit dem Kleide zufrieden sein«, sagte Frau Zähringer, »nie sah ich schöneren Silberbrokat, die Rosen sind recht natürlich darin gewirkt und gar köstliche Spitzen im Besatz.« – »Meine Frau«, antwortete Berthold aus dem Traum aufschreckend, »ich habe keine Frau, ich habe nur eine Mutter, der ich es verehren wollte.« – »Diese Rosen schicken sich nicht für eine alte Frau«, sagte Frau Zähringer, während sie sich über Anna innerlich freute, die einer Kaiserin gleich mit ernst frohem Angesicht in der ungewohnten Pracht auf und nieder stolzierte, als folge ihr ein ganzer Hofstaat zur Vermählung. – »Es paßt mir gut«, sagte Anna, »mag es Eurer Mutter eben so gut sitzen!« Mit diesen Worten legte sie es wieder ab, wie es ihm schien ohne Neid, denn auch das schönste Kleid war nicht wert, so viele kräftige Schönheit zu verstecken, die sie so wenig erkannte, als versteckte, sondern unbekümmert wie bei ihrer täglichen Arbeit im knappen Leibchen sich neben dem Geharnischten an den Webstuhl setzte, wo dieser in spielender Freundlichkeit sich anstellte, als ob er auch die Weberei lernen wollte. Dabei erzählt er, wie viele Webstühle er beschäftige, ohne selbst etwas davon zu verstehen, und erkundigte sich nach der Gelegenheit, seinem verlornen Freunde Fingerling am andern Morgen nachzuspüren, dem er die Leitung dieses Geschäfts hauptsächlich danke. Frau Zähringer versprach, sich selbst in den Gasthäusern und Herbergen am andern Tage nach ihm umzusehen, denn Anna mochte sie in dem Drange nicht dahin schikken und Berthold möchte sich nicht überall zurecht finden. Während dieses Berichts nickte Anna mehrmals auf Bertholds Schulter ein, und fiel gleichsam in einen Kuß gegen seine Wange, ohne daß sie es wollte, deswegen trieb Frau Zähringer den Ritter in die Giebelstube, daß alle ihre Ruhe fänden. Welche selige Träume senkten ihren vielfarbig blühenden Mohn über den müden Ritter, auch Anna träumte und die Mutter auch, die lange nicht geträumt hatte.

Früh war er auf, sein Roß tüchtig auszufüttern, das an den vielen Liebkosungen zu merken schien, es solle nach langer Abwesenheit wieder einmal die Rennbahn betreten, den Kopf stolz hob und mit den Vorderfüßen arbeitete, als gehe es schon in den Schranken. Dann ging er in die nahe Kirche zur Frühmesse, mehr in Erinnerung ritterlicher Gewohnheit, als aus Andacht, denn seine Gedanken waren ganz allein auf Anna hingerichtet und obgleich wohlgemeint, doch nicht heilig zu nennen. Ob er sie heiraten solle, ob sie ihn wolle, ob sie nicht zu jung sei, ob er ihr gleich seine Hand anbiete, ob er prüfend warte, das schwirrte ihm so im Kopfe umher, daß er nicht auf eignen Rat sich verlassen wollte, sondern die Vorsehung anzusprechen beschloß, indem er eine Münze für den Opferstock aus seinem Beutel nahm. Er hatte sich dies als Kind schon in zweifelhaften Fällen angewöhnt, er warf die mit einem Kreuz auf der einen Seite bezeichnete Münze in die Höhe, fing sie in der flachen Hand auf, und war diese heilig bezeichnete Seite oben, so billigte der Himmel seinen Vorsatz. Auch diesmal erhielt er dreimal das Kreuz hinter einander, somit blieb ihm kein Zweifel, daß er um Anna bald anhalten müsse. Er ging mutig heim, waffnete sich und ließ sich von Anna einen Kranz auf die Lanze stecken, dann ritt er von einem gemieteten Knecht begleitet, nach dem Weinmarkte, wo die Schranken eingerichtet waren. Die Grieswärtel machten ihm in dem Gedränge Platz und er ritt hinter die Seile, wo seine Waffen von den Turniervögten untersucht und untadelig gefunden wurden. Dann wurde sein Name aufgezeichnet und er in die innern Schranken gelassen. Die Pracht des Anblicks blendete ihn einen Augenblick, nie hatte er einen solchen Haufen geharnischter Reiter, so viele hochgeschmückte Frauen beisammen gesehen. Wie kann ich da siegen, dachte er bescheiden in sich; aber ich kann doch zeigen, daß ich für Anna alles wage, so dachte er weiter. Bald ward unter den Frauen ein stürmisches Bewegen, jede suchte sich höher zu stellen, das Stechen verkündete sich durch ein betäubendes Geschmetter aller Trompeten. Der Kaiser ritt jetzt mit geschlossenem Helme durch die Schranken, machte aber nur eine zierliche Wendung gegen Markgraf Kasimir, der ihm folgte, als ob er sagen wollte, er möchte wohl, aber könne nicht stechen, und reihete sich dann mit allen Fürsten und Herren, die seinem Beispiele folgten, hinter den Schranken der einen Seite. Als nun die Herren das Stechen abgelehnt hatten, so begann das Gesellenstechen, auf ein Zeichen des Ehrenhalts, nach welchem die Seile, welche die Kämpfer zurückgehalten, von den Bahndienern mit scharfem Beil zerhauen wurden. Je sechs und sechs wurden nun immer aufgerufen und ritten gegen einander. Das waren nun meist tüchtige Männer, wie sie das Handwerk bildet, aber nur wenig geschickt und ermäßigt, die meisten gaben mehr auf die Derbheit des Anlaufs, als auf die Richtung und auf die Benutzung der Blöße des Gegners, so daß der Kaiser, der in allem Meister war, oft herzlich über das Ungeschick lachen mußte, wenn gewöhnlich alle zusammenstürzten. Die dritte Reihe berief auch Herrn Berthold in die Schranken, er empfahl sich dem Himmel und seiner Anna und weil er wirklich sein Pferd sehr gut führte, sein Pferd auch sehr gut eingeritten war, er sich außerdem die Art des Kaisers wohl gemerkt hatte, so zeichnete er sich gleich vor allen aus, die bis dahin erschienen. Es geschah bald seinetwegen Nachfrage unter den Frauen, sein Glück aber erreichte den Gipfel, als ein Fleischer, mit Namen Kugler, in solchem Ungestüm gegen ihn anrannte, daß dessen Spieß abgleitete und der Schwankende ohne große Gewalt von ihm abgeworfen wurde, während er sich unerschüttert hielt und gegen einen zweiten rannte, der schon von einem abgeworfenen Gegner bügellos gemacht war. Auch dieser fiel, und da inzwischen die andern einander herunter gestoßen hatten, so war er der erste, der als Sieger aus einer Reihe blieb und aufgezeichnet wurde. Von seinem Glücke erfüllt, sah und hörte er nicht, was weiter auf der Bahn geschah, sein Geschick war entschieden und er konnte ruhig warten, wenn auch einer noch mehrere niederrannte, einer der Preise mußte ihm werden. Am Schlusse des Rennens wurde ihm von der neu vermählten Markgräfin ein silberner Becher, mit silbernen Denkmünzen ausgelegt, als Preis überreicht, sie erkannte ihn wieder, gab ihm die Hand zum Kuß und sprach: »Ei, ei hätte ich Euch doch nicht angesehen, daß Ihr ein so starker Renner seid!« Kaum hatte er seinen Dank gesprochen, so trat ihn ein Bote des Kaisers an und nötigte ihn zum Mittagessen. An den Schranken war ihm eine neue Freude bereitet, hier umhalste ihn Fingerling, der in Kraft der Empfehlungsschreiben bei Fugger die Nacht geherbergt hatte, ihn ausrufen hörte und nun auf ihn wartete. Kaum konnte der gute Alte seinen Jubel mäßigen, daß solche Ehre über Berthold gekommen, zugleich berichtete er ihm, daß ein Bette für ihn im Hause Fuggers bereit sei und was er für Angst ausgestanden, seit er ihn im Gedränge aus den Augen verloren hatte. Berthold ging mit ihm auf dieses Zimmer, zog dort seine Rüstung aus, erfrischte sich mit Wein, erzählte, wie gut er aufgenommen sei, vertraute Fingerling seine Liebe, und bat ihn, mit dem Becher zur schönen Anna zu gehen, ihr zu sagen, daß er nur für sie gewonnen sei, daß er zu alt wäre, um seine Entschlüsse lange aufzuschieben, sie möchte entscheiden: wolle sie ihm geneigt sein, sie möchte den Becher ans Fenster stellen, damit er vorübergehend sein Glück erkenne und in ihr Haus eingehe, oder im Falle sie ihn meide, für immer vorübergehe, sich den Schmerz und ihr die Verlegenheit zu ersparen. Zwar wollte Fingerling mit allerlei Rat auftreten, daß Rom nicht in einem Tage erbaut, die Welt nicht an einem Tage erschaffen sei, weil Eile mit Weile auch bei Gott und den Weltgeschicken gelte, aber der junge Hohenstaufen sprach aus Berthold mit heftigem, fast befehlenden Drange, und Fingerling unterwarf sich als ein ergebener Schneider. So war diese Herzensangelegenheit zu einer Entscheidung gereift, Berthold fühlte sich leichter, als wäre etwas abgetan, und ging mit einer frohen Zuversicht nach dem Fuggerischen Saale, wo der Kaiser diesmal die großen Tafeln hatte einrichten lassen.

Gleich beim Eintritt, als der Ehrenhalt seinen Namen nannte, begrüßte ihn Marx von Treitssauerwein, des Kaisers Schreiber, in griechischer Sprache; er hatte mit ihm schon längere Zeit über einige Komödien des

Menander gebrieft, die damals noch in einem schwäbischen Kloster vorhanden waren, aber bald darauf von einem hypochondrischen Abte verbrannt wurden. Es war ein freundlicher, behaglicher Herr, wohl beleibt und den Freuden der Tafel ergeben, wenn er seine Geschäfte wohl erfüllt zu haben glaubte. Berthold mußte sich zu ihm an den Tisch setzen und sie kamen im Gespräch bald auf den Kaiser; beide liebten und ehrten ihn, aber beide hatten genug deutsche Wahrheit in sich, durch keine Freude an Menschen sich blenden zu lassen, sondern das Menschliche in allem Gegenwärtigen zu erkennen und nur aus der Vergangenheit sich Strahlenbilder fleckenloser Vollendung zum Vorbild dieser Gegenwart aufzustellen. Der kaiserliche Schreiber bedauerte, daß das Schauen von unnützen Prachtzügen, von Jagden und Fischereien dem Kaiser so viel Zeit genommen habe, es würde sonst mehr fürs Wesentliche geschehen. Berthold gab es zu, doch rühmte er es aus seinem Gefühle, wie innig ihn die Nähe des Kaisers bei dem heutigen Spiele mit ihm verbunden habe; wenn die Kaiser so leicht die Ergebenheit der Menschen sich gewinnen könnten, so sei es nicht verlorne Zeit zu schelten, die sie darauf verwendeten. »Vielleicht«, sagte er, »würde der deutsche Adel sich auch viel eher in die gute Ordnung fügen, wenn der Kaiser seine großen Turniere mehr begünstigte, sie in seiner Gegenwart halten ließe.« – »Falsch«, sagte Treitsauerwein, »da es unsre geheime Absicht ist, den Bürgerstand empor zu bringen, so müssen solche Versammlungen des Adels gemieden werden. Ihr kennt wenig unsern Adel, der steht ein paar Jahrhunderte zurück, ich meine den auf dem Lande, der denkt noch an die Kreuzzüge und an die Hohenstaufen, meint niemand über sich als Gott und die Wahrheit; was ist damit bei der jetzigen List und Verruchtheit in allem Verkehr anzufangen. Die Neuerungen, der Landfriede, die ihnen jetzt über den Kopf weggenommen werden, weil sie vereinzelt sind, alles das ginge zum Teufel, wenn die Kerls mit einander zur Sprache kämen. Der Kaiser steht hoch über der Zeit, er hat die Welt kennen gelernt, hat sich wie eine Erdbeerpflanze an zehn Stellen eingewurzelt, in Spanien, Portugal, Ungarn, Böhmen, und das alles, um sich gegen dies unser verwirrtes, übermächtiges, deutsches Adelsvolk und die Menge kleiner Fürsten zu sichern; es geht jetzt ins Große, der Adel denkt nur ans Kleine, verachtet den Handel, statt ihn zu nutzen, verachtet das neue Kriegswesen und kann doch mit seiner Art nur bei kleinen Zügen etwas wirken; es möchte noch jeder als Mensch bestehen, während die Geschichte alles zu Nationen zusammenfegt. Was unser Maximilian und wir nicht erleben, das kommt seinem Sohne Karl zu Gute, ihm gehört die Welt, die Kirche macht er frei vom Papste, darum möchte der Kaiser ihm schon auf diesem Reichstage das Reich sichern. Die widersprechenden Kräfte müssen sich in Neid aufzehren, die Fortschritte der höchsten Gewalt im Auslande werden auch auf Deutschland einwirken und die stolzen Fürsten, Kirchen- und Stadthäupter, die wir jetzt dem Adel entgegensetzen, werden wie ausgepreßte Zitronen in ihre Winkel geworfen, wenn sie unsre Rache gekühlt haben gegen diese übermütige Mittelgewalt, die den Kaiser kaum wie seines Gleichen achtet.« – Berthold sah verlegen nach dem Boden und Marx fragte nach der Ursache. »Soll ich's Euch sagen«, sprach Berthold, »der Kaiser hat immer seine Plane zu weit gemacht, so daß sie nirgends recht passen wollten, mit aller seiner Tapferkeit und Weisheit ist er in allen Kriegen schlecht bestanden, wie ist er von den Schweizern vernichtet worden. Er kennt zu viele fremde Sprachen und fremde Lande, und hat darüber sein eignes vergessen; ein Volk mag doch nur von dem glücklich regiert werden, der seine Tugenden und seine Fehler in sich gefühlt hat. Der Kaiser sieht aber nur dessen Fehler, durch seinen Landfrieden hat er alle ritterlichen, bisher geehrten Verhältnisse für Straßenraub erklärt, Volkssitte läßt sich nicht wie ein Wams umschneidern. Der Kaiser meint, wenn der Adel unter sich friedlich lebte, so könnte er ihn um so eher gegen gefürchtete Fürsten aufhetzen, aber die sich erst an ein Zuhausesitzen, wie die Bauern gewöhnt, lassen sich eher von dem brauchen, der ihrem Hause am nächsten, als von dem überall weit entfernten, fremden Kaiser. Der Kaiser will sich ein unabhängiges Heer in den Landsknechten erziehen, daß er der Lehnsfolge entbehren kann, er mag aber wohl bedenken, daß er einen Haufen ohne anders Vaterland, als das, wo es Geld gilt, sich bildet, und daß dieses Heer jedem dienen wird, auch dem Welschen, wenn er sie bezahlt.« – »Wird der Kaiser noch Papst«, antwortete Treitssauerwein, »so macht er aus den Landsknechten einen geistlichen Ritterorden, gibt ihm liegende Gründe in Deutschland und Italien, wer möchte ihm dann widerstehen; das Papsttum macht er erblich, indem er allen Geistlichen das Heiraten erlaubt, römisches Kaisertum und römisches Papsttum ist dann unauflöslich verbunden, der alte Spuk mit den Hohenstaufen und ihren vermeintlichen Abkömmlingen, die überall und nirgends stecken, sinkt wie die Stunde schlägt.«

In diesem Augenblicke wurden sie durch ein Lärmen vor dem Fenster gestört, das Volk schrie und lachte, alle traten an die Fenster. Sie sahen Kunz von Rosen, den Hofnarrn des Kaisers, der wie ein Huhn, das Enten ausgebrütet hat, neben dem Brunnen umher lief, in welchem drei Bettelmönche umher schwammen und sich wie gebadete Mäuse heraus arbeiteten. Kunz kam dann heran und erzählte, mit welcher Begierde die Mönche dem Essen zugesehen und auf den Zehen am Rande des Brunnens gestanden hätten. Er habe sich zu ihnen gestellt und getan, als ob er das Gleichgewicht verliere, einer habe sich am andern fest gehalten, einer den andern hinein geworfen, »so geht's den deutschen Fürsten bald auch«, damit schloß er. – »Aber wirst du auch Ablaß bekommen?« fragte Marx. – »Den habe ich schon, seht da in der Tasche, auf eine Sünde, die ich mir vorgenommen, den hatte ich eben von ihnen gekauft«, antwortete Kunz. »Der eine graue Esel predigte heute, so wie der Pfennig in des Papstes Kiste falle, so müßten bei dem Silberklange die Teufel eine erlöste Seele loslassen. Ich antwortete ihm darauf aus der Menge: Der Papst sei grausam, daß er bei seinem Reichtum nicht alle Tage eine Million in den Kirchenkasten würfe, daß es recht klappere, er könne sie alle Abend wieder heraus nehmen, so hätte er keinen Schaden und die armen Seelen hätten den Nutzen.« – Jetzt rief der Kaiser den Kunz ab und dieser tat so eilfertig, als ob etwas Wichtiges bevorstehe, warf aber im Vorbeigehen ein prachtvolles, venedisches Trinkglas vom Kredenztische, das der Augsburger Rat dem Kaiser verehrt hatte. – Die Ratsherren sprangen erschrocken und zornig auf, viele nannten den hohen Preis des Glases, andre suchten die Stücke auf, als ob sie das Glas wieder zusammen leimen wollten, andre baten beim Kaiser, den Narrn zu strafen, der sich so ungeschickt durch kluge Leute dränge. Kunz warf sich vor dem Kaiser nieder und fragte ihn, ob wohl einer von diesen, die sich für klug hielten und ihn für einen Narrn, so wie er zu ihm durch den Graben geschwommen wäre, ihn zu sehen, ihn zu retten, als er in den Niederlanden gefangen saß. – Maximilian klopfte ihm freundlich die Backen und sagte: »Mit den Narren ist immer am meisten auszurichten in der Welt, darum nimm den Titel für keinen Tadel: Ihr Herren beruhigt euch, ich habe das Glas verloren, aber ich will nicht vergessen, daß ihr es mir geschenkt habt. Wäre es von Silber gewesen, da könnten wir die Stücke noch brauchen und doch kostet es so viel, wie das feinste Silber und das Geld kommt unsern Feinden, den Venezianern zugute!« – Bei diesen Worten merkten die Ratsherren, daß Kunz nur ausgeführt hatte, was seinem Herrn durch den Kopf gegangen, sie konnten nichts darauf entgegnen und der Kaiser hob mit einem Trunk auf das Wohl aller Jungfrauen der Stadt Augsburg die Tafel auf. Diese Gesundheit trank Berthold mit Innigkeit herunter.

Vierte Geschichte
Die Ringe

Ehe Berthold sich auf den Weg machte, sein Geschick zu erfahren, trat ihn Treitssauerwein an und flüsterte ihm ins Ohr, er möchte sich bereit halten, am nächsten Morgen mit dem Kaiser zu sprechen, der ihn zu einigen Nachforschungen ausersehen habe. Berthold fragte bestürzt, ob er sich vielleicht vorbereiten könne auf diese Unterredung, wenn er ihm den Gegenstand der kaiserlichen Wißbegierde anzeigte. Der Geheimschreiber meinte, es würde wohl von den versteckten Hohenstaufen die Rede sein, für die unter den Bauern ein Anhang gesammelt werde. Mit diesem Worte entließ er ihn und Berthold ging doppelt angeregt durch die Stadt zu den stillen Vorstadtgassen. Als er sich dem kleinen Hause näherte, das mit Weinreben bezogen, durch kleine Blumengärten vor den Fenstern gegen Neugierde gesichert war, da sah er am Fenster eine seltsame, zweifelhafte Erscheinung. Er sah seinen Becher abwechselnd erscheinen und verschwinden! – Lag dieses Glanzspiel in seinen Augen, wallte die Luft von der Sonne erhitzt? Jetzt war er verschwunden, und schon wollte er sich traurig zum Stadttore zurück wenden, da blickte er noch einmal nach dem Hause, wie zum Abschiede und sah den Becher vor dem Fenster. Er nahte sich jetzt schnell und sah, daß Anna mit der Mutter und Fingerling am Fenster stand, daß die Mutter den Becher neckend zurückzog, wenn jene beiden ihn hinaus gestellt hatten und seine Sorge löste sich in lebhafte Freude. Er sprang eilig ins Haus, daß ihn keiner bemerkte und lauschte nun durch die offene Stubentüre. Die Mutter sagte, Anna sei jung und unbesonnen, sie dürfe nicht gleich dem fremden Manne trauen, keiner wisse, ob er nicht zehn Bräute habe sitzen lassen, dann sei er auch älter, wie sie, könne wohl eifersüchtig, böse und herrisch im Hause sein und ihr die Armut vorrücken, weil sie ihm wenig mitbringe, vielleicht wolle er sie nur als eine dienende Krankenwärterin seiner späteren Jahre sich annehmen. – Aber Anna schwor, keiner könne das glauben, der Berthold einmal recht angesehen habe, sein Antlitz sei von Ehre Ehrlichkeit, Milde und Frömmigkeit erhöht und geläutert, daß er ihr jugendlicher scheine, als Kugler und andre, die so lange sich um ihre Hand beworben hätten. Sie schwöre bei der heiligen Radiana von Wellenburg in ein Kloster zu gehen, wenn die Mutter diese Vermählung, dies vom Himmel ihr seltsam bescherte Glück, verhindern wolle. Die Mutter antwortete darauf: »Anna, du hast kein geistliches Blut, du bist ein frisches Mädchen, aus deinen Augen blicken freudige Kinder, darum magst du ihn heiraten, wenn du nicht anders willst; aber ich hätte dir einen jungen Mann gegönnt, daß euer überflüssiges Leben mit einander aufgegangen wäre und daß nicht eines dem andern nachtrauern muß.« – »Du weißt Mutter«, antwortete Anna, »die jungen Leute haben mich immer mit ihrem Schöntun traurig gemacht, als kämen ihre Worte nur aus böser Lust, als würden sie mich gern verderben, wenn ich es zuließe. Berthold sagt wenig, aber seine Liebe sieht ihm aus den Augen, er hat mich lieber, als sich selbst; ihm könnte ich mein lebelang gern und treulich als Magd dienen, wenn es mir versagt wäre, seine Frau zu sein.«

Berthold trat jetzt gerührt zu Anna, die etwas zusammen fuhr, weil sie sich belauscht sah, nahm ihre Hand, drückte sie an sein Herz und sprach: »Anna, du hegst so fromme, sanfte Wünsche, du denkst so gut von mir, es ist wahr, was du von meiner Liebe zu dir denkst, wir werden glücklich sein, wenn nur nicht die Verschiedenheit unseres Alters uns so bald zu scheiden drohte. Ach, liebes Kind, daran bin ich jetzt zum erstenmal erinnert, das hat mir noch keiner gesagt und seit ich gesund worden, fühle ich mich so frisch und lebenslustig, wie damals, als mir das Geschick das erste Liebesglück entrissen.« – Fingerling, der bisher still geschwiegen, wollte Berthold etwas mitteilen, aber Anna ließ ihn mit den Beteuerungen, daß sie Bertholds Alter nicht wahrnehme, daß ein Traum ihr gesagt habe, sie werde eher sterben als er, nicht zu Worten kommen. Endlich sagte die Mutter: »Es ist eine seltsame Geschichte und es muß wohl der Wille des Himmels sein, daß sich alles so fügen mußte; die Leute werden meinen, ich hätte Euch künstlich in mein Haus gelockt, wie in ein Garn, um mir einen reichen Schwiegersohn zu erwerben. Aber ich will es beweisen, daß ich mich nähren kann und nähren werde künftig, wie jetzt, von meiner Hände Arbeit.« – Als Berthold diese trostreichen Worte vernahm, da zog er von seinem Finger den Ring, den er einst Apollonia zu geben durch die Schrecken und Wonnen des stürmischen Geschicks verhindert worden. »Es ist ein bedeutungsvoller Ring, den ich Euch biete«, sagte er, »nur der sollte ich ihn verehren, der ich mich auf ewig verbinden wollte und Ihr erbt ihn von der, die ihn nie empfing, die mir früher entrissen wurde, ehe sie meine Liebe kannte, der ich jahrelang vergeblich nachgeseufzt und die ich in Euch wieder liebe und die mir nach dreißigjähriger, treuer Hoffnung sie zu finden, bei Eurem Anblicke in einem Augenblicke verschwunden ist.« – »Bin ich es wert«, fragte Anna mit niedergeschlagenen Augen, »so lange gehegte Neigung zu verdrängen?« – »Wer kann Unschätzbares messen«, sagte Berthold, »gibt's in dieser seligen Fülle meines Herzens eine Kränkung, so ist es nur ein inniges Bedauern, daß ich so lange einer andern denken konnte: Nimm den Ring Anna.« – Sie nahm den Ring und steckte ihn an ihre Hand, während sie schmeichelnd einen Ring der Mutter vom Finger zog und ihn Berthold überreichte. – Berthold wollte den Ring küssen, als seine Augen darauf verweilten, er mit einer Hand seine Stirne deckte, als ober er sich an etwas erinnert fühle, während er ihn mit der andern dem Fenster näherte. Endlich sprach er, als ob es ihm dämmerte: »Ihn trug die Mutter, sie gab ihn Apollonien, o sprecht: wie kam dies werte Andenken an Euch?« – Jetzt konnte sich Fingerling nicht länger halten, er drängte sich vor und sprach in seiner lebhaften Beweglichkeit: »Warum wolltet Ihr mich nicht hören, ich wollte es Euch zuflüstern, als Ihr eintratet, es ist gewiß seltsam, daß Ihr sie nicht erkannt habt, ich brachte es doch gleich heraus, wie sich Menschen in dreißig Jahren verändern; groß war Apollonia, aber wie ist sie so stark geworden, das kommt von der Arbeit; so nahe war sie uns und wir schrieben an alle Handelsfreunde vergebens.« – Berthold sah jetzt Frau Zähringer tief in die Augen und sprach: »Verzeihet mir, ich kann dem guten Manne diesmal nicht glauben, daß Ihr meine Apollonia gewesen.« – Frau Zähringer wischte eine leichte Träne aus den Augen und sprach: »Der alte Name, so lange nicht gehört, wieder einmal von geliebten Lippen ausgesprochen, führt mir die ganze Reihe verlorner Hoffnungen und Wünsche zurück. Seid glücklich mit meiner Anna und habt Ihr mich je geliebt, nun ist nichts verloren. Was macht die grimme Zeit aus dem Menschen, kaum kann ich mich in die alten Tage zurück denken. Ich habe Euch wohl nicht so geliebt, wie Ihr mich und wie Ihr es verdient hättet, – Anna ist mehr zärtlich und nachdenklich als ich, ich verliere mich bei jeder Tätigkeit; ich dachte nicht in der Unglücksnacht, daß ich Euch entrissen werden könnte und doch habe ich mich hier vermählt, als der Vater starb; – ich hatte Euch keine Treue geschworen und ich war hier einsam und verlassen.«

Berthold unterdrückte mit einem Kusse jede Entschuldigung, er glaubte sie jetzt in jedem Zuge, in ihrer Stimme wieder zu gewinnen, er fand sich mit dem Geschick des ganzen Hauses jetzt so mannigfaltig verflochten, daß die Freude der Verlobung von der Neugierde, wie es der Mutter ergangen, unterbrochen wurde, im Hintergrunde regte sich das Gefühl, ob er ihr nicht Treue schuldig sei, ob sie seinem Alter nicht angemessener sei, als die Tochter, er fühlte sich zu beiden gezogen, aber den Widerspruch, der darin lag, fühlte er eigentlich noch nicht. Frau Zähringer machte ihn nun zum Vertrauten ihrer unglücklichen Geschichte.

Ihr Vater hatte das kleine Haus, das sie noch bewohnte, unter anderm Namen zum Zufluchtsort gekauft, Kleider und Namen wurden geändert, so entkamen sie aller Nachforschung, aber nicht der steten Angst, verraten zu werden. Alle Anschläge des Vaters, im Handel sein Glück zu begründen, wurden durch die Nichtswürdigkeit eines Vertrauten umgestoßen, der ihm das bei ihm niedergelegte Geld nicht unter seinem jetzigen Namen ausliefern wollte. Sein Stolz mußte sich herablassen, er nährte sich mit Schreibereien, während Apollonia alles zu nutzen wußte, was sie bei den Nonnen in Weberei und andrer wirtschaftlicher Arbeit gelernt hatte. Der Vater sank immer tiefer, denn er übergab sein quälendes Bewußtsein der Zerstreuung im Trunk und vernachlässigte seine Arbeit. Der trunkne Müßiggang führte ihn in das Haus einer bösartigen Witwe, die ihn an sich zog, um Apollonien in ihre Gewalt zu bekommen und sie einem scheinheiligen Sünder zu verkaufen. Die Angst in diesem Verhältnisse, Apollonia von Arbeit erschöpft, vom Vater mißhandelt, von der Nachbarin mit Lug und List gedrängt, hatten alle höhere Wünsche ihres Herzens unterdrückt, sie betete nur, ehrlich durch die Welt zu kommen. Und der Himmel gewährte ihr diesen Wunsch durch einen Landsknecht, der vor dem Hause bettelte, als eben der trunkene Vater mit Schelten keimkehrte. Sie klagte vor sich, wie sie mit dem Vater fertig werden wolle, der Landsknecht bot ihr seine Hand, er wolle ihr schon Ruhe schaffen, er wisse etwas gegen die Trunkenheit, sie möchte ihn nur ins Haus aufnehmen. Sie nahm ihn auf wie einen himmlischen Boten, er setzte sich zum Vater und schüttete ihm etwas in den Wein, den jener noch mit sich brachte, um ja nicht ein Funklein Bewußtsein übrig zu behalten. Als er das herunter trank, machte er ein grimmig Gesicht und mochte keinen Tropfen mehr trinken. So wußte auch der Landsknecht jener Frau, die den Vater in ihrer Gewalt hielt, etwas anzuheften, daß der Vater großen Überdruß gegen sie empfand. Nachdem er durch seine Künste das Haus gereinigt hatte, vermählte sich ihm Apollonia, aber nie gab sie ihm den Ring, den sie einst Berthold bestimmt hatte. Der Landsknecht, Zähringer war sein Name, nährte sich und die Frau von vielen kunstreichen Heilmitteln fürs Vieh, auch vom Ratten- und Mäusegift, das er für Geld legte, andre Übel wußte er zu besprechen. Der Vater half ihm dabei, starb aber, noch ehe Anna geboren, nicht ohne Verdacht, die Ratten um Gift betrogen zu haben; ihn quälte ein steter Lebensüberdruß, seit ihm der Wein verleidet worden, ein Durst und eine Begierde, die er nicht befriedigen konnte. Apollonia machte dem Manne Vorwürfe, daß er ihren Vater umgebracht habe mit seinen teuflischen Mitteln, sie drohte ihn anzugeben, wenn er nicht von der schwarzen Kunst ablasse. Er schwieg und ging aus dem Hause und ließ sich seitdem nicht wieder sehen. Sie hatte Anna bald darauf geboren, sie durch ihrer Hände Arbeit auferzogen, bis sie geschickt genug wurde, ihr helfen zu können. Sie schloß mit der Versicherung, indem sie Berthold weinend umarmte, daß es ihr vielleicht unmöglich geworden wäre, ihrer Neigung zu ihm zu entsagen, nun der Zufall ihn ihr so unerwartet zurückgeführt habe, ja unmöglich wäre es ihr geworden, ihre Neigung dem Wunsche ihrer Tochter und seiner Liebe zu ihr aufzuopfern, wenn nicht die Ungewißheit, ob ihr Mann noch lebe, ihr jede Verbindung untersage, und darum müsse sie die Wege des Himmels preisen, die ihr bis dahin so unverständlich gewesen. – Mit inniger Beklemmung hörte Berthold dieses offene Bekenntnis ihrer Neigung, er fühlte auch für sie ein zärtliches Nachgefühl seiner Jugendsehnsucht, aber er liebte mehr jenes Bild, das er so lange in seinen Gedanken getragen, das ihm viel lebendiger in der Tochter, als in der Mutter selbst wieder begegnete. Die Tochter hingegen zeigte eine seltsame Eifersucht gegen die Mutter, sie stellte sich zwischen beide und sprach klein laut, daß sie zurücktreten müsse, weil die Mutter ein älteres Recht zum voraus habe. Die Mutter achtete dieser Ziererei ihrer Tochter nicht, sondern gab ihr einen Backenstreich, daß sie sich in die Angelegenheiten ihrer Mutter mische, und legte die Hände Bertholds und Annens zusammen, nahm den bescheidnen Fingerling zum Zeugen und öffnete das Fenster, daß der Himmel ihren Segen über beide höre, wenn sie einander lieb und getreu blieben und ihren Fluch über den, der den andern böslich verlasse; wenn sie noch lebe, wolle sie dem ihr Gürtelmesser ins Herz stoßen. – Die Frauen trugen nämlich zu jener Zeit ein Küchenmesser neben der Geldtasche am Gürtel und sie sprachen gern davon, wie die Männer von ihren Degen. Die beiden Glücklichen hörten nur den Segen, sie glaubten nie des Fluchs zu bedürfen, der Himmel war noch abendklar und sie vergaßen in seliger Beschaulichkeit, daß ihnen noch ein großes Fest bevorstand.

Bald aber erinnerte sie daran der Gruß eines starken Mannes, der sich mit einer Kiste dem Hause nahte und Anna einen guten Abend bot. »Das ist Meister Kugler, der reiche Schlächter«, sagte sie ärgerlich zu Berthold, »der freit um mich schon seit einem Jahre und ich kann ihn nicht los werden, nun will er uns noch den schönen Abend verderben.« – »Bei Verlobungen und Hochzeiten kommen immer überlästige Gäste«, sagte die Mutter, »aber das befehle ich dir, sei nicht hart gegen ihn, niemand meint es besser, wie der; wäre Berthold nicht zwischen gekommen, du hättest ihn doch heiraten müssen.« Nun trat der Meister hinkend ein und erzählte, daß er ein schönes Kleid bringe und sich Annens Gesellschaft zum Ball erbitte. – Die Mutter aber dankte ihm freundlich, drückte ihm die Hand, indem sie ihm versicherte, Ihre Tochter habe schon einen Begleiter, dieser Begleiter sei Berthold, ein alter Freund von ihr und jetzt der Tochter Verlobter. Kugler starrte Berthold an, der starke Mann mußte sich halten, so überraschte ihn die Nachricht, endlich faßte er sich und sprach: »Herr Berthold, Ihr seid zu meinem Ärger auf die Welt gekommen, erst stecht Ihr mich heute aus dem Sattel und jetzt bei dem Mädchen aus. Beim heiligen Kristophel, wenn ich Euch so ansehe, ich kann's nicht glauben, daß ich Euch unterliegen mußte, wovon ich noch am linken Fuße hinke, der Fuß tut mir sehr weh. Nun sagen auch die Leute, Ihr wäret des Kaisers Liebling und aller heidnischen Sprachen Meister. Da sagt mir beim heiligen Kristophel, was wollt Ihr mit der großen Dirne noch dazu, die laßt mir. Ihr kriegt überall eine vornehmere und reichere, die in Gelehrsamkeit erzogen ist, ich aber kann keine andre brauchen, als so eine, die ein halbes Rind aufheben und an den Haken hängen kann, wenn ich gerade nicht im Scharrn bin, auch muß sie den Lehrburschen eins verreichen können, wenn sie die Wurst nicht fein hacken.« – »Lieber Meister«, antwortete Berthold, »unser Ännchen kann mehr, als das, wollt Ihr nur ein starkes, großes Mädchen, ich schaffe Euch in Waiblingen ein Dutzend zur Auswahl.« – »Darauf gebt mir die Hand«, antwortete Kugler, »und so will ich mir Annen aus dem Kopf schlagen, aber das Kleid kann sie wohl von mir noch annehmen.« – »Das ziehe ich an«, sagte die Mutter, um ihn zu versöhnen, »denn für die Tochter hat Berthold schon gesorgt, Ihr führt mich und bildet Euch ein, ich sei Eure Braut.« – »Ei Mutter«, sprach er, »mache einen rechten Ernst daraus, ich bin dir auch recht gut und in der Wirtschaft bist du noch brauchbarer, als Anna, ich werde gar zu sehr betrogen, wenn ich länger allein wirtschafte.« – »Nun das hat Zeit«, sagte die Mutter Apollonia, »wollen uns darüber noch ein zehn Jahre bedenken, aber zum Tanz gehn wir mit einander, laßt uns nur das Zimmer frei, damit wir uns dazu ankleiden können.«

Berthold führte den heiratslustigen Meister in die Laube vor der Haustüre, übersah so die Straße und sprach, um von dem unbequemen Verhältnisse des Mannes zu Annen abzukommen: »Es ist doch eine herrliche Sache um den Eifer fürs gemeine Wohl, der in Reichsbürgern liegt, auch in den Vergnügungen zeigt es sich, sie lieben das Öffentliche und Gemeinsame und setzen darin ihre Ehre, während die Bürger andrer Städte ihre Feste lieber im engen Hause unter wenigen Verwandten feiern und keinen Kreuzer für öffentliche Lustbarkeiten zusammensteuern mögen. Und wie sie zur Lust nicht gemeinsam gesellt sind, so trifft auch jedes Unglück den einzelnen vernichtend, denn jeder fängt mit seiner Dummheit zu leben an und muß auch damit auskommen. Ja ich sage Euch, bis in Kleinigkeiten macht sich eine freie Stadt kenntlich, schon in den herrlichen Glocken tönt's entgegen aus der Ferne, da darf keine gesprungene scharren, dann kommen viele zierliche Gärten und auch im ärmsten ist noch etwas für den Anblick getan, die Zäune verziert und angestrichen, die Stadtmauern und Tore sind aber vor allem gut erhalten und aus den reinlichen Häusern strecken sich überall die Gewerbszeichen, wie

Siegesfahnen heraus und die Wirte stehen ruhig und fest in den Türen, sie wissen, daß sie mit zu regieren haben. Sehe ich nun die vielfachen Waren in den Läden, so erkennt sich gleich die allgemeine Verbindung unter den Städten, der keine Entfernung zu weit ist, das Nützliche und Künstliche gegen gemeine Landeserzeugnisse einzutauschen. Im Einheimischen ist alles kunstreicher, das Brot weißer, die Semmel in allerlei lockenden Gestalten, die Braten kunstreich in der Haut gekerbt, daß Hirsche und Hasen drüber zu laufen scheinen.« – »Es gibt nur ein Augsburg«, rief Kugler, »wir Augsburger haben den Schelm im Nacken, ich sage Euch, zwölftausend Ochsen schlachten wir jährlich und darunter sind rechte Kerls. Auf unserm Kornhause bewahren wir hundertundeinjährigen Roggen, habe selbst davon kürzlich ein Probebrot gegessen, es ist etwas schwärzer, aber sehr nahrhaft; wir haben einen Tanzsaal erbaut, da können dreihundert Paare schleifen, wir haben einen Knopf auf die Hauptkirche gesetzt, der wiegt 309 Pfund. Das Sprichwort sagt: ›Nürnberger Hand geht durch alle Land, aber nichts geht über Augsburger Geld, das gilt in der Neuen Welt.‹ – Übrigens wird es mit dem Gelde bald aus sein«, fuhr er bedenklich fort, »die reichen Geschlechter kaufen sich außerhalb Güter, wie kleine Königreiche, die Alten bleiben nun wohl unter uns, aber die Jungen sind schon mehr in Cadiz, Lissabon und Antwerpen, als bei uns zu Hause, und hätten unsre Zünfte nicht seit dem Aufruhr im Jahre 1368 die Hälfte der Ratsstellen zu besetzen, so würden wir vielleicht künftig von den Landgütern der reichen Geschlechter, wie Ihr von Stuttgart aus befehligt. Mit dem heimlichen Gerichte hätten sie uns gern untergezwungen, aber wir haben die heimlichen Boten mehrmals so wacker durchgebläut, daß sie nicht mehr wagen, sich unserm Weihbilde zu nahen. Hört, lieber Berthold, Ihr müßt Euer Wappen in mein Gesellenbuch malen, Ihr sprecht so vernünftig, daß ich Euch recht achte und ehre.« – »Recht gern«, antwortete Berthold »aber ich habe kein Wort gesagt, nur wollte ich Euch bemerklich machen, daß die heimlichen Gerichte eine Freiheit und keine Last, Hohe und Niedre durch gleiches, unabwendbares Gesetz richten sollten. Dazu bedurfte es des Geheimnisses, damit sich keiner dem entziehen konnte, es wurde gefürchtet und hat doch nicht halb so viel Blut vergossen, als die Halsgerichte jeder Stadt und jedes Fürsten.« – »Ich kann es doch nicht leiden«, sagte Kugler, »was ich für ehrlich halten soll, das muß öffentlich getrieben werden, schon in den Zünften sind mir zu viele Geheimnisse, ich will alles klar und deutlich.«

Inzwischen waren Mutter und Tochter mit ihrem Anzuge fertig geworden und traten mit einer Laterne heraus, um den Weg nach dem Tanzsaale einzuschlagen. Die Mutter erregte diesmal die meiste Verwunderung, besonders bei Kugler, der sie nie recht anzusehen verstanden hatte, oder weil der schöne Anzug überhaupt dem Nachsommer, wegen des kalten Windes, der noch immer drin weht, nützlicher ist, genug, sie schien in der Pracht ganz verjüngt, ihre Farbe in der ungewohnten Bewegung lebhaft, ihre Augen glänzten, sie hätte eher für eine ältere Schwester, als für die Mutter gelten können; ihr Anstand war vortrefflich und mit dem Kleide schien sie auch die angewöhnte Härte und Roheit des Ausdrucks abgelegt zu haben. Dem guten Fingerling wurde das bescheidne Los zugeworfen, ein Wächter des Hauses in dieser Nacht zu sein. Er fühlte sich dabei sehr zufrieden, da er sich heimlich auf einen schnellen Ritt nach Waiblingen vorbereitete und ausruhte, der alten Mutter diese Verlobung so gut wie möglich beizubringen, denn er machte es gern allen recht, denen er sich verpflichtet hielt.

Unter großem Drang, den nur Kuglers mächtige Gestalt durchbrechen konnte, kamen sie in den herrlich beleuchteten Tanzsaal, der schon von dem Glanze der Reichen wie ein wogendes Meer blickte, während die Pfeifer und Trommelschläger durch Bässe und Posaunen verstärkt, mit den Geigen und Trompeten auf den verschiedenen Bühnen wetteiferten, sich trennten und wieder verbanden. Als aber der Kaiser (an seiner Seite Mathäus Lang, der Bischof von Gurk) eintrat, da verbreitete eine Stille allgemeine Ordnung. Die Gesellschaft ging paarweis geordnet an dem Kaiser vorüber und er reichte jeder Frau oder Jungfrau eine duftende Blume aus den Körben, welche seine Edelknaben hertrugen. Anna erhielt von ihm eine Rosenknospe und die Mutter eine stark aufgeblühete Rose. Beide wunderten sich über die frühzeitige Menge aller Blumen, es waren aber künstliche Blumen aus Draht und Seide, denen durch wohlriechende Öle der natürliche Geruch verliehen war. Kunz von Rosen eröffnete dann den großen Reihentanz, indem er mit einem Degen viele künstliche Fechtersprünge machte, um einen freien Raum im Saale zu gewinnen, dabei sang er:

Platz, Platz uns jungen Gesellen,
Wir wollen zum Tanze uns stellen,
Wer reicht mir den Kranz,
Ich führe den Tanz.
Ich bin ein Geschlechter,
Ein stattlicher Fechter,
Ich kann euch beschützen
Mit Messern und Witzen,
Will einer euch kränken,
Ich will's ihm nicht schenken.
Kann schweben und schwanken
Mit Herz und Gedanken.
Kann treten und springen,
Wie Pfeifen erklingen,
Kann drehen und wenden
Mit drückenden Händen,
Mit klopfendem Herzen,

Mit jauchzenden Scherzen;
Es folgen mir alle
Mit freudigem Schalle,
Schnell spielen die Geigen
Den freudigen Reigen,
Es schwanken die Dielen
Je höher sie spielen,
Es stäubet das Haus,
Da geht es zum Schmaus,
Da geht es zum Wein:
Nun Liebchen, schenk ein!

»Das nenn ich ein Kränzelsingen«, rief der begeisterte Kugler und trabte scharf, wie ein Gaul, wegen seines hinkenden Beines. Berthold erschrak über sein teuflisches Trampen, aber viele andere machten es nicht besser, der gute Kaiser mochte wohl darüber so lachen, er konnte sich gar nicht beruhigen und setzte sogar des Bischofs große Brillengläser auf, um diese halsbrechende Arbeit recht genau zu betrachten. Als endlich die Männer von Schweiß triefend, als ob sie Holz gesägt hätten, ihre Schritte hemmten, ließ der Kaiser den reichen Ratsherren Stutzer zu sich kommen, von dem nachher alle windige Bursche den Namen behalten haben, und machte den Wunsch ihm bekannt, von den jungen Frauen und Mädchen unter sich einen Reihentanz aufführen zu sehen. Die Frauen traten zusammen, Stutzer berichtete, der Vortrag wurde überlegt: wer war nun *alt*? Bald hätten sich die Frauen darüber verfeindet, aber Kunz sprang hinein, holte die Schönsten paarweis heraus und sagte: »Wer schön, ist jung!« Es mochte wohl für Frau Zähringer zeugen, daß sie mit der Tochter zusammen in den Tanzkreis geführt wurde. Nun erfuhr man erst, was es heiße, zierlich zu tanzen, nie hatte ein Augsburger solche Kunst in den Frauen geahndet, was der Kaiser beim ersten Blick aufgefaßt hatte. Die trabenden, tropfenden Männer standen rings, wie verzuckt, denn die lebendigste, mannigfaltigste aller Künste, der Mittelpunkt aller, die lebendige Malerei, Bildnerei, in der nach dem Sinne der Freude und Leidenschaft wechselnde Musikbewegung sich gestaltet, die hochherrliche Tanzkunst war ihnen in dieser freudigen Nacht aufgegangen, keinem aber so schön, wie unserm Berthold, denn seine Anna übertraf alle in der Sicherheit schöner Bewegung! So schön und kräftig war keine gewachsen, das zeigte sich erst hier durch die Anmut ihrer Bewegung, wie die Schönheit eines Bildes durch richtige Beleuchtung. Kaum wagte er mehr aufzublicken, so viel Lob erhielt sie überall, er betete in sich, daß sie keinen dieser Verehrer liebenswürdiger als ihn finden möchte, zugleich beseufzte er die vielen Jahre, die er unter den Büchern, ohne Anschauung aller lebenden Herrlichkeit hatte zubringen müssen. Dem Blute Antons dankte er diese Verwandlung, er wollte es gerne nicht vergessen und doch mochte er nicht gern daran denken, es war ihm, als ob jener dadurch auch ein Recht an seine Braut gewinne, das er niemand gönnte. Sonst war er nicht eifersüchtig, vielmehr freute er sich über den Ratmann Stutzer, der gegen die schöne Anna so viele artige Dienerlein machte, daß es wie ein Kinderspiel aussah. Dieser Stutzer war ein seltsamer Gesell, er stellte sich viel schlimmer an, als er war und hätte gern aller Welt Liebeshändel einzubilden gewünscht, die er weder haben mochte, noch hätte bestreiten können. Er sprach bald Frau Zähringer ins Ohr, bald Anna, und dann sprach er wieder halb laut vor sich, wenn er von ihnen fern, und verwünschte das Mädchen, es habe ihm ein Liebes angetan, und es könne doch nichts daraus werden, da er schon zu viel Liebschaften habe. Darum machte er Annen aus der Ferne ein ganz saures Gesicht, als ob er in ein Essigfaß gerochen, und schwänzelte dann wieder freundlich zu ihr, weil eben ein andrer mit ihr sprechen wollte.

Dem allen sah Berthold mit einem Gefühle der vollkommensten Sicherheit zu und ging unbekümmert in einem Gespräche mit Kunz, der sich durch Treitssauerwein mit ihm hatte bekannt machen lassen, durch die Nebenzimmer umher. Er war verwundert über den seltsamen Mann, der neben seinen Possen den tiefsten Ernst in sich zu beherbergen vermochte. Unter den gelehrten Gesprächen über die griechische Literatur hatte ihn Kunz unbemerkt durch alle Zimmer des Hauses bis unter den Haufen geführt, der vor dem Hause unter manchem rohen Gespäß dem Feste zuzusehen strebte, aber immer wieder von kaiserlichen Hartschierern und Trabanten zurück geworfen wurde. Verwundert fragte endlich Berthold: Wohin er ihn führe und ob er ihn auch anführen wolle. – »Nein«, sagte Kunz, »aber ich habe mit Euch etwas vor, es ist mit Treitssauerwein verabredet, ich konnte es besser ausführen, weil niemand hinter meinen seltsamen Gängen und Sprüngen etwas Ernsthaftes sucht. Die Stimme unsres Volks, die Stimme Gottes, Luther ist hier, der Kardinal kann ihn nicht mit Wortstreit, nicht mit Drohungen dahin bringen, seine Sätze zurück zu nehmen, er will ihn jetzt mit heimlicher Gewalt vernichten; ihn lebend oder tot nach Rom zu bringen, hat er Befehl und bei dem vielen armen und fremden Gesindel könnte ihm dies wohl gelingen. Luther muß fort, aber so unbemerkt, daß es morgen noch niemand weiß, daß keiner den Kaiser als Mitgehülfen seiner Flucht denken kann. Niemand wird Euch diese Kühnheit zutrauen, Euch habe ich ausersehen, diese schnelle Flucht möglich zu machen, da Ihr vor dem Tore wohnt und ein Pferd besitzt. Entscheidet Euch schnell, ob Ihr wollt, denn dort an dem erleuchteten Fenster wohnt Luther, wartet auf Euch; sei Euch der heutige Dank im Turniere ein Vorzeichen, daß der Himmel Euch zu etwas Großem ermutigen wollte.« – Berthold schlug in die dargebotne Hand des Kunz und antwortete: »Es sei, habe mich gleich an dem kühnen Mönch erfreut, obgleich nicht viel bei der Sache herauskommen wird, es wäre doch schade, wenn er in welsche Schlingen, wie der Savonarola einginge und sie ihm ein Feuer unter den Füßen anzündeten.« – »Warum nicht viel heraus kommen?« fragte Kunz verwundert. – »Einmal«, antwortete Berthold, »weil er nicht durchdringen kann gegen die Menge, welche ihren Vorteil in der Gelderpressung sucht und dann, weil es kein größeres Übel ist, Geld zur Abstrafung von Gewissenspflichten zu geben, unter dem Namen Ablaß, wie für Verletzung bürgerlicher Pflichten. Was hilft's den Ablaß abzuschaffen, wenn die Fürsten und Städte zum Besten der Reichen, alle Strafen mit Geld abkaufen lassen. Da das Bekenntnis und die Zahlung des Gelds freiwillig ist, so sind sie als Zeichen der Reue recht gut, denn das Landvolk besonders möchte lieber zehn Jahr im Sack und in der Asche büßen, als einen Kreuzer Bußgeld dafür ausgeben, und Tränen, die geben sie gar leichtsinnig aus.« – »Aber das Geld geht nach Rom und kehrt nicht wieder nach Deutschland«, sagte Kunz, »und die schrecklichen Lehren der Ablaßkrämer verderben die Menschen.« – »Die Lehren sind schon längst bei uns verlacht«, sagte Berthold, »unsre Leute sind darüber hinaus; was aber die Geldverschleppung nach Rom betrifft, freilich, es wäre besser, Kaiser und Reich duldeten sie nicht, statt daß jetzt ein armer Mönch dies für sie durchfechten muß. Das Ablaßgeld könnten wir gut brauchen zur Führung der schweren Reichskriege, die wir mit unsern Sünden wohl verschuldet haben.« – »Freilich«, sagte Kunz, »es ist verkehrte Zeit, das Volk weiß mehr von Gottes Wort, als die Geistlichen, und ein Mönch muß für einen mächtigen Kaiser und seine Fürsten das Wort führen!«

Unter diesen Gesprächen waren sie in Luthers Zimmer getreten, der von einer ernsten Unterredung mit zwei Männern, die mit ihm das Zimmer durchschritten, abbrach und sich zu den Eintretenden wandte. »Dies ist Staupitz, der Generalvikar des Ordens, unter welchem Luther steht, jenes der edle Langemantel, Luthers Beschützer«, sagte Kunz, »und daß der in der Mitte Luther ist, steht ihm wohl an die Stirn geschrieben.« – Staupitz bat noch einmal Luthern, er möchte nachgeben, die Zeit sei nicht reif zur bessern Einsicht, aber Luther antwortete ihm, er kenne sich und seine Schüler, und sein Werk stehe nicht mehr in seiner Macht und seinem Willen. Dann ging er wieder zu einem Schreibpult und ließ die andern inzwischen mit Kunz und Berthold das Nötige zur Flucht verabreden, er ließ sich gern in den Vorsichten seines äußeren Lebens von Freunden raten. Kunz wurde weggesandt, um Frau Zähringer und ihre Tochter zu benachrichtigen, daß Berthold zu einem Geschäfte abgerufen, er könne sie nicht heimführen. Kunz ließ noch Mantel und Kappe für Luther zurück. Berthold hörte in einem nahen Zimmer Lautenspiel, und Staupitz sagte, es sei Kurfürst Friedrich, bei dem Bilde seiner geliebten Fürstin Amalia von Schwarzburg, einer gebornen Mansfelder Gräfin, zu deren Garten ihn der Hirsch mit goldnem Geweihe geführt hätte. Staupitz öffnete leise die Tür, sie sahen das hellerleuchtete Bild einer weinenden Frau in einem Lustgarten, die einen Hirsch mit goldnem Geweihe streichelt, der Kurfürst war von ihnen abgewandt. Staupitz schloß leise die Tür und sagte: »So fand er sie vor dreißig Jahren, Ihr würdet sie jetzt schwerlich wieder erkennen, aber er liebt sie noch immer in gleicher Verzweiflung, denn mit strengem Ernst hat sie ihn während dieser Jahre zu kühnen Zügen bis Jerusalem gesendet, aber seine Wünsche nie erfüllt, wenn er ihre Aufträge vollbracht hatte; sie glaubt mit ihrer Tugend die Herrschaft über ihn zu verlieren, so stirbt er keusch und kinderlos. Unsern Luther schützt sie, Luther kann sicher sein, so lange ihr Wille dauert. Sie hatte den seltsamen Traum in der Nacht vor dem Tage,

als Luther die Theses gegen den Ablaß an das Tor der Schloßkirche zu Wittenberg schlug, ein Mensch stoße mit seiner Feder dem Papst die dreifache Krone vom Haupte und zwar mit einer Feder, die von Wittenberg bis Rom reichte, sie fuhr nach Wittenberg und als sie Luther sah, von dem jedermann in den Tagen sprach, da versicherte sie, er sei es gewesen. Es ließe sich viel von der seltenen Frau sagen, die immer in andrer Welt zu leben scheint, als andre Menschen, und doch auf diese so unerbittlich wirkt. Sie hat gestern geschrieben, der Kaiser werde schwach, der Kaiser werde sterben, wir sollten für Luthers Sicherheit sorgen.« – »Amen«, sagte jetzt Luther und legte die Feder nieder, »hier ist mein letztes Wort an den Kardinal und nun stehe ich in Gottes Hand, bin fertig und bereit, wohin ihr mich senden wollt.« Langemantel reichte ihm Kunzens Mantel und Kappe und Luther lächelte des seltsamen Staats, wußte ihn kaum anzulegen, dann aber erschien er darin allen bunten Lappen zum Trotz, gleich einem Herrscher mit kühnem Blick. Wie ein Gebirge Ströme nach Osten und Westen sendet, so vereinigte der Mann ein Entgegengesetztes, was sonst nirgend gefunden wird: Demut und Stolz, Bewußtsein seiner Bahn und Hingebung an andrer Rat, helle Verständigkeit und blinden Glauben; noch war das Volk nicht reif, sich solch einem Manne nachzubilden, aber seine Gegner lernten bald so viel von ihm, wie seine Anhänger.
Staupitz und Langemantel nahmen mit Ernst und Rührung von ihm Abschied. Berthold führte Luther herunter. Als Berthold die laute Freude des Festes hörte, stieg ihm wohl ein schwerer Seufzer auf, ob er nicht das nahe Glück seines Lebens an eine Angelegenheit setze, die dem ganzen Deutschland, nur ihm nicht wichtig scheine, aber er stärkte sich gleich mit seinem ritterlich gegebenen Worte. Die Gassen wurden stiller, die Brunnen geschwätziger und der scharfe Morgenwind trieb seinen

Mutwillen mit den Schlafkammerfenstern; sie waren jetzt am Tor, das in dieser Nacht wegen des Festes geöffnet blieben, sie schritten ohne Aufenthalt hindurch über die Brücke, da hörten sie mit Teilnahme des Wächters Lied:

So mancher liegt in Nöten
Und liegt in Liebchens Arm,
Er liegt so still und warm,
Der Bruder will ihn töten,
Er träumt vom goldnen Ringe,
Sieht nicht die blanke Klinge,
Die um das Haupt ihm schwirrt.

So mancher flieht in Sorgen
Und steht in Gottes Hand,
Der ihm den hellen Morgen
Zu seinem Trost gesandt,
Er denkt nur seiner Feinde
Und kennt nicht seine Freunde,
Die Klugheit ihn verwirrt.

»Bei Gott, das ist Kunzens Stimme«, sagte Berthold. – »So fand mein Herz in dem Narren Trost!« antwortete Luther. Als sie in die angelehnte Türe des kleinen Hauses der Frau Zähringer traten, fand sich Luther, der vorangegangen, von zwei freundlichen Armen umfangen. Luther sprach: »Kein lieberes Ding auf Erden, als Frauenliebe, wem sie zu Teil mag werden!« – Da fuhr Anna vor der fremden Stimme erschrocken zurück und Berthold trat zu ihr, freute sich, daß sie schon heimgekommen, erklärte ihr den Irrtum, sagte aber, daß er diesem tapfern geistlichen Herrn den Gruß auf die Reise wohl gönne, zugleich stellte er Anna als Braut vor und bat um Luthers Segen zur Verlobung. – Luther sprach: »So tut, wie euer Herz begehrt, was ihr in eurem Herzen gelesen habt. Frühes Aufstehen und Freien soll niemand gereuen. Das

Weib wird selig durch Kindergebären, wenn sie bleiben im Glauben und in der Liebe und in der Zucht. Der Mann arbeitet sich froh durch die Welt, wenn ein frommes Weib den Schweiß von seiner Stirne trocknet, er wirft seine Sorge auf Gott, tut recht, scheuet niemand, und freut sich an der Welt, wie auf den Himmel. Amen, es geschehe!« – Anna dankte unter Tränen, sie blieb mit Luther allein, während Berthold sein Pferd sattelte. »Und Ihr dürft nicht heiraten?« sagte sie mitleidig, »und wißt doch den Ehestand zu rühmen?« – »Freilich«, sagte er, »ist es gegen des Papstes Gebot, was die Heilige Schrift gebietet: Es soll ein Bischof unsträflich sein, eines Weibes Mann!« – Nun kam Berthold mit dem Rosse vor die Türe, Luther grüßte freundlich und trat hinaus. – »Euch fehlen ein Paar Stiefel«, sagte Berthold, »gern gäbe ich Euch die meinen, aber ich sehe, sie sind Euch zu enge.« – »Mein Vater und Großvater«, antwortete Luther, »waren arme Bauern, haben oft ohne Strümpfe und Schuhe ihre Rosse zur Schwemme geritten und so mußte ich auch tun, als ein kleiner Knabe. Und naß soll das Roß werden, als ging es in die Schwemme, acht Meilen muß ich zurücklegen, ehe ich sicheres Geleit finde. Habt Dank und lebt wohl, ich sende Euch das Roß mit meinem Dank beladen durch sichere Hand zurück.«

Es wurde helle, als er forttrabte, und Berthold ging nicht ungeküßt auf sein Zimmer ans Giebelfenster, um ihm in die Ferne nachzusehen. Anna blieb noch vor der Türe, sie wollte den neuen Tag in ihre Freude hineinziehen. Ein lustiger Wind spielte in den Blumenkelchen der beiden kleinen Gärten vor dem Hause und Anna sang, indem sie ein wenig da aufräumte, was in den beiden Tagen vergessen war:

Goldne Wiegen schwingen
Und die Mücken singen,
Blumen sind die Wiegen,

Kindlein drinnen liegen,
Auf und nieder geht der Wind,
Geht sich warm und geht gelind.

Wie viel Kinder wiegen?
Wie viel soll ich kriegen?
Eins und zwei und dreie
Und ich zähl aufs neue,
Auf und nieder geht der Wind,
Und ich weine, wie ein Kind!

Fünfte Geschichte

Die Rose

Berthold mochte noch keine Stunde vom süßen Schlaf umfangen gewesen sein, als ihn ein Lärmen erweckte, es kamen kleine Steine an sein Fenster geflogen und er fürchtete für die Scheiben. Er sprang eilig auf und hoffte Annen vor dem Fenster zu erblicken. Diesmal irrte er, es war Fingerling, der zu Pferde und reisefertig ihm berichtete: er eile nach Waiblingen, mit der Mutter alles zu besprechen und auszugleichen, am Abend habe er sich deswegen gleich schlafen gelegt, als Anna zurückgekehrt, zugleich sagte er ihm, wo er die Briefe wegen der Handelsgeschäfte aufbewahrt habe. Berthold dankte ihm schlaftrunken für alle seine Liebe, hieß die Mutter schön grüßen und wollte sich wieder ins Bett legen, als ihm der Befehl des Kaisers einfiel, nach Göggingen zu gehen, wo er ihn sprechen wollte. Gleich bereitete er sich unter stetem Dehnen und Gähnen, denn der vorige Tag hatte ihn übermüdet, öffnete leise die Tür, stieg herab, ging zur unverschlossenen Haustüre hinaus und sah beim zufälligen Umblicken die liebe Anna durch das Fenster in ihrem Bette liegen. Er schlich sich in das Zimmer. Hätte sie die Augen geöffnet, kein Kaiser hätte ihn von ihr fortgezogen, denn schon jetzt war er schier entschlossen, die kaiserlichen Aufträge zu vergessen. Aber sie schlief ruhig und fest und er hing ihr, ohne daß sie es bemerkte, ein kleines silbernes Kettchen über, das er lange getragen, um einen Strauß zu bezahlen, den er vom Bette nahm und der ihm eigentlich wohl gegönnt und bestimmt war.

So erfrischt durch Anblick und Duft, trat er seinen Weg freudiger an, erkundigte sich und fand die Straße, fand auch bald Herrn Treitssauerwein, der ihm bedeutsam vertraute, er schreibe an einem Werke, die Taten und Geschicke seines Herrn Maximilian zusammen zu stellen. Nun versicherte er, daß Maximilian während seiner ganzen Regierung auf so wunderbare Art in den bedeutendsten Augenblicken der Unternehmung gehemmt worden sei, daß er diese unendliche Reihe von Zufälligkeiten endlich nur aus einer sehr durchdachten Gegenkraft erklären könne, welche vielleicht jetzt kalt ihr Dasein öffentlich gegen ihn, oder gegen seinen Stamm kund tun würde, da sie in ihren Verbindungen so allgemein und dringend geworden sei. Es gehe schon lange die Sage von Sprößlingen der Hohenstaufen, die in einem unzugänglichen Schlosse der Zeit warteten, den Kaiserthron zu erstreiten. Dem Kaiser sei selbst einmal, als er sich auf der Gemsenjagd verirrt und verstiegen hatte, ein Schloß erschienen und in den Wolken verschwunden, das gleichsam aus durchsichtigem Glase erbauet zu sein geschienen und eine Krone in die Wolken gestreckt habe. »Begierig staunte er das Wunderbild an, suchte sich ihm zu nähern, aber bald umzog ihn die Wolke immer dichter. Dennoch verfolgte er nach seiner Meinung die rechte Richtung, als aber der Wind die Wolken zerstreute, fand er sich in einer noch öderen Gegend wieder, wo er nichts von dem Schlosse wahrnehmen konnte, aber auch keinen Weg, um herab zu kommen, denn da, wo er hinauf gestiegen war in der Trübheit der Wolken, da war in der Klarheit kein Herabsteigen möglich. Er hatte sonst die Welt in seinem Reichsapfel spielend in Händen getragen, jetzt trug ihn die Welt spielend in ihrer luftigen Hand und schien zu zweifeln, ob sie ihn dem eignen Schwindel, oder dem Sturmwinde, oder den wilden Vögeln überlassen sollte, deren Nestern er zu nahe getreten war. Er ließ sich auf die Kniee nieder, um sich im Gebet zu verstecken, wie der Strauß, vom Jäger übereilt, den Kopf unterm Flügel birgt. Da rührte eine Hand an seine Schulter, Gottes Allgegenwart schien ihn sichtlich zu ergreifen, er blickte mit Scheu um und sah einen heiter lächelnden, blonden Lockenkopf, den er für einen Engel hielt. Aber körperlich fest ergriff der Knabe seine Hand und führte ihn mit Anstrengung zu einem schwierigen, doch gefahrlosen, sehr verborgenen Seitenwege, wo weiter keine Gefahr voraus zu sehen war. Hier blieb der Knabe und gebot ihm auf demselben, ohne sich aufzuhalten, bis zum Sonnenuntergang fort zu gehen, nie wieder zu kehren in diese Gegend und niemand von seiner Rettung etwas zu sagen, so lieb ihm sein Leben; ›denn‹, sagte er, ›ich war geschickt, dich herab zu stoßen, aber dein mildes Antlitz machte mich ungehorsam und ich rettete dein Leben und wage jetzt das meine, wenn ich nicht dein Schwert mitbringe, das mir als Wahrzeichen zu bringen geboten.‹ – Milde reichte der Kaiser dem Knaben das Schwert und sagte ihm, es sei das Schwert Karls des Großen, zugleich bat er ihn um Aufschluß über die Geschichte des Schlosses und der Menschen, die es bewohnten. Aber leichtfüßig, ohne Antwort, war schon der Knabe mit dem Schwerte entschwunden, der Kaiser traf nach mehreren Tagen auf Bergbewohner, die ihn zu den Seinen führten. Er schwieg wirklich, sagte, daß er sein Schwert beim Klettern verloren habe, und ließ heimlich ein gleiches machen. Erst nach mehreren Jahren hat er mich jetzt, wo er sich am Rande seines Lebens fühlt, ins Vertrauen gezogen, nachdem ihm auf andern Wegen die Sage von Abkömmlingen der Hohenstaufen bestätigt worden ist; er fürchtet für seinen Sohn und für die großen Entwürfe seines Lebens. Er wünscht von Euch Nachforschung über die geheimen Führer des Bauernaufruhrs, der im Jahre 1514 um Waiblingen bei Beutelspach scheinbar wegen Maß und Gewicht ausbrach, eigentlich aber wohl von der Brüderschaft des Armen Konrad, worunter Konradin von Schwaben gemeint, angestiftet worden sei.« – Berthold lächelte und meinte: »Ich bin zwar hinfällig in dieser Zeit gewesen, daß ich nur das Notwendigste zur Sicherheit unsrer Stadt anordnen konnte, aber so viel ich damals gehört, so hat dieser Konrad nichts mit Konradin zu tun, es war ein Bauernscherz, sie wußten sich keinen Rat, wer sie führen sollte, da keiner gern seinen Hals daran setzen mochte, darum nannten sie ihren unsichtbaren Führer Keinrat, daraus wurde in ihrer Aussprache Konrad. Die Sage bildet gern etwas Zweideutiges in der Geschichte, so wurde auch dieser Name, wie die Orakel der Alten, zweifach ausgelegt.« – Treitssauerwein antwortete: »Das Nächste täuscht am leichtesten, denn aus Gewohnheit kommen wir darauf, nichts Ungewohntes darin zu vermuten; glaubt mir, am armen Konrad war der Ernst früher, als der Scherz, der ihm zum Deckmantel dienen sollte.« – Sie hatten sich unterdessen dem Kaiser genähert, der, mit der Armbrust hinter einem Dornbusche versteckt, ihnen Stille zuwinkte, weil seine Hunde ihm einen Hasen eben schußrecht herantrieben. Inzwischen hatten sie beide doch schon dem Hasen zur Warnung gedient, er sprang seitwärts, der Kaiser nahm ohne Zorn den Bolzen von der Armbrust, rief die Hunde und schickte sie mit den Jägern zurück. Der Kaiser sprach: »Nicht wahr, mein lieber Bürgermeister, es steht eigen mit der Welt, wenn sie einen Jäger zum Kaiser hat!« – »Gnädiger Kaiser«, antwortete Berthold, »ich habe eben vernommen, wie die Gemsenjagd Euch einst auf so seltsame Entdeckung gebracht, demnach möchte auch diese Neigung wohl zu Eurem Besten Euch eingepflanzt sein.« – »Zu meiner Gesundheit wenigstens«, sagte Maximilian, »wohl tat unser Freund Gelegenheit etwas für uns, aber unser Feind Ungelegenheit machte alle Nachforschungen darüber bisher vergeblich. Wir nahmen's damals nicht ernst genug, wir merken erst jetzt an manchem Widerstande der Kurfürsten, daß sie mehr von der Sache wissen, als wir bei aller offenen Macht und heimlichen Kundschaft. Wir haben Euch erwählt, lieber Bürgermeister, weil Ihr uns durch Marx und Kunz empfohlen seid, und keiner auf Euch rät, uns Aufschluß in der Sache zu verschaffen.« – Berthold erklärte sich bereit, aus allen Kräften mitzuwirken, und es ging ihm ängstlich im Kopfe herum, ob er nicht dem Kaiser sagen solle, was er durch Martin von dem Schlosse gehört und wie er selbst zu diesem Geheimnisse gehören möchte; aber Martins Tod schwebte ihm vor, er schwieg. – Der Kaiser fuhr nun fort: »Aber Berthold, wenn nun der Papst in dem Bunde mitwirkte, seid Ihr in der Gewalt eines Beichtvaters, oder seid Ihr darüber hinaus?« – »Die Geistlichkeit«, antwortete Berthold, »hat überall zu viel Ärgernis gegeben, als daß die Leute sich ihnen auf Gnade und Ungnade ergeben; was gut tut zu sagen, das wird bei uns gebeichtet, vieles aber verstehen die geistlichen Herren nicht und es ist ihnen auch mehr um das Beichtgeld, als um die Geheimnisse zu tun.« – »Das Geld«, sagte der Kaiser, »ist das Blut des Staats und wie der edle Held Perzifal so tiefsinnig wurde beim Anblicke dreier Blutstropfen im Schnee, so wird mir oft beim Anblick eines Kreuzers recht nachdenklich, wie viel Kunst, Taten, Glück und Weisheit durch solch ein Stücklein gefördert und gelähmt werden können! Wohin hätten wir unsre Fähnlein geführt, wenn es nicht an Gelde gefehlt hätte! Darum lasse ich auch nicht den Luther verderben, der das deutsche Geld von Rom abschneiden will, und danke Euch, daß Ihr ihm förderlich gewesen seid, von hier fortzukommen. Doch seht, wir sind unbemerkt von einem Umgange umgeben, also kürzlich gesagt, mein lieber Bürgermeister, es ist mir sowohl um meine Feinde, die Hohenstaufen zu tun, als auch um meinen Freund, den Knaben, der jetzt schon ein wackrer Jüngling sein mag, ich meine jenen, der mir das Leben rettete, ich möchte ihm lohnen; sucht mir von einem oder dem andern Kunde zu schaffen, ich werde Euch danken.« Der Umgang zog singend an ihnen vorbei und endete das Gespräch; der Kaiser, Berthold und Treitssauerwein schlossen sich an und zogen zur großen Freude der Bauern mit ihnen nach St. Leonhard in die Kirche; die Bauern meinten, ein so herrlicher Umgang sei nicht gehalten worden, seit Göggingen stehe.

Während der Meßandacht wurde Berthold gestört, indem ein neben ihm Knieender, auf den er noch nicht geblickt, ihm in den Finger biß. Ärgerlich sah er hin und staunte, es war eine Jungfrau, es war Anna, gleich war sein Zorn verschwunden und er fragte heimlich, was sie hergeführt. Sie sagte ihm, daß sie ihm Notwendiges zu erzählen habe. Zum Glück beteten und seufzten die Bauern umher so laut, daß sie ihm leise flüsternd alles erzählen konnte, wie es ergangen. Die Mutter hatte am Morgen das Pferd, den Herrn und auch Fingerling in großer Verwunderung vermißt, da weder Fingerling, noch Berthold ihr Vorhaben deutlich gemacht hatten. Da Berthold sie so unerwartet auf dem Ballhause verlassen hatte, so schwankte sie zwischen der Vermutung, Berthold reue seine Verlobung, oder er sei davon durch einen hohen Herrn abgehalten, vielleicht durch den Kaiser selbst, dem noch ein Ruf von Zärtlichkeit, trotz seinem Alter, nachzog. Ihr war gestern durch Kunz bestellt worden, ein höherer Auftrag habe ihn entfernt und er könne sie nicht heimführen. In diesem Zweifel wendete sich erst ihre Härte gegen Anna, die gar nicht begreifen konnte, was ihr fehlte. Sie erfuhr erst diese Sorgen der Mutter durch Kugler, der mit einem Braten als Geschenk sich eingestellt hatte, dem sie sich heimlich vertraute, und der Annen sagte, er reite fort, um in Waiblingen Nachfrage zu halten, ob Berthold etwa auch, wie Fingerling dahin zurückgekehrt sei, doch müsse die Mutter und sie sich gleich entschließen, inzwischen seiner Wirtschaft und seinem Fleischscharrn vorzustehen. Dort hatte Anna durch einen Kunden zufällig gehört, er sei mit dem Kaiser auf der Straße nach Göggingen im Gespräche gesehen worden, sich hatte sich unter einem Vorwande fortgeschlichen, mit ihm zu sprechen und von ihm Wahrheit zu hören, denn sie konnte nicht leugnen, daß seine Kette, die sie am Morgen gefunden, ihr wie ein schweigendes Abschiedszeichen erschienen wäre. Berthold beruhigte sie, aber ihre Tränen flossen nun um so häufiger, da sie ihrer Sorge befreit war, und die ehrlichen Bauern meinten, es sei Andacht und Buße. Kaum war die Messe geendet, so schlich sich Berthold mit Annen fort, so schnell, daß weder Kaiser noch Geheimschreiber seinen Weg bemerkten. Aber noch einen Aufenthalt mußten sie überstehen, der Weg führte sie an Stutzers Gartenhause vorbei, der eben beschäftigt war, Pfeffersäcke in ein Vorrathaus packen zu lassen, und dabei sehr emsig die einzelnen ausfallenden Körner auflas, aber die Vorübergehenden nicht weniger fest hielt, ihnen die Pracht seines Landhauses zu zeigen. Dem kleinstädtischen Bürgermeister glaubte er die Augen damit auszuleuchten und Annen für immer unglücklich zu machen, wenn sie nicht ein Gleiches bei Berthold fände. Ein Italiener hatte ihm dies Landhaus nach ganz neuer Art erbaut, die Fassungen der Fenster waren gemalt wie Marmor, alte Götterbilder bedeckten die Flächen im bunten Gemisch mit Heiligen. Berthold erklärte sich ohne Umschweife gegen den malerischen Schein, um fehlende Bauwerke zu ersetzen. »Die Schönheit eines Baus«, sagte er, »liegt wie die Schönheit des menschlichen Antlitzes nicht allein in der Berechnung gewisser Verhältnisse, sondern in dem Ausdruck innerer Vortrefflichkeit; die Dauerhaftigkeit und Bequemlichkeit der innern Einrichtung mag sich auch gern äußerlich kennbar machen; die innere Wölbung, die Balkenlage will sich auch äußerlich zeigen. Hier ist alles das gemalt, von einer Seite erscheint es herrlich, von der andern wird die Nichtigkeit um so deutlicher und eine glatte Wand ohne Architektur gäbe wenigstens keinen Ärger.« Der gute Stutzer hörte nicht auf die Rede, er sah nur verdrießlich höhnisch ihn an und sagte: »Lieber Herr, entschlagt Euch solchen Gedanken, das hat Pilati aus Florenz gebaut und gemalt.« – »Das macht ihm wenig Ehre«, sagte Berthold, »da kann ich Euch von unserm Meister Fischer manches Bessere zeigen in meinen Zimmern.« – Stutzer wurde innerlich so böse über den stolzen Kleinstädter, führte ihn aber doch ins Haus, dessen weiter Flur von Marmorsäulen mit korinthischem Hauptschmuck glänzte; Faunen und Silenen trugen die Treppe, welche mit einer Weinlaube überzogen war, an der durch die Wärme hinter den geschlossenen Fenstern der Wein schon blühte. – »Prächtig«, sagte Berthold, »aber ich wundre mich, wie Ihr hier bestehen könnt.« – »Warum?« fragte Stutzer. – »Einmal«, meinte Berthold, »könnt Ihr keine ehrliche, deutsche Frau hier einführen, es ist ja eben so gut, als ob Ihr sie in das öffentliche Männerbad gebracht hättet, und dann, wie gefallt Ihr Euch als Herr im Hause, da Ihr doch nur winzig und dürr seid, wenn so wohlgenährtes Göttervolk, wie Hunde auf der Treppe vor Eurer Türe harren muß. Ich ginge in Eurer Stelle unter die türkischen Enten und welschen Hähne, die in Eurem Garten so gemächlich wandeln und picken, statt Euch so übermäßig vornehm bedienen zu lassen.« – Der eitle, kleine Kerl wußte nichts zu antworten, denn so war ihm noch keiner gekommen, aber die Rede hatte die gute Folge, daß er die beiden nicht länger zwang, seine Pracht zu beschauen; mit seiner Zudringlichkeit gegen Anna hatte er die kleine Züchtigung verdient.

Als sie zum kleinen Hause der Frau Zähringer kamen, waren beide etwas ermüdet, besonders Berthold, und Anna fürchtete, weil es schon spät, den Zorn der Mutter wegen ihres Ausbleibens. In solchen Betrachtungen setzten sie sich ein wenig ins Gras des Gartens hinter dem Hause, die Sonne schien betäubend warm, die Blumen dufteten mit ihren betäubenden Kräften und beide nickten neben einander ein; der Geist möchte immer Wunder tun, immer tätig sein, aber der Körper haßt die Wunder und gleicht den einzelnen Menschen mit dem ganzen Geschlechte aus, indem er ihn mit Schlaf oder Krankheit beschwichtigt.

Was Frau Zähringer an diesem Tage ausstand, nun auch die Tochter ausblieb und Kuglers Wirtschaft ganz auf ihr lastete, ist schwer zu sagen, insbesondere als Boten des Kaisers, Treitssauerweins, des Kurfürsten Friedrich kamen und nach Berthold fragten, als ob sie ihrer recht spotten wollten. Endlich kam der Abend, der sie den Geschäften entließ, aber um so tiefer in den einsamen Gram ihres Hauses versenkte, bis auch diesen der Schlaf ablöste.

Die Sterne glänzten schon scharf auf dem blauen Grunde, als Anna erwachte und durch ihre Bewegung den glücklichen Träumer Berthold mit erweckte. Kaum konnten sie es begreifen, daß es natürlich im Wandel der Zeit jetzt Nacht geworden sei; sie machten sich bittre Vorwürfe wegen der Mutter und dachten nach, wie sie dem ausweichen könnten, auch scheute sich Anna vor bösem Ruf, wenn eines der Nachbarn sie mit Berthold im Grase liegen gesehen. Nach vergeblichem Beraten entschlossen sich beide, jedes in sein Zimmer zu gehen und zu tun, als ob nicht geschlafen und nichts versäumt sei; der Morgen werde ihnen der Unruhe ohnehin genug bringen. Anna öffnete die Haustür mit einem Kunststücke: »Das lernte ich, wenn ich für unsre Kuh auf Grasung spät ausblieb«, sagte sie; dann drückte sie Berthold sanft an sich und drückte ihn von sich, als seine Zärtlichkeit sie zu verraten schien, und ging in das Zimmer der Mutter, wo sie angekleidet in das große Bett schlüpfte, das sie seit dem Davonlaufen des Vaters mit ihr teilte. Die Mutter erwachte nicht, dies erlauschte Berthold, dann ging er leise die Treppe hinauf in seine Giebelstube. Ihm war so heiß, er riß das Fenster auf, öffnete den Wams und fand eine Rose, die ihm Anna unbemerkt hinein geschoben hatte, er konnte das stille Lager im grünen Grasgarten erkennen, das Gras war eingeknickt und erhob sich jetzt, die Worte hüpften ihm im Munde und er sang mit geschlossenen Augen in wehmutsvoller Freude zu den seligen Sternen, die ihm im Herzen aufgegangen waren:

Ein Stern der Lieb im Himmelslauf
Die offne Brust sanft atmend kühlt,
Der Frühling heiß im Herzen spielt,
Da blüht die erste Rose auf;
Du bist der Stern, dir unbewußt,
Dein Atem kühlet meine Brust,
Du bist der Frühling, der mich wärmt,
Der in des Herzens Blumen schwärmt,
So kühlst du außen, wärmst da innen,
Die Glut verschließt dein keusch Besinnen.

Gern tat sich Lust in Bitten kund,
So lebenswarm wie Herzensblut,
Da schloß die Rose mir den Mund
Und tut mir duftend hier so gut,
Ich schwimme in dem Liebesduft
Unendlich scheint das Blau der Luft;

Die Augen füllt ein süßer Drang,
O Liebestau, in Tränen Dank,
Daß keusche Sterne *dürfen* scheinen,
Und *nur* zerdrücktes Gras beweinen.

Sechste Geschichte

Der Mahlschatz

Frau Zähringer erwachte, als die liebe Anna eben eingeschlafen war; sie sah die Tochter neben sich, als sie eben über ihre Abwesenheit nachdenken wollte, und die Begebenheiten des vorigen Tages gewannen das Ansehen eines Traums. Sie stand auf und schlich nach dem Zimmer Bertholds herauf, blickte durch das Schlüsselloch und sah, daß er auch ruhig in seinem Bette liege. Da schien es ihr Gewißheit, daß sie sich nur mit einem bösen Traume geplagt habe. Sie ging herunter und schämte sich, weckte die Tochter, die auch keine Lust hatte, von der Geschichte anzufangen, so wenig wie Berthold, der auch zum Frühstück gerufen wurde. Die Leute Kuglers weckten sie aus dieser guten Meinung, sie verlangten von ihr Rat und nun entwickelte sich das Geheimnis. – Berthold erfuhr jetzt erst, daß Kugler ihn in Waiblingen suche, er fürchtete, daß seine Mutter erschrecken möchte, und behauptete, daß er nur durch ein eiliges Nachreisen das Ungewitter zerstreuen könne. Frau Zähringer gab ihm recht, und Anna wußte nichts dagegen zu erinnern, doch äußerte sie die Meinung, daß sie ihn gern begleiten möchte. Berthold faßte das auf und suchte der Mutter und Tochter zu beweisen, daß sie nichts in Augsburg hielte, Kuglers Wirtschaft würde dessen Schwester gern führen, die eigne Wirtschaft sei schnell geordnet, die Mutter kenne Waiblingen, und selbst wenn sie in seinem Hause nicht zu wohnen Lust hätte, so sei doch eben so leicht ein eignes Haus für sie zu finden. In Apollonien sprach eine alte Liebe zu dem Orte für den Vorschlag, aber sie ließ sich noch erst recht lange bitten, bis Berthold ihre Einwilligung erzwang. Es wurde ein Fuhrmann aus der Nachbarschaft gemietet, mit großer Hast alle Kleider, Betten und Leinenzeug eingepackt, so daß alles übrige im Hause durch fremde Leute konnte besorgt werden, wenn sie etwa gar nicht wieder an den Ort ihrer Plage und Arbeit zurückkehren wollte. Die Geschäftigkeit unterdrückte Gefühl und Betrachtung; nach einer Stunde, als alles eingepackt, alles besorgt war, als die Pferde schon vor dem Wagen ungeduldig die Erde stampften, da fühlte erst Frau Zähringer, daß die Zeit im Unglück, wie im Glück den Menschen an den Boden fesselt, sie konnte nur unter heftigen Tränen die armselige Hütte verlassen. Berthold hatte manches Geschäft abgemacht in aller Eile, Herren Marx und Kunz sich empfohlen, er freute sich recht der Ruhe auf dem Wagen an Annens Seite, ein Tag der Reise macht vertraulicher, als ein Monat andrer Umgang, er freute sich, für Mutter und Tochter allerlei Besorgungen übernehmen zu können. Das Stoßen des Wagens setzte manche Erzählung in Umlauf. Berthold suchte Apollonia mit allem bekannt zu machen, was sich inzwischen in Wirtemberg verändert habe, wie der Graf Eberhard, der Bärtige, vom Kaiser zum Herzog gemacht sei und wie jetzt Herzog Ulrich gar seltsam regiere. Frau Apollonia erzählte, daß sie ihn in früheren Jahren einmal zu Augsburg gesehen, er sei ein bauchiger, dickköpfiger Herr gewesen, der sich zuweilen aus Hochmut alles Blut ins Gesicht geblasen und gedrängt habe, wie ein welscher Hahn. – »Er war schon in die Acht erklärt«, fuhr Berthold fort, »aber der Kardinal Lang machte seine Versöhnung mit dem Kaiser und jetzt wirtschaftet er noch rasender mit seinen Räten, welche nach der Bedingung dieser Versöhnung während sechs Jahren die Landesverwaltung führen sollten; ein paar hat er schon unter nichtigem Vorwande foltern lassen und einen im Kohlenfeuer fast gebraten.«

»Gott stehe uns bei«, sagte Apollonia. – »Wir können ruhig leben«, antwortete Berthold, »aller Zorn des Herrn ist persönlich, es leiden nur die von ihm, die er kennt, die Räte und Herren vom Hofe, seine Frau und Kinder.« – »Ist nicht seine Frau, die edle Sabina von Bayern, mit der er so prunkvoll Hochzeit gehalten, ihm entflohen?« fragte Frau Apollonia. – »Freilich«, antwortete Berthold, »wie konnte sie länger das qualvolle Leben ertragen, allen Weibern ihres Gefolges stellte er nach. Die schrecklichste Geschichte war wohl, als er der Frau des Hans von Hutten nachtrachtete, die ihm aber als eine ehrliche Frau widerstand. Das kränkte ihn, er stellte sich eifersüchtig wegen eines Rings, den Hutten von seiner Herzogin erhalten hatte, um ihn seiner Frau für ihre Standhaftigkeit einzuhändigen, er beschied Hutten in den Beblinger Wald, gebot ihm um Leib und Leben sich zu wehren und durchstach ihn, ehe er noch sein Schwert gezogen hatte. Dann hing er ihn an eine Eiche mit dem Gürtel und machte als Freigraf das Zeichen des heimlichen Gerichts zum Schutz seines sinnlosen Frevels über den Toten.« – Die Geschichte veranlaßte ein langes Gespräch über die Eifersucht, in welchem es sich äußerte, daß die Mutter wohl einige Eifersucht gegen die Tochter, die Tochter aber noch viel mehr gegen die Mutter hege und jeden Händedruck, jeden Kuß Bertholds mißgönne. Berthold aber nahm diese Äußerungen wie einen Scherz auf, er war zu bescheiden, sich so heftige Einwirkung auf die Gemüter zuzuschreiben, zu unbekannt mit sich selbst, um zu fühlen, daß diese Eifersucht Annens wohl einen Grund in ihm haben könnte, denn je mehr er Apollonien sprach, je mehr Erinnerungen der frühen Jahre erwachten in ihnen beiden.

Übrigens war es eine schwere Sache, dem Meister Kugler

nachzureisen, um die Sorge, die seine Anfrage in Waiblingen verbreiten konnte, durch die Gegenwart des Vermißten zu zerstreuen. Kugler war des Reitens beim Einkauf des Viehs sehr gewöhnt, in seinem Treiben lag immer etwas Rastloses und danach hatte er auch seinen Schecken ausgesucht, der nicht eher vom starken Trabe absetzte, bis der Herr ihn hielt. Fingerling war bequemer, sein Pferd geringer und so kam's, daß ihm Kugler vorbei geritten, ohne daß einer vom andern etwas gemerkt hätte, da Fingerling sein Pferd in einen Wirtsstall gezogen und selbst einem Mittagsschlummer auf der Ofenbank sich ergeben hatte. Er gewann einen solchen Vorsprung, daß Fingerling ihn selbst dann nicht erreichte, als Kugler einen Handel über ein paar Lämmer mit einem Bauern abschloß, die Lämmer über den Sattel band und nun doch etwas langsamer seinen Weg fortsetzte. Als er in Waiblingen angekommen, kümmerte er sich wenig um ein Wirtshaus, sondern ließ sich nach dem Hause des Bürgermeisters weisen, wo er wie ein Würgengel mit den Lämmern trabend einritt. Die alte Frau Hildegard trat auf den Lärmen an die Stiege, fragte ihn, was er wolle, und horchte auf seine Antwort sehr aufmerksam, konnte aber nicht klug daraus werden, so wenig war der Mann zur klaren Erzählung geeignet. Bald fragte er nach Berthold, ob ihm ein Unglück geschehen, bald schimpfte er auf ihn, daß er entwichen sei, bald machte er ihr als Mutter Vorwürfe, daß sie ihn nicht besser gezogen habe; dabei bähten die Lämmer und Kuglers Hund zeigte den neugierigen Haushunden knurrend die Zähne. Nachdem diese Unverständlichkeit etwas gewährt hatte, so glaubte Frau Hildegard ihrem Hausrecht etwas zu vergeben, wenn sie sich von einem Fremden so etwas bieten lasse, sie fing also an, auf Meister Kuglers Pferd zu schimpfen, das ihr den eben gekehrten Torweg verunreinige, auch auf den Hund, der einen ihrer Lieblinge zu zausen Anstalt machte, zuletzt auf den Meister, der kein vernünftig Wort rede. Meister Kugler schonte auch nicht, weil er sich im Recht glaubte; schon liefen die Leute aus der Schreibstube mit Knütteln herbei, als ein gellendes Jagdhorn durch die Unterhaltung schmetterte. Es war Fingerling, der sich diesen Spaß ausgesonnen hatte, um jeden Widerspruch der Alten mit seinem Jubel über das Geschehene zurück zu weisen und gleichsam die Sache mit Gloria zu verkünden. Der Lärmen schwieg und Fingerling stieg mit seligem Antlitze von seinem Rosse, als ob er eine Tasche voll Rosinen trüge, verkündete mit sehr abgemessener Sprache, vielleicht wohl gar in Reimen, den Turnierruhm, des Kaisers Gnade, die Verlobung Bertholds. Frau Hildegard schlug beide Hände zusammen, sie meinte den Alten wahnwitzig. Aber noch toller war's, als jene beiden in Streit gerieten, als Kugler von dem Berthold, als von einem verlornen Manne sprach, der auch wohl ein Ausreißer sein dürfte. Fingerling behandelte ihn als einen eifersüchtigen Toren, der dem ein Bein stellen wolle, der ihn aus beiden Sätteln gehoben, und das kränkte Kugler. Die Schreiberherren halfen dem schwächer gestimmten Fingerling durch ihr begleitendes Chor, die Dienstmägde, die Arbeiter drohten in ihrer Art, schon bissen die Hunde auf Kuglers Hund los und alles schien über Kugler herfallen zu wollen, als Berthold, dessen Wagenrollen niemand bei dem Schreien beachtet hatte, mit seinen beiden Reisegenossen mitten unter ihnen stand. Kugler wollte ihm gleich zu Leibe gehen, da sah er die beiden Begleiterinnen und erstarrte in Verlegenheit. Die Mutter wollte Berthold umarmen, da trat sie scheu zurück vor den beiden Frauen, die er ihr zuführte, alles war verlegen oder verwundert, nur nicht Fingerling, der aus seinem Jagdhorne die süßesten Töne herausdrückte, welche auch das Beißen der Hunde in der Art trennte, daß diese mit allen heulenden Tönen, ihre musikalische Beistimmung gaben.

Alles zog sich während dieser Kunstgewalt ins Feierliche, Berthold küßte Frau Hildegard die Hand, auch Anna folgte seinem Beispiele, die Mutter begrüßte sie förmlich, worauf Frau Hildegard alle Zusammengehörigen in ihr Zimmer nötigte. Da geschah in Ordnung die Auseinandersetzung, bei welcher Frau Hildegard sich nicht enthalten konnte, so einige Worte von Verführung junger Leute zu sprechen, und wie sie zwar die Verheiratung des jungen Menschen immer gewünscht, aber sich doch jetzt nicht der Tränen erwehren könne, nun sie so unerwartet, ohne ihre Vermittelung erfolge, daß sie nun nicht mehr über seine Gesundheit im Schlafe wachen könne, nicht mehr ihr Bette neben das seine stellen dürfe. Ihr Argwohn gegen die fremden Frauen, die sie für Abenteuerinnen hielt, welche den Sohn künstlich beschwatzt hätten, verwandelte sich bald in Teilnahme und Rührung, als ihr Apollonia im Verfolg der Erzählung näher bekannt ward, von der sie sonst wie von einem Mädchen gesprochen hatte, zu der ihr Sohn nie aufblicken dürfe, und die nun nach so vielen ausgestandenen Leiden ihren ehemaligen Freund der Tochter abtreten müsse. Ihrem Gefühle nach sollten es sich alle noch überlegen, sie meine, der Sohn müsse Apollonien heiraten, das sei er ihr schuldig, mit ihr komme auch sein Alter überein. Der Vorschlag kränkte Annen und Frau Hildegard hatte Mühe, sie zu trösten, als sie ihr versicherte, daß sie auf den Vorschlag gar nicht bestehe. Der ehrliche Kugler fühlte sich bei der ganzen Sache am überflüssigsten, dachte deswegen auf eine Artigkeit, sich beliebt zu machen, und brachte die beiden Lämmer zum Geschenk, die schön weißgewaschen, wie sie waren, der Frau Hildegard so wohl gefielen, daß sie dieselben aufzuziehen beschloß. – »Wo mag damals in der Schreckensnacht mein Lamm geblieben sein?« fragte Apollonia. – »Von diesem Lamm stammt eine Herde«, sagte Berthold, »die sich jährlich auf dem Hofe vor der Stadt vermehrt und die feinste Wolle im ganzen Lande trägt. Lernt mich in meiner Treue gegen Tiere kennen, auf jenen Bäumen brüten jährlich und werden von mir gefüttert die Abkömmlinge der Elster, welche mir diese Baustelle zeigte.« Das gab Veranlassung, die Fremden umher zu führen, ihnen die Zimmer zu zeigen, die ihnen bestimmt wären. – So endete der Tag und Frau Hildegard freute sich, dem Sohne im Bette wieder wie sonst die Hand reichen zu können, und in diesem Gefühle gelobte sie zur glücklichen Vermählung desselben, die Mutter Maria mit dem heiligen Kinde, die am Hause nur schlecht gemalt, vom Regen ausgelöscht war, wieder auffrischen zu lassen. Der gute Sohn sann aber inzwischen darauf, wie er seiner Mutter eine stete Gesellschaft lassen könnte und berechnete sich, wie viel Dank er dem alten Fingerling schuldig sei und wie dieser auch so einsam lebe. Da trug er ihr vor, ob sie sich nicht mit dem guten Manne vermählen wolle, im Grunde wären sie doch in Hinsicht aller Wirtschaftsangelegenheiten längst mit einander verbunden; habe sie wegen ihres Schwindels sich sonst schon gegen ihren Willen vermählt, warum wolle sie jetzt nicht ihrem Alter und ihrer Bequemlichkeit dieselbe Gefälligkeit erweisen. Die Mutter wies das zwar von sich, sie sei schon neunzig Jahre, aber der Sohn meinte dennoch durch zu dringen, weil sie von ihrer Seite den Plan machte, Apollonien mit Meister Kugler zu verheiraten, wenn ihr entlaufener Mann für verschollen erklärt wäre, so daß ein Tag sie alle in gehörige Verbindungen versetzen könne. Der Mensch denkt und Gott lenkt.

Am Morgen wurde Anna sehr erschreckt, sie konnte sich nicht gleich erinnern, wo sie erwache, das Zimmer erschien in der Morgenhelle anders, als Abends in der Lampenerleuchtung. Sie rief die Mutter, aber diese hatte schon Zimmer und Bett verlassen, und erst allmählich besann sie sich auf alles. Sie strählte ihre Haare am Fenster und flocht sie auf, des herrlichen Anblicks über den blumenreichen Garten erfreut und darum weniger eilfertig: das alles sollte nun bald ihr Eigentum sein, in dem Gedanken fühlte sie ein stolzes Glück. Ein sanfter Wind wogte mit Ästen und Gesträuchen und wie er diese einmal stärker niederbeugte, sah sie die Mutter auf einer Gartenbank neben Berthold sitzen, wie er sie herzlich küßte. Sie zitterte, sie wollte nicht glauben, aber der Wind trat immer stärker auf und es war nicht zu zweifeln; nun suchte sie alles auf, Berthold und die Mutter zu entschuldigen, aber nichts wollte die Heftigkeit ihres Zorns erleichtern, als ein Strom von Tränen. Als sie noch weinte und ehe sie sich bezwingen konnte, trat die alte Frau Hildegard an ihrem Stabe ein und ließ durch ein paar Mädchen ein elfenbeinernes Schränkchen auf den Tisch in die Mitte der Stube setzen. Die Mägde gingen fort, die Alte hatte zu schwache Augen, um gleich die Tränen der künftigen Schwiegertochter wahrzunehmen, auch war sie sehr beschäftigt, die Seltsamkeiten des Schränkchens sorgsam auszupacken, so gewann Anna Zeit, sich etwas zu fassen. – »Das Schränkchen«, sagte Hildegard, »enthält den Mahlschatz der guten Mutter unsres Bertholds, wie wird sie sich freuen, wenn ein Blick aus jener Welt ihr gegönnt ist, diese Zeichen ihrer Liebe in Zeichen der Liebe ihres Sohnes verwandelt zu sehen. Ich, die ich viel älter war, als sie, sollte das alles noch vor meinem letzten Stündlein erleben.« – Anna kannte nichts von dem Geräte, freute sich aber an aller zierlichen Arbeit, während sie ungeduldig nach dem Fenster hinblickte, ob ihre schmerzliche Wahrnehmung sich ihr zu größerm Kummer wiederhole. – Frau Hildegard erklärte ihr nun die Bedeutung jeder einzelnen Gabe des Mahlschatzes. »Der Kranz mit drei Eicheln auf einem Stiele bezeichnet«, sagte sie, »die Unschuld, welche bisher unter dem höchsten Schutze der Dreieinigkeit gestanden, ihn überreichst du meinem Berthold am Hochzeittage, wogegen er dir die goldne Kette mit den

Rubinen als ein Anerkenntnis deiner Unschuld verehrt. Dies ist das silberne Armgeschmeide, das ihr einander anlegt, als Zeichen, daß eure Hände nicht mehr frei sind. Dies ist der Schaugroschen, den du als Mietsgeld von dem Manne empfängst, ein Zeichen der treuen Dienste, die du ihm und seiner Wirtschaft leisten mußt. Dafür übergibst du ihm in der Hochzeitnacht dies feine Hemd, das du noch mit seinem Namen sauber zeichnest, und für das Hemde gibt er dir am Morgen diesen aus Silberdraht geflochtenen Gürtel, an welchem eine Geldtasche und ein Küchenmesser hängt, als Zeichen, daß du gegen jedermann das dir anvertraute Gut schützen sollst.« – Anna dankte ihr unter Tränen für alle die guten Lehren, sie wolle fleißig und treu wirtschaften, wenn nur Berthold gleiche Treue gegen sie erweise. Das Geheimnis ließ sich der Anfrage Hildegards nicht bergen, und Anna vertraute ihr, was sie eben gesehen und was vielleicht noch geschehe. Hildegard war betroffen, sie sagte, wenn auch jetzt zu diesen Zärtlichkeiten nur die Erinnerung der Stelle, wo er sich zuerst mit Apollonien begrüßt, den Stoff hergegeben habe, so sei freilich eine Rückkehr zu dem Jugendgefühle eine sorgliche Sache, weswegen sie immer noch wünsche, daß jene beiden einander ehelichen möchten und daß Anna einen Jüngling ihres Alters erwähle. Der Rat brachte die Jungfrau auf, sie schwor, daß sie ohne Berthold nicht leben könne, daß sie auch von Luther feierlich eingesegnet sei. Da gab ihr Hildegard den Trost, sie möchte nur schweigen und tun, als ob nichts sie kränke, damit nicht Unfrieden in die Ehe gesäet würde, sie wolle dafür sorgen, daß Apollonia nicht im Hause bleibe, so sei doch der Umgang weniger häufig. Zum Glück sei das artige Haus des Nachbars feil, das solle der Sohn für Apollonien kaufen und einrichten lassen.

Sehr unbefangen, wie es der Unschuld ihres Herzens ziemte, traten jetzt Apollonia und Berthold ein, grüßten, erzählten, wie sie im Garten des wunderbaren Zusammentreffens, der noch wunderbareren Trennung gedacht hätten, die Annen das Leben geschenkt habe. Berthold erzählte noch, es sei ihm einen Augenblick vollkommen wie damals zu Mute gewesen und sie hätten sich wie ein Paar Verliebte geküßt; dann habe er noch eine Inschrift an die Stelle gesetzt, wo ihm so viel Glück geworden. Alle gingen hinunter, diese Inschrift an Ort und Stelle zu hören, und Berthold las sie mit inniger Rührung, es war eine Art Gebet:

Gib Liebe mir und einen frohen Mund,
Daß ich dich, Herr der Erde tue kund,
Gesundheit gib bei sorgenfreiem Gut,
Ein frommes Herz und einen festen Mut;
Gib Kinder mir, die aller Mühe wert,
Verscheuch die Feinde von dem trauten Herd;
Gib Flügel dann und einen Hügel Sand,
Den Hügel Sand im lieben Vaterland,
Die Flügel schenk dem abschiedschweren Geist,
Daß er sich leicht der schönen Welt entreißt.

Anna wurde von dem Gebete sehr ergriffen, sie versprach ihm mehr, als der Himmel ihm geben könne. Es wurde von der Einrichtung des Hauses gesprochen und ehe noch Hildegard davon anfing, erklärte Apollonia, sie wolle weder auf Kosten, noch im Hause ihres lieben künftigen Schwiegersohns leben, aber die Stadt gefalle ihr wieder von neuem, sie höre, daß ihr ein mütterliches Erbe zugefallen sei, worauf die Stadt keinen Anspruch machen könne, sie wolle sich ankaufen, bis sie in den letzten Jahren zu dem Kloster zurückkehre, welchem sie damals entrissen worden. Frau Hildegard machte trotz aller Gegenrede Bertholds, der Apollonien nicht aus dem Hause lassen wollte, ihren Vorschlag wegen des Nachbarhauses, er gefiel Apollonien, doch gab Berthold nur ungern seinen Willen darein, weil beide Häuser durch ein

schmales Fußgängergäßchen getrennt waren, so daß keine andre Verbindung, als durch das Zubauen der allgemeinen Straße zwischen den beiden gestiftet werden könnte.
Das Nachbarhaus wurde jetzt in Augenschein genommen. Es fand sich neu und dauerhaft, denn es wurde erst vor wenig Jahren auf der wüsten Stelle gebaut, nur konnte sich Frau Apollonia nicht zufrieden geben, daß ein Brunnen fehle, der ihr als eins der liebsten und wesentlichsten Teile der Wirtschaft erscheine. Bertholds Baulust machte gleich einen kühnen Plan. Auch ihm mangelte ein tiefer Brunnen in seinem Hofe, nur trübe, moorichte Quellen sammelten sich in dem Behälter, das er damals bei der ersten Besitznahme des Gebäudes ausgegraben hatte, zum Ersatz hatte ihm immer der schöne, tiefe Marktbrunnen gedient, der doch sehr unbequem weit vom Hause ablag. Jetzt fiel ihm ein, beiden Häusern den Dienst zu erweisen durch einen gemeinschaftlichen Brunnen zwischen beiden, ihnen nicht nur ein tieferes, reines Quellwasser, sondern auch die Freude der Verbindung am Brunnen wie den Altvätern der Bibel in den Wüsten Asiens zu verschaffen. Zwar mußte dann die kleine Straße, die dem ganzen Städtlein nützlich war, um zu den Bleichplätzen auf kurzem Wege zu gelangen, auf immer geschlossen werden. Er schwankte, aber Apollonia trieb ihn mit der Bewunderung seines Anschlags über sein gutes Gewissen und seine Besonnenheit als Bürgermeister hinaus. Er fühlte, daß er unrecht habe, ganz deutlich; unrecht, weil er die ehrwürdige Scheidewand des Hohenstaufenpalasts durchbrach; unrecht, als Verwalter des öffentlichen Vorteils, aber der Gedanke war ihm zu süß, er konnte sich nicht losreißen, er hätte gleich in Ungeduld Hand ans Werk legen mögen. Er hatte so viele Gaben himmlischer Gnade erhalten, daß ihn der Mangel dieses Brunnens so quälte, als ob alles, was er besitze, gar nichts dagegen bedeute.

Schon versuchte er den Boden, ob er fest sei, da hörte er Frauen in dem Gäßchen, die rühmten dies Gäßchen, wie es so reinlich und fest sei, der Regen schade gar nicht, kein Wagen komme ihnen da entgegen, wenn sie mit dem Linnen bepackt wären, die Kinder könnten da auch so sicher spielen, ohne Gefahr übergefahren zu werden. Es rief in ihm, dies sei die Stimme eines warnenden Engels, aber der Teufel stand auch schon neben ihm, der Doktor Faust, der, wieder angekommen aus der Fremde, sich nach seinem Wohlsein erkundigte und die Unterredung behorcht hatte. Er fühlte Bertholds Puls und sagte, sein Blut verdicke sich, es fehle ihm entweder an Luftbewegung, oder an fleißigem Gebrauche des reinen Wassers. Frau Apollonia fiel ihm in die Rede, daß es an der Seite der Stadt nur einen öffentlichen Brunnen gebe, der natürlich so verunreinigt würde, sie könne nicht leben, ohne einen Brunnen in ihrem Hause zu haben. Faust gab ihr mit schrecklich wichtiger Gebärde allen Beifall, wollte aber von der Wunderkur anfangen, wie er Berthold ein frisches Lebensblut verschafft habe und daß er dies schonen müsse; da führte ihn Berthold unter einem Vorwande bei Seite, steckte ihm eine Hand voll Geld zu, sagte ihm, er müsse diese Wunderkur verschweigen, weil er sich schäme, durch fremdes Blut genesen zu sein. Faust grinste über das seltsame Geheimnis und brummte: »Ihr meint wohl, die Frau möchte nach dem fragen, der Euch das Blut gegeben, Ihr solltet ihn einmal jetzt sehen, das ist ein rechter Heidengott, ein junger Herkules geworden, er wächst wie Holunder und ist fest wie Hagebuche. Seid ruhig, ich will schweigen, aber erfrischt Euch an gutem Wasser, ich sage Euch, ich habe es in den Füßen, wo Quellen liegen, mir wird da so wohl, als stiege ich in ein Bad; da wo Ihr eingegraben habt, liegt entweder ein Schatz, oder eine mächtige Quelle.« – »Ich will einen Rutenschläger bestellen, ehe ich anfange zu arbeiten«, meinte Berthold, »Euer Gefühl kann irren.« –

»Herr«, sagte Faust ergrimmt und seine schwarzen Augäpfel traten hervor, wie Kugeln, die er eben fortschießen wollte, »Herr Bürgermeister, ich wünsche Euch alle Pestilenz auf den Hals, ich kuriere Euch nicht, wenn Ihr einen elenden Gauner von Rutenschläger befragen wollt, wo ich Euch schon Bescheid gesagt habe. Ihr müßt hier einen Brunnen graben, oder ich schreie in der ganzen Stadt, der Bürgermeister ist ein toter Mann, der nur durch Bürgerblut lebt, und ihr braucht nur sein Blut dem Anton abzuzapfen, so muß er wie ein Blutigel, dem Salz aufgestreut wird, auch sein Blut entlassen. Nun Herr, habe ich Euch in meiner Gewalt, es ergibt sich keiner umsonst dem Teufel.« – Berthold sagte ihm, er sei trunken. – Faust antwortete: »Trunken bin ich, denn jetzt sind es gerade siebenundzwanzig Jahre, als ich zum letztenmal nüchtern war, aber im Wein ist Wahrheit, wenn das Wort heraus ist, so gehört's einem andern, und wenn ein Ding geschehen ist, so verstehen's auch die Narren, der Balbier läßt sich mit dem abgeschnittenen Haar nicht bezahlen; wüßte ein Mensch recht, wer er wär, er würde fröhlich nimmermehr, aber der Wein macht lustig, das ist seine Gerechtigkeit.« – Bei diesen Worten winkte er einem verschmitzten, bleichen Knaben, der auf ihn an der Türe wartete, ließ sich eine große Henkelflasche von ihm reichen und wankte langsam dem Ratskeller zu, indem er zuweilen anhielt, um mit Hülfe des Knaben, der beide Arme unterstemmte, die große, geflochtene Flasche ihrer letzten Tropfen in seinen Mund zu entledigen.

»Es ist ein seltsames Vieh, unser Doktor«, sagte Berthold zu Apollonien, die sich über ihn verwunderte, »aber ein Ingenium hat er, wie keiner, wenn er kaum seinen Weg sehen kann, da errät er am besten alle verborgne Übel und hier hat er eine außerordentliche Quelle entdeckt, wo wir einen Brunnen nötig haben. Ich kann nicht ruhen, bis ich Arbeiter finde, das Werk anzugreifen; ich

sehe in Gedanken den Rand des Brunnens, die Sitze umher von Marmorstein, auf denen wir täglich mit einander frühstücken, wenn hell und herrlich der Morgen, und wenn er von Annen mit den ersten Gaben des Jahres, mit Krokus, Schneeglöckchen und Veilchen bekränzt wird, wenn wir unsre Kinder dabei taufen lassen; wenn bei Feuersgefahr dieser Brunnen die Stadt rettet, dann werden sie gern das kleine Gäßchen geopfert haben und werden es mir danken.«
Um keinen Widerspruch zu erfahren, eilte er, aufgemuntert von Apollonien, zu seinen Arbeitern, die Gasse wurde geschlossen, die Mauern durchbrochen, ehe noch die Sonne sank und Fingerling ihm sagte, daß die Zünfte einen Verdruß empfänden und zusammen gekommen wären, daß er eine solche gewaltsame Änderung und Zueignung ohne sie vorgenommen habe, nur ihre alte Anhänglichkeit halte sie ab, sich heftig dagegen zu erklären. Er meinte aber die guten Leute zu kennen, er wußte, daß sie einer großen, öffentlichen Lustbarkeit nicht widerstehen könnten und bat Fingerling, alle Zünfte mit Frauen und Kindern zu seinem Hochzeitfeste einzuladen, zugleich sollte er die Angelegenheit des Brunnens hin halten; wenn sie erst ein paar Wochen daran gewöhnt wären, würden sie einigen alten Weibern zu liebe, die das Linnen trügen, ihm diesen Gipfel des häuslichen Glücks nicht wieder entreißen.
Anna und Hildegard vernahmen nichts von der Sache, die erstere war allzu glücklich mit der Musterung aller Kostbarkeiten und Künstlichkeiten beschäftigt, welche die fürstliche Mutter dem Hause zur Überfüllung aller Zimmer verlassen hatte. Kaum gönnte sie sich Zeit zum Mittagessen, die neugierige Anna; wäre Berthold nicht mit seinem Brunnen beschäftigt gewesen, es hätte ihn kränken müssen, daß die Begierde auf Wirtschaftsgeräte, die sie bald als Eigentum betrachten sollte, ihre Aufmerksamkeit von ihm für den ganzen Tag abgelenkt

hatte. Mit rastlosem Eifer wurden alle Zimmer, alle Schränke gemustert, und Frau Hildegard selbst hatte die Freude, manches durch die Berührigkeit Annens wieder zu sehen, was ihr zu schwierig war aufzuheben, selbst manches noch zu entdecken, wovon sie bisher keine Kunde gehabt hatte. Immer höher stiegen sie und kamen im Boden an eine Kammer, von der Frau Hildegard selbst nichts wußte. Da aber die Türe verschlossen war und kein Schlüssel unter allen sich dazu vorfand, so wurden alle durchversucht, ob sie paßten. Endlich fand sich ein Schlüssel von dem Zimmer Bertholds, der auch hier aufschloß, aber die Erwartung war betrogen, die Kammer schien nichts zu enthalten als einen mottenfräßigen, grünen Wams, den Frau Hildegard bei näherer Betrachtung für den grünen Schreiberwams, für die erste Gabe Apolloniens erklärte. Der wurde von Annen mit Hildegards Einwilligung gleich bei Seite geschafft, damit diese Erinnerung, von der er oft sprach, keine neue Neigung und Eifersucht erwecken könnte. Nun fand sich noch ein eiserner Kasten in einer Ecke, in welchem Anna nichts fand, als ein türkisches Messer mit einem Drachengriff und einem ledernen Beutel, beides war seltsam schön gearbeitet und gefiel ihr, sie meinte, es brauchen zu können. Aber Frau Hildegard gebot ihr beides hinzulegen, sie wolle ihr ein besseres Messer kaufen, das sie in der Wirtschaft brauchen könne und der Beutel scheine ihr ohnehin verstockt zu sein. Doch Anna dachte sich schon als Herrin des Hauses, glaubte das alles schon ihr Miteigentum, wollte mitgenießen, was ihr gefiel, und sparen, was überflüssig schien, sie meinte also, es sei verständig, Messer und Beutel mitzunehmen, ohne daß es die Alte mit ihren blöden Augen bemerke, nachher werde sie schon vergessen, ein überflüssiges Messer zu kaufen, und den Beutel brauche sie ohnehin gleich, um allerlei kleine Gaben zu bewahren, die sie während der Haussuchung erhalten hatte. So kamen beide bedeutsamen Gaben alter Zeit, das einzige, was von dem Schatze Bertholds übrig, in die Gewalt der schönen Braut, die ihre Seltsamkeit und die Gefahr, welche damit verbunden, nicht ahnden konnte, aber das Unrecht war ihr doch deutlich, denn sie nahm beides heimlich und es brannte sie doch schon etwas, wie den Adler die glühende Kohle, welche er statt des Opferfleisches in das sichere Nest trug.

Siebente Geschichte

Der Brunnen

Der Heiratsanschlag auf Fingerling hatte keinen Fortgang, der alte Junggeselle befand sich in seiner ängstlichen Ordnung zu wohl, als daß er sie hätte ändern mögen. Er fand sich durch den Antrag sehr geehrt und geängstigt, denn seine alte Aufwärterin war gegenwärtig und machte ein böses Gesicht, auch die Kanarienvögel, denen er etwas Grünes gebracht, schrieen zornig drein, seine drei Schoßhunde knurrten – und Berthold fand es demnach geratener, zu ihren Geschäften überzugehen. Einen Vorteil hatte er inzwischen durch den verlornen Antrag, es durfte Fingerling seine Einwendungen gegen den Brunnen aus erwiderndem Nachgeben nicht weiter vorbringen. Dieser Brunnenplan war Berthold aber ganz ans Herz gewachsen, seit Anna, die vorläufig mit der Mutter ins Nachbarhaus der Schicklichkeit wegen bis zur Vermählung gezogen war, diese Verbindung höchst bequem fand, um spät und früh bei Berthold zu sein, mit ihm die Zukunft und das Haus auszuschmücken. Bertholds Zärtlichkeit, die jede Stunde durch artige Zeitvertreibe, Geschenke und Gesellschaften zu beleben wußte, hatte jede Eifersucht der Tochter wieder in den Hintergrund gestellt und bei der Brunnenverbindung beider

Häuser störte sie kein sorglicher Gedanke. Sie suchte inzwischen doch die Verbindung der Mutter mit Meister Kugler zu betreiben, der nun einmal fest entschlossen war, nicht ohne Frau in seine Wirtschaft zurück zu kehren, und sich inzwischen mit dem Fleischeinkauf für das große Fest beschäftigte, das Berthold der Stadt geben wollte. Als die Mutter ihr dieses Ansinnen rund abschlug, weil sie von dem Tode ihres Mannes eigentlich gar nicht unterrichtet sei, so sannen beide auf eine andre Frau für ihn, doch vergebens. Da traten die geschwätzigen Töchter des Vogts, Babeli und Josephine mit großem Geschrei ein, weil sie erst jetzt die Anwesenheit ihrer liebsten Gespielin erfahren hätten, küßten Apollonien, erzählten gleich, wie viele Verehrer sie ausgeschlagen hätten, bis die andern davon abgeschreckt, sich ihnen nicht mehr zu nahen wagten; wie sie jetzt viel verständiger handeln würden, wenn es ihnen gestattet wäre, ihren Weg noch einmal zu machen, wie sie nicht mehr auf irrende Ritter, sondern auf ehrliche Zunftgenossen sehen würden. Das Gespräch belebte sie, die Erinnerungen schmolzen das Eis ihrer Herzen und Kugler, der nicht mehr hinkte und sehr großstädtisch gekleidet war, trat zur rechten Zeit ein. Babelis Stunde hatte geschlagen, zwar spät, aber um so lauter, Kugler wollte eine Frau aus der Stadt, woher Anna stammte, sie liebten beiderseitig nicht ein zartes Verstecken mit ihrer Zuneigung zu spielen, Apollonia und Anna förderten die Geburt mit freundlichem Zureden, sie hatten sich erklärt und verständigt, geeinigt und geküßt; sic waren zum uralten Vogt gelaufen, der seinen Töchtern allen Willen ließ und auch zu dieser Verlobung freundlich nickte; alles das an *einem* Tage.

Auch hievon zog Berthold für seinen Brunnenbau wesentlichen Vorteil. Die Bürger wollten sich durch den versprochenen Schmaus wegen des vermauerten Bleichgäßchens nicht beschwichtigen lassen, sie wollten aber

den reichen Bürgermeister nicht unmittelbar kränken und steckten sich deshalb hinter den Vogt, der gegen Berthold gleich einige Worte von herzoglicher Genehmigung fallen ließ. Gegenwärtig fielen diese Worte ins Wasser, womit der Vogt seine Hände in Unschuld wusch; wie hätte er den Mann kränken sollen, der seinen künftigen Schwiegersohn beherbergte, der gewissermaßen die Veranlassung gegeben, daß er Babeli unter die Haube brachte, eine Hand wäscht die andere. Vielmehr gab er gleich den Bürgern zu verstehen, wenn sie sich gegen den Bau setzten, so würde Berthold durch herzogliche Gnade ihn dennoch durchsetzen, ihr Widerspruch sei vergebens. Die Bürger kannten Herzog Ulrich und schwiegen, trugen es aber Berthold nach, der doch nichts von diesem Gerede des Vogts wußte.
Das Ausgraben des Brunnens hatte große Schwierigkeiten, weil Berthold nichts vom Bergbau verstand, der doch hier notwendig zu Hülfe gerufen werden mußte, wenn er die oberen Quellen verschmähen und sich zur Tiefe durcharbeiten wollte. Die Arbeiter sagten oft, Erde und Steine möchten ihnen über den Kopf zusammenstürzen, denn sie verstanden es nicht, durch ein Zimmerwerk die steilen eingegrabenen Erdwände zu sichern, doch Berthold redete es ihnen in seiner Lust den Brunnen fertig zu sehen, immer aus, machte ihnen Mut durch Wein und Geld, stieg auch selbst in die Tiefe und half zum Zeichen, daß er keine Gefahr da ahnde. Aber jedesmal stürzte die Erde auf ihn nach und nötigte ihn, hinaus zu gehen und sich umzuziehen, wenn sie auch keinen weiteren Schaden tat. Er ließ das Ausgraben weiter umherführen, glaubte alles gesichert und förderte die Arbeit um so eifriger, je weitläufiger sie wurde. So tief hat des Himmels Gnade das Verderben versteckt, der Mensch sucht es trotz allen Gefahren auf, oft scheint es, als ob sein höchster Mut erst in der Sehnsucht nach dem Verderblichen erwache, als ob die Überzeugung des

Guten nicht diese heftige Flamme in ihm entzünden könne. Berthold hatte eben die Arbeiter verlassen, es war am dritten Tage, da kam ein Geschrei, der Brunnen sei eingestürzt, die Arbeiter verschüttet. In Verzweiflung eilte er hin, er sah den Brunnen durch die von zwei Seiten eingestürzten Wände halb gefüllt, der Gram seines Herzens nannte ihn einen Mörder, er sprang hinunter, er rief jedermann zu Hülfe, alles arbeitete in stummer Verzweifelung. Endlich gelang es, den armen Verschütteten Luft zu schaffen, sie konnten sich schon zum Teil selbst helfen; die leblos schienen, wurden wieder zu Atem gebracht, nur einem war der Arm zerschmettert. Berthold sorgte reichlich für alle, den Unfall suchte er den Frauen zu verheimlichen, doch glaubte er sich gezwungen, den Bau so lange auszusetzen, bis er sich erfahrne Arbeiter verschafft hätte.

Da brachte ihm Fingerling am nächsten Tage Botschaft, ein fremder, seltsam gekleideter Mann, fast wie ein Schornsteinfeger, der eine Lederschürze hinten, schwarz leinene Jacke und grüne Mütze trage, reite sein hohes Ritterpferd in den Hof und bringe ein Schreiben von Martin Luther. – »Glück auf«, sagte der Fremdling, übergab seinen Brief mit einem freundlichen Händedruck. Berthold durchlas den Brief, worin ihm Luther berichtete, daß er den ersten Tag wohl acht Meilen auf dem Pferde seiner Sicherheit wegen zurückgelegt habe, am Abend aber so steif und müde angekommen sei, daß ihn die Leute hätten herunter heben müssen. Ein ehrlicher Bergknappe habe es übernommen, das Pferd zurück zu bringen. Noch wünschte er ihm viel Segen zu der Ehe, auch solle ihm der ehrliche Bergmann ein Lied vom Ehestande vorsingen, denn der wisse aus den Tiefen, wie der Gesang in die Tiefen des Herzens dringt. – Aber unserm Berthold klang ein andrer Gesang in den Ohren bei den Worten, dies sei ein Bergmann, er sah ihn an wie einen höhern Boten, er drückte ihm die Hand wie

einem Bruder, er zog ihn mit sich fort, zum Brunnen hin, zeigte ihm mit Leidwesen, wie die Tiefe zugestürzt sei, er müsse ihm Rat geben, um gefahrlos in die Erde zu dringen. Der Bergmann lachte und sagte in seiner fremden Mundart, er wäre ein so hochgelehrter Herr, der lesen und schreiben könne, er wolle ihn mit der Kleinigkeit wohl zum Narren haben. Berthold stutzte und sah ihn verwundert an, dann beteuerte er ihm, daß keiner einen Rat wisse, in die Tiefe zu kommen, so wenig es ihm gelungen in die Wolken zu fliegen. – Der Bergmann spottete ihn aus, beschrieb ihm, wie ein Schacht nicht anders sei, wie eine Brunnenöffnung, bei der es aber auf Erz ankomme, wie dieser oft auf mehrere hundert Fuß Tiefe durch Wasser und Felsen eingetrieben werde, wie das Wasser und Gestein heraus zu schaffen sei und wie das Pulver jetzt alles Sprengen der Felsen erleichtere, wo sonst gar mühsam durch Feuersbrand die Härte gelöst werden mußte. Dann bestellte er sich Holz und Zimmerleute; Berthold versprach ihm reichen Lohn.
Die Bürger hatten des Unfalls am Brunnen gespottet, jetzt konnten sie gar nicht begreifen, was er vorhabe. Keiner der Schmiede und Zimmerleute konnte den fremden Bergmann verstehen, denn zwischen den ungebildeten Menschen, die verschiedne Mundart reden, ist das Verständnis schwerer, als mit denen, die schon ihre gewohnte Sprache durch Erlernung fremder Sprachen zu übersetzen gewöhnt sind. So mußte Berthold als Dolmetscher zwischentreten, um den Leuten deutlich zu machen, was sie hauen, sägen, bohren, hobeln, nageln und schmieden sollten, obgleich er selbst eigentlich nicht verstand, was aus der Sache werden solle, auch dazwischen von mancher Besorgung für das Haus und die Braut abberufen wurde. Es war diese Zeit des Glücks gefährlich für ihn, der so lange durch seine Erziehung und seine Schwächlichkeit von der Welt in eignen Wünschen und Leidenschaften abgehalten worden, er hatte

sie nur immer durch das gleichgültige Nebelmeer der öffentlichen Geschäfte, der eignen Bedürftigkeit und des Erwerbs angeschaut. Nun fühlte er sich auf einmal ein mitlebender Mensch, der manches vermöge, von zweien Frauen geliebt, von vielen Menschen umdrängt, die jetzt erst Vorteil oder Unterhaltung in dem Hause suchten. Es kamen Ritter aus der Gegend unter manchem Vorwand, versicherten ihm ihre Freundschaft, es tat ihm wohl von Turnieren mitzureden, den gewonnenen Becher zu zeigen; dann erregten sie seine Eifersucht, wenn sie artig gegen Apollonien und Annen waren, auch seinen Zorn, wenn sie auf Annen nicht zu achten schienen. Er lernte aus ihren Erzählungen das kriegerische Jagdleben der kleinen Ritterstaaten von der glänzenden Seite kennen und fühlte sich da mehr zu Hause, als bei sich selbst, wo ihm die Schreibstube, das Einkaufen der Wolle, das Dingen und Zahlen, wenn es gleich Fingerling gern besorgte, unleidlich fiel, so bald einer jener ritterlichen Gesellen ihn in der Zahlstube besuchte. Über seine früheren Jahre suchte er in sich ein Vergessen zu verbreiten, der Rosengarten und das ritterliche Puppenspiel ward eingepackt, er glaubte sich selbst zum fertigen Ritter bilden zu können, weil er sich gesund fühlte. Meister Sixt wurde jetzt von Frau Hildegard ins Haus gerufen, um die Bildnisse von allen zu ewigem Gedächtnis der schönen Zeit zu malen. Berthold schenkte ihm eine bedeutende Geldsumme für Anton, damit dieser ihm nie, so wenig während der Arbeit, wie nachher, ins Haus komme, weil er behauptete, Frau Hildegard könne ihn nicht wohl leiden. Er bemühte sich gar, den Anton nach Nürnberg zu Dürer in die Lehre zu bringen, aber das schlug Sixt rund ab, weil er auf die Malerei der dortigen Meister, besonders Albrecht Dürers, gar nichts hielt, sondern das Wohlgefallen der Leute an dessen magern Gestalten für eine Augenverblendung ausgab. Er hatte die vollen sinnlichen Gestalten seiner niederländischen

Meister im Kopfe, so malte er auch seine Heiligen, daß noch ein sehr vollendeter Mensch außer der Heiligkeit sich in ihnen zur Schau stellte, ein Mensch, der auch zur Sünde den Stoff in sich trug, aber in seinem Ausdruck, die Bändigung der Lust, die Unterwerfung des blinden Triebs zu höherem Zwecke zeigte, der zugleich durchscheinen ließ, daß dies alles in ihm kein toter Zwang des Gesetzes sei, sondern ein Drang seiner Seele, ein feuriger Wille, oder was gewöhnlich Glaube genannt wird, dies Vertrauen auf einige Begeisterung des Willens für etwas, das alles wirkt und bildet. So tückisch Meister Sixt die schwächliche Gestalt Bertholds einst aufgefaßt hatte, so reich und freudig wußte er die herrlichsten Augenblicke in Annens Gestalt und Ausdruck zu sammeln und fest zu halten, Apollonien gab er dagegen zu viel Böses und Frau Hildegard zu viel Gemeines in den Ausdruck, denn was ihn nicht entzückte, das machte ihn tückisch. Eine Bosheit von ihm war es auch, daß er sie durch das Zugehörige, die Eule bei Apollonien, die Taube bei Annen und den Pfau bei Hildegard, als die drei Göttinnen der Fabel bezeichnete, Berthold aber als Paris hinzufügte, wie er Annen den Apfel reichte. Diese mythische Bedeutung, die niemand in Waiblingen, als Berthold verstand, hatte dieser in Zutrauen auf Anna gebilligt, da er in ihr allerdings etwas von einer Liebesgöttin fand, auch konnte das ganze Bild, das an den zu erbauenden Vereinigungsbrunnen (der nach Bertholds Zeichnung in das Bild eingetragen war) den Zuschauer versetzte, eben so gut für eine Verherrlichung der Gartenlust, die Berthold geschaffen, gelten; so wurde es auch von den Frauen, von allen Basen und Vettern, von Rittern und Knappen aufgenommen.

Zu keiner Angelegenheit verhielt sich während dieser Arbeit unser alter Sixt seltsamer, wie zu dem Bergbau am Brunnen, der inzwischen schon mit verschränktem Holze ausgesetzt war und durch ein Drehrad mit zwei

Pumpen seines wilden Gewässers entledigt wurde. Er konnte ihm seine Bewunderung nicht versagen, begriff aber nicht, was da vorgehe. Daß da unten in der Tiefe einer arbeite, kam ihm nicht in den Sinn, sondern er meinte, das mache sich alles von selbst durch die mirakulöse Maschine. Er spritzte deswegen eines Morgens sehr unbesorgt sein warmes Wasser, worin er die Pinsel, Farbenscheibe und Farbenbeutelchen ausgewaschen, in den Brunnenschacht. Er hatte den Tag sehr viel an einem roten Kleide Annens gemalt, das warme Wasser war wie Blut gerötet und der Bergmann erschrak bei seinem Grubenlichte nicht wenig, als ihm rotes, warmes Blut über den Kopf rann, er glaubte, daß ihm eine Ader an einer Kopfwunde, woran er schon einmal todkrank gelegen, wieder aufgesprungen sei. Er stieg entsetzt und gar unerwartet für Meister Sixt, wie ein Schornsteinfeger für den Storch, der ruhig über dem Schornstein nistet, aus der Tiefe. Meister Sixt machte ein Kreuz mit seinem Pinsel und wäre schnell dem Berggeiste entwischt; der aber hatte ihn schon in seinen schwarzen Fäusten und sagte ihm in seiner breiten Mundart, er solle ihm einen Arzt bestellen, ihm sei eine Ader gesprungen. Meister Sixt versprach alles, um dem schwarzen, blutigen Manne zu entkommen. Er lief fort und begegnete in der Straße einem Geistlichen, dem Pfarrer Sprenger, der die heilige Speise zu einem Kranken getragen hatte; den sandte er gleich zum Trost des armen Bergmanns. Dann lief er zum Bader, daß er sich mit chirurgischem Verbande einstelle, und begleitete diesen zum kranken Bergmanne. Der gute Bergmann hatte inzwischen schon alle seine Sünden gebeichtet, wie er hie und dort Erze bei Seite geschafft und an die Chimisten verkauft habe, er war seiner Sünden entledigt und die heilige Speise ihm gereicht worden. Der Geistliche suchte ihm noch Mut einzusprechen, aber der Bergmann blieb dabei, ihm würde im Himmel auch nichts geschenkt werden; er werde »ta prav tonnern« helfen müssen. Da trat der Chirurg hin, wusch den Kopf ab, setzte seine Brille auf, schüttelte mit dem Kopfe, sah wieder, roch wieder und brüllte endlich zornig: »Meister Sixt, ich schlage Euch alle Rüben im Leibe zusammen, hier ischt keine Wunde, das ischt kein Blut, sondern riecht wie Malerfarbe, Ihr habt mich zum Narren brauchen wollen, mein Gang kostet einen Gulden, die Ehrenerklärung kostet auch einen Gulden, und wenn ich Euch nicht totschlagen soll, kostet's noch einen Gulden.« – Der Geistliche, als er dies vernahm, sprach Fluch und Bann über den dürren Meister aus, daß er mit dem Heiligsten seinen Spott treibe. – Meister Sixt krähte dazwischen von seinem point d'honneur, indem er einen kleinen Degen zog, ihn habe der schändliche Bergmann angeführt, er sei unschuldig; der Bergmann aber schalt grimmig auf den Maler, er habe ihm ein Fieber in den »Leip« gejagt, er habe ihn mit »Treck gesalpt«. Schon hatte der Bergmann mit seinem Fäustel den kleinen Degen des Malers in die Luft geschnellt und wollte ihn damit weiter auspochen, da trat Berthold aus dem Hause, ermahnte ihn zum Frieden, ließ sich den Vorgang erzählen und erklärte allen den seltsamen Irrtum, worin sie sich vergebens ereifert hätten, zahlte dem Wundarzt eine kleine Entschädigung, verehrte dem Geistlichen Tuch zu einem Mantel, schickte Sixt zum Bilde fort und trieb den Bergmann an die Arbeit, die ihrer Beendigung nahe schien und die viel Menschen nötig hatte, weil die Pumpen Tag und Nacht beschäftigt werden mußten.

Der Bergmann wollte sich zwar weigern, gleich nach solcher »Unortnunge und pöser Warnunge«, wie er sich ausdrückte, fort zu arbeiten, aber Berthold stellte ihm vor, daß die Arbeit durch den Felsen wahrscheinlich noch an dem Tage zu der großen Quelle führe, auf die alle Vorzeichen deuteten. Der Bergmann dachte seines Berufs und der Vergebung seiner Sünden, er stieg ein in die Tiefe: das Unheil war so tief verborgen, er mußte es doch zu Tage fördern. Berthold hörte den Bergmann aus der Tiefe gar herrlich singen und dachte wohl an Luthers Brief und wie dieser fromme Bergmannssohn für die Sehnsucht der Welt nach tiefer Erkenntnis sein Leben daran setze, eine Quelle des Glaubens zu entdecken, nachdem aller andrer Glaube, wie er bisher gebraucht, als getrübt befunden worden. Ängstlich fragte er den Bergmann, ob auch keine Gefahr ihm drohe, es sei ihm so bange. – »Eine feste Burg ist unser Gott«, antwortete der alte Hauer, »ich laß mich nicht zum zweitenmal von blinder Furcht abtreiben, es muß hindurch, der Fels mag hier noch so fest sein, ich habe gebeichtet und gebetet.«

Beruhigt ging Berthold zu seiner Anna, fand aber dort einen sehr schmerzlichen Brief des guten Treitssauerweins; er schrieb ihm: daß der Kaiser täglich schwächer werde, daß ihm seine großen Bestrebungen lächerlich dünkten, daß er viel von den Kronenwächtern vernommen und sich lächelnd geäußert habe, daß er sich gerade an den Unrechten gewendet, als er Berthold zu Nachforschungen aufgefordert habe, er möchte wohl selbst zu ihnen gehören. Das habe er als Freund bestritten, aber der Kaiser sei nun einmal altersschwach und beschaue täglich seinen Sarg, den er bei sich führe. Als er von Augsburg ohne Prunk ausgezogen, habe er sich bei der Rennsäule auf dem Lechfelde umgewendet, lange mit seinen weisen, gütigen Augen die Stadt beschaut und endlich mit bebendem, tiefem Atem gesprochen: »Nun gesegne dich Gott, du liebes Augsburg und alle frommen Bürger darin, wohl haben wir manchen guten Mut in dir gehabt, nun werden wir dich nicht mehr sehen!« – Wo die Tonkugel eines Knaben und wo die Geschützkugel zur Ruhe kommen, sind beide gleich machtlos, von dem Leben nimmt der Bürger und der Kaiser mit gleichem Gefühle Abschied; daß aber ein Kaiser nach so gewalti-

gem, sausenden Laufe durch die Welt und ihre Geschichte noch so menschlich mit der Stadt reden konnte, in der er wenige frohe Tage lebte, die Treue rührt tiefer, als das Angedenken mancher großen Tat.
Berthold erinnerte unter solchen Betrachtungen seine Anna an jedes gute Wort des Kaisers und beide saßen fest verschlungen aneinander in Tränen, als sich ein Lärmen hören ließ nach der Hofseite, als ob ein fernes Geschütz abgefeuert würde. Berthold hörte gleich darauf ein Geschrei der Arbeiter am Brunnen, er lief ans Fenster und erblickte eine Wassersäule, die sich über den Brunnen erhob und sich dann senkte; das Wasser aber floß dann wie aus einem überkochenden Kessel aus dem Brunnenschacht die enge Gasse zwischen den beiden Hofmauern nach der Rems hinunter. — »Gott, Gott«, rief er, »unser armer Bergmann!«
Mit diesem Ausruf eilte er aus dem Zimmer hinunter die Treppe, über den Hof zum Brunnen hin: »Helft, helft!« schrie er zu den Arbeitern, aber da war schon alles versucht, den armen Bergmann heraus zu ziehen, es fehlte nur an Haken, um bis zur Tiefe des Brunnens zu gelangen. Die Leute berichteten, daß sie einen Schall in der Tiefe gehört, als ob er den Durchbruch eines Felsenstücks, woran er lange gearbeitet, zu Stande gebracht, aber mit einem furchtbaren Bullern, das leichte Steine fortgeschleudert, habe sich eine Wassersäule erhoben, gewiß habe er ein großes Wasserbecken im Innern des Bodens geöffnet, und sei vom Felsenstück niedergedrückt worden, sonst würde ihn der Strom emporgetragen haben. Kein Schwimmer könne da niederdringen, so lange der Wasserstrom mit solcher Gewalt ausströme, die Haken möchten ihn nicht erreichen, selbst von langen Bäumen, er sei verloren; ein Glück für ihn sei es, daß er gebeichtet habe und gespeist sei. Die Leute sahen darin eine besondre Absicht und Gnade des Himmels, daß der Maler den Geistlichen herbeigeführt habe. Das war kein

Trost für Berthold, er suchte umher nach Rat und Hülfe, aber vergebens, zugleich schämte er sich des Vorgangs vor den Frauen und vor der Stadt. Er gab den Leuten Geld, daß sie dies Unglück verschwiegen, auch im Hause sagte er nichts von dem Vorgange, sondern berichtete nur die Erscheinung der von Faust vorausgesagten großen Quelle. Alles eilte verwundert dahin, der Bergmann schien vergessen. Heimlich bestellte Berthold, so wenig er sonst darauf gehalten, Seelenmessen für ihn zu lesen; so verschmähen nur wenige, was ihnen angenehm im Glauben ist, nur das Unbequeme veranlaßt den Zweifel und die Untersuchung.
Aber die Arbeiter schwiegen kaum so lange, als dies Geld währte, das er ihnen geschenkt, bald war die Geschichte ein Märchen der Stadt, es hieß, der Bergmann habe kostbare Edelsteine im Grunde des Brunnens gefunden und sei von Berthold herabgestürzt, um dies zu verheimlichen, er werde es künftig schon herausarbeiten. Niemand sagte ihm so etwas wieder, daß er die Wahrheit hätte offenkundig machen können. Die Lüge wandte immer mehr Herzen von ihm, aber er war zu übermächtig durch seinen Reichtum, durch die große Zahl von Arbeitern, die er beschäftigte, als daß irgend ein Bürger eine Anklage gegen ihn gewagt hätte. Faust mehrte den Zorn der Leute, in seiner Trunkenheit sagte er seltsame Dinge von Bertholds Heilung durch Blut, wovon er, wenn er nüchtern, nichts wissen wollte. Um diese Zeit liefen aber so viele Klagen gegen Faust ein, daß Berthold, seines ärgerlichen Wandels überdrüssig, ihn zur Stadt hinaus führen ließ. Da sagte Faust ganz vernehmlich: Es solle dem Bürgermeister noch gereuen; wenn er den Anton nur erstechen könne, so wäre er auch des Todes, und dazu werde sich schon einer finden. Aber auch davon erfuhr Berthold nichts, er wurde immer noch von den Seinen wie ein krankes Kind gegen jedes unangenehme Lüftchen bewahrt. Schnell ordneten sich die

Steine um den Brunnen zu seinem Rande und zu Sitzen umher, sein Abfluß wurde sanft und ein kleiner Ausschnitt leitete den Überfluß durch ein Gitter ab. Am sogenannten Polterabend vor der Hochzeit, wo bei den Ärmeren alles Gerät abgesondert, die alten Töpfe zerschmissen werden, um ein neues Leben anzufangen, war der Brunnen am Abend fertig und trocken und erst jetzt entdeckte sich allen seine Anlage. Die Sitze waren hinlänglich gehöht, um über die Mauern nach dem Remstale hinzublicken, so daß die sinkende Sonne in ihrem abendlich gesättigten Rot aus dem Spiegel des gewundnen Flusses mit dem Scheine mannigfaltiger Inseln blickte; unter den Mauern sangen dazu die Chöre der Bleicher auf den grünen Wiesen, Berthold wurde überrascht und überraschte zugleich, die beiden Frauen zierten den Brunnen mit einem Blumennetze, das sie heimlich bereitet hatten und auf bunten Stangen über die Mitte des Brunnenrads stellten, daß es mit Duft und Farbenspiel sie wie ein Zelt umgab und die Aussicht erhöhte, indem es zuweilen sie unterbrach. So saßen sie ruhig, und Anna fühlte einmal gar keine Eifersucht, daß Berthold die Mutter mit seinem andern Arm umfaßte, sie sprachen wenig und blendeten sich an dem Abendrot. Der Brunnen war zwar teuer erkauft, aber er gewährte dem glücklichen Berthold das stolze Gefühl, daß ihn diesmal nichts geschreckt habe; die andern wußten nichts von dem armen Bergmann. Da hörte Anna von einer Seite einen Atemzug, wo keiner der Ihren stand, sie blickte um sich und sah einen alten Mann in rostiger Rüstung. Sie fragte Berthold mit leichtem Schreck: »Wer ist der fremde Mann? Er sieht aus, als ob eines von unsern alten Steinbildern am Hause zu uns herabgestiegen wäre. Er hat mehr Züge im Gesicht, als zwei gewöhnliche Menschen. Er schiebt jetzt einen Kasten heran, es kommen mehrere, die ihm helfen, alle gerüstet wie er, alle von bleichem steinernen Angesicht. Sie gehen schweigend zurück, er bleibt.«

Achte Geschichte

Das Hausmärchen

Frau Hildegard, die sich zugleich mit Berthold umsah, stieß diesen vergebens an und flüsterte ihm zu, er möchte sich fortbewegen, es sei einer der Kronenwächter, den sie sonst schon oft abgewiesen habe. Berthold fühlte einen Mut in sich, dem Alten zu begegnen, und fragte ihn, was er wolle, warum er sich ihnen so heimlich genaht habe! – »Heimlich?« antwortete der Alte mit tiefer heiserer Stimme, als ob die böse Witterung eines Jahrhunderts darin sich verkrochen hätte, »heimlich war nicht nötig, ihr saht und hörtet nichts! Mein Name ist Kronenhelm, bin Ehrenhalt auf dem Schlosse Hohenstock, wurde viel hin und her geschickt in Ernst und Spiel, habe Turnier ausgerufen, Fehde verkündet, Schlösser aufgefordert, habe im Zweikampf Sonne und Schwerter gemessen, besprochene Waffen losgesprochen, die Hexerei mit ritterlicher Ehre gebrochen, kann blasen auf dem Ehrenhorn hoch und tief, und wenn einer sieben Jahre schlief, ich weck ihn und schreck ihn, doch wenn einer lustig ist, bin ich auch ein guter Christ, und zu Eurem Polterabend komm ich über die Heide trabend, Euch Gruß zu bringen, Eure Hand zu schwingen, Geschenk und Gaben, die sollt Ihr haben, buntes Glas, wie bald bricht das, darum nehmt's wohl in acht, es hat ein Vorfahr gemacht. Seht her, seht hin, seht die Sonne darin, wie's flimmt, wie's flammt, alles vom Lichte stammt.« – Bei diesen Worten hob er aus einem Kasten, den ihm einige Leute nachtrugen, länglichte Glasfenster, oben als Spitzbogen geschnitten, und stellte sie in die leeren Räume zwischen den mit Blumen umwundnen Stangen gegen die untergehende Sonne, daß die Farbenpracht des Glases in seinem Durchscheinen in dieser vollsten aller Lichtfüllungen jedes andre denkbare Bild überstrahlte. – Berthold grüßte den Mann und in der Meinung, er sei von den

Frauen geschickt, drückte er den beiden Frauen die Hand und dankte ihnen für die seltne Freude, die sie ihm bereitet hätten, er schwöre ihnen, kein Baumeister hätte je so etwas Schönes ersonnen. Dieses Blumenzelt solle in feinem Marmorstein ausgeführt werden und die Glasfenster haltend umschließen, daß der Brunnen eben so leicht frei, als geschlossen nach Witterung und Stimmung genutzt werden könne, zum kalten Bad für die heiße Zeit, als warmes Bad im Winter, auch zum sichern Mittagsschlaf beim Rauschen des Gewässers. Er rühmte Annen, wie sie ihn in allem übertroffen, – aber Anna sah Apollonien verwundert und ärgerlich an, als ob diese heimlich sie durch Erfindung habe übertreffen wollen, – und Apollonia noch verwunderter Annen, – der alte Ehrenhalt lachte recht von Herzen. – »Warum lacht Ihr, Alter?« fragte Berthold, »daß ich so eifrig bin, mir hier gleich ein Brunnenhaus fertig zu denken, woran noch mancher Meißel stumpf wird. Ihr sehet hier noch Stangen, ich sehe schon die Blumenkrone in Marmor über dem Brunnen, ich sehe schon die Morgensonne von jener Seite, wie sie die Fenster durchleuchtet, ich meine das Tal dort wird noch freundlicher scheinen, weil es weniger blendet.« – »Herr«, antwortete der Ehrenhalt, »Eure Absicht finde ich gar wohl erdacht, aber ich wundre mich, daß Ihr diese Arbeit so wenig kennt nach ihrem Werte und ihrer Seltenheit, daß Ihr es für eine bloße Artigkeit Eurer Braut haltet. Solche Fenster möchte der Kaiser sich wünschen und sie nicht bereit finden; dieser mühsam zusammengebrachte Reichtum an Schmelzfarben steht keinem Glasmaler so zu Gebote und die Fertigkeit in der Benutzung aller ihrer Mischungen und Überlagen fordert ein vieljähriges Nachdenken. Hier ist nicht wie in gewöhnlicher Glasmalerei mit Schwarz geschattet, ein jeder Schatten sinkt in seiner eigentümlichen Farbentiefe. Ehrt dies Geschenk, das erste, womit die Kronenwächter Euch ein Zeichen ihres Vertrauens geben.« – »Wer erlaubt Euch hier einzudringen?« unterbrach ihn jetzt die alte Frau Hildegard, »jetzt erkenn ich Euch, wie oft habe ich Euch abgewiesen.« – »Laß ihn«, sagte Berthold, »seid nicht böse, guter Mann, die Mutter meint es gut mit mir und fürchtet Euch wegen Martins Tod; Eure Gabe lerne ich jetzt erst recht bewundern, Ihr habt diesen Abend seltsam verherrlicht, Ihr sollt Zeuge sein meiner Freudentage und Ihr werdet Euch scheuen, ein Glück zu stören, um Greuel hoffnungsloser Erwartungen zu säen.« – »Greuel?« fragte der Ehrenhalt ernst. – »Ich sage Euch meine Ansicht«, antwortete Berthold, »verhehlt sie nicht den Kronenwächtern. Ich meine, daß ein hochberühmtes Geschlecht nach Gottes Weisheit von der Höhe schwindet und dem gemeineren Platz macht, wenn seine Fortdauer Greuel brütet. Denkt Euch, der vielfache Mord, an welchem mein Vater untergegangen, wäre von dem herrschenden Geschlechte vor den Augen der Welt begangen, welch ein Vorbild den Völkern; jetzt schwindet er in der Unbemerktheit, nur denen verderblich, die sich darin verwickelt finden.« – »Woher aber diese Greuel?« antwortete der Ehrenhalt. »Fühlt Ihr solche Frevel in Eurem Blute? Seid Ihr nicht mild und schaffend in Eurem Kreise gewesen, und war nicht eben so Euer Vater? Berührt Euch aber der Gedanke Eures Sturzes ernstlich, und das wird keinem fehlen, dann lernet Euch selbst fürchten; fiele die wärmende Sonne zur Erde, sie würde uns verbrennen. Als Euer heiliges Geschlecht herrschte, gab es ein reines, keusches Rittergeschlecht, aber die jetzt den Namen tragen, sind es nicht. Nicht die sind Ritter, welche mit goldnen Spornen einherstolzieren, die von den Kaisern mit Gunst und Torheit zu Rittern geschlagen sind. Die echten Ritter sind vom harten Geschick geschlagen und geprägt, ihr Sporn ist die Treue und ihr Schwert der Glauben an das ewige Bestehen der Geschlechter und daß dieselbe Herrlichkeit aus dem Stamme immerdar wiedergeboren werde, wie Ihr das Wasser dieses Brunnens ruhig abfließen laßt und immerdar auf die Dauer und Gabe der Quelle rechnet. Doch Herr, es ist nicht gut einen zu wecken, ehe er ausgeschlafen hat, Ihr müßt noch ausschlafen von dem Siechtum, das Euch lange zu ritterlichen Taten untüchtig machte, auch wollen die Kronenwächter noch nichts mit Euch, sie senden Euch nur eine kleine Freundesgabe, daß Ihr Eure Abkunft nicht vergeßt, denn in diesen Bildern ist viel von Eurer Abstammung erzählt und hier sind die Reime, die Euch hierüber weitere Auskunft geben.« – Mit neugierigem Stolze griff Anna nach dem Buche und sagte: »Es ist mein, denn seine Ehre ist auch meine Ehre jetzt; aber die Züge dieser Handschrift müssen gar alt sein, ich kann sie nicht lesen. Herr Ehrenhalt, schenkt uns noch einen Bericht aus diesem Buche, es scheint gar lang und Ihr werdet uns das mehr in der Kürze berichten können, da das Abendlicht bald zu verlöschen droht.« – »Tut es alter Herr«, sagte Berthold, und bot ihm einen Becher alten Neckarwein an, »wenn Ihr ein ritterlicher Diener seid, so dürft Ihr schönen Jungfrauen so etwas nicht abschlagen.« – »Euer Wein ist klar, wie der Jungfrauen Angesicht«, antwortete der Ehrenhalt, »und was Ihr begehrt, ist unsre stete Unterhaltung in den einsamen Wachtstunden, bald sprechen wir von den wohlbezeugten Geschichten des Hauses, von Barbarossa und Konradin, bald von den Hausmärchen aus den Zeiten des Attila, von denen hier eins abgebildet ist. Es berichtet von einem der alten schwäbischen Könige, aus dem Hause der Hohenstaufen, dessen Name verschieden angegeben wird, hier aber soll er in Waiblingen sein Hoflager gehalten haben. Waiblingen war damals eine große Stadt.« – »Das wissen wir aus der Chronik«, sagte Berthold. – Nun erzählte der Ehrenhalt das Hausmärchen nach Ordnung der Bilder, die er nach einander, wie er in der Erzählung fortschritt, gegen die Sonne stellte, daß jeder ihre Bedeutung zugleich erschaute.

Erstes Bild

Es war nun der dritte Tag, daß der König dem wunderbaren, kleinen, wie Silber blinkenden Vogel über Höhen und Tiefen bis zum Anfang des dichten Schwarzwaldes nachschlich. Der Vogel schien aber der Jagdkunst verständig, trug spielend eine goldne Feder im Schnäbelchen, wenn er außer dem Bereiche der Armbrust war, wiegte sich auf dem Zweige und sang ruhig, aber im Augenblicke, wo der König den Pfeil auflegte, breitete er seine Flügel aus und schwand selbst wie ein Pfeil in die gefahrlose Weite, während der König ihm ärgerlich, aber vergebens, seinen Pfeil nachschnellte. Die Jagdwut des Königs überwältigte seine Ermüdung; seine beiden einzigen Gefährten, zwei Ritter, die ihm aus gutem Willen folgten, waren schon am Morgen erschöpft bei einem Einsiedler liegen geblieben. Des Königs Jagdlust entschädigte ihn für alles, was er entbehrte, er überließ sich ihr nach dem schnellen Absterben seiner beiden Eltern, das einem tückischen Gifte zugeschrieben wurde, um seinen Kummer zu zerstreuen, daß er den Mörder nicht entdekken konnte. Gewiß war es einer seiner Gaugrafen, denen er in der Trauer so unbesorgt die Nachforschung, die Regierungsgeschäfte und alle Einnahmen überlassen hatte. Dieser schmerzliche Müßiggang machte ihn dem Volke verächtlich, wenige entschuldigten ihn mit dem schmerzlichen Anlasse. Die beiden gutmütigen Edelleute, die ihm auf seinen Irrwegen folgten, erkannten zwar das Unglück, was er durch diese Lässigkeit über das Land brachte, aber sie wagten nur selten, ihm Vorstellungen zu machen, da er allmählich in seiner Jagdlust verwildert, gegen jede Einrede wütete, und sich selbst überredet hatte, indem er von dem Ertrage der Jagd sich kärglich nähre, so müßte es seinem Volke recht wohl sein, dem er alle seine Einahmen überlassen hätte. Aber seine Grafen hatten dieses Erbe zur Unterdrückung des

Volks durch fremde Söldner benutzt, so wurde das reiche Land vernichtet. Jener Vogel hatte den König allmählich in den damals dreifach größeren, unzugänglichen Schwarzwald geführt, er eilte über die von den Menschen bis dahin nicht überschrittene Grenze der Wildnis, ohne es selbst wahr zu nehmen. Da bedeckte die untergehende Sonne ihr Haupt mit Asche der brennenden Wolken, er hätte seinen letzten Atem aushauchen mögen, um ihr Feuer noch für einen Augenblick anzufachen. Er blickte um sich, denn der Vogel schien entschwunden, und er hörte doch seine Stimme. Welche Bäume umgaben ihn und welche zusammengestürzten Haufen von Baumstämmen, auf denen riesenhafte Pilze mit bunten Giftfarben erwachsen waren, hier sah er eine Eidechse, die auf den Tod einer Schlange lauerte und ihr vorsang, dort hackten unzählige Spechte den Takt zu dem Gesange. Wilde Reben aller Art, lebendig und abgestorben, verflochten den Urwald, in welchem die Bäume so dicht aneinander ihre Äste drängten, daß er seinen Weg durch die abgestorbenen Unteräste brechen mußte.

Grimmig schleicht er auf den Zehen
Durch des Waldes tiefe Nacht,
Aus dem Tale zu den Höhen
Lockt der Vogel ihn und lacht,
Lacht in tausendfachen Tönen,
Schlägt mit seinen Flügeln ihn,
Recht als wollt er ihn verhöhnen,
Denn das Dunkel macht ihn kühn.
Wütend schlägt der Herr die Bäume,
Wo er längst entflohen ist,
Schießet in die dunklen Räume
Und die Wut sein Herz zerfrißt.
Kracht die Tanne an der Tanne,
Seufzt er auch aus zorn'ger Brust,
Fühlt sich schmerzlich in dem Banne
Von der bösen Jägerlust.

So wütete sein stolzer Jagdsinn gegen den Vogel, der ihn in diese Wildnis geführt, und wo er etwas flattern hörte in den gedrängten Ästen, da schoß er seine Bolzen hinein, doch ohne andre Frucht als die Mückenscharen auf sich hinzuziehen, die schon in den Fichtenästen ihr Nachtlager aufgeschlagen hatten. Von ihnen gepeinigt, stampfte er auf den Boden, da sauste eine Wolke von Erdbienen gegen ihn empor. Er stürzte sich durch die trocknen Äste, ihnen zu entfliehen, da brummte an ihm vorüber ein zottiger Bär, der den Honig der Bienen wittern mochte, denn er achtete des Königs nicht, der schon sein Schwert zur Wehr gezogen hatte. Nun hörte er wieder die Stimme des silbernen Vogels, aber er fühlte keinen Zorn mehr gegen ihn, er war ihm eine willkommnere Gesellschaft unter den Ungeheuern, die ihn umdrängten. Ein heftiger Durst zähmte ihn, er hörte wohl Wasser rauschen, aber wie ein Strom, der von einer Höhe stürzend zerstäubt, denn der Felsen, auf welchem er stand, bebte von dem Falle. »Ein Schritt noch, und es ist der letzte«, schien ihm des Vogels Gesang zu sagen und der König fühlte zum erstenmal, daß er noch nicht zum Sterben vorbereitet sei. Er betete zum erstenmal seit dem Unglücke, das ihm die lieben Eltern geraubt hatte, denn er hatte mit dem Himmel gezürnt, in Finsternis und Wildnis kam der Geist des Herrn über ihn. Und als er das Haupt vom Gebete erhob, da sah er den silbernen Vogel dicht neben sich, der einen großen, leuchtenden Johanniswurm in seinem Schnabel trug und damit flatternd einen Fußpfad erleuchtete, den er in der Dunkelheit der Nacht und des Walds nie wahrgenommen hätte. Demütig hing er seine Armbrust über und folgte mit Rührung dem angefeindeten Boten des Himmels. Seht hier auf dem Bilde, wie alles Licht von dem Johanniswurme ausgeht, welchen der Vogel trägt, seht an der Seite Schlange und Eidechse, an jener Bär und Bienen am Abgrunde, den das brausende Wasser unterwühlt.

Zweites Bild

Über eine Stunde führte ihn der kleine Laternenträger durch den dichten Wald. Bei solcher Obhut konnte ihn weder das Heulen der Wölfe, noch das Liebesgeschrei der Eulen erschrecken, aber doch fühlte er in seinem brennenden Durste, welchen das Kauen von Blättern nur vermehrte, daß er ohne eine Quelle zu finden, bald verschmachten müsse. Der Boden blieb dürr oder felsig, das Nadelholz hatte alles Leben unter sich erstickt, die Nacht war taulos, und ein fernes Blitzleuchten in der Schwüle gab nur entfernte Hoffnung zu himmlischen Quellen. Da erschien ihm, als er schon alle Hoffnung aufgeben und eine Ader sich öffnen wollte, seinen Durst zu stillen, das Feuer eines nahen Herdes, indem sich die Türe eines Häuschens, das von Bäumen versteckt war, öffnete. Der Vogel sang fröhlich und zeigte ihm den Weg dahin durch die Gebüsche und setzte sich auf den Giebel des Häuschens und ließ den leuchtenden Johanniswurm frei entfliegen. Nicht aus Vorsorge, weil Räuber die Wildnis zum Aufenthalt wählen konnten, sondern erschöpft lehnte sich der König an die aus wilden Rosenbüschen geflochtene Wand der Hütte, ehe er einging, und dankte dem Himmel für die gnädige Führung. Dies stellt das zweite Bild dar: in der Hütte sehen wir einen ehrwürdigen Greis mit langem, weißen Barte, an einem Pulte schreibend, während schöne Knaben neben ihm an einem Tische Früchte und Becher zu einem Mahl auftragen. Die alten Reime lehren dabei:

Lernt im Zufall Gottes Führung,
Wie er euch in Not begrüßt,
Denn es braucht oft tiefe Rührung,
Daß ihr euch nicht ganz verschließt.

Drittes Bild

Totenbleich tritt er zur Hütte,
Wie sein eignes Schattenbild,
Trinkt vom Quell, der in der Mitte,
Gleich dem müd gehetzten Wild;
Und ein Kind bringt Stuhl und Früchte,
Und der Alte Wein und Brot,
Will nicht, daß er erst berichte,
Was ihn brachte in die Not.

Der König stillte seinen Durst, dann dankte er dem Alten, und fragte nach der Gegend, wohin er sich verirrt habe. Der Alte schrieb schon wieder gar eifrig und legte den Finger auf den Mund, zum Zeichen des Schweigens. Der König schwieg und die Kinder führten ihn zum Lager am Feuer, wo ihn der Schlaf in wenig Augenblikken überwältigte.

Er mochte wenige Stunden geschlafen haben, als ein Funke vom frisch angeschürten Feuer auf seine Stirn sprang und ihn erweckte. Aber die Ermüdung aller Glieder war noch zu groß, er wollte sich erheben und vermochte es nicht, nicht einmal die Augenlider konnte er öffnen, er hörte die Unterhaltung zwischen dem Vater und seinen Söhnen, ohne daß diese wahrnehmen konnten, daß er erwacht sei. Der Alte schien etwas sehr Ernstes zu bedenken, er hatte einen Dolch gegen Himmel gehoben und sprach heftig:

Ja der König muß verderben,
Soll der Staat genesen sein,
Mit dem Dolche muß er sterben,
Meine Träne soll ihn weihn,
Mich entflammt nicht eigne Rache,
Mich ergreift des Landes Wut,
Denn bald nährt der grimme Drache
Sich mit unsrer Kinder Blut.

Aber die Kinder flehten alle für den König und sagten:

Wie viel Wolken ziehn vorüber,
Und die Sonne scheint dann hell,
Und der König wird einst lieber,
Als der mutigste Rebell,
Vor dem armen Volk erscheinen,
Das vergessen alte Not,
Sich erwählet einen Reinen
Und bestraft des Königs Tod;
Er ist gut, es sind die Grafen,
Die mit frechem Übermut,
Laster lohnen, Tugend strafen,
Ach der König ist so gut!

Fest entgegnete darauf der Alte und focht mit dem Dolche gegen die Luft:

Wer darf sein Geschick vergessen,
Nicht der Bettler fremd im Land,
Und kein König darf vermessen,
Kronen, die aus Gottes Hand,
Unter seine Diener teilen,
Um in ungestörter Ruh
In dem wilden Wald zu weilen,
Nein bei Gott, ich stoße zu.

Dem Könige war in diesem Gespräch so manches Wort wieder erwacht, was seine beiden Edelleute bescheiden hatten fallen lassen, die Not hatte seinen Geist erhellt, mit Jammer erkannte er sein Unrecht, richtete sich auf, öffnete seinen Wams und sprach zum Alten: »Stoß zu, ich fühle mein Unrecht, ich habe mein Volk und meine Krone lange vergessen, möge ein Würdiger mir folgen, der es treuer bewacht.« – Der Alte und die Knaben sprangen von ihren Sitzen und sahen ihn verwundert an. »Bringt kühles Wasser dem Kranken«, sagte der Alte, »er hat unserm Spiele zugehorcht und wähnt, er sei selbst der Schottenkönig, dessen Geschichte wir darstellen.« – »Ihr spielt mit dem Dolche?« sprach der König. »Oder hat Euch mein Auge den Mut benommen? Ich will es schließen, will mich niederlegen wie ein Schlafender, daß Ihr mich ohne Scheu morden könnt.« – Bei diesen Worten entfiel dem König die Krone, die er unter seinem Hute trug, und der Alte erkannte wohl, daß dies Mißverständnis einen Grund habe und keine leere Qual der falschen Einbildung zu nennen sei. Er ließ sich vor dem Könige auf ein Knie nieder und sprach: »Nicht jeder kennt die Not und das Geschick eines andern, der die Furchen seiner Stirn erblickt, wohl mögt Ihr unser gnädiger Herr sein, den wir so lange vermissen, ich aber wage es nicht, Euch zu beraten, so wenig ich Euch zu morden gesonnen war. Lange habe ich meine Augen nicht mehr dem Lebenden geöffnet, aber oft habe ich vor Euch in jüngeren Jahren am Marktfeste zu Waiblingen die Geschichte der Völker auf künstlicher Bühne gesprächsweise aufgeführt; gedenkt Ihr meiner noch, des alten Meistersängers David, aus Ungerland. Hier in stiller Einsamkeit durchdenke ich die Geschicke der Völker, und was Euch ergriffen, ist die Geschichte eines Schottenkönigs, der von seinen Barden erstochen wurde, weil ein Drache ungestört das Land verwüstete.« – Der König erhob den Alten, küßte ihn und sprach: »Mag Eure Geschichte mir fremd sein, Eure Lehre ist mein geworden, der Sänger Wort ist ein höherer Ruf und wie es uns trifft im Innersten, im Geist, im Herzen zugleich mit einem Strahle, so wirkt ein höherer Geist durch das Wort; wohl mögt Ihr mich noch vergessen haben und des fernen Schottenkönigs gedenken, dennoch steht mein Reich, ich und meine Gedanken im Spiegel Eures Geistes, Euch selbst unbewußt und ich schaudre vor meinem Abbild.« Das Bild stellt den König dar, wie er seine Brust dem Dolche entblößt, während die Krone von seinem Haupte fällt.

Viertes Bild

Der König fühlte sich entschlossen, wieder selbst zu herrschen und fragte nach Kostnitz am Bodensee, wo der Graf der Nibelungen, als besonderer Günstling des Königs wohnte. Gleich war ein Knabe mit einer Kienfakkel dazu bereit und der Alte gab ihm seltsame, ahndungsvolle Worte auf den Weg. Und der Knabe führte ihn die wunderbarsten Wege auf umgestürzten Baumstämmen über Abgründe, in denen die Wölfe heulten. So waren sie bei dem Morgenlichte schon am Waldrande, wo der König den Knaben mit vielem Dank zurücksandte, gern hätte er ihm auch eine Gabe gereicht, aber schon lange hatte er kein Geld mehr gehabt und verlangt. Gegen Abend erreichte der König das Schloß des Grafen der Nibelungen, versteckte seine Krone und sein Schwert unter dem Mantel und warf die Armbrust unter einen Steinhaufen, daß er sie einst wieder finden könnte. Das Schloß war hell erleuchtet, er mischte sich unter das müßige Volk der Zuschauer, die alten Reime sagen:

Und er geht zum hohen Schlosse,
Helle jedes Fenster blitzt,
Viele kommen da zu Rosse
Und sie haben ihn bespritzt,
Und er läßt die Wagen rollen,
Steht da, wie ein armer Tropf,
Fackeln, die sie putzen wollen,
Schlagen sie auf seinen Kopf,
Daß das heiße Pech ihm rinnet
In den Nacken, auf das Kleid,
Wahrlich, keine Seide spinnet,
Wer so zusieht wilder Freud.
Ruhig wärmt er sich am Feuer,
Das der Wagen Spur erhellt,
Einen Brand nimmt da ein Geier,

Trägt ihn in das reife Feld,
Und des Armen Feld muß brennen,
Weil der Reiche fröhlich zecht,
Doch sie werden bald erkennen,
Daß noch lebt ein göttlich Recht.

Und wie der König dem ernstlich nachdachte, hatte sich die Menge, die keine Gäste mehr zu sehen erwartete, schon vom Wachtfeuer verlaufen, er stand allein, als ein Haufen Reiter eine gebundne und dennoch würdig scheinende Jungfrau auf einem Pferde herbeiführten und am Tore zu Boden setzten. Die Reime sagen:

Von dem Mund der Jungfrau nehmen
Sie das Band, das ihn verschloß,
Meinen, daß sie sich soll schämen
Vor dem glanzerfüllten Schloß.
Doch die Jungfrau ruft dem Winde,
Sagt's der keuschen Sternennacht,
Daß sie ihren Gram verkünde
Und die nahe Übermacht:
»Harter Graf, der mich geraubet,
Schlechter König, der nicht hört,
Heut hat Myrte mich umlaubet,
Morgen bin ich schon zerstört.«

Diesen Raub der schönen Jungfrau seht ihr hier auf dem Bilde und wie der König nach dem Degen greift.

Fünftes Bild

Die Besonnenheit des Königs beschwichtigte diese Aufwallung, er gedachte der Zahl jener Räuber und beschloß, der armen Geraubten, deren Schönheit ihn tief gerührt hatte, mit sicherer Klugheit zu helfen, oder selbst der Strafe für die lange Vergessenheit seiner Pflicht zu unterliegen. Sein Schwert wieder im Mantel versteckt, wie seine Krone, trat er ins Schloß und vertraute einem Diener des Grafen, er habe seinem Herrn willkommne Botschaft von einer schönen Frau zu überbringen. Der Diener, solcher Verhältnisse des Grafen kundig, wies ihn nicht ab, wie der König wohl gefürchtet hatte, aber er brachte ihn auch nicht zum Grafen, wie er gehofft hatte, sondern nach einem abgelegnen, unerleuchteten Zimmer des Schlosses und verließ ihn, um seine Anwesenheit dem Grafen zu melden. Der König war nicht lange mit sich allein, als Seufzer aus dem Nebenzimmer ihm hörbar wurden; gleich dachte er, es sei die unglückliche Jungfrau, die den Untergang ihres Lebens, zum Schutz ihrer Ehre, beschließe, und sang zu ihrer Vertröstung:

Liebeszauber, Unschuldtränen,
Ihr erweckt mein totes Schwert,
Wie der Blitz, der durch die Mähnen
Eines müden Rosses fährt,
Und es bäumt sich kühn zum Himmel,
Wo der Donnerwagen rollt,
Möcht ihn lenken durchs Getümmel,
Daß er nicht der Erde grollt.

Dieser Gesang schien die Seufzer zu stillen, bald hörte der König von der andern Seite Menschentritte und der Graf trat mit einer Kerze ein, erhitzt vom Traume der Freude, sehnsüchtig der Verheißenen. – »Bist du es selbst, liebe Freundin«, sagte er eintretend, »ich schwor darauf, als mir ein Unbekannter im Mantel verhüllt gemeldet wurde, der mir frohe Botschaft bringe.« – Aber statt des Kusses, den der Graf erwartete, als jetzt der König den Mantel abwarf, sah er ein Schwert in seiner Hand blitzen, er wollte zurück springen und Verrat rufen, da erkannte er den König und war wie von einer Erscheinung erschüttert und verwirrt. »Gnädiger Herr«, stammelte er, »Ihr beehrt dies Fest mit Eurer Gegenwart, möchte es Eurer würdig sein, Euch erheitern.« – Der König sagte darauf mit Ruhe: »Das Fest ist meiner nicht würdig, es betrübt mich tief, die Klage der Unschuld ist Eure Musik und das Brot der Armen drückt Eure Tische nieder, Ihr habt mein Zutrauen getäuscht, ich habe Euch meine königliche Gewalt übergeben, mir bleibt nur mein ritterliches Herz, einer von uns beiden ist der Erde überzählig, zieht lieber Graf, daß Gott zwischen uns blutig richte, wer hier herrschen soll.« – Der Graf zog zwar seinen Degen, aber von dem früher gewohnten Gefühle übernommen, dies sei sein Herr, legte er den Degen zu dessen Füßen, kniete nieder und sprach: »Ich habe Euch nicht kränken wollen, gnädiger Herr, verzeihet meiner Jugend und der Freiheit, der Ihr uns überlassen hattet, wo ich in Leidenschaft irrte.« – Der König setzte ihm einen Fuß in den Nacken, erhob sein Schwert und sagte: »Der Übermut deiner Diener hat mir heißes Pech auf den Nacken geschüttet, als ich ruhig dem Freudenfeuer zuschaute, an dir will ich mich rächen, dein Tod ist in diesem Augenblick ein Schwung meines Arms! Ich will nicht deinen Tod, doch gedenke dieses Augenblicks künftig und schwöre mir ritterliche Treue!« – Der Graf hob die Hand auf und schwor ihm einen Eid der Treue, da gab ihm der König seinen Degen zurück und befahl, ihn als Herrn in die Mitte der Grafen zu führen, die in dem Schlosse versammelt wären. Das Bild stellt dar, wie der König ihm den Fuß in den Nacken setzt und sein Schwert erhebt:

Der vor allen hochgestanden,
Ist am tiefsten nun gebeugt,
Also geht der Stolz zu Schanden
Und vor Gottes Macht sich neigt.
Wer mit Mut dem Rechte dienet,
Ist erfüllt von Gottes Macht,

Was er schafft, auf Erden grünet,
Was er störet, sinkt in Nacht!
Und woran er zu erkennen,
Ist die sichre Mäßigung,
Rache will er sich nicht gönnen,
Ihm genügt die Besserung.

Sechstes Bild

Der Graf, von der Würde des Königs in seinem leichtsinnigen Herzen frisch erschüttert, meinte sich ernstlich ihm anschließen zu müssen, er schilderte ihm die Verwirrung, die Bedrückung des Landes, den Trotz der meisten Grafen, die sich gewiß der Rückgabe aller Gewalt in seine Hände widersetzen würden. Er wolle deswegen den Saal mit bewaffneten Dienern besetzen, daß die Grafen nicht zu ihren Waffen kommen könnten und sich in die Notwendigkeit seiner Anerkennung ohne gewaltsamen Widerstand ergäben. Für diesen Rat ernannte ihn der König zum Nachfolger in der Regierung, wenn er, der letzte des altschwäbischen Hauses, ohne eigne Kinder sterben sollte. Diese Gnade befeuerte den Grafen, er bewaffnete schnell die besten Leute; der Saal, wo die Ritter bankettierten, ward von ihnen besetzt, als der König, die Krone auf dem Haupte, das Schwert in der Hand, von vielen bewaffneten Fackelträgern umgeben, an seiner Seite der Graf in den Saal trat. Da war großes Erstaunen, insbesondere als der König nicht freundlich, sondern mit harter Belehrung ihnen ihre Fehler verwies, sie bedrohete, alle enthaupten zu lassen, wenn sie nicht in Reue und Demut ihren Übermut büßten. Sie sahen den Grafen und dessen Leute auf der Seite des Königs, sie fühlten sich verloren, wenn sie widerstehen wollten, sie knieten nieder, gaben die Regierung in seine Hand zurück und ließen sich an ihren alten Rechten genügen und huldigten ihm von neuem. Und als nun dies große

Werk für das Land geendet war, da befahl der König zu neuer Überraschung des Grafen, die geraubte Jungfrau in den Saal zu führen. Und bald trat sie mit dem Morgenstern in den Saal, der die Decke der wunderbaren Nacht lüftete, und alle waren erstaunt über ihren Glanz, vor allen der König, der sie jenem liebreichen Knaben ähnlich fand, der ihn aus dem Walde zurückgeführt hatte und der noch immer wie ein wunderbarer Engel in seinem Andenken erschien. Der König kündigte ihr Freiheit an, zugleich bat er, ihm ihren Namen und ihr Geschick zu vertrauen, daß er für ihre Sicherheit sorgen könne. Da nannte sie sich die Tochter des unglücklichen Herzogs David, aus Ungerland, der im Kampfe gegen Attila seiner zwölf Söhne, seines Landes und Verstandes beraubt, sich unter dem Namen eines Meistersängers in dieses Königreich Schwaben geflüchtet und sie einem Nonnenkloster in Schutz gegeben habe; sie bat um Freiheit, ihn aufzusuchen, für ihn zu sorgen. – Der König fragte zagend, ob sie ihr Gelübde im Kloster schon abgelegt habe. – Sie antwortete mit niedergeschlagnen Augen, daß sie noch kein Gelübde abgelegt habe und auch keines ablegen werde, seit sie erfahren müsse, daß nicht die Klostermauern, sondern ritterlicher Mut sie gegen Gewalt geschützt habe. Darauf kniete der König vor ihr nieder, ergriff ihre Hand und zeigte ihr seinen Goldring. Und sie steckte ihren Finger hinein, denn ihre Augen verstanden sich und nannte ihn ihren lieben Ritter, denn sie wußte nicht, daß es der König sei. Als aber jetzt die Grafen ihr mit gebeugtem Knie die Hand küßten und das Heil ihrer neuen Königin ausriefen, da erkannte sie die hohe Würde ihres Verlobten, wie sie sein hohes Herz erkannt hatte, sie verbarg ihr Antlitz auf seiner Brust und segnete alles Unglück, in welchem der Himmel sie geprüft, ob sie dieses Glück ertragen könne, wobei sie ihres Vaters gedachte, wie er sich dieser Rückkehr zum alten Ansehen seines Hauses freuen werde.

Das Bild zeigt, wie sie den Finger in den Ring steckt, die alten Reime sagen:

Seht der neue Tag zieht prächtig
In die Herzen, in die Welt,
Alle Sorge dunkel nächtig
Hat zum Grafen sich gestellt.

Wer verlor auch mehr als der Graf, außer der Herrschaft, auch die Geliebte und nicht durch Gewalt, sondern durch ihre Neigung zum Könige.

Siebentes Bild

Die schöne Braut war von Müdigkeit überwältigt, im Gemache der Mutter eingeschlummert und ihr Schlaf war lang. Der König gönnte sich nur kurze Rast, es trieb ihn die Sehnsucht nach dem alten Sänger, der gleichsam eine Seele seines Volkes, unbewußt sein Schicksal gelenkt hatte. Er sorgte für die Sicherheit seiner Braut und zog mit den rüstigsten Grafen und den wegkundigsten Gebirgsjägern in den großen Schwarzwald. Er selbst ging voran, weil er an den bedeutendsten Punkten Zweige eingebrochen hatte, auch fand er bald diesen seinen Weg, den ihm der Knabe gezeigt hatte, nur fehlten jetzt alle die Brücken, auf denen er über Abgründe sicher hingeschritten. Diese Verbindungen schienen mit Absicht vernichtet zu sein. Aber der König ließ sich dadurch nicht abhalten; die Gebirgsjäger, obgleich sie diesen wilden Teil des Waldes nur selten berührt hatten, wußten doch aus ihrer Erfahrung guten Rat, die schroffsten Felsen zu umgehen und Wege zu bahnen, die Jäger erlegten die zornigen Bewohner der Wildnis, die ihnen nahten, Bären, Wölfe, Luchse. Zwei Tage arbeiteten sie mit frischem Mute, aber am dritten wurden alle stiller und langsamer, mancher meinte, es sei unmöglich, daß der König in einer Nacht diese Wege gewandelt sei, er müsse wohl geträumt haben. Darum waren alle sehr überrascht, als sie wirklich beim Aufgange des dritten Tages in einer grünen Fläche, die von hohen Eichen umgeben war, eine wunderbare Kapelle erblickten, die aus hochstämmigen, weiß blühenden Rosenbüschen geflochten, von Epheu umrankt, ein Kreuz über der Erde bildete. Der König ging voran, um den alten Freund durch die Zahl der Gäste nicht zu erschrecken, ihm folgten die andern. Als aber der König die Türe öffnete, sah er einen einfachen Altar, wo wenige Tage vorher der Alte geschrieben hatte, ein Kreuz bezeichnete ihn und die Morgensonne glänzte prachtvoll hinüber. Alle knieeten nieder, der König beschloß, dem Erlöser hier, wo er vom Trübsinn zur Freude erlöst worden, eine Kirche zu erbauen. Und als er über die Art dieses Baues nachsann, erblickte er auf dem Altar den Bau vieler Bienen, welche in ihrem Wachs die Kapelle im kleinen nachgebildet hatten.

Gleich der freundlichen Kapelle
Ist der Wachsbau ausgeführt,
Von dem Turme bis zur Schwelle
Gleiches Maß darin regiert.
Einsam bauten diese Bienen
Wohl schon manche liebe Zeit,
Daß sie diesem Altar dienen,
Daß ein Schränklein sei bereit,
Um das Heil'ge drin zu stellen
Und des heil'gen Nachtmahls Brot,
Das der Priester den Gesellen
Bei des Baues Gründung bot,
Denn da flogen sie zur Sonne,
Wie ein Kreuz geordnet hin,
Daß Vertrauen mit der Wonne
Sel'ger Tränen weicht den Sinn.
Dreifach wird die Kirche schimmern

In dem Wachs, im Rosendach,
Aus Granit die Werkleut zimmern
Nun die Wölbung auch danach.

Die beiden Kapellen und die Gründung der Kirche zeigt das Bild, alle dreie einander gleich, nur in verschiednem Maße.

Achtes Bild

Nachdem der Bau angeordnet und die Arbeiter bestellt waren, zog der König heim, indem er überall den Weg zu dieser Wallfahrtskirche eröffnen ließ. Acht Tage nach seinem Auszuge traf er zum Schlosse des Grafen ein. Da trat seiner freudigen Ungeduld die liebliche Braut weinend entgegen und klagte, sie habe ihren Vater nur wieder gefunden, um sein Ableben zu betrauern. Die Vorsteherin des Klosters habe sie zu ihm geführt, aber er habe, einem Toten ähnlich, wenn gleich noch atmend, in seiner Hütte geruht. Zwar hätten die Nachbarn, welche ihm gern aufwarteten, weil er ihnen zum Lohn schöne Geschichten erzählte, behauptet, er sei nicht tot, sondern schon oft in solche Entzückung verfallen, aber sie könne nicht mehr an diesen Trost glauben, diese Störung seines Lebens dauere zu lange. Hierauf führte sie den bestürzten König nach dem Saale, wo der Vater unter einer Purpurdecke auf weichen Kissen ruhte. Wie sie nun die Decke mit abgewendetem Gesichte aufhob, rief der König: »Frommer Sänger, du hast mich ins Leben zurückgeführt und bist selbst zu den Toten gegangen, warum sahest du nicht die Freude deines Werkes, ehe deine Augen sich schlossen.« – So war es nun heraus, der Vater seiner Braut, der alte Herzog war eben der Meistersänger, dessen Schauspiele und Gesänge die Stadt erfreuten, eben der, welcher den König aus seiner Trägheit erweckt hatte. Das Seltsame aber war, wie er nach der Wildnis gekommen, da die Nachbarn versicherten, er habe an jenem Tage schon in der Verzückung auf seinem Bette gelegen. Wie nun der König jener Ähnlichkeit der zwölf Knaben mit seiner Braut gedachte, da fiel ihm ein, ob es wohl die zwölf Söhne gewesen sein möchten, welche die Hunnen umgebracht hatten? Es schauderte ihm, als ob er im Schwarzwalde schon über die Grenzen des Lebens hinüber gestiegen gewesen, aber durch Warnung in dessen Mitte wieder zurück getreten sei. Da traten die beiden treuen Begleiter seiner Jagd, die beiden Ritter, welche erkrankt gewesen, in abgetragenen Wämsern, wie es sich an Höfen wohl nicht ziemte, in den Saal, begrüßten den König mit Freudentränen, erzählten, wie sie ihn so lange vergeblich gesucht hätten, bis sie ihn endlich durch den Fang zweier Vögel, unter denen auch der, welchem der König so lange nachgeschlichen, zur Heimkehr veranlaßt worden wären. Dieser Fang, der ihnen so leicht geworden, da die Vögel mit einander gespielt und sie nicht wahr genommen hätten, sei ihnen als ein gutes Zeichen erschienen und dies gute Zeichen sei nun erfüllt. Bei diesen Worten zog der eine einen Gitterkasten unter dem Mantel hervor, in welchem die beiden Vögel, in der Gestalt wie Spechte, der eine golden, der andre silbern, eingesperrt saßen. Mit Gnade sagte der König den Freunden willkommen, aber nicht ohne Widerwillen fühlte er in sich die alte, böse Jagdlust beim Anblick der Vögel wieder erwachen. Er kämpfte mit sich, endlich reifte sein Entschluß, er ließ den goldnen Vogel aus dem Kasten fliegen, daß er durch das Fenster ins freie Blau der Luft entflöge; er wollte auch den silbernen entfliegen lassen, aber da überwand ihn seine Jagdlust, daß er die Gittertüre wieder schloß. Der goldne Vogel nutzte aber nicht das Geschenk der Freiheit, er flog zwar fort, aber blieb auf dem Munde des halbtoten Sängers sitzen, dieser öffnete den Mund, der Vogel schlüpfte hinein und der Alte öffnete die Augen wie ein gesund Erwachter. Der Saal war ihm fremd, er fragte, wo er sei, fragte die Tochter, wer sie sei. Dann aber erkannte er sie beim ersten Kusse, auch der König erschien ihm bekannt, und als ihn dieser an die Lehre erinnerte, die er von ihm in der Rosenhütte empfangen, da rieb sich der Alte die Stirn und meinte, daß ihm von dem allem auch geträumt habe, daß er auch seine zwölf Söhne wieder gesehen, die ihm vielen guten Rat zu dem Fastnachtsspiele gegeben hätten. Dann sei ihm aber auf dem Heimwege seine geliebte, selige Frau begegnet, die habe ihn so ernstlich an den Himmel gemahnt und daß er der irdischen Spiele vergessen solle, darüber hätten sie sich so im Gespräche vertieft, daß sie beide gefangen worden. Jetzt erkannte er in dem eingesperrten silbernen Vogel die geliebte Seele seiner Frau, er beschwor sie, ihn noch nicht zum Himmel zu entlocken, bis er sein tiefsinniges Spiel beendet habe, und der Vogel schien mit sanftem Tone ihm darin nachzugeben. Das Bild stellt euch dar, wie der Vogel in den Mund des Alten schlüpft.

Neuntes Bild

Kaum gestattete sich der Alte die Zeit, alles zu vernehmen, was seiner Tochter geschehen, die Frau mahnte ihn zur Arbeit, sie war ehrfurchtsvoll dem Käfig entlassen und saß auf seiner Schulter, auf seinem Tintenfasse, auf seiner Feder, daß er nicht bei den Liebkosungen der Tochter das Schreiben unterlasse. Umsonst führte diese den Vater zu weiten Aussichten in Prachtzimmer, umsonst zeigte sie ihm den reichen Garten, der Alte schrieb gehend, stehend, sitzend, so wie sich seine Gedanken klar machten und verdrängten. Die Tochter wußte aber die Gefahr, daß er sich ihrer Liebe und der Welt entzöge, wenn er seine Arbeit beendigt habe, und da diese rasch fortrückte, so ersann sie einen Kunstgriff:

Unermüdet schreibt der Alte,
Schaut begeistert in die Welt,
Sieht nicht, wie die Tochter walte,
Nur sein Werk ihm wohlgefällt.
Wenn er nun ein Blatt geschrieben,
Wirft's die Tochter heimlich fort,
Daß es in den Strom getrieben
Und erloschen jedes Wort.
So der Alte unermüdlich,
Ohne Zürnen, ohne Groll,
Schreibt von neuem still und friedlich,
Doch sein Werk wird nimmer voll.

Als nun die Sonne an die Erde gestoßen und in tausend Sterne zersprungen war, da sank der Alte ermüdet auf seinen Schreibstuhl, sein Mund öffnete sich, der goldne Vogel entfloh singend dem Munde, und flog in den Jasminenbusch, wo der silberne Vogel sein harrte, wo dann große Freude zwischen ihnen war, und tausend Bitten der Mutter kund wurden, die Arbeit bald zu enden. Aber auch der König dachte bei der Lust der guten Vögel, daß er seine Vermählung, seinen Einzug in die Hauptstadt beschleunigen müsse und ordnete alles zum andern Tage. – Er begann den Zug auf einem schwarzen Rosse, ihm folgten die Grafen, dann folgte die Königin auf weißem, sicheren Rößlein, umgeben von den Gräfinnen, den Zug schlossen die Meistersänger, welche zu Pferde den Wagen umgaben, in welchem der Alte saß und schrieb, das Vöglein auf seiner linken Hand tragend. Das Volk strömte mit Jubel entgegen, küßte den Ankommenden die Steigbügel, jeder atmete wieder frei auf; so ging der Zug zur Kathedrale auf der Anhöhe, wo wir hier noch jetzt den vielen Bauschutt auf dem Weinberge finden, dort wurde die schöne Braut durch die Hand des Priesters dem Könige feierlich vermählt. Dies zeigt das Bild.

Zehntes Bild

Als der König und die Königin am andern Morgen nach der Hochzeit aus süßem Schlaf erwachten, waren sie verwundert, den Alten noch nicht erwacht auf seinem Ruhebette, noch nicht beim Schreiben zu sehen, vielmehr bemerkten sie die beiden Vögel in großer Tätigkeit auf einem hohen Rosenstocke, der in goldnem Gefäße die Hochzeitkammer schmückte. Die beiden Vögel hatten sich in den Ästen ein Nest geflochten aus seidnen und leinenen Fäden und dasselbe mit goldnen und silbernen Federn gefüttert, die sie einander spielend ausgezogen hatten. Sie ließen sich nicht von der Anwesenheit der beiden Neuvermählten stören, sie grüßten sie und sangen zu ihnen Glückwünschungen und nahmen süßen Mohn vom Munde der Tochter. Dies war der einzige Tag, daß der Alte versäumte in seinen Leib zurück zu kehren, auch war am andern Morgen die seltsame Änderung vorgegangen, daß die silberne Frau ihn nicht mehr so dringend zur Arbeit anmahnte und daß der Alte sich daher mehr seinen Kindern mitteilen konnte. Dennoch schrieb er immer noch viel und die Tochter löschte an jedem Abende alles wieder aus, daß sein Heldenspiel zwar immer schöner, aber nie fertig wurde. Die Mutter war zwar abwechselnd mit dem Neste beschäftigt, aber sie war doch die meiste Zeit um den Vater, der Tochter hingegen schenkte sie weniger Aufmerksamkeit. Eines Tages ging sie aber gar nicht vom Nest, und die Tochter lauschte und nahm endlich wahr, daß die Mutter ein silbernes, mit goldnen Ringen bezeichnetes Ei unter den Federn des Nestes versteckte. So legte der silberne Vogel allmählich zwölf Eier, jeden Tag eins und setzte sich darauf, sie auszubrüten, und wechselte in dieser Arbeit mit dem goldnen Vogel ab, so daß der Alte während seiner ganzen Brütezeit nicht in seinen ruhenden, menschlichen Körper, nicht zu seiner Arbeit kam, denn auch während sie brütete, war er emsig beschäftigt, zarte Blumensämereien für sie herbei zu tragen, welche kein Mensch finden kann, wie die klugen Vögel sie finden und sammeln können. Aber auch die Königin rückte während der Brütezeit ihrer Mutter in ihrer Leibessegnung so weit vor, daß sie eines Morgens von einem herrlichen Knaben entbunden wurde. Und kaum war er in die Welt getreten, so entflogen zwölf schöne, kleine, geflügelte Kinder, in der Größe von Kanarienvögeln, mit goldnen und silbernen Flügeln versehen, also ganz so wie Engel geschildert werden, aus dem Neste der silbernen Mutter, sangen den Neugebornen an, liebkosten ihm, spielten mit ihm und reinigten, wickelten ihn mit zärtlicher Sorge, und wehrten ihm die Fliegen und Mücken ab. Sie selbst waren zwar klein, aber doch fertig in allen ihren Kräften in die Welt geflogen und kannten die menschliche Bedürftigkeit nur, indem sie diese andern erleichterten. Das Bild zeigt dort im Hintergrunde das Bette; die Königin, erschöpft von der Mühe, drückt sie dem Könige die Hand und blickt mit Wohlgefallen nach dem Kinde, das im Vordergrunde von den kleinen Engeln gewickelt wird.

Eilftes Bild

Als die Königin das Kind von ihrer Brust entwöhnt hatte, da sagte ihr der König, daß er in der Stunde ihrer Not die Beschleunigung des Kirchenbaus im Schwarzwalde durch eine strenge Wallfahrt dahin gelobt habe. Sie sei nun glücklich befreit und er wolle seinem Gelübde treu, von ihr Abschied nehmen. Aber die Königin erklärte, er dürfe nicht allein gehen, sie müsse mitziehen; sie ließ sich durch keinen Grund zurückweisen, wie Weiber sind; unter andern ersann sie, daß sie den Vater als Vogel einfangen und samt der Mutter im Käfig mit sich nehmen wolle, damit der Vater die Zeit nicht benutze, sein Heldenspiel fertig zu schreiben und sich ihnen auf immer zu entziehen. Die zwölf geflügelten Boten versprachen für den kleinen Königssohn in ihrer Abwesenheit Sorge zu tragen, wie sie es ohne Beihülfe andrer täglich zu tun gewohnt waren, und sich nicht abschrecken ließen, wenn das starke Kind mit kindischem Ungeschick zuweilen einen ergriff, drückte oder rupfte. Sie standen in solchem Falle einander so treulich bei, daß sie bald des Kindes Meister wurden, und das Kind folgte ihnen in allem, worin es sie verstehen konnte. In dieser Obhut ließen sie nach unzähligen Küssen das geliebte Kind und begaben sich heimlich, um jedes Gefolge von Leuten zu vermeiden, das ihrer Demut ein Vorwurf zu sein schien, aus der Stadt, ohne zu ahnden, daß sie das Kind und die Stadt zum letztenmal gesehen hätten. Erst mehrere Stunden nach ihrer Auswanderung verbreitete sich das Gerücht derselben und große Scharen frommer Pilger folgten ihnen nach. – Es hatte sich aber, seit der König selbständig und gerecht die Regierung übernommen hatte, viel Glück über alle verbreitet, nur die Grafen wollten das nicht erkennen, weil sie sich durch die Gerechtigkeit in ihren Einnahmen sehr beschränkt fanden. Jener Graf des Nibelgaus, welcher sich die meiste Schuld dieser neuen Wendung der Dinge beimaß, weil er sie seiner Feigheit zuschrieb, teils von Liebe zu der Königin gequält, nun auch von Ärger über die Geburt des Prinzen erfüllt, weil dieser die Hoffnung der Nachfolge ihm raubte, fand sich vom Geiste der Versuchung gereizt, durch den Mord des Königs sein Schicksal ändern zu wollen. Diese Wallfahrt, die einer seiner Diener auskundschaftete, bot ihm die Gelegenheit zur unbemerkten Ausführung. Die Vormundschaft über das königliche Kind konnte ihm nach dem Tode des Königs nicht streitig gemacht werden, wie leicht konnte es aus der Reihe der Lebenden vertilgt werden; die Königin hoffte er durch sein Liebesglück und durch sein

Ansehen sich dann zuzueignen. Der Graf war zum Schein zu seinem Bruder gefahren, hatte sich aber, ohne eines Menschen Begleitung nach dem Schwarzwalde gewendet und lauerte an der gebahnten Straße der Wallfahrer. Der ganze Weg hatte unsre beiden Pilger ganz in die Zeit ihrer ersten Liebe versetzt, mancher Kuß hemmte die Reise, sie sahen nicht um sich, sondern vergaßen sogar oft das angelobte Gebet. Umsonst warnten sie die beiden Vögel im Käfig, der Wurfspieß des Grafen hatte beide durchbohrt und den Käfig der Vögel durchbrochen, ehe sie eine der Warnungen vernommen hatten; ohne Schrecken, ohne Ahndung, noch freundlich lächelnd, hatte der Mordstahl ihren Lebensfaden durchschnitten. Aber der Graf sah mit Verzweifelung zu ihnen hin, denn nicht die Königin sollte sein Spieß treffen, aber ein zärtlicher Kuß hatte sie an den König gedrückt, als schon das Wurfspieß seiner Hand entschleudert war. Erst jetzt fühlte der Graf, daß mehr seine Liebe zu der Königin als der Wunsch nach der Herrschaft ihn getrieben, er haßte sich und sein Unglück, das er sich selbst geschaffen hatte. Den Mord stellt das Bild dar.

Zwölftes Bild

Bald dachte der Graf auf seine Sicherheit und eilte nach seinem Schlosse, ehe irgend eine Kunde des Mords in das Land gekommen. Der große Zug der Waiblinger Pilger, welcher dem Königspaare nachgepilgert war, entdeckte die beiden Leichen beim Geschrei der beiden Vögel, und da jeder Versuch, sie zu beleben, vergeblich war, so zogen sie mit ihnen traurig und still der Kirche des Erlösers zu, wo die Geistlichen sie mit Balsam zu erhalten suchten, bis die feierliche Beisetzung angeordnet wäre. In der Hauptstadt war aber, ehe diese Trauerbotschaft einlief, eine allgemeine Verwirrung. Der Königssohn war verschwunden mit seinen zwölf Engeln, niemand erriet, wer ihn könne geraubt haben. Als aber die Kunde des Mordes anlangte, da erhob sich das Volk in Verwünschungen der Mörder, so daß der Graf von Glück zu sagen hatte, daß kein Verdacht auf ihn gefallen, weil ihn viele kurz vorher bei seinem entfernten Bruder gesehen hatten. Zur Beerdigung des Königspaares versammelten sich alle Grafen und vieles Volk bei der wüsten Kirche, die Särge wurden geöffnet, der Graf, als Nachfolger, verfluchte da öffentlich die Mörder, sie sollten das Licht der Sonne nicht mehr sehen. In dem Augenblicke drangen die beiden königlichen Vögel, wie sie vom Volke genannt wurden, aus den Wolken nieder zu ihm und hackten ihm, ehe er sich ihrer erwehren konnte, beide Augen aus. Das Bild zeigt, wie die beiden Vögel auf ihn eindringen, im Hintergrunde ist das Hochamt und die Leichen, an der Seite das Volk zu sehen, die alten Reime sagen:

»Mörder«, ruft der ganze Haufen,
»Sieh, es ist erfüllt der Fluch;
Kannst du Licht der Augen kaufen
Von dem Himmel durch Betrug?«
Und der Graf irrt in der Kirche,
Ruft umsonst nach Freundeshand,
Daß ein andrer ihn erwürge,
Alle sind von ihm gewandt.
Blind, nach einem Ausgang suchend,
Stürzt die Stufen er hinab,
Und so stirbt er, sich verfluchend,
Sein Gebein bleibt ohne Grab.

Dreizehntes Bild

Nun begann ein bürgerlicher Krieg um den befleckten Thron. Jedes der Grafenhäuser machte Ansprüche auf den Thron, ohne es laut werden zu lassen, es äußerte sich aber darin, daß sie jeden stürzten, der die Absicht zeigte zu herrschen. So dauerte es wohl vierzehn Jahre, daß der königliche Palast von keinem aus Scheu der andern bezogen wurde, als die Hunnen, unter Attila bis Schwaben eindrangen. Gleich suchten einige der Grafen durch Attila zur Herrschaft zu gelangen, aber er benutzte sie nur, um alle gegenseitig durch einander aufzureiben. So kam er unter dem Zujauchzen derer, die immer noch Lohn von ihm erwarteten, von ihren Leuten gezogen, in die Hauptstadt, in den Schloßhof. Eins seiner ersten Geschäfte war, den alten, ehrwürdigen Palast teils aus Neugierde und Habsucht, teils aus Vorsicht und der Befestigung wegen in Augenschein zu nehmen. Die Beute war gering, die Raubsucht hatte ihm wenig Kostbarkeiten gelassen, aber endlich fand er in einem Zimmer, das mit Epheu grün berankt war, weil die Luft frei durch die offenen Fenster strich, einen starren, alten Mann, der auf eine geschriebene Rolle blickte und den einer der Begleiter, als den alten Sänger, den Vater der ermordeten Königin erkannte, von dem niemand seit ihrer Abreise etwas erfahren hatte, denn in der Bestürzung jener Zeit war niemand in dies abgelegene Zimmer eingedrungen. Der Attila meinte, es sei ein alter Zauberer, der immer noch lebe, die andern dachten auch, er läge nur noch immer in der Verzückung, so wenig hatte der Tod ihm anhaben können. Nun wollte Attila wissen, was in der Schrift, die vor ihm lag, woran er zuletzt geschrieben, stehe und befahl einen der Eingebornen, weil er der Schrift unkundig, dies Blatt ihm vorzulesen. Ein Geistlicher las aber folgende Worte zu einem im Heldenspiel beschriebenen Triumphzuge:

Wer lebendig blieb, schreit Sieg aus, doch die Toten schweigen still,
Triumphierend zieht der Feldherr auf den blutbefleckten Thron,

Und die Narrn, die ziehn den Karrn ihm, und er lacht der Narren schon;
Denn er sinnt schon im Triumphzug, wo er die verbrauchen will,
Die mit ihm zerstört den Weltteil, und beim Raub nun möchten ruhn.
Seht, er treibt sie frisch zum Krieg fort, treibt sie schlau zum Todesnetz,
Denn er erbt auch ihre Diebsbeut, erst ihr Tod ist ihm der Sieg!
Dann erst feiert Friedens Heimkehr, wenn er einsam kehrt zurück
Und von jedem tapfern Mordknecht trägt die Schuld und das Geschick,
Daß an einem Haupt übt Strafrecht, Gott vom ungerechten Krieg,
Daß bei einem Namen Eis läuft über uns in Lust verwirrt,
Daß in dieser Qual die Richtscheit jeder Kraft, die sich verirrt.

Als Attila diese prophetischen Worte vernommen hatte, glaubte er, sie seien ihm zum Trotze geschrieben und gelesen, und spaltete zuerst das Haupt des Geistlichen, der sie gelesen, wobei zum Schrecken aller, der Körper des Alten von der Erschütterung in einen kleinen Aschenhaufen zusammenstürzte. Er und seine treue Geliebte waren längst der Erde entschwunden. Das Bild zeigt, wie Attila das Schwert zweifelnd erhebt, welchen von beiden er zuerst erschlagen möchte.

Vierzehntes Bild

Attila selbst fühlte sich durch dieses Ereignis erschüttert, auch seine Anhänger mochten ihm zweifelhaft scheinen, er wollte deswegen etwas Festes begründen, und wo er kein ererbtes Recht hatte, doch in seinem Mut ein Recht der Erwerbung begründen. Er ließ öffentlich ausblasen, daß er im Schwarzwalde am Grabe des letzten Königs mit jedem um die Krone Schwabens kämpfen wolle, die dann dem Sieger unweigerlich zufallen solle, und zu dem Kampfe bestimmte er einen Tag. – Was bisher aus dem königlichen Kinde geworden, ist noch nicht berichtet, so aber verhielt es sich damit. Die zwölf fliegenden Boten erhielten schnelle Kunde durch die zum Himmel fliegenden Eltern von der Ermordung, sie hoben den Königssohn im Schlafe aus den Betten und trugen ihn zu einem Adlerneste in der Nähe der Erlöserkirche. Da nährten sie ihn mit der Milch der Hirschin, bis er kräftig war, an der Erde zu gehen. Dann brachten sie ihn zu einem Einsiedler bei der wüsten Kirche, sie sorgten für des Kindes Nahrung, der Einsiedler für dessen Erziehung. Er zeigte dem Kinde früh, wie das Bestehen des Glaubens vom Wohl der Staaten abhänge, denn seit der allgemeinen Verwirrung sei kein Stein zum Bau der Kirche angefahren worden. Der Knabe wuchs in sichtlichem Gedeihen, seine dunklen Augen spiegelten Ernst und Mutwillen, sein Mund wechselte in Würde und Milde und seine Stirne trat hervor von der Kraft guter Gedanken und fester Entschlüsse. Früh reifte er zum männlichen Jüngling und übte sich selbst in jeder ritterlichen Kunst, so weit es die Einsamkeit und der Mangel an Kampfgenossen ihm gestatten wollte, denn die geflügelten Boten, wenn sie ihm ein Turnier unter einander vorstellten, daß er es daraus kennen lerne, waren nur wie die Gedanken zu betrachten, die wir uns als Kind von einer Schlacht machten. So hatte er sein funfzehntes Jahr erreicht und fragte eben die kleinen Boten aus, was es sei, das ihn so schwermütig mache, als der wilde Attila mit dem Volke sich der Kirche nahte. – Da sprach der älteste von den Zwölfen: »Königssohn, die ganze Welt ist noch ein Geheimnis für dich und das Leben ein ritterlicher Kampf mit ihr, nur nach ernstem Kampfe wird sie sich dir enthüllen und das Gleichartige wird dir eigen werden und eine neue Jugend aus dir hervorgehen. Sohn der Könige, rüste dich, nicht der Tag der Liebe, sondern des Kampfes mit dem Räuber deines Landes ist erschienen. Sohn der Könige, du kennst Ritterpflicht, wir dürfen dir nur mit unserm Gebete im Kampf beistehen, besteig dies Roß, bestreite den fremden König, der jeden ausfordert, der ihm die Krone, deine Krone streitig macht, siegend oder fallend wirst du uns über dir wie eine Wolke sehen, unsre Tränen in Lust und Schmerz werden auf dich fallen, auf Erden suche uns nicht mehr.« – Sie erhoben sich, die lieben Zwölfe, der Königssohn dankte ihnen und war so zornig, daß er sie auf Erden nicht wieder sehen sollte, daß er sich gern in die Lanze des Fremden gestürzt hätte. Vergebens hatte der König Attila seine Gegner ausgefordert, keiner der Grafen wagte sich gegen den Riesenmann in die Schranken; da trat der gerüstete Jüngling auf und der König lächelte seiner schlanken Gestalt. Aber der Jüngling rannte auf ihn in so zornigem Sinne, daß seine Lanze durch die Ringe des Brustharnisches in König Attilas Herz drang. Der wilde Attila stöhnte sein Leben aus, da blickte der Jüngling dankbar zum Himmel, zu der glänzenden Wolke, die Freudentränen auf ihn fallen ließ, dann öffnete er den Helm und nannte seinen Vater und führte das Volk zu dessen Grabe, und der Einsiedler beschwor, daß er des Königs Sohn, des Reiches Erbe sei, und setzte auf dessen Haupt die Krone, die er dem ermordeten König abgenommen und heimlich bewahrt hatte. Das Volk schwor ihm Treue als König und er schlug die Hunnen, die mit ihnen da versammelt waren. Das Land war frei, der König weise, die Kirche wurde vollendet. Das Bild zeigt die Krönung des jungen Königs und das Erschlagen der hunnischen Ritter; die alten Reime schließen mit den Worten:

Doch die Zeit will neue Taten
Und erzählt ist schon genug,
Gott im Himmel wird uns raten,
Schützt uns vor des Teufels Trug,
Wird uns seine Sänger senden
In des Schmerzes Einsamkeit,
Daß wir ahnden, wie zu enden
Das Beginnen dieser Zeit.

Drittes Buch

Erste Geschichte

Die Hochzeit

Die ewige Lampe vor dem Bilde der heiligen Mutter, welche Frau Hildegard bei der Genesung Bertholds gestiftet hatte, war schon sichtbar, auch die messingenen Kronen glänzten durch die offenen Fenster des Rathauses, als eine neue Erleuchtung bei dem großen Röhrbrunnen des Marktes für die armen Frauen eingerichtet wurde, die dort mit großer Emsigkeit zinnerne Schüsseln und Teller abscheuerten, welche von den Hochzeitgästen auf dem Rathause geleert waren. »Wie der steinerne Ritter sein Laternchen so schön über den Brunnen hält, als ob er drin krebsen wollte!« sagte die eine der Frauen. – »Das war noch ein guter Einfall von dem Anton«, meinte die andre, »dafür schenk ich ihm das große Stück Schinken, das hier auf der Schüssel blieb.« – »Und ich schenke ihm den Backfisch«, sagte die andre, »aber er muß mir einen Kuß geben.« – »Ich gebe keinen Kuß!« brummte Anton und begnügte sich mit dem Schinken. – »Was das für ein Junge ist«, sagte die andre, »es gäbe mancher etwas darum, wenn ich ihm einen Kuß anböte, und der nähme lieber einen Backenschlag dafür an. Was treibst du dich bei den Weibern herum, wenn du nicht willst geküßt sein, Anton!« – »Ihr denkt wohl, ich komme euretwegen hieher«, sagte Anton, »mein Alter hat Weidenruten in den Brunnen gelegt, damit sollt ihr gestrichen werden, wenn ihr die Schüsseln nicht reiner abwascht, schreit nur nicht, – die Weidenruten braucht er zum Flechten der Ehrenpforte an Bertholds Haustor, und die Ehrenpforte, um das Gerüst zu verstecken, das wir auf Befehl der Frau Hildegard heimlich erbauen, um morgen in aller Frühe das Bild der heiligen Mutter aufzufrischen, wie sie zur Vermählung ihres Sohnes gelobt hat. Denkt euch, bis Mittag soll das alles fertig sein.« – »Das ist recht«, sagte eine Frau, »so verdient Ihr doch auch was und die heilige Mutter war gar nicht mehr zu kennen.« – »Mir ist's nicht recht«, sagte Anton, »denn meinem Alten schwindelt da oben auf dem kleinen Gerüste und da muß ich früh auf und muß alles allein pinseln.« – »Ich geb dir auch einen Kuß dafür«, sagte die eine Frau. – »Lieber lauf ich gleich davon«, antwortete Anton und ging mit seinen Weidenruten und grünen Zweigen nach Bertholds Hause, aus welchem die Waisenknaben jetzt wieder eine Reihe der seltsamsten Backwerke nach dem Rathause unter Fackelbeleuchtung trugen. Die Weiber liefen vom Brunnen, ließen ihre Eimer überlaufen unter den Röhren und ihr heißes Wasser kalt werden, um diese Wunderwerke, die Türme und Gebirge aus Teig und Früchten zu bewundern. – »Gott ist mein Zeuge«, sagte die eine, »aber wie die Brautmutter mit dem Teige umzugehen weiß, das geht nicht mit rechten Dingen zu: das läuft ihr unter den Händen auf, da bleibt nichts sitzen, das hat sie noch im Kloster von der vorigen Äbtissin gelernt, die jetzige weiß um so weniger davon, da kochen sie jetzt zum Erbarmen und die Nonnen sehen aus, wie Gespenster. Die werden sich freuen, über die guten Gerichte, die ihnen heut die Brautmutter ins Kloster geschickt hat.« – »Hat sie denn alles allein gekocht?« fragte eine andre. – »Warum nicht gar, wie kann ein Mensch so einfältig fragen«, sprach die andre, »ich habe gesehen, wie sie sich unter einander in der Arbeit geteilt haben. Die Braut hatte die Aufsicht über alle Braten, Meister Kugler schlachtete alles aus, Frau Hildegard besorgte die Suppen und das gekochte Fleisch, Frau Apollonia gab sich allein mit dem Backwerke, mit Pasteten und Kuchen ab, und der Meister Sixt kochte die Fische nach seiner niederländischen Art, bloß aus Wasser und Salz, und bereitete aus tausenderlei Zeugs die Tunken, ich konnte ihn gar nicht ansehen, wie er sich dabei hatte; als er kostete, habe ich ihn mit der Nase unversehens hineingestoßen, daß die ganze Küche lachte. Aber hört, etwas muß ich euch erzählen, das wird mir keiner glauben, in dem Hause ist ein Kobold, Gott weiß, ob es die Seele des armen Bergmanns ist, der im Brunnen liegt, aber ich ginge um keinen Preis an den Brunnen. Hatte gestern allerlei Kessel und Eimer, die wir beim Schlachten brauchten, an den Brunnen im Garten gestellt, in der Küche war kein Platz, nun blieben aber die Herrschaften am Brunnen bis zur Nacht, so konnte ich nichts abscheuern; heute morgen finde ich alles so blank gescheuert, wie es kein Mensch auf Erden zu Stande bringt; das war böse Teufelsarbeit, aber ich dankte Gott dafür, denn wir hatten keine Zeit.« – »Der Teufel kann immer schon ein Stück Arbeit für uns tun, wenn wir nur nicht dabei sind«, meinte eine andre, »Narrenpossen sind's, in dem Hause gibt's viel Leute, wer weiß, welcher sich über die Kessel hergemacht hat.« – Die andre stemmte beide Arme in die Seite und wollte eben zanken, da wurden aber die großen Schüsseln herunter getragen; was jeder Gast für die Seinen nach Hause schickte, das wollten sie alle sehen. Da hieß es: »Der Vogt hat sich am besten bedacht, der Alte kann auch nur wenig essen, begnügt sich mit der Tunke, da wird sich die alte Ausgeberin freuen.« – »Dafür hat er uns auch die Straße nach dem Bleichplatz zubauen lassen«, sagte die andre, »das vergebe ich ihm und dem Berthold nimmermehr!« – »Dafür läuft jetzt das Wasser durch den Bleichplatz«, sagte die andre, »das ist mir mehr wert als ein paar Schritte, die ich umlaufen muß, eine Liebe ist der andern wert!« – »Wir könnten aber beides haben«, sagte die andre, »die Bürgerschaft hätte es nicht leiden sollen, aber die Einladung zum Hochzeitschmaus hatte alle zu stummen Hunden gemacht, die vorher so laut klafften.« – »Und beim ersten Kinde will er zur Taufe einen gleichen Schmaus geben«, sagte die andre, »das kratzt er alles vom Tuche ab, davon ist es auch so dünn, daß einer jetzt Mohn durchsäen kann. Wenn es nur bald ein Kind gäbe, aber die reichen Leute müssen immer eine Weile darauf warten, wo es uns Armen immer zu früh kommt. Was sie wieder blasen! Das ist eine rechte Gesundheit! Da zerschmeißen sie alle Gläser! Nun, das ist auch recht, so ein Glas, woraus eine ordentliche Gesundheit getrunken ist, soll auch zu nichts anderm gebraucht werden, sonst schadet's; der Teufel weiß überall sich einzuschleichen, er hat einen spitzen Kopf und ist wie die Schlange beschaffen, wo die mit dem Kopf durchkommt, da zieht sie den Leib nach. Hört nur, ich glaube, die Stadtpfeifer schlagen sich mit den fremden Fiedlern und sie haben doch alle zu essen; an den Tag will ich mein lebelang gedenken, von der Hochzeit werden noch Kinder und Kindeskinder reden!«

Unsre Stadtleute sprechen von großen Festschmäusen, als von einer Fronarbeit, der nur ein Fremder durch anders gefärbte Einfälle Reiz verleihen kann. Dieser Überdruß kommt aber vom Überfluß solcher Feste, die in manchen Kreisen zum Alltäglichsten gehören, so daß jeder Leichnam schon aus der Gewohnheit voraus weiß, wie viel beschwerter er sich am Schlusse des Festes, als im Anfange fühlen werde. Wie können sie sich in Festlichkeiten alter Zeit versetzen? Die höchste Lust muß ihnen widrig erscheinen! Auf dem Lande sind wir jener Zeit schon näher, die Speisen selbst haben eine geistige Berührung mit unsrer Tätigkeit und Einsicht, weil sie nur mit Klugheit der widerstrebenden Witterung abgewonnen, in ihr gezogen und geerntet werden konnten. Wer überdies Monate in seiner Hauswirtschaft zugebracht hat, der ist schon erfreut, andre fremde Gesichter bei sich versammelt zu sehen, das Gespräch scheint sogar störend, so lange der Genuß dauert, und nur der Tafelmusik möchte man ein Recht einräumen, das Herz unbewußt anzuregen. Solch ein Fest, durch bedeutenden Anlaß erzwungen, nicht müßig erdacht, hat auch seinen Zwang zur Lust und diese fehlt nimmer, niemand naht sich der Türe ohne mitzugenießen, und selbst die, welche zu Hause bleiben, erhalten ihren Anteil durch das Heimgesandte, und lassen dann auch Gott einen guten Mann sein. Aber neben der Lust sind auch Streitigkeiten nicht selten, keiner hat einen Grund, sich zu verschließen und da die Mitteilung selten ist, so ist sie auch heftiger, insbesondere wenn die Lebensfülle sich im Genusse scheinbar erhöht und über ihre Schranken steigt. So war es im Lande der Ditmarsen gewöhnlich, das Leichenhemde zu den Hochzeiten mitzunehmen, weil keine ohne Kampf und Mord endete.

Auch Bertholds Hochzeitfest war nicht ohne Schimpf und Unfrieden. An dem Herrentische blieb es freilich bei einigen stachligen Reden, die ein trunkner Schuhmacher über den Brunnen und die verbaute Straße mit Anspielungen auf den Ehestand fallen ließ; bei dem Tische der Stadtpfeifer ward es dagegen ernsthafter, denn da ging's zugleich um Kunst und Lebensunterhalt, auch gab sich keiner die Mühe, wie der Ehrenhalt am Herrentische, gute Ordnung zu bewahren, vielmehr hetzten manche Bürger die Stadtpfeifer, die fremden Meistersänger und die Fiedler gegen einander, weil sie sich in ihrer Tücke so grundlächerlich darstellten. Nun weiß jeder, daß ein Hauptunterschied zwischen den Menschen darin liegt, daß ein Teil durch den Weinrausch unbändig froh und der andre grundlos traurig wird; wie ist da ein gutes, verständiges Vernehmen möglich, insbesondere wenn es sich gewöhnlich noch dabei findet, daß die nüchtern Lustigen trunken traurig werden, und die nüchtern Ernsten im Rausche an den Scherz jener heransteigen, die Leute fühlen sich unter einander ausgetauscht und schlagen sich, ihre Seele wieder zu gewinnen. So war zum Feste ein lustiger, ältlicher Sänger des Herzogs von Bayern, mit Namen Grünewald angekommen, der in Augsburg sich in Annen verliebt, wie es ihm mit allen schönen Mädchen erging, auch bald seine Liebe bei allen Banketten besungen hatte, ohne daß die Leute eigentlich wußten, auf wen seine Liebesnoten anspielten. Er hatte Annens Wohnung endlich ausgeforscht und in Verzweiflung, daß ihr Fenster sich nie seinem Gesange öffnete, weil sie längst fortgereist war, hatte er sich dem Weine, ohne Berechnung seiner Kasse so lange ergeben, bis der Wirt seine vollgekreidete Wandtafel überrechnete, Zahlung forderte und als er diese nicht leisten konnte, ihm den Mantel nahm. Das kümmerte den Sänger wenig, er setzte davon ein lustig Liedlein, schimpfte darin den Wirt wacker aus, dem er mit seiner Lustigkeit viel Gäste ins Haus gelockt hatte, ging mit dem Liede zum reichen Fugger und erzählte darin zum Schlusse, daß dieser seinen Mantel ausgelöst habe. Der gute Fugger tat, wie von ihm erzählt worden, löste den Mantel nicht nur aus, sondern gab auch dem lustigen Grünewald ein Zehrgeld auf die Reise, aber mehr als Geld schenkte er ihm in der Nachricht, wohin die schöne Anna gezogen, was Fugger aus Fingerlings Handelsbriefen erfahren hatte. Grünewald küßte ihm die Hände aus Dankbarkeit, nahm ein Schreiben als Empfehlung und schritt stolz in seinem Mantel vor dem Wirtshause vorbei, dessen Wirt ihm so teure Zeche angekreidet hatte. Der Wirt sah sich eben nach Gästen um, als der Sänger vorbeizog, und gähnte, da erhob sich ein Windstoß, blies den Mantel gar stolz auf und warf dem Wirte den Flügel eines Fensters, das eben offen stand, auf die rote Nase. Dies Geschichtlein hatte Grünewald auf dem Wege einem Kunstgenossen vertraut, aber es ganz geheim zu halten gebeten, als er mit diesem zum Hochzeittage in Waiblingen ankam, wo er sich als ein reisender Sänger der Gesellschaft durch Lieder und der schönen Anna durch Fuggers Brief so gut empfahl, daß er von Berthold allen einheimischen Sängern vorgezogen wurde. Die Bayern und Schwaben sind aber nicht bloß in der Sprache, sie sind in ihrem ganzen Wesen sehr verschieden, jene trinken Bier, diese Wein, jene sind schwerer und ernster, diese lustig und schnell, es kam daher den Stadtpfeifern seltsam vor, daß ein bayerischer Sänger ihnen den Preis der Lustigkeit nehmen sollte. Die Schwaben sangen: »Unser Herrgott ist auch kein Bayer« und andres mehr, was dem Grünewald schon zu Kopf steigen konnte, aber er antwortete mit der »Schwabenbeichte«; sie sangen von der vierbeinigten, bayerischen Nachtigall, er achtete dessen wenig, denn wie er mehr trank, ging es ihm immer trauriger zu Herzen, daß Anna sich an dem Tage vermähle und daß er nicht der Bräutigam sei. Kaum merkte der Oberpfeifer Haring, daß er traurig wurde, so hielt er das für Verzagtheit und rückte mit lustiger Bosheit gegen ihn an. Er hatte eben das Geschichtlein des Mantels von dem Kunstgenossen erfahren, gab sich das Ansehen, welsch reden zu können, indem er viel Schimpfwörter aller Völker in allerlei fremdes Geschrei einmischte und sprach zu einem Schüler so erzählend, indem er abwechselnd auf den Mantel des Sängers hinwies, auch wohl den Mantel anfaßte, doch halb verstohlen, und Geld zählte. Grünewald merkte nun wohl, daß er verraten sei, die Beschämung erregte seine Galle. Um Haring zu ärgern, machte ihm Grünewald boshaft nach, wie er beim Blasen seine Backen dehne und nichts heraus bringe. Haring schlug ihm auf die Backen, daß der bayerische Wind hinaus fahre. Grünewald zog sein Messer, die Kunstpfeifer rissen es ihm fort, drängten auf ihn ein, er war zur Rathaustüre hinaus gedrängt, ehe er zur Besinnung kam. Der Stadtpfeifer warf ihm ein Becken auf den Kopf und rief ihm zu: »Gott geleite Euch.« Darüber lachten die Weiber am Brunnen gar unmäßig und Grünewald wollte wieder die Treppe hinanstürmen und neues Geprassel von Töpfen stürzte über ihn her, ehe Berthold und der

Ehrenhalt es hindern konnten. In seinem Rausche, glühend und kühl durchnäßt, lief er hastig am Markte umher und regte alle Jammertöne seiner Zither, die ihm um den Leib hängen geblieben. Ernst sprachen die Sterne zu ihm und mit Trauer die hohen Häuser, er hätte immer wieder zu Annen hinaufstürmen mögen, die Beine trugen ihn aber unsicher, wohin sollte er sich wenden? Er sank an der Ehrenpforte nieder, über der Anton die letzten Bretter seines Malergerüstes befestigte. Da sich inzwischen nach Wegnahme der Tische in den Rathaussälen, alles zum Reihentanz geschickt hatte, also die Pfeifer und Fiedler vollauf zu tun hatten, die Weiber am Brunnen aber an die Fenster neugierig sich drängten, so hatte er Muße, seinem Geschicke nachzudenken, wenn er nur Vernunft dazu mitgebracht hätte, aber sein Nachdenken bestand immer nur im Erzählen. Erst sprach er mit sich selbst, dann stieg Anton vom Gerüste herunter, und er fand an dem Maler einen gutmütigen Zuhörer. Er berichtete diesem, daß er gar berühmt und geachtet sei, so wenig es ihm jetzt einer ansehe und so wenig Ehre ihm der verdammte Stadtfiedler übrig gelassen. »Wenn ich so ein Glas zu viel getrunken habe«, sagte er endlich, »da kommt es mir immer vor, als ob ich ein Kaisersohn und einst in einem gläsernen Schlosse bei einem Löwen gewohnt habe, doch will mir das kein Mensch glauben.« – »Ich glaube es Euch wohl«, sagte Anton, »aber seid froh, daß Ihr aus dem Neste fortgekommen seid.« – »Warum das, was wißt Ihr davon?« fragte Grünewald. – »Ich meine nur«, antwortete Anton, »das Schloß hätte in Stücken gehen und Ihr drein treten können.« – »Meinetwegen«, antwortete Grünewald, »mag es nur so ein Traum mit dem Schlosse sein, aber das ist gewißlich wahr, daß ich, wie Moses auf einem Baumaste schwimmend bei Bregenz ans Land getrieben bin und da hat mich leider keine Königstochter, sondern ein alter Hofnarr zu sich genommen, der hieß Konrad Naftsger aus

Limpurg, von dem habe ich Zitherspiel und Meistergesang gelernt, habe schon dreimal im Wettgesang das Gehänge gewonnen und bin in Nürnberg zum Meister gemacht. Da gaben mir alle Ratsherren ein großes Fest und die Stadtpfeifer bliesen vor meinem Fenster. Oft ist der Herzog von Bayern Abends zu mir gelaufen, ein Buhlenlied sich zu bestellen, und manche Fürstin drückte mir die Hände. So schlecht, wie hier, ist's mir noch nirgends ergangen und ich kann nicht glauben, daß ihr hier sonderlich lustig seid.« – »Wir sind hier nach unsrer Art auch recht lustig«, meinte Anton, »aber grob sind wir auch ein wenig.« – »Es scheint mir«, sagte Grünewald, »als ob die Leute hier gar nichts von zierlichen, ritterlichen Festen wissen, ihr seid hier wie die Böhmen.« – »Wie sind die?« fragte Anton. – »In Böhmen ist es noch schlimmer, davon hat Konrad, mein Meister erzählt, ich muß es Euch schon vorsingen, auf daß Ihr daraus erseht, wie es mir nicht allein bei solchen Freßgelagen übel ergangen ist, und daß ich armer Narr mich endlich auch trösten kann.

Der Böhmen König gibt ein Fest;
Auf goldnem, reichbesetzten Tisch
Steht ein verstecktes Narrennest,
Ein ungeheurer Riesenfisch.
Der König schneidet in den Bauch,
Da springt ein kleiner Kerl heraus,
Bekleidet nach Prophetenbrauch
Und gibt sich für den Jonas aus,
Und küßt des Königs Gnadenhand,
Die aus dem Fische ihn befreit,
Das Kerlchen spricht so schlau gewandt,
Daß es den König recht erfreut.

»Wer bist du Zwerglein«, spricht der Held,
»Sei mir willkommen bei dem Schmaus,

Was treibt dich in die weite Welt,
Wo bist du kleiner Mann zu Haus?«
Er spricht: »Ich bin ein Narr fürs Geld,
Ein Narr ist überall zu Haus,
Ich bleibe, wenn es Euch gefällt,
Ich gehe, wenn mein Witz zu kraus.
Beim Herrn von Limpurg war ich lang,
Der war zu sanft, ich sprach zu hart,
So machte ich zu Euch den Gang,
Um mich zu freun an Heldenart.«

Der König ruft nun seine Narrn,
Um ihn zu prüfen, ob er klug,
Und ihn zu fangen in dem Garn,
Mit einem list'gen Narrenzug;
Zwei alte Tölpel stolpern her,
Mit buntem Kleide angetan,
Doch ihre Zungen sind so schwer,
Sie greifen an den kleinen Mann,
Mit lahmen Späßen ohne Mut
Und wären lieber wieder fort,
Doch unser Kleiner gar nicht ruht,
Er schenket ihnen gar kein Wort.

Der Kleine übermeistert sie,
Im fremden Land gilt der Prophet,
Er fürchtet keinen, scheut sich nie,
Er weiß es nicht, wie es dort steht.
Die großen Tölpel werden stumm,
Der König nimmt ihr hölzern Schwert
Und spricht: »Ihr Narren seid zu dumm,
Der Kleine ist des Schwertes wert,
Ihr geht, der Mann im roten Kleid,
Wird eure Löhnung zahlen aus!«
Der Kleine schmückt sich voller Freud,
Die beiden gehen voller Graus.

Der Kleine höhnt sie wacker aus,
Ein jeder Einfall neue schafft,
Nie dauerte so lang der Schmaus,
Wie mundet heut der Rebensaft,
Der König sagt zu allen laut,
Daß er noch nie so lustig war,
Dem Kleinen hat er ganz vertraut,
Er sagt, was wahr, er trinkt, was klar,
Der Narr belehrt den klügsten Rat
Und wendet jeglichen Verdruß,
Der Kleine denkt: »Es ist ein Staat,
Wo mir ein jeder gut sein muß.«

Da bringt der Mann im roten Kleid
Noch eine Schüssel seinem Herrn,
Der sieht hinein mit Schadenfreud,
Und tut sie wieder dann versperrn.
Doch unser Narr ist schon so dreist,
Er blicket durch den Spalt hinein,
Obgleich der König es verweist,
Der Narr fängt kindisch an zu schrein.
»Herr«, spricht er, mit gebrochner Stimm,
»Zwei Menschenhäupter liegen drin;
Wer reizte Euren edlen Grimm,
Mit Frevel oder Eigensinn?«

»Mit nichten«, spricht der König kalt,
»Die beiden hab ich nicht gehaßt,
Sie wurden mir nur allzu alt,
Und haben hier nicht mehr gepaßt,
Es sind die Narren, die allhier
Dein guter Witz schnell überwand,
Was sollten sie nun ferner mir,
Du hast sie in ihr Nichts gesandt,
Ein kluger Mann, wenn er verdummt,
Erweckt noch aller Narren Witz;

Was ist ein Narr, der je verstummt,
Er ist auf Erden nichts mehr nütz.«

Das läuft dem Narren kalt wie Eis
Durchs Rückenmark zu Zung und Mund,
Dann wird ihm wieder glühend heiß,
Er spricht aus bangem Herzensgrund:
»Der Teufel sei hier Narr fürs Geld,
Denn wagte ich mein Leben gern,
So wär ich auch ein großer Held
Und nicht ein Narr für große Herrn,
Ich spring zurück in meinen Fisch,
Der Narren Blut löscht allen Witz:
Wer junge Narren braucht am Tisch,
Der gönn den alten ihren Sitz.«

Bei den letzten Worten fing Grünewald zu lachen an: »Ich will dem alten Stadtpfeifer gern seinen Platz gönnen, dies liebe Städtlein hat kaum eine Straße und auch die ist nur halb gepflastert, ich möchte hier nicht begraben sein, wenn Anna nicht bei mir läge. Das Fest ist auch jetzt vorbei, sie kommen herunter und ich bin schon hier. Anna soll leben, hoch, hoch und immerdar hoch.« Der Fackelzug führte sie eben nach ihrem Hause vorüber, ein seliger Anblick. Als alle vorüber waren und nur der Abfall der Fackeln von der leuchtenden Erscheinung noch am Boden verglühte, sang Grünewald zu den Fenstern Annens hinauf:

Nun kenne ich die Nacht
Und ihre Flammenspur,
Und hemme meine Uhr,
Daß spät der Tag erwacht,
Und schließt die Läden dicht,
Dem ersten Morgenlicht.
Eh' Licht kann werden, bringt die Nacht,
Der Schöpfung dunkle Freuden sacht;

Ich kenne die Geschichte
Und nehme die Gewichte,
Die Räder und die Glocken,
Aus meiner Uhr bedacht,
Sonst schlägt sie in der Nacht,
Und ich fahr auf erschrocken.
Nun steht die Zeit ganz still,
Des freu sich, wer da will,
Des freuet sich alsbald
Der treue Grünewald.

Anton sah verwundert den Mann an, der so in einem Atem lachen und weinen, belustigen und rühren wollte, aber er trug ein brüderliches Herz zu ihm und nötigte ihn, da er ohne Obdach, sein Lager mit ihm zu teilen.

Zweite Geschichte

Das Bild am Giebel

Anna, die schöne, junge Frau, wurde spät von der Sonne erweckt, die über den wolkenlosen Himmel in voller Klarheit hinzog und ihre Strahlen in den runden Scheiben des Fensters sammelte, und mit einem Kusse ihrer Art die geschlossenen, weichen Augenlider der Müden zu erwärmen, die sich gern dem Tag verleugnet hätte, nachdem sie den Morgen verschlafen hatte. Endlich rief sie leise ihren Berthold, um ihn nicht zu erwecken, wenn er noch schliefe. Als sie aber keine Antwort erhielt und die Blendung ihr gestattete umzuschauen, da sah sie, daß Berthold nicht mehr im weiten Bette zu finden, daß er sich fortgeschlichen habe, – und das kränkte sie. Sie wollte nun nicht eher aufstehen, bis er ihr selbst die neuen goldnen Strumpfbänder gereicht hätte, nachdem ihre silbernen Strumpfbänder beim letzten Tanze feierlich zerrissen und jedem Gast ein Stücklein zum Andenken geschenkt worden war. Mit diesem Gedanken beschäftigt, sah sie nach dem Boden des Zimmers, weil die Fenster ihr zu hell entgegen leuchteten, und bemerkte das Schattenbild einer Leiter, auf welcher zwei Beine standen. Mit vorgehaltener Hand suchte sie zu entdekken, woher dieses seltsame Schattenspiel sich durch die Fenster sehen lasse, und fand bald, daß eine Leiter ans Fenster gelehnt sei, auf welcher die Beine eines Menschen ständen. Erst glaubte sie, es sei ein Scherz Bertholds oder eines mutwilligen Bekannten, und schämte sich, aber die feste Ruhe dieser Beine zeigte bald, der Gebeinte müsse seine Neugierde an der Mauer über und neben dem Fenster befriedigen, und sie hielt ihn für einen Arbeiter, der irgend etwas an dem Hause zu verrichten habe. Sie wollte eben mit Vorsicht aufstehen, fest versichert, der Mann könne nichts von ihr durch die blinkenden Scheiben wahrgenommen haben, da öffnete sich der obere Fensterflügel, und sie erinnerte sich mit Schrecken, daß Berthold diesen der Hitze wegen am Abend geöffnet hatte. Es bückte sich ein Antlitz nieder, das zu den Beinen gehören mochte, sie sah es aber nicht, denn sie war unter die Decke gefahren. Was war zu tun? Unter der Decke war es zu heiß und nicht allzu lange auszuhalten; ihr Vorzimmer, wo Kleider lagen, war etwa zehn Schrittchen entfernt, die Zeit mußte benutzt werden, wenn der Mann nicht hineinblickte. Aber konnte er nicht in der Zwischenzeit sich wieder niederbeugen, ehe das Vorzimmer erreicht war? Endlich war der Entschluß gefaßt: in der Decke eingehüllt, hatte sie ohne umzublikken das Vorzimmer erreicht, wo sie in Eile die bequemen Morgenkleider anlegte.

Nun kehrte ihr gewöhnlicher Mut zurück, sie schämte sich der kleinlichen Besorgnis und wurde neugierig, die Ursache dieses Schreckens näher kennen zu lernen. »Gewiß ist es Meister Sixt«, dachte sie, »die Mutter

Hildegard gelobte, die heilige Mutter am Giebel neu aufmalen zu lassen, wie hat mich der gute, alte Mann so erschrecken können?« Sie trat nun dreist ans Fenster, um dem Meister, den sie gern in allen Sprachen welschen hörte, einen guten Morgen zu wünschen, trat aber mit neuer Verwunderung zurück, als sie die Beine ins Auge faßte. So riesenhafte Beine mit breiten Waden, knorrigen Knöcheln und wohl gepolsterten Zehen, welche durch die zerrissenen Schuhe blickten, konnten dem dürren, kleinen Sixt nicht passen, auch war die Bekleidung für den geschniegelten, alten Niederländer allzu nachlässig. Die langen, roten Tuchhosen waren nicht aus Mode, sondern von der Hand der Zeit aufgeschlitzt, doch hatte der Eigentümer die List gebraucht, die unvermeidlichen Lücken, die sein Bein füllte, mit roter Farbe zu überstreichen, wodurch aber die Mücken keineswegs getäuscht wurden, denn sie nötigten oftmals die mit dem Pinsel bewaffnete, rechte Hand, die wohl zweimal so dick, als gewöhnliche Hände war, gegen sie niederzuschlagen, als müsse sie das Gemälde auffrischen. Anna meinte, es sei ein fremder Meister, der hier seine Kunst an ihrem Hause zeigen wollte, und sie hielt sich für verpflichtet, ihm zum mühsamen Werke in der Sonnenhitze einen guten Morgen zu bieten. »Guten Morgen Meister!« sagte sie. – »Ich bin nicht der Meister«, antwortete ihr eine mächtige, tiefe Stimme, »ich bin aber sein Junge.« – »Wenn Ihr auch noch nicht Meister seid«, antwortete Anna, »so steht Ihr doch auf Eurem Platz fest und geht auf einem großen Fuße einher, in jedem Eurer Beine hat ein Meister Sixt Platz und wenn Eure Kunst Euer Maß hält, so könnt Ihr einer der größten Meister werden.« – »Es würde schon etwas aus mir werden«, entgegnete er mit einem lustigen Grundton, daß die Balken mitbrummten, »aber der Meister gibt mir mehr Schläge als Essen, wenn ich ein Körnchen in der Farbe nicht fein abgerieben habe, dabei kommt niemand zu Kräften, besonders wenn einem die

Sonne wie hier beständig auf den Buckel brennt.« – »Wie macht er das, Euch Schläge zu geben«, fragte Anna, »ich dächte, er langte kaum zu Eurer Halskrause herauf, wenn er sich auch auf die Zehen stellte.« – »Der Meister ist ein listiger Mann«, sagte er und blickte durch das Fenster wie vorher, als Anna noch im Bette lag, indem er aus dem Farbentopf, der an der Leiter hing, den Pinsel füllte. Sie sah ein fröhliches Gesicht, das wie der Vollmond im Aufgange den Fensterflügel fast füllte, von großen, blauen Augen durchstrahlt, mit einem dichten Bart von Milchhaaren umglänzt, erschien er, wie ein Engelskopf unter dem Vergrößerungsglase sich darstellen möchte. – »Wie ist denn der Meister so gar listig?« fragte Anna und beschaute das junge Blut mit Freude, wie es in dem erhitzten Halse pulsierte. – »Der Meister ist ein listiger Mann«, sagte er, »das sieht ihm keiner an. Wenn er nur jetzt käme, da schnippte ich ihn mit meinem Finger in die Ecke, aber da wartet er ganz ruhig, wenn ich etwas ausgefressen habe, was er für sich zurückgelegt hatte, bis zum andern Morgen und wenn ich im besten Morgenschlaf liege und für keinen Preis mich rühren mag, da haut er auf mich herum, als wäre ich ein staubiger Wams, daß ich es wohl noch fühle, wenn ich erwacht bin.« – »Vaterhand schlägt nie zu hart; das Kind, welches sie am liebsten hat, schlägt sie am meisten«, sagte Anna. – »Gott behüte«, sprach Anton, »daß die kleine Heuschrecke mein Vater wäre, ich bin nur so in der Not zu ihm gelaufen, als ich noch ein dummes Kind war, und weil er mir damals etwas Gutes angetan hat, dafür muß ich ihm mein lebelang eigen sein. Ich wollte, ein Koch wäre mein Pflegevater, so könnte ich doch essen, was ich zusammenreibe und koche, aber so muß ich die Wände und die Leinewand damit beschmieren; zu einem Weinküper taugte ich auch besser.« – »Einen frischen Trunk kann ich Euch schon geben«, sagte Anna, und reichte ihm eine hölzerne Kanne mit dem Abendtrunk heraus.

Er dankte kaum, sondern kippte sie wie eine Nußschale über, sie dachte nur, daß er einen Zug daraus tun sollte. Anna sah ihn verwundert an, konnte aber nicht böse werden, sie dachte: Es gehört wohl etwas in den breiten Hals, auf welchem der Adamsapfel wie ein Ziehbrunnen auf und nieder steigt, und dann sind ihm auch so viele Tropfen in seinem Milchbart hängen geblieben, daß sich die Fliegen darin ersäufen; will doch sehen, ob er nach solchem mächtigen Zuge noch Platz für das Essen behält. – »Will Euch doch etwas zum Zubeißen bringen«, sagte sie, holte aus dem Nebenzimmer eine gebratene Hammelkeule und schnitt eine Scheibe davon ab. »Wie heißt Ihr?« fragte sie, »hier ist die Gabel, langt zu!« – »Ich heiße Anton«, sagte der Maler, »sage Euch schönen Dank, bin heut vor Tage aufgestanden und habe kein Frühstück bekommen, weil mich der Alte mit dem Hunger zum Fleiß antreiben wollte.« – Ohne Verlegenheit steckte er die Gabel durch das abgeschnittene Stückchen in den ganzen Braten und wie ein guter Heulader schwenkte er die Gabel, ohne etwas von der Ladung zu verlieren, in die obere Region, wo sich am Menschen der Mund öffnet. Frau Anna rief: Ob er nicht Brot dazu esse, das Fleisch sei fett. – »Dank Euch«, sagte Anton, »mein Magen verträgt Kieselsteine, wenn ich nichts andres habe; wo ich aber gute Fracht finde, da mach ich's wie Schiffer in den Niederlanden und nehme keinen Ballast auf, gebt Euer Brot den Hühnern.« – Mit Verwunderung sah ihm Anna zu, wie er so eifrig essen und malen konnte, sie bekam selbst Eßlust bei dem Anblicke und wollte zum Frühstück fortgehen, als Anton sie bat, noch einen Augenblick zu verweilen, weil er den Kopf der Maria gleich beendet habe, sie möchte aber die Augen niederschlagen, wie sie im Bette getan, denn mit fast geschlossenen Augen habe er sie gemalt. Frau Anna schämte sich, daß er sie im Bette gesehen habe, und verbarg das hinter dem Unmute, wie er dem heiligen

Bilde ihr sündliches Angesicht geben könne. – »O«, sagte Anton, »ich male nur das Schöne an Euch, das Häßliche lasse ich weg. Die Menschen sind recht sonderbar, uns Malern trauen sie zu, daß wir das heiligste Bild aus nichts schaffen und malen können, aber nicht unserm Herrgott, der die ganze Welt zwar aus nichts, aber den Menschen nach sich als sein Ebenbild geschaffen hat, wir müssen von unserm Herrgott, aus seinen Menschen lernen.« – »Aber es wäre mir doch lieber gewesen«, sagte Anna, »wenn Euer Meister mich abgemalt hätte, wenn ich einmal gemalt sein sollte.« – »Der hätte sich hier längst aus Schwindel den Hals gebrochen«, antwortete Anton, »auch geht's ihm nicht so von der Hand, wie mir und auf der Mauer will alles schnell gemalt sein, sonst stimmen die Farben nicht, wenn alles getrocknet ist.« Während des Gesprächs förderte sich die Arbeit und Anton suchte die Unterhaltung deswegen immer noch zu verlängern. »Ich muß Euch doch«, sagte er, »ein Hochzeitlied übergeben, das der arme Grünewald auf Euch zurückgelassen hat, der gestern von den Stadtpfeifern ist herausgedrängt worden, er hat die ganze Nacht geweint, denn er sagte, daß er Euch so lange nachgegangen und nun er Euch gefunden, so unehrlich behandelt sei, daß er sich aus Gram nicht mehr wolle sehen lassen.« – »Ist er denn schon fort?« fragte Anna. »Ganz früh zog er fort«, antwortete Anton, »aber sein Hochzeitlied habe ich unten in meiner Tasche.« – »Zeigt es mir«, sagte Anna, »es tut mir recht leid, daß er schon fortgegangen, wir hatten ihn gestern vergessen in dem Gewirr, er sang sehr kunstreich.«

Anton stieg die Leiter hastig herunter, um das Lied zu holen, daß sie an der Mauer ausgleitete, denn sie stand zu flach. Aber zum Glück faßte er den Fensterrahmen, wo Anna stand, und so kamen beide mit dem Schrecken davon; er schwang sich unversehrt in das Zimmer, während die Leiter niederstürzte. – »Gott sei gedankt«, rief

Anna einmal über das andre, »Euch fehlt doch nichts!« – »Es war mein Glück, daß das Fenster offen war«, antwortete er und wollte schon fortgehen, um die Leiter aufzurichten, da hörte er Schritte und laute Worte im Vorzimmer. »Es ist der Ehrenhalt«, sprach Anna, »er wird von mir Abschied nehmen wollen.« – »Um Gottes willen verbergt mich«, sprach Anton in großer Verlegenheit, »der darf mich nicht sehen, er möchte mich wieder kennen, ich bin ihm entflohen, helft mir, ich bin verloren.« Anna war so überrascht, daß sie nichts zu sagen wußte, sondern halb unbewußt Anton in ihre Kleiderkammer schob; sie fühlte ein unwiderstehliches Mitleiden gegen ihn, denn Berthold hatte ihr schon so mancherlei von der Gewalt verlauten lassen, mit der die Kronenwächter wirkten. Er trat mit Apollonien ins Zimmer und überbrachte der jungen Frau einen kleinen, vergoldeten Schrank, wie ein Münster ausgedreht und geschnitten, in welchem ein gar schönes Muttergottesbild stand. Das übergab er im Namen der Grafen von Hohenstock, riet ihr sorgsame Pflege, wenn sie der Himmel mit einem Kindlein segnete, und daß sie sich von den gewaltsamen Ereignissen der Zeit, die jetzt bald eintreffen müßten, in der Pflege und Sorge nicht möchte stören lassen, endlich nahm er mit einer Herzlichkeit Abschied, wie keiner dem rauhen, alten Manne zugetraut hätte. Anna, von dem seltsamen Vorfalle mit Anton zerstreut, hörte nur unaufmerksam dem Alten zu und blieb noch unbequemer in ihrem Gefühle, als die Mutter den Ehrenhalt nur bis zur Türe begleitete und dann zu ihr umkehrte, um sie schnell anzukleiden, weil Berthold bei dem Brunnen mit einer Festlichkeit auf sie warte. Anna geriet in große Verlegenheit, weil die Festkleider in der Kammer lagen, wo Anton sich versteckt hatte. »Was soll die Mutter denken, wenn ich ihn heraus führe«, meinte sie, »oder soll ich mich hier ankleiden, wo er mich durch die Tür erblicken kann?« Aber die Mutter machte diesen Zweifeln schnell ein Ende, indem sie ungeduldig die Türe öffnete, aus welcher ihr Anton mit der ruhigen Anfrage entgegentrat: »Also ist der Alte fort, Gott sei gedankt, ich dachte, er hätte mich am Kragen!« – Die Mutter staunte, Anna war verwirrt, was sie denken möchte, und Anton sprach wieder: »Nun will ich Euch das Hochzeitlied des guten Grünewald holen, es hätte Euch gewiß gejammert, wie er von seiner Liebe zu Euch die ganze Nacht geklagt hat.« – Mit diesen Worten ging er zur Stube hinaus und Apollonia brachte erst nur unvernehmliche Töne heraus, dann aber rief sie: »Wäre ich doch so ruhig entschlafen in dieser Nacht, wie Frau Hildegard, sie weiß nichts mehr von deiner Schande, sie hat dich zum Feste geschmückt, das den lieben Sohn ihr von der Seite nahm, die Einsamkeit hat sie nicht überlebt, und wie dankst du ihr, daß sie so ihr lang gewohntes Leben, den guten Sohn dir abtrat! Du verrätst ihn an einen Liebesboten, der wohl gar selbst dich verführte, hätte ich mein Messer, ich könnte dich mit kaltem Blute umbringen!« – »Liebe Mutter«, unterbrach sie Anna, »übereile dich nicht; um eine Kleinigkeit, an der ich gar keine Schuld habe, mir zu fluchen! Sieh das Malergerüst vor dem Fenster, sieh die umgefallene Leiter, die der Junge eben wieder aufrichtet, und frag ihn, wie er in das Fenster gefallen, da sieh noch die eine Scheibe, die er eingebrochen hat. Und wie er hier war, da versteckte er sich vor dem Ehrenhalt.« – »Und solche freche Lügen kannst du gleich aus dem Stegreif ersinnen«, rief die Mutter, »wie oft magst du mich in Augsburg betrogen haben, aber du sollst den guten, den lieben Berthold nicht anführen. Er ist jeder treuen Liebe wert; ich will ihn trösten, er soll dich vergessen, wenn er fühlt, daß doch eine Seele ganz und ewig an ihm hängt, und in so langen Jahren sich ihm ungeteilt bewahrt hat.« – »Weh mir«, rief Anna, »du sagst zu viel, liebe Mutter, und dein unnützes Schelten über eine Schuld, die mit dem leisesten

Hauche den Spiegel meiner Seele nicht trübte, eröffnet mir eine schwarze Tiefe naher Besorgnisse, du liebst ihn, du gestehst es dir und mir, du glaubst mich bei ihm in Vergessenheit zu bringen, nie duldet das mein Herz, und mit aller Glut, wie ich ihn liebe, so will ich alle Netze verbrennen, mit denen du ihn zu dir zu ziehen strebst.«

Der Streit wäre noch weiter gegangen, aber im Augenblicke klopfte Anton an das zugeschlagene Fenster. Die Mutter öffnete und er reichte ihr ein Blatt und sprach: »Dies ist das Hochzeitlied, aber verzeihet mir, daß es ein wenig vom Firnis zusammenklebt, die Leiter hat beim Herunterfallen die Firniskruke zerschlagen, und bittet für mich beim Meister, daß er mich nicht dafür auch zerschlägt, Ihr saht ja, daß ich nichts dafür konnte.« – Der Vortrag geschah so natürlich und Anton sah ehrlich und offen in die Welt, daß die Mutter in ihrer Meinung irre wurde und sich endlich ganz von ihrem Irrtum überzeugte. »Der Morgen nach der Hochzeit«, sagte sie endlich, »ist nie ganz ohne Ärgernis, darum machen auch Freunde dazu gern allerlei Späße und Schauspiele, wir wollen auch dies dafür annehmen, als ob wir selbst mitgespielt hätten. Zieh dich schnell an! Wer läßt denn hier am Hause malen, Berthold erzählte nichts davon.« – »Frau Hildegard hat dies Gelübde getan«, antwortete Anna. – »Die gute, selige Frau«, sagte Apollonia, »mag wohl durch meinen Zorn in dieser Morgenstunde gekränkt sein, sie wird mir nicht zürnen, ihr Gelübde hatte den Irrtum veranlaßt. Sei zufrieden Anna, werde nur nicht eifersüchtig auf mich, sieh dich im Spiegel, du blühende Rose, so freudig sah ich dich nie wie eben mitten in der Kümmernis unsres Streits, dann sieh mich an und du wirst deine Eifersucht beruhigen, selbst wenn du meiner Liebe zu dir nicht glauben wolltest.« – Anna küßte der Mutter die Hand und sprach: »Die gute Mutter Hildegard, nun kann ich ihr keine

Liebe erweisen, aber du lebst doch noch recht lange, sollst dich recht lange mit erfreuen. Die arme Mutter Hildegard, sie hat es nicht überlebt, daß ihr Sohn fern von ihr schlafen sollte, ach da trage ich unschuldig die Schuld ihres Todes.« – Die Mutter suchte sie zu zerstreuen und sagte: »Wir wollen doch einmal lesen, was der bayerische Meistersänger dir zu Ehren gereimt hat, wahrscheinlich hat er es schon zu tausend Bräuten gesungen, denn darum läuft das Sängervolk immer so umher, daß sie an fremde Orte kommen, wo ihre paar Lieder noch für eine Neuigkeit gelten; aber es ist schwer zu lesen vor dem Firnis, der daran klebt.«

Hochzeitsterne sind verglommen,
Und das schwarze Sonntagskleid
Ist dem Himmel abgenommen,
Alle Lust erwacht in Leid;
Freudig ist nun junges Leben
In den frischen Tag gestellt,
Der gerührt des Blickes Beben
Tauend über dich erhellt.

Und du glaubst dem neuen Tage,
Endlos scheint er, weil er klar,
Es versinkt in Lust die Klage,
Daß kein Kranz in deinem Haar;
Sieh, dir blühen tausend Kränze,
Dieser ach versank im Fluß,
Führt des Lebens Wellentänze,
Lebensflut im stillen Kuß.

In der Kraft, die er gesegnet,
In der Hoffnung, die er regt,
Seid ihr beide euch begegnet,
Selig, wem das Herz so schlägt;
Selig, denn die tät'ge Ferne,
Der Gedanken Unbestand,

Und des Glückes Wandelsterne,
Trennen nicht dies innre Band.

Hochzeitmorgen ist gekommen,
Trägt ein feurig Freudenkleid,
Und die Welt erscheint vollkommen,
Feiert euren schönsten Eid,
Mit dem Licht vom ersten Tage,
Als die Erde jugendgrün,
Als zum heiligen Vertrage
Gott dem Menschenpaar erschien.

Dritte Geschichte

Gute Hoffnung

Das Fest am Brunnen, welches den Morgen nach der Hochzeit feiern sollte, war durch den Tod der guten Mutter Hildegard in seinem Wesen gestört worden, manches blieb unbeendigt, weil Berthold sich der geliebten Toten nicht entreißen konnte, und die scherzenden Masken sandte er alle zu dem Hause des Herrn Brix, wo Kugler seit der Hochzeitnacht eingezogen war. Auch verspätet war das Frühstück am Brunnen durch den langen Schlaf Annens, die Sonne schien dort zu heiß, und der Tisch mit den Sesseln wurde auf Annens Bitte, unter die uralte, schattige Linde gestellt, unter der Berthold einst den Schatz gefunden hatte. Er ward nachdenklich und sprach wenig, so daß ihm Anna Vorwürfe machte, wie er an solchem Tage fremden Gedanken Raum gebe und daß er sie am Morgen so früh verlassen habe. Unter mancher Zärtlichkeit erzählte er ihr nach und nach, was ihn gequält und erweckt hatte: »Als wir vor dem Altare in der Nonnenkirche standen und der Geistliche Himmel und Hölle des Ehestands mit gewaltiger Stimme malte, da flossen meine Augen in Sorge und Seligkeit, in Vorahndungen des Lebens und des Todes, aber ich schämte mich dieser Tränen vor dir und wendete mich ab, um sie unbemerkt zu trocknen. Und wie ich so zur Seite blickte und meine Augen sich aufklären, da erblicke ich einen Kriegsmann von alter Tracht, der großen Anteil an der Feierlichkeit zu nehmen schien, da war mir, als sei es derselbe Alte, derselbe alte Herr, den ich immer für ein Schattenbild des Barbarossa auf Erden gehalten, wenn er in Wolken vorüberzieht, der mir hier die Kapelle der heiligen Könige zeigte, die ich bis jetzt noch nicht wieder fand, der mir den Schatz verlieh, der mich aufforderte, diese Baustelle zu erstehen, auf der ich allen Reichtum erwarb, und mit Schrecken erinnerte ich mich bei einem Worte des Geistlichen von der Wandelbarkeit des Irdischen, daß der Alte mir diesen Schatz mit allem, was ich dadurch erwerbe, nur auf so lange verliehen habe, bis er es zurückfordere. Ich wandte mich ab von dem Alten und blickte nach dem vergitterten Nonnenchore und sah ein Antlitz halb befreit vom Schleier, der sich zur Seite gedrückt hatte, und meinte die geliebte Mutter, meine rechte Mutter, sehr veraltet, doch unverkennbar wieder zu sehen. Diese Erscheinungen kreuzten sich und verwirrten mich; als ich wieder um mich blickte, waren beide verschwunden und ich fürchtete, daß die lebhafte Anregung des Tages mich um den Verstand bringe. Beim Gelag hatte ich das alles vergessen und bald war auch das Gelag vergessen und du weißt vielleicht, wie alles gekommen, aber ich schlief doch endlich ein, schlief lange ruhig, bis ich denselben Alten, der mich in der Kirche erschreckt hatte, wieder zu sehen glaubte. Er sagte mir, daß meine Zeit abgelaufen sei, daß ich ihm alles wieder erstatten solle, was er mir geliehen, ich sei jetzt gesund, ich kennte die Welt und ihre Geschäfte und sollte mich jetzt allein durchschlagen. Da dachte ich deiner, wie ich der Armut dich hingeben müßte, und konnte meinen Zorn nicht mäßigen, so unbegreiflich ist der Mensch sich selbst im Traume, ich ergriff das Messer, welches ich damals bei dem Schatze gefunden, und durchstach den Alten, und der Alte war ich selbst, ich hatte mich selbst erstochen. Da erwachte ich und konnte nicht wieder einschlafen, weil Meister Sixt vor dem Hause malte und mir die letzte Ruhe nahm, so viel mein Gewissen mir noch übrig ließ. Sieh nur, um diese meine innere Vorwürfe zu mehren, hast du den Tisch hieher unbewußt gesetzt, wo mir der Alte den Schatz zeigte.« – Anna lachte über diesen Gram: »Der Traum bedeutet immer sein Gegenteil«, sagte sie, »das wissen alle Traumbücher, und was der Mensch im Traume tut, möchte er wachend gern meiden; liebst du mich recht, so vergißt du alle die Einbildungen in einem Kusse von mir.« – »Noch etwas geht mir im Kopf herum«, fuhr Berthold fort, »der Ehrenhalt hat mir nur Geschenke gebracht, um Anforderungen an mich zu machen. Er spricht von meinem Vetter, von dem Grafen von Hohenstock, daß er blödsinnig sei, daß mir das Schloß Hohenstock vielleicht bald zufallen könne, daß große Begebenheiten um uns her reiften, bei denen ich dort Sicherheit und Anhang mir und den Meinen erringen könnte; ich sollte das Schloß als Fremder besuchen, wie es mir gefalle. Ich mochte mich nicht darauf einlassen, ich wollte es dir sogar verschweigen, aber der Traum, die Möglichkeit mein erworbenes Gut zu verlieren, machten mich aufmerksam auf das Ererbte. Gib deinen Rat, aber gelobe mir Verschwiegenheit.« – Anna besann sich keinen Augenblick, sie sah sich dort im Geiste wie die kurfürstliche Braut zu Augsburg empfangen, sie dachte sich das Schloß im Verhältnis zu dem Hause in Waiblingen in steigender Herrlichkeit, wie sich dies zu ihrem Häuschen in Augsburg verhalten; sie konnte sich der Sehnsucht nach diesem alten, geheimnisvollen Stammschlosse nicht erwehren, sie versicherte Berthold, daß sie ihre Zunge nur beschwichtigen könne, in sofern ihr Berthold das Versprechen gebe, noch diesen Sommer das Schloß zu besuchen.– Berthold gab ihrem Willen nach und beschloß unter dem Vorwande, einen Wallfahrtsort, oder einen Sauerbrunnen besuchen zu wollen, den Weg dahin einzuschlagen. – Sie wurden in dem Gespräche von Meister Sixt gestört, der feierlich mit Devotion kondolierte und gratulierte, auch berichtete, daß er den letzten Auftrag der seligen Frau Hildegard wohl beendet, die heilige Jungfrau am Giebel aufgemalt und dafür einen Gulden in Submission einzufordern habe, er bitte diese Votivtafel zu inspizieren und ihn zu remunerieren, wenn das Werk seinen Meister lobe. Berthold folgte ihm mit Annen und war sehr erstaunt, ein sehr vollkommnes Bild seiner Frau an der Stelle des verblichenen, heiligen Bildes zu sehen, und weil es ihm lieb war, so schien es ihm recht. – »Aber wie schön ist das Christuskind«, rief Anna, einmal über das andre, »schenkte mir doch der Himmel solch ein kräftig freundliches Kind, in ihm ist Segen für die Welt und ihre reichste Zukunft.« – Berthold aber zog Meister Sixt bei Seite und fragte leise: »Gleicht das Kind nicht Eurem Anton, wahrhaftig so muß er als Kind ausgesehen haben.« – Anna wollte wissen, was er gesprochen habe, und Berthold antwortete gleichgütlig: »Ich erinnerte den alten Herrn, daß er dies Kind nach einem jungen Gesellen gemalt hat, der bei ihm in der Lehre steht.« Anna mußte ihm innerlich recht geben und wurde äußerlich so rot, daß sie sich abwenden mußte, sie gedachte der unangenehmen Verwirrung am Morgen und hätte lieber das Bild gleich abreißen lassen.

Kugler und seine Frau kamen jetzt zu ihnen, um Abschied zu nehmen. Das tat dem ehrlichen Knaben gar weh, sonst war er seelenglücklich mit seiner Wahl, er wußte nicht genug anzurühmen, was er alles zum Dank unserm Berthold antun möchte, er wünschte, daß er in

Not kommen möchte, um ihm die Treue seiner Freundschaft zu beweisen.
Nun ging alles zur Einrichtung der Wirtschaft über, und Anna lernte ihre Magd Verena, die sie zunächst bediente, näher kennen. Diese klagte bei ihr Jammer und Not über die Magd der Mutter Apollonia, ihre leibliche Schwester, welche Sabina sich nannte, daß diese Böses von ihr rede, und auch Frau Anna beschuldige, was sie kaum nachsagen möge, den jungen, schönen Maler Anton zu sich ins Fenster eingelassen zu haben, sie scheine das von ihrer Frau gehört zu haben. Sie habe ihr darauf den Mund verboten, denn wenn einer reden wollte, so wäre genug darüber zu sagen, warum Frau Apollonia immer dem Herrn im Garten nachgehe, auch ihn küsse, es wisse jeder, daß sie einst mit einander so gut wie Eheleute gewesen, aber die Zeit sei vorüber. – Anna verbot dem Mädchen zu reden, das Mädchen aber kehrte sich wenig daran, sie war zu heftig ereifert, nur wandte sich jetzt ihr Zorn gegen ihre Schwester, die zu demselben eigentlich die Hefen eingerührt hatte, sie berichtete, wie diese immer von den Schüsseln beim Auftragen nehme, nur fleißig spinne, wenn die Frau es sähe, gern zu den Knechten in den Stall gehe, sich immer Wege in die Stadt mache, auch beim Einkaufen mehr an sich als an die Herrschaft denke, daß sie nur fünf Hemden habe und darunter sei eins noch stark zerrissen und nicht einmal geflickt, ihre Schürzen wären aber ganz unbedeutend. »Aber sag nur«, fragte Anna, die eigentlich aus Gewohnheit gern den Mägden zuhörte, »wie habt ihr euch so verfeindet, ihr beiden Schwestern, nachdem ihr hier bloß darum in Dienst getreten, weil ihr so nahe beisammen wohnt.« – Das Mädchen wollte die Ursache nicht sagen, ihre Schwester sei aber an allem schuld, sie wolle ihr aber alles gebrannte Herzeleid antun. – Anna gebot Frieden, aber das half nur gegen schnellen Ausbruch der Feindseligkeiten. Jeden Morgen früh war immer ein dumpfes

Schelten der beiden Schwestern am Brunnen, wenn sie früh Wasser holten, ein Keifen, als ob es an Wasser fehle, und doch lief dies im Überfluß.
Berthold schalt einmal, als er spät Abends zu Apollonien gehen wollte, daß so viel Wirtschaftsgerät, Eimer, Töpfe und Kupfergeschirr am Brunnen gestanden, er sei darüber gefallen. Verena machte daraus eine seltsame Historie, erzählte Annen, ihr Mann gehe Abends, wenn sie ihn im Garten beschäftigt glaube, gar heimlich zu Frau Apollonien, so daß es Annen gar heiß überlief, sie konnte mit ihrer Mutter nicht mehr frei und offen sprechen. Darauf hörte sie in der Stadt, daß von einem Kobold die Rede sei, der an ihrem Brunnen alles Geschirr reinige, aber auch sehr bösartig sei, wenn einer ihn störe. Sie befragte Berthold, der lachte über das Märchen, er sei oft am Brunnen gewesen. Verena aber winkte mit den Augen bei dieser Aussage ihrer Herrin und berichtete beim Ausziehen, der Herr poltere oft so spät bei den Geschirren am Brunnen herum, da hielten die Leute ihn für einen Kobold und hätten schon in der Stadt ausgebracht, sie und ihre Schwester hätten sich wegen des Kobolds entzweit, wenn er nicht allen beiden die Arbeit abnehmen wolle, er gehöre nur zum Hause des Bertholds und die Schwester setze immer ihre Gerätschaften unter die ihren, aber das sei Lüge, und rief alle Heiligen zu Zeugen, daß sie sich mit keinem Kobold abgebe.
Sabina quälte mit ihrer Zänkerei die Frau Apollonia weniger, weil diese strenger war, sie nistete sich aber auf feinere Art ein. Apolloniens Zärtlichkeit zu Berthold glaubte jetzt, wo er ihr als Schwiegersohn verbunden, keines Zaums zu bedürfen, sie äußerte ihm gern ihr Wohlwollen durch jedes gute Zeichen, nahm jedes von ihm an, fand auch darin einen Ersatz, als es ihr schien, daß die Tochter von ihr unabhängig sei, sie weniger aufsuche und andre Gesellschaft vorziehe. Sabina erfand sich eine Menge Freundlichkeiten von Berthold, die sie

der Frau berichtete und ihr schmeichelte, am Abend aber die Schwester damit zu ärgern. Das alles erfuhr Anna, nachdem es kaum einen halben Tag ersonnen oder mißdeutet war, und machte die Stolze ihrem Berthold auch keine Vorwürfe, so spottete sie doch wohl gegen ihn über die Mutter und Berthold verteidigte sie mit Wärme und sagte wohl noch mehr, als er eigentlich glaubte, eben weil ihn die unerklärliche Härte in der Tochter ärgerte.

Ein Zufall reifte die Stacheln an der Hecke zwischen beiden Häusern. Apollonia war in ihrer Arbeit sehr emsig, obgleich sie es jetzt nicht mehr bedurfte, nun ein gutes Vermögen mütterlicher Seite ihr zugefallen war. Es brach ihr spät am Webstuhle etwas in dem Kamme, sie schickte Sabina damit zum Verfertiger, daß er es gleich in Ordnung bringe. Es sieht manches wie eine kleine Arbeit dem aus, der sie nicht zu machen versteht. Die Arbeit verspätete sich, die Nacht war dunkel heiß und Apollonia ging selbst ungefähr gegen Mitternacht an den Brunnen, um ihren Henkelkrug zu füllen. Sie nahte sich ohne Absicht leise, denn sie ging bequem und stand nicht ohne Schauder neben einer großen Gestalt, die am Brunnen auf etwas zu warten schien. Kaum hatte sie den Entschluß gefaßt, dies unheimliche Wesen ein wenig zu betrachten, ehe sie entliefe, so wurde ihr der Mond günstig, trat hervor und beschien einen blonden, herrlichen Lockenkopf, der im Augenblicke nach dem Garten Bertholds entsprang. Die Angst und die Besonnenheit geboten ihr zu schweigen, es war Anton, sie konnte nicht zweifeln. Was wollte er so spät? Berthold war in einem Geschäfte ausgereist, Anna hatte sich den Abend verleugnen lassen. Sie wurde wieder irre an dem guten Glauben, den sie den Entschuldigungen der Tochter am Hochzeitmorgen geschenkt hatte; ihre Qual war groß, denn ihre Rechtlichkeit war unerbittlich strenge. Sie gewann es über sich, nicht laut zu werden, es fiel ihr ein, daß Berthold von einer Reise nach Hohenstock gesprochen. Sie glaubte, daß sein guter Geist ihm den Rat eingegeben hätte, und beschloß ernstlich, mit allem ihren Einflusse auf ihn, dies Unternehmen zu fördern.

Anton, denn er war es wirklich gewesen, hatte nicht geringeren Schrecken über Frau Apollonia, als diese über ihn erfahren, er meinte sich schon beim Meister angeklagt und bestraft. Die Bosheit der Frau, als er damals so unschuldig in Annens Zimmer gekommen, ließ ihn viel schlimmere Bosheit ahnden, nun er in gewissem Sinne schuldig war. Er war wirklich der Kobold, der da nächtlich am Brunnen die Geschirre reinigte, was den beiden nachlässigen Mägden zu beschwerlich war. Er hatte sie in den Vorbereitungen der Hochzeit kennen gelernt und war in dem Drange der Arbeiten für seine Hülfe in der wohlbesetzten Küche von ihnen gelohnt worden. Für den Preis setzte er bei dem teuflischen Geize des Meisters, der ihm das Brot verschloß, diese geringe Arbeit Nachts heimlich fort, und die Sache hätte lange in Ruhe geschehen können, wenn nicht beide Schwestern gar zutuliche Liebe zu ihm empfunden hätten. Da er aber von eigner Gleichgültigkeit gegen beide blieb und wohl ihre guten Bissen, aber nicht ihre Küsse annehmen mochte und sich beide doch für schön hielten, so meinte jede, die andre habe heimlich mehr Vertraulichkeit mit ihm und das brachte sie gleich in Neid und Eifersucht. Als er nun gar in der nächsten Nacht ausblieb, ward der Unfriede am Brunnen groß. Berthold kehrte am andern Morgen heim und sprach zufällig erst bei Apollonien an, so schien seine Untreue der harrenden Anna gewiß.

Während Apollonia ihm heftig zürnte, trat Berthold mit freudigem Gruß und Gaben ein, erzählte von den schönen Burgen der befreundeten Ritter und drang in Annen, wie Apollonia eben in ihn gedrungen war, die Reise nach Hohenstock mit ihm zu unternehmen, es komme kein Schlächter aus jener Gegend in die Stadt, der ihm nicht Briefe mit Anmahnungen des Ehrenhalts überbringe,

dort einen Besuch abzustatten, und je mehr er das Leben der Ritter kenne, je weniger lasse sich in ihm das Gefühl unterdrücken, daß er noch zu etwas anderm, als zur Wollrechnung, bestimmt sei. Der Antrag kam ihr jetzt so willkommen, sie hoffte, Berthold werde sie ausschließlich lieben, wenn sie mit ihm allein wäre, sie gab ihren Beifall, sie wollten beide vorgeben, daß sie Klostereinsiedlen in der Schweiz zu besuchen gelobt hätten.
Es war Sonntag, sie fühlte dunkel, daß sie dem Manne unrecht getan habe, oder aber wie Grünewald oft sang:

Sonntag hat ein eigen Wesen,
Innres Streben, äußre Ruh,
Mag von sel'gem Glauben lesen,
Läßt den Drang der Zeit nicht zu.

Sie wollte beichten und nahm ihr schwarzes Gebetbüchlein, ging aber nicht zum Hause hinaus, sondern in den Garten, wo, ohne daß sie es wahrnahm, der eifrige Gärtner Berthold beschäftigt war, seine Lieblingsblumen selbst zum Strauß für die Frau abzupflücken. Da kam eine hohe Frau in den Garten mit einer Harfe und einem Kästchen, worin Feigen und Apfelsinen, trug einen grünen Hut mit einer Feder darauf, grüne Jacke mit kurzem, bunten Rock, auch bunte Strümpfe, sie nannte sich eine Tirolerin, die aus der Hand weissage, und Apollonia meinte sie schon in Augsburg gesehen zu haben. Anna klagte ihr, daß sie vergessen habe, was sie noch eben beichten wollte, und die Tirolerin, – oder vielmehr Grünewald, der so verkleidet war und sich etwas mit Wahrsagen abgab, – prophezeite ihr, was er ihr ansah, und hat alles nachher in Reimen abgesungen, wie es da erging:

Der Sonntag winkt mit stillen Blicken
Und schmückt ein jedes Blumenbeet,
Der Gärtner will ein Sträußlein pflücken,

Weil seine Frau zur Kirche geht.
Und kann sich immer nicht entschließen,
Wo er sein Messer brauchen soll,
Die Blumen sich im Tau noch küssen
Und Herz am Herzen hängt so voll.

Da kommt sein junges Weib gegangen,
Ihr schwarz Gebetbuch in der Hand,
Ihr Blick gesenkt im frommen Bangen,
Zur Laube hat sie sich gewandt;
Wie heimlich glüht die Geißblattlaube,
Ihr Schatten ist ein duftig Bad,
Und drinnen girrt die Turteltaube
Und Nelken glänzen an dem Pfad.

Da spricht die Frau mit bangen Sorgen:
»Vergessen ist die Sündenschuld,
Was wollt ich beichten heute morgen,
Ach Gott, hab nur mit mir Geduld.
Ach hätte ich nur eine Stunde,
Mir fielen wieder Sünden ein,
Aus welchem bösen Sündengrunde
Mag ich wohl so vergeßlich sein.«

Der Gärtner hat sich nicht verstecket,
Doch ist er nicht von ihr gesehn,
Die Reben haben ihn gedecket,
Er staunet still, wie sie so schön;
Es kniet sein Weib am Bänklein nieder
Und deckt das holde Angesicht
Und steht dann auf und saget wieder:
»Was ich gesündigt, weiß ich nicht.«

Der Mann will eben zu ihr springen,
Und ihr in Kraft von Lieb und Lust,
Vergebung für die Sünde bringen,

Die ihrem Herzen unbewußt,
Da hört er eine Harfe klingen,
Sieht eine Frau mit grünem Hut,
Die ihr will süße Früchte bringen,
Die Frau sagt wahr und ist ihr gut.

Sie küßt die Hand des schönen Weibes
Und rufet mit Verwundrung aus:
»Du bist gesegnet deines Leibes,
Und Segen kommt nun in dein Haus!«
Beschämt will es die Frau nicht glauben,
Und klagt, wie schwer zu Mute ihr,
Tirola spricht: »Eh' reif die Trauben,
Die jetzt so hart, dann glaubst du mir.«

Ihr glaubt die Frau, und heil'ge Blicke
Wie Perlen sie umkränzen schön,
Tirola singt von ihrem Glücke
Zu ihrer Harfe Vollgetön;
Was sie gedrückt, war keine Sünde,
Es war die ungewohnte Lust,
Daß sie den Dank zu Gott verkünde,
Erhebt Gesang die freud'ge Brust.

In wessen Herz die Sünde schweiget,
Da klingt des Herren Lobgesang,
Das Dasein sich so freundlich zeiget,
Wenn neue Hoffnung es durchdrang;
Sie fleht, daß sie der Herr durchdringe
Mit seines Geistes Gegenwart,
Daß früh ihr Kind den Geist empfinge,
Wenn es noch bildsam, rein und zart.

Da kann der Gärtner sich nicht halten,
Er stimmt ins fromme Lied mit ein,
Und muß die Hände betend falten:
»So muß sich eine Kirche weihn!«

Und er gelobt, an dieser Stelle,
Zum Angedenken dieser Gunst,
Will er erbauen die Kapelle
Mit hocherfahrner Bildner Kunst.

Es steht die Frau in Scham betroffen,
Woher er ihr Geheimnis weiß?
Er spricht: »Ich sah den Himmel offen,
Ein Engel sagte es mir leis:
Und alles Geld, was du gesparet,
Den Armen gib zum Freudenmahl,
Daß Gott, der Herr, dein Kind bewahret
Und führt es leicht zum Sonnenstrahl.«

Vierte Geschichte

Schloß Hohenstock

Der Reisewagen schwankte heftig ungeachtet des langsamen Fahrens über die rohen Steingerölle, die im Bergwege lagen, daß Berthold längst mit der Frau Anna ausgestiegen war und sich zu dem Ehrenhalt und Grünewald, (der als Tirolerin gekleidet) gesellt hatte, die neben dem Wagen gingen und mit einander den Wagen durch Stricke, die sie an beiden Seiten angebracht, vom Umsturz abzuhalten suchten. »Das ist ein Mordweg!« sagte Anna. – »Es ist noch nicht unser schlechtester Weg«, meinte der Ehrenhalt, »so kann er freilich nicht in Ordnung gehalten werden, wie die Wege nach Augsburg, hier fährt kein Güterwagen, kein Reisender, zum Holzfahren ist er immer noch gut genug.« – »Warum bleiben wir nicht hier oben«, fragte Grünewald, »der Wald ist kühl, die Erdbeeren reif und mein Blumengewinde wächst mir immer wunderbarer in der Hand, daß ich Euch endlich damit umgürten muß, Frau Anna. Weilt hier. Der grün bewachsene, meilenweite Sumpf da unten ist für die Kiebitze, die darüber schreien, daß die Leute ihnen ihre sommerfleckigen Eier nehmen. Und was ist das für ein Schwalbennest in der Mitte, sieht aus wie eine gebrochene Kinnlade mit schwarzen Zähnen, da möchte ich nicht begraben sein.« – Der Ehrenhalt verwies sie als eine unverständige Närrin zur Ruhe, bei ihrem Kuhmelken und Pomeranzenverkauf werde sie viel wissen, was zu einer Ritterburg gehöre. »Seht Herr«, sagte er zu Berthold, »das ist Hohenstock, weil der Fels, worauf es steht, wie der Stock eines Baumes aus dem tiefen Bruch heraus sieht. Das ist gegen jeden Angriff sicher, wenn die Brücke und der einzige Damm zerstört sind, der bis dahin führt. Durch den Sumpf watet kein Mensch und die warmen Quellen hindern, daß er je zufriert; der Kaiser mag klug sein, aber wäre er recht gescheit, so setzte er sich in Ruhe auf Hohenstock, würde einer der Unsern und ließe die regieren, die dazu geboren sind. Bei uns da ist alles im Überfluß, was sich ein Mensch wünschen kann, Fische, Wildbret, Früchte, auf der Welt gibt's keine fruchtbarern Gärten, als die Ihr so rings an dem Schloßfelsen glänzen seht. Gott gebe, daß ich von der Wacht auf der Kronenburg entlassen, dort endlich in Ruhe meine Tage beschließen kann.« – Berthold und Anna wollte das Schloß nicht so erfreulich erscheinen, doch äußerten sie nur, daß ihnen der Bau gar seltsam verwirrt scheine, die Gebäude lägen in allerlei spitzen Winkeln, selbst in Krümmungen an einander, wie Kinder in ihren Spielen zu bauen pflegen. – »Das versteht unser einer nicht«, antwortete der Ehrenhalt, »aber seht, das große Schloß nach dieser Seite gehört Eurer Linie, und das kleinere drüben gehört dem Grafen Rappolt, und in dem Mittelschlosse ist die Kapelle und der Waffensaal.« – »Vom Grafen Rappolt habt Ihr mir nie ausführlich gesprochen«, sagte Berthold. – »Es ist nicht viel von ihm zu sagen«, antwortete der Ehrenhalt, »als daß er Euer

Oheim ist, er ist meist verwirrt im Kopfe und was ihm allen Verstand nimmt, ist die Liebschaft zu seiner Ausgeberin Itha, die sein Sohn nicht mehr bei ihm dulden will, weil sie dem alten Manne alles abstiehlt und den Ihren zusteckt. Ihr müßt ihn wohl besuchen, aber weiter kümmert Euch nicht um ihn, es kommt nichts dabei heraus, als daß Euch der alte Herr leid tut.«
Ein Wächterhorn von der Dammwarte verkündete ihre Ankunft nach dem Schlosse, als der Weg anfing, gepflastert zu sein. Alle stiegen in den Wagen und nun ging es fast eine Viertelstunde in vollem Lauf über den hohen Damm, der an beiden Seiten mit Obstbäumen und Weiden besetzt war, und über Brücken dem Schlosse zu, dessen hohe Lage sie erst jetzt in der Ebene erkannten.
Endlich rollten sie durch das enge Tor und da ging es langsam durch den schmalen Burgweg hinauf, der allmählich ansteigend um den Felsen lief, auf einer Seite von Mauern mit Türmen gedeckt, auf der andern Seite mit kleinen Häusern und Ställen besetzt, vor denen Landleute in so schlechter Bekleidung standen, daß die Städter sie für Bettler hielten. »Nein«, sagte der Ehrenhalt, »das sind in ihrer Art sehr reiche Leute, aber sie gehen gern bequem in ihren Kleidern und mögen sich ihr gutes Zeug nicht verderben; die haben mehr aufs Brot zu schmieren, als Eure Federhänse in der Stadt, die sich vor Gott mit dem Sprichwort rechtfertigen: Ein jeder sieht den Kragen und keiner in den Magen.« – Der Wagen hielt vor dem alten Schlosse und sie traten in große, gewölbte Zimmer, die nur von sehr kleinen, ohne Regel verteilten Fenstern erhellt waren, aber die Aussicht war schön über die grüne Fläche nach dem Gebirge, ein grünes Meer voll Vögel, statt der Fische. Auf eigensinnige Art war der Boden zwischen den verschiednen Zimmern verungleicht, es mußten immer Stufen gestiegen werden, um aus einem Zimmer ins andre zu gelangen. Große, schwere Schränke von Eichenholz, mäch-

tige, gepolsterte Lehnstühle, große, runde Tische und ein Bette, in dem wohl viere Raum hatten, zierten das größte, mit achteckigen Steinen gepflasterte Zimmer. »Hier ist das Schlafzimmer für die Gäste«, sagte der Ehrenhalt, »laßt Euch ja nicht merken, daß Ihr eigentlich hier mehr zu befehlen hättet, sonst müßt Ihr hier bleiben gegen Euren und meinen Willen.« Anna erbleichte etwas, sie schrieb es dem mit Kalmus bestreuten Boden zu, auch war mit Wacholder geräuchert, weil das Zimmer so lange unbewohnt geblieben. Anna sah zum Fenster hinaus, um eine gewisse Beklemmung ihres Herzens aufzulösen, aber sie mußte es vor aufdringendem, üblen Geruche schließen. »Ihr müßt Euch nicht verwundern«, sagte der Ehrenhalt, »da unten ist der große Hundestall, doch wenn er Euch lästig, so schaffen die Knechte morgen alles fort. Kommt heute zu dem Oheim im zweiten Anteile, doch muß ich Euch vorher sagen, die vielen Kinder, die da herumfaulenzen, sind keine echte, das ist so uneheliches Zeugs, von ihm und der Frau Itha, seiner Ausgeberin, und Gott weiß von wem noch sonst; haltet Euch die vom Leibe, die schnüffeln und betteln überall, sind Wild- und Fischdiebe, wie keine auf der Welt; wenn der alte Graf ihnen nicht täglich die Haut gerbt, so behält der erste Anteil nichts.«
Nachdem Berthold und seine Frau angemeldet waren, so traten sie in das Zimmer des alten Oheims, der ihnen wie ein ernstes Knochengerippe von einem Riesen der Vorzeit entgegen trat und sie feierlich, doch verlegen, nicht als Verwandte, sondern als Fremde begrüßte. Es wollte sich kein Gespräch anknüpfen, der Alte brummte einige unverständliche Höflichkeit, während Berthold und Anna mit Verwunderung das Zimmer überblickten. Ein kleines Mädchen futterte da unzählige, junge Hühner, während die alten Gluckhennen gegen einander eiferten, eine Mästgans wackelte auch herbei und die Nudeln, mit denen sie genudelt werden sollte, dunsteten mit schreck-

lichem Geruch von dem scharf geheizten Stubenofen, in welchem gebacken wurde, während die Fenster gegen die Sommerhitze verschlossen waren. Drei alte, fette Hunde, deren Haar vom steten Liegen abgerieben war, bellten von den schmutzigen Polsterstühlen, indem sie sich ausstreckten, an der Decke wankte ein großer Wermutbüschel mit den Fliegenleichen und eine Wetterdistel drehte sich, als ob sie ein nahes, böses Wetter verkündigte. Sollte dies aber aus einer Weltgegend kommen, so mußte es zunächst von Frau Itha ausgehen, die im Hintergrunde den geschundnen, blutigen Körper eines Hasen spickte. Dies Ungewitter mit starken Schlägen traf aber ein etwas erwachsenes Mädchen, das sich an Anna heran geschlichen hatte und ihr die Röcke sacht von der Seite ein wenig aufhob, um zu sehen, von welchem Zeuge ihre Unterröcke wären, denn das erklärte sie jetzt unter der peinlichen Backengerichtsordnung der Mutter, als einzigen Grund ihrer heimlichen Bestrebungen. Der alte Rappolt wollte gern Frieden stiften, drückte aber dabei vorsichtig wie eine Katze, die Schläge fürchtet, die Augen zu, auch wurde seine Vermittelung abgewiesen. Dagegen stiftete sich sogleich Friede, als ein junger, derber Bursche Frau Ithen mit den Worten in die Hände griff: »Mutter, Sie ist verrückt, was sollen die fremden Leute von Ihr denken, Sie meint noch immer, daß Sie die Schweine unter sich hat, geh Sie mit Ihrem Küchenschmutz in die Küche.« Frau Itha entschuldigte sich und ging fort, der alte Rappolt sah mit dankbarer Rührung den höflichen Jüngling an und erklärte sich offner gegen Berthold. Die gute Frau sei sehr heftig, aber sie sei sein einziger Trost, er müsse beherrscht werden, Gram nehme ihm die Besinnung, und ohne ausgezankt zu werden, komme er zu keinem Entschlusse. Sie sollten sich vor den Kronenwächtern in acht nehmen, fuhr er nach kurzem Stillschweigen fort, eben so auch vor den andern. Er habe einen schönen Sohn von seiner verstorbenen, geliebten Frau gehabt, mit Namen Friedrich, den hätten sie zuerst auf der Kronenburg erzogen, der sei von einem fremden Ritter in das Wasser gestürzt worden, er habe es unter der Hand erfahren. Darauf er nach langen Jahren Zwillingssöhne, Anton und Konrad bekommen. Bald hätten ihm die Kronenwächter seinen kräftigen, hell gelockten Anton genommen und der sei entflohen, kein Mensch wisse wohin, nun sei ihm nur noch Konrad übrig, der sei ein dürrer Neidhart von Jugend an gewesen und werde jetzt auf der Kronenburg erzogen, wolle da nicht mehr gut tun, sie würden ihn auch bald bei Seite schaffen. Als er dies beendet, fiel er in ein Weinen und der Bastard riet Berthold fortzugehen, »denn«, sagte er, »kommt Vater auf die alten Geschichten, da weiß er nicht mehr, was er will, da kann die Mutter kaum mit ihm fertig werden, da will er Waffen anlegen und darf doch nicht heraus. Er hat einmal in seinen frühern Jahren die Kronenburg verraten wollen, ist im unterirdischen Gange im Sperrwasser gefangen und aufgefischt worden, seitdem mußte er hier hocken. Sie wollten nur Söhne von ihm haben, dann, sagten sie, wollten sie ihn hinrichten. Wie ginge er so gerne auf die Jagd, aber er darf nicht heraus, da sieht er drüben die Hirsche am Gebirge sich sonnen, seht Ihr, wie er hinsieht, er kennt sie alle am Geweihe, er darf aber nicht heraus. Das hat ihn so unsinnig gemacht.« – »Aber hört er denn nicht, was du jetzt sprachst?« fragte Berthold, indem er mit Annen fortging. – »Kein Wort hört er, wenn er so in sich versinkt«, antwortete der Knabe und nahm Abschied.

Berthold und Anna sahen einander verlegen an, als sie auf ihrem Zimmer allein waren, Anna war sehr enttäuscht von den hohen Erwartungen gräflicher Herrlichkeit, Berthold warnte sie, gegen niemand davon zu reden, sie ständen in einer unerbittlichen Gewalt. Die Tirolerin kam jetzt herein und brachte viele Nachrichten von der Burgverfassung. Eben seien wohl zehn Raubgesellen in Dienst genommen, um einen Nachbarn, der sich gegen die Bauern vergangen, das Vieh wegzutreiben, die tobten und tanzten in der Gesindestube, niemand höre ohne Fluchen und Schläge, was ihm gesagt würde: der eine habe ihr das Essen umgestoßen, weil er sie durchaus küssen wollte. Die Rosse lägen im Hofe, daß niemand gehen könne, die Hunde heulten und bissen aus allen Ecken, und die Enten stürmten die Küche, der Ehrenhalt sei fort und sie wisse keinen andern Rat, als daß sie drüben aus der Küche sich etwas ausbäte, um ihre Herrschaft zu speisen.

So waren beide genötigt, bei Frau Itha anzusprechen, die eben in dem Kreise mehrerer andrer Frauen beim Mahle saß, die sie ihnen als die Weiber von Kronenwächtern vorstellte, welche dahin gekommen, um ihren Männern weiße Wäsche zu bringen. Alle fielen über Anna her, sie zu herzen und zu küssen. Der Becher ging fleißig umher, Frau Itha ging zuweilen in die Schlafkammer, wo der Alte jammerte, und brachte ihm etwas, klagte aber dann bitterlich zu Annen, was sie für einen alten, gebrechlichen Herrn habe, wie der sie plage, da sei sie mit ihrem Berthold besser versorgt. Nun erzählten die Frauen von den Taten ihrer Männer: wie vielen Herren der eine gedient habe, ehe er von den Kronenwächtern aufgenommen sei, wie der andre einen Mauren im Zweikampfe erlegt habe, wo ein dritter unter den Schweizern gegen den Herzog von Burgund gefochten und das Gold nachher in Metzen ausgemessen habe. Der Ehrenhalt betrat jetzt das Zimmer, wurde von allen gar ehrfurchtsvoll begrüßt, die Frauen baten ihn, seine Geschichten im Morgenlande zu erzählen, wie er dem Emir, bei dem er gefangen, mit einem silbernen Becher den Hals zerhauen habe, worin ihm dieser Wein unter Verwünschung des Christentums gereicht, und wie er auf dem Pferde des Emirs der Strafe und der Gefangenschaft zugleich entkommen sei. Es wurde, als dieser Alte erzählte, eine

lebendige Freude ausgegossen, jeder fühlte sich größer, nur Berthold fühlte sich unendlich gering, daß er noch nichts Kriegerisches getan. Noch schmerzlicher fühlte er sich gekränkt, als Frau Anna, die ihren Mann gern auch empfehlen wollte, mit der Turniergeschichte in Augsburg anrückte. Da riefen alle, es sei schade, daß er nicht einen Tag früher gekommen, es hätten gestern nahe der Burg ein paar Ritter auf Leben und Tod mit einander gerannt und wären beim zweiten Anlauf auf dem Platz geblieben, durch ihre Spieße unauflöslich verbunden.
Als sie alle auseinander gegangen, mußte Berthold eingestehen, so seltsam dies Völkchen sei, so stehe doch jeder fest auf seinen Füßen und wisse seine Bahn; er möchte gern auch im Kriege sich versuchen und wisse nicht, wie er es anfange. Anna dagegen wünschte sich und ihn von Herzen aus diesem Kreise, aus dieser Gegend fort, sie behauptete, daß die armen Spinnerinnen in Augsburg in ihren Spinnstuben nicht so roh und gemein, so grob und frech sich ausgedrückt hätten, wie diese edlen, ritterlichen Frauen, Berthold habe nur nicht alles gehört, was sie leise unter einander und zu ihr heimlich gesprochen hätten. Berthold wollte ihren Wunsch, bald abzureisen, gern erfüllen, nur bat er sie, ihn nicht so kund werden zu lassen, auch die Wände hätten da Ohren, das ganze Schloß sei von geheimen Gängen durchzogen, diesen sei alle Schönheit und Regelmäßigkeit aufgeopfert, das habe er endlich durch seine Kenntnis vom Bauwesen herausgebracht.
Am andern Morgen fragte Berthold den Ehrenhalt, ob er nicht den Zug gegen die Nachbarn mitmachen könne, wozu schon Leute geworben wären, die gestern im Schlosse gelegen. Der Ehrenhalt lächelte ihm zum erstenmal recht freundlich zu und sprach: »Es ist recht, daß ihr etwas tun wollt, was vor der Welt besteht, der alte Hohenstaufe regt sich in Euch, im Kriege macht der Mensch sein Schwert zum Maßstab der Welt und mißt

alles nach seiner Elle von vorne durch, so kommt alles in die Lage, wie es ihm gefällt; er braucht nicht mehr zu denken, ob er es allen Leuten recht macht, die Leute müssen ihm tun, wie er ihnen tut. Was aber den Zug von gestern abend angeht, so ist der schon zurück und die Leute sind entlassen. Unser junger Graf Konrad hat einmal wieder schlimme Streiche gemacht, Ihr werdet das saubre Früchtchen heut noch sehen, ein rechter Lilaps und Hannepampel. Kaum war der Zug beim großen Lug, so sah der Graf im Vollmondschein ein aufgeschürztes Mädchen darin stehen, die Sumpfgras in ihre Kiepe für die Kühe ihrer Mutter schnitt. Gleich war er verliebt, rief sie zärtlich und als sie ihn verlachte und verhöhnte, weil er schwerlich ihr da durch das Wasser nachsteigen konnte, wo diese armen Leute seit erster Kindheit Steg und Weg auswendig lernen, so beschoß er sie mit stumpfen Bolzen, als wäre sie eine Festung. Das Mädchen war aufgeschürzt und schrie ach und weh, und suchte nach der andern Seite zu entkommen. Er setzte ihr mit den Reisigen wie einem Hirsch nach, der ins Wasser getrieben, ein paar stürzten, endlich fing er das arme, ganz erschöpfte Mädchen und brachte sie zu einem Einsiedler, der eine Art Possenreißer ist. Da wurde getafelt und getobt, daß ein frommer Reisiger, der draußen blieb, bei dem nächtlichen Sturm jeden Augenblick meinte, der Teufel werde die ganze Gesellschaft holen. Statt des Viehes bringt uns der Graf heute das Mädchen auf das Schloß, das er nicht lassen will und das doch zu den Ihren verlangt. Zum Glück schicken ihn die Kronenwächter bald fort zum Herzog Wilhelm von Bayern, er soll da dem Schwäbischen Bunde dienen und die tollen Hörner sich ablaufen. Vielleicht läßt sich etwas erreichen und auch Ihr sollt dann dazu wirken. Der Schwäbische Bund ist auf unsrer Seite, wie wir sicher glauben, Herzog Ulrich feindet ihn an, es brechen gewiß Streitigkeiten aus, der Herzog wird verjagt, der Kaiser stirbt bald, wir beherrschen das Land, vielleicht könnt Ihr in Eurer Stadt mehr dabei wirken, als unter den Reitern, wir brauchen auch Männer von der Feder, der Hutten führt sie zu wild und unbändig.«

Die Tirolerin kam jetzt aus der Küche hereingeflüchtet, Graf Konrad hinter ihr her, der ohne Aufhören schrie: »Sie hat einen Bart!« Der Ehrenhalt trat ihm entgegen: »Nun Graf, ich dächte, Ihr hättet heute keinen Grund, so laut zu krähen, der Zug ist schlecht ausgefallen, Ihr müßt fort von hier, die Briefe sind geschrieben, Ihr sollt zum Herzog Wilhelm von Bayern, doch lernt vorher noch anständig sein im Hause des ersten Anteils.« – Graf Konrad war schnell wie verwandelt, er entschuldigte sich mit der Seltsamkeit des Bartes an einem Mädchen, das noch so jung scheine, nahm gar artige Stellungen an und fiel Frau Annen gar nicht unangenehm in die Augen. »Er gleicht dem Malerburschen Anton«, fiel ihr ein, aber sie wagte es nicht auszusprechen, weil sie dem Manne nichts von der Geschichte am Morgen der Hochzeit erzählt hatte. Auch Berthold dachte umher, bis ihm die Ähnlichkeit mit Anton einfiel, während er den Grafen begrüßte. Die Tirolerin war bei Konrad gleich vergessen, und Grünewald kam diesmal mit dem Schrecken davon, erkannt und vielleicht sehr hart bestraft zu werden. Graf Konrad strengte alle seine Erfindung an, um durch artige Feste den Tag zu verschönern.

Er ritt mit Berthold und Anna zur Jagd, aber ein paar Gewitterschläge brachten so unglaubliche Regengüsse, daß sie in wenig Minuten ganz durchnäßt den Damm zur Heimkehr suchten. Ihr Weg führte sie an dem Felde vorbei, das zu Hohenstock gehörte, wo die Schnitter eben mit der Ernte beschäftigt gewesen, von bewaffneten Reisigen bewacht. Aber hier hatte der Himmel mit seinem Feuer gegen die Erde geschlagen, es brannte ein abgestorbner, wilder Birnbaum und der Hagel schüttete sich aus der Wolke wie aus einem zerrissenen Säetuche über die Weizenähren. Die Jagdgesellschaft mußte von den Pferden steigen, weil diese wild wurden, die Landleute deckten ihre Kinder mit Schürzen zu, aber alles schrie jammervoll. Nur zehn Minuten mochte der Hagel geschlagen haben und die Ernte, der Lohn eines mühevollen Jahres war wie von einem Kriegsheere in den Boden gestampft und zerstreut. So lange das Wetter so währte, war Konrad gar kleinmütig, fragte wohl gar wegen des Jüngsten Tages bei Berthold nach. Aber kaum verwandelte sich der Hagel in Regen, der Regen in Sonnenstrahlen, so kannte sein Mutwillen keine Grenze. Abgefallene Kappen und Hauben der Landleute spießte er auf sein Jagdspieß, hetzte mit seinem Pferde die Kinder wie Hasen, daß endlich Berthold seine Mißbilligung nicht länger zurückhalten konnte. Konrad fuhr mit häßlichen Reden gegen ihn an, nannte ihn einen Wolkenkratzer und Federfuchser, was Frau Anna so beschämte, daß sie in Tränen und dann in die Worte ausbrach: »Wie dürft Ihr einen der Euren so schelten!« – Nun hielt sich Berthold nicht länger, er sagte, daß ein bedeutendes Geheimnis verraten sei, er möchte es verschweigen und seinen Hochmut bezähmen. Aber um so ärger verhöhnte ihn Konrad, schwor darauf, er sei von den Kronenwächtern zum besten gehalten mit seiner hohen Abstammung und dafür wolle er ihn sogleich aus dem Paradies verjagen, wo er sich fälschlich eingeschlichen habe. Dabei machte er eine Bewegung, als wolle er Berthold mit entehrenden Schlägen angreifen. – Berthold, dessen unruhiges Pferd seine Aufmerksamkeit forderte, hatte diese Tücke Konrads nicht beachtet, hatte nicht bemerkt, daß Frau Anna im Zorne ihr Messer gezogen und ihrem Berthold zum Schutz vor ihm schirmend gehalten, daß jener es sich durch die Hand geschlagen und nun erst den gewaltsamen Schmerz dieser Wunde fühlte. Da war ihm aller Mut gefallen, er bat um sein Leben, er bat jammernd um Verzeihung, um Hülfe, um einen Wundarzt, er ver-

schwor sich bei allen Teufeln, daß er immer Unglück habe. Berthold meinte erst, daß Konrad von einem Blitzstrahl getroffen sei, jetzt aber sah er das blutige Messer in ihrer Hand und erkannte es gleich als jenes, das er bei dem Schatze gefunden hatte, und die Verwunderung darüber machte ihn einen Augenblick untätig. Dann aber kam er dem schwachmütigen Konrad zu Hülfe, verband seine Wunde mit allem Fleiß und suchte ihn zu trösten, die Hitze habe sein Gemüt verwirrt, er möchte sich heimführen lassen und sich zu beruhigen suchen.
Grünewald, die Tirolerin, hatte, ehe es noch so weit gekommen, den Ehrenhalt, der bei den Wachen der Schnitter sich befand, in großer Eile herbeigerufen. Dieser kam eilig geritten und machte Konrad ernste Vorstellungen, daß er überall Händel anfange und überall in den Händeln schlecht bestehe. Konrad war noch in der Periode der Schwachherzigkeit, er weinte über sein Unglück, bat tausendmal um Verzeihung und machte dem Ehrenhalt nur sanfte Vorwürfe, daß er ihm nicht anvertraut habe, diese Fremden seien mit seinem Hause verwandt. – »Wir sind's nicht«, sagte Berthold, der lebhaft das Versehen seiner Frau einsah, »wir rechnen uns nur zu den Euren, weil wir seit vielen Jahren jeden, der uns von hier gesandt, gastfreundlich aufgenommen haben, und so sollt auch Ihr uns willkommen sein, wenn Euch der Weg durch Waiblingen führt.« – Nach diesen Worten wuchs dem Konrad wieder Hochmut, das Blut der Wunde war gestillt, er schwang sich auf sein Pferd und ritt davon, indem er zum Ehrenhalt sagte: Er möchte erkennen, daß ihr Haus durch die Verbindung mit solchen Leuten keine Ehre gewinnen könne, er müsse mit der meuchelmörderisch ihm vielleicht für immer unbrauchbar gemachten Hand heimreiten, und das Volk lebe schon mehrere Tage auf Kosten seines Hauses. Berthold fand sich tiefgekränkt, er schwor, daß dieser junge Hochmut eine Art habe, seinen Zorn zu erregen,

wie ihm nie etwas begegnet sei, er fühle sich auf ihn gehetzt, wie der Jagdhund auf die Fährte des Wildes, ohne genau zu wissen warum. – »Einem Verwandten läßt sich doch eher, als jedem andern, eine Kränkung überhören«, antwortete der Ehrenhalt, »doch daran erkennt Euer Blut, woraus Ihr stammt; lernt es fürchten, denn selten begegnen sich zweie der Euren in Frieden und Einigkeit. Es führte uns zu weit, Euch den Grund und die Veranlassung dieses Zwistes aus fernen Zeiten zu erzählen, es sei genug, Euch zu warnen; in diesem Zwiste ist alles untergegangen, was die Kronenwächter und alle edlen Geschlechter, die ihnen anhangen, für die Euren unternommen und beabsichtigt hatten. Die Kronenwächter trennten deswegen die verschiednen Zweige, ließen viele in der Unwissenheit, daß sie zu diesem Geschlechte gehörten, sorgten aber für ihre Aufziehung, daß sie brauchbar sich fänden, wenn die Stunde schlägt. Aber auch mit diesen, wenn sie zufällig einen der Unsern berührten, brach Streit aus und Blutvergießen. Frau Anna hat ein Wort fallen lassen, daß Euch großes Unheil droht! Können wir hier alles bewahren? Kann nicht eine Stunde kommen, wo Konrad Euch überfällt in der Sicherheit, im Schlafe; können wir doch kaum Frau Itha gegen ihn schützen, die schon einmal am Felsen mit ihm rang, als er sie herunter stürzen wollte. Ihn bändigt nur der Schrecken in seiner Seele, da schwankt er in seinen boshaften Entschlüssen, Mitleid und Edelmut sind ihm fern. Herr Berthold, Ihr müßt fort, Ihr dürft noch nicht untergehen, wir brauchen Kinder von Euch, Ihr seid hier nicht sicher, ich geleite Euch mit der Frau nach Isny, die Tirolerin mag den Wagen mit Euren Sachen nachfördern!« – »Nehmt mich mit«, rief die Tirolerin, »der böse Bube verfolgt mich überall.« – »Seid ruhig«, sagte der Ehrenhalt, »ich empfehle Euch meinen Waffenbrüdern, sie kennen ihre Pflicht. – Der Besuch war nur kurz«, fuhr der Ehrenhalt fort, »aber Ihr kommt nicht um Euer

Erbteil, guter Berthold, es kann die Zeit der Not kommen, die Euch hieher treibt, Ihr wißt die Wege und habt hier den Reichtum an allem, was der Mensch zu seinem Unterhalt fordern kann, übersehen; dies Feld ist verhagelt, der Weizen nährt die Hirsche und Eber, seht, wie sie schon herandringen, nun sie nicht mehr zurückgejagt werden, aber jenseits des Waldes sind unsre Felder noch unversehrt, die Schnitter ziehen dahin und gingen auch diese durch die Witterung verloren, so schützen uns Vorräte auf zehn Jahre gegen jeden Mangel. Der ganze Felsen von Hohenstock ist innerlich zu einem großen Vorratshause ausgehöhlt, da können wir uns ruhig belagern lassen. Hier, wo sich der Wald öffnet, senkt noch einen Blick auf Hohenstock, verwundert Ihr Euch?« – »Es liegt in einem großen See«, rief Berthold, »kaum ragt der hohe Damm über das Wasser hinaus.« – »Seht«, fuhr der Ehrenhalt mit Behagen fort, »so etwas habt Ihr weder in Waiblingen, noch in Augsburg gesehen; der Wolkenbruch hatte unsre Fischweiher zwischen den Bergen zum Überfließen angefüllt, auch ist einer ganz abgelassen, um Fische für die Ernte zu geben, so können wir unsren Sumpf künstlich anfeuchten, wenn je ein seltsam trocknes Jahr seine Oberfläche zu erhärten drohte, daß Feinde sich darüber hinzugehen wagen möchten. Aber das denkt Euch einmal, was bei dem wildesten Gewässer, beim dichtesten Walde, bei dem höchsten Berggipfel nicht gedacht werden kann, so lange die Erde steht, ging nie ein Menschenfuß über diese Fläche, als nur auf dem einzigen Wege, auf dem Damme, den der Teufel erbauen half, aber freilich zur Mitgabe Zank und Streit in dieses Geschlecht pflanzte, indem solche wunderbare Liebe für diesen wunderbarsten Fleck der Erde entstand, daß jeder ihn allein und einzig zu besitzen trachtete.« – »Ja, es ist seltsam«, sprach Berthold, »nun ich auf längere Zeit von dem wunderbaren Schlosse Abschied nehme, quält es mich recht innig, daß ich nicht zum ausschließlichen Besitz desselben kommen kann, ich möchte dem Rappolt seinen Anteil mit meinem Hause abtauschen, geht das wohl?« – »Nimmermehr!« antwortete der Ehrenhalt. – »Gott behüte mich vor dem Neste!« fuhr Anna heraus, »das schöne Haus in Waiblingen, wer möchte es mit dieser Vorhölle der Langeweile vergleichen; ich atme erst wieder frisch, seit ich weiß, daß wir es so bald nicht wieder sehen; noch schwebt mir aller üble Geruch, das rohe Wirtschaften der Menschen, ihr Absterben in der Trennung von aller Welt deutlich vor, jeder sorgte nur für Essen und Trinken und aß und trank, und der Hochmut der Frauen und der steinerne Boden in den Zimmern, der wahnsinnige Alte, der Wacholdergeruch, die fischig riechenden Netze an allen Bäumen aufgehängt, der Kot überall, wo ein Mensch noch zu gehen Lust hatte, das Zanken und Schlagen mit den Dienstleuten, die doch nicht des Herrn Willen taten, das Diebswesen und die Heuchelei; wo in den Städten findet sich das alles so zusammen, wie in diesem Landleben.« – »Frau Anna«, sagte der Ehrenhalt, »Ihr werdet sicher noch einmal wünschen, hieher zurück zu kehren, verscherzt das nicht, Ihr wißt doch nur erst wenig von unserm Burgleben, das Jahr ist uns eine Tat, die uns vom Beginnen bis zum Schluß unter Arbeit und Festen an sich fesselt, als gehörten wir notwendig zur Welt, ja wir fühlen uns Mitschöpfer und Mitgeschaffene zugleich. Wer hat Euch die Grillen in den Kopf gesetzt?« – »Jeder, der mir begegnete«, rief Anna, »machte mich zum Vertrauten seiner Sorge, seiner Bosheit; seine Absichten schienen durch jede Verleumderei und doch wollten sie deren nicht Worte haben. Wie viele heimliche Liebeshändel, wie viel Eigennutz in der Liebe!« – »Sie sind wie die Kinder geblieben«, sagte der Ehrenhalt, »sie müssen bis an ihr Lebensende erzogen werden, sie sind Bauern, sie werden nie mit sich fertig, noch weniger mit ihren Wünschen und mit ihren kleinen Feindschaften, aber eben, weil sie nie zu leben aufhören, ist auch jedes neue Leben von ihnen zu fordern und durch sie zu fördern. Gebt acht, was Eurem Hause die Bauern werden bringen, wenn sie mit Macht und Andacht sich für die Euren erheben. Ihr werdet Euch schon eines andern bedenken, und vergeßt nicht, zu *schweigen.*« – Jetzt drängten sich einige Kinder zu Annen hin, denen sie im Schlosse einige kleine Gaben geschenkt hatten, sie weinten und wollten sie nicht abreisen lassen. »Wie haben wir hier so schnelle Freunde und Feinde gefunden«, sagte Anna, »sieh, wie die Kinder uns mit Gewinden von Kornähren fest zu halten suchen.« – »Die Blumen hat der Hagel nicht erschlagen«, sagte die Tirolerin, »Ihr weint liebe Frau, erlaubt mir, daß ich in Eurem Namen und in Eurem Grame dem Schloß einen Abschied singe:

Nun ade, du altes Schloß,
Das da über mir gehangen,
All mein Hoffen und Verlangen,
War auch nur ein Wolkenschloß,
Nun ade, ihr ew'gen Quellen,
Die ich gähnend angesehen,
Wenn ich hier nicht werde gehen,
Höret nicht zu fließen auf,
Denn die Welt hat ihren Lauf.

Nun ade, du Berg und Tal,
Die um Waldes Lieblichkeiten
Ihre Felsenarme breiten,
Ihr seid doch wie überall,
Nun ade, ihr Kindlein kleine,
Euch alleine will ich grüßen,
Für die Gaben laßt euch küssen,
Wißt nichts von des Schlosses Qual,
Seid wie frisches Grün im Tal.

Nun ade, du alte Zeit,
Die in ihren Mutterarmen
Sehnlich trug ein tief Erbarmen,
Mich zu trösten war bereit,
Aber gar nichts konnt ersinnen
Und mit mir fing an zu weinen,
Tränen froren im Besinnen,
So fiel Hagel mir zum Heil
Und zerschlug die Langeweil.«

Anna küßte erheitert die Tirolerin zum Dank und Abschied, der Ehrenhalt mochte über sie schelten, er mußte sie doch nach dem verwünschten Schlosse hinsenden, um Annens Reisegerät einzupacken, während er mit Berthold und Anna die unbequeme Landstraße übers Gebirge einschlug.

Fünfte Geschichte

Traubenlese

Wer sein Haus verläßt, um zu verreisen, mag ernstlich beten, daß er alle darin wieder finde, aber unserm Berthold wurde dies Gebet nicht erfüllt. Er kam früher heim, als er versprochen hatte, und doch zu spät, Frau Apollonia trat ihm entgegen vor seinem Hause, küßte ihn und fragte: Ob er wohl sei. Der alte Fingerling sei nach kurzem Krankenlager gestorben. – »So sind nun alle tot, die meine Jugend schirmten«, rief Berthold, »aber ich habe euch beide, ihr treuen Seelen, mir gewonnen.« Mit Tränen küßte er Annen und Apollonien und fühlte sich reich in ihrer Mitte. – »Wo ist die Tirolerin«? fragte darauf Apollonia, um die schmerzliche Stimmung zu zerstreuen. – »Wir wollen ein andersmal von ihr reden«, sagte Berthold, »sie war ein Mann, hieß Grünewald, ein

Sänger des Herzogs von Bayern, ist vom Grafen Konrad auf Hohenstock in ihrer Verkleidung entdeckt und dort gefangen zurückgehalten worden.« – »Ich muß mich ewig schämen«, rief Anna verdrießlich, »ließ ich sie doch aus Mitleid während der Reise zweimal in meinem Bette schlafen, täglich mußte sie mir die Kleider zuschnüren, ich hatte so ein blindes Vertrauen zu dem Mädchen, weil sie die schönsten Sprüche von Tugend und Frömmigkeit mir vorsagte, streng fastete, kein Gebet versäumte, alles mit einem Eifer, wie es in unsrer Zeit selten zu finden.« – So hatte Sabina doch recht, dachte Frau Apollonia in sich und betrachtete ihre Tochter mit Abscheu, doch unterdrückte das traurige Ereignis ihren Zorn.
Berthold hatte mehr verloren, als er sogleich überdenken konnte. Das Jahr hatte viel an ihm verändert, es hatte ihm einen zweiten Lebenslauf geschenkt, und der wich immer weiter von jenem ersten ab, der mit Fingerling und Hildegard Haus und Handlung begründete. Was er damals errungen, schien ihm jetzt an sich nichtig, nur als Mittel seinen Durst nach Tat, Wirksamkeit und Einfluß auf die Geschicke zu befriedigen, konnte er es noch loben. – Er gedachte jener früheren, erwerbenden Zeit, wie ein lebenslustiger Sohn seines emsigen Vaters, er ist ihm dankbar, aber er mag nicht seinem Beispiele folgen, sondern lieber dem Gelde einen zweckmäßigen Abzug verschaffen. Die kleinen Geschäfte der Handlung, die Fingerling scheinbar ohne Mühe vollbracht hatte, weil sie mit ihm ganz eins geworden waren, fielen jetzt drükkend auf den Bürgermeister. »Ein doppeltes Leben ist eine schwere Aufgabe«, seufzte er oft, wenn er von den nahenden Ereignissen träumte, und von den Arbeitern mit unzähligen Anfragen, Forderungen und Bestellungen umdrängt wurde, »ich habe nicht die Kraft, zweierlei zugleich zu tun, zu bedenken.« Anna erschwerte ihm diese Aufgabe durch eine eigne, störrige Laune, die wohl aus ihrem Zustande hervorging. Von steter Übligkeit

gequält, hatte sie eine Art Ärger an ihm, der die Ursache dieser Leiden und sich doch dabei vollkommen wohl befand. Sie konnte ihn oft nicht ansehen und Berthold suchte sich dann, der Bücher und Schreibereien überdrüssig, ein Stündlein freundlicher Unterhaltung bei Apollonien, die von ihrer Magd Sabina beschwatzt, gar viel Böses von ihrer Tochter sagte, wofür sie dem guten Berthold mit der höchsten Freundlichkeit keinen Ersatz geben konnte. Verena war nicht müßig, jedesmal ihrer betrübten Frau zu erzählen, wann der Herr zu Apollonien gegangen und was die Leute sagten, wie sie so lustig wären mit einander, während Berthold bei ihr immer tiefsinnig und geschäftig vorbei eile. Verena wurde durch dieses Zutragen von Neuigkeiten ihr Liebling und ihre Vertraute, von ihr erfuhr auch Anna, daß Berthold durch das Blut eben jenes Anton genesen sei, der zu ihr ins Fenster gefallen. Es war gewissermaßen ein Dank für das geliebte Leben Bertholds, daß Anton, den Verena für ihren Schatz ausgab, diese zu besuchen Erlaubnis erhielt. Anton wußte durch Sixt, daß Berthold ihn nicht im Hause sehen mochte, so erwartete er die Stunden, wenn jener am Brunnen zu Apollonien gegangen war, was er von seiner Dachstube genau sehen konnte, und brachte dann seinen Abend bei Verena zu, indem er sich wohl bewirten ließ, sie malte und ihre Zärtlichkeit von sich abwies. Der arme Junge meinte, es sei nur die gute Küche, die ihn hinziehe, und bemerkte nicht, daß er alles kalt werden ließ, um Frau Annen einen Augenblick im Durchgehen durch das Zimmer oder im Hofe zu sehen und daß sein Herz frohlockte bei einem Worte, das sie ihm im Vorbeigehen auf Verenas Bitte sagte, um ihn zu bestimmen, sich bald niederzulassen, sich zu verheiraten und als Meister sein Glück zu begründen. Alle diese Besuche erfuhr Frau Apollonia durch Sabina, die nicht ihre Schwester Verena, sondern Frau Anna als die Ursache derselben angab, in der Hoffnung, daß Anton auf diese Weise am schnellsten aus jenem Hause vertrieben würde. Frau Apollonia wollte mehrmals darüber reden, aber Anna machte sie durch ihre stolze Sicherheit in ihrer Meinung so zweifelhaft; in dieser Unbestimmtheit mieden sich beide, beide sahen einander so selten, nie kam es zu einer Erklärung, und beide glaubten mehr auf dem Herzen zu haben, als sich durch bloßes Besprechen gut machen lasse.

Auch trat eine Störung eigner Art zwischen alle diese eingebildeten Leiden. Herzog Ulrich wollte die Jagden in der Gegend von Waiblingen benutzen und beschloß, sich einige Tage in dem Orte niederzulassen. Berthold und Anna sahen eines Morgens zum Fenster hinaus, da war der Marktplatz von Jägern, Hofgesinde und Hunden besetzt. Ein dicker Herr, ganz in grünem Samt gekleidet, ritt in der Mitte, heftig zankend und stieß mit seinem rechten Fuß einem Jäger in die Rippen, der die Hunde führte und diese nicht zur rechten Zeit angelassen hatte. Darüber verlor der Herr das Gleichgewicht und ein Jäger zog ihn in guter Absicht wieder auf die Mitte des Pferdes. Die gute Absicht wurde ihm aber mit Fußtritten vergolten und der Herr wackelte nach der andern Seite über, so daß er ganz gelinde vom Pferde herunter sank und auf die Beine zu stehen kam. Jetzt sah sich der Herr um, den Berthold sogleich als seinen Herzog Ulrich erkannte. Der Herzog ging auf sein Haus zu, weil es bei weitem das größte und angesehenste in der Stadt war. Berthold eilte ihm entgegen und der Herr war sehr gnädig, fragte ohne Aufhören, denn er wartete nie auf die Antwort, erzählte dazwischen recht lustig und trocknete den Schweiß, der ihm reichlich von der Stirn floß, und streichelte seine großen Hunde, die an ihm heransprangen und seine feurige Nase berochen. Er trat ohne weitere Anfrage ins Haus und zwar in das Zimmer, wo Anna eben einiges Tischzeug zusammenlegte. Er trat auf sie zu, befahl ihr den Tisch gleich zu decken, er habe ein großes Mahl auf seinen Packpferden, ließ auch gleich spanischen Sekt bringen und Kuchen; trank, tunkte ein und fütterte Annen, wie einen jungen Falken. Anna konnte ihm nicht böse sein, er machte das alles mit einer gewissen Gutmütigkeit, während er sich bei Berthold nach der Zahl streitbarer Männer, nach der Art ihrer Bewaffnung genau erkundigte. Bald stellte er Berthold einen neuen Vogt vor, der an die Stelle des alten, hinfälligen Brix treten sollte, er nannte ihn Grünewald, sagte, er sei noch etwas neu in den Geschäften, aber vom besten Willen beseelt, sich durch ihn belehren zu lassen, er habe sich diese Stelle als Gnade für ein Trinklied erbeten, das ihn entzückt habe. Berthold war nicht wenig verwundert, den armen Sänger und die Tirolerin jetzt in schimmernden Hofkleidern als Geschäftsmann einführen zu sehen, dagegen tat Grünewald, als sehe er ihn und die Stadt zum erstenmal, und sprach von einem lustigen Vetter, den er habe, der sich überall herumtreibe und schon manchmal mit ihm verwechselt sei. Berthold war beschwichtigt durch die Dreistigkeit dieses Leugnens und Anna beschämt, aber Grünewald entwickelte ungestört eine Menge guter Einsichten über die Verhältnisse der Stadt, über ihren Weinbau und endlich auch über die Weinlese, die an diesem Tage ihre Freudenfeste zu feiern begann. Der Herzog wollte alle Lust mitgenießen, er setzte alle seine Leute in Bewegung, um im schönen Tale ein Mahl zu bereiten, er war heftig im Befehlen und sehr ungeduldig, wenn einer ein Wort nicht verstand, obgleich er eine eigne, abgekürzte Sprache sich angewöhnt hatte, die nur seiner steten Umgebung ganz geläufig war.

So wurde nun in feierlichem Zuge nach den Weinbergen ausgegangen, der Herzog zwischen Berthold und Anna, ging voran, ihnen folgte die Jägerschar und alle Bewohner der Stadt, die nicht ohnehin schon draußen mit der Traubenlese beschäftigt waren. Oft wurden sie auf den engen Wegen von den Ochsenwagen mit großen Tonnen eingetretnen Mosts in ihrem Marsche gehemmt, wo dann der Herzog heftig zankte, sich aber durch Annens Zureden besänftigen ließ, oder durch ein Lied von Grünewald auf die schöne Abschiedstunde des Jahres. Als sie endlich an die Stelle unter dem zerstörten Schlosse gekommen waren, die Grünewald zum Feste eingerichtet hatte, welch ein Anblick: vor ihnen Waiblingen mit vielen andern Ortschaften im Tal, unter ihnen der Fluß, umher alle gleich dicht mit Menschen, wie mit Reben bepflanzten Berge. Beim Aufjauchzen der Jagdhörner verbreitete sich der Jubel durch alle Anhöhen, der die Ankunft ihres Herzogs verkündigte. Bald setzte sich der Herzog zur Tafel, die von reichen Pokalen schimmernd, unter einem gestickten, roten Baldachin aufgetragen war. Bald stieg ein Zug von halb entkleideten Arbeitern, wie es die Hitze des Tages forderte, mit Weinblättern gegürtet und bekränzt, den Berg herunter, deren vordersten zweie ein nacktes, schönes Kind in einer Butte trugen. Dies Kind trugen sie zum Herzog, daß es ihm einen Kranz von höchst seltenen, späten Weinblüten aufsetzen sollte, der Herzog aber nahm den Kranz mit freundlichem Danke und setzte ihn Annen auf den Kopf, indem er die Gesundheit seiner schönen Wirtin ausbrachte, die dann von allen Bergen widerhallte. Und so geschah bei jeder Gesundheit, die der Herzog ausbrachte, und er selbst und seine Hofjunker sahen strenge darauf, daß jeder seinen Becher leerte. Grünewald allein wußte sich von dem Trinken frei zu machen, indem er für jeden Becher ein Lied sang, das an den Felsen widerhallte, und wurde stumpf seine Stimme, so schrie er um so ärger. Das Mahl war reichlich und der Wein stark, der Himmel wurde dunkler, die Köpfe heller, überall zündeten sich Fackeln und Feuer, alle Arbeiter drängten sich heran von den Bergen, hundert Melodieen pfiffen und grüßten unter einander, wer nicht mehr fest stehen und sitzen konnte, tanzte sich wieder nüchtern. Hätte Berthold nur tanzen können, aber er war schon umgesunken, wie viele andre, mit denen er auf Tragebahren wohlbekränzt und festgebunden, zum feierlichen Heimzuge gelegt war. Anna schämte sich seinetwegen und war um so mehr verlegen, da der Herzog ihr sehr zudringliche Artigkeiten sagte und Huttens unglückliche Geschichte ihr vor Augen schwebte. Grünewald mochte an der Verlegenheit ihres Blicks ahnden, was ihr der Herzog zuflüsterte, er benutzte die Zeit, als dieser sich von ihr abgewandt hatte, ihr unbemerkt zu sagen, sie sollte sich nicht ängstigen, er wolle sie wie seinen Augapfel bewahren. Dann tat er wieder, als ob er taumle und sang: »Grunzt ihr, meine lieben Schweine, ich bin der verlorne Sohn, und ihr singet als Gemeine, was ich singe von dem Thron.« Und nun sprang er in das Fenster des alten Schlosses und fing an greuliche Geisterhistorien vorzutragen, von Verstorbenen, die zu einem Festmahl gekommen, von Geistern, mit denen Menschen gerungen hätten und die ihnen schreckliche Schläge gegeben. Der Herzog verbot es ihm kleinlaut, es half nichts, denn alle waren zu so etwas Übernatürlichem durch Rausch und Nacht gestimmt. Zuletzt erzählte er von einem Kobold, der, wie er gehört, am Brunnen Bertholds zu Waiblingen hause, auch Nachts das Haus durchziehe. Das wurde dem Herzog zu arg, er sah sich ängstlich um und wagte nicht zu reden, endlich sprach er unordentliche Worte, weil er sich der Furcht schämte und brach auf. Grünewald flüsterte Annen zu: »Nichts in der Welt fürchtet der Herzog so kindisch, wie Geister, sie müssen ihn in der Jugend schrecklich untergekriegt haben, weil sie seine Bosheiten wohl merkten; die Geister sollen Euch diese Nacht gegen ihn bewachen.«

Diese Worte gaben Annen ein besseres Vertrauen, sie hörte die zudringlichen Reden des Herzogs kaum, als er wieder Mut gefaßt hatte, sondern blieb mit Berthold beschäftigt, der auf der Bahre heimgetragen wurde und zuweilen seufzte. Überhaupt stand der Rückzug im grellsten Widerspiel mit der Pracht des Hinzugs; die Menge drängte sich verwildert der Stadt zu, auch der Herzog empfing manchen Stoß, den er ungeduldig mit Gegenstößen erwiderte, die oft den Unschuldigsten trafen. Ein scharfer Nachtwind erlöschte die Fackeln und die eignen Leute des Herzogs achteten seiner wenig mehr in der Dunkelheit. Im Hause Bertholds änderte sich das alles. Der Herzog wurde feierlich von den Zurückgebliebnen empfangen, auch war ein Nachtessen bereitet und er befahl für ihn und Annen zu decken. Da entschuldigte sich Anna mit ihrer Ermüdung, aber er ließ sie nicht fort, er warf sich vor ihr nieder, sprach mit Rührung, daß sie alle seine Sinne verwirret, seine festen Entschlüsse für das Wohl seines Landes breche, ihn zur Wut und Feindschaft entzünde, wenn sie es ihm nicht gewähre, die letzte Hälfte der Nacht mit ihm zu teilen. Seine Beredsamkeit ließ sie nicht zu Worten kommen, er mochte eine Stunde ohne Aufhören zu seinen Gunsten gesprochen haben, als die Hofjunker das Mahl forttrugen und er mit zuversichtlichem Lächeln befahl, seine Nachtkleider zu bringen.

Anna empfahl sich in Verlegenheit, er versprach ihr zutraulich, bald nachzukommen, Berthold schlafe so fest, daß er sie nicht stören werde, und seine Leute schicke er alle ins Nebenhaus, daß keiner sie belausche und verrate, sie möchte gleiche Vorsicht brauchen. Auf ihre Gegenrede hörte er nicht, er ging in sein Zimmer und sie ging in ihr Schlafzimmer, entschlossen zu entfliehen. Aber Verena kam ihr mit der Nachricht entgegen, das Haus sei von den Wachen des Herzogs mit dem Befehle besetzt, niemand ein- oder auszulassen. Anna fragte, wie sie das erfahren habe. Das Mädchen berichtete, daß Anton bei ihr auf Grünewald warte, der ihm Kleider, viele Schlüsseln und einen beleuchteten, als

Gesicht ausgeschnittenen Kürbis habe bringen wollen, denn Anton solle diese Nacht einen Geist spielen, aber Grünewald bleibe aus und als sie nach ihm sich umsehen wollen, sei sie von der Wache zurück gewiesen. Sie klagte, daß sie nun gezwungen wäre, Anton die ganze Nacht zu beherbergen. – »Das wird dir keine Qual sein«, sagte Anna und konnte sich der Tränen nicht erwehren, »aber wo finde ich Hülfe gegen alle Qual, die meiner wartet, nun Grünewald mit seiner Klugheit mir fehlt.« Sie machte den Versuch, ihren Berthold zu erwecken, aber sein tiefer Schlaf ließ ahnden, daß schlafbringende Mittel ihm in dem Weine beigebracht worden. Diese Tücke des Herzogs erregte ihren Zorn, das Drachenmesser bewegte sich in ihrer Hand, aber die Gefahr für Berthold, die daraus entstehen konnte, drängte auf andere Mittel. Sie erzählte Verena ihre Not, sie beschwor das Mädchen, ihr Rat zu geben, denn alle ihre Klugheit gehe in Zorn und Sorge unter. Verena besann sich und sprach endlich, daß sie sich ihr aufopfern wolle, wenn sie ihr schwöre, alles vor Anton geheim zu halten und sie auszustatten, auf daß Anton sie heiraten könne. Anna versprach alles, ohne ihre Absicht zu erraten. Als aber Verena jetzt ihre Kleider anzog und sie nötigte, in das Zimmer zu Anton sich zu begeben, da erriet sie, daß dies listige Mädchen, das ungefähr in gleicher Größe mit ihr, im Bunde mit der Nacht, den Herzog anführen wolle. Sie wollte ihr danken, aber Verena antwortete: »Mir kostet es wenig und Euch hilft es viel.«

Anna ging jetzt zu Anton und erzählte ihm, sie sei nicht sicher in ihrem Zimmer und wolle von ihm bewacht, die Nacht dort zubringen, sie habe Verena als Schildwacht ausgestellt. In ängstlicher Stille harrten sie, denn Anna quälte sich immer mit innrem Vorwurfe, daß eine andre sich aufopfere, und Anton ärgerte sich, daß Grünewald ihn so habe sitzen lassen und daß Frau Anna sich ängstige, obgleich er ihr tausendmal geschworen, daß er jeden niederschlage, der Gewalt gegen sie üben wolle; auch beteten beide, als es zwölfe schlug und sie Tritte im Gange vernahmen. Da sauste es um sie her und lichte, blaue Flammen blickten durch die Ritze der Tür, die Tritte wichen von dem Gange in Eile und mit großem Krachen, als ob ein Stückfaß die Treppe hinunterrolle, schien ihr Feind diese herunter zu fallen. Die Flammen waren verschwunden, aber sie wagten nicht, hinaus zu blicken, obgleich Anton einmal über das andre rief: »Der Grünewald ist listiger, als ein Mensch denkt.«

Erst nach einer halben Stunde blickte Anton auf den Gang, kein Feuerdunst war zu bemerken, aber in die Türe war eine Faust mit aufgehobnem Zeigefinger eingebrannt, wo die Flammen durch die Ritze gespielt hatten. Das berichtete er und lähmte Annen noch mehr in ihrem Vorsatz, Verena zu besuchen, wer konnte ihr zusichern, daß sie nicht den Herzog dort finde und daß der Gefallene wirklich der Herzog gewesen. »Erzählt mir etwas aus Euren Begebenheiten«, sagte Anna, »das wird mich zerstreuen und wach erhalten, bis das Licht am Himmel und unsre Feinde auf Erden uns Einsicht in diesen Handel verschaffen.

Warum waret Ihr damals so entsetzt vor dem Ehrenhalt?« – »Euch kann ich nichts verschweigen, liebe, gnädige Frau«, antwortete Anton, »aber ich verrate Euch ein schreckliches Geheimnis und wenn Ihr es nicht bewahrt, so trifft mich gar bald die Rache der boshaften Gesellen der Kronenwächter. Habt Ihr je von Hohenstock gehört?« – »Freilich«, sagte Anna sehr gespannt, »Gott sei jedem gnädig, der da zu hausen gezwungen ist.« – »Da erlebte ich frohe Tage«, antwortete Anton, »mein Vater war wohl zuweilen sinnlos, aber immerdar sehr gut gegen mich und Konrad, meinen Bruder. Zwischen uns beiden hatte es eine sonderbare Bewandtnis. Der Vater hatte alle seine Kinder verloren, wir waren spät nachgeborne Zwillinge. Die Freude über uns verwandelte sich in tiefe Trauer, als die gute Mutter nach der schweren Geburt ihr Leben aufgab. So wurden wir, die erst so eifrig ersehnt worden, ganz vernachlässigt. Wir wurden in den ersten Lebenstagen einander so ähnlich, daß wir mit einander verwechselt wurden und daß bald keiner wußte, wer von uns zuerst geboren, wer von uns beiden in der Nottaufe den Namen Anton und welcher den Namen Konrad erhalten hatte. So trieb der Teufel mit uns sein Spiel und wir wußten lange nichts davon, denn es sollte verheimlicht bleiben, daß wir einander nicht anfeindeten. Das hatten sie nicht nötig zu befürchten, wir beiden Brüder waren so unzertrennlich von einander auf der Welt, wie im Mutterleibe und als Konrad die Geschichte einmal von den Kronenwächtern abgehorcht hatte und daß sie den stärksten von uns für den ältesten erklären wollten, da gab ich kaum darauf Achtung. Ich dachte gar nicht, daß diese Entscheidung für mich Folgen habe, daß ich meinem Konrad so bald entrissen werde. Aber einige Tage später ward ich in der Mitternachtsstunde von Geharnischten aus dem Bette genommen, in einen Mantel eingeschlagen und auf ein Pferd gebunden. Das war eine Schreckensnacht, es ging so eilig fort, daß die durstenden Pferde kaum ihre Zungen in den Quellwassern kühlen durften, durch die wir ritten. Wir stiegen von den Pferden, da ging's über Höhen, in unterirdischen Gängen durch die Felsen, über Gewässer. Die Augen wurden mir zugebunden und als mir die Binde abgenommen, saß ich einsam mit einem Löwen in einem blühenden, kleinen Garten. Ich war in der Kronenburg, wer könnte sie Euch beschreiben! Aber alle ihre Wunder erfreuten mich wenig: der Löwe ward mir gleichgültig, ich schrie nach meinem Konrad, weil ich ohne ihn nicht spielen konnte. Konrads Mutwille war unerschöpflich im Erfinden von allerlei Streichen, die ich ihm ausführen mußte; ich schwor, daß ich nichts essen, daß ich zu ihrem Gram verhungern wolle, wenn sie mir

Konrad nicht schafften. Als sie meinen Ernst merkten, beratschlagten sie unter einander. Nach wenig Tagen ward Konrad in meine Arme geführt. Nun war es eigen, wie sich Konrad in den wenigen Tagen geändert hatte! Es mochte ihn kränken, daß ich als der älteste anerkannt worden, er mochte gar nicht davon sprechen, er sah mich scheu an. Da ich mir alle Mühe gab, ihm zu versichern, daß wenn ich erst erwachsen, wir Krone und Burg mit einander teilen wollten, so wurde er mutwillig, wie er gewesen. Wir spielten den Kronenwächtern manchen Streich, bemalten ihnen die Gesichter, wenn einer einschlief, schmierten dem Löwen Butter auf die Nase, daß er tagelang danach leckte, kratzten allerlei Fratzenbilder in die gläsernen Wände. Er war unerschöpflich in solcher Erfindung und ich in der Ausführung und niemals verriet ich ihn, sondern ertrug die Hiebe mit der Klinge ganz allein, die mir dafür von den Kronenwächtern zuerkannt wurden. – So vergingen ein paar Jahre, in denen sie mich und Konrad zu allen Künsten und Kunststücken einübten. Die Türme kletterte ich in die Höhe als wäre ich ein Eichhörnchen, eben so die Felsen umher, ich konnte mit den Fischen um die Wette schwimmen und tauchen. In dem allen war ich Konrad überlegen, aber um ihn nicht zu kränken, verbarg ich gar oft, daß ich mehr als er leisten konnte; was konnte er dafür, daß ihm der Himmel nicht so viel Kraft und Ausdauer verliehen hatte. Eines Tages kam ein Geflüster unter die Kronenwächter, wir wurden beide in ihre Mitte berufen. Sie erklärten uns, daß der Tag gekommen sei, uns zu bewähren, unsern Feind zu vernichten, der Kaiser Maximilian habe sich in unser Gebirge gewagt und stehe dort auf einem Felsgrat, er würde uns vernichten, wenn wir nicht den Mut hätten, ihn herab zu stürzen; als Wahrzeichen der Tat sollten wir sein Schwert, das Schwert Karls des Großen, dessen er sich angemaßt, dem Zerschmetterten abnehmen und heimbringen. Konrad sagte, der Felsgrat sei zu steil und unersteiglich, ich zeigte mich gleich mutig zu dem Unternehmen, der Kaiser war mir durch die Erzählungen der Kronenwächter zu einem Drachen verfabelt, den zu vernichten höchstes Verdienst schien. Als Konrad mich bereit sah, ging er zagend mit, kehrte aber wieder um, als er den steilen Felsen vor sich sah. Ich kletterte ohne Sorgen hinauf, wo der Kaiser sich verstiegen hatte, und sah ein mildes Antlitz im Gebet ergossen, in seinen Untergang ergeben, und doch voll Vertrauen zum Himmel. Solch einem Antlitz widerstehe, wer aus Felsen gehauen, ich beschloß, den Kaiser zu retten, führte ihn zu einem Wege, den ich beim Jagen kennen gelernt hatte, und erbat mir zur Belohnung sein Schwert. Er streichelte mich mit der Hand, küßte das Schwert und gab es mir. Mit diesem kam ich gar beunruhigt zurück, ob ich auch frech genug, den Wächtern seinen Tod vorlügen könnte, das Lügen war mir immer so schwer und darum blieb keiner meiner bösen Streiche unbestraft. Konrad kam mir zum Glück entgegen, ich fragte ihn um Rat. Er sagte mir, die Wächter hätten schon wahrgenommen, daß ich den Kaiser nicht herabgestürzt hätte, das Schwert sei schon geschliffen, um mich zu enthaupten, er sei mir heimlich entgegen gegangen, mich zu warnen, denn so gewiß die Steine unter unsern Tritten den Berg nicht hinauf, sondern herunter rollten, so gewiß würde mein Kopf zu Boden fallen. Ich hatte schon einen Kronenwächter hinrichten sehen, gleich war die Flucht beschlossen, ich wußte alle geheime Wege und Stege, Konrad gab mir einiges Geld, das ein Kronenwächter verloren, dem ich die Tasche aufgeschnitten hatte; zuletzt tauschten wir noch mit den Schwertern, weil er meinte, das kaiserliche sei mir zu schwer und könne mich mit seiner Pracht verraten. Ich mußte ihm versprechen, so weit zu wandern, bis ich das Meer vor mir sehe, sonst erreichten mich dennoch die Kronenwächter.« – »Gewiß hat Euch Konrad betrogen«, unterbrach ihn hier Anna, »ich darf Euch jetzt nicht mehr vertrauen, aber vielleicht erzähle ich Euch bald mehr von der Sache, als Ihr selbst wißt.« – »Hat der Ehrenhalt auch davon gesprochen«, fragte Anton ängstlich, »hat er mich ausgekundschaftet, ich bin verloren, wenn sie mich fangen, ich kenne ihre Strenge, wohl mancher Kopf liegt getrennt vom Rumpf auf der Kronenburg, sie üben das strenge Recht unter sich und über uns unglückliche Hohenstaufer, die grausamen Kronenwächter!«

Allmählich ging Erzählung und Nachdenken in Schlaf unter. Von allen zuerst wachte Berthold auf, ein heftiges Weh schraubte seinen Kopf zusammen, seine Zunge lechzte, er blickte um sich und befand sich in seinem Schlafzimmer und seinem Bette. Er glaubte Anna neben sich zu erblicken, es war ihr Nachtkleid, aber sie war ihm so fremd geworden in der Nacht, er rieb sich die Augen. Endlich bemerkte er, es sei Verena und verwunderte sich noch mehr, wie das Mädchen in die Kleider und an den Ort gekommen sei. Aber Verena hatte sich so lange gegen den Schlaf gewehrt, daß sie jetzt nicht so leicht zu erwecken war. Er ging in das Zimmer der Verena, um sich Aufschluß zu verschaffen, und fand Anna auf einer Seite eines Tisches und Anton auf der andern eingeschlafen. Ehe er sie erwecken konnte, pochte schon ein Jäger an, der Berthold befahl, sogleich zum Herzog zu kommen. Da er angezogen zu Bette gebracht worden, so forderte es nur einen Augenblick, sich in Ordnung zu bringen, er folgte dem Boten, ohne etwas von dem Zusammenhange aller Ereignisse zu wissen.

Berthold nahm sich zusammen, als er beim Herzog eintrat, die Neugierde hatte fast sein Kopfweh unterdrückt, er fragte ehrerbietig: wie der Herzog unter seinem Dache geschlafen. – »Schlecht«, sagte der Herzog, »ich habe das Unglück gehabt, aus dem Bette auf den Stiefelknecht zu fallen, die Stirn ist wund, das Auge entzündet, ich brauche schon die halbe Nacht kalte

Umschläge und jetzt läßt der Schmerz etwas nach.« – Berthold bedauerte ihn und sagte, daß er sich nach dem Rausche auch übel befinde, zugleich äußerte er seine Verwunderung, wie der Wein des Herzogs so betäubend auf ihn gewirkt habe.– »Ich bin daran gewöhnt«, sagte der Herzog, »er ist mit türkischem Mohnsaft in der Gärung versetzt, aber es gefällt nicht jedermann. Wie haltet Ihr es aber in dem Hause aus«, fuhr er fort, »das könnte ich nicht vertragen.« – Berthold fragte: Ob ihn Wanzen oder Mücken geplagt hätten. – »Nein, die Geister meine ich«, antwortete der Herzog, »hier halte ich es keine Nacht mehr aus bei den leuchtenden Gestalten, wie alte Kaiser mit feurigen Kronen, die einem so dicht vor den Augen herumziehen, daß man meint, sie springen in die Augen, und dann die heftigen Blitzschläge durch alle Glieder. Ihr seht mich ungläubig an! Lassen wir das, ich habe Wichtigeres mit Euch zu verhandeln.«
Nun erzählte der Herzog mit Auflodern, die Reutlinger hätten seinen Vogt von Achalm erschlagen, was Berthold schon wußte, bloß weil er in ihrer Stadt über einen Reutlinger gespottet hatte, den der Herzog vorher hinrichten lassen. Er wolle jetzt sein ganzes Land bewaffnen. – »Gegen die eine Stadt?« fragte Berthold. – »Nicht wegen der Reutlinger muß ich mich bis zum Kinn verschanzen«, antwortete der Herzog, »Ihr werdet bald mehr hören. Es harren zwölf Edelknaben mit Absagebriefen von dem Schwäbischen Bunde vor dem Tore, weil ich in aller Eile das Reutlinger Stadtgebiet verwüsten ließ.« – Bei diesen Worten wurde er so zornig, daß ihm zwei Blutstrahlen aus der Nase sprangen. Berthold reichte ihm Wasser und der Herzog sagte: »Der Aderlaß hat mich beruhigt, ich will jetzt den Boten, die vor den Toren harren, entgegenreiten und Ihr begleitet mich.«
Der Herzog auf einem hohen, schweren Falben, Berthold auf seinem braunen, treuen Rennpferde, umgeben von Grünewald und der großen Schar Diener, ritten vors

Tor, wo die Edelknaben harrten. Der Herzog winkte sie zu sich, sie überreichten ihm die Absagebriefe, die an den Spitzen ihrer Spieße befestigt waren, und er ließ jedem dafür eine Flasche Most an den Spieß hängen mit freundlichem Gruße und so schmecke der diesjährige Wirtemberger Most und, wenn er klar gegoren, würde es zwischen ihnen auch klar sein.
Die Edelknaben wurden entlassen, der Herzog sprach eifrig von der Sicherung der Stadt gegen den Schwäbischen Bund und Grünewald sehr gelehrt von allen Arten der Befestigung. Endlich bestellte er noch durch Berthold einen Gruß an Frau Anna und daß er bald wieder kommen werde und gab seinem Pferde die Spornen, um nach Schorndorf zu reiten. Ihm folgte ein zahlreicher Jägerhaufen zu Roß und zu Fuß, mit Hunden und Falken, mit Küchenwägen und Zelten, als ob ein Volk mit Hab und Gut auswandre.
Alte Stille blieb nun in der Stadt zurück, die Einwohner konnten ruhig die Traubenlese fördern, und Berthold hatte endlich Zeit, sich nach dem Zusammenhange aller der Begebenheiten zu erkundigen. Aber Grünewald wußte ihm nur zu berichten, daß er durch die Vorsichtsmaßregeln des Herzogs in seinem Geisterspaß gehemmt worden sei, er hätte dem Anton einen Kürbis und Ketten überbringen wollen, aber die Wachen hätten ihn nicht eingelassen. Im Hause hörte er von Annen den ganzen Verlauf, so weit sie ihn wußte, und küßte sie tausendmal für ihre Vorsicht und hätte dem Anton gern gelohnt, daß er sich so willig zu der Geisterfahrt gezeigt, aber dieser war schon nach Hause zu seinem Meister geeilt. Frau Apollonia kam und klagte, wie ihr die Jäger in der Küche so viel Schaden getan, aber heimlich quälte sie sich, daß Anton, wie ihr Sabina erzählt, die Nacht bei Annen zugebracht habe. Alle waren verwacht, verstimmt, sie beschlossen, einmal wieder den alten Anno, den Einsiedler, auf den Weinbergen zu besuchen. »Vielleicht ist's der

letzte schöne Abend im Jahre«, sagte Berthold, »er will auf außerordentliche Art gefeiert sein, und der Alte hat eine höhere Freude an der Traubenlese, als wir gestern mit dem betäubenden Geschrei erreichen konnten.«
Der Weg in seinem leisen Ansteigen auf mancherlei Krümmungen zerstreute sie mit stets wechselnder Ansicht, sie holten aus den Weinbergen Bertholds die schönsten, gelben Trauben und erfrischten sich an dem edlen, schuldlosen Safte, den die wilde Gärung in den Tiefen der Keller bald zur wilden Raserei verführt. Mit dieser Gabe stiegen sie weiter hinauf, wo Anno wohnte, den sie im Gebete vor seiner Hütte trafen. Der Platz, wo sie gestern an der Burg zum Schwärmen gezwungen waren, lag tief unter ihnen, wie ein niedriges Erdenleben, hier fühlten sie sich dem Himmel näher. Der alte Anno empfing sie freundlich, dankte für ihre Gabe und sagte, er habe an dem Tage schon *eine* herrliche Gabe erhalten von einem jungen Maler Anton, ein frommes Muttergottesbild. Anna sah sich mit Beschämung in dem Bilde wieder, auch Apollonia sah sie bedeutend an, nur Berthold war mit dem Einsiedler allzu sehr beschäftigt, um dies zu beachten. Dieser erzählte ihm seine Geschichte, wie er schon neunzig Jahre, vielleicht noch älter sei, wie er so lange im Dorfe unten gewohnt habe, als er noch viele Kinder und Kindeskinder gehabt. Als sie ihm aber allmählich abgestorben und er ihr Erbe geworden wäre, da hätte sich ihm in seinem Gram eine andre Freude und ein andres Leben eröffnet und er könne die Ereignisse dieser Welt von da an nur immer als Gleichnisreden zur Belehrung, aber nicht als etwas, das an sich bestehe, ansehen. Von da an habe er alle Sorgen, aber nicht den Fleiß aufgegeben, denn was er auf seinen Äckern und Bergen über sein Bedürfnis gewinne, das schenke er frommen, armen Leuten, die es bedürften, oder denen, die ihn in guter Gesinnung besuchten. Die Gesellschaft wurde bei der Erzählung immer stiller und aufmerksa-

mer. Er sprach zuletzt von der Seligkeit reicher Ernte und von der Erziehung des Menschen in dem Reichtum himmlischer Gaben, die in der Ernte irdisch ausgesprochen würden: »wie viel herrlicher ist dies«, rief er, »als die Erziehung in Reue und Jammer, aber nicht jedem ist sie gedeihlich, nicht jeder bleibt in seiner Unschuld unsträflich, obgleich menschliche Irrtümer vom Himmel gern übersehen werden.« Darauf brachte er Brot vom frischen Weizen und einen Becher jungen Most und sprach dabei manches fromme Wort. Es wurde dunkel, aber Berthold konnte sich der heitern Ruhe nicht entziehen, um an alle Schrecknisse der vorigen Nacht, an Gewalt und Geisterspuk in dem Hause erinnert zu werden, dessen Vollendung ihm einst als höchste Glückseligkeit erschienen war. Auch die andern wünschten zu bleiben, der Alte bot ihnen Strohmatten zum Lager an und sie nahmen die Einladung an. Sie schliefen und beteten mit ihm, wie es die Stunden forderten. Am Morgen bat Berthold den Alten, daß er für sein künftiges Kind bete. Nach dem Gebete stand der Alte lange mit ausgebreiteten Armen gegen die Sonne, die über den Nebel wie über ein Weizenfeld hinaufdrang, sprach dann mit den Augen zum Himmel gewendet, von der Geburt des Herrn und sang, indem er Annens und Bertholds Hände ergriff und drückte:

Es schwebt ein Glanz hoch überm Gold der Ähren,
Sie tauchen nickend in den Segen ein,
Ein Engel weint die hellen Freudenzähren,
Am Himmel zieht ein einz'ger Stern allein.
Die Hirten schlafen noch und lächeln drein,
Sie ahnden schon, wie nah der Herr mag sein.

Dem Engel geht ein Lamm so still zur Seite,
Das trägt ein Kreuz und blickt zu allen mild,
Die Schäflein sehen auf, was das bedeute,

Sie freuen sich am höhern Ebenbild:
»Ihr Hirten wachet auf, verkündet laut,
Ihr habt den Herrn im fernen Glanz geschaut.«

Es naht der Herr in dieses Tages Frühe,
Im Erntesegen nahet uns der Herr,
Er lohnet uns Vertrauen, Liebe, Mühe,
Er gibt sich selbst für uns, so lohnet er,
Es ziehn die Könige zum Erntefest,
Wie kann die Hütte fassen solche Gäst.

Die arme Hütte kann sie alle fassen,
Es macht der Glanz sie alle froh und satt,
Und seinen Thron mag jeder gern verlassen,
Der hier noch einen Platz zum Knieen hat,
Es ist ein Kind geboren in dem Glanz,
Ihm bringen sie den reichen Erntekranz.

Aus Ähren und aus Trauben ist gebunden
Der Kranz, den sie dem Kinde bieten dar,
Sie haben es beim Strahl des Sterns gefunden,
Der noch am Tageshimmel leuchtet klar,
Einst segnet dieses Kind das Brot, den Wein,
Gott wird euch nah im ird'schen Zeichen sein.

Hat euch der Herr im Reichtum sich verkündet,
In seiner Ernten schöner Mannigfalt,
Verkündet ihn der Welt, der euch entsündet,
In dem Geschenk übt göttliche Gewalt:
Gedenkt des Herrn beim Brot, beim Becher Wein,
So kehrt der Herr im Geiste bei euch ein.

Sechste Geschichte

Das Todaustreiben

Wie mag die Erde sich scheuen, wie möchte sie so gern ihren Lauf zurück wenden, wenn sie in den Winterhimmel tritt, der alle ihre Saaten verschüttet. Sie ringt vergebens gegen ihren eignen Umschwung. – Ob die Tiere wohl ihr Leben rühmen mögen, welche auf einen Jahreslauf beschränkt, nur Frühling und Sommer kennen? Oder ob sie neidend zu den überlebenden Geschlechtern hinblicken mögen, ehe sie sich vor der kalten Luft verkriechen? Törichter Neid, sie wissen nicht, wie die Bienen trauern, wenn sie ihren Vorrat in der Winternot angreifen müssen, denn sie hatten ihn nur zur Erinnerung der Blumenküsse zusammen getragen. Sie wissen nichts von der Gefangenschaft der Fische, wenn sich ihr Mund an der harten Eisdecke, die sie unbemerkt umschlossen hat, blutig stößt, wie sie erschrecken, wenn der Hirsch neugierig auf die Eisdecke klopft, weil ihm verlangte nach dem klaren Bache und das Wasser ihm in Stein verwandelt ist. Der Winter kommt den Tieren und den Menschen zur Verwunderung, nur wenige wissen ihre Zeit voraus, wie die Wasserlilien, die zum Blühen in rechter Zeit ihre strahlenden Häupter über die Oberfläche der Gewässer erheben, um dann genügsam und ruhig in den Abgrund seliger Erinnerungen bis zur Wiedergeburt zu versinken.

Ein harter Winter war dem schönen Herbste gefolgt und während der Most zu Wein wurde, froren die Reben, an denen er gewachsen. Berthold wurde am Neujahrstag durch ein Beben seines Bettes erweckt und wollte erst nicht glauben, die Erde habe gebebt, bis die Nachrichten von allen Seiten kamen und eingefallene Schornsteine sie bestätigten. Die treue Muttererde bebt, dachte er im stillen, die treue Mutter hat mir kein Lebenslicht zum Neuen Jahre überbracht und Anna denkt an so etwas nicht. Aber diese kleine Sorge ging ihm schnell in der schwereren für seine Stadt unter. Durch die Hoffnung eines Kindes hatten sich seine Stadtplane, die ihn schon immer beschäftigt, über das mitlebende Geschlecht hinaus, über entfernte Zukunft ausgedehnt. Die Stadt sollte sich frei und selbstständig erheben, wie Reichsstädte; nur dazu waren ihm die Anmahnungen der Kronenwächter, sich dem Schwäbischen Bunde anzuschließen, willkommen. Grünewald, der gar keine Meinung über so etwas hatte, aber alles sehr geschickt auszuführen verstand, gab ihm in allem nach, hatte er sich doch überhaupt nur darum in die Gunst des Herzogs geschmeichelt, um in der Nähe Annens mit Ansehen aufzutreten. Auch der Neujahrstag verging, wie so mancher andre Tag in vergeblichen Beratschlagungen mit ihm, wie die Unternehmung des Bundes zu beschleunigen sei, da die Erde selbst zu ungewöhnlichen Unternehmungen geneigt scheine; das Unternehmen konnte in der Kälte nicht zur Geburt kommen. Der Frost in den nächsten Tagen nach Neujahr stieg immer noch, die ältesten Eichen spalteten sich, der edle Kaiser Maximilian starb und Berthold betrauerte ihn aufrichtig und war mit den öffentlichen Trauerfeierlichkeiten beschäftigt. Da kam Botschaft vom Herzog Ulrich, der Reutlingen trotz dem Froste belagerte, daß sie die Rüstungen beschleunigen und ihm Leute senden möchten. Berthold und Grünewald stellten sich dem Willen des Herzogs ergeben, aber je eifriger sich Berthold und Grünewald zur Förderung der Rüstung anstellten, desto weniger vollbrachten sie. Der Ehrenhalt kam jetzt und versprach die nahe Ankunft der Scharen des Schwäbischen Bundes, aber es zögerte sich, wie mit allen Unternehmen, die aus dem Entschlusse vieler hervorgehen sollen. Reutlingen mußte sich ergeben, vom Geschütz in seinen wesentlichen Befestigungen zerstört, während die Gräben zugefroren waren. Der Herzog hielt einen feierlichen Einzug, die Bürger mußten ihm huldi-

gen, die Reichsfreiheit war verloren, wenn der Schwäbische Bund noch länger zögerte. Berthold hätte verzweifeln mögen, während er Freudenfeste zur Ehre dieses Zuwachses des Herzogtums veranstalten mußte.
Der Wind wendete sich, die Zeit war im Nichtstun vorgerückt, der Frühling ließ wie ein bescheidner Freund erst anfragen, während Berthold vor der Türe stand (wie er nach dem Mittagessen zu tun pflegte), um nach ihm sich umzusehen, ob er nicht bald komme. Er fühlte sich in Frühlingsahndung ganz wehmütig. Da blies es vom Turme, den er als Kind bewohnte, in großem Jubel schrieen alle aus den Häusern, doch wußte er nicht gleich, was es bedeute, weil er als Kind nicht unter die Leute gekommen war. Da sah er den beschrieenen Gast über den Markt ziehen, es war der Storch. Gleich liefen die Kinder aus allen Häusern am Markt zusammen, jedes brachte Stroh oder Lumpen und die größten verfertigten eine gewaltige Strohpuppe, während die kleinen mit Tellern in die Häuser liefen, um ihren Lohn einzufordern, daß sie den Winter aus der Stadt vertrieben; sie kamen auch zu Berthold, der sie reichlich beschenkte. Nun begann der große Zug der Kinder, die Strohpuppe wurde an einem langen Seile geschleift und alle schrieen:

Nun treiben wir den Winter aus,
Den Tod aus unsrer Stadt hinaus.

Wie junge Rosse wiehernd einen Leichenwagen ziehen, mit den Gebissen spielen, die sie lenken, sich von der Erde aufbäumen, der sie doch nicht entlaufen können, so erschien unserm Berthold in seinem betrübten Herzen der fröhliche Zug, er wußte nicht, welche Freude ihm an dem Tage bevor stand, was ihm der Storch an dem Tage gebracht hatte. Anna hatte ihn an dem Tage nicht sehen wollen, sie war krank, auch das machte ihn sehr beklemmt. Da glaubte er ein Kindergeschrei in seinem

Hause zu vernehmen, er horchte noch einmal, da kam Frau Apollonia mit freudigem Auge und fast atemlos die Haustreppe herunter, und schrie: »ein Sohn, ein Sohn!« – Berthold fühlte sich selbst entrissen von Freude, er stürzte die Treppe hinauf ins Zimmer, die Tränen liefen ihm in seligem Entzücken über die Wangen, schon sah er das Kind, wie es im Bade sich allmählich von dem Ärger beruhigte, aufs Trockne versetzt zu sein. »Wie schön ist der Knabe«, rief er, »gleicht er nicht dem Christuskinde an unserm Giebel, wie soll ich dir danken Anna, alle Mühe, alle Qual, die du bei dem Kinde ausgestanden hast, und wie schön blickst du mich an aus deiner Schwäche.« Frau Apollonia war bei den Worten Bertholds erbleicht, sie sah das Kind ernstlich an, es war das vollkommenste Abbild des Kindes am Hause und dies das vollkommenste kindlichste Bild Antons. In ihrer Verlegenheit winkte sie Berthold, das Zimmer zu verlassen, es sei nicht gut, die Wöchnerinnen in ihrer ersten Ruhe zu stören. Aber er war nicht fortzubringen von dem Kinde, er saß da, betend wie einer der heiligen drei Könige und freute sich immer, daß sein Kind dem Christuskinde gleiche. Als es endlich eingeschlafen war und er fühlte, wie er nur hindre, statt zu helfen, und die Straße laut wurde, schlich er fort und trat vor die Haustüre. Da kamen die Knaben von ihrem Zuge zurück, die Winterpuppe war in die Rems geworfen, sie brachten statt ihrer eine grünende Maie und indem sie dem Bürgermeister das erste Zweiglein davon darboten, sangen sie:

So viel Blätter an dem Strauß,
So viel Kinder in dein Haus,
Wünschet dir die Engelschar.

»Mit dem einen ist's schon wahr!« fiel Berthold ein und wendete seine Tasche um, ihnen alles Geld zu spenden, was er bei sich trug, sie sollten sich an dem Tage recht lustig machen, dabei zeigte er auf seinen Giebel und sprach mit Jubel: »Seht Kinder, so sieht mein Kleiner aus.« – Apollonia stand hinter ihm und seufzte in sich und dachte: Wie soll ich den armen Mann von der unseligen Ähnlichkeit abbringen, er breitet seine eigne Schande aus, die Wartfrauen nennen schon den Kleinen ihren heiligen Anton. Berthold ahndete nichts von dem Geschwätz in seiner Seligkeit, er konnte sich nicht enthalten, Anton von Herzen zu küssen, der zufällig den Zug der Kinder mitgemacht hatte, um ihn zu zeichnen, und nun zurück kam. Er führte ihn in seine Rüstkammer zu den schönen, kleinen Puppen, mit denen er selbst einst sich die Zeit vertrieb, und freute sich mit ihm, wenn sie den Sohn da zum erstenmal hinführen, ihm die Puppen zum Spiel übergeben wollten. Anton sollte das Kind malen, sobald es nur ein wenig ausgebildet wäre. Dem Anton schenkte er für die leichte Zeichnung des Todaustreibens einen schönen, roten Mantel mit goldner Einfassung. Anton ging so stolz aus dem Hause, als ob er sich den Doktormantel verdient hätte, oder, wie die Leute sagten, als ob alles mit dem Mantel christlicher Liebe zugedeckt werden sollte. Grünewald schüttelte mit dem Kopfe, als er am Abend zu Frau Apollonien ging, und sprach erst mit ihrer Magd Sabina über Bertholds Kind und dann mit ihr, als sie gerufen worden, denn er ließ sich mit allen Leuten ein und hatte gar kein Geheimnis.

Siebente Geschichte

Die Gräber der Hohenstaufen

Kaum vier Wochen waren seit der Niederkunft vergangen, Mutter und Kind waren frischer und schöner, als je eine Wöchnerin und ein so junges Kind in Waiblingen gesehen, und die Ähnlichkeit beider mit dem Bilde am

Giebel wuchs zu Bertholds Freude mit jedem Tage. Eben so wuchs das Gerede der Leute in der Stadt und Antons Verlegenheit dabei, der sich keiner Schuld bewußt war. Wie oft verwünschte er den Einfall, sich selbst in dem Christuskinde abgebildet zu haben, und meinte es frevelhaft, seit sich Frau Anna daran versehen habe, denn alle Weiber in der Stadt narrten ihn damit und verlangten, daß er ihnen Bilder auf den Giebel malen solle, die Männer aber stellten sich, als ob sie ihn gar nicht mehr in ihren Häusern dulden dürften. Mitten in dies Gerede, das Grünewald in seiner unabweislichen Geschwätzigkeit und Vertraulichkeit immer neu anregte, schrie die Kriegstrompete, daß alles für einige Zeit verstummen mußte. Der Schwäbische Bund war endlich doch mit seiner Rüstung fertig geworden. Unter dem Namen Herzog Wilhelms von Bayern führte Georg von Frundsberg eine große Übermacht gegen den Herzog Ulrich. Der große Frundsberg, an der Spitze einer geringeren Zahl, wäre schon des Siegs gegen Herzog Ulrich sicher gewesen, aber außer der Menge stand ihm der ganze Einfluß der Kronenwächter zur Seite, sie nannten ihn damals ihren Reichsfeldherrn und er wäre es auch geblieben, wenn sie ihm hätten erfüllen können, was sie ihm zugesagt hatten. Der Herzog Ulrich sammelte sein Volk in Blaubeuren und kamen viele Boten an Berthold und Grünewald wegen Beschleunigung der Rüstung, als Berthold gerade beschäftigt war, das der ganzen Stadt zur Taufe versprochene Fest einzurichten. Alle fröhlichen Anstalten wurden gehemmt, auch dem Meister Kugler abgeschrieben, der zur Taufe eintreffen wollte. Nun wurden die Rüstungen wieder durchgesehen und der Ehrenhalt trat als Waffenschmidt auf, weil in dem Jahre der Waiblinger Waffenschmidt gestorben war und die Witwe zu häßlich war, um sogleich einen jungen Mann für ihre Nahrung zu finden. Der Ehrenhalt beschaute die Bürgerwaffen, riß hier eine Schiene ab, dort schlug er eine ein, um den Bürgern zu beweisen, daß sie verloren gewesen, wenn sie mit so verrosteten Waffen ausgezogen wären. Unterdessen wurde mit Herzog Wilhelm verhandelt und was sehr seltsam, durch den herzoglichen Vogt Grünewald, der seinen alten Herrn gern einmal wieder sehen und ihm einige neue Liebeslieder vorsingen wollte. Der Herzog ließ der Stadt Reichsfreiheit versprechen, wenn sie ihre Streitkräfte mit ihm vereinigte. Der eifrige Berthold, durch Erziehung, Kränklichkeit, Reichtum und Bildung immerdar von der Masse der Bürger getrennt und nur in Geschäften mit ihnen bekannt, setzte voraus, daß ihre Gesinnung ganz mit der seinen übereinstimme, daß sie als eine Wohltat annehmen würden, was er für ein Glück erkenne. So kam's, daß er sich nicht einmal die Mühe gab, die Meinung der Zünfte über diese Angelegenheit zu erforschen, auch fehlte ihm dazu der gute Fingerling. Die Zunftmeister wunderten sich zwar über die langsame Rüstung, aber sie hatten gerade auch keinen Übermut zu diesem ganz unnützen, verderblichen Kriege, sie ließen es so gehen. Endlich hieß es, alles sei fertig, die ältere Mannschaft blieb zur Besatzung, Grünewald und Berthold sollten mit den andern zu Herzog Ulrich ausziehen.

Anton war in dieser Zeit in der unbequemsten Lage, er wollte mitziehen und mußte sich doch vor dem Ehrenhalt verstecken, und wußte das bei Musterungen nicht anders zu bewerkstelligen, als durch eine scheinbar zufällige Färbung seines Gesichts, über die ihn die Leute zwar auslachten, die er aus der Unruhe jener Zeit erklärte, die nicht Zeit zum Waschen lasse; zugleich steckte er eine Kugel in die eine Backe, als ob sie vom Zahnweh geschwollen wäre, so daß ihn Meister Sixt selbst zuweilen nicht erkannte. Als nun der Zug vor dem Rathause sich sammelte, die Weiber und Kinder die Tornister und Mantelsäcke weinend herbeischleppten, konnte er sich des Lachens nicht erwehren, ihm war so

seelenglücklich zu Mute, daß seine Kugel ihm aus dem Mund in einen Suppennapf mit Klößen fiel, aus welchem ein Bürger eben sein letztes Mittagsmahl essen sollte. Der Bürger fing an zu essen und biß sich fast einen Zahn an der Kugel aus, die er für einen Kloß gehalten, es war die einzige Kugel, die bei diesem Zuge Schaden tat.
Frau Anna war von allem unterrichtet und stellte sich daher nur traurig über diesen Auszug wegen der fremden Leute, die sie umgaben. Das Kind schmiegte sich an den ausziehenden, gerüsteten Berthold, hatte sein Haar gefaßt und wollte ihn gar nicht fortlassen, da weinten die Hebamme und die Mägde, und sie redeten unter einander, wenn es den Pflegevater schon so fest gehalten habe, so würde Anton sich nie von ihm haben losreißen können; das hörte Anna, obgleich es leise gesprochen war, es fiel ihr schwer aufs Herz, sie dachte der Ähnlichkeiten nun erst recht, verstand manche Winke der Mutter. Ihr Stolz war tief gekränkt, obgleich sie nichts sagte und gar nicht tat, als ob sie etwas vernommen habe. Alles andre war ihr jetzt gleichgültig, sie sann darauf, wie sie diesen bösen Leumund falscher Zungen zerstreue, während der Zug vorüber zog. Sie glaubte in jedem, der hinauf blickte, Hohn und Spott zu erkennen, sie glaubte zu hören, wie sie über das Christuskind auf dem Bilde sprachen. Anton mußte fort aus der Stadt, das Bild mußte geändert werden, das stand ihr fest im Sinne und sie grübelte, wie das auszuführen sei mit einer Ungeduld, daß ihr Kind davon erkrankte.
Viele der Streiter zogen nur mit angetrunknem Mute aus, dieser Mut sank aber, als sie ermüdeten, die Pferde schienen zu erlahmen, die Fußgänger ruhten sich oft. Der Ehrenhalt erzählte, nachdem Grünewald von einem Spähen zurückgekommen, es würden ihnen bald Stückkugeln über die Köpfe sausen, sie brauchten sich darum nicht zu bücken, denn das sei doch gewöhnlich zu spät, er erzählte von den bayerischen Reitern, wie die so genau

zusammenritten, daß ihre Spieße wie eine große Säge glänzten, sie möchten sich gefaßt machen, sie ständen schon zwischen ihnen und dem Herzog. Da sonderten sich die Verzagten, einer sang mit bebender Stimme und wußte nicht, was er sang, ein andrer, der sonst eine schreckliche Stimme führte, konnte kaum so laut kommandieren, daß es seine Rotten hörten, ein Schuster unterhandelte laut mit Gott, daß er wohl ein Bein daran geben wolle, wenn er ihm nur seine beiden Arme unversehrt lasse. Aber die Kräftigen, unter denen Anton gewiß einer der ersten, ließen sich diese Sorgen wenig anfechten, sie untersuchten noch sorgfältig ihre Vorräte und warteten der tätigen Stunde. Der Ehrenhalt erkannte nach seiner Kriegserfahrung die Sicheren, sonderte sie auf Bertholds Befehl in eine Schar zusammen, ließ sie nach einer Seite den Feind aufsuchen, wo keiner anzutreffen war.

Kaum eine Stunde, nachdem Anton mit diesen von der Masse sich getrennt hatte, erblickte Berthold und die bei ihm geblieben, das große Bundesheer beim Ausreiten aus einem dichten Walde gleich einer Überschwemmung um sich her, aus der ein Schilfwald von Speeren und zwölf große Kanonen, wie Krokodile mit offenem Munde, hervorragten. Hier war weder an Sieg noch an Flucht zu denken, sie waren beobachtet, eine Masse Fußvolk schrie schon hinter ihnen im Walde. Berthold wendete sich zu dem erschrockenen Haufen, stellte ihnen die ganze Gefahr ihrer Lage dar, sie müßten sich auf Gnade und Ungnade ergeben. Dann aber sagte er ihnen, daß der Schwäbische Bund keine Ungnade gegen sie hege, daß er ihm wiederholend Reichsfreiheit für die Stadt habe anbieten lassen, in sofern die Bürger sich entschlössen, die Sache Herzog Ulrichs aufzugeben und mit dem Bunde sich zu vereinigen. Sie möchten jetzt wählen, er werde sich ihrem Entschlusse ergeben, es stehe bei ihnen, ob sie, ergeben dem trunknen Unholde, von dem sie nie

Schutz, sondern nur immer Trutz, Zwang und Zahlungsgebote empfangen, der sie wie Hunde zu seinen Jagden, ihre Frauen zum Frevel mißbraucht, in den Wald von Spießen stechen, oder sich selbst als freie Reichsbürger regieren, niemand als dem Kaiser verpflichtet sein, und die Hand dem Herzog Wilhelm reichen wollten, der mit Grünewald geritten komme, um sie ihnen zu bieten. Die Bürger sahen einander verwundert an, keiner wollte sprechen, einige fluchten auf den Bürgermeister, aber da keiner Anstalt zur Gegenwehr machte, so begrüßte Herzog Wilhelm Berthold und seine Bürger als Freunde, verkündete ihnen Friede und Freiheit und Berthold dankte in ihrem Namen.

Der ganze Zug ging nun nach Waiblingen, den Bürgern wurden die Tore geöffnet, die Fremden zogen nach, die Stadt wurde besetzt, und die Bundesscharen in die Häuser gelegt. Jeder Bürger war über die Änderung verwundert, am meisten Anton mit seiner Schar, als sie keinen einzigen Feind im Felde und nun so viele in der Stadt fanden, aber es war geschehen und die Bedürfnisse der Gäste beschäftigten alle Hände. Am andern Morgen sollte der Zug weiter gehen, vermehrt durch die bewaffneten Bürger. Berthold freute sich der kühnen Taten, die seiner warteten, aber kein Bürger kam zur Versammlung, sie erklärten, daß sie nicht eidbrüchig, wie der Bürgermeister wären. Nichts auf der Welt hatte Berthold je so gekränkt, schon mußte er von Frundsberg hören, daß an keine Reichsfreiheit zu denken sei, wenn die Bürger sie nicht zu erstreiten sich geneigt fänden. So hatte er ganz vergebens das Glück der Seinen an dies Unternehmen gesetzt, mit Herzog Ulrich war keine Versöhnung möglich; er fühlte, daß er die Stadt nicht gekannt, sie in seine Hoffnungen habe zwingen wollen, er konnte sich nur mit der guten Absicht bei dem schlechten Erfolge rechtfertigen. In dem Wirbel dieser Betrachtungen saß er fast

gedankenlos müßig; das Geschehene läßt sich nur durch Tat, nicht durch Nachdenken vernichten.
Größere Bundesscharen kamen in den nächsten Tagen, die Bürger hatten alle Lebensgefahr vergessen, der sie entkommen, die Last und Kosten schienen ihnen unerschwinglich, sie sprachen laut gegen den Bürgermeister, obgleich dieser aus freiem Willen mehr Last übernahm, als ihm im Verhältnis zukommen konnte. Er wollte die Stadt befestigen, aber niemand zeigte sich bereitwillig, er wollte den Rat über alle Angelegenheiten setzen, die sonst der herzogliche Vogt besorgte, aber keiner wollte sie übernehmen, er sah, daß die reichsstädtische Verfassung zu einer leeren Form wurde, weil sie nicht durch die Notwendigkeit entstanden war, eine allgemeine Kraft zu begrenzen. Diese allgemeine, belebende Kraft fehlte, die Verständigen schwiegen, die Toren und Widerspenstigen waren überlaut, die Verständigen hielten ihn für einen Schwärmer, die Schlechten glaubten in ihm einen bestochenen Verräter, die fremden Landsknechte spotteten seiner teuer erkauften Reichsfreiheit. Jeder suchte sich ihm und der Stadt in der Vorsorge für die Bedürfnisse der fremden Scharen zu entziehen, auf ihm lastete das ganze Geschäft, dabei schwärmten seine Gedanken umher nach Rat und Trost, so mußte sich ihm die Arbeit verdoppeln und die Fremden mochten zuweilen wohl mit Recht auf den Mangel an Anordnung schelten. Sein einziger Genuß war es, seit er von diesen Fremden doch kein Heil erwartete, die Bürger gegen ihren Unwillen und Übermut zu schützen; zu jedem Streite eilte er mit rechter Lust und setzte gar oft sein Leben an eine Kleinigkeit, die mit einiger Ruhe friedlich geschlichtet werden konnte. Die üble Folge davon war, daß stärkere Besatzung in die Stadt gelegt wurde, damit nicht einzelne wieder in solchen Streitigkeiten unterliegen möchten, und so fühlte sich Berthold die Veranlassung einer neuen, drückenden Last. »Wären wir ruhig zu Hohenstock!« rief Berthold

zuweilen, aber Anna antwortete immer: »Lieber tot, als dort unter den wahnsinnigen Menschen!«
Als eine Verstärkung der Besatzung rückte auch ein sehr unbequemer Bekannter, der Graf Konrad, mit einer Schar Reisigen ein, welche die Kronenwächter für ihn geworben und mit denen sie ihn zum Herzog Wilhelm geschickt hatten. Berthold freute sich in seinem Unmut, ihre alte Streitigkeit da fortsetzen zu können und ließ ihn sehr hart an. Aber Konrad schien seine Natur ausgetauscht zu haben, er antwortete nur das Notwendigste in Bescheidenheit und bat ihn, seine früheren Unbesonnenheiten zu vergessen, die Kronenwächter hätten ihn belehrt, daß sie zu einem Ziele alle beide hinarbeiteten. Berthold sah sich durch dies Verhältnis gezwungen, obgleich es ihm unangenehm, Konrad in sein Haus einzuführen.
Dieser betrug sich dort ganz bescheiden und anständig, er schien Annen ganz verwandelt und sie faßte ein gewisses Vertrauen zu ihm. Sie sah den Gram, der ihrem Berthold schnell die Haare bleichte, sie hörte die Härte, mit der die Bürger ihn beurteilten, durch Grünewald, der über alles mit jedem sprach, ohne zu beachten, ob es schade. Sie fragte einmal Konrad, was er meine, wie Berthold könne aus den widrigen Geschäften befreit werden. Der riet, daß er sich für den Bund rüste und gegen Herzog Ulrich ziehe, denn wie er höre, deute man es ihm ohnehin übel beim Herzoge Wilhelm, daß er mit seinen Bürgern untätig zurückbleibe, nachdem er versprochen, mit einer Schar zu ihm zu stoßen; dort sei jetzt für ihn und die Seinen allein noch Sicherheit.
Dieses Gespräch wiederholte Anna ihrem Berthold am Abend und dieser erfreute sich des unerwarteten Auswegs; aber er wagte es nicht, sich demselben zu überlassen, weil er den Vorwurf fürchtete, sich dem drückenden Geschäfte für die Stadt entzogen zu haben. Wer die Seinen in der Not verläßt, dachte er, den verläßt Gott in

seiner letzten Not, und konnte nicht einschlafen und sich zu nichts entschließen. Früh stand er auf und fand Apollonien am Brunnen und berichtete ihr seinen Wunsch ins Feld zu ziehen und alle Gründe dagegen, indem er sich ihren Rat als seine älteste, treueste, verwandteste Seele erbat. Apollonia hatte im Ärger über die Ereignisse sich die Erzählungen der Sabina über Anna und Anton erst recht zu Herzen genommen, daß sie diesen für den geheimen Grund seines unerwarteten Entschlusses annahm. Sie suchte ihn zu trösten, indem sie über ihre Tochter heftig weinte, sie habe es immer nicht glauben wollen, die Tochter habe so frei und ruhig jede Warnung abgelehnt, nun müsse sie sehen, daß der edelste und beste Mann das eigne Haus fliehen wolle, das ihre Tochter ihm aus Himmel in Hölle verwandelt habe, es sei die Folge vom übereilten Heiraten. »Hättet Ihr gewußt«, sagte sie, »daß eben der, mit welchem Ihr Blut und Leben getauscht, Euer Leben so verbittern würde, Ihr hättet Euer Siechtum ruhig ertragen.« – Berthold, der gar nichts verstanden hatte, fuhr bei diesen Worten gleichsam beschämt auf: »Woher wißt Ihr die Geschichte meiner Genesung?« – »Von Annen«, sagte die Mutter, »der hat es Anton erzählt.« – »O dieser Anton«, rief Berthold, dem nun auf einmal die Rede der Mutter wie durch einen Blitz erhellt wurde, »dieser Anton ist zu meinem Glück und Verderben geboren, umsonst habe ich mich dem Mißgeschicke meines Stammes entzogen, es hat mich durch Anton ergriffen. Liebe Mutter, sagt mir kein Wort, laßt mich irren in der Dämmerung, es gibt grausame Ähnlichkeiten, aber ich vertraue auf Anna. Was ich zweifelhaft in meinen Gedanken würfelte, das ist entschieden, ich ziehe fort, ich kann nicht bleiben. Sagt mir kein Wort, verschweigt Annen, daß Ihr mir etwas gesagt, verschweigt ihr alles, Gott und die Zeit wird alles schlichten und richten.« – Anna hatte sich ihnen beiden genähert und sagte mit einiger Wehmut: »Mich läßt du allein Berthold, nachdem ich so viel Schmerz und Not bei dem Kinde ausgestanden habe, und setzest dich hier zur früheren Geliebten.« – Frau Apollonia wollte heftig antworten, aber Berthold beschwichtigte beide, indem er sagte: »Ich gehe noch heute einem ungewissen Geschicke entgegen, vergessen wir alles Überflüssige, gedenkt, daß wir nur noch wenige Stunden beisammen sind, meine Ehre fordert, daß ich fortziehe.« – Anna schloß sich weinend an seine Brust und gestand, so schmerzlich ihr seine Abwesenheit falle, er sei es seiner Erhaltung schuldig, sich den Geschäften zu entziehen, die ihm in wenig Wochen die Haare gebleicht hätten, deren Frucht und Lohn ihm die Undankbarkeit und der Starrsinn der Bürger entreiße. – Berthold zuckte mit den Achseln und sagte: »Jetzt rücken sie mir die vermauerte Gasse vor und möchten den Brunnen einreißen, jetzt, wo jeder Tag sie dringend beschäftigen und auf ihr Bestes führen sollte, ich habe die Leute klüger, viel klüger geglaubt, das ist mein Fehler!« – »Boshaft und undankbar hat sie das kleine Mißgeschick gemacht«, sagte Anna, »die Frauen sagen mir ins Angesicht Böses von dir.« – »Das löst die letzten Bande«, sagte Berthold, küßte Annen und Apollonien und so saßen alle drei wohl eine lange Abschiedsstunde, ohne zu sprechen, von den Ahndungen der Zukunft gerührt.

Er versammelte darauf die Bürger, erklärte, daß, wenn sie nicht mit ihm, er ohne sie dem Bunde folgen wolle, sie möchten einen andern an seine Stelle wählen. Zu seiner Kränkung fand er, daß schon ein andrer Bürgermeister heimlich für den Fall erwählt worden, wenn die Fremden abziehen müßten, ein Weinhändler Kranz, sie gaben Berthold der Landesverräterei schuldig. »Ihr richtet nach dem Erfolg, Gott nach der Absicht«, rief Berthold, »ich biete euch die Hand zum Abschied, obschon ihr mich tief gekränkt habt; es wird eine Zeit kommen, wo es euch reut, daß ihr mir nicht gefolgt seid.«

Seinen Nachlaß hatte er schon beim Anfange der Unruhen gerichtlich geordnet, Frau Apollonien übergab er die Oberaufsicht der Seinen, so lange Anna noch mit ihrem Kinde beschäftigt sei. Sie aßen schweigend mit einander, als wäre ein Kranker unter ihnen. Nach Tische wurde ein Pferd vorgeführt, Anna und Apollonia weinten gleich heftig. Berthold fühlte sich beklemmt zum Ersticken. Er übersah Haus und Garten noch einmal, und betete in der Kapelle, die eben fertig geworden und geweiht war, da wo ihm das Kind verheißen. Er fühlte sich gefaßter, aber als er schon Abschied genommen, an seine Tür trat und einen frischen Maulwurfhaufen an der Schwelle bemerkte, der sich eben herausarbeitete, da fiel ihm Mutter Hildegard ein, die das immer als Zeichen eines Todesfalles angesehen hatte. Er sprang noch einmal zurück, küßte Annen und Apollonien und das Kind heftig, schwang sich, ohne ein Wort zu gewinnen, auf sein Pferd, gab ihm die Spornen und ritt ohne Umblicken fort, damit ihm nicht das Bild am Giebel wieder in die Augen leuchte.

Bald war er bei Frundsberg durch den Ehrenhalt eingeführt, doch gab jener wenig Hoffnung zu Taten; den Herzog hatten die Schweizer verlassen und darum entließ er auch seine Landeskinder zur Verteidigung der Städte. Diese fielen aber ohne bedeutenden Widerstand, jedermann fühlte, der Herzog könne sich nicht halten und er fühlte es auch bald, nahm in Tübingen von seinen Kindern schmerzlich Abschied und entfloh nach der Schweiz. Der Zug ging nun von einem Städtlein zum andern, gewöhnlich geschahen kaum einige Schüsse, dann wurde unterhandelt. Berthold vergaß eignen Kummer bei dem Anblicke der Not, welche die fremden Scharen auf dem Lande verbreiteten. Die Briefe von Annen und Apollonien waren sein liebster Schmerz und sein einziger Trost, sie benutzten jede Gelegenheit, ihm Nachricht zu geben. Einmal berichtete ihm Anna, daß es

in der Stadt ein Gespött sei, daß ihr Kind noch nicht getauft worden. Er antwortete ihr froh, daß er nicht dabei zu sein brauche, sie möchte die Taufe und den Schmaus für die ganze Stadt ausrichten, wie er ihn vor den kriegerischen Ereignissen angeordnet habe, er stehe vor dem Aßberge und müsse da wohl noch einen halben Monat ausharren, das Fest könne vielleicht den Seinen die Neigung vieler Mitbürger wieder gewinnen. Bald darauf erhielt er die Nachricht, daß Taufe und Fest am Tage des heiligen Anno angeordnet sei (das Kind, so war schon verabredet, sollte diesen Namen führen), er möchte den Tag durch sein Gebet feiern.
Zwei Tage vor diesem festgesetzten Tauftage wurde er zu Frundsberg gerufen und ihm der Auftrag gegeben, in der Hülle eines Pilgers nach Kloster Einsiedlen zu wandern, um auszuforschen, ob der Herzog in der Schweiz werbe und Unterstützung finde. Der Auftrag war gefährlich, jene Seite Schwabens schwärmte von den zerstreuten Anhängern des Herzogs Ulrich, doch freute es ihn, seinen Willen bewähren zu können.
Er zog mit einem frohen Gefühle durch das Land, der Tag der Taufe brach an, er dachte sich lebhaft nach Hause, die Sonne brannte, die Luft war schwül. Gegen Abend traf er in Kloster Lorch ein, betete lange in der Kirche und wurde dann von den Mönchen freundlich bewirtet, ohne daß sie nach seinem Namen fragten, denn das Pilgerkleid war ihnen Empfehlung genug.
Die Mönche klagten, daß sie allmählich aussterben müßten, bei der jetzigen Gesinnung der Leute trete keiner in ein armes Kloster und da dies Kloster, nach der Strenge ihrer Gelübde, ihre Welt sei, so hätten sie ein lebendiges Bild vom Weltuntergange in ihrem Kreise, der sich mit jedem Jahre verenge. Berthold sagte ihnen, daß solch ein Aussterben sein Wunsch sei. – »Habt Ihr je ernstlich an das Sterben gedacht?« fragte ihn der älteste der Mönche. »Kommt hinunter in die Gruft, wo die Hohenstaufen

begraben liegen, und Ihr werdet Euch am Leben fest zu halten suchen.« – Berthold schüttelte mit dem Kopf, aber er bat, ihm die Grabhallen zu zeigen, er sei lieber bei den Toten, als bei den Lebenden. – Der alte Mönch strich nachdenklich seinen weißen Bart, ergriff eine Fackel, zündete sie am Herde an und ging mit ihm über den Hof.

Berthold beschaute die Sterne, welche vom nahen Gewitter nicht verdunkelt, in der Schwüle funkelten. – »Was leset Ihr in den Sternen?« fragte der Mönch. – Berthold antwortete nach einem Schweigen: »O wie so oft hab ich ein Zeichen erhofft, zogen Sterne den schimmernden Bogen durch die himmlische Leere, durch die himmlische Tiefe, daß ich der irdischen Schwere endlich auf immer entschliefe. Aber der Morgen löschte die Sterne aus, weckte die Sorgen, weckte des Herzens Haus, und des Alltäglichen Macht zwang die Ahndung der Nacht.«

»Auch Euer Stündlein wird kommen!« sagte gleichgültig der Alte, öffnete die Schlösser der Kapelle und führte Berthold in die gewölbten Grabhallen, wo die Hohenstaufen unter einfachen, gehauenen Grabsteinen ruhten. Berthold versuchte die Namen auf den Grabsteinen zu lesen, aber die Buchstaben waren alt und sehr verwittert. »So ist's mit dem guten Namen der Menschen«, sagte Berthold, »vom Zufall geschenkt, von der Zeit bald ausgelöscht!« – Der Mönch nannte ihm alle die berühmten Namen der Hohenstaufen, die da eines zweiten Lebens harrten, und Berthold fragte mit unerwartet aufbrechendem Zutrauen: »Ehrwürdiger Vater, wer nun zweimal schon gelebt hat, darf der noch ein drittes Leben erwarten.« – Der Alte meinte, er schwärme im Fieber und Berthold antwortete: »Es mag Euch unverständlich sein, was ich sage, aber fühlt meinen Puls, daß ich nicht krank bin. Glaubt mir, ich bin von einem Arzt, als ich sterben sollte, mit einem zweiten Leben, das er mir wunderbar schenkte, gar schrecklich betrogen und doch glaube ich an jenes Leben, das uns verheißen ist.« – Der Mönch sagte ihm, er sei vom Wege angegriffen, vielleicht von Kummer, sie wollten die dunkle Halle verlassen, er möchte ausschlafen. – Berthold antwortete: »Hier bei den Meinen möchte ich ausschlafen!« – Der Mönch sah ihn verwundert an und sprach: »Freilich alle Menschen sollen Brüder sein, wenn sie es nur wären.« – »Darum ist mir so wohl, wie mir nie gewesen«, antwortete Berthold, »hier ist brüderliche Einigkeit, hier verfolgen sie die Ihren nicht mehr, sie wollen gern alle beisammen sein jenseits der Erde, darum nur lassen sie den Ihren keine Ruhe auf Erden.« – Der Mönch sah Berthold mitleidig an, er hielt ihn für einen Wahnsinnigen; ihn zu zerstreuen, las er von der neu errichteten, schwarz marmornen Gedächtnistafel die Inschrift vor: »Daß ein Geschlecht vergehe und das andre komme, und die Erde indessen unbeweglich bleibe und ein jegliches Ding seine Zeit und alles unter dem Himmel seine Stunde habe, dessen gedenket man nicht, wie es doch jedem geraten ist, denn die künftigen Zeiten werden alles zugleich in Vergessen bringen, was wir aufzeichnen von der Vergangenheit und was wir schaffen in der Gegenwart, denn nichts erringen wir, als die Zukunft.« – »Amen«, sagte Berthold, ein blauer Blitzstrahl zuckte durch die Halle, der Donner rollte und ein Blutstrahl sprang aus der Armader Bertholds, da wo Faust ihm das Blut Antons eingedrängt hatte, und löschte die Fackel des Mönchs. Der Mönch ließ die Fackel fallen und faßte Bertholds Hand, der nun sanft auf das Grabmal des Stammvaters der Hohenstaufen niedersank. »Böser Faust! armer Anton, junges Blut!« sagte Berthold mit schwacher Stimme, seine Hand ward kalt.

Achte Geschichte

Die Taufe

Anton hatte sich nach dem Verdrusse über den vergeblichen Kriegszug, von Berthold gewendet, denn er hatte sich auf den Ruhm gefreut, noch ehe er ihn errungen, auch nahm ihn die Anwesenheit des Ehrenhalts gegen alles ein, was unternommen wurde. Er ließ sich durch keine Drohung des Meister Sixt bestimmen, die Adler zu malen, welche an den Toren neben dem bisherigen Stadtwappen aufgehängt werden sollten. Meister Sixt jagte ihn im Zorn darüber aus dem Hause, vielleicht auch aus List, weil der Erwerb in der unruhigen Zeit sinken und der Preis aller Lebensmittel steigen mußte und Anton, wenn er sich selbst in der Zeit durchgeholfen, zu ihm als dem einzigen Meister in der Stadt endlich doch zurückkehren mußte, um frei gesprochen zu werden. Anton gab ihm wenig gute Worte, daß er ihn behielte, er konnte nichts mehr bei ihm lernen und sein Geiz war unerträglich. Dem Herzog mochte er nicht zuziehen, denn ihn selbst haßte und verachtete er, es war nur die Landessache, die ihn gegen die raubsüchtigen Bundesscharen einnahm. Zum Glück gab es viel in den Weinbergen zu tun, und die Leute mußten ihre Häuser wegen der fremden Völker, die da lagen, bewachen, so daß es ihm an Unterhalt für die Handarbeit nicht fehlte, vielmehr fand er reichliches, ungemessenes Brot bei der Weinhacke, während er bei dem Pinsel hatte hungern müssen. Am Sonntage half er dem alten Anno ohne Lohn und Brot, und ging nach der Arbeit in die Stadt zu seinen Verehrerinnen Sabina und Verena, die ihn immer schöner fanden, je mehr sich sein Gesicht und sein Hals in der Sonne bräunte; die ihn um so reichlicher bewirteten, je seltener er jetzt kam.

Anton saß eines Sonntags bei Verena im Vorzimmer von Frau Annen, als Graf Konrad von Hohenstock, von dessen Anwesenheit er auf den Weinbergen nichts vernommen hatte, durch das Zimmer zum Besuch bei Frau Annen, im zierlichsten, samtnen, kurzgeschnittnen Wamse stolzierte und sein Gesicht in die angenehmste Begrüßung voraus spitzte. Konrad stutzte ein wenig, als er Anton sah, es mochte ihm wohl eine Erinnerung kommen, aber sie schien auch gleich wieder zu verlöschen; er ging durch das Zimmer, ohne sich bei ihm aufzuhalten. Anton hatte ihn beim ersten Blicke erkannt, es war ihm zu Mute gewesen, als ob er ihm um den Hals fallen müßte. Alle Jugendstreiche fielen ihm ein, aber zugleich, ob Konrad nicht auch hier auf dem Kriegszuge von den Kronenwächtern bewacht sein möchte. Bald sah er auch eine jener ihm verhaßten Gestalten, einen Reisigen, der nach Konrad fragte, und schlich sich unter einem Vorwande fort.

Auf der Straße faßte ihn ein andres Gespenst am Rocke, es war Faust. »Wo steckst du Vielfraß?« sagte der Doktor. »Läßt du dich wieder hier sehen, alter Schwamm«, antwortete Anton, »du meinst, weil Berthold fort ist, gäbe es hier keine Aufsicht mehr gegen solche Landstreicher.« – »Du überreifer Junggeselle«, schrie Faust, »was weißt du, wie es in der Welt hergeht, der Bürgermeister, den ich dem Berthold zum Ärger eingesetzt habe, ist ein Weinhändler, der ohne mich nicht leben kann. Hast du denn schon dein zartes Brüderlein gesehen, den Konrad, den Halunken, ihr könnt nicht von einem Vater sein.« – »Von mir darfst du schlecht sprechen«, antwortete Anton finster, »aber nicht von Bruder und Vater; was weißt denn du davon, daß es mein Bruder ist?« – »Mehr als du weißt«, antwortete Faust, »war er es nicht, der dich beredete, der Kronenburg zu entfliehen, du wärst verloren.« – »Freilich«, sagte Anton, »er hat mir das Leben gerettet.« – »Es ist nicht wahr«, schrie Faust, »er hat dich um die Krone betrogen, er war dir zur Hülfe nachgesendet von den Wächtern, aber er versteckte sich aus Furcht; er beredete dich, zu fliehen und nahm dir das Schwert Maximilians ab, und brachte es heim als Siegeszeichen, das er noch erbeutet habe, nachdem du dich zwingen lassen, dem Kaiser den Weg zu zeigen. Und so ward er als Erstgeborner von euch beiden durch die Entscheidung dieser kühnen Tat anerkannt, er aber hofft, daß du inzwischen längst in Hunger und Pest untergegangen bist.« – »Du lügst, du Teufelsbanner«, schrie Anton noch lauter und hieb mit dem Stiel der Weinbergshacke auf dem fetten Rücken Fausts weidlich herum. – »Das kostet dir dein Leben«, brummte Faust mit Zähneknirschen, »denn wem dankst du deine Gesundheit, als mir, du bist mir dein gemäßigtes, ruhiges Blut schuldig.« Anton achtete nicht darauf, sondern ging zornig davon, indem er noch immer in die Luft hieb. Die Bürger, die bei dem Streite herzugelaufen waren, winkten Anton Beifall und ließen ihn ruhig gehen, der Teufelsbanner war allen verhaßt, aber die meisten scheuten sich, ihm zu mißfallen, weil sie seine Kunst brauchten und seine Zauberei fürchteten.

Anton blieb jetzt vierzehn Tage auf den Weinbergen, denn er scheute den neuen Bürgermeister wegen des Vorfalls mit Faust. An einem Sonntag schlich er zu Sabina, diese aber stellte sich erzürnt; weil er sie so lange vergessen, so möchte er nun auch wegbleiben. Er sagte ihr vergebens seinen Grund, sie blieb ganz kalt und er schied von ihr, um zur Schwester zu gehen. Sabina wußte, daß diese ausgegangen sei, also lachte sie ihm nach und meinte, er werde bald wieder kommen, denn daß er mit Frau Anna eine Liebschaft habe, glaubte sie eigentlich selbst nicht. Aber Anton kam nicht wieder, sie sah sich die Augen fast blind. Anton war in Verenas Zimmer gegangen und hatte sich zu einer vollen Schüssel gesetzt, als Anna eintrat, ihn verwundert anblickte und fragte, wie ihm das Mittagessen geschmeckt habe, das für sie da aufbewahrt stehe. Anton geriet in große Verlegenheit und erbot sich, was es koste, abzuarbeiten. »Ich nehme Euch beim Wort«, sagte Anna, »aber nicht heute, sondern erst in acht Tagen sollt Ihr an die Arbeit gehen, wenn wir die Taufe feiern. Ich kann das Bild am Giebel nicht leiden, das Ihr am Hochzeittage gemalt habt, mag es aber nicht vor den Leuten ändern lassen, weil die gute, selige Frau Hildegard dies Bild als ein Gelübde hat malen lassen. Ein großes Blumenbrett habe ich jetzt vor dem Fenster auf vielen eisernen Stützen errichtet, um Pomeranzenbäume da zu setzen, das trägt viele Menschen und meine Verena ist alle Abende darauf beschäftigt, die Windeln zum Trocknen aufzuhängen. An dem Abend ist voller Mond, Ihr könnt zum Malen genug sehen und nehmt einen Weibermantel von mir um, daß, wenn Euch einer zufällig sieht, Ihr für eins meiner Mägde gehalten werdet. Farben stehen noch bereit beim großen Brunnenbilde, weil Meister Sixt das neue Marmorhaus und die Kapelle einträgt, die inzwischen fertig geworden. Malt die heilige Mutter und ihr Kind, wie Ihr wollt, nur malt beide, besonders aber das Kind anders, als es jetzt erscheint, ich kann es nicht leiden. Zum Lohn für das Unternehmen, das Ihr niemand verraten dürft, zahle ich Euch mehr, als Ihr zu einer Reise nach Nürnberg und zu einem jährigen Aufenthalt bei Dürer braucht.« Anton hörte dem allem, was Anna nur nach längerer Überlegung und nach manchem Kampfe so deutlich hersagen konnte, mit offenem Munde, wie einer himmlischen Botschaft zu. Die Sehnsucht nach der Malerei hatte ihn erst ergriffen, seit er in den Weinbergen hackte, er verglich die elende Wirkung dieser Tätigkeit (höchstens ein paar Maß Wein mehr, die Faust in einer Stunde hinunter stürzte), mit der eines Bildes, das von Tausenden bewundert, ein paar Jahrhunderte besteht und neue Schöpfungen anregt, er hatte oft im Zorn darüber die Erde übermäßig zerhackt. Er nahm dankbar die Hand Annens, sprach seine Verehrung gegen Dürer aus, dessen »Ritter zwischen Tod und Teufel« er auf einem Schlosse gesehen hatte, – aber da hielt er inne und sprach: »Wird mir's auch gelingen, etwas Besseres am Giebel zu malen, denn ich kenne gar nichts andres seit jener guten Stunde, in welcher mir dies Bild gelang, aufzuzeichnen, als diese beiden Gesichter, die Euch so verhaßt sind und die ich über alles verehre?« – Frau Anna machte ihm Mut und er glaubte daran. Sie verbot ihm mit Verena über die Angelegenheit zu reden, sie wolle sie an dem Abend bei den Schenktischen beschäftigen, er solle sich durch den Brunnen einschleichen, wenn es dunkel geworden. Sie brach hier ab und ging in ihr Zimmer, denn sie hörte Verena auf der Treppe.

Diese tat, als ob sie Anton nicht sähe, brachte die Milch in das Zimmer ihrer Frau, kam dann zurück und sagte: »Warst du allein?« – »Freilich!« antwortete Anton. – »Es ist unmöglich«, rief Verena, »denn den herrlichen Braten hast du kaum angerührt und kalt werden lassen.« – Anton leugnete, so gut sein ehrlich Gesicht leugnen konnte. Verena sagte, daß die Schwester vom Brunnen her die Treppe hinauf geschlichen sei und behauptet habe, Frau Anna flüstere heimlich mit Anton und sie würden beide von ihr betrogen. Sie habe ihr noch erzählt, am Morgen sei ein großer Streit zwischen Mutter und Tochter über den Namen Anno vorgefallen, den Berthold verordnet habe, weil er dem Namen Anton so ähnlich klinge, daß die Leute darüber spotten würden. Anna habe so heftig darüber gezürnt, daß Apollonia geschworen, sie wolle das Haus nicht mehr betreten, sie hätte sonst nur Schande von ihrer Aufsicht, das wolle sie an Berthold schreiben und ihm alles anheim stellen. Anton verstand wenig, was das bedeuten solle. Weil er sich bewußt war, an allen den Gerüchten und Scherzreden unschuldig zu sein, so machte es ihm viel Vergnügen, was sich die Leute für Grillen in den Kopf setzten, er fand sich sogar ein wenig geschmeichelt, daß die schöne Anna seinetwegen in den Verdacht eines Liebeshandels gekommen. Er verlachte den Zorn von Verena, ging fort und grüßte Sabina nicht einmal im Vorübergehen.

Zum Schmause bei der Taufe war die Bürgerschaft eingeladen, auch manche Bekannte aus der Gegend versprachen zu kommen, doch Kugler bedauerte, daß er durch die bevorstehende Entbindung seiner Frau abgehalten sei. Frau Apollonia besorgte alles Nötige zu dem Feste in ihrem Hause, aber sie hielt ihr Gelübde, das Haus ihrer Tochter bis zu Bertholds Rückkehr nicht zu betreten. Anna sah darin nur ihre Liebe zu Berthold und ihren Ärger gegen sie und da die Vorwürfe der Mutter aus so verhaßtem Grunde entstanden, so hielt sie es für eine verdächtige Nachgiebigkeit, wenn sie den ersten Schritt zur Versöhnung täte; wäre Anton erst fort, so meinte sie, dann fiele aller Verdacht. Sie suchte sich zu zerstreuen, indem sie Konrad und die Ritter, die er einführte, öfter in ihrem Hause sah, und das zerstörte ihren guten Ruf bei der Bürgerschaft. Es mieden nämlich in gemeinsamer Verabredung alle ordentliche Frauen der Stadt den Umgang dieser verhaßten, kostbaren Gäste. Frau Anna, die als eine Fremde mit keiner Frau in recht vertrauten Umgang getreten, war auch von denen, die sie sonst zuweilen bei sich gesehen, durch Bertholds Verfeindung mit der Bürgerschaft getrennt, sie ahndete nichts von einem solchen Entschlusse und sah die Fremden gern, bloß darum, weil sie fremd waren und etwas Neues erzählten. Die Bürger dachten sich bei dem Umgange Annens teils geheime Absichten, teils Liebschaften, und selbst die Einladung zum Schmause bei der Taufe schien vielen so verdächtig, daß sie am Sonntage Morgens, wo er gehalten werden sollte, noch eine Bürgerversammlung in einer der größten Trinkstuben anordneten. Es waren ein paar fremde Reisigen erstochen gefunden worden, ein paar waren wirklich im Ratskeller von den Bürgern gar übel in einer Schlägerei zugerichtet und die Bürger fürchteten, daß sich die Fremden für alles auf einmal rächen möchten, wo es die Leute am wenigsten ahndeten. Sie hörten insbesondere vom Grafen Konrad viele Tücken, die er in der Gegend durch seine Leute hatte ausüben lassen, und meinten, daß er Waiblingen nur schone, um es auf einmal recht gründlich auszuplündern, wenn er es erst gründlich kennen gelernt habe; sie wußten nicht, wie hoch Waiblingen in der Gunst der Kronenwächter stehe, wie viel stürmischer er seiner Liebschaft zu Annen nachgetrachtet, wenn ihn nicht ein strenges Verbot in den Schranken der Zucht gehalten hätte. Haring, der Kunstpfeifer, zur Schusterzunft eingeschrieben, erzählte, daß es Blut geregnet habe auf das Kleid seiner Frau, das bedeute großen Kampf, sie wären alle verloren, wenn sie einen der Ihren im Stich ließen. Daß er noch immer Grünewalds Zorn für seine Haut fürchte, das verschwieg er, weil er ihn wohl verschuldet hatte am Hochzeitfeste, er tat vielmehr, als ob er sich für das Ganze aufopfere, obgleich er so viel Vorteil vom öfteren Tanz bei den Fremden erntete; er schwor, zur Sicherheit seiner Mitbürger, einen guten Degen in seine Posaune zu stecken, und so solle sich jeder heimlich bewaffnet einfinden, dann könnte ihre Überzahl siegen. Der neue Bürgermeister hatte sich aus Vorsicht krank melden lassen, weil er aus den trunknen Worten des Doktor Fausts auf großen Streit schloß, der sich am Abend ereignen könnte, aber er wirkte in der Versammlung durch einen seiner Schwäger, welcher Jackel, oder der dürre Jäger genannt wurde. Dieser regte die Galle der Bürger, indem er ihnen ein Schimpflied in bayerischer Mundart, wie es ihm die bayerischen Reisigen, wenn er auf die Jagd gehe, vorgesungen, mit grimmigem Gesichte nachsang, es berichtete von neun Schwaben, die gegen einen Hasen zu Felde gezogen und davon gelaufen sind. Haring schrie wie seine Baßposaune, er wollte den Bayern schon zeigen, daß sie sich in Schwaben auf die Hasenjagd verständen. Den Schlußstein dieses schwankenden Gewölbes öffentlicher Ruhe und Gesetzlichkeit nahm der Türmer vom Augsburger Tore (wo Berthold auferzogen), indem er berichtete, daß am Morgen der Graf Konrad mit einigen Reisigen sich da umgesehen und die geputzten Bürgerfrauen und Bäuerinnen, die aus- und eingezogen, mit dem Blut einiger Tauben und Krähen, die sie geschossen, besprützt habe, daß dadurch bei dem trüben, schwülen Himmel das Gerede entstanden, es habe Blut geregnet. – »Die Gotteslästerer«, rief Haring, »das neue Kleid meiner Frau so zu verderben; Blut soll es regnen, aber ihr Blut!«

So endete die Versammlung nach der Messe, es wurde dabei wacker gezecht, daß mancher nicht das Gebot des Schweigens vernahm, das sich auch auf alle erstreckte, die mit Berthold in Verbindung standen. Haring selbst konnte gegen Frau und Kind die Heldentaten nicht verhehlen, die er beabsichtige, wenn ihm einer in den Weg träte. Sein Söhnchen prahlte mit diesen Heldentaten gegen den Reisigen, der dort in Wohnung lag. Der Reisige lief zu seinen Kameraden, ihnen zu erzählen, daß bei dem Feste etwas gegen sie unter den Bürgern im Werke sei. Sie beredeten sich, wie sie einander nahe sein wollten und wie sie sich gegen die Menge stellen wollten, um im Falle ihre Feinde überlegen wären, des Auszugs sicher zu sein. Bei ihnen galt Konrad für ein leichtsinniges, unerfahrnes Grafensöhnchen, das eine Liebschaft mit Frau Anna habe und alles ausschwätzen könne, ihm blieb alles verschwiegen. So erfuhr Anna von keiner Seite etwas von den Besorgnissen, denn alle, die zu ihrem Hause gehörten, waren seit Bertholds Abfall von Herzog Ulrich nicht mehr in den Zünften erschienen, um Vorwürfe gegen Berthold nicht anhören zu müssen.

Grünewald und Anton saßen den Morgen einsam in ganz verschiedner Quälerei und Betrachtung. Anton hatte den alten Anno angekleidet, der sich zur Taufe im reinlichen Wams zeigen wollte, dann hatte sich der Alte zu seinem Gebetbuche hingesetzt und Anton zu seinem Zeichenbuche. Anton hatte lange gebetet, daß eine heilige Mutter mit dem Kinde seiner Seele sich darstelle, die vollkommener und reiner das Wesen derselben zeige, als jene, die er am Hausgiebel gemalt hatte. Aber immer deutlicher schwebte ihm dieselbe Gestalt vor. Schon gab er sich verloren, weil er das Bild nur verderben könne, wenn er es ändern wollte, und wollte sich gar nicht die Mühe geben, es aufzuzeichnen. Aber endlich riß er doch so in Gedanken, um die Hand zu beschäftigen, das Bild auf, wie es ihm vorschwebte. Die Arbeit unterhielt ihn in emsiger Tätigkeit und erst wie es fertig war, erkannte er zu seinem Erstaunen, es sei dasselbe und doch ganz anders wie jenes, das er auf den Giebel gemalt habe. Es war so viel fester, reiner, erdenfreier, als jenes, daß ein gemeines Auge den Ursprung aus jenem übersehen hätte, die Ähnlichkeit war nur noch ihm kenntlich. Seine Seligkeit hatte keine Grenzen, aber je freudiger und reiner er zu dem erhabnen Abbilde, das sich ihm, dem unwürdigen Arbeiter geschenkt, betete, desto unruhiger füllte ihn Annens Bild mit Wünschen, die er nie gefühlt, mit einer Sehnsucht, der er sich gern entzogen hätte. Ihm schauderte vor dem seltsamen Abende, der seiner wartete! Die harte Arbeit, die er in der Zeit ertragen, machte ihm den Müßiggang des Sonntags gefährlich; ruht die Mühle, so füllt sich der Mühlteich und tritt über die grüne Wiese, die er bisher nährte.

Grünewald saß in der neu erbauten Kapelle, da wo Berthold die Nachricht erlauschte, daß ihm ein Kind geboren werde, und wollte ein Freudenlied auf die Taufe dichten, wie er deren unzählige auf alle Kinder für Geld gemacht. Aber kein Reim wollte sich zu allen unzähligen, freudigen Anfängen finden lassen, die er hinaus stieß. Diese Seltsamkeit rief ihm die Geschicke des Hauses zurück, er gedachte des Bergmanns, er sah um sich und fand eine wunderherrliche, reife Frühbirne unter den Blumen des Grases. Diese nahm er auf und zeigte sie dem Kinde, das von Annen in den Garten getragen wurde, und sprach dazu in Reimen.:

Nimm auf die abgefallne Frucht,
Es ist die süßeste von allen,
Es hat sie keine Hand versucht,
Weil über ihr die Blumen wallen;
Ich aber sah nach allen Zeichen
In dieses Tages Müßiggang,
Und konnt ihr nicht vorüber streichen,
Mich hielt ihr Duft mit süßem Zwang.
Sieh an des Fußtritts Einsamkeit,
Der hier zu der Kapelle lenket,
Du warst mit dir in stillem Streit,
Als ich ein Zeichen dir geschenket,
So führt ein Zeichen zu dem andern
In meines Glückes Müßiggang,
Wir wollen jetzt nicht weiter wandern,
Es füllt mein Herz ein naher Klang.
Glück auf, so klingt es aus dem Grund,
Als wenn ein Bergmann ihn durchdrungen,
Es grüßt dies Kind sein frommer Mund,
Weil er nach ihm so kühn gerungen.
Im harten Fels fand er die Quelle,
Zu einer Taufe Freudenbund,
Jetzt strahlet sie zur Sonnenhelle,
Doch dringt kein Strahl zum schwarzen Grund.

Grünewald erschrak einen Augenblick, als er den letzten Reim gesprochen, das Wort hatte sich ihm im Munde umgedreht, er suchte seine Verlegenheit in eine andre zu stürzen, er unterhielt einmal wieder Annen mit seiner Liebe. Anna war wohl nicht so heiter gestimmt, wie sonst, wenn sie über seine Leidenschaft scherzte, sie sagte ihm mit Empfindlichkeit, daß er in einem Alter sei, dem dergleichen Verwirrungen nicht mehr wohl ständen, und in einer Zeit lebe, die mit ernsteren Dingen beschäftigt wäre. Grünewald hatte nie eine Ahndung gehabt, daß er so ernsthaft genommen werden könnte, er flehte um Rat bei der zürnenden Anna, was er tun solle, um ihr wieder zu gefallen und daß sie ihm nicht mehr zürne, aber sie sagte ihm, von der Sonne und dem unruhigen Kinde geplagt, ein kurzes »Gott befohlen!« und ging in ihr Haus. »Wäre ich nur Anton!« rief er ihr in seinem Zorne nach, es ärgerte ihn, daß er einst von Anton ein Bett angenommen habe.

Die Kapelle am Brunnen wurde zur Taufe geschmückt und das vertrieb den ärgerlichen Grünewald, weil er nun nicht mehr mit sich reden und zanken konnte. Er setzte sich in einen Winkel des Brunnenhauses, um seinem Verdrusse recht nachzudenken und ihn ganz aufs reine zu bringen. Es erschien ihm wie ein Befehl von Frau Annen, daß keiner, der da Wasser holte am Brunnen nach ihm frage, ihn zum Feste einlade, ja daß manche sogar seinem Ansprechen nur kurze Antwort gaben. Er gedachte nicht der Eile, die das ganze Haus zur Bedienung der Gäste mit einem Vesperbrote beschäftigte. Seine traurigen, eingebildeten Geschicke, daß er hungre und niemand ihn zum Vesperbrote lade, schnürten ihm die Kehle zu, er rang die Hände und weinte, daß wieder ein Mensch zu gleichem traurigen Geschicke in die Welt gesetzt und getauft werde. Der Gram öffnete sich endlich eine Ader in der Zunge und es strömte eine trauervolle Wahrsagung über das Kind, das jetzt vom frommen Anno in feierlichem Zuge der Bürgerschar, vorbeigetragen wurde.

Auf Menschen sollst du nicht vertrauen,
Sie kennen nur die eigne Not,

Es überkommt sie leicht ein Grauen
Und du lebst einsam in dem Tod.

Vertrau dem Wort in deiner Seele,
Das dir nicht eigen, du bist sein,
Es dringt aus freudensel'ger Kehle,
Es klingt in deinem Jammerschrein.

Die Glocke wird umsonst geschwungen,
Trifft sie kein harter Hammerschlag,
So wird das Wort von dir errungen,
Du bebst dem Klange lange nach.

Der Kindheit Schrei'n und Freudenlallen,
Hat manchen ernsten Mann belehrt,
Das Wahre muß uns erst gefallen,
Das jeden in sich selbst bekehrt.

Des Paradieses Frucht bewahre,
Der Apfel reift zur Weihnachtszeit,
Und du wirst selbst das ewig Wahre,
Suchst du des Schönen Seligkeit.

Neunte Geschichte

Der Kampf am Brunnen

Frau Apollonia, ihrem Schwure treu, das Haus der Tochter nicht zu betreten, ging von der heiligen Taufhandlung, der sie als Zeugin beigewohnt hatte, sogleich am Brunnen vorbei nach ihrem Hause zurück. Sie sah Grünewald im Winkel sitzen und meinte, er sei eingeschlafen dort und vergessen worden. Sie trat zu ihm und sagte: »Wacht auf, geht zum Schmause, wenn Ihr gleich die heilige Taufe verschlafen habt.« – »Ich schlief nicht«, antwortete er, »aber ich wollte, daß ich geschlafen hätte, da hätte ich nicht gesehen, was ich nicht sehen sollte.« –

»Was sahet Ihr denn wieder?« fragte Apollonia bestürzt. – »Ich sage nichts«, antwortete er, »ich habe hier sehr ernst nachgedacht über alle Ereignisse meines Lebens, ich bin ein ganz andrer Mensch geworden, ich will schweigen, wie ein Kartäuser; das ewige Reden, Horchen und Wiedererzählen, was ich nicht lassen kann, rührt all den Schlamm in dem blumig bewachsenen Behälter des menschlichen Herzens auf; hier ging einer vorüber, der mich auch für schlafend hielt. Habt Ihr keinen bei der Taufe unter den Bürgern vermißt?« – Apollonia fragte kleinlaut: »Anton?« – Grünewald nickte, aber er sagte kein Wort, denn er bemerkte Sabinen, die an der Tür ihnen zuhorchte. – Apollonia ging mit Achselzucken fort, aber Sabina trat jetzt zu ihm, erzählte ihm ganz offen, daß sie eine Neigung zu Anton habe, ihre Schwester Verena auch und daß sich Anton gegen sie zwar nicht zärtlich anstelle, daß er ihr aber zuschwöre, er sei mit ihrer Schwester auch nicht vertraulicher, das habe sie so hingehalten, weil sie geglaubt, es werde noch die Zeit kommen, wo sein Herz gegen sie erwache. Neulich sei sie ihm nachgeschlichen, als ihre Schwester ausgegangen, da habe sie ihn mit Frau Anna in Unterredung gehört und sie hätten aber leise geflüstert, daß sie nichts verstehen können. Bei dieser ihm zuverlässigen Entwickelung überlief Grünewald die Galle, er fluchte auf Frau Anna, schwor, daß er keine Stunde länger in der Stadt leben, sondern sich der Kette entreißen wolle, möge Stadtvogt werden, wer Lust habe, mit seiner Zither und seinem Mantel sei er noch immer jung, wenn gleich sein Scheitel kahl und sein Haar grau geworden. Sabina sah ihn verwundert an, wollte ihn halten, meinte, es sei nicht sein Ernst, aber er lief ihr zur Warnung mit Abscheu aus dem Hause, aus der Stadt, wie die Sturmvögel den Schiffern dadurch zur Warnung dienen, daß sie sich selbst in Sicherheit bringen und die Küste zu erreichen suchen.

Obgleich Frau Anna bei der durch die Kriegsgeschicke so lange verspäteten Taufe selbst hätte gegenwärtig sein und den Schmaus durch ihre Gegenwart beleben können, so war doch das erste gegen die Sitte und das letzte bei der Abwesenheit ihres Mannes unschicklich. Sie hatte Grünewald gebeten, die Stelle des Wirts als Stadtvogt zu übernehmen, aber sie sah ihn nicht wieder seit dem Morgen, wo sie sich mit ihm gestritten hatte. Sie war daher verwundert, als sie vernahm, er sei nicht beim Mahle erschienen und die Stelle des Wirtes sei noch unbesetzt. Sie erhielt diese Nachricht in unbequemer Überraschung durch Verena, die sie an den Schenktisch gebannt glaubte, nachdem sie schon Anton in ihre Zimmer und zwar zuerst in das geführt hatte, wo Meister Sixt an dem großen Familienbilde gemalt hatte, um sich die Farben vor der Dunkelheit zu bereiten. Gleich schickte sie das Mädchen mit der Bitte zur Mutter, daß sie diese Stelle übernehmen möchte. Diese schlug es ihr rund ab, noch tiefer gekränkt durch das, was ihr Grünewald vertraut hatte. Die Gegenwart der Mutter hätte vielleicht dem Unglück vorgebeugt. Anna sagte verdrießlich zu Verena, sie solle zurückeilen, den Ehrenplatz des Wirts möge einnehmen, wer da wolle. Kein Bürger hielt sich bei der Abwesenheit des Bürgermeisters zu dieser Ehre bestimmt, so kam's, daß sich Graf Konrad dahin setzte und Faust, den er auf einmal vertraulich kennen und zu ehren schien, die Oberstelle neben sich einräumte, was manche Bürger so kränkte, daß sie augenblicklich das Fest verließen. Den andern versenkte der gute, alte Wein aus Bertholds Keller allen Ärger, Sorge und Vorsicht, viele Gesundheiten wurden von Konrad aufs Wohl der Stadt ausgebracht. Auch der Tanz wurde nach Aufhebung der Tische mit freudig taumelnden Herzen von der Jugend, unter Konrads Anführung ausgeführt, während Faust mit Kunststücken, die fast wie Hexerei aussahen, die älteren Leute und die Kinder um seinen Tisch sammelte. Er fragte nach manchem, endlich auch nach Anton, aber keiner hatte ihn gesehen. Doch Sabina trat zu ihm und sagte ihm etwas ins Ohr. Gleich warf er sein Kartenspiel fort, sprang vom Tische auf und redete mit Konrad leise.

Unterdessen war Anton sehr fleißig gewesen. – Als der Aufgang des Vollmonds nahe schien, glaubte es Anna die rechte Zeit, Anton in ihr Schlafzimmer zu rufen. Sie löschte das Licht, als ob sie zu Bette gegangen, und rief ihn nicht ohne Zagen hinein. Anton wurde von ihr aus einer Träumerei erweckt, deren Gegenstand sie war. Diese Vertraulichkeiten waren ihm gefährlich, die Heimlichkeit erregte sein Blut, daß er fürchtete, nicht sicher und ordentlich malen zu können. Er trat ein mit den Farben und legte alles auf das Fensterbrett, aber da es noch nicht hell vom Mondschein, so setzte er sich zu Anna in die Nähe des Fensters, wo sie den Aufgang des Mondes beachten konnten. Sie sprachen gleichgültige Dinge, aber doch fühlte er ein Niegefühltes, über das er nie Herr werden könnte, in sich jung werden, alle Seligkeit, welche ein jugendlich träumendes Herz in der Liebe ahndet. Wie ein Mäuslein, das einen reichen Tisch im Dunkel wittert, sich aber noch nicht verraten mag, so saß er still mit glänzenden Augen und immer rief es in ihm: das ist meine Nacht, meine Anna, mein Haus, mein Kind! Auch Anna fühlte ein Wohlwollen gegen ihn, daß er sie aller Sorge entreißen wolle, indem er das Bild ändre und nach Nürnberg ziehe, und sprach zu ihm: »Lieber Anton, hier ist Reisegeld nach Nürnberg!« – »Es ist noch nicht verdient«, erwiderte Anton, »Ihr seid so gut, jetzt tut es mir erst leid, daß ich wandern soll, aber ich will Eurer Unterstützung Ehre machen bei Dürer; ich komme wieder als ein berühmter Meister, oder nimmermehr.« – Nimmermehr, dachte Anna, aber sie sagte es nicht, um ihn nicht zu kränken. »Die Zeit wird auch kommen«, sagte sie. Er hatte sich vor ihr auf ein Knie niedergelassen und ihren Fuß geküßt, sie drückte mit dem Fuß ganz leise seine Hand, die er ihm als Teppich untergelegt hatte. Die Blüten der Orangen wehten jetzt ins offene Fenster und Anna sagte: »Steht auf, Anton, der erste Rand des Monds steigt über die Häuser, wie ein umgestürztes Glutschiff, er ruft zur Arbeit, daß er nicht untergeht, ehe Ihr fertig seid.« Sie wollte ihm die Hand reichen, um ihm aufzuhelfen, aber nach dem Monde schauend, verfehlte sie die Hand und fuhr über den schönen Umriß seines Gesichts, daß er sich lebendig in ihr gestaltete, sie hätte ihn in Ton darstellen können, wenn sie die Bildnerei damals schon getrieben hätte. »Nun weiß ich, wie es den Blinden geht«, sagte sie verlegen, »und wie sie die Leute kennen!« – Und er entgegnete: »Und ich weiß nun, wie einem Menschen zu Mute, der sehen lernt, denn mit Eurer Hand kamen mir die ersten Strahlen ins Auge und nun sehe ich schon Euer Antlitz im Mondenschein.« Er erhob sich und sehnte sich zu ihrem Munde, denn seine Hände waren von der Arbeit gehärtet und er fürchtete mit einem Druck derselben sie zu verletzen, so schwankte er nach ihrem Munde und wieder zurück und er konnte sie nicht erreichen, denn schon stand der reine Mond über der Erde und die Wolkenengel verbargen scheu im Kreise umher ihre Angesichter unter farbigen Flügeln. »Der Mond ist rund und voll«, sagte Anna, »er schaut durchs Fenster, wie Ihr damals an meinem Hochzeitmorgen, der Markt ist leer, drüben ist alles beim Tanze eifrig versammelt, eilt Euch lieber Anton; hier ist der Mantel der Verena, hängt ihn um, diese Tücher über die Leine, so kann Euch niemand sehen, viel weniger erkennen.« – Anton folgte ihrem Befehl ohne Anstand und, wie er so verkleidet hinaustrat, stand nicht Anna, sondern das heilige Bild vor seinen Augen, das ihn am Morgen mit seinem Umriß beglückt hatte. Die Beleuchtung war hinlänglich, er hätte ohne Licht sehen können, so war seine Stimmung. Kein

Pinselstrich mißlang, die kräftige Farbe überdeckte bald die schwächere seines ersten Bilds, das in seinem Umriß sehr leise und sogar unbestimmt gehalten war.
Kaum zwei Stunden angestrengter und doch nicht gefühlter Tätigkeit bedurfte es, um beide Gesichter dem Höheren zu nähern, was seiner Seele vorschwebte, aber ohne zu zerstören, hätte er jetzt in den nassen Farben nicht weiter ausführen können. »Für diese Höhe wird es gut genug ausgeführt sein«, sagte er zu Annen niederblickend, die ungeduldig der Beendigung harrte. »Es ist gewiß recht gut und beendigt«, sagte sie und reichte ihm den Arm, daß er sicher von dem Blumenbrett auf den Stuhl und von da zur Erde kam. »Euer Geld ist wohl verdient, denke ich«, sagte sie ihm dann, indem sie ihm einen Geldbeutel in seine Tasche steckte; »Ihr habt so eifrig gemalt, es wird gewiß ein tüchtiger Maler aus Euch, ich habe Euch so in aller Stille beobachtet.« – »Darf ich denn keinen Augenblick zum Abschiede in Eurer Nähe verweilen«, antwortete er traurig, »wer weiß, ob wir uns je wieder sehen, Krieg und Pest wüten in der Welt.« – »Hier dürft Ihr nicht weilen«, sagte Anna, »aber ich will Euch noch auf einige Schritte bis zur Haustüre das Geleite geben, damit Ihr heute meinen guten Willen gegen Euch kennen lernt; morgen früh dürft Ihr nicht mehr unsern Turm sehen, das gelobt mir, Ihr möchtet sonst das Geld vergeuden.« – Anton versprach's und beide gingen leise die Treppe des leeren Hauses hinunter zum Haustore. – Das Tor war aus Vorsicht vor den Leuten, die alle zum Tanz hinüber nach dem Rathaus gelaufen, fest verschlossen. Unbekümmert wendeten sich beide nach dem Garten, gingen in der gekühlten Nachtluft einige Schritte in den Gängen und setzten sich dann am Brunnen. »Rauschte nicht etwas neben uns?« fragte Anna und wollte schon wieder in ihr Haus zurückkehren. Aber es fiel ihr ein, daß Anton könne erkannt werden, und sie fuhr fort: »Es ist gut, daß

Ihr vergessen habt, den Mantel Verenas abzulegen, hier setzt noch meinen Schleier auf, so wird Euch keiner erkennen bei der Menge fremder Menschen, welche der Sonntag und die Taufe in die Stadt geführt hat.« Eben wollte sie fortgehen, da hörte der Brunnen zu fließen auf, sie bemerkte diese wunderbare Erscheinung und sagte: »Seht, da ist die Arbeit doch vergebens gewesen, er hat die Dürre dieses Monats nicht überstanden, er ist eingetrocknet.« – »Es ist nur der Überfluß«, meinte Anton, »der überzufließen aufhört, für Euer Haus ist er immer noch reichlich gefüllt.« – »Der Überfluß ist doch schön«, sagte sie, »ich wollte nicht, daß es ein Vorzeichen für das Schicksal unsers Hauses würde.«

So sprachen sie noch ihre Gedanken aus über den seltsamen Vorfall und keiner dachte an sich, da hörten sie die Musik des Kehraus in dem Hause der Mutter und sahen viele Kerzen. Anna haßte diese Tanzweise, sie wollte sich fortflüchten nach ihrem Hause, aber gleichzeitig kam ein andrer Zug mit der verhaßten Musik durch ihr eignes Haus in den Garten. So waren sie in dem Brunnenhause eingeschlossen und mußten hoffen, daß keiner der beiden Züge dahindrängte. Aber wie verabredet zu ihrem Verderben, sahen sie jetzt Faust mit seinem Zuge der zum Schlußtanze geordneten Paare von der Mutterseite und Graf Konrad mit gleich starkem Zuge vom Hause gegen den Brunnen ziehen, bei Faust leuchtete Sabina mit einer Fackel voraus, bei Konrad Verena. »Gewiß hat Sabina uns hier gesehen«, rief Anton, »wie werden sie Euch alles zum Schaden deuten, lebt wohl, ich verberge mich im Brunnen, ich verstehe das Untertauchen.« – Aber Anna hielt den Übereilten an dem Mantel fest, auch trat schon Faust mit seinem Zuge, von einer Abteilung Musiker begleitet, herein. »Teufel«, rief Faust, »da finde ich endlich eine Tänzerin, waren doch alle andern schon gepaart«, und nahm die Hand Antons, indem er zu Konrad, der mit seinem Zuge von der andern Seite eindrang, unter boshaftem Lachen die Tanzreime des Kehraus sang: »Und als der Großvater die Großmutter nahm, da war der Großvater ein Bräutigam!« – Konrad ergriff mit gleichem Ungestüm Frau Annens Hand, und so ging's in dem Drange von beiden Seiten um den Brunnen herum. Faust machte mehrere Bewegungen mit Durchschlingung der Arme, um Anton Schleier und Mantel zu entreißen, aber beide waren durch eine zum Knoten gezogene Schleife befestigt. »Holde Schönheit«, schrie endlich Faust zu Anton, »ich kann nicht mehr leben, wenn ich dich nicht sehe.« – Anton wagte jetzt sein Letztes, er sprang zu Konrad, und raunte ihm ins Ohr: »Ich bin Anton, dein Bruder, rette mich gegen den Zudringlichen!« – Aber Konrad antwortete laut: »Hört, dies Riesenmädchen ist ein Mann, seht ihn an, Frau Anna mag viele Männer um sich leiden, wenn sie nur einen Schleier tragen.« Er hatte in dem Augenblicke das Drachenmesser aus Frau Annens Gürtel gerissen, um jenes Band am Schleier, zur Beschämung Annens, aufzuschneiden. Faust aber schlug so begeistert den Takt des Tanzes umher, daß er dieses Messer tief in Antons Arm an eben der Stelle einschlug, wo er damals die Ader öffnete, um die Transfusion des Blutes zu bewirken. Ein Blutstrahl sprang aus der Ader über den Brunnen nach Frau Annen hin, Mantel und Schleier sank von der Schulter Antons, alle erstarrten und Konrad rief: »Ich bin unschuldig an dem Blute!« – Frau Anna sank erblaßt am Brunnen nieder, ihr letztes Wort war: »Fluch und Rache über euch!« Anton sah und hörte nur sie und sein Zorn machte sich frei. Mit einem Faustschlage traf er Faust, daß er an die Seite taumelte, mit dem andern Konrad, der ihn halten wollte. Das Geschrei der Frauen verkündete gleich außerhalb Mord und Totschlag, Konrad stürzte blutend aus dem Brunnenhause.

Die Reisigen waren gleich beisammen, sie sahen ihres Führers Blut, sie nahmen ihn in ihre Mitte, zogen ihre

Schwerter und machten sich Luft, um nicht im engen Gartenraume von den Bürgern, die sie dazu eben vorbereitet und im Werk glaubten, gegen die Mauern gedrängt und erschlagen zu werden. Haring rief nahe den Reisigen die Bürger zusammen, aber ehe er noch seinen Degen aus der Posaune ziehen konnte, stürzte ihn ein Reisiger auf die Posaune, diese schob sich zusammen und die Spitze des Degens in seine Kehle, so daß er als der erste Tote fiel. Die Bürger konnten in Überraschung erst allmählich zu ihren versteckten Waffen kommen, sie konnten den Auszug der Reisigen aus dem Garten und dem Hof auf den Rathausplatz nicht hindern, wo diese sogleich die Hauptstraße besetzten, um zu ihren Pferden zu gelangen und im Notfall abziehen zu können.

An Harings Blute erhitzte sich das Blut aller Bürger. Umsonst suchten verständige Frauen und Töchter ihre Männer und Brüder von dem Kampfplatze in ihre Häuser zu ziehen, weil die Straßen in diesem Augenblicke noch größtenteils frei waren, während törichte Frauen aus Harings Verwandtschaft ihre Männer zur Rache aufriefen, indem sie ihnen schworen, daß sie ihnen jeden Schimpf antun wollten, wenn sie das von den übermütigen Reisigen litten. Der Bürgermeister Kranz vermehrte das wilde Geschrei mit seinen Klagen um den Faust, den er blutig fortführte; er hatte keine Seele, um auf die Leute in gutem zu wirken, und kein Herz, sie in den Streit zu führen. Sein Schwager, der dürre Jäger, vereinigte dagegen alle Bürger, die sich allmählich bewaffnet einfanden, mit dem Geschrei: »Blut will Blut, wir sind zehne gegen einen.«

So tobte die Menge der Bürger ihm nach auf den Marktplatz, die Reisigen anzugreifen: während dort das Geschrei, das Rasseln der Rüstungen, das Schlagen der Waffen, das Trotzen und Aufmuntern der Mutigen, mit allem Jammer und Hülferufen der Bedrängten und der Frauen aufloderte, das Getrappel der Pferde, das Bellen

der Hunde mit Feuerlärm sich mischte, versank der Garten in eine tiefe Totenstille.
Anna erwachte erst in dieser Stille, eine niedergefallene Kerze hatte ihr Haar ergriffen, sie glaubte in Feuer zu stehen, aber in dem Augenblicke, wo sie sich bewegte, sank das Haar knisternd in das Brunnenbecken, neben welchem sie lag. Das Haar war verloren, wie bei einer Nonne, ihr Leben war gerettet, sie besann sich und ergriff die Kerze, welche am Boden lag, und richtete sich auf. Da erkannte sie, daß sie nicht geträumt habe, und sah Anton entseelt ausgestreckt über die Stufen des Brunnens; mit seinem Zorne war auch seine Kraft um so schneller durch die geöffnete Ader entströmt. Sie sah ihr Kleid von seinem Blute gerötet, es rief in ihr mit einer fremden Stimme, als wäre es Berthold, der es ihr zuriefe: »Armer Anton, junges Blut!« Und sie mußte mit Verzweifelung sich zurufen: »Anna, Anna, du trägst sein Blut, du trägst die Schuld seines Todes, der Brunnen der Gnade hat aufgehört zu fließen, du kannst deine Seele nicht rein baden.«
Wer möchte ein zweites Erdenleben um die Verzweifelung eines so reinen Herzens erkaufen! Guter Berthold, du warst betrogen, armer Anton, dir kostet's dein junges Blut! Die Verzweifelung trieb Annen, jedes Mittel zu versuchen, das ausströmende Blut von Antons Wunde zu stillen, sie schrie umsonst nach Hülfe, die Raserei und die Furcht des Kampfes betäubte alle Bewohner der Häuser. Sie zerriß Schleier und Mantel, um das Blut zu stillen, aber es war zu mächtig in seinem Andrange. Endlich kniete sie nieder, als ihre Kraft, ihre Einsicht erschöpft waren, flehte zu allen Heiligen, denen sie sich je empfohlen, und heftete ihre Lippen auf die Wunde, ohne zu wissen, was sie tat. So still betend hoffte sie zu vergehen, und zugleich mit dem, dessen Tod sie in falscher Klugheit verschuldet, vor dem Richter der Welt zu stehen.

Wird sich die Wunde nicht schließen bei dem Gebete, bei dem Drucke so schöner Lippen! Der Lärmen des Kampfs stillt sich, die Reisigen drängen sich fliehend zum Tore hinaus, die Bürger ihnen nach: die Verwundeten sind heimgetragen, die Toten schweigen und die Nacht wird still, daß Anna die Mühlenräder in der Rems und die Räder der Turmuhr in ihrem festen, gleichen Gange zusammen hören kann mit ihrem heftig schlagenden Herzen. Ein Glaube dringt mit dem Glanz der Sterne in ihr Herz, sie werde vergehen, oder Anton werde mit der Sonne erstehen, die Augen aufschlagen, sie von der Schuld seines Todes befreien und ihre Unschuld bezeugen, wie der glühende Stahl in der Hand angeklagter Frauen ihre Unschuld im Gottesgerichte beweist. Ihrer Unschuld sich bewußt, drückt sie ihn so fester an sich, schließt die Todeswunde um so fester mit ihren Lippen, ihre Lippen mit ihrem Gebete, ihren Gram mit ihrem Glauben und wird nicht müde dieses angestrengten, heilenden Willens. Alle andre Sorge schweigt in der einen um Antons Leben, keine Ahndung sagt ihr, daß Berthold von derselben Gewalt, die ihn heilte, entseelt auf den Leichensteinen seiner Voreltern ruht, keine Ahndung ruft sie an die leere Wiege ihres Kindes, das jetzt gebettet in Konrads Stahlschilde von hartem Trabe eingewiegt wird. Faust hat es entführt und dem Grafen Konrad übergeben, Verena ist dem Hause entflohen, als sie das Kind nicht gefunden hat, und Apollonia ins Kloster geflüchtet, dem sie einst vorzeitig entrissen wurde, um dort ihre Tage zu beschließen.

Welch ein Morgen, der solchen Jammer erhellt, aber Anna hofft auf Zeichen und Wunder. Anton wird erwachen, das glaubt ihr Herz, das erfüllt ihre Gedanken, wie die Verheißung des ewigen Lebens die gläubige Seele, daß sie der irdischen Sorge entrissen, den Himmel mit ihren betenden Lippen zu berühren, mit ihren ausgestreckten Armen zu umfassen glaubt.

Zu dieser Ausgabe

Die vorliegende Ausgabe umfaßt den 1817 von Achim von Arnim selbst veröffentlichten ersten Band der *Kronenwächter*, nicht noch jenen 1854 von Bettina von Arnim aus dem Nachlaß edierten zweiten Band. Die Forschung ist sich darüber einig, daß es sich bei dem zweiten nicht um eine Fortsetzung des ersten Bandes handeln kann, da er eine ältere Werkstufe des Romans vorstellt. Zudem trägt der zweite Band noch zu sehr die Züge eines Entwurfs, als daß man ihn gleichrangig mit dem ersten behandeln könnte. Da Arnim den zweiten Band nicht überarbeitete und die dazu vorhandenen Skizzen bzw. Notizen nicht ausführte, ist es kaum sinnvoll, anhand dieses Nachlaßmaterials über Weiterführung und Schluß des Buches zu spekulieren.

Der Text der *Kronenwächter* folgt: Achim von Arnim, *Sämtliche Romane und Erzählungen*, auf Grund der Erstdrucke herausgegeben von Walther Migge, Band 1, München: Carl Hanser, 1962, S. 515–798. Die Textgestalt dieser Ausgabe gibt den ursprünglichen Lautstand des Erstdrucks wieder. Die Orthographie wurde behutsam dem heutigen Gebrauch angeglichen, unterschiedliche Schreibungen des gleichen Wortes, auch von fremdsprachlichen Ausdrücken, wurden nicht vereinheitlicht. Anführungszeichen bei direkter Rede, von Arnim nur gelegentlich verwendet, wurden durchgehend gesetzt. Die Interpunktion Arnims blieb unverändert bis auf wenige Fälle, wo die Gefahr einer Sinnentstellung oder eines Mißverständnisses nahelag. Offensichtliche Druckfehler der Erstausgabe wurden stillschweigend korrigiert.

Der Haupttitel des Erstdrucks von 1817, unserer Ausgabe als verkleinertes Faksimile beigegeben, ist in Holz geschnitten und von Arabesken nach einer Zeichnung von Philipp Otto Runge umrahmt.

Literaturhinweise

Best, A.: Arnims »Kronenwächter«. In: Jahrbuch der Kleist-Gesellschaft (1931/32) S. 122–196.

Elchlepp, Margarete: Achim von Arnims Geschichtsdichtung »Die Kronenwächter«. Ein Beitrag zur Gattungsproblematik des historischen Romans. Diss. Berlin (FU) 1966.

Esser, Peter: Über die Sprache in Achim von Arnims Roman »Die Kronenwächter«. Diss. Köln 1937.

Geppert, Hans Vilmar: Achim von Arnims Romanfragment »Die Kronenwächter«. Tübingen 1979.

Guignard, René: L'histoire dans »Les gardiens de la couronne« d'Arnim. In: Etudes Germaniques 3 (1948) S. 251–259.

Härtl, Heinz: Nachwort. In: Achim von Arnim: Die Kronenwächter. Leipzig 1980. S. 567–597.

Hans, Wilhelm: Die Quellen und historischen Grundlagen von Arnims »Kronenwächtern«. In: Euphorion 10 (1903) S. 153–159.

Hatzfeld, Adolf von: Achim von Arnims »Kronenwächter« und der romantische Roman. Diss. Freiburg i. Br. 1921.

King, Rolf: Luther in »Die Kronenwächter«. A Study of Arnim's Interpretation of History. In: The Germanic Review 14 (1939) S. 110–117.

Sauerland, Karol: »Die Kronenwächter« – Auflösung eines Mythos. In: Weimarer Beiträge 14 (1968) S. 868–883.

Schmidt, Ellinor: Achim von Arnims Hinwendung zum Mittelalter und dessen Bild in seinem Roman »Die Kronenwächter«. Diss. Berlin (FU) 1951.

Vordtriede, Werner: Achim von Arnims »Kronenwächter«. In: Neue Rundschau 73 (1962) S. 136–145. Auch in: Deutsche Romane von Grimmelshausen bis Musil. Hrsg. von Jost Schillemeit. Frankfurt a. M. 1966. S. 155–163.

Wagner, Karl: Die historischen Motive in Arnims »Kronenwächter«. Ein Beitrag zur Erschließung des Ideengehaltes der Dichtung. T. 1/2. Progr. Nr. 18. Beilage zum Jahresbericht 1907/08 und 1909/10 des Königl. Realgymnasiums Goldap.

Wilhelm, Aimé: Studien zu den Quellen und Motiven von Achim von Arnims »Kronenwächtern«. Winterthur 1955.

Zimmermann, Rudolf: Ludwig Achim von Arnim und sein Roman »Die Kronenwächter«. Diss. Wien 1955.

Nachwort

I. *Zur Rezeption*

»Das Buch hat im Ganzen gute Aufnahme gefunden und wird stark gelesen. Neulich hat eine Köchin darüber das Essen ihrer Herrschaft anbrennen lassen.«[1] Was Achim von Arnim (1781–1831) hier kurz nach Erscheinen seiner *Kronenwächter* den Brüdern Grimm über den Absatz seines Romans beim einfachen Volk erzählte, sollte sich bald als Märchen erweisen. Wilhelm Grimms Wunsch, der Roman möge »viele Leser«[2] finden, erfüllte sich nicht: *Die Kronenwächter* waren und sind ein unbekanntes Buch. Zwar wurde es mit veröffentlicht in den insgesamt neun Werkausgaben, die seit der ersten Gesamtedition von Arnims Œuvre (1839–50, besorgt von Wilhelm Grimm) erschienen,[3] doch verging nahezu ein Lebensalter, bis im Jahre 1881 – in Reclams Universal-Bibliothek – der Roman erstmals wieder seit der Originalausgabe von 1817 als Einzelband publiziert wurde. Die Aufnahme in die Universal-Bibliothek hatte allerdings wenig zu tun mit einer plötzlich steigenden Nachfrage, viel dagegen mit dem in literarischen Kalendern des Jahres 1881 vermerkten hundertsten Geburts- und fünfzigsten Todestag des Autors. In den beiden restlichen Dekaden des vorigen Jahrhunderts entschlossen sich dann noch zwei

1 Achim von Arnim an Jacob und Wilhelm Grimm (Brief vom Oktober 1817), in: *Achim von Arnim und die ihm nahe standen*, hrsg. von Reinhold Steig und Herman Grimm, Bd. 3: *Achim von Arnim und Jacob und Wilhelm Grimm*, bearb. von Reinhold Steig, Stuttgart/Berlin 1904, S. 400.

2 Wilhelm Grimm, »Die Kronenwächter von L. Achim von Arnim«, in: W. G., *Kleinere Schriften*, hrsg. von Gustav Hinrich, Bd. 1, Berlin 1881, S. 310. Erstmals in: *Heidelbergische Jahrbücher der Literatur* 8/XI (1818) I/29, S. 452–464 (mit Bettina von Arnim).

3 Vgl. Otto Mallon, *Arnim-Bibliographie*, Berlin 1925. Für die Zeit nach 1925 vgl. *Deutsches Bücherverzeichnis.*

weitere Verleger zu der heroischen Tat, angesichts eines nicht vorhandenen Lesepublikums den Roman herauszubringen. Ähnlich gering war das Interesse an dem Buch in unserem Jahrhundert: Während der Zeit der Weimarer Republik erschien es dreimal, im »Dritten Reich« wurde es einmal publiziert, und die Verlagswelt in der DDR und der Bundesrepublik Deutschland ließ sich Zeit bis zum 200. Geburtstag, zu dem es dann wiederum im Reclam-Verlag erschien. Nicht einmal annähernd erreichten *Die Kronenwächter* die Popularität von *Des Knaben Wunderhorn* bzw. die Beliebtheit der häufig verlegten Novellen *Isabella von Ägypten* oder *Der tolle Invalide*. Während von diesen Werken Übersetzungen ins Englische, Französische und Italienische vorliegen, wurden *Die Kronenwächter* in keine Fremdsprache übertragen, sieht man von der französischen Übersetzung der »Einleitung« ab, die Albert Béguin 1937 besorgte.[4] Auch Musiker, bildende Künstler und Maler ließen sich nicht oder kaum durch den Roman inspirieren. Lediglich zwei Lieder daraus wurden vertont; so 1907 bzw. 1909 durch Karl Kämpf: »Gib Liebe mir und einen frohen Mund« (Quartett für Männerchor) und »Als der Turm von Babylon« (Lied für eine Singstimme).[5]

Die Wertschätzung des Romans war von Anfang an auf einen äußerst kleinen Kreis beschränkt. Goethe, der sich so lobend über das *Wunderhorn* geäußert hatte und dem Arnim den *Kronenwächter*-Band schickte, schwieg. Jacob und Wilhelm Grimm mit ihren Arnims Ideen entgegengesetzten Auffassungen von Dichtung und Geschichte reagierten so liebenswürdig wie möglich, machten aber aus ihrer Kritik keinen Hehl. Wilhelm Grimm ließ sich zu der positiven Rezension in den *Heidelbergischen Jahrbüchern* bereden, doch stammen große Teile der Besprechung von Arnims

4 »Préface des ›Gardiens de la Couronne‹ de Achim d' Arnim«, in: *Le Romantisme Allemand*, hrsg. von Albert Béguin, Numéro spécial des Cahiers du Sud, Avril 1937, Marseille, S. 378–382.

5 Vgl. Mallon, *Arnim-Bibliographie*, S. 58.

Frau Bettina. Uneingeschränktes Lob spendete lediglich Joseph Görres[6] – allerdings nur privat. Noch fünf Jahre später – 1822 – ist Görres enttäuscht über die geringe Resonanz auf den Roman und beschimpft das »Kritische und Journalistische Lumpenvolk«[7], welches die Frechheit besitze, Arnims Buch zu ignorieren. Das öffentliche Echo bei Erscheinen der *Kronenwächter* war äußerst schwach. Wilhelm Grimms Rezension blieb die einzige Besprechung von Gewicht. Aber wirklich bahnbrechend oder wegweisend war auch sie nicht. Sie spart nicht mit Lob, was die Geschlossenheit der Konzeption, die Klarheit des Aufbaus betrifft, aber über weite Strecken bleibt es bei formalästhetischer Kritik und Inhaltsangabe. Ähnlich sahen – wenngleich schlechter formuliert und weniger ausführlich gehalten – auch die übrigen Rezensionen aus, die 1817 und 1818 in Leipzig, Jena, Halle und Göttingen erschienen: ganze vier an der Zahl. Das Göttinger Studenten-Blättle *Wünschelruthe* lobt das »wahrhaft lebendige Bild« altdeutscher Zeit; in der *Leipziger Literatur-Zeitung* preist man »die lebendige und anschauliche Darstellungsmethode«, kritisiert jedoch das »Überabenteuerliche, ja Fratzenhafte« und beläßt es ansonsten bei einer ganz kurzen Inhaltsangabe. Die in Halle und Leipzig erscheinende *Allgemeine Literaturzeitung* erfreut sich am »frischen und echten Leben in diesem Buch«, und ähnlich belanglos fällt die Besprechung in der *Jenaischen Allgemeinen Literatur-Zeitung* aus.[8] Immerhin aber ist man am

6 Vgl. die Briefe Arnims an Görres vom 21.10. und 23.12.1817, in: Joseph von Görres, *Gesammelte Briefe*, Bd. 2, hrsg. von Franz Binder, München 1874, S. 544, 545.

7 Görres an Arnim, 31.12.1822, in: *Neue Heidelberger Jahrbücher* 19 (1916) S. 138.

8 [Valentin] Schmidt, »Kronenwächter«, in: *Wünschelruthe* 38 (11.5.1818) S. 152. – [Anonym,] »Kurze Anzeige. Die Kronenwächter«, in: *Leipziger Literatur-Zeitung* 183 (23.7.1819) S. 1464. – [Anonym,] »Die Kronenwächter«, in: *Allgemeine Literaturzeitung* 117 (Mai 1818) Sp. 97–100. – [Anonym,] »Die Kronenwächter«, in: *Jenaische Allgemeine Literatur-Zeitung* 3 (1819) N. E., Nr. 229.

Berliner Hof auf den Band aufmerksam geworden, und der junge Prinz Friedrich Wilhelm – zwanzig Jahre später selbst Träger und Wächter einer Krone – ließ bei Arnim erkunden, wann denn die Fortsetzung erscheine.[9]

Das Buch blieb aber Fragment, und dies wohl auch deswegen, weil Arnim das mangelnde Leserinteresse entmutigte, das groß angelegte Werk fortzusetzen. Auch nach Arnims Tod fand der Roman wenig Anerkennung. Heine, der sich in der *Romantischen Schule* von 1836 so enthusiastisch zur *Isabella von Ägypten* äußert, lobt bei den *Kronenwächtern* nur kurz den »vortrefflichen Anfang«,[10] und man kann sich des Eindrucks nicht erwehren, als habe seine Leseausdauer nicht über die Lektüre des Romanbeginns hinausgereicht. 1839 schreibt Georg Herwegh seine »Studien über Achim von Arnim«, und wiederum fallen die Anmerkungen zu den *Kronenwächtern* recht spärlich aus. Herwegh sieht richtig voraus, daß der Roman international keine Wirkung haben werde: Ein Buch wie dieses sei »nur in Deutschland möglich«, es werde »jedem Fremden unverständlich bleiben«. »Dieses christliche Heidenthum« sei »für einen Nichtdeutschen vollkommen unbegreiflich«.[11] Als Bewahrer »altdeutscher Gottesfurcht und edler Sitte«, der »verkannt durch« seiner »Zeitgenossen Mitte« gegangen sei, besingt dagegen ein Jahr später Emanuel Geibel in einem Sonett den »treuen Kronenwächter« Arnim.[12] Wenn Geibel Arnim mit den Kronenwächtern identifiziert, verkennt er allerdings selbst Aussage und Intention des Romans. Anerkennende Worte für Arnims Werk findet 1857 Eichendorff in seiner

9 Walther Migge, »Nachwort«, in: Achim von Arnim, *Sämtliche Romane und Erzählungen*, Bd. 3, Darmstadt 1965, S. 854.

10 Heinrich Heine, *Die romantische Schule*, krit. Ausg., hrsg. von Helga Weidmann, Stuttgart 1976 [u. ö.] (Reclams Universal-Bibliothek, Nr. 9831 [5]), S. 116.

11 Georg Herwegh, »Studien über Achim von Arnim«, in: G. H., *Frühe Publizistik 1837–1841*, Glashütten 1971, S. 117.

12 Emanuel Geibel, »An Ludwig Achim von Arnim«, in: E. G., *Gesammelte Werke in acht Bänden*, Bd. 1, Stuttgart ^{2}1888, S. 99.

Geschichte der Poetischen Literatur Deutschlands. Ihn bekümmert wie Görres die geringe Wirkung der *Kronenwächter*, und er führt sie zurück auf die »Unart und Schwerfälligkeit des Publicums«, das sich »in seinen gewohnheitsseligen Alltagswerken und Vorurtheilen nur ungern gestört fühlt«.[13] Die in den folgenden Jahrzehnten erschienenen großen Epochendarstellungen zur Romantik von Rudolf Haym[14] und Ricarda Huch[15] erwähnen die *Kronenwächter* nicht. Georg Brandes preist zwar »einige Gestalten, welche mit großer Fülle und Schärfe hervortreten« und »mit schöpferischer Kraft gezeichnet« seien, doch stört ihn das Zuviel an »unbeherrschtem Stoff mystischer und lyrischer Art«.[16] Die einzigen Dichter unserer ersten Jahrhunderthälfte, die von den *Kronenwächtern* angetan sind, waren Hugo von Hofmannsthal, Wilhelm Lehmann und Reinhold Schneider. Hofmannsthal hält das Werk für »eines der tiefstdurchdachten Kunstwerke«, bemängelt allerdings das »Fehlen des eigentlichen Mittelpunkts«;[17] Lehmann weist hin auf die »Momente großartiger Besinnung«,[18] und Reinhold Schneider trifft hier auf ein ihm verwandtes »Bewußtsein von der geschichtlichen Sendung des Dichters [...] im religiösen sittlichen Gange der Menschheit wie es nicht männlicher, ja herber gedacht werden kann«.[19]

13 Joseph von Eichendorff, *Geschichte der Poetischen Literatur Deutschlands* (1857), Regensburg 1970, S. 342.

14 Rudolf Haym, *Die Romantische Schule*, Berlin 1870.

15 Ricarda Huch, *Die Romantik*, 2 Bde., Leipzig 1899–1902.

16 Georg Brandes, *Die romantische Schule in Deutschland*, Charlottenburg 1900, S. 257.

17 Hugo von Hofmannsthal, *Gesammelte Werke in Einzelausgaben*, Bd. 15: *Aufzeichnungen*, hrsg. von Herbert Steiner, Frankfurt a. M. 1959, S. 184. Diese Aufzeichnung von 1918 geht zurück auf die fast identische handschriftliche Notiz von 1906 in Hofmannsthals Exemplar der *Kronenwächter* (Berlin/Stuttgart: Spemann, 1881). Für diese Information danke ich Rudolf Hirsch.

18 Wilhelm Lehmann, »Zum Bilde Ludwig Achim von Arnims«, in: W. L., *Bewegliche Ordnung*, Berlin / Frankfurt a. M. ^{2}1956, S. 83.

19 Reinhold Schneider, »Die Sendung Achim von Arnims«, in: R. S., *Über Dichter und Dichtung*, Köln/Olten 1953, S. 282.

Ähnlich vereinzelt wie der Beifall von Dichterkollegen fiel auch jener der germanistischen Fachwissenschaftler aus. In den über hundertsechzig Jahren nach Erscheinen der *Kronenwächter* wurden nur dreißig Aufsätze (inklusive Buchkapitel und Dissertationsabschnitte), sieben Doktorarbeiten und zwei Bücher über den Roman geschrieben, an denen das Ausland nahezu keinen Anteil hat. Die Literaturwissenschaft des vorigen Jahrhunderts hatte den Roman vergessen. Dies zeigt sich schon daran, daß in der 1891 erschienenen Studie *Die Verwendung historischer Stoffe in der erzählenden Literatur* von Leo Gregorovius [20] das Buch mit keinem Wort erwähnt wird. 1890 weist Wilhelm Scherer als erster Germanist auf das Werk des inzwischen unbekannten Autors hin. Seine Einführung begann er mit den Worten: »Zum Gegenstand dieser Vorlesung habe ich einen Mann gewählt, der manchem unter Ihnen vielleicht kaum dem Namen nach bekannt ist.« [21] Die nach der Jahrhundertwende einsetzende wissenschaftliche Beschäftigung mit Arnims Roman geht auf die Anregungen des Positivisten Scherer zurück, und so verwundert es nicht, daß jene frühen Untersuchungen sich auf positivistische Weise mit den Quellen beschäftigen.

Die erste germanistische Spezialstudie zu den *Kronenwächtern* überhaupt ist die 1903 in *Euphorion* erschienene Arbeit von Wilhelm Hans (S. 153–159). [22] Hans beschränkte sich darauf, den Einfluß historischer Darstellungen zu belegen. So weist er u. a. bereits hin auf die heute noch als wichtige Quellen angesehenen Werke von Wolfgang Zacher über Waiblingen, Paul von Stetten zur Geschichte Augsburgs und

20 Leo Gregorovius, *Die Verwendung historischer Stoffe in der erzählenden Literatur*, München 1891.

21 Wilhelm Scherer, »Achim von Arnim«, in: W. S., *Kleine Schriften zur neueren Litteratur, Kunst und Zeitgeschichte*, Berlin 1893, S. 102.

22 Seitenangaben hinter Zitaten in Kap. I (»Zur Rezeption«) beziehen sich auf die in den Literaturhinweisen aufgeführten Arbeiten über *Die Kronenwächter*. Auf Wiederholung der bibliographischen Angaben zu diesen Titeln in den Anmerkungen wurde verzichtet.

Johann Jacob Fugger über die Habsburger.[23] Die Studien zu den literarischen und historischen Quellen nehmen in der Folge einen breiten Raum innerhalb der *Kronenwächter*-Forschung ein und dauern bis in die Gegenwart an. Zu nennen sind in diesem Zusammenhang vor allem die Arbeiten von Karl Wagner (1908/10), A. Best (1931/32), Ellinor Schmidt (1951) und Aimé Wilhelm (1955). Zwei Jahre nach Wilhelm Hans stellt Karl Wenger[24] in seinem Buch über die historischen Romane der deutschen Romantiker die Frage nach der Gattungszugehörigkeit der *Kronenwächter*, ein Thema, das leitmotivartig die gesamte Forschung durchzieht und auf das wir in der Folge noch eingehen werden. Zu Anfang unseres Jahrhunderts gibt es vereinzelte Versuche, die *Kronenwächter* für die Reichsideologie des Wilhelminismus zu reklamieren. Monty Jacobs etwa spricht 1908 in der Einleitung seiner Arnim-Ausgabe von dem Roman als einer »Verherrlichung der Reichsidee«.[25] Gleichzeitig sieht der preußische Oberlehrer Karl Wagner Arnims Roman durchseelt vom »nationalen Gedanken«, von der Idee der »wehrhaften Nation« und eines »starken deutschen Kaisertums«. Damit nicht genug, versteigt er sich zu der These, der Dichter habe gewußt, »daß aus dem Zollernstamm der große Ghibelline sich erheben werde, dem er die Wege bereiten half«. Arnim habe lange vor Bismarck geahnt, »daß die deutsche Frage [...] nur durch Blut und Eisen gelöst werden könne« (T. 1, S. 12 f.; T. 2, S. 4, 32, 48). Von diesen ideologischen Irrläufern abgesehen, stellt Wagners umfangreiche Studie aber noch heute eine Fundgrube für die Quellenforschung dar. So weist er zum Beispiel erstmals hin auf

23 Wolfgang Zacher, *Chronicon Waiblingense*, begonnen 1666, fortgeführt bis 1670, Handschrift der Württembergischen Landesbibliothek in Stuttgart. – Paul von Stetten, *Geschichte der Stadt Augsburg* (1743). – Joh. Jac. Fugger, *Spiegel der Ehren des Höchstlöblichen Kayser- und Königlichen Erzhauses Oesterreich*, Nürnberg 1668.

24 Karl Wenger, *Historische Romane deutscher Romantiker*, Bern 1905.

25 Monty Jacobs, »Lebensbild«, in: Achim von Arnim, *Werke, Auswahl in vier Teilen*, T. 1, Berlin/Leipzig o. J., S. LIX.

die Bedeutung von Fischers *Geschichte des teutschen Handels* für eine Reihe von Detailbeschreibungen. Auch Crusius' *Schwäbische Chronik* hat Wagner als wichtige Quelle für die *Kronenwächter* entdeckt.[26] 1911 hört Herma Becker aus Arnims Roman ebenfalls den Ruf nach dem eisernen Kanzler erschallen: Der Autor verdeutliche mit der Darstellung solch schwacher Figuren wie Berthold, daß »ein ganzer Mann« her müßte, der die »überall lauernden Prätendenten mit eiserner Faust zu Boden drückte«.[27] Bevor wir einen Blick auf die Forschungsgeschichte der nach-wilhelminischen Zeit werfen, muß noch ein größeres editorisches Werk genannt werden, das für die Forschung über die *Kronenwächter* von einiger Bedeutung war: Reinhold Steigs und Herman Grimms dreibändige, zwischen 1894 und 1913 erschienene Edition *Achim von Arnim und die ihm nahe standen.*[28] Hier sind wichtige Teile der Briefwechsel Arnims mit Bettina, Clemens Brentano sowie Wilhelm und Jacob Grimm abgedruckt.
Nach dem verlorenen Weltkrieg hörte mit dem Ende des Kaiserreiches auch die wilhelminische Interpretation der *Kronenwächter* auf. Jetzt, 1921, spricht, Adolf von Hatzfeld nach zu urteilen, ein »jahrhunderte alter Fluch« aus dem Roman, ein Fluch, »der über Deutschland für ewig zu ruhen scheint«, nämlich »aus Eigennutz und Partikularismus sich zu zerreißen«. Die Grundthese von Hatzfelds Freiburger Dissertation ist die, daß Arnim mit diesem Roman zwischen Romantik und Realismus stehe und an beiden literarischen Bewegungen teilhabe. Dagegen richtet sich zwei Jahre später Walter Gutkelch mit seiner ebenfalls in Freiburg geschriebenen Doktorarbeit,[29] wenn er die *Kronenwächter* als ein

26 Fr. Chr. Jon. Fischer, *Geschichte des teutschen Handels*, Hannover 1785, 4 Bde. – Martin Crusius, *Schwäbische Chronik*, Frankfurt a. M. 1733.
27 Herma Becker, *Achim von Arnim in den wissenschaftlichen und politischen Strömungen seiner Zeit*, Berlin/Leipzig 1912, S. 79.
28 Vgl. Anm. 1.
29 Walter Gutkelch, *Das Problem des Historischen im Roman der deutschen Romantik*, Diss. Freiburg i. Br. 1923.

synthetisches, eigenständiges Werk der Romantik betrachtet, das keineswegs antithetisch in romantische und realistische Teile auseinanderfalle. Mitte der zwanziger Jahre erscheint die ausgezeichnete *Arnim-Bibliographie* von Otto Mallon, die bis 1925 auch alle Ausgaben der *Kronenwächter* und die bis dahin erschienene Sekundärliteratur zu dem Roman erfaßt. Gedacht war diese Bibliographie als Grundstein für eine künftige historisch-kritische Arnim-Ausgabe, welche Mallon für den 150. Geburtstag und 100. Todestag im Jahre 1931 plante. »Wo ist der Verleger, der genügend Idealismus, Mut und Betriebskapital zur Verwirklichung des Planes aufbringt?«[30] Diese Frage Mallons blieb bis heute unbeantwortet, was man den Verlegern kaum verdenken kann. Mallon rechnete nämlich vor, daß die Edition vierundzwanzig Bände (zu je 400 bis 600 Seiten) enthalten würde. Gegen Ende der Weimarer Republik veröffentlichte A. Best im *Jahrbuch der Kleist-Gesellschaft* eine umfangreiche Studie zu den *Kronenwächtern*. Methodisch gesehen ist sie der in den zwanziger Jahren an vielen germanistischen Universitätsinstituten vertretenen formalanalytischen Schule Oskar Walzels verpflichtet. Allerlei graphische Darstellungen – etwa eine »Verbindungslinie zwischen den Hauptpersonen« – sollen zum Verständnis des Werkes beitragen. Ferner finden sich Analysen von Satzbau, Ideen- und Motivgehalten. Nach Best ist der »Gehalt« (S. 161) des Romans romantisch, die »Gestalt« jedoch realistisch geprägt, was an das Ergebnis von Hatzfeld erinnert. Das Kapitel über die *Kronenwächter* in Gertrud Hausners Wiener Dissertation von 1934[31] bietet gegenüber den Ergebnissen früherer Quellenforschungen nichts Neues. Noch ganz der formalanalytischen und geistesgeschichtlichen Methode verpflichtet ist auch Peter Essers Kölner Doktorarbeit von 1937 über die Sprache in den *Kronenwächtern*. Hier geht es

30 Mallon, *Arnim-Bibliographie*, S. 139.

31 Gertrud Hausner, *Achim von Arnim und die Literatur des 17. Jahrhunderts*, Diss. Wien 1934, S. 92–102.

vor allem um die Analyse von Wort- und Satzkonstruktionen. »Einfachheit, Klarheit und fast Nüchternheit ist Kennzeichen der Bildlichkeit der Kronenwächtersprache« (S. 51), so lautet das Ergebnis seiner Arbeit. Der nationalsozialistischen Ideologie verpflichtet ist hingegen Hans-Uffo Lenz' 1938 erschienenes Buch über das »Volkserlebnis« bei Arnim. Nach Lenz zu urteilen, sollten mit den *Kronenwächtern* »im historischen Gewande die unerläßlichen Voraussetzungen und Bedingungen der deutschen Volksgemeinschaft« entwickelt werden.[32] In ähnlichem Sinne ist Arnims Roman für Paul Fechter »eine groß angelegte Erzählung aus großer deutscher Vergangenheit«.[33] Der Vollständigkeit halber sei noch der kleine Aufsatz von Rolf King erwähnt, der 1939 in einer amerikanischen Fachzeitschrift auf den geschichtstheologischen Gehalt des Romans hinweist.

Überblickt man die ersten hundertdreißig Jahre Rezeptions- und Forschungsgeschichte zu den *Kronenwächtern*, so fällt als erstaunliches Faktum auf, daß ausgerechnet ein Roman kaum Beachtung fand, welcher den zwischen 1815 und 1945 in Deutschland so ungeheuer wirksamen Staufer- bzw. Barbarossa-Mythos behandelt. Ein Blick auf die Artikel über die Stauferherrscher in Elisabeth Frenzels *Stoffe der Weltliteratur* belehrt uns, was für eine Bücherflut heranrollte mit der Belebung des Kaiser-Mythos durch die nationalistischen Bewegungen während der Restaurationszeit, des Wilhelminismus und des »Dritten Reiches«. Wie wir noch sehen werden, sperrten sich aber gerade die *Kronenwächter* gegen eine Vereinnahmung durch jene Ideologien. Der Stauferspröß Berthold in Arnims Roman war nämlich als Antiheld[34] kaum dazu angetan, die Phantasien vom neuen Herrscher eines wiedererstandenen Kaiserreiches im Sinne der

32 Hans-Uffo Lenz, *Das Volkserlebnis bei Ludwig Achim von Arnim*, Berlin 1938, S. 72.

33 Paul Fechter, *Geschichte der deutschen Literatur*, Berlin 1941, S. 404.

34 Werner Vordtriede bezeichnet Berthold als »ersten Antihelden der deutschen Literatur« (W. V., »Die Kronenwächter«, in: *Kindlers Literatur-Lexikon*, Zürich 1965, Sp. 798).

üblichen Barbarossa-Literatur zu beflügeln. Erst nach Abkühlung der nationalistischen Emotionen, erst in der Nachkriegszeit, d. h. in den fünfziger Jahren, setzte, zumindest in der Forschung, eine verstärkte Auseinandersetzung mit Arnims Buch ein. Bezeichnenderweise handelt es sich bei der ersten Studie über die *Kronenwächter* nach 1945 um die eines Franzosen. In Frankreich war der Roman bis dahin so gut wie unbekannt geblieben, und so stellt René Guignard ihn 1948 in *Etudes Germaniques* nacherzählend vor. Er betont auch die gesellschaftskritischen Implikationen des Romans, wenn er auf Arnims Ansichten über den Adel zu sprechen kommt. Kein Jahrzehnt brachte so viele Studien zu den *Kronenwächtern* hervor wie das zwischen 1950 und 1960: allein acht Dissertationen behandeln das Buch unter anderen Werken oder ausschließlich. Da ist zunächst die Doktorarbeit von Ellinor Schmidt zu nennen, in der es um das Bild des Mittelalters geht. Sie setzt die von Hans und Wagner begonnenen Quellenstudien fort und weist z. B. auf die Bedeutung von Twingers *Strassburgischer Chronik*[35] für die Darstellung des Baumeisters hin. Die methodische Schwäche dieser ansonsten weiterführenden Arbeit besteht darin, daß der Roman wie eine soziologische Abhandlung über die Gesellschaftsgeschichte des späten Mittelalters gelesen wird. Und obwohl Schmidt verdienstvollerweise auf die entstehungsgeschichtlichen Besonderheiten des abgeschlossenen ersten und des Fragment gebliebenen zweiten Bandes hinweist, werden beide Teile dann doch unterschiedslos im Zusammenhang interpretiert. Eine Zwitterstellung zwischen romantischem und realistischem Roman nehmen (wie schon bei Hatzfeld) die *Kronenwächter* ein nach Inge Herrles Leipziger Dissertation von 1952,[36] die übrigens von der Methode her nicht marxistisch, sondern

35 Jakob von Königshofen Twinger, *Elsässische und Strassburgische Chronik*, Strassburg 1698.

36 Inge Herrle, *Der historische Roman von Novalis bis Stifter. Studien über seine Funktion im 19. Jahrhundert*, Diss. Leipzig 1952.

formalanalytisch und geistesgeschichtlich angelegt ist. In Übereinstimmung mit Gutkelch dagegen beschreibt Harald Riebe erneut die ästhetische Struktur der *Kronenwächter* als »Gebundenheit in Kontrasten«.[37] Er erläutert textnah die »Einleitung« und beschäftigt sich ausführlich mit der Erzählweise. Zudem hat Riebe – ein Schüler Wolfgang Kaysers – als erster auf die Bedeutung des Grotesken bei Arnim hingewiesen, eine Bedeutung, die in der Folge auch Hemstedt, Rudolph[38] und Knapp[39] betonen. Wenig Neues bietet die Wiener Dissertation Rudolf Zimmermanns von 1955. Zimmermann wiederholt vor allem Ergebnisse der früheren Arnim- und *Kronenwächter*-Forschung. In einer die Hälfte der Studie ausmachenden Einführung werden Arnim und seine Zeit auf eine Weise vorgestellt, als habe man noch nie etwas von dem Autor oder den Jahren der Befreiungskriege gehört. Verdienstvoll ist aber die Anlage der »Handschriftenübersicht« im Anhang. Die bisher gründlichste Studie zu den Quellen und Motiven des Romans veröffentlichte im gleichen Jahr Aimé Wilhelm, der nicht nur die Quellen benennt, sondern auch detailliert über ihre Verarbeitung und Veränderung berichtet. Dieses Verfahren wird auf exemplarische Weise am Beispiel der Martinswand-Sage über Maximilian I. vorgeführt. Die bereits erwähnte *Handelsgeschichte* Fischers ist nach Wilhelm nicht nur für einzelne Details, sondern für die ganze Struktur der *Kronenwächter* wichtig gewesen: Nach der Lektüre von Fischers Abhandlung habe Arnim den ersten Band seines Romans völlig umgeschrieben. Wilhelms Urteil, daß der Roman sich durch diese Umarbeitung »stark klassischen Formprinzipien« (S. 114) genähert habe, kann man aber

37 Harald Riebe, *Erzählte Welt, Interpretationen zur dichterischen Prosa von Arnims*, Diss. Göttingen 1952, S. 123.

38 Gerhard Rudolph, *Studien zur dichterischen Welt Achim von Arnims*, Berlin 1958, S. 98–102.

39 Gottfried Knapp, *Groteske, Phantastik, Humor und die Entstehung der polyphonen Schreibweise in Achim von Arnims erzählender Dichtung*, Diss. München 1972.

nicht folgen. In Heinz Günter Hemstedts Dissertation von 1956 geht es um die Geschichtssymbolik in Arnims Werk. Ausführlich behandelt er die Rolle Fausts in den *Kronenwächtern* und versteht ihn als die Verkörperung des Bösen in der Geschichte.[40] Gleichzeitig schloß Roland Wilhelm Hoermann eine Doktorarbeit über die Metaphorik der Erlösungs- und Wiedergeburtsmythen in Arnims Erzählwerk ab.[41] Derlei Symbole und Symbolkombinationen entdeckt Hoermann u.a. im »Hausmärchen«. Ebenfalls im Jahre 1956 legte Jörn Göres seine Dissertation über das Verhältnis von Historie und Poesie in der Prosa Arnims vor. In dem Kapitel über die *Kronenwächter* analysiert er die Geschichtstheologie Arnims anhand der Einleitung »Dichtung und Geschichte«. Den Bund der Kronenwächter versteht er als Personifikation menschlicher Gottentfremdung. Es gelingt Göres, weitere literarische und historische Quellen zu finden, etwa Motive aus dem *Parzival* oder aus einer Straßburger Chronik.[42] Göres interpretiert ebenfalls den ersten und zweiten Band im Zusammenhang. Dieser die gesamte Forschung bis in die fünfziger Jahre charakterisierende Mangel wurde erst abgestellt, nachdem Werner Vordtriede in seinem wegweisenden Aufsatz von 1962 mit allem Nachdruck auf die fundamentalen entstehungsgeschichtlichen, ästhetischen und aussagemäßigen Unterschiede zwischen den beiden Romanteilen hingewiesen hatte. Mit Recht stellt Vordtriede die Einzigartigkeit des ersten Bandes heraus, macht deutlich, daß er nicht mehr dem Künstlerroman der Romantik und noch nicht dem historischen Roman der Restaurationszeit angehört. Erika Voerster greift Arnims

40 Heinz Günter Hemstedt, *Symbolik der Geschichte bei Ludwig Achim von Arnim*, Diss. Göttingen 1956, S. 36 ff.

41 Roland Wilhelm Hoermann, *The Romantic Myth of the Artist's Regeneration and its Expression in the Symbolism of Achim von Arnim's Prose*, Diss. University of Wisconsin/Madison 1956.

42 Jörn Göres, *Das Verhältnis von Historie und Poesie in der Erzählkunst L. Achim von Arnims*, Diss. Heidelberg 1956. – A. Goldmayer, *Strassburgische Chronica*, T. 2, Strassburg 1636.

Hinweis über die zentrale Rolle des »Hausmärchens«[43] auf und analysiert es in ihrem 1964 publizierten Buch. Eine ausgezeichnete und umsichtige Dissertation zu den *Kronenwächtern* erschien 1967 mit Margarete Elchlepps Arbeit zum Thema der Gattungszugehörigkeit des Romans. Auf ihre Studie wird in der Folge noch eingegangen werden, wenn die Zuordnung der *Kronenwächter* zum historischen Roman problematisiert wird. 1968 stellte erstmals auch eine germanistische Fachzeitschrift aus der DDR Raum für einen Aufsatz über die *Kronenwächter* zur Verfügung: Karol Sauerland arbeitet in den *Weimarer Beiträgen* vor allem den Adel-Bürger-Gegensatz heraus und weist darauf hin, daß der Roman nichts mit der konservativen Staufer-Literatur zu tun habe. In einer amerikanischen Dissertation von 1973[44] werden Parallelen zwischen dem Werk des französischen Surrealisten André Breton und Arnims Roman gezogen: Jeannette Caton Hudson vergleicht im zweiten Kapitel ihrer Doktorarbeit Bretons Prosastück *Les Vases communicants* mit Arnims Einleitungsessay »Dichtung und Geschichte«. In beiden Arbeiten gehe es darum, eine Brücke zwischen Imagination und Realität zu schlagen. Während Arnim die Wirklichkeit zu transzendieren trachte, werde sie von Breton ins Surreale transformiert. Breton mit Arnim zu vergleichen ist sicher legitim, denn Breton beschäftigte sich ausführlicher mit Arnim als mit irgendeinem anderen Romantiker, wie seine Einführung in Arnims *Contes bizarres* (1933) zeigt. Ebenfalls 1973 erschien mit Volker Hoffmanns Forschungsbericht[45] erstmals eine zusammenfassende Darstellung der Arnim-Forschung seit dem Ende des

43 Erika Voerster, *Märchen und Novellen im klassisch-romantischen Roman*, Bonn 1964, S. 240–276.

44 Jeannette Caton Hudson, *Achim von Arnim und André Breton: Zur Verwandtschaft der deutschen Romantik und des französischen Surrealismus*, University of Illinois at Urbana-Champaign 1973.

45 Volker Hoffmann, »Die Arnim-Forschung 1945–1972«, in: *Deutsche Vierteljahrsschrift für Literaturwissenschaft und Geistesgeschichte* 47 (1973) Sonderh., S. 270–342.

Zweiten Weltkriegs. Hoffmann geht auch kurz auf die wichtigsten Studien zu den *Kronenwächtern* ein, die seit 1945 erschienen sind, und so wird die Spezialforschung zu diesem Roman von seinem Bericht profitieren. Wie andere Forscher vor ihm untersucht Bernd Haustein 1974[46] in einem Buch über Arnims Prosa die geschichtsphilosophischen Aussagen der *Kronenwächter* und beschäftigt sich mit dem Erlösungsmythos im »Hausmärchen«. Er sieht im Kronenburg-Mythos ein Unschuld-Vorzeitideal verkörpert. Das Verhältnis der Personen zum Programm dieses Ideals wird interpretiert als Abfall von ihm, wodurch die Protagonisten zum Scheitern verurteilt sind. Hans Dieter Huber[47] untersucht 1978 die Raum-Ereignis-Bezüge des Romans. Obgleich hie und da Erhellendes angemerkt wird, kann eine solche von außen herangetragene Themenstellung nicht ins Zentrum der Problematik dieses Buches führen. Zudem wird – wie früher schon bei Inge Herrle – das Werk im Kontext von fünf historischen Romanen diskutiert, ohne die Frage nach der Gattungszugehörigkeit aufzuwerfen. 1980 erschien in der DDR eine Ausgabe der *Kronenwächter*, die Heinz Härtl mit einem ausführlichen und die bisherige Forschung auswertenden Nachwort versah. Nach Härtl reicht das Spektrum der im Roman aufgegriffenen literarischen Traditionen von den als Sagen bezeichneten Trivialdichtungen der Benedikte Naubert bis in die geistigen Höhen von Hölderlins *Hyperion*. Die letzte in den siebziger Jahren erschienene Spezialstudie ist das Buch des Tübinger Komparatisten Hans Vilmar Geppert. Er betont die Modernität des Romans, grenzt ihn vom zeitgenössischen Bildungsroman ab, rückt ihn in die Nähe des »anderen«, des zeitkritischen historischen Romans und spricht sich gegen die geschichtstheologische

46 Bernd Haustein, *Romantischer Mythos und Romantikkritik in Prosadichtungen Achim von Arnims*, Göppingen 1974.

47 Hans Dieter Huber, *Historische Romane in der ersten Hälfte des 19. Jahrhunderts. Studie zu Material und ›schöpferischem Akt‹ ausgewählter Romane von A. von Arnim bis A. Stifter*, München 1978.

Deutung aus, wie sie von Göres, Elchlepp, Haustein und anderen vorgenommen worden war.[48]
Auch im Mittelpunkt von Gepperts Buch steht die Frage nach der Gattungszugehörigkeit. Den geeigneten Terminus aus dem reichen Angebot romanästhetischer Kategorien zu finden fiel den Literaturhistorikern schwer. Die Unsicherheit bei der poetologischen Einordnung hatte zur Folge, daß viele Germanisten den Roman gleich mit mehreren Gattungsbezeichnungen versahen. Für Gundolf ist er »der erste kulturhistorische Roman in deutscher Sprache«; Hausner versteht ihn als »Bundesroman, verknüpft mit einem Bildungsroman«; Elchlepp charakterisiert ihn u. a. als »Schicksalsroman« (S. 172), zieht aber auch Verbindungslinien zum romantischen Künstlerroman (S. 358); als solchen betrachtet ihn Haustein, was vor ihm Vordtriede mit guten Gründen bestritten hatte: Nach Vordtriede sind die *Kronenwächter* eben kein »autobiographischer Entfaltungsroman« im Sinne Tiecks, Novalis' oder Eichendorffs (S. 156).[49] In die Nähe des Goetheschen Bildungsromans rückt ihn – wegen der in beiden Büchern wirksamen Geheimgesellschaften – Wagner (Bd. 2, S. 33), und die Verwandtschaft zum *Wilhelm Meister* wird auch von Hatzfeld (S. 86) herausgestellt, wogegen Wilhelm (S. 38) und Geppert (S. 45) nicht nur die Ähnlichkeiten, sondern auch die fundamentalen Unterschiede betonen: Bei Arnim gehe es (anders als bei Goethe) nicht um die Versöhnung des Individuums mit der gesellschaftlichen Welt. Geppert bietet, da es sich bei den *Kronenwächtern* um eine »neue Konzeption des Entwicklungsromans« (S. 11) handle, den Begriff des »historischen Entwicklungsromans« (S. 19) an. Vielen Interpreten erscheint Arnims Buch als

48 Siehe auch Hans Vilmar Geppert, *Der ›andere‹ historische Roman*, Tübingen 1976.

49 Friedrich Gundolf, »Ludwig Achim von Arnim«, in: F. G., *Romantiker*, Berlin 1930, S. 340. – Hausner, *Achim von Arnim und die Literatur des 17. Jahrhunderts*, S. 95. – Haustein, *Romantischer Mythos und Romantikkritik in Prosadichtungen Achim von Arnims*, S. 67.

Gattungszwitter und epischer Wechselbalg: Scherer sieht »mythologische Wahngestalten unmittelbar neben vollkommen lebenswahre Menschen von historischer Bestimmtheit« gesetzt, und auch nach Reinhold Schneider changiert das Werk zwischen mythischem und historischem Roman.[50] Ein »wunderliches Zwittergeschöpf« (S. 74), angesiedelt »zwischen Realistik und Romantik« bzw. »Poesie und Politik« ist das Buch nach Hatzfeld (S. 81) und Best (S. 196). Ein Mittelding von Sage und historischem Roman sind die *Kronenwächter* bei Göres und Voerster.[51] Die weitaus meisten Wissenschaftler – von Hans, Walzel, Strich, Kluckhohn über Wehrli, Korff bis zu Wilhelm, Schmidt (S. 197) und Zimmermann (S. 122) – verstehen das Buch jedoch als historischen Roman. Hans – wie später Wehrli – erkennt in ihm den »ersten Roman, der den Namen eines historischen voll verdient« (S. 153). Walzel preist den »saftigen Realismus« dieses »lebendigsten historischen Romans der Romantik«; Wenger spricht vom »edlen«, Kluckhohn vom »großen«, Strich vom »wahrhaften«[52] und Wilhelm vom »echten« (S. 12) historischen Roman. Korff schließlich läßt nur die »realistischen Elemente« des Buches gelten, mit denen es zur Gattung des historischen Romans zähle, während ihm die romantisch-phantastischen Teile als »grillenhaft« erscheinen bzw. »wie Kasperletheater« vorkommen.[53] Seit der frühesten Rezeption durch die Brüder Grimm, Savigny und Gör-

50 Scherer, »Achim von Arnim«, S. 118 f. – Schneider, »Die Sendung Achim von Arnims«, S. 282.

51 Göres, *Das Verhältnis von Historie und Poesie in der Erzählkunst L. Achim von Arnims*, S. 46. – Voerster, *Märchen und Novellen im klassisch-romantischen Roman*, S. 276.

52 Oskar Walzel, *Deutsche Romantik*, Bd. 2: *Die Dichtung*, Leipzig 1918, S. 18. – Paul Kluckhohn, *Die deutsche Romantik*, Bielefeld/Leipzig 1924, S. 118. – Max Wehrli, »Der historische Roman. Versuch einer Übersicht«, in: *Helicon* 3 (1941) S. 29. – Fritz Strich, *Deutsche Klassik und Romantik oder Vollendung und Unendlichkeit. Ein Vergleich*, München ²1924, S. 75.

53 Hermann August Korff, *Geist der Goethezeit. Versuch einer ideellen Entwicklung der klassisch-romantischen Literaturgeschichte*, T. 4: *Hochromantik*, Leipzig 1953, S. 362 f.

res taucht immer wieder der Vergleich mit dem historischen Roman Walter Scotts auf. Aber schon Wenger wies hin auf die gravierenden Unterschiede zwischen dem deutschen und dem englischen Romancier: Scott meide im Gegensatz zu Arnim alles Symbolische und Philosophische,[54] eine Ansicht, die später noch Aimé Wilhelm teilt (S. 33). Für die Anerkennung der Besonderheiten des Arnimschen Romans, den man nicht an der Norm der Scottschen Bücher messen dürfe, plädiert auch Wagner (Bd. 1, S. 10). Eine Differenz zwischen den beiden Romantikern konstatiert ferner Gundolf, der meint, daß »Phantastik und Ungeduld« Arnim von Scott trenne. Innerhalb der deutschen Romantik ist Arnim Gundolf zufolge freilich als der »gediegenste Geschichtspoet« zu betrachten.[55]

Wie die kindlich-einfache Entdeckung aus dem Märchen, daß der Kaiser nackt sei und überhaupt keine Kleider trage, wirkte die schlichte Feststellung Werner Vordtriedes, daß die *Kronenwächter* »gar kein historischer Roman« (S. 155) seien. Diese These wurde in der Folge durch Elchlepp und Geppert untermauert. Elchlepp weist auf die grundsätzliche Priorität hin, die bei Arnim die Dichtung vor der Geschichte habe, was der Gattungskonzeption des historischen Romans im Sinne Scotts widerspreche (S. 74 ff., 305 ff., 360 ff.). Zwar werde bei Arnim im Gegensatz zum romantischen Vergangenheitsroman die faktische Historie nicht ausgeschlossen, doch verändere er sie in einem Prozeß der poetisierenden Verwesentlichung. Auch Geppert spricht sich dagegen aus, Arnims Roman mit dem Werk Scotts in Verbindung zu bringen. Gleichzeitig aber kritisiert er, daß man in der Sekundärliteratur zu den *Kronenwächtern* den historischen Roman stets nur im Sinne Scotts verstanden habe. Damit mache man sich einer »unangemessenen Verengung der Gattung« schuldig. Scotts Romane stellten keineswegs die ›klassische‹ Form des historischen Romans dar. Nicht mit den

54 Wenger, *Historische Romane deutscher Romantiker*, S. 78.
55 Gundolf, »Ludwig Achim von Arnim«, S. 357, 374.

Werken des Schotten und seiner Epigonen seien die *Kronenwächter* verwandt, sondern mit dem »anderen«, dem »kritischen« (S. 97) historischen Roman eines Raabe (*Das Odfeld*), Fontane (*Vor dem Sturm*) oder Döblin (*Wallenstein*). Als Vordtriede die Zugehörigkeit der *Kronenwächter* zum historischen Roman leugnete, hatte er aber sicherlich nicht nur Scott und die Folgen, sondern die Gattung überhaupt im Sinn. Angesichts der Vielfalt erzählerischer Mittel und Schichten in dem Roman gibt Vordtriede eine eindeutige poetologische Charakterisierung auf und spricht von dem Werk als einem »überreich blühenden Traum«, aus »Symbol und Schnurre, Experiment und Schnörkel, nationaler Glut und Humor, Ahnung und Wirklichkeit gewirkt« (S. 156). In der Arnim-Forschung gab und gibt es aber Interpreten, die versuchen, eine genauere, spezifischere Gattungsbezeichnung zu finden, ohne bei den vordergründigen Parallelen zum historischen Roman stehenzubleiben. Schon Wagner fiel auf, daß die Fabel der *Kronenwächter* »sich zur geschichtlichen Wirklichkeit des 16. Jahrhunderts ähnlich verhält wie die Amelungen- und Burgundensage zur historischen Völkerwanderung« (T. 1, S. 29), und sah eine enge Beziehung zwischen Arnims Roman und der Sage. Hemstedt ist wie Wagner der Meinung, daß die Hauptfigur des Buches, Berthold, eine »eher der Sage als der Geschichte zugehörige Gestalt« ist. Er fügt hinzu, daß Arnim sich die Aufgabe gesetzt habe, »Geschichte als Sage zu begreifen«.[56] Elchlepp argumentiert ebenfalls, daß die Gattungsbezeichnung »Sage« die *Kronenwächter* am genauesten charakterisiere (S. 401 ff.), und auch Härtl sieht Arnims Roman sich zur Sage hin entgrenzen (S. 586). Aber so viel und so wenig das Märchen der Romantiker mit dem Volksmärchen zu tun hat, so nahe bzw. ferne steht ihre Sage der Volkssage. Ich bin der Meinung, daß die Bezeichnungen »romantische Kunstsage« oder »Sagen-Roman« im Falle der *Kronenwächter* die Gattung am genauesten charakterisieren.

56 Hemstedt, *Symbolik der Geschichte bei Ludwig Achim von Arnim*, S. 41.

II. *Interpretation*

1. Die Kronenwächter als romantische Kunstsage bzw. Sagen-Roman

1807 waren Görres' *Teutsche Volksbücher* erschienen: Inhaltsangaben zu einer Reihe von Volkssagen und Legenden sowie »schönen Historien-, Wetter- und Arzneybüchlein«, wie es im Untertitel heißt. Gewidmet waren sie Clemens Brentano, dem Mitherausgeber der Anthologie *Des Knaben Wunderhorn*. War der Koblenzer Gymnasialprofessor durch den Sammeleifer Brentanos und Arnims in Sachen volkstümlicher Literatur zu seiner Kollektion inspiriert worden, wirkte umgekehrt Görres mit seinem Büchlein anregend auf die Produktion Arnims. Diese Wechselwirkungen sind nicht weiter verwunderlich, haben doch beide Autoren Anteil an den romantischen Bestrebungen einer Wiederbelebung der Volkspoesie. Nicht daß Arnim wie Tieck begonnen hätte, nun Volksbücher nachzuerzählen. Vor solch modernisierenden Nacherzählungen von Volksbüchern wie den *Heymonskindern* oder den *Schildbürgern* warnt Görres in beschwörenden Wendungen im Nachwort seiner Sammlung: »Um's Himmels Willen! laßt uns das alte Affenspiel nicht wieder auch mit ihnen treiben, und wie Knaben hinter ihnen ziehen, und grimmassirend, voll Affectation und hohlem, taubem Enthusiasm, ihre Haltung und ihr Geberdenspiel und Alles ihnen nachstümpern, daß es ein kläglicher Anblick für Götter und Menschen ist«.[57] Nicht um eine Nacherzählung alter Sagen geht es auch Arnim, sondern um das Erfassen von deren Eigenart, um die Nutzung ihrer poetischen Methode für etwas ästhetisch Neues, das man am besten die romantische Kunstsage oder den Sagen-Roman nennt. Zwischen den Begriffen Volksbuch und Sage trennten die Romantiker – bis auf die Brüder

57 Joseph Görres, *Die teutschen Volksbücher*, Heidelberg 1807, S. 305 f.

Grimm – noch nicht scharf.[58] Deutlich wird in Görres' Sammlung, daß »Volksbuch« der umfassendere, eher literatursoziologisch denn poetologisch zu verstehende Begriff ist. Volksbücher sind für Görres all jene literarischen Werke, welche »eine allgemeine Verbreitung gewonnen«, die »geschlossenen Kreise der höheren Stände« durchbrochen und in »den untern Classen« ein »unsterblich unverwüstlich Leben« führen. »Von unzähligen Geistern aufgenommen und angeeignet«, bilden sie nach Görres »den stammhaftesten Theil der ganzen Literatur, den Kern ihres eigenthümlichen Lebens«.[59] Bald nach Erscheinen der *Teutschen Volksbücher* beginnt Arnim mit der Konzeption seines *Kronenwächter*-Romans, und bereits 1812 entnehmen wir seiner Korrespondenz mit den Grimms, daß er das Werk in der Art eines Volksbuches (sprich Sage) schreiben will. Im Roman selbst ist die Gattungszugehörigkeit klar bestimmt, denn hier ist mehrfach von der »Sage« (177, 179)[60] der Hohenstaufenabkömmlinge die Rede. Wie in den Volkssagen (im Gegensatz zum Volksmärchen) der geschichtliche Hintergrund zwar eine wichtige Rolle spielt,[61] gleichwohl mit den historischen Fakten frei geschaltet und gewaltet wird, so will auch Arnim sich in seinem neuen Buch derlei poetische Lizenzen genehmigen. Schon fünf Jahre vor Erscheinen des Werkes ist ihm klar, welchen Protest der Brüder Grimm er dabei zu gewärtigen hat. Am 13. Juni 1812 sucht er – vergebens, wie sich zeigen wird – Jacob Grimm von der Berechtigung seiner Methode zu überzeugen, wenn er schreibt: »Dabei fällt mir ein, daß Du mir ein Wort des Schreckens über meine Art, geschichtliche Fakta mit Dichtungen in Berührung zu setzen, gesagt hast, und was daraus

58 Vgl. Elchlepp (s. Lit.) S. 427.
59 Görres, *Die teutschen Volksbücher*, S. 1.
60 Eingeklammerte Ziffern hinter Zitaten in Kap. II (»Interpretation«) beziehen sich auf die Seiten der vorliegenden Ausgabe.
61 Vgl. Max Lüthi, *Volksmärchen und Volkssage. Zwei Grundformen erzählender Dichtung*, Bern/München 1961, S. 46.

entstehen könnte. Nun gestehe ich Dir, daß ich mich darin gar nicht finden kann. [...] Es ist zu allen Zeiten geschehen und in sich ganz unschuldig, daß die Leute merkwürdigen Zeiten und Menschen, von denen nichts als die geschichtliche Armuth übrig, ihre liebsten Gefühle, Situationen und Reden angehängt haben, es ist nur dann Lüge, wenn es, wie unsre meisten Geschichtschreiber thun, kritisch beschönigt, vermimpelt und vermampelt wird.« [62]

Es ist nicht etwa so, daß Arnim und die Brüder Grimm Verständigungsschwierigkeiten oder Definitionsdifferenzen in Sachen Volkssage hätten. Volkssagen sind nach Arnim im Hinblick auf die faktische Historie »ganz unwahr«, drücken aber trotzdem die Essenz geschichtlicher Entwicklung aus, enthalten »das Wahrste, was ein Volk zur Darstellung seiner liebsten Gedanken hervorbringt«, [63] sind Ausdruck allgemeiner, im Volk lebendiger Hoffnungen. [64] Auch nach Jacob Grimm eignet den Sagen »wahrheit [...], ob auch die sicherheit abgeht«, und er spricht demjenigen Geschichtsforscher die wahre Kritikfähigkeit ab, der vom historischen Standpunkt aus die Sage verachtet. In Arnims *Zeitung für Einsiedler* vertrat er die Ansicht, daß in den Sagen Wahrheit oft ursprünglicher und unverfälschter überliefert sei als in den eigentlichen Geschichtsquellen. [65] Einig sind sich Arnim und die Grimms ferner darin, daß die Sagen »das sinnlich Natürliche und Begreifliche stets mit dem Unbegreiflichen mischen«, [66] daß sie einerseits ins Göttlich-Ursprüngliche weisen wie andererseits Zeugnis von wirklich historischen

62 *Achim von Arnim und die ihm nahe standen*, Bd. 3, S. 203.

63 Achim von Arnim, *Angelika, die Genueserin und Cosmus, der Seilspringer*, in: A. v. A., *Sämtliche Werke*, hrsg. von Wilhelm Grimm, Bd. 1: *Novellen I*, Berlin 1839, S. 389.

64 *Achim von Arnim und die ihm nahe standen*, Bd. 3, S. 249.

65 Jacob Grimm, »Gedanken wie sich die Sagen zur Poesie und Geschichte verhalten«, in: J. G., *Kleinere Schriften*, Bd. 1, Berlin 1864, S. 402. Der Aufsatz erschien zuerst in: *Zeitschrift für Einsiedler* 19/20 (1808) Sp. 152–156.

66 Wilhelm und Jacob Grimm, »Vorrede«, in: *Deutsche Sagen*, hrsg. von den Brüdern Grimm, Darmstadt 1960, S. 8.

Ereignissen ablegen.[67] Die Meinungsverschiedenheiten beginnen, als Arnim versucht, Volkssagen künstlich zu erdichten. Volks- und Kunstpoesie werden bei den Grimms – jedenfalls in ihrer Theorie – streng auseinandergehalten; Arnim dagegen akzeptiert diese Unterscheidung nicht. Volks- oder Naturpoesie darf nach den Grimms nur wissenschaftlich, nämlich »kühl und besonnen«[68] gesammelt, keineswegs aber mit gegenwärtiger Dichtung vermischt werden. Eine Synthese von beidem, wie Arnim sie anstrebt, habe, so lautet das Verdikt des strengen Jacob Grimm, »Poesieverderbung«[69] zur Folge, weil in ihr die spezifischen Wahrheitsgehalte sowohl von Historie wie von Sage verfälscht würden. Immer wieder bedeutet er Arnim in aller Offenheit: »Die willkürliche Art, womit Du einheimische Volkssagen zu Deinen Dichtungen verwendest, kann ich [...] nicht billigen.«[70] Auch der etwas konziliantere Wilhelm Grimm mag Arnims synthetische Methode nicht akzeptieren. In seiner Besprechung der *Kronenwächter* schreibt er ganz im Sinne des Bruders: »Auch führt der Dichter hier manchmal aus dem Bereich der Dichtung hinaus zu der urkundlichen Wahrheit, so daß wir nicht wissen, wem wir anhangen sollen [...]. Geht aber der Dichter weiter, ergreift er eine schon von der Geschichte mit charakteristischen Zügen bestimmte, uns naheliegende Einzelheit und bildet sie nach seinem besondern Talent und seiner besondern Ansicht weiter fort, so begeht er ein Unrecht.«[71] Auf die Vorhaltungen seiner Freunde reagiert Arnim etwas gereizt mit dem Argument; »Wenn Homer nicht verrückt gewesen ist, so kann er doch so wenig an seine Schwänke vom trojanischen Kriege, wie Klopstock an die Reden der

67 Jacob Grimm, »Gedanken über Mythos, Epen und Geschichte«, in: J. G., *Kleinere Schriften*, Bd. 4, T. 1 (1869), S. 74–85.
68 *Achim von Arnim und die ihm nahe standen*, Bd. 3, S. 257.
69 Ebd., S. 236.
70 Ebd., S. 457.
71 Wilhelm Grimm, »Die Kronenwächter von L. Achim von Arnim«, S. 305.

Engel in seiner Messiade geglaubt haben, daß sie nämlich außer der innern noch eine äußere Wahrheit gehabt hätten.« Daß Arnim das Sagendichten auch für den Künstler der Gegenwart als legitim ansieht, unterstreicht er im gleichen Brief mit der Bemerkung, daß seine Gedanken »so alt, wie die in der Edda« seien.[72] Arnim und die Grimms konnten sich deshalb nicht verstehen und mußten aneinander vorbeireden, weil ihre ästhetischen Ansichten in unterschiedlichen Geschichtsphilosophien wurzelten. Für die Brüder Grimm steht die ältere Literatur auf einer höheren Stufe, weil sie Geschichte als einen Prozeß verstehen, der von größter Gottesnähe zu wachsender Gottesferne fortschreitet. Im Gegensatz zur zeitgenössischen Dichtung sehen sie die alten Literaturdenkmäler noch vom »Schein des göttlichen Ausgangs«[73] in der Urgeschichte[74] überstrahlt, und so kommt ihnen die Vermischung von alter und neuer Poesie gleichsam wie ein Sakrileg vor. Arnim will diese dichtungsgeschichtliche Spekulation nicht nachvollziehen und hält nur wenig von der Idee des ehemaligen »Paradieses der Poesie«,[75] wie sie Wilhelm und Jacob Grimm propagieren. Für ihn sind – hier ist Arnim einmal ganz Historist – alle Literaturepochen unmittelbar zu Gott, d. h. die Dichtung hat für ihn zu allen Zeiten die gleiche Nähe zum Ursprung und kann sich stets in den Formen von Natur- und Kunstpoesie äußern.[76] Zwischen Volks- und Kunstsage braucht Arnim deshalb keinen prinzipiellen Unterschied zu machen, und da die alten Sagen mit den historischen Tatsachen frei gewaltet hatten, scheint ihm das auch bei der Neubelebung dieser poetischen Spezies gestattet zu sein.

72 *Achim von Arnim und die ihm nahe standen*, Bd. 3, S. 401.
73 Ebd., S. 117.
74 Vgl. Wilhelm Emrich, »Begriff und Symbolik der ›Urgeschichte‹ in der romantischen Dichtung«, in: W. E., *Protest und Verheißung*, Bonn ^{3}1968, S. 25–47.
75 *Achim von Arnim und die ihm nahe standen*, Bd. 3, S. 249.
76 Vgl. Karl-Eugen Gass, *Die Idee der Volksdichtung und die Geschichtsphilosophie der Romantik. Zur Interpretation des Briefwechsels zwischen den Brüdern Grimm und Achim von Arnim*, Wien 1940, S. 29.

Will man Arnims *Kronenwächter* vom romantischen Kunstmärchen abgrenzen, bietet sich als Gattungsbezeichnung »romantische Kunstsage« an, will man auf die Unterschiede zum zeitgenössischen historischen Roman hinweisen, sollte man von einem Sagen-Roman sprechen. Daß es sich um kein Kunstmärchen handeln könne, so ließe sich argumentieren, zeige ja schon der Umfang des Buches. Aber die Unterschiede in den epischen Gattungsformen lassen sich zur Zeit der Romantik, die den Roman revolutionierte, quantitativ nicht mehr fassen. Es gibt Kunstmärchen, die einen größeren Umfang haben als Romane, man halte etwa E. T. A. Hoffmanns *Goldnen Topf* neben Friedrich Schlegels *Lucinde*. Der Hauptunterschied zwischen den beiden Gattungen ist ein inhaltlicher, und er besteht darin, daß in der Sage – im Gegensatz zum Märchen – sowohl eine größere Nähe zum Historischen wie auch zum Mythischen besteht. Zwar ist die objektiv-historische Wirklichkeitsbeschreibung der Sage gering, aber beim Märchen ist sie gar nicht vorhanden. Irdisches und Wunderbares gehen im Märchen bruchlos ineinander über; in der Sage dagegen kommen diese Ebenen als zwei Welten mit wesentlich größerem Abstand voneinander vor. Die Grenzen zwischen Sage und Mythos sind oft fließend (etwa in den Sagen des klassischen Altertums und den biblischen Geschichten); die Beziehung zwischen Märchen und Mythos dagegen ist nur eine höchst vermittelte.[77] Diese Unterschiede gelten sowohl für die »einfachen Formen« von Märchen und Sage wie auch für die durch sie inspirierten romantischen Kunstformen.

Anders als im historischen Roman spielt ein Bemühen um geschichtliche Exaktheit im Sagen-Roman keine Rolle. Die Zeitangaben sind sehr pauschal, so daß verschiedene Epo-

77 Vgl. Will-Erich Peuckert, *Sage und Märchen*, Berlin 1956. – Lutz Röhrich, *Sage*, Stuttgart 1966. – Max Lüthi, *Märchen*, Stuttgart 1976. – André Jolles, *Einfache Formen*, Darmstadt ^{2}1958. – C. G. Jung, »Zur Phänomenologie des Geistes im Märchen«, in: C. G. J., *Die Archetypen und das kollektive Unbewußte*, Olten / Freiburg i. Br. 1976, S. 223–269.

chen verkreuzt werden können. Siegfried, ein Held der Völkerwanderungssage, taucht bei Arnim während der Kämpfe zwischen Staufern und Welfen im zwölften Jahrhundert auf (25), und Erwin von Steinbach, der Baumeister des Straßburger Münsters, wird anachronistisch vom späten 13. ins späte 15. Jahrhundert versetzt. Charakteristisch für den Sagen-Roman, wie er uns in den *Kronenwächtern* vorliegt, ist, daß *erstens* alte Sagen aufgenommen und verändert, *zweitens* historische Berichte auf die Ebene der Sage gerückt und *drittens* neue Sagen erfunden werden. So ziemlich alle Sagenformen, die existieren, werden integriert: Unterscheidet man sie nach ihrer Überlieferung, kommen Volks- und Lokalsagen neben dichterisch gestalteten Heldensagen vor, was die Verarbeitung der Barbarossa-Sage und des Parzival-Stoffs zeigt. Differenziert man nach dem Inhalt, tauchen historische (über Attila), dämonologische (Faust-Thema), christliche (Genovefa-Motiv) und mythische Sagen (Herkules-Assoziationen, Christus-Anspielungen) auf. Historische Berichte (über den Armen Konrad oder die Politik Maximilians) werden verschoben auf die Ebene der Sage, indem Arnim sie integriert in seinen Kronenwächter-Stoff. Aus letzterem ist eine erfundene Sage geformt, eine Kunstsage im engeren Sinne des Wortes.
Anders als bei den alten Heldensagen spielen in den *Kronenwächtern* Ironie, Satire, Zeitkritik und Groteske eine wichtige Rolle; erinnert sei an Bertholds Donquijoterien. Mit den Don-Quijote-Zügen knüpfen die *Kronenwächter* an literarische Traditionen an, die das Weiterleben von Helden- und Volkssagen bereits parodistisch verarbeitet haben. Gerade die selbstparodistischen Momente der Kunstsage weisen sie als echt romantische, d. h. selbstreflektierende und offene Gattung aus. Ein anderes Buch der Romantik, das so bewußt als Kunstsage angelegt ist wie Arnims *Kronenwächter*, existiert nicht. So stellt sich die Frage, wie sinnvoll es ist, nach einem einzelnen Werk eine Gattung zu benennen. Darauf könnte man antworten, daß es auch nur

ein Werk gibt, das den klassischen Bildungsroman repräsentiert, nämlich Goethes *Wilhelm Meister*. Wie dieses Buch der Urmeter, die Definitionsbasis der Gattung Bildungsroman ist, so lassen sich Arnims *Kronenwächter* als Paradigma der Kunstsage bzw. des Sagen-Romans betrachten. Während aber Goethes Werk eine Herausforderung für mehrere Dichtergenerationen blieb, hat Arnims Buch keine Schule gemacht. Im Augenblick ihrer Geburt schien die romantische Kunstsage schon wieder gestorben zu sein. Trotzdem ist es nicht sinnlos, Gattungsmerkmale von Arnims Roman zu abstrahieren und die *Kronenwächter* als Prototyp einer potentiellen Gattung vorzustellen. Eine Reihe von historischen Romanen der Romantik weisen nämlich Züge auf, die sie in eine gewisse Nähe zur Kunstsage rücken. In Friedrich de la Motte-Fouqués historischem Roman *Der Zauberring* (1813) etwa spielt die Kunstsage von einem magischen Ring eine Rolle, die entfernt an die Magie der Krone in Arnims Buch erinnert. Wilhelm Hauff nannte seinen *Lichtenstein* (1826) im Untertitel »Eine romantische Sage aus der württembergischen Geschichte«, damit die gattungsmäßige Mischform seines Romans andeutend. Zweifellos steht *Lichtenstein* in der Tradition des Scottschen historischen Romans, aber es enthält die von Hauff erfundene Kunstsage, daß Herzog Ulrich sich in den Nebelhöhlen bei Schloß Lichtenstein versteckt gehalten habe. (Diese rein literarische Sage ist im Württembergischen übrigens inzwischen zur Volkssage geworden.) Arnim war aber nicht nur der Erfinder des Sagen-Romans, sondern auch der Sagen-Erzählung bzw. -Novelle, wie seine *Isabella von Ägypten* (1812) zeigt. Wie in den *Kronenwächtern* greift Arnim hier alte Sagen (etwa die vom Golem) auf und verschiebt historische Begebenheiten (hier um Karl V.) ins Gebiet der Sage. Nicht Arnims Sagen-Roman, sondern Scotts historischer Roman fand in der Folge Nachahmer. Das hatte sicherlich mit der dominierenden Rolle von Historismus, Realismus und Positivismus in der Geistesgeschichte des 19. Jahrhunderts zu tun. Doch die Literaturhistorie ist ja noch nicht zu Ende, und wenn nicht alles trügt, erlebt die Kunstsage in unserer Zeit eine Renaissance.[78] Festgehalten werden sollte an dieser Stelle, daß aus der Beschäftigung der Romantiker mit dem Mittelalter nicht nur der historische Roman, sondern auch der Sagen-Roman als neue Gattung resultierte. Was für eine enge Beziehung zwischen den Wiederbelebungen volkstümlicher Literatur und dem Faible fürs Mittelalter bestand, geht aus den Schriften fast aller hier genannten Autoren hervor. Für Görres haben die Volksbücher »nichts Welkes, nichts Kränkelndes« an sich, weil sie aus einer Zeit stammen, da »ein schöner langer May [...] über Europa angebrochen«[79] war. Nach Friedrich Schlegel ist – ähnlich wie bei Novalis – die Zeit des deutschen Kaisertums deshalb die »glücklichste Zeit«, weil »alle Künste im Verein blühten«, weil »das Leben selbst so schön und poetisch war« und »auch die Dichtkunst im hellsten, reinsten Glanze« strahlte.[80] Auch für Arnim bedeutet die Lektüre der mittelalterlichen Sagen eine »Berührung mit großen Hoffnungen aus früheren Tagen« (12).[81] August Wilhelm Schlegel endlich wollte »der ganzen neuen Poesie ein Fundament geben«,[82] indem er die altdeutsche Literatur für die romantische Dichtkunst fruchtbar machte.

In der Sage fand Arnim jene literarische Gattung, welche seiner Dichtungstheorie am genauesten entsprach, und umgekehrt hatten die Einsichten in die Struktur und Gesetze dieser Gattung seine Poetik maßgeblich beeinflußt. Eine

78 Man denke an den weltweiten Erfolg der Kunstsagen bzw. Sagen-Romane von J. R. R. Tolkien.

79 Görres, *Die teutschen Volksbücher*, S. 279, 305.

80 Friedrich Schlegel, »Die altdeutsche Literatur«, in: F. S., *Wissenschaft der europäischen Literatur. Vorlesungen, Aufsätze und Fragmente aus der Zeit von 1795–1804*, hrsg. von Ernst Behler, München/Paderborn/Wien 1958 (Kritische Friedrich-Schlegel-Ausgabe, Bd. 11), S. 183.

81 Vgl. auch Achim von Arnim, »Von Volksliedern«, in: *Arnims Werke*, hrsg. von Alfred Schier, Bd. 3, Leipzig o. J., S. 413–463.

82 Zit. nach: *Mittelalterrezeption. Texte zur Aufnahme altdeutscher Literatur in der Romantik*, hrsg. von Gerard Koziełek, Tübingen 1977, S. 12.

Form fand er hier, in der er auf die ihm angemessen erscheinende Weise Dichtung und Geschichte zu einer Synthese vereinigen konnte. »Dichtung und Geschichte« ist der erste Abschnitt seiner »Einleitung« in die *Kronenwächter* überschrieben. Worum geht es ihm hier? Weder will Arnim wie die Frühromantiker Geschichtliches romantisieren, d. h. »Zeitliches überheiligen [...] mit vollendeter, ewiger Bestimmung« (9), noch möchte er im Stile des Geschichtsromans an der historischen Überlieferung haften bleiben. Die Romantisierungspropheten à la Novalis und Friedrich Schlegel waren bestrebt, »dem Endlichen« mittels Dichtung »einen unendlichen Schein«[83] zu geben. Arnim betont im Gegensatz dazu, daß der Geist, wie er aus der Dichtung spreche, die »Schule der Erde« (9) benötige. Aber andererseits dürfe der Geist im literarischen Werk auch wiederum nicht »ganz irdisch« wie in der Historiographie werden, sondern müsse durchaus ein »Zeichen der höheren Ewigkeit« (8) setzen. Eine Dichtungsform sei anzustreben, die beides umfasse und gestalte, nämlich die »Heimlichkeit der Welt«, d. h. ihren zu entdeckenden geschichtlichen Sinn, wie auch das, »was in der Geschichte laut geworden« (9) sei, nämlich historisches Geschehen. Anders als in der Geschichtsschreibung geht es in der Dichtung nicht um die »vollständige Übersicht eines ganzen Horizonts«, sondern um das Zeichnen »ahndungsreicher Bilder«, um »einzelne, erleuchtete Betrachtungen« (9 f.). Zudem sei »Lüge« im Sinne der Historiker dann eine »schöne Pflicht des Dichters«, wenn sie im Dienste der »höchsten Wahrheit« stehe (10). Wie sehr Arnim im allgemeinen – trotz der Abgrenzung von Novalis – Kind seiner romantischen Epoche ist, zeigt sich, wenn er das »Dichten ein Sehen höherer Art« (10) nennt. Hier wird deutlich, daß er jene romantische Kunstmetaphysik teilt, wie sie Schelling für seine Genera-

83 Novalis, »Fragmente«, in: N., *Die Lehrlinge zu Sais, Gedichte und Fragmente*, mit einem Nachw. hrsg. von Martin Kiessig, Stuttgart 1979, S. 131. Vgl. ferner Friedrich Schlegels 116. *Athenäum-Fragment*.

tion auf den philosophischen Nenner gebracht hatte. Nach Schelling bergen Kunst und Dichtung potentiell höhere Erkenntnismöglichkeiten als die Wissenschaften. Entsprechend geht es nach Arnim der Literatur nicht darum, mit der Historiographie zu konkurrieren, und folglich gibt er Dichtung »keineswegs für eine geschichtliche Wahrheit« aus, sondern er bezeichnet sie als »eine geahndete Füllung der Lücken in der Geschichte« (11). Was heißt das? Zweifellos bedeutet es nicht, daß die Dichtung als Lückenbüßer für die Geschichtsschreibung einzuspringen habe, wann immer letztere aufgrund mangelnder Dokumente vorläufig weiße Flächen bzw. Leerstellen konstatieren muß. Es handelt sich also nicht um »Dichtung als Ergänzung der Geschichtsschreibung«.[84] Denn die unbekannten Felder der Historiographie ließen sich in der Zukunft durch den Fortschritt der Wissenschaft möglicherweise in bekannte verwandeln, womit dann die Dichtung überflüssig würde. Gemeint sind vielmehr jene »Lücken in der Geschichte«, welche die Historiographie aufgrund ihrer anderen Erkenntnisziele von vornherein nie füllen kann und will. Ohne die »Zeichen der höheren Ewigkeit« bzw. des »Wahrsten« oder des »Geistes«, durch die der Mensch eine »Ahndung« vom Telos der Geschichte, vom »ewigen Ziele« der durch »Gott« gelenkten »Geschicke der Erde« (8 f.) erhält, bleibt das Geschichtsverständnis lückenhaft. Diese Lücken vermag nach Arnim nur die Dichtung, nicht die Wissenschaft zu füllen. So definiert er seinen Roman nicht als Wiedergabe, Reflex oder Porträt geschichtlicher Ereignisse, sondern als »ein Bild im Rahmen der Geschichte« (11). Das heißt, historische Vorgänge stellen die Einfassung, aber nicht die Substanz dar, sind etwas sinnvoll Akzidentielles, jedoch nicht das Wesentliche; sie stecken die äußeren Grenzen ab für die Schilderung eines Geschehens, das den Blick in die Tiefen geschichtlichen Sinns öffnen soll. Als Geschichtsphi-

84 So Dorothea Streller in ihrer Dissertation: *Arnim und das Drama*, Göttingen 1956, S. 63.

losoph ist Arnim also jenem romantischen Denken verpflichtet, das Historie noch als ein Heilsgeschehen versteht,[85] als einen Ablauf, der hinziele auf die Herstellung eines künftigen Goldenen Zeitalters. Der Literatur ist dabei für Arnim eine aktive Rolle zugedacht: Der Dichter als Vates soll mithelfen, »die irdisch entfremdete Welt zu ewiger Gemeinschaft« (10) hinzuführen. In einer Zeit, in der »der Himmel [...] seine Heiligen [...] entzogen« hat und »die Engel [sich] verstecken« (80), hat er ihr doch die Dichter als Entzifferer der Hieroglyphen, der geheimen Linien des Weltplans geschickt. Ob die in der »Einleitung« ausgedrückten Intentionen durch den Text der *Kronenwächter* eingeholt werden, ist eine andere Frage. Deutlich geworden ist aber die enge Bindung von Arnims allgemeiner Dichtungstheorie an seine spezielle, die Sage betreffende Gattungspoetik: In beiden geht es um eine solche Synthese von Literatur und Geschichte, in der – anknüpfend an ein reales Ereignis oder eine historische Persönlichkeit – ein Geschehen erdichtet wird, das momenthaft den Ablauf menschheitlicher Geschichte an sich erhellt. Aber nicht nur die dichtungstheoretische »Einleitung«, sondern auch Struktur und Inhalt der *Kronenwächter* selbst verweisen auf die Sage.

2. Sagen- und Mythenmotive

Es zeigt sich, daß der Trojaner Paris und der griechische Halbgott Herkules Präfigurationen der beiden Hauptpersonen Berthold und Anton sind. Die Beziehungen der Arnimschen Protagonisten zu ihren klassischen Vorbildern werden zwar nur subtil angedeutet, sind für das Verständnis der Handlung aber nichtsdestoweniger wichtig. Berthold hat Anna als Braut nach Waiblingen heimgeführt, und Sixt wird gebeten, ein Familienporträt der Brautleute mit ihren Müttern Hildegard und Apollonia zu malen. Das fertige Bild

85 Vgl. Karl Löwith, *Weltgeschichte und Heilsgeschehen*, Stuttgart 1953.

zeigt »Berthold [...] als Paris [...], wie er Annen«, der »Liebesgöttin«, den »Apfel reicht« (207). Hildegard und Apollonia finden sich als die Göttinnen Hera und Athene abkonterfeit. Thema des Gemäldes ist also »Die Wahl des Paris«, ein auch im 16. Jahrhundert beliebtes Motiv, wie das bekannte Bild von Sixts Zeitgenossen Lucas Cranach zeigt. Mit der Entscheidung des Paris für Aphrodite hängt der Untergang Trojas zusammen. Als Belohnung für die Auszeichnung im Schönheitswettbewerb erhält der Trojaner von der Göttin die schöne Helena zugesprochen; die unterlegene Athene dagegen hilft während des Trojanischen Krieges dem Griechen Epeios beim Bau des hölzernen Pferdes. Die Ähnlichkeiten zwischen Apollonia und Athene sind nicht zu übersehen: Beide sind stattliche Frauen, beide pflegen das Handwerk, speziell die Webkunst, beide ziehen beim Werben um die Gunst des Mannes den kürzeren, woraufhin sie, bewußt oder unbewußt, an dessen Untergang arbeiten. Auch die Lebensläufe von Paris und Berthold weisen eine Reihe von identischen Stationen auf: Sie werden von ihren fürstlichen Häusern getrennt und von armen Pflegeeltern aufgezogen, beginnen ihr adliges Leben mit einem Turniersieg und setzen aus Egoismus das Glück ihrer Städte aufs Spiel. Ein Trojanisches Pferd existiert auch im Waiblingen der Arnimschen Dichtung. Bezeichnenderweise wird dieses Theaterrequisit im Rathaussaal aufbewahrt. Als Berthold seine ersten Reitübungen auf ihm absolvieren will, »stürzte der stolze [...] Holzbau zusammen, Berthold an die Erde, und aus dem hohlen Bauche sprang Anton [...] hervor« (129 f.). Berthold ahnt jetzt die fatale Rolle, die Anton in seinem Leben spielen wird. Er sinniert: »Ist mir's doch wie ein bedeutsamer Traum, daß du aus meiner verunglückten Ritterfahrt so froh hervorgehst; [...] dieses Vorfalls werde ich oft noch gedenken müssen« (130). Anton wird im Roman »ein rechter Heidengott, ein junger Herkules« (197) genannt und gleicht auch äußerlich mit seinen »riesenhaften Beinen« und »breiten Waden« (261) seinem mythischen

Vorbild. Wie Anton indirekt den Tod Bertholds verursacht, so mittelbar wird Paris während des Trojanischen Krieges durch Herkules getötet, indem letzterer dem Philoktet seinen Bogen leiht. Auch die Biographien von Herkules und Anton weisen Ähnlichkeiten auf: Beide haben ihnen an Mut und Kraft unterlegene Zwillingsbrüder (Iphikles und Konrad), und in beiden Fällen bezweifelt man, daß sie die gleichen Väter haben. »Ihr könnt nicht von einem Vater sein« (334), meint Faust zu Anton über ihn und Konrad. Bei Herkules und Iphikles sind die beiden Väter Zeus und Amphitryon.

Arnim rückt seine Protagonisten nicht nur in eine assoziative Nähe zu den antiken Helden, sondern auch zu Figuren aus dem mitteleuropäischen Sagenkreis, über deren Leben die alten Epen berichten. Während seines »ersten Lebens« erkrankt Berthold aus Liebesschmerz um die verlorene Apollonia. Wenn »die Sehnsucht nach der verschollenen« Geliebten sich in ihm regt, nimmt er »das Buch von Tristan und Isalde in die Hand« (102), womit der Versroman Gottfrieds von Straßburg gemeint sein könnte.[86] »Er ist unglücklich wie ich« (102), stellt der sich mit Tristan identifizierende Berthold fest. Tristans wie Bertholds Minnegeschick wird vorweggenommen im Leben ihrer Eltern Riwalin und Blancheflur bzw. Graf und Gräfin Hohenstock. Riwalin fällt auf einem Kreuzzug noch vor der Geburt Tristans, und Graf Hohenstock wird ermordet, als sein Sohn Berthold sechs Monate alt ist. Blancheflur stirbt bei den Geburtswehen, und man entführt ihren Sohn; Berthold wird seiner Mutter als Säugling geraubt. Tristan und Berthold sind vierzehn Jahre, als sie die Wahrheit über ihre Herkunft erfahren und ihre Identität zu begründen beginnen. Beide erkranken nach

86 Auf einzelne Motivähnlichkeiten zwischen Gottfrieds *Tristan* und Arnims *Kronenwächtern* weisen hin: Wagner (s. Lit.) T. 1, S. 22 (»Verenas Anerbieten, sich für Anna den Lüsten des Herzogs preiszugeben, erinnert an Brangänens Opfer.«) und Best (s. Lit.) S. 133 (»Zaubertrank und Frauenheilkraft, nächtliche Stellvertretung und Todesumarmung.«).

der Trennung von der Geliebten vor Sehnsucht nach ihr, aber beide finden auch eine zweite Isolde bzw. »eine zweite Apollonia« (124). Auch Arnims »Einleitung« scheint durch Gottfrieds *Tristan* inspiriert zu sein, denn dort findet sich ebenfalls ein »Prolog«, in dem es um Sinn und Funktion der Dichtung geht.
Wie hier wird auch in einem weiteren mittelalterlichen Epos, das Arnim beeinflußte, eingangs Grundlegendes zum Verständnis des Werkes gesagt: in Wolframs *Parzival.* So bezeichnend derartige Vorworte in den Dichtungen des Mittelalters waren, so ungewöhnlich sind sie im romantischen Roman. Scotts Einleitung zu *Ivanhoe* wurde ja erst später geschrieben und ist wahrscheinlich eine Antwort auf Arnims Vorbemerkung. Erwähnenswert ist ferner, daß Arnim seinen Roman in »Bücher« aufteilte, eine Gliederung, die sich auch im *Parzival* findet. Direkt wird Arnims Held zwar nicht mit dem Wolframs verglichen, aber das Schicksal des jungen Berthold weist Parallelen zu dem Parzivals auf. Im Falle der *Kronenwächter* ziehen die Eltern Bertholds in die »Einsamkeit« des »tiefsten Waldes« (87), um ihren Sohn vor dem Schicksal der Staufersprößlinge zu bewahren; bei Wolfram begibt sich Parzivals Mutter Herzeloyde in die Abgeschiedenheit der Natur, um ihrem Sohn den Tod im Kriege zu ersparen, dem sein Vater zum Opfer fiel. Aus den gleichen Gründen wollen die beiden Mütter, daß ihre Söhne als Narren, als »blödsinnig« (93) erscheinen. Als Herzeloyde und die Gräfin Hohenstock erfahren, daß ihre Männer gefallen bzw. ermordet wurden, bringt sie dies an den Rand des Wahnsinns (89). Wie Parzival mit dem Grals- und dem Artusgeschlecht, ist Berthold durch seine Stauferabstammung mit den großen deutschen Adelsfamilien verwandt. Nach der Berührung mit der ritterlichen Welt drängt es beide geradezu zwanghaft nach einem adligen Leben. Was der Gral auf Munsalvæsche bei Wolfram, das ist die Krone auf der Kronenburg in Arnims Roman: im Verständnis ihrer Bewahrer mythischer Zentralpunkt des Heils-

geschehens. Während aber Parzival letztlich Erscheinung und Wirkung des Grals erlebt und zum Gralskönig berufen wird, gelangt Berthold nie zur Kronenburg und stirbt, kaum daß er die Grenzen seiner bürgerlichen Existenz verlassen hat. Äußerlich an Munsalvæsche erinnernd, ist die Kronenburg – worauf schon Reinhold Schneider[87] hinwies – auch ihr Gegenbild, denn tatsächlich geht von ihr nicht, wie die Kronenwächter glauben machen wollen, Heil, sondern Unheil aus.[88] Die Biographie von Bertholds Mutter erinnert nicht nur an das Schicksal der Herzeloyde, sondern auch an das der Genovefa. Arnim kannte Tiecks 1800 erschienenes Trauerspiel *Leben und Tod der Heiligen Genoveva*, war 1807 durch Görres' *Teutsche Volksbücher* auf den mittelalterlichen Stoff hingewiesen worden, druckte ein Jahr später in seiner *Zeitung für Einsiedler* (Mai 1808) Teile von Friedrich Müllers (Maler Müller) Dichtung *Golo und Genovefa* ab, und schließlich erschien die Legende 1816 in den *Deutschen Sagen* der Brüder Grimm. Wie die Gräfin Genovefa will die Gräfin Hohenstock ihren Sohn in der Wildnis aufziehen, und wie nach einem Gebet zur Heiligen Jungfrau eine Hindin sich einstellt, um den Säugling Genovefas zu stillen, so geschieht Ähnliches im Falle Bertholds durch die Ziege, nachdem Hildegard die »heilige Mutter« (20) um Beistand angefleht hat. Ferner werden Genovefa und Bertholds Mutter als fromme Dulderinnen geschildert.

Berthold, der dahinsiechende Bürgermeister von Waiblingen, liest zur Befriedigung seiner Träume vom ritterlichen

87 Schneider, »Die Sendung Achim von Arnims«, S. 283.

88 Hinweise auf Motivähnlichkeiten zwischen Wolframs *Parzival* und Arnims *Kronenwächtern* finden sich bei: Wagner (s. Lit.) T. 1, S. 19 ff.; Best (s. Lit.) S. 135 ff.; Guignard (s. Lit.) S. 252; Schmidt (s. Lit.) S. 87, 177; Göres, *Das Verhältnis von Historie und Poesie in der Erzählkunst L. Achim von Arnims*, S. 134, 139; Zimmermann (s. Lit.) S. 165; Elchlepp (s. Lit.) S. 229; Geppert (s. Lit.) S. 56 f. – Eine ironische Anspielung auf Wolframs Buch findet sich an jener Stelle, als Maximilian zu Berthold bemerkt: »Das Geld [...] ist das Blut des Staats und wie der edle Held Perzifal so tiefsinnig wurde beim Anblicke dreier Blutstropfen im Schnee, so wird mir oft beim Anblick eines Kreuzers recht nachdenklich« (180).

Leben nicht nur den *Tristan*-Roman, sondern auch das mittelalterliche Heldenepos *Der Rosengarten zu Worms*. Es schildert den Kampf Siegfrieds und Dietrichs von Bern sowie ihrer Gefolgsleute um den Wormser Rosengarten Kriemhilds, wobei Siegfried und seine Recken besiegt werden. Diesen Wormser Garten mit entsprechendem Kampfpersonal hat Berthold sich als Wachsfigurenkabinett in seinem »Waffensaal« (128) en miniature nachbauen lassen. In seinen zahlreichen Mußestunden spielt er gemeinsam mit dem väterlichen Freund Fingerling die Schlacht zwischen den Helden der Sage. Nach seiner Genesung, in seinem »zweiten Leben«, kommt ihm das Spielzeug »steif und unbehülflich«, ja gar »verdrießlich« (128) vor, und wie Don Quijote entschließt er sich, es nicht mehr beim fiktiven Ritterspiel zu belassen, sondern Aventüren in der Alltagsrealität nachzuleben. »Ich möchte«, vertraut er Fingerling an, »daß mir etwas Ritterliches begegne, wie dem Siegfried« (129). »Über seine früheren Jahre«, heißt es im Roman, »suchte er in sich ein Vergessen zu verbreiten, der Rosengarten und das ritterliche Puppenspiel ward eingepackt, er glaubte sich selbst zum fertigen Ritter bilden zu können« (206). Es folgen die Reitstunden mit ihren zum Teil grotesken Situationen sowie Bertholds Versuche, in der Welt des Adels und der großen Politik aktiv zu werden: all dies trägt Züge von Donquijoterie, von Realitätsblindheit.

Mit den Figuren aus der Nibelungensage, mit Attila und Siegfried (24 f.), beginnt die Chronik der Stadt Waiblingen, und mit Attilas Hunneneinfall hört das »Hausmärchen« auf. Elchlepp ist zuzustimmen, wenn sie darauf aufmerksam macht, daß Arnim den Begriff »Märchen« oft synonym für »Sage« gebraucht; bei dem »Hausmärchen« handle es sich eher um eine Sage, da historische Gestalten (Attila) einbezogen und Lokalitäten (Schwarzwald) genannt würden.[89] Das »Hausmärchen« ist die Kunstsage innerhalb der Kunst-

89 Elchlepp (s. Lit.) S. 391 f.

sage; es sammelt und reflektiert wie ein Hohlspiegel die Themen und Tendenzen des gesamten Buches und wurde entsprechend von Arnim selbst als Bedeutungszentrum der *Kronenwächter* bezeichnet.[90] Sein Inhalt sei ganz kurz rekapituliert: Ein König vergißt seiner Regentenpflichten. Dadurch werden die Grafen selbstherrlich, und Willkür wie Rechtsunsicherheit sind die Folgen. Ein Dichterprophet weist den Monarchen zurück auf den Weg der Pflicht, wodurch die Ordnung im Reich wiederhergestellt wird. Nach Ermordung des Königs fällt das Land ins alte Chaos zurück und wird eine leichte Beute des Eroberers Attila, dem sich die Grafen unterwerfen. Erst der Sohn des ermordeten Königs besiegt Attila, befreit sein Volk und erhält die Krone des Reiches zuerkannt. Das Thema, das Arnim hier gestaltet, ist das der Wiederkehr des gerechten und weisen legitimen Königs in Zeiten äußerer Bedrängnis und innerer Zerrissenheit des Staates. Von der gleichen Hoffnung sprechen auch die Volkssagen um Barbarossa und die Staufer, welche – umgedichtet und verändert – die Grundsubstanz der *Kronenwächter* ausmachen. Der Roman als ganzer wie das »Hausmärchen« im einzelnen variieren die mittelalterliche Kaisersage. Die Wurzeln dieser Sage reichen zurück in die Zeit des west- und oströmischen Reiches, ja sie weisen noch ältere orientalische Ursprünge auf.[91] Helden der weströmischen Kaisersagen sind Augustus und Nero; Konstantin der Große wird in den oströmischen Quellen genannt. Stets wird die Erwartung der Wiederkehr eines mächtigen Kaisers ausgedrückt, der den verworrenen Zeitläuften die neue Ordnung in einem Reich des Friedens geben soll. Im

90 Arnim schreibt: »Das Hausmärchen [...] ist der Mittelpunkt, was in dem Buche vorkommt, wird immer in gewisser Beziehung darauf stehen.« (*Achim von Arnim und die ihm nahe standen*, Bd. 3, S. 402.)

91 Tilman Struve, »Utopie und gesellschaftliche Wirklichkeit. Zur Bedeutung des Friedenskaisers im späten Mittelalter«, in: *Historische Zeitschrift* 225 (1977) S. 65–95. Ferner Gertrud Dietz, *Das Bild Friedrich Barbarossas in der Hohenstaufendichtung des 19. Jahrhunderts*, Diss. Freiburg i. Br. 1943.

römischen Staat bestand der politische Sinn dieser Sage darin, den Glauben an das ewige Bestehen des Imperium Romanum zu festigen. Im oströmischen Bereich wurde sie während des achten Jahrhunderts mit chiliastischen Zügen ausgestattet. Jetzt werden Prophetien aufgegriffen, die besagen, daß der letzte oströmische Kaiser nach langer und segensreicher Regierung in Jerusalem sein Reich Gott übergeben werde. Der dann erscheinende Antichrist werde bezwungen werden und der ewige Friede beginnen. Was sich hier zur Vorstellung von einer dem Weltende vorausgehenden Friedenszeit verdichtet, speist sich aus römischer Sibyllenweissagung und christlicher Eschatologie. In dieser Kombination von der Hoffnung auf ein Goldenes Zeitalter des Friedens und der apokalyptischen Erwartung des letzten Gerichts bleibt die Kaisersage auch im deutschen Mittelalter lebendig. Die Volksphantasie projiziert ihre Erwartungen auf Karl den Großen, Friedrich Barbarossa und Friedrich II. Barbarossas Geschichtsschreiber Otto von Freising machte sich die Sage bereits zunutze und pries seinen Herrn als Friedensfürsten (»re et nomine pacificus«).[92] Die Hinrichtung Konradins im Jahre 1268 bedeutete das Ende der Stauferherrschaft. Jetzt verbinden sich die Friedenshoffnungen mit der Idee der Wiederkunft Friedrichs II. Gleichzeitig entbrennt in Italien zwischen den politischen Parteiungen der Ghibellinen und Guelfen nicht nur ein Kampf der Waffen, sondern auch der Weissagungen, ein Streit, der auf die Kaisersage nicht ohne Einfluß bleibt. Denn während die stauferfreundlichen Visionen Friedrich II. nach wie vor als gottgesandten Herrscher preisen, stellen die joachitischen Prophezeiungen ihn als Antichristen hin. Durch Joachim de Fiore derart in Verruf gebracht, wundert es nicht, daß sich die Kaisersage bereits im 14. Jahrhundert weniger mit dem Namen Friedrichs II. als mit dem des Barbarossa verbindet. Letzterer verdrängt dann seit Erscheinen des Volksbuches

92 Struve, ebd., S. 69

Vom Kayser Friderich [...] Barbarossa (1518) mehr und mehr seinen Enkel vom Sagenthron in einem »hohlen Berg«. Immerhin dauert es noch fast zweihundert Jahre, bis Friedrich I. den namensgleichen Nachfahren in Georg Henning Behrens' *Hercynia curiosa* (1703) definitiv aus dem Kyffhäuser vertreibt, wo Friedrich II. bisher unangefochten seiner Wiederkunft geharrt hatte. Damit starb die Kaisersage von Friedrich II., die seines Großvaters dagegen erlebte nach weiteren hundert Jahren eine erstaunliche Wiedergeburt. Die Behrenssche Version erreichte eine große Popularität durch die Aufnahme in Volkssagenanthologien von Otmar (1800), Büsching (1812) und der Brüder Grimm (1816). Über die Zeiten hin hat sich auch in der Kaisersage von Barbarossa die alte chiliastische Komponente erhalten. So lesen wir z. B. bei Büsching, daß »Kaiser Friedrich noch lebe und werde auch lebendig bleiben, bis an den jüngsten Tag«, und daß »vor dem jüngsten Tag ein mächtiger Kaiser kommen solle, welcher der Christenheit Friede schaffen werde«.[93] Übereinstimmend ist in den Barbarossa-Sagen auch von einem großen Schatz die Rede, den er in seinem unterirdischen Bergschloß verwahre.

Diese beiden Motive – chiliastische Erwartung und Goldschatz – hat Arnim in die *Kronenwächter* übernommen. Martins Lied stellt (neben dem »Hausmärchen«) eine weitere literarische Verarbeitung der Kaisersage dar. Hier ist von der »Nacht vorm jüngsten Tage« die Rede, die dem »Tag der Sage« (38) vorangehe, an welchem der Staufernachfahre die Krone erringen soll. Und im Traum zeigt Barbarossa Berthold den Platz, an dem er einen Schatz findet, der ihm den Erwerb der alten Palastruine ermöglicht. Görres hatte 1807 als erster die Volkssage von Friedrich I. literarisch verarbeitet, und zwar in seiner Widmung in den *Teutschen Volksbüchern*. Görres interessiert weder die chiliastische Botschaft noch solches Motivgeranke wie Schatz oder

93 *Volks-Sagen, Märchen und Legenden*, gesamm. von Johann Gustav Büsching, Leipzig 1812, S. 319.

Raben, vielmehr greift er bewußt den politischen Aspekt der Sage auf. Barbarossa rügt hier die Deutschen scharf, daß sie mit dem Erbe übel hausgehalten hätten. Dem Herausgeber vertraut der Kaiser die Volksbücher an, damit die Nation neue Kraft für eine größere Zukunft gewinne. 1807 beginnt sich nach der Niederlage Preußens in Deutschland die Opposition gegen die französische Herrschaft zu formieren, und Görres nutzt die Barbarossa-Sage in seinem publizistischen Kampf. Außer Görres und Arnim greift während der Napoleonischen Jahre kein Dichter das Stauferthema auf, obgleich August Wilhelm Schlegel 1808 in seinen Wiener Vorlesungen den »glänzenden Zeitraum des Hauses Hohenstaufen« aus patriotischen Gründen den Schriftstellern zur Bearbeitung ans Herz gelegt hatte. »Welch ein Feld«, rief Schlegel aus, »für einen Dichter, der wie Shakespeare die poetische Seite großer Weltbegebenheiten zu fassen wüßte!« [94] Schlegels Appelle verhallten ungehört, und als Jahrzehnte später der Stoff große Popularität erlangte, bemächtigte sich seiner kein Shakespeare, sondern der deutsche Oberlehrer. Während der ersten Dekade des 19. Jahrhunderts wurde Barbarossa – wie Ludwig Spohr berichtet [95] – auf der Spitze des Kyffhäusers zwar einmal angesungen und zur Befreiung des geknechteten Vaterlandes aufgefordert, aber das blieb eine unbeachtete Episode. 1815 sah es so aus, als dürfe Barbarossa ruhig weiterschlafen, als gerate seine Sage schon wieder in Vergessenheit. Max von Schenkendorf dichtete 1815 bereits einen Nachruf auf den Barbarossa-Mythos: »Magst nun dich zur Ruhe legen / Altes stolzes Kaiserhaupt«. [96] Da die Feinde verjagt seien, werde jetzt, so hoffte er wie die meisten Teilnehmer an den Befrei-

94 A. W. Schlegel, *Vorlesungen über dramatische Kunst und Literatur*, krit. Ausg., eingel. und mit Anm. vers. von Giovanni Vittorio Amoretti, Bd. 2, Bonn/Leipzig 1923, S. 309.

95 *Louis Spohr's Selbstbiographie*, Bd. 1, Kassel/Göttingen 1860, S. 160.

96 Max von Schenkendorf, »Das Bild in Gelnhausen bei Hanau an den Ruinen des Kaiser-Palastes«, in: M. v. S., *Gedichte*, hrsg. von A. Hagen, Stuttgart ^{2}1862, S. 116.

ungskriegen, mit der Einheit des Reiches die große Zukunft beginnen. Bereits zwei Jahre später – zur gleichen Zeit, als die *Kronenwächter* erscheinen – wird in Friedrich Rückerts Gedicht über Kaiser Friedrich im Kyffhäuser jenes Kaiserbild gezeichnet, das bis 1848 und danach erneut bis 1871 die politische Barbarossa-Dichtung geprägt hat. Der auf die Wiederkunft harrende Herrscher wird zum Sinnbild des zerrissenen Reiches, wobei die Hoffnung auf die neue Einheit und Größe nicht aufgegeben wird: »Der alte Barbarossa, / Der Kaiser Friderich / im unterird'schen Schlosse / Hält er verzaubert sich. / [...] Er hat hinabgenommen / Des Reiches Herrlichkeit / Und wird einst wiederkommen / Mit ihr, zu seiner Zeit.«[97] Diese Zeit sah das Bürgertum 1848 nahegerückt. Vorübergehend schien es, als ob die Nationalversammlung in Frankfurt ein geeintes Kaiserreich gründen könne, und so stellten die Jahre um 1848 einen Kulminationspunkt der Kaiserliteratur dar. Glaubt man den Dichtern, erhörte 1871 der Kyffhäuser-Monarch endlich die vaterländischen Sehnsuchtsrufe. Barbarossa ist erlöst und legt, so sieht es Felix Dahn, das Reich in die Hände von »Barbablanca«, wie Wilhelm I. beziehungsreich genannt wird. Verbindungslinien von Görres und Rückert zur patriotischen Barbarossa-Dichtung von 1848 und 1871 lassen sich ziehen, denn hier geht es immer nur um das Barbarossa-Bild im Sinne eines politischen, für die neue Reichseinheit stehenden Symbols. Obgleich Arnims *Kronenwächter*-Dichtung insgesamt zwar nicht völlig aus dieser politischen Traditionsreihe ausschert, gehört seine Variation des Barbarossa-Themas ihr nicht an. Die religiösen Hoffnungsmotive der mittelalterlichen Kaisersage, die bei jenen Autoren fehlen, spielen bei Arnim eine große Rolle.

Die Szene, in der zu Beginn des Romans Berthold gefunden wird, ist mit einer Anzahl biblischer bzw. mythologischer Anspielungen durchsetzt, welche die außergewöhnliche

97 Friedrich Rückert, »Barbarossa«, in: F. R., *Werke in sechs Bänden*, hrsg. von Conrad Beyer, Bd. 1, Abt. 1: *Lyrik*, Leipzig o. J., S. 50.

Abkunft des Knaben signalisieren sollen. Dem »feinen Kind« Moses ähnlich, das in einem »Kästlein«[98] ausgesetzt gefunden wird, entdeckt man Berthold, der einem »feinen Bild aus Elfenbein« gleicht, ebenfalls in einem »Kasten« (20, 19). Wie der als Säugling ausgesetzte Zeus wird Berthold von einer Ziege mit Nahrung versorgt. Am offensichtlichsten aber sind während der Entdeckungsszene die Hinweise auf die Geburt Christi, wie sie in den Weihnachtsberichten der Evangelisten überliefert ist. Bei diesen Assoziationen wird erneut deutlich, warum Arnim für sein Buch die Gattung der Sage wählte. Er schreibt in den *Kronenwächtern*: »Die Sage[n] bildet[en] gern etwas Zweideutiges in der Geschichte«, auf daß sie, »wie die Orakel der Alten, zweifach ausgelegt« (179) werden können. Auch die Weihnachtsanspielungen enthalten jene bei Arnim allgemein beliebten Doppelungen mit ihren Vieldeutigkeiten. Anstatt *eines* Sterns taucht gleich »ein Paar rote Sterne am Himmelsrande« (15) auf, das wie der Komet von Bethlehem auf den Ort der Ankunft des Erlöserkindes verweist. Berthold erhält statt des einen Pflegevaters Joseph gleich zwei: Martin und Berthold. Die sind, gemeinsam mit der Pflegemutter Hildegard, wie die biblischen Stallbewohner »armes Volk« (15). Daß Berthold zur Winterszeit auftaucht, ist sicher kein Zufall. Die Verbindung Hildegards zur Gottesmutter wird sogleich hergestellt durch ein Gebet, das an sie gerichtet wird. Wie Christus stammt Berthold »aus hohem Geschlechte« (20), verbreitet er Helle um sich (28), soll ein »Gelehrter« (28) werden, und schließlich erscheinen ihm auch die Heiligen Drei Könige (33 f.). Wie dem Jesuskind wird auch dem Säugling Berthold als Zeichen seiner Königswürde ein Goldgeschenk gemacht. Den Berthold im Kasten mitgegebenen »Goldgülden« ist das Bildnis Konradins, des letzten Stauferherrschers, aufgeprägt (20). Damit ist ein doppelter Hinweis gegeben: Da Konradin den Titel eines »König von Jerusa-

98 2Mose 2 f.

lem« trug, ist einerseits die Christus-Assoziation betont, zum anderen aber mit dem gewaltsamen Tod des letzten Staufers auf Bertholds frühes Sterben hingedeutet. Später wird Berthold ironisch mit einem »Lamm«, also einer bekannten Christus-Imago, verglichen (74). Nicht nur Bertholds Auffinden, sondern auch das des Staufernachkommen Grünewald erinnert an die Bergung von Moses. Grünewald weiß zu berichten, daß er »wie Moses auf einem Baumaste schwimmend« an Land getrieben wurde, wo ihn »leider keine Königstochter, sondern ein alter Hofnarr zu sich genommen« (254) habe. Mit Christus wird auch Bertholds Sohn in Verbindung gebracht. Als Berthold den alten Einsiedler Anno bittet, für sein künftiges Kind zu beten, singt dieser abschließend ein Weihnachtslied, das die bei der Entdeckung Bertholds genannten Motive wiederaufgreift (313). Nach der Geburt seines Sohnes Anno nähert sich Berthold ihm »wie einer der heiligen drei Könige und freute sich immer, daß sein Kind dem Christuskinde gleiche« (318). Diese Ähnlichkeit steckt wieder voller Zwei- bzw. Doppeldeutigkeiten, denn Anton, ein weiterer Staufersproß, hat sich als Christuskind auf dem Mariengemälde am Giebel von Bertholds Haus porträtiert. Daß Bertholds Sohn dem Maler Anton gleicht, wird fatale Folgen haben.

Die biblisch-christlichen Anspielungen verbinden die *Kronenwächter* nicht nur mit der chiliastische Züge aufweisenden Kaisersage, sondern auch mit dem tatsächlichen Selbstverständnis der mittelalterlichen Herrscher. Das Bewußtsein des Gottesgnadentums und des christlichen Auftrags sowie der sich aus der Leitung des Imperium Romanum ergebende universalistische Anspruch synthetisierten sich bei Karl dem Großen zur Vorstellung von einem Kaiser, der wie der Papst als Nachfolger Christi zu gelten habe.[99] Alkuin, Karls theo-

99 Vgl. dazu Karl Langosch, *Politische Dichtung um Kaiser Friedrich Barbarossa*, Berlin 1943, S. 13 ff. – Wolfgang Braunfels, *Karl der Große in Selbstzeugnissen und Bilddokumenten*, Reinbek bei Hamburg 1972, S. 67 ff. – Herbert Nette, *Karl V. in Selbstzeugnissen und Bilddokumenten*, Reinbek bei Hamburg 1979, S. 23 ff.

logischer Berater, hoffte gar, der Herrscher des Imperium Christianum werde die Utopie von Augustinus' Gottesstaat realisieren können. Ähnliche Universalismus-Konzepte wurden unter Friedrich I. durch Otto von Freising und am Hofe Karls V. durch Gattinara entworfen. Das Kaiserverständnis Karls des Großen galt als vorbildlich für Barbarossa. Nicht zufällig ließ er seinen Amtsvorgänger 1165 heiligsprechen, damit den sakralen Anspruch des Kaisertums erneut unterstreichend. Im Unterschied zu den übrigen europäischen Regenten hatten die deutschen Könige ein Anrecht auf das universalistisch verstandene Kaiseramt, auch wenn diese Würde durch die nationalstaatliche Entwicklung immer abstrakter wurde. Schon Friedrich Barbarossa konnte nur noch träumen von der Herrschaft in einem abendländischen Reich, wie ihm drei Jahrhunderte zuvor Karl der Große vorgestanden hatte. Und dreihundert Jahre nach Barbarossa hatte Maximilian I. noch größere Schwierigkeiten, der Universalismus-Idee des römischen Kaisertums auch politisch Gestalt zu verleihen. Karl der Große, Barbarossa und Maximilian I. sind jene Kaiser, die in Arnims Sage von den Kronenwächtern vorkommen. Dies ist kein Zufall, denn sie stehen für Beginn, Mitte und Ende des mittelalterlichen Kaisertums. Alle drei Monarchen werden nicht wie in historischen Berichten geschildert, sondern sind als Sagenfiguren gezeichnet. Karl der Große selbst tritt nicht auf, doch erinnert an ihn das sogenannte Karlsschwert (307), als Reichsschwert das Insignium kaiserlicher Macht, das Maximilian in den *Kronenwächtern* an den Staufernachfahren Anton übergibt. Die Waiblingen-Chronik im Roman berichtet von Barbarossas Palastruine. Bertholds erster, noch unbewußter Schritt in Richtung hin auf eine Imitatio Barbarossae besteht darin, jene Ruine wiederaufzubauen. Anders als im Falle Karls des Großen taucht Barbarossa selbst auf, freilich nur psychologisiert als tagtraumhafte Erscheinung, d. h. als »Schattenbild« (270) bzw. als »Geist« (34) und als Duplizierung von Bertholds Ich in einem nächtlichen Alptraum (270). Barbarossa ist eine geisterhaft-geheimnisvolle Helferfigur des jungen Berthold; er entläßt ihn aber in die Selbstverantwortung nach der Genesung, also bei Beginn von Bertholds »zweitem Leben«.

Als konkrete Person wird Kaiser Maximilian I., der regierende Habsburger, in die Romanhandlung eingeführt, die über weite Strecken während der Zeit seiner Herrschaft spielt. Die Konflikte, welche der Mächtedualismus bei Maximilian als deutschem König und römischem Kaiser mit sich bringt, werden von dessen Geheimschreiber Treitssauerwein zur Sprache gebracht. Einerseits berauscht sich Treitssauerwein an der kaiserlichen Machtfülle, die sein Herr anstrebe und die Karl V. gehören werde (153), aber andererseits sieht er die Nachteile des Universalismus für die deutsche Nationalpolitik, wenn er ausführt: »Der Kaiser [...] hat sich wie eine Erdbeerpflanze an zehn Stellen eingewurzelt [...]. Er kennt zu viel fremde Sprachen und fremde Lande, und hat darüber sein eignes vergessen; ein Volk mag doch nur von dem glücklich regiert werden, der seine Tugenden und seine Fehler in sich gefühlt hat« (153). Obgleich Arnim bestimmte Züge der Politik Maximilians richtig erfaßt, geht es ihm auch bei der Beschreibung dieses Kaisers nicht um ein quellenmäßig exaktes Porträt des Herrschers, sondern um die Gestaltung einer Sagenfigur. Freilich macht die Tatsache, daß einige historische Ereignisse chronologisch falsch mitgeteilt werden – man denke etwa an Luther und Maximilian in Augsburg –, den Kaiser noch nicht zu einer Sagenfigur, denn solche datenmäßigen Verschiebungen kommen auch in historischen Romanen vor. Was zählt, ist, daß der Regent einbezogen wird in die Sage von den Kronenwächtern. Dies geschieht, indem eine schon vorhandene Volkssage um Maximilian in den Roman integriert wird. Arnim greift nämlich die populäre Sage von Maximilian in der Martinswand auf und ändert sie im Sinne der *Kronenwächter*-Handlung um. Die Martinswand-Sage verdeutlicht zudem die gattungsmäßige Beziehung, die zwischen Arnims Roman und Maximilians allegorisch-autobiographischen Büchern wie *Tewrdannck* oder *Der Weißkunig* besteht. Denn was anderes als Kunstsagen sind jene Werke Maximilians? Einige Motive und Themen aus dem *Tewrdannck* und dem *Weißkunig* hat Arnim übernommen. Im *Weißkunig* wie in den *Kronenwächtern* wird beim Bericht der Kindheitsgeschichte durch den Gebrauch bestimmter Metaphern auf Maximilian bzw. Berthold ein messianisches Licht geworfen. Maximilian regt sich im Leib der Mutter wie Johannes der Täufer in Elisabeths Schoß, und Bertholds Mutter nennt ihren Sohn scherzhaft den »Johannes mit dem Lamme« (74). Aus dem *Tewrdannck* übernahm Arnim die zentralen Geschehnisse der Brautwerbung, des siegreichen Turniers und des Kriegszuges. Der *Tewrdannck* enthält auch die Martinswand-Sage, die er geringfügig erweiterte um die Motive der Kronenburg und des Karlsschwertes.[100] Die Martinswand-Sage im *Tewrdannck* berichtet von einem unbekannten Knaben, welcher dem jungen Maximilian, als er sich im Gebirge verstiegen hat, den rettenden Weg ins Tal weist. In Arnims Roman ist es Anton, ein Staufernachfahre, der den Habsburger befreit. In den *Kronenwächtern* erzählt Treitssauerwein, der Ko-Autor des *Tewrdannck*, die Sage, und zudem erfahren wir sie durch Anton selbst: Maximilian hat sich auf einen Berggipfel nahe der Kronenburg verirrt, und die Kronenwächter beauftragen ihren Zögling Anton, den Kaiser zu »vernichten«, ihn »herab zu stürzen« (307). Gegen diesen Befehl handelnd, rettet Anton den Kaiser aus der Lebensgefahr. Er klärt Maximilian über seine eigentliche Mission auf und entflieht dem Machtbereich der Kronenwächter. Eine vergleichbare Abkehr von den Kronenwächtern und Hinwendung zu den Habsburgern hatte schon Bertholds Vater, Graf Hohenstock, vollzogen. Das war die Voraussetzung dafür, daß er Bertholds Mutter heiraten konnte, denn ihr Vater benötigte die Krone, um seine Aus-

100 Vgl. Wilhelm (s. Lit.) S. 28 ff.

söhnung mit dem Kaiser (Maximilians Vorgänger Friedrich III.) herbeizuführen. Hier wird klar, daß es sich bei dem Streit zwischen den staufischen Kronenwächtern und den Habsburger Herrschern um einen alten Machtkampf handelt. Seit dem Erlebnis an der Martinswand steht für den Maximilian in Arnims Roman fest, daß »während seiner ganzen Regierung« die Kronenwächter stets als geheime »Gegenkraft« (177) gewirkt hätten, um die Durchführung seiner Absichten zu verhindern. Treitssauerwein vertraut Berthold an, der Kaiser fürchte »für die großen Entwürfe seines Lebens« (179), die der Nachfolger (Karl V.) verwirklichen soll. Um die Pläne der Kronenwächter zu durchkreuzen, strebe Maximilian die erneute Konkretisierung des alten römischen Universalismus an, indem er das Papsttum durch Erblichmachung lehnsmäßig an sich zu binden trachte. Maximilian leidet unter akuter Kronenwächter-Paranoia. Auch die Aufstände des Armen Konrad von 1514 führt er nach Treitssauerwein auf die Machenschaften jenes Geheimbundes zurück (179). »Die Sage von Sprößlingen der Hohenstaufen, die in einem unzugänglichen Schlosse der Zeit warteten, den Kaiserthron zu erstreiten« (177), erweist sich in Arnims Buch als Zentrum aller Reflexionen, Handlungen und Unterlassungen des Kaisers. Maximilian bittet Berthold, ihm als heimlicher Kundschafter (180) bei der Arbeit gegen die Kronenwächter zu dienen, wobei er freilich, wie er bald merkt (210), den Bock zum Gärtner macht.

Die Erzählung von den Kronenwächtern ist die zentrale Sage des ganzen Romans. Bei ihr handelt es sich nicht um eine veränderte Volkssage oder einen in den Bereich der Sage verschobenen Chronikbericht; sie ist vielmehr eine Erfindung Arnims. Über die legendäre Kronenburg erfahren wir nur indirekt etwas: durch Bertholds Mutter, die allerdings nur Gehörtes weitererzählt, durch Treitssauerwein, der ebenfalls aus zweiter Hand informiert, durch Grünewald, der lediglich in angetrunkenem Zustand vage Erinnerungen aus frühester Kindheit wiederzugeben vermag (254 f.), kaum etwas durch Anton und das meiste durch Martins Lied. Geschildert wird die Kronenburg als Glaspalast, der einen Locus amoenus des »ewigen, sichern Friedens« umschließt, in dem »die Vögel« singen und die »Blumen [...] keinen Winter« (84) kennen, wo Löwe und Kind in paradiesischer Harmonie zusammenleben. Diese Idylle ist jedoch auf martialische Weise durch Befestigungen und Wächter geschützt. Auf dem höchsten der sieben Burgtürme sieht man »in einer kristallenen, matt geschliffenen Schale die Krone« (84) des Reiches blinken. Am Bodensee soll die Kronenburg liegen, doch wird diese Lokalisierung auch bezweifelt und als »Märchen« (86) abgetan. Wer die treibenden Kräfte des politischen Geheimbundes der Kronenwächter sind, bleibt in Dunkel gehüllt. Wir lernen lediglich den Ehrenhalt Kronenhelm, d. h. ihren Herold, kennen. Kronenhelm taucht während Bertholds Hochzeit auf, denn die Kronenwächter sind überall dort zur Stelle, wo Staufernachwuchs zu erwarten ist. Der Ehrenhalt scheint wenig ehrenhaft zu sein: Mehrfach schon hat Bertholds Pflegemutter Hildegard ihn ihrem Sohn vom Leibe gehalten, indem sie ihn »fortgekauft« (132), also bestochen hat. Kronenhelm spricht mit einer »Stimme, als ob die böse Witterung eines Jahrhunderts darin sich verkrochen hätte« (214), und die Zweideutigkeit seines Charakters spiegelt sich in seinem Gesicht, das – bleich und steinern – »mehr Züge [...] als zwei gewöhnliche Menschen« (213) aufweist. Während der ersten Unterredung mit dem Ehrenhalt sperrt Berthold sich zunächst gegen eine Verbindung mit den Kronenwächtern. Durch Martin und seine Mutter ist er ausreichend unterrichtet über die Ziele der »alten Mörder« (19), über die »Tyrannei« (76) der »Schrecklichen« (93). So macht er keinen Hehl aus seinem Abscheu vor den »Greuel[n] hoffnungsloser Erwartungen« (216), die der Geheimbund in seinen Augen hege, und erinnert an den Mord, dem sein Vater zum Opfer gefallen ist. Berthold läßt sich dann aber doch durch Versprechungen und Verlockungen ködern und für die Sache des Geheimbundes gewinnen. Der Ehrenhalt stellt ihm nämlich ein Erbteil an Schloß Hohenstock sowie »Sicherheit und Anhang« (271) in den Kriegswirren der Zeit in Aussicht, falls er mit den Kronenwächtern kooperiere. Berthold selbst spielt in den Plänen der Kronenwächter allerdings keine große Rolle mehr. Lediglich in seiner Stadt Waiblingen ist er in seiner Funktion als Bürgermeister für sie von Nutzen. Letzten Endes geht es ihnen nur noch um Bertholds Nachwuchs, was offenbar wird, wenn der Ehrenhalt ihm klarmacht: »Ihr dürft noch nicht untergehen, wir brauchen Kinder von Euch« (292). Anscheinend hatten die Kronenwächter nie vor, aus Berthold den kaiserlichen Herrscher zu machen, denn sonst hätten sie ihn auf ihrer Burg aufziehen lassen und nicht Bürgerlichen in die Hände gegeben. Martin wird in dem Moment von ihnen ermordet, als er Berthold zum Ritter ausbilden und ihn über seine Abstammung aufklären will. So wird am Tage von Bertholds Tod sein Sohn Anno durch Konrad, der den Kronenwächtern hörig ist, entführt (354). Die Geheimbündler sind mit ihrem Denken in einer Bluts- bzw. Geschlechtermystik befangen, die davon ausgeht, daß die Staufer ein »heiliges Geschlecht« (216) seien, bestimmt zur Führung des Reiches. Die regierenden Habsburger dagegen werden als zu stürzende Usurpatoren betrachtet. Wie ist es um den Adel Bertholds und seiner Verwandten bestellt? Er, Apollonia und Anna entstammen verbürgerlichten bzw. verarmten Adelsgeschlechtern. Berthold kann als Staufer seine Herkunft über die Salier und Karolinger bis zu Karl dem Großen zurückverfolgen.[101] Apollonias Vorfahren sind die Welfen, und Annas Vater war ein Zähringer (161). Damit ist Bertholds Sohn Anno Nachfahre der größten deutschen Adelsfamilien des Mittelalters, die – bis auf die Zähringer – Kaiser hervor-

101 Vgl. Otto von Freisings *Weltchronik*. Dazu: Wilhelm Glässner, *Das Königsgut Waiblingen und die mittelalterlichen Kaisergeschlechter der Karolinger, Salier und Staufer*, Waiblingen 1977, S. 38 ff.

brachten. Die Hoffnung der Kronenwächter auf die Führungsfähigkeiten ihrer Stauferzöglinge ist vergeblich. Sämtliche Nachkommen haben bisher vor ihrer potentiellen Aufgabe versagt: Berthold war in seinem »ersten Leben« ein dahinsiechender Schwächling, und in seinem zweiten zeigt sich, daß er zum Politiker ungeeignet ist. Bertholds Vater hat sich dem bürgerlichen Beruf des Webers gewidmet, arbeitet gegen die Kronenwächter und zieht sich in die Einsamkeit zurück. Anton ist der Kronenburg entlaufen und besitzt als Künstler keinerlei Machtambitionen. Grünewald, der eigentlich Friedrich heißt (285) und damit Träger des staufischen Leitnamens ist, kommt als verlotterter fahrender Sänger von vornherein für den Thron nicht in Betracht, und auch Konrad, ein zügelloser Schurke, ist bereits als möglicher Kaiserkandidat abgeschrieben. Trotzdem geben die Kronenwächter ihren Glauben an das »ewige Bestehen« des Staufergeschlechts nicht auf, halten dogmatisch an der These fest, daß »dieselbe Herrlichkeit aus dem Stamme immerdar wiedergeboren werde« (216 f.). Deshalb bemächtigen sie sich seiner Söhne im Kindesalter und bereiten sie vor auf das Herrscheramt, so daß »sie brauchbar sich fänden, wenn die Stunde schlägt« (292), d. h. wenn der Sturz des Hauses Habsburg gelungen ist. Ihn vorzubereiten, haben sie sich mit edlen Geschlechtern, Reichsrittern und dem Schwäbischen Bund vereinigt. Berthold selbst teilt die geschlechtermystischen Auffassungen der Kronenwächter zunächst keineswegs. »Ich meine«, so entgegnet er dem Ehrenhalt, »daß ein hochberühmtes Geschlecht nach Gottes Weisheit von der Höhe schwindet und dem gemeineren Platz macht, wenn seine Fortdauer Greuel brütet« (216). Mit einer solchen Vorstellung von der moralischen, nicht geburtsmäßigen Bedingtheit des Herrschaftsanspruchs ist Berthold für die Sache der Kronenwächter verloren: Sein Tod wird durch ihre Verbündeten Faust und Konrad herbeigeführt.

Seine politischen Ziele verfolgt der staufische Geheimbund

auf dem Wege der Diplomatie durch Bündnisse mit mächtigen politischen Gruppen, durch Überredungskünste seiner Herolde, aber auch mit brutalen, terroristischen Mitteln. Sie lassen Bertholds Vater durch Martin töten, und später wird Martin selbst erschossen, wobei man erfährt, daß auch die Feme sich in ihren Dienst gestellt hat. Anton weiß von den »boshaften Gesellen« (305), von den »grausamen Kronenwächtern« zu berichten, die vor Mord nicht zurückschreckten. »Mancher Kopf«, so erzählt er, »liegt getrennt vom Rumpf auf der Kronenburg« (309). Bertholds Vetter Rappolt wird auf Hohenstock wie ein Gefangener gehalten (283). Erinnert die Sage von der Kronenburg an die glänzende Epoche des staufischen Mittelalters, also an jene Zeit, welche die Kronenwächter wieder herbeiführen möchten, so entlarvt die konkret vor Augen geführte Burg Hohenstock die niederträchtige Praxis des Geheimbundes. Statt paradiesischer Vollkommenheit, kindlicher Unschuld, luftiger Freiheit, kristallener Reinheit, edler Architektur und vollendeter Harmonie begegnen uns hier Verelendung, Unzucht, Wahnsinn, Beklemmung, Schmutz, bauliche Verwirrung und kleinliches Gezänke (282 ff.). Übereinstimmend und mit Recht wird in der Sekundärliteratur aus diesem Kontrast zwischen der Utopie »Kronenburg« und der Realität »Hohenstock« geschlossen, Arnim wolle demonstrieren, was aus der Wirklichkeit werde, wenn man versuche, »überalterte Vorstellungen von einem politisch nicht mehr aufrechtzuerhaltenden Ideal« [102] gewaltsam durchzusetzen.

Das Ende des ersten Bandes der *Kronenwächter* ist offen. Eine Weiterführung des Buches gibt es nicht, denn der sogenannte zweite Teil gehört einer früheren Werkstufe an und kann nicht als Fortsetzung betrachtet werden. Jene Sagen und Mythen, auf die im Roman angespielt wird,

102 Vordtriede (s. Lit.), zit. nach: *Deutsche Romane von Grimmelshausen bis Musil*, S. 159. Ähnlich äußern sich Sauerland (s. Lit.) S. 876; Schneider, »Die Sendung Achim von Arnims«, S. 283; Geppert (s. Lit.) S. 59; Schmidt (s. Lit.) S. 210.

geben auch keine eindeutigen Indizien an die Hand, denn sie verheißen sowohl Untergang wie Sieg: Während die Troja-Sage, der Tristan- und Siegfried-Stoff ein negatives Ende signalisieren, assoziiert man mit der Parzival-Sage und dem Christus-Mythos Triumph nach Leidenserfahrung. Wenn auch bei diesem Fragment keine schlüssige Interpretation möglich ist, so wird doch klar, daß der Roman jenes Prinzip als verwerflich hinstellt, das die Kronenwächter mystifizieren und dogmatisieren. Dieses Prinzip ist das der Erbmonarchie, des Anspruchs eines Geschlechtes auf immerwährende Herrschaft. Und man geht wohl nicht fehl, wenn man es generell als Prinzip erbadligen Rechtsanspruchs versteht. Insofern ist Arnims Buch ein Werk, das der Botschaft der Kaiser-Sage von der Wiederkehr der großen Stauferzeit widerspricht und das daher auch in Gegensatz gerät zu den Intentionen der gängigen Staufer-Literatur im 19. Jahrhundert. Arnim greift also, wie Wilhelm Scherer es schon 1890 richtig sah,[103] die Verfassungsfrage seiner Zeit auf, die Frage nach der Legitimität adliger Herrschaft. Aus diesem Grund konnte sein Roman auch nicht teilhaben an der allgemeinen Popularität der Staufer-Dichtungen, denn er ließ sich nicht durch eine Nationalbewegung nutzen, in der das Bedürfnis nach monarchistischer Heldenverehrung auch ästhetisch befriedigt werden wollte.

3. Von der Napoleonischen Ära zur Restaurationszeit

Mit den Einigungsbestrebungen der deutschen Länder im 19. Jahrhundert hat Arnims Buch aber durchaus zu tun. Es sieht so aus, als habe Arnim einen Ratschlag August Wilhelm Schlegels beherzigt, der 1808 dem zeitgenössischen Dichter empfahl: »Er lege uns ans Herz, daß wir Deutsche, wenn wir die Lehren der Geschichte nicht besser bedenken

103 Scherer, »Achim von Arnim«, S. 105.

als bisher, in Gefahr sind [...] ganz aus der Reihe der selbständigen Völker zu verschwinden.« Und weiter wünscht Schlegel, daß jener Autor die Leser »ihre unzerstörbare Einheit als Deutsche fühlen« lasse.[104] In seiner »Einleitung« sagt Arnim, daß er »ein Bild des eignen Geschicks« vermitteln und an die »großen Hoffnungen aus früheren Tagen« erinnern wolle, indem er »unmittelbar an den Glanz der Hohenstaufen« das »Bild des Unterganges« (12) füge. Seit Bettina und den Brüdern Grimm hat kaum ein Interpret es unterlassen, auf die in den *Kronenwächtern* enthaltene Zeitkritik hinzuweisen.[105] Das grundsätzliche Problem, mit dem Arnim und seine politisch engagierten Freunde wie Heinrich von Kleist, Adam Müller oder Friedrich Karl von Savigny zur Zeit der Niederschrift des Romans zwischen 1806 und 1816 konfrontiert werden, ist das der Verfassung einer deutschen Nation. Dieses Problem war schon 1806 akut, als Franz II. die römische Kaiserwürde niederlegte. Jene Thronentsagung besiegelte den seit langem sich abzeichnenden und von Napoleon bewußt beschleunigten Untergangsprozeß des Heiligen Römischen Reiches; sie bedeutete letztlich das Ende des alten Europas, wie es seit Karl dem Großen ein Jahrtausend lang bestanden hatte. Napoleon wünschte freilich alles andere als das Ende der universalistischen Herrschaft, wie sie einstens unter dem Karolinger begründet worden war; im Gegenteil, er wollte sie neu errichten und strebte selbst die Nachfolge Karls an.[106] In dem Augenblick, in welchem erreicht ist, daß Franz II. dem Kaiseramt entsagt, schreibt Napoleon an Papst Pius VII: »Ich bin von nun an Karl der Große. Denn

104 A.W. Schlegel, *Vorlesungen über dramatische Kunst und Literatur*, S. 309.

105 Vgl. *Achim von Arnim und die ihm nahe standen*, Bd. 3, S. 405; Schmidt (s. Lit.) S. 197; Geppert (s. Lit.) S. 9; Wagner (s. Lit.) T. 1, S. 11; Walzel, *Deutsche Romantik*, Bd. 2, S. 19.

106 Vgl. *Europa – Analysen und Visionen der Romantiker*, hrsg. und eingel. von Paul Michael Lützeler, Frankfurt a. M. 1982.

ich besitze die Krone Frankreichs samt jener der Lombarden, und mein Reich grenzt an den Orient.«[107] In Deutschland wurde Napoleon in seinen Ansprüchen auf Universalherrschaft bereits 1805 unterstützt durch Karl Theodor Dalberg, den späteren Fürstprimas und Sprecher des Rheinbunds. Dalberg wünschte, »daß das abendländische Weltreich wieder auflebe im Kaiser Napoleon, so wie es war unter Karl dem Großen, zusammengesetzt aus Italien, Frankreich und Deutschland«.[108] Franz II. legte seine Kaiserkrone aber nicht lediglich nieder, sondern er löste das Heilige Römische Reich auf, so daß eine Übertragung der Würde an Napoleon nicht möglich war.

Für die Deutschen stellte sich das Verfassungsproblem auf viel intensivere Weise als für die übrigen europäischen Staaten. Diese hatten jetzt zwar keinen Kaiser des Heiligen Römischen Reiches mehr, doch da letzteres nur noch auf vergilbtem Papier existierte, bekümmerte es sie nicht weiter. Die Deutschen aber verloren gleichzeitig den Kaiser ihrer Nation, und das wog schwerer. Denn der Kaiser hatte bisher die Staatseinheit und die Existenz der deutschen Nation verkörpert, und die Auflösung seines Amtes besiegelte den endgültigen Zerfall des Reiches. Jetzt stellte sich den deutschen Patrioten die doppelte Aufgabe, die Einheit der Nation wieder herbeizuführen und gleichzeitig eine Fremdherrschaft zu verhindern. Beide Ziele konnten nur erreicht werden, wenn man Napoleon bekämpfte. Wie Arndt, Görres, Gentz, Fichte, Kleist und der Freiherr vom Stein – um nur einige Namen zu nennen – sah auch Arnim es nach 1806 als vaterländische Pflicht an, gegen den Korsen zu opponieren. Schon im Dezember 1806 entstand Arnims Aufsatz »An die Pommern und Märker«, worin er zur Erhebung gegen die Franzosen aufrief. Diese Gegnerschaft scheint – wenn-

107 Zit. nach: Hellmuth Rössler, *Napoleons Griff nach der Karlskrone. Das Ende des alten Reiches 1806*, München 1957, S. 19.
108 Ebd., S. 27.

gleich literarisch verklausuliert – auch im »Hausmärchen«[109] durch, das ja den Mittelpunkt des Romans bildet. Hier dringt Attila nach Deutschland vor, als der Königsthron vakant ist. »Jedes der Grafenhäuser«, heißt es, »machte Ansprüche auf den Thron [...]. Gleich suchten einige der Grafen durch Attila zur Herrschaft zu gelangen, aber er benutzte sie nur, um alle gegenseitig durch einander aufzureiben. So kam er unter dem Zujauchzen derer, die immer noch Lohn von ihm erwarteten, von ihren Leuten gezogen, in die Hauptstadt« (241 f.). Der alte Sänger David, der Vater des »Hausmärchens«, hatte diese Entwicklung vorausgesehen. In einem Heldenspiel von seiner Hand finden sich folgende Verse:

»Wer lebendig blieb, schreit Sieg aus, doch die Toten schweigen still, / Triumphierend zieht der Feldherr auf den blutbefleckten Thron, / Und die Narrn, die ziehn den Karrn ihm, und er lacht der Narren schon; / Denn er sinnt schon im Triumphzug, wo er die verbrauchen will, / Die mit ihm zerstört den Weltteil, und beim Raub nun möchten ruhn. / Seht, er treibt sie frisch zum Krieg fort, treibt sie schlau zum Todesnetz, / Denn er erbt auch ihre Diebsbeut, erst ihr Tod ist ihm der Sieg!« (242 f.)

Die Anspielungen auf Napoleon und seine Behandlung der Rheinbundfürsten bzw. auf deren würdeloses Verhalten sind unverkennbar. Dem Königssohn gelingt es, den »Räuber« (245) Attila zu töten und damit das Land zu befreien. So schließt das »Hausmärchen« mit der Beendigung der Fremd-

109 Auch Göres (*Das Verhältnis von Historie und Poesie in der Erzählkunst L. Achim von Arnims*) meint, daß »der Hunnensturm Parallelen zu Napoleons Eroberungszug aufweist« (S. 133). Arnims Napoleon-Gegnerschaft, wie sie sich in anderen seiner Arbeiten äußert, ist oft beschrieben worden. Vgl. Helene M. Kastinger Riley, *Achim von Arnim in Selbstzeugnissen und Bilddokumenten*, Reinbek bei Hamburg 1979, S. 60; *Achim von Arnim 1781–1831. Ausstellung*, hrsg. von Renate Moering, Hartwig Schultz und Detlev Lüders, Frankfurt a. M. 1981, S. 39. Wilhelm (s. Lit.) weist darauf hin, daß die negative Darstellung Herzog Ulrichs von Württemberg gemünzt sei auf den rheinbündischen König Friedrich I. von Württemberg (S. 103).

herrschaft, der Einheit des Landes und dem Herrschaftsantritt des legitimen Monarchen. Das war auch 1817, als Arnim seinen Roman publizierte, noch eine Märchenlösung der politischen Zeitprobleme. Napoleons Fremdherrschaft war zwar inzwischen abgeschüttelt, doch bestand keine Aussicht auf die Einheit der Nation und die Wahl eines Kaisers, der die nationale Vereinigung repräsentieren würde.

Der Freiherr vom Stein verkörpert in dem Jahrzehnt zwischen 1806 und 1815 die wichtigsten politischen Bestrebungen in Deutschland. Seine Programmpunkte sind die Beendigung der französischen Okkupation, die Einheit der Nation samt Wahl eines Kaisers und gesellschaftliche Reformen zugunsten der nichtadligen Stände. Arnim identifizierte sich weitgehend mit diesen politischen Zielen.[110] Schon im Spätherbst 1805 hatte vom Stein den »Kampf mit dem gefährlichsten Mann in Europa«, d. h. Napoleon, als die Losung der Zeit ausgegeben. Ein Jahr später bezeichnete Friedrich von Gentz den Freiherrn wegen der Zielstrebigkeit seiner Bemühungen als »den ersten Staatsmann von Deutschland«. Nach der Besiegung Bonapartes gab es sogar eine Gruppe, die vom Stein als Wahlkaiser Deutschlands vorschlug, was nach der alten Reichsverfassung juristisch möglich gewesen wäre, politisch aber undurchführbar blieb.[111] »Das Kaisertum ist die Demokratie«, argumentierte Hans Christoph von Gagern während des Wiener Kongresses,[112] um damit auszudrücken, daß die demokratischen Kräfte in ihrem Streben nach nationaler Einheit allein

110 Vgl. Zimmermann (s. Lit.) S. 61; Becker, *Achim von Arnim in den wissenschaftlichen und politischen Strömungen seiner Zeit*, S. 92; Schmidt (s. Lit.) S. 58; Eugen Wohlhaupter, »Friedrich Karl von Savigny und Achim von Arnim«, in: E. W., *Dichterjuristen*, Bd. 1, Tübingen 1953, S. 116; Kastinger Riley, *Achim von Arnim in Selbstzeugnissen und Bilddokumenten*, S. 111 f.

111 Alle Zitate nach: Georg Holmsten, *Freiherr vom Stein in Selbstzeugnissen und Bilddokumenten*, Reinbek bei Hamburg 1975, S. 40, 43, 96.

112 Zit. nach: Rössler, *Napoleons Griff nach der Karlskrone*, S. 88.

durch ein Kaisertum integriert werden könnten. Auch vom Stein forderte ein Kaisertum als politischen Mittel- und Vereinigungspunkt der Deutschen zum Schutz der Freiheit gegen die Willkür der Landesregenten. Konträr zu diesen Bemühungen beschloß man in Wien die Bildung des Deutschen Bundes souveräner Fürsten und Städte. Es waren aber nicht nur antinapoleonisches Engagement und gesamtdeutsches Denken, was Arnim mit vom Stein verband, sondern auch dessen Reformbestrebungen. Bauernbefreiung, neue Städteordnung und Verwaltungsreform sollten sämtlich auf eine größere Demokratisierung des gesellschaftlichen Lebens hinauslaufen. Was vom Stein auf dem Gebiet der Innenpolitik betrieb, das hatten sich Görres, die Grimms, Arnim und andere auf dem Terrain der Literatur vorgenommen: die Kräfte des Volkes anzuerkennen und zu befördern. Die romantische Volksliteratur-Bewegung ist Resultat der umfassenden Reformbestrebungen im Deutschland der ersten Dekade des 19. Jahrhunderts. Gingen diese letztlich auf Anstöße der Französischen Revolution und des frühen Bonapartismus zurück, so wandten sie sich gegen diese Inspiratoren, als sie begannen, ihre Ideale durch ihre Praxis zurückzunehmen. Wer für vom Stein war, konnte auf Dauer nicht für Hardenberg sein. Denn während vom Stein in erster Linie gesamtdeutsch dachte, war Hardenberg vor allem Preuße, und als vom Stein sich nach dem Wiener Kongreß aus der Politik zurückzog, betrieb Hardenberg die preußische Restaurationspolitik inklusive Zensurwesen. So ist es kein Wunder, daß Arnim mit Hardenberg in Konflikt geriet.[113] Was vom Stein 1807 in seiner Nassauer Denkschrift fordert, nämlich die intensive Beteiligung des Bürgers am öffentlichen Leben und an der Staatsverwaltung, das thematisiert auch Arnim in einer Reihe verfassungsrechtlicher Stellungnahmen. Mit ihnen steht Arnim politisch zwischen den Fronten seiner Zeit. Denn er fordert eine

113 Vgl. Jürgen Knaack, *Achim von Arnim – Nicht nur Poet. Die politischen Anschauungen Arnims in ihrer Entwicklung*, Darmstadt 1976, S. 33, 45.

ständisch-liberale Verfassung, also weniger als die Liberalen, die eine grundsätzliche Veränderung wünschen; und er will mehr als die Regierungen, die nach der Niederlage Napoleons auf Restaurationskurs gehen. Wie die meisten Romantiker denkt auch Arnim gesellschaftspolitisch in den Kategorien einer organischen Entwicklungslehre. Durch Reformen sucht er einer unorganischen, d. h. revolutionären Entwicklung vorzubeugen. In bezug auf Adel und Bürgertum bedeutet dies – wiederum im Sinne vom Steins –, daß der Adel sich dem bürgerlich-beruflichen Leistungsdenken anzupassen habe. Über vom Stein hinausgehend, entwickelt Arnim die Idee vom Adel als einer Gruppe der tatsächlich Besten des Staates: Er fordert einen Leistungsadel, eine Elite, zu der auch die bisher nichtadligen Schichten Zugang haben.[114] Das ist der dialektische Sinn der häufig zitierten Stelle aus der *Gräfin Dolores*, an der es heißt, daß der Adlige Bürger werden müsse, wenn alle adlig werden sollen.[115]
Wie in der *Gräfin Dolores* hat Arnim auch in den *Kronenwächtern* die Beziehung zwischen Adel und Bürgertum behandelt. Wilhelm Grimm hatte »die Gesinnung des Buchs adelich«[116] genannt. Dagegen legte Arnim Protest ein und versicherte, daß es mit seiner »sogenannten adelichen Gesinnung« nicht gar so weit her sei und er sich »doch eigentlich mit lebhafterem Antheil der bürgerlichen Thätigkeit«[117] zuwende. Bertholds leiblicher Vater ist ein Graf, der sich von der Aristokratie abwendet, um Weber zu werden (76). Martin, der Pflegevater Bertholds, hat bei dem Adelsbund

114 Ebd., S. 16, 21, 46 ff., 134 f. Der späte Arnim dachte allerdings wieder in konservativeren Kategorien. Vgl. Kastinger Riley, *Achim von Arnim in Selbstzeugnissen und Bilddokumenten*, S. 115 f.

115 Achim von Arnim, *Armut, Reichtum, Schuld und Buße der Gräfin Dolores*, in: A. v. A., *Sämtliche Romane und Erzählungen*, Bd. 1, hrsg. von Walther Migge, München [2]1974, S. 173. Vgl. dazu Klaus Peter, »Achim von Arnim: *Gräfin Dolores* (1810)«, in: *Romane und Erzählungen der deutschen Romantik. Neue Interpretationen*, hrsg. von Paul Michael Lützeler, Stuttgart 1981, S. 240–263.

116 *Achim von Arnim und die ihm nahe standen*, Bd. 3, S. 405.

117 Ebd., S. 403.

der Kronenwächter gedient, doch entstammt er einer Weberfamilie (21). Bertholds zweiter Pflegevater, der alte Berthold, ist ein bürgerlicher Schreiber, und Fingerling, Bertholds väterlicher Freund, übt das Schneiderhandwerk aus. Nach außen hin ist Berthold zwar Besitzer der von ihm und Fingerling begründeten Weberei sowie Bürgermeister der Stadt Waiblingen, aber er versteht nichts vom Weben (148), und die Arbeiten fürs Amt übernimmt Fingerling. Anfänglich sieht es so aus, als werde Berthold sich im Bürgerlichen bewähren: Er will aus seiner Stadt ein zweites Augsburg machen und scheint auf dem besten Wege zu sein, der Fugger Waiblingens zu werden (55 f., 101, 115). Schon als Vierzehnjähriger erhält er durch Erwin, den Baumeister des Straßburger Münsters, eine Lektion in bürgerlicher Tugend erteilt. Erwin ist Freimaurer und klärt Berthold über die »Nichtigkeit« (110) der Herrscherverehrung auf. Er will in ihm »eine Fülle von Hoffnungen über das allmähliche Steigen [...] der Städte« und ihr »Befreien [...] von Fürsten und herrschenden Geschlechtern« (61) wecken. Ferner berichtet er ihm über die internationale Organisation des geheimen Freimaurerbundes und empfiehlt ihm, Mitglied zu werden, was Berthold aber mit dem Hinweis auf sein kaufmännisches Gewerbe ablehnt. Formal gesehen, bestehen keine Unterschiede zwischen dem Geheimbund der Freimaurer und jenem der Kronenwächter. In Praxis und Zielsetzung aber sind kaum größere Gegensätze vorstellbar. Die Freimaurer arbeiten an der Ausdehnung ihrer bürgerlichen Freiheiten mittels einer Tugendlehre,[118] deren Maxime lautet: »Der höchste Verstand ist die Güte« (93). Sie sind zukunftsorientiert, »edel« (89) und wahrhaft ritterlich (95). Im Gegensatz zu ihnen sind die Kronenwächter kriminell, verkommen, vergangenheitsgerichtet, machthungrig und auf die Interessen des Adels fixiert. Der Baumeister kann Berthold nicht für die Freimaurerei gewinnen, doch gerät er

118 Vgl. dazu Reinhart Koselleck, *Kritik und Krise*, Frankfurt a. M. ^{2}1973.

durch den Ehrenhalt unter den Einfluß der Kronenwächter.
Bei Beginn seines »zweiten Lebens« hat Berthold nichts Eiligeres zu tun, als eine ritterliche Ausbildung nachzuholen. Der bürgerlichen Pflegemutter Hildegard versucht er zwar vorzumachen, er betreibe die ritterlichen Übungen nur, damit er »als ein guter Bürger gerüstet und wehrhaft gegen Gefahren« (132) ist, und er unternehme seine Reise nach Augsburg lediglich, um sich mit seinen »Handelsfreunden bekannt [zu] machen« (132), aber Berthold selbst weiß, daß er wie ein Ritter aus den Sagenbüchern auf Abenteuerfahrt gehen will. So sucht er in Augsburg keinen Kontakt zu den Kaufleuten, etwa den Fuggern, sondern genießt die Zufallsbegegnungen mit Adligen. Er fühlt sich geschmeichelt, als Susanna von Bayern ihn irrtümlich mit »Ihre kurfürstliche Liebden« (135) anredet. Dann trifft er den Kaiser und dessen Geheimschreiber, und schließlich schützt er wie St. Georg – Idealbild und Patron der mittelalterlichen Ritter – eine unschuldige Jungfrau davor, Opfer eines Drachens zu werden, der hier die Gestalt mütterlichen Zorns annimmt (138 ff.). Daß Berthold zuerst ein Turnier zu Ehren der unbekannten Jungfrau gewinnen muß, bevor er um ihre Hand anhalten darf, paßt ebenfalls ins Klischee einer Rittermär. Bald ist unser Held sicher, »daß er noch zu etwas anderm, als zur Wollrechnung, bestimmt« (277) ist. So haben die Kronenwächter leichtes Spiel mit Berthold, als sie ihn bei seinem aristokratischen Ehrgeiz packen und ihm das Erbteil an Schloß Hohenstock in Aussicht stellen, falls er mit ihnen zusammenarbeitet. Auch für Anna, Bertholds Frau, ist es eine »Lust«, eine »fürstliche Braut« (139) zu sehen, und sie besitzt wie er eine »Vorliebe für die ritterlichen Spiele« (142). Vor der Hochzeit mit dem vermeintlichen Ritter Berthold sieht sie sich im Tagtraum schon als »Kaiserin«, der »ein ganzer Hofstaat zur Vermählung« (147) folgt. Wenn Berthold ihr von den Aussichten auf die Hohenstocksche Erbschaft erzählt, stellt sie sich das Stamm-

schloß als »alten«, »geheimnisvollen«, »kurfürstlichen« (271) Sitz vor. Freilich werden ihre »hohen Erwartungen gräflicher Herrlichkeit [...] sehr enttäuscht« (285), und sie flieht von Schloß Hohenstock, »dieser Vorhölle der Langeweile« (294), in ihr bürgerliches Heim zurück.

Ist Waiblingen eine bürgerliche Kleinstadt, wird Augsburg als die süddeutsche Metropole vorgestellt, in der alle wichtigen Gesellschaftsschichten durch ihre bekanntesten Repräsentanten vertreten sind. Die alten aristokratisierten bürgerlichen Geschlechter haben durch die Fugger Weltgeltung erlangt; der Hochadel trifft sich hier zu Reichstagen, einberufen von Kaiser Maximilian, der eine Vorliebe für die reichsfreie Stadt besitzt; und schließlich ist Augsburg ein Ort, an dem die Zünfte sich aufgrund ihrer demokratischen Rechte zu hoher Blüte entwickeln konnten. Aus dem Schlachtermeister Kugler spricht der Stolz auf die Zünfte, die inzwischen die »Hälfte der Ratsstellen« (165) besetzen. Anders als für den freimaurerischen Baumeister ist für ihn die Emanzipation des Bürgermeisters keine Sache des Geheimnisses, sondern gehört in die Öffentlichkeit. »Was ich für ehrlich halten soll«, bekennt er Berthold gegenüber, »das muß öffentlich getrieben werden, [...] ich will alles klar und deutlich« (166). In Augsburg interessieren Berthold aber weder die Zünfte noch die Geschlechter, sondern einzig die Verbindung zu Treitssauerwein und Maximilian. Der Geheimschreiber klärt ihn über die Bedeutung des Bürgertums für die Maximiliansche Reichspolitik auf. Was er ihm anvertraut, kommt dem gleich, was die Sozialwissenschaftler den »Königsmechanismus«[119] genannt haben: Der Monarch geht einen Pakt mit dem Bürgertum ein, um es als Machtfaktor gegen den die Zentralgewalt bedrängenden Adel benutzen zu können. Zurück in Waiblingen, ist Berthold entschlossen, auf dem Gebiet aktiv zu werden, das ihm kraft seiner adligen Abstammung zugewiesen scheint –

119 Vgl. Norbert Elias, *Über den Prozeß der Zivilisation*, Bd. 2: *Wandlungen der Gesellschaft*, Bern/München ^{2}1969, S. 222 ff.

die große Politik. Als erstes möchte er Waiblingen reichsfrei machen (wobei ihm Augsburg als Vorbild vorschwebt), und dabei versucht er das Kunststück fertigzubringen, die verschiedenen antagonistischen gesellschaftlichen Gruppen (Kaiserliche, Kronenwächter, Württemberger, Schwabenbündler) in den Dienst seines Ziels zu stellen. Doch seine Pläne scheitern kläglich mangels politischer Erfahrung, und er droht im Getriebe der Interessen zermahlen zu werden: Die Waiblinger und Württemberger nennen ihn einen Verräter, Maximilian mißtraut ihm, die Kronenwächter nutzen ihn aus, und der Schwäbische Bund geht nur scheinbar auf seine Wünsche nach Reichsfreiheit für seine Stadt ein. Gesellschaftlich und privat ist Berthold am Schluß des Romans eine gescheiterte Existenz. Sein Tod an den Gräbern der Vorfahren im Kloster Lorch beendet das Leben eines Mannes, der zu einem Don Quijote wurde, weil er sich in Träumen von rückwärtsgewandten Adelsvorstellungen verlor. Und wie Cervantes' Ritter von der traurigen Gestalt vor dem Tode noch aus der Wahnwelt seiner Bücher zur Realität zurückfindet, so geht auch Berthold die Wahrheit über die geschichtliche Notwendigkeit auf, »daß ein Geschlecht vergehe und das andre komme, [...] und ein jegliches Ding seine Zeit und alles unter dem Himmel seine Stunde habe« (332).

Inhalt

Achim von Arnim

IN RECLAMS UNIVERSAL-BIBLIOTHEK

Isabella von Ägypten, Kaiser Karl des Fünften erste Jugendliebe. Eine Erzählung. Mit einem Nachwort von Werner Vordtriede. UB Nr. 8894 [2]

Die Kronenwächter. Roman. Nachwort von Paul Michael Lützeler. UB Nr. 1504 [4]

Die Majoratsherren. Erzählung. Nachwort von Gustav Beckers. UB Nr. 9972

Der tolle Invalide auf dem Fort Ratonneau. Owen Tudor. Mit einem Nachwort von Kurt Weigand. UB Nr. 197

Philipp Reclam jun. Stuttgart